Judith Lennox

Zeit der Freundschaft

Roman

Aus dem Englischen
von Mechtild Sandberg

Kabel

Die englische Originalausgabe erschien 2002
unter dem Titel »Written on Glass«
bei Macmillan in London.

Von Judith Lennox liegen auf deutsch außerdem vor:
Das Winterhaus
Tildas Geheimnis
Serafinas später Sieg
Picknick im Schatten
Am Strand von Deauville
Bis der Tag sich neigt
Die Mädchen mit den dunklen Augen
Der Garten von Schloß Marigny
Die geheimen Jahre

ISBN 3-8225-0608-7

Gesetzt aus der Stempel Garamond
Satz: KCS GmbH Buchholz/Hamburg
Druck und Bindung: GGP Media, Pößneck
Printed in Germany

www.kabel-verlag.de

Für meine Brüder Christopher und David

Teil I

HEIMKEHR

August 1946

1

»ACH, TOPAZ! DEINE Mütze! Sie wird doch voller Ruß!«

Topaz zog Kopf und Oberkörper ins Eisenbahnabteil zurück. Aber sie setzte sich nicht, sondern blieb mit aufgestützten Händen am offenen Fenster stehen und sah, während die Lokomotive schnaubend und mit gelegentlichem schrillem Pfeifen ihre Bahn zog, in die vorüberfliegende Landschaft hinaus – Dorset mit seinen sanftgewellten Hügeln, schmalen Wasserläufen und kurzen, verlockenden Blicken auf das hell funkelnde Meer.

Manches, was sie sah, war ihr vertraut, vieles aber schien ihr fremd, und sie fragte sich, ob sich die Gegend sosehr verändert oder sie selbst einfach vergessen hatte. Seit ihrem letzten Besuch bei den Chancellor-Vettern waren ja immerhin sieben Jahre vergangen. Sie war zehn gewesen, als sie Jack und Will im Sommer des Jahres 1939 das letzte Mal auf Wiedersehen gesagt hatte. Ein *kleines Kind*!

Natürlich hatte der Krieg seine Spuren hinterlassen. Wiesen, die von alters her immer nur Wiesen gewesen waren, waren umgepflügt worden, um zum Anbau von Weizen oder Kartoffeln genutzt zu werden, und die Häuser, mit abblätterndem Anstrich und klaffenden Löchern in den Dächern, wo die Dachschindeln fehlten, wirkten verwahrlost. Flakstellungen hoben sich grau von goldgelben Stoppelfeldern ab, Panzerfallen aus Beton standen finster wie drohende Riesen an gewundenen Landstraßen.

»Mach *bitte* das Fenster zu, Topaz«, sagte ihre Mutter. »Der Schmutz ist ja entsetzlich.« Veronica Brooke schnippte ein Stäubchen von ihrer blaßlila Leinenjacke und musterte im

Spiegel ihrer Puderdose prüfend ihr schönes Gesicht. »Und kämm dir mal die Haare.«

Topaz schob das Fenster hoch und schaute in den Spiegel. Ihr Haar, eine buschige dunkelrote Mähne, sah ihrer Meinung nach nicht schlimmer aus als sonst, aber sie tat ihrer Mutter den Gefallen, nahm die Baskenmütze ab und zog ein paarmal den Kamm durch das Lockengewirr. Sie hatte Schmetterlinge im Bauch vor Aufregung und Erwartungsfreude, darum fiel es ihr schwer stillzusitzen, wie ihre Mutter es von ihr wünschte. Vor dem Krieg waren sie regelmäßig jeden Sommer für vierzehn Tage bei den Chancellor-Vettern zu Besuch gewesen, und diese Besuche stachen strahlend wie Glaskugeln an einer Holzperlenkette aus ihren Erinnerungen hervor.

Der Zug verlangsamte die Fahrt, als er sich dem Bahnhof näherte. Weit entfernt konnte Topaz in der Mulde des Tals flüchtig das graue, von Bäumen beschattete Dach von Missencourt erkennen. Dann bemerkte sie plötzlich das Auto, das auf der schmalen Landstraße parallel zur Eisenbahnlinie dahinschoß, und stürzte mit lautem Freudengeschrei in den Korridor hinaus.

»Will!« schrie sie aus Leibeskräften, nachdem sie hastig ein Fenster heruntergeschoben hatte. »Will!«

Vom Fahrersitz des Wagens aus erwiderte Will Chancellor ihr Winken, und während der Zug weiter an Tempo verlor, stürmte Topaz, über Koffer und Taschen setzend und sich zwischen stehenden Passagieren, Kinderwagen und Hunden hindurchdrängend, unaufhaltsam nach vorn, um mit dem Auto auf gleicher Höhe zu bleiben.

Die Stimme ihrer Mutter folgte ihr durch die Waggons. »Aber *Topaz*!«

Der Zug fuhr in den kleinen Bahnhof ein. Sobald er angehalten hatte, stieß Topaz die Tür auf und warf sich Will in die Arme.

»Du bist aber gewachsen!« Er lachte sie an, und in seinen Worten schwang keine Spur der Enttäuschung und der Kritik mit, die dieser Tage so häufig mit ebenjener Bemerkung zum Ausdruck gebracht wurden.

Will, zweiundzwanzig Jahre alt, war der jüngere ihrer beiden Vettern. Auch er hatte sich verändert: Aus dem Will ihrer Erinnerung – einem schlaksigen Schuljungen mit Brille, der das Herz auf der Zunge trug – war ein hochgewachsener junger Mann geworden, dessen Züge sich auf eine Weise geformt und gefestigt zu haben schienen, wie das bei ihrem eigenen runden Gesicht bisher nicht gelungen war. Topaz war überzeugt, daß sie diesen Moment bis ans Ende ihres Lebens im Gedächtnis behalten würde: die Freude darüber, nach so langer Abwesenheit endlich wieder an dem Ort und mit den Menschen zusammenzusein, die ihr die liebsten auf der Welt waren.

Der Gepäckträger nahm Veronica Brooke ihre Koffer ab.

»Hallo, Tante Veronica«, sagte Will. »Wie schön, dich zu sehen.« Er gab ihr einen Kuß auf die Wange. »Ich hoffe, die Fahrt war nicht allzu unangenehm.«

»Nur *ein* Erster-Klasse-Wagen.« Veronica rümpfte verächtlich die Nase.

Will lud mit Hilfe des Trägers das Gepäck in den Austin Seven. Mrs. Brooke setzte sich vorn neben Will, und Topaz stieg hinten ein.

»Wie geht es Tante Prudence?« fragte sie, als Will losfuhr. »Und Onkel John? Und den Jungs – sind sie immer noch solche Nervensägen?«

»Mama geht es gut. Und Papa auch. Und die Jungs sind natürlich immer noch die gleichen Nervensägen; dazu sind sie ja da – einem das Leben schwerzumachen.« Wills Vater war Leiter eines Jungeninternats.

»Und Jack? Ist er schon wieder zu Hause?« Wills älterer Bruder Jack war Soldat.

»Er kommt nächste Woche. Er hat uns ein Telegramm geschickt.«

»Da ist Tante Prudence bestimmt überglücklich. Er war ja ewig weg, nicht?«

»Ja, vier Jahre. Mama ist fest entschlossen, zur Feier seiner Heimkehr ein Riesenfest zu veranstalten. Sie hat vor, sämtliche Verwandte dazu einzuladen.« Will verdrehte die Augen.

Topaz sah Will und Jack vor sich, wie sie als Jungen gewesen waren, zwei Brüder wie Tag und Nacht: Will, der jüngere, zart und blond; dunkler und ruhig der ältere Jack. Will hatte ihr während ihres Exils im Lake District, dem Seengebiet im Nordwesten, ab und zu geschrieben (hastig gekritzelte Briefe voller Tintenflecken); von Jack, der im Frühjahr 1942 mit dem Pionierkorps nach Nordafrika geschickt worden und seither nicht wieder in England gewesen war, hatte sie nichts gehört. Aber Jack, sagte sie sich, war ja auch immer in erster Linie mit Julia befreundet gewesen.

Sie hatten das Schulhaus erreicht. Die vordere Haustür stand offen. Topaz winkte und warf Handküsse, als Prudence Chancellor herauskam.

Nach dem Mittagessen gingen Topaz und Will zu Fuß vom Schulhaus nach Missencourt, so hieß der Besitz, auf dem die Familie Temperley lebte. Marius und Julia Temperley waren die besten Freunde der beiden Chancellor-Brüder, und Topaz' schönste Erinnerungen an ihre Aufenthalte in Dorset schlossen unweigerlich die Temperleys ein.

Redend versuchten sie, die Trennung von sieben Jahren zu überbrücken.

»War das eigentlich schlimm für dich, Will?« erkundigte sich Topaz. »Ich meine, daß du beim Militär nicht genommen worden bist?«

Will schob seine Brille etwas höher und antwortete mit einem Schulterzucken: »Mich hat's an den Sportunterricht in der Schule erinnert – da hab ich auch immer nur am Spielfeldrand gestanden und zugeschaut. Natürlich habe ich mich ausgeschlossen gefühlt, schon deshalb weil Jack und Marius beide an der Front waren.«

Topaz hatte die Kriegsjahre mit ihrer Mutter zusammen in einem Hotel im Lake District verbracht. Das Hotel war schlecht geheizt und ungemütlich gewesen und schien in einer Welt zu existieren, die nichts mit der gemein hatte, von der in den Rundfunknachrichten berichtet wurde.

»Und den Lehrer zu spielen ...«, fuhr Will fort. »Na, heldenhaft war das weiß Gott nicht.« Die letzten drei Jahre hatte

Will an der Schule seines Vaters, wo zahlreiche Lehrer wegen Einberufung fehlten, aushilfsweise Latein und Physik unterrichtet.

»Hat's dir keinen Spaß gemacht?«

Er schnitt eine Grimasse. »Ich hab die Tage bis zu den Ferien gezählt. Genau wie früher, als ich noch selbst zur Schule gegangen bin.«

»Machst du jetzt weiter?«

»Das glaube ich nicht. Ich bin kein guter Lehrer, wenn ich ehrlich sein soll. Die haben mich nur Vaters wegen behalten und weil sie niemand Besseren finden konnten. Bei uns war immer schon Jack der Intelligente, das weißt du doch. Im übrigen sind mittlerweile die meisten Lehrer wieder da. Und selbst wenn ich es nicht so gräßlich fände, da vorn vor der Klasse zu stehen, würde ich hier ganz bestimmt nicht bleiben wollen – an der Schule, die mein Vater leitet, und im Haus meiner Eltern. Ich möchte etwas tun, was mehr – mehr mir selbst entspricht.«

»Wie meinst du das?«

»Ich muß ihnen zeigen, daß ich selbst etwas auf die Beine stellen kann.«

Noch immer, fiel Topaz auf, lagen diese bläulichen Schatten unter Wills Augen, und sie fragte neugierig: »Ist es wirklich wahr, daß dein Herz Geräusche macht?«

Eine Erkrankung an rheumatischem Fieber, als er fünf Jahre alt gewesen war, hatte Wills Herz geschädigt. »Ich hab keine Ahnung«, antwortete er. »Ich hab es noch nie abgehört.«

»Darf ich mal?«

Will blieb stehen, und Topaz drückte aufmerksam lauschend ihr Ohr an seine linke Brustseite. Dann richtete sie sich wieder auf. »Ich weiß eigentlich gar nicht, wie ein Herz richtig klingen muß.«

Sie standen im Gras am Straßenrand, als ein Auto vorbeibrauste. »1934er Riley MPH«, sagte Will bewundernd, während er dem Wagen nachblickte, bis er hinter einer Kurve verschwand. »Ein tolles Auto. Von dem sind überhaupt nur zwanzig hergestellt worden. Irre Beschleunigung.«

Topaz sah plötzlich einen viel jüngeren Will vor sich, der ihr mit tintenblauen Fingern stolz seine Liste von Autokennzeichen zeigte. Sie hakte sich bei ihm ein, als sie weitergingen.

»Ich hab im Krieg oft an euch gedacht«, erzählte sie. »An dich und Jack und Julia und Marius. Immer wenn ich alles so richtig satt hatte, hab ich mir diesen Weg vom Schulhaus nach Missencourt vorgestellt. Und jetzt bin ich endlich wieder hier!« Sie reckte den Hals, um hinter den Bäumen das Haus der Temperleys sehen zu können. »Und wenn Jack nächste Woche heimkommt«, fuhr sie fort, »ist alles wieder wie früher.«

»Glaubst du das wirklich?«

»Du nicht?«

»Na ja, damals waren wir doch noch Kinder! Inzwischen hat sich viel verändert.«

»Aber man *empfindet* doch noch wie vorher, oder nicht?«

Will antwortete nicht.

»Du hast Jack bestimmt furchtbar vermißt«, fügte Topaz hinzu, aber gleichzeitig fiel ihr mit aller Lebhaftigkeit ein Zwischenfall ein, der Jahre zurücklag: Jack und Will hatten eine Münze geworfen, um zu entscheiden, wer mit Julia zusammen auf einem Pferd reiten dürfe. Sie erinnerte sich an Jacks zornigen Blick und an das Blitzen des Triumphs in Wills kornblumenblauen Augen, als er gewonnen hatte.

»Da ist Julia«, sagte Will lächelnd.

Sie kam ihnen auf dem Fahrrad entgegengesaust. Am Fuß des Hügels sprang sie ab. »So spät! Ich hab schon gedacht, du kommst gar nicht.« Sie warf beide Arme um Topaz. »Ich hatte genug von der Warterei, drum hab ich mich aufs Fahrrad gesetzt.« Sie trat einen Schritt zurück und betrachtete Topaz aufmerksam.

»Na komm, sag's schon«, forderte Topaz sie in resigniertem Ton auf. »Ich bin gewachsen.«

»Das kann man wohl sagen. Du hast schon einen richtigen Busen.«

»*Julia* –«, sagte Will peinlich berührt.

»Na, es stimmt doch! Sie hat mehr als ich.« Julia hatte eine weiße Baumwollbluse an und dazu eine beigefarbene lange Hose. Das braune Haar hing ihr in einem zerzausten Pferdeschwanz den Rücken hinunter. Sie war groß und schlank, mit langen, dünnen Gliedern und einem schmalen, aristokratisch wirkenden Gesicht, in dem die großen, tiefliegenden grauen Augen auffielen. Topaz fand immer, daß Julias Aussehen überhaupt nicht zu ihrem Wesen paßte; ihre noble Schönheit schien von ihrem hitzigen Temperament und ihrer bisweilen fatalen Impulsivität nichts zu wissen.

»Also, wenn du's genau wissen willst, ein Busen ist nur lästig«, erklärte Topaz. »Dauernd ist er einem im Weg. Und wenn ich renne, wabbelt er.«

Sobald sie um die Ecke bogen, kam Missencourt in Sicht. Harmonisch fügte sich der elegante, rechteckige Bau aus hellem Naturstein, an dem wilder Wein in die Höhe wuchs, in die grüne Kulisse von Wald und Tal. Vom hinteren Teil des Hauses gelangte man durch hohe Flügeltüren auf eine gepflasterte Terrasse, an die sich weite Rasenflächen anschlossen. Die schlanken Zypressen, die den Park umgrenzten, warfen dunkle Schatten aufs Gras, und auf dem glatten Wasser des kreisrunden Weihers in der Mitte des Rasens schwammen Seerosen. Topaz erinnerte sich der Goldfische im Teich, goldene Lichter in dunkelgrünen Tiefen.

Aber sogar Missencourt hatte Veränderungen hinnehmen müssen. Zwar schien am Haus selbst die Zeit spurlos vorübergegangen zu sein, doch Teile der großen Rasenflächen hatte man umgegraben, um Gemüsebeete anzulegen, wie Topaz sah, und so wuchsen dort jetzt anstelle des samtig weichen Grases ihrer Erinnerung graugrüner Kohl und das lindgrüne Gefieder von Karotten.

»Mama ist nicht da«, sagte Julia. »Aber Marius ist im Arbeitszimmer. Geh doch rein und sag ihm guten Tag, Topaz. Er kann's kaum erwarten, dich zu sehen.«

Durch den Spalt der halbgeöffneten Tür sah Topaz Marius Temperley an seinem Schreibtisch sitzen. Er hob den Kopf und sprang auf.

»Na, so was! Topaz!« rief er. »Wie schön! Du schaust richtig gut aus.«

Gott sei Dank mal etwas anderes als das ewige »Du bist aber gewachsen«, dachte sie. Schließlich mußte sie sich genau wie früher auf Zehenspitzen stellen, um ihm einen Kuß geben zu können. Er war groß und breitschultrig und hatte das braune Haar und die hellen Augen, die für die Temperleys typisch waren. Seine Augen allerdings waren nicht grau wie die von Julia, sondern zeigten eher ein etwas verwaschenes Blau, und die Linie der römischen Nase hatte infolge einer Schulprügelei vor vielen Jahren dauerhaft gelitten.

»Ich wollte dich nicht stören.« Sie wies auf die Papierstapel auf dem Schreibtisch.

»Tust du gar nicht.« Er lachte. »Ich bin dankbar für jeden Vorwand, Schluß zu machen.«

»Du hast wohl wahnsinnig viel zu tun?« Auf den Schränken und dem Fußboden häuften sich Akten.

»Es gibt einiges durchzusehen, ja. Obwohl Julia natürlich die Firmengeschäfte bestens verwaltet hat«, fügte Marius eilig hinzu.

Die Firma Temperley stellte Rundfunkgeräte her. Büros und Werkstätten waren im nahe gelegenen Dorf Great Missen in einer ausgedienten steinernen Kapelle untergebracht, früher einmal die Heimat einer obskuren religiösen Sekte, die finsterste mittelalterliche Askese gepflegt hatte. Als Francis Temperley, der Vater von Julia und Marius, während des Krieges gestorben war, hatte Julia in Abwesenheit ihres Bruders die Führung der Geschäfte übernommen. Will hatte früher einmal versucht, Topaz zu erklären, wie ein Radio funktionierte, aber als er begonnen hatte, von Schallwellen zu sprechen, hatte ihr Verstand plötzlich ausgesetzt, überwältigt von einem wirren Bild sturmgepeitschter grauer Brandungswellen wie die unten am Strand von Hernscombe, die tosend durch die Lüfte rollten.

»Wie geht es dir, Topaz?« fragte Marius. »Wie war das Leben da oben an den Seen? Vermutlich eine Mischung aus Langeweile und Schönheit, hm?«

»Genau«, antwortete sie, an die sieben Jahre Exil zurückdenkend. »Langeweile und Schönheit. Genauso war's. Ach, na ja, eigentlich war es ganz erträglich. Wir haben schöne Wanderungen gemacht. Aber das Hotel war grauenvoll. Und das Essen erst! Omelette aus Trockenei und dazu drei Erbsen aus der Dose. Außerdem hatte ich dauernd Angst, Mama würde womöglich einen dieser martialischen Obersten heiraten.«

»Wieso? Wie meinst du das?«

»Ach, bei uns im Hotel haben ganze Horden davon gewohnt. Knallrote Gesichter und gezwirbelte Schnauzbärte. Sie haben Mama Memsahib genannt.«

Marius lachte. »Und jetzt? Seid Ihr wieder in London, nehme ich an.«

»Ja, seit März.«

»Und du gehst im Herbst wieder zur Schule?«

»Nein, zum Glück nicht.« Sie schauderte. »O Gott, wenn ich mir vorstelle, ich müßte schon wieder in einer neuen Schule anfangen!«

»Was hast du denn dann vor?«

»Mama hofft, daß ich heirate.«

»Und – gibt es schon einen Kandidaten?«

Sie schüttelte den Kopf. »Du siehst hier die Unschuld vom Lande«, erklärte sie ironisch. »Allerdings –«

»Allerdings was?« Er zog die Brauen hoch.

»Einer von den alten Knackern im Hotel hat mir eine Tafel Schokolade für einen Kuß geboten.«

»*Topaz*!«

Nur leicht verlegen sagte sie: »Du hast ja keine Ahnung, was für einen Heißhunger auf Schokolade ich hatte. Und so schlimm war's eigentlich gar nicht. Nur der Schnurrbart hat ein bißchen gekribbelt.« Sie sah ihn an »Und du? Bist du nicht froh, wieder zu Hause zu sein?«

»Weißt du, daß du die erste bist, die mich das fragt?« Sie meinte, eine Müdigkeit in seinen Augen zu sehen. »Ich kann mir vorstellen«, sagte sie nachdenklich, »daß das Leben beim Militär in mancher Beziehung – einfacher ist.«

»In mancher Beziehung, ja«, stimmte Marius zu. »Aber klar, ich bin froh, wieder zu Hause zu sein. Es ist nur alles so – so anders geworden. Vor allem natürlich durch Vaters Tod.«

»Ja, das glaube ich. Es tut mir so leid, Marius.«

»Wie geht es deiner Mutter?«

»Oh, Mama geht es sehr gut. Obwohl das mit der Wohnung sie ziemlich mitgenommen hat. Weißt du, unsere alte Wohnung ist bei einem Luftangriff völlig ausgebombt worden, und wir haben eine Ewigkeit gebraucht, um was Neues aufzutreiben.«

Während sie sprach, fiel ihr wieder ein, daß sie Marius Temperley immer schon ganz besonders dafür gemocht hatte, daß er einem wirklich zuhörte. Selbst als sie noch ein kleines Mädchen und er schon fast erwachsen gewesen war, hatte er sie ernst genommen und ihr nicht nur mit halbem Ohr zugehört, wie so viele andere, die sich gleichzeitig mit irgend etwas anderem beschäftigten, wenn man mit ihnen redete, oder mit mühsam unterdrückter Ungeduld nur auf den Moment warteten, wo sie sich wichtigeren Dingen oder Menschen zuwenden konnten.

»Kurz und gut«, schloß sie, »wir waren gerade eingezogen, da streikte der Boiler, daraufhin haben wir die Koffer gepackt und sind hierhergefahren.«

»Das war eine gute Idee. Ich freue mich, daß du hier bist«, sagte er, und ihr wurde das Herz weit.

Der Zug, der vom Bahnhof Paddington abfuhr, hielt in jedem kleinen Nest und war voll bis auf den letzten Platz. Jack Chancellor mußte die ganze Fahrt über stehen. Er war eine Woche früher als erwartet aus dem Militärdienst entlassen worden und hatte beschlossen, seine Familie nicht davon zu unterrichten, sondern sie mit seiner unvermuteten Heimkehr zu überraschen.

Aber je näher er jetzt dem Zuhause kam, desto stärker wurden die Zweifel, daß die Idee, die er anfangs für absolut brillant befunden hatte, wirklich so gut war. Jetzt wünschte er, er hätte angerufen oder ein Telegramm geschickt. Er wünschte, der ganze Trubel der Heimkunft wäre vorüber, und er könnte ohne die Peinlichkeit tränenreicher Empfangsrituale in sein früheres Leben zurückkehren.

Eingequetscht zwischen einem Seemann, der den Rausch der vergangenen Nacht ausschlief, und einem Mann, der eine übelriechende Pfeife paffte, dachte Jack an zu Hause und gestand sich ein, daß seine Unsicherheit vor allem mit Julia zu tun hatte. Wenn Julia noch immer etwas an ihm lag, wäre alles gut; wenn nicht, hätte er ebensogut in Italien bleiben können.

In Yeovil stieg er aus dem Londoner Zug in die kleine Bummelbahn um, die durch das Hügelland im Süden nach Longridge Halt zuckelte. Nachdem er es sich auf einem Fensterplatz bequem gemacht hatte, kehrten seine Gedanken zu Julia zurück. Sie kannten sich seit ihrer frühesten Kindheit. Die Freundschaft ihrer Mütter hatte sie dazu bestimmt, ebenfalls Freunde zu werden. Mit neunzehn dann hatte Jack sich an die Front gemeldet. Er war in ein Ausbildungslager im Norden Englands geschickt worden. Als er 1941 zu einem vierzehntägigen Urlaub nach Hause gekommen war, hatte er Julia mit anderen Augen gesehen. Sie schien sich während seiner Abwesenheit sprunghaft entwickelt zu haben – oder hatte vielleicht er selbst sich verändert und war durch das Militärleben, das bei ihm ein wenn auch noch unsicheres männliches Selbstbewußtsein hervorgebracht hatte, erwachsener geworden? Wie dem auch sein mochte, er sah sie plötzlich als das, was sie war – eine atemberaubend schöne und begehrenswerte junge Frau, die ihn faszinierte.

Wunderbarerweise (und es war selbst jetzt noch ein Wunder für ihn) war sie von ihm nicht weniger fasziniert gewesen. Jack war ein Mensch, der nie erwartete, daß ihm etwas in den Schoß fiel, sondern immer mit Schwierigkeiten rechnete. Zum erstenmal hatte er Julia geküßt, als er sie vom Schulhaus nach Hause begleitet hatte. Auch das war eine Heimkehr gewesen, der innige Kontakt mit ihrem schönen Gesicht und dem weichen, vollen Mund. Er war sehr vorsichtig gewesen, schon aus Angst vor Zurückweisung, aber sie war ihm entgegengekommen, und ein paar Tage später hatte er in der Heimlichkeit des Waldes hinter Great Missen ihren Busen gestreichelt und seine Fingerspitzen über ihren weichen, flachen Bauch gleiten lassen.

An diesem Tag waren sie mit Verspätung nach Missencourt zurückgekommen. Julias Vater, ein bei allem Charme kluger und scharfsichtiger Mann, hatte sie am Tor erwartet. »Ich dachte schon, ihr hättet euch verfahren«, sagte er nur, aber in seinen Augen war ein Ausdruck gewesen, der Jack gewarnt hatte. Und danach hatte sich irgendwie keine Gelegenheit mehr geboten, mit Julia allein zu sein.

Er hatte sich Tag und Nacht nach ihr gesehnt und einen kurzen Vierundzwanzig-Stunden-Urlaub vor seiner Abreise ins Ausland genutzt, um noch einmal nach Missencourt zu fahren. Im ehemaligen Spielzimmer der Geschwister Julia und Marius, wo noch vergilbte Weltkarten und Reproduktionen alter Meister an den Wänden hingen, hatten sie sich aneinandergeklammert. Ihr Haar hatte sein Gesicht gestreift, als er sie an sich gezogen und mit den Händen die Konturen ihres Körpers nachgezeichnet hatte. Und während sein hungriger Mund gierig den ihren gesucht hatte, hatte sie mit zitternder Stimme gesagt: »Ich will nicht, daß du fortgehst, Jack, ich will nicht, daß du gehst.« Er hatte die Augen geöffnet und in einer Mischung aus Glückseligkeit und Verzweiflung seinen Blick starr auf den rosa schraffierten Umriß Afrikas gerichtet, der ihm gegenüber an der Wand hing. Er hatte ihr gesagt, daß er sie liebte, und als draußen im Korridor schon Schritte zu hören waren, hatte er gemeint, sie flüstern zu hören, daß auch sie ihn liebte.

Gerade noch rechtzeitig, bevor ihre Eltern ins Zimmer traten, fuhren sie auseinander. Der Rest des Abends wurde zu einer einzigen Qual. Jack konnte auf Adele Temperleys freundliche Fragen nach seinen Zukunftsplänen nur stammelnd Antwort geben, und auf Francis Temperleys mahnende Worte stotterte er nur Unsinn.

Hundert Dinge, die er ihr noch sagen wollte, hatten ihm auf der Seele gelegen, als er sich nach einer halben Stunde verabschiedet hatte, aber er hatte nur fragen können: »Du schreibst mir doch, ja?«, bevor er sich von Julia abgewandt hatte, die zwischen ihren Eltern an der Tür stand. Dann war er die Auffahrt hinuntergegangen, und die Haustür war zugefallen, noch ehe er sich umdrehen konnte, um einen letzten Blick auf sie zu werfen. Am folgenden Tag war er nach Plymouth aufgebrochen, um die lange Seereise nach Nordafrika anzutreten.

Julia hatte ihm regelmäßig geschrieben, lange, heitere Briefe, in denen sie sich nicht nur über die Sparmaßnahmen und Einschränkungen der Kriegszeit lustig machte, sondern auch über ihre Bemühungen, ihren älteren Bruder Marius in der elterlichen Firma zu ersetzen. Überall – in Ägypten, Sizilien und Italien – hatten Julias spöttische Stimme und der neckende Blick ihrer grauen Augen ihn begleitet. »Lieber Himmel, Jack, lach doch mal«, hatte er sie sagen hören. »Sei nicht immer so schrecklich ernst.« Und meistens hatte er wenigstens ein Lächeln zustande gebracht.

Nur einmal hatte ihr Frohsinn sie verlassen – als Francis Temperley gestorben war. *Es ist schrecklich, Jack. Papa hatte einen Herzinfarkt. Er ist tot. Ich weiß nicht, wie ich das ertragen soll.* Und dann eine lange, lange Pause, sechs Monate, in denen sie nicht geschrieben hatte. Jack war in dieser Zeit mit seiner Einheit durch das zerstörte Italien nordwärts marschiert, sie hatten Brücken gesichert, solche, die nicht zu retten waren, gesprengt und Pontons gelegt. Er hatte Julia geschrieben, aber es war ihm immer schon schwergefallen, seine Gefühle in Worten auszudrücken, und was er schrieb, fand er, konnte die Tiefe seiner Anteilnahme nicht vermitteln. Wenn ich wieder zu Haus bin, hatte er sich geschworen, wenn ich erst zu Hause bin, mache ich es wieder gut.

Die langen Kriegsjahre hindurch hatte er nur für den Moment des Wiedersehens mit ihr gelebt. Doch mit der Rückkehr nach England war seine freudige Zuversicht geschwunden. Das Land hatte sich auf erschreckende Weise verändert. London mit den zerstörten Straßen und Plätzen war zu einer unwirtlichen Trümmerlandschaft verkommen. Er war bestürzt gewesen über das eintönige triste Grau der Leute auf den Straßen, über ihre Klagen und ihre Rücksichtslosigkeit. Als er nach seiner amtlichen Entlassung aus dem Militärdienst neu eingekleidet auf die Straße getreten war, hatte sich prompt so ein schmieriger Kerl an ihn herangepirscht und ihm einen Zehner für den Anzug geboten, den er von der Ausgabestelle bekommen hatte. Und später, als er am Bahnhof Paddington in den Zug steigen wollte, hatte ein alter Fettwanst sich unter rüdem Einsatz seiner Ellbogen an ihm vorbeigedrängt und ihm den letzten freien Platz weggeschnappt. Ein anderer Heimkehrer, der in der Nähe stand, hatte Jack mit vielsagendem Blick angesehen und dabei leicht die Schultern gehoben, als wollte er sagen: *Zivilisten!*

Während der langen, gemächlichen Bahnfahrt war viel Zeit, sich Zweifeln und Befürchtungen hinzugeben. Julia war erst siebzehn gewesen, als er 1942 England verlassen hatte – ein Schulmädchen noch. Viel zu jung, um wirklich zu wissen, was sie wollte. Und selbst wenn sie einmal mehr als Freundschaft für ihn empfunden hatte, konnte dieses Gefühl inzwischen längst erloschen sein. Es war leicht möglich, daß sie die flüchtigen Augenblicke der Intimität zwischen ihnen heute bedauerte oder gar vergessen hatte.

Der Zug fuhr langsamer, als er sich Longridge Halt näherte. Jack nahm seinen Kleidersack und seinen Mantel. Mit einem letzten Kreischen der Räder und scharfen Zischen der Dampflok kam der Zug zum Stehen.

Jack war der einzige, der ausstieg. Als der Zug wieder anfuhr, ging er los, aber nicht in Richtung Schulhaus, sondern nach Missencourt. Zuerst wollte er zu Julia, danach würde er nach Hause gehen. Es war ja nicht so, daß seine Eltern ihn heute erwarteten.

Es war ein Genuß, nach der langen Fahrt in dem überfüllten, stickigen Zug frische Luft zu atmen. Beim Gehen wurde er ruhiger, im Angesicht des wolkenlosen Himmels hellte sich seine Stimmung auf, und er begann Müdigkeit und zweifelndes Unbehagen zu vergessen. Die abgeernteten Felder auf dem Talgrund leuchteten gelb, und die weidenden Schafe an den höhergelegenen Hängen sahen aus wie weiße Pusteblumen auf grünem Grund. Jack nahm sich vor, schon bald Carrie in Sixfields zu besuchen. Unter hohen Bäumen, die den Himmel verdunkelten, führte die schmale Landstraße in Windungen durch die Wälder rund um Missencourt, und während Jack zügig ausschritt, dachte er über alles nach, was er Julia sagen wollte. Dieses Mal würde er sich durch nichts aufhalten lassen.

Er bog von der Straße ab, um den Fußweg zum Garten von Missencourt zu nehmen. Der Klang fernen Gelächters ließ sein Herz höher schlagen. Er blickte über den Rasen zur Terrasse und sah sie. In Hemdbluse und langer Hose saß sie in einem Liegestuhl. Der Anblick dieser älteren, fremden Julia in der burschikosen Aufmachung traf ihn wie ein Schock.

Sie war nicht allein. Ein Mann saß an ihrer Seite. Jack erkannte ihn nicht sogleich. Blond, schmächtig … sein Bruder Will! Und während er noch zu den beiden hinsah, hob Julia die Hand und zauste Will das Haar. Es war eine Geste, die Jack innige Vertrautheit und Zuneigung zu verraten schien.

In Italien hatte Jack einmal, als er unter einer angeschlagenen Brücke herumgeklettert war, um ihren Zustand zu überprüfen, bevor der anrückende Konvoi sie überquerte, zwischen den Eisenstreben eingeklemmt eine Granate entdeckt. Eine einzige achtlose Bewegung, ein einziger falscher Schritt hätten ausgereicht, um die Granate zur Explosion zu bringen. Der Tag, eben noch hell und freundlich, hatte sich schlagartig aufs bedrohlichste verfinstert. An diesen Moment mußte er jetzt denken.

Und während er noch unschlüssig dastand, sprang Julia plötzlich auf, als hätte sie ein Geräusch gehört. Mit weit aufgerissenen Augen und leichtgeöffnetem Mund starrte sie ihn an und schien nicht gerade erfreut, ihn zu sehen.

Mit schnellem Schritt ging er durch das Gras zur Terrasse.

Im ersten Moment wollte sie ihren Augen nicht trauen, als sie den Kopf hob und den Mann bemerkte, der im Schatten der Bäume stand. Eine wirre, atemberaubende Sekunde lang glaubte sie, es wäre ihr Vater. Ihr Herz krampfte sich zusammen, und sie begann zu zittern. Als sie wieder ruhig geworden und der Schock jubelnder Freude gewichen war, hatte Jack schon die Terrasse erreicht und sagte in einem Ton, der kalt und verächtlich klang: »Ich dachte, ich komme auf einen Sprung vorbei, ehe ich nach Hause gehe. Aber du scheinst ja beschäftigt zu sein.«

Sie schlang ihm die Arme um den Hals und küßte ihn. Als

er nicht reagierte, weder die Umarmung noch die Küsse erwiderte, trat sie unsicher einen Schritt zurück. Sie kam sich albern vor und war gleichzeitig ein wenig erschrocken.

Jack reichte seinem Bruder die Hand. Sie bot ihm etwas zu trinken an, aber er lehnte ab. »Lieber nicht. Ich habe noch viel zu tun.« Will fragte ihn nach seiner Reise und nach Italien, und er gab kurze, nichtssagende Antworten, die sie in ihrer ängstlichen Verwirrtheit nur mit halbem Ohr aufnahm. Kein Lächeln kam Jack auf die Lippen, und sein Verhalten war von einer Schroffheit und Unzugänglichkeit, die ihr zu seiner veränderten Erscheinung zu passen schienen – den kräftigeren Schultern, der von der Sonne tiefgebräunten Haut. Er ist ein Fremder geworden, dachte sie bestürzt.

Sie verspürte das dringende Bedürfnis, allein zu sein, darum zog sie sich unter dem Vorwand, das Abendessen vorbereiten zu wollen, in die Küche zurück, sobald Jack, Will und Topaz gegangen waren. Dort nahm sie einen der einfacheren Teller aus dem Schrank und schleuderte ihn mit aller Kraft gegen die Wand, wo er in tausend Scherben zersprang. Dann setzte sie sich an den Tisch, schlug die Hände vors Gesicht und weinte. Als sie sich ausgeweint hatte, schneuzte sie sich in ein Geschirrtuch, wischte sich die Augen und versuchte, sich zu beruhigen. Julia hat wieder mal ihren Rappel, hätte ihr Vater liebevoll gesagt.

Aber die Gedanken an ihren Vater halfen nicht. Sie zündete sich eine Zigarette an und machte sich daran, die Scherben des zerbrochenen Tellers aufzulesen. Sie fühlte sich ausgelaugt und rastlos zugleich. Seit sie von Jacks bevorstehender Entlassung aus dem Militärdienst gehört hatte, war sie kaum fähig gewesen, an etwas anderes zu denken. Zum erstenmal seit dem Tod ihres Vaters war Glück ihr wieder möglich erschienen. Es war, als könnte mit Jacks Heimkehr alles wieder ins Lot kommen.

Sie hatte Jack immer geliebt. An eine Zeit ohne Jack konnte sie sich nicht erinnern. Als Kinder waren sie und Jack unzertrennlich gewesen. Will war viel krank gewesen, und Marius hatte immer schon vor ihnen allen die nächste Stufe erklommen (Grundschule, höhere Schule, Arbeit), so daß sie häufiger zu zweit als zu viert gewesen waren. Julia und Jack waren auf Bäume geklettert, zusammen ausgeritten, zusammen gesegelt. Er hatte ihrer Verwegenheit eine Sorglosigkeit und ein Selbstvertrauen entgegengesetzt, um die sie ihn insgeheim beneidete.

Das Soldatenleben hatte Jack verändert. Er hatte sie mit anderen Augen betrachtet, plötzlich ganz anders behandelt. Die Begegnung mit diesem anderen, reiferen Jack hatte sie gereizt und erregt. Als er sie das erste Mal küßte, hatte die eine Art der Liebe sich in eine andere gewandelt. Die Lust ihres Körpers an seiner Berührung hatte sie überrascht, aber es hatte sie nicht überrascht, daß gerade Jack diese Reaktionen und Gefühle bei ihr hervorrufen konnte. Er hatte ja immer schon zu ihr gehört.

Dann war sein Regiment ins Ausland abkommandiert worden, und er war fortgegangen. Julia hatte die Schule beendet und danach in der Firma ihres Vaters mitgearbeitet, die seit Anfang 1941 auf Hochtouren produzierte, um den militärischen Bedarf an Rundfunkgeräten zu decken. Julia, die sich weder für den Haushalt noch für ein Universitätsstudium interessierte, entdeckte, daß die anstrengende Arbeit im Betrieb wenigstens zeitweise die Leere vergessen machte, die durch die Abwesenheit Jacks und ihres Bruders Marius in ihrem Leben entstanden war. Insgeheim war sie froh, daß es ihr dank der Beschäftigung in der Firma erspart blieb, sich zum Dienst bei einem der Frauenhilfskorps melden zu müssen: Als Luftwaffen- oder Marinehelferin wäre sie in irgendeiner Kaserne fern von zu Hause stationiert worden und hätte in einem Saal voller Frauen schlafen müssen! Es wäre ihr ein Greuel gewesen.

Sie hatte nicht viel darüber nachgedacht, was sie und Jack nach Ende des Krieges tun würden. Manchmal, wenn es nur schlechte Nachrichten hagelte, hatte sie den Eindruck, er würde niemals enden. Und als das Blatt sich endlich wendete, wagte sie es nicht, Zukunftspläne zu schmieden, weil sie abergläubisch fürchtete, ein mißgünstiges Schicksal würde ihn ihr dann nehmen.

Aber nicht Jack war ihr genommen worden, sondern ihr Vater. Der Schlag erfolgte aus heiterem Himmel und traf sie völlig unvorbereitet. Sie erinnerte sich jeder Einzelheit dieses schrecklichen Tags. Es war ein regnerischer Oktobersonntag gewesen, ihr Vater hatte mit den Hunden einen Spaziergang gemacht. Er hatte sie gefragt, ob sie nicht mitkommen wolle, aber sie hatte abgelehnt, denn sie war gerade bis auf die Haut durchnäßt von einem Ausritt zurückgekommen. Sie hatte noch die Worte ihres Vaters im Ohr: »Da machen doch ein paar Regentropfen mehr oder weniger auch keinen Unterschied mehr, hm, Liebes?« Aber sie hatte den Kopf geschüttelt und war nach oben gelaufen, um sich umzuziehen. Eine alltägliche, kleine Entscheidung, die sie seither tausendmal bereut hatte. Eine Stunde später, sie saß am Klavier, klopfte es draußen an der Tür. Ihre Mutter ging hin. Julia konnte nicht ausmachen, was gesprochen wurde, aber der Ton der Stimmen weckte erste böse Ahnungen in ihr. Sie nahm die Hände von den Tasten und wartete voll Furcht. *Jack*, dachte sie, *Jack*.

Aber es war nicht Jack. Einer der Gutsangestellten hatte ihren Vater gefunden, neben einem Zauntritt liegend, beinahe wie im Schlaf. Sally, die alte Labradorhündin, hatte an seiner Seite gesessen. Sie hatten Julia nicht zu ihm gelassen, und sie hatte sie dafür gehaßt. Den ganzen Nachmittag hatte sie nach Rob gesucht, dem Welpen, der ausgebüxt war, und hatte ihn schließlich, nachdem sie kilometerweit gelaufen war, klatschnaß und zitternd unter einem Schwarzdornstrauch entdeckt, in dessen Geäst sich seine Leine verfangen hatte.

Dieser Tag hatte ihr Leben in vielfacher Weise verändert. Beinahe unablässig wühlte der entsetzliche Schmerz in ihr und quälte sie bis zur Erschöpfung. Und so zermürbend der Schmerz war, so erschreckend war die Erkenntnis, daß ihr, Julia Temperley, tatsächlich Schlimmes zustoßen konnte. Alle Katastrophen, die andere in den vergangenen Jahren heimgesucht hatten, waren an ihr vorbeigegangen. Sie war klug genug zu erkennen, daß ihr der Krieg Möglichkeiten bot, die sie sonst niemals bekommen hätte. Wäre es nicht zum Kriegsausbruch gekommen, so hätte Marius im väterlichen Unternehmen gearbeitet und nicht sie. Sie hatte keine Ahnung, was sie dann getan hätte; sie hatte sich nie in einem dieser typischen Frauenberufe gesehen.

Aber nach dem Tod ihres Vaters hatte sie begriffen, wie zerbrechlich das Glück war. Sie hatte Jack monatelang nicht geschrieben, weil sie in ihrem trostlosen Herzen nichts entdecken konnte, was der Mitteilung wert gewesen wäre. Als sie den Briefwechsel schließlich wiederaufnahm, kostete es sie Mühe, vor ihm zu verbergen, wie sehr sie sich verändert hatte, und vorzugeben, sie sei weiterhin die alte Julia, die er kannte, die ihm vertraut war. Sie selbst betrachtete dieses alte Selbst mit Verachtung: ein verwöhntes, naives und kindisches Gör, das sich eingebildet hatte, nichts könnte seine kleine heile Welt ins Wanken bringen.

Die Beziehung zu ihrer Mutter, die nie besonders herzlich gewesen war, kühlte nach dem Tod ihres Vaters weiter ab. Adeles offener Schmerz machte sie wütend. Sie nahm es ihrer Mutter übel, daß sie nur noch Schwarz und Grau trug und alle Einladungen zu gesellschaftlichen Anlässen ausschlug, wertete dieses Verhalten als exhibitionistisch, Adeles Bedürfnis entsprungen, ihre Gefühle zur Schau zu stellen und Teilnahme einzufordern. Tief im Innern hatte sie gewußt, daß ihre Haltung unangemessen war, aber sie hatte dieses Wissen weggeschoben und sich verboten, vor anderen zu weinen oder Schmerz zu zeigen.

Ihr war klar, daß die meisten Leute glaubten, nach dem Tod des Chefs der Firma Temperley und in Abwesenheit seines Sohnes, der in Nordfrankreich an der Front war, sei das Ende des Unternehmens unausweichlich. Aber sie war entschlossen, es nicht dazu kommen zu lassen: Ihr Vater hatte die Firma gegründet, und um seinetwillen würde sie sie am Leben erhalten. Von einer Mischung aus Trotz und Hartnäckigkeit getrieben, zwang sie sich, in die Fußstapfen ihres Vaters zu treten. Zu diesem Zeitpunkt produzierte der Betrieb nicht mehr Funkgeräte für das Militär, sondern einfache Rundfunkempfänger für die Zivilbevölkerung, die gemäß den Spezifikationen des Versorgungsministeriums hergestellt wurden. Anfangs machte Julia Fehler, traf einige Fehlentscheidungen und brachte damit die Firma dem Ruin gefährlich nahe. Daß sie diese schwierige Situation dennoch meisterten, war, das wußte sie, in weit höherem Maß der Erfahrung und Loyalität des Meisters und der Techniker zu verdanken, als ihren ungeschickten Bemühungen. Doch Anfang 1945 hatten sie den Auftragsrückstand endlich aufgeholt, und das Kriegsministerium machte ihnen nun nicht mehr mit Vorwürfen von Ineffizienz die Hölle heiß.

In dieser dunklen Zeit sehnte sie sich unaufhörlich nach Jack. Wenn Jack erst wieder zu Hause ist, sagte sie sich beinahe täglich, wird alles wieder gut. Aber Jack blieb in Italien, und selbst nach Ende des Kriegs im Mai 1945 schienen die Entlassungsformalitäten unendlich lange Zeit in Anspruch zu nehmen.

Während Jacks Abwesenheit verbrachte Julia einen großen Teil ihrer Freizeit mit seinem jüngeren Bruder Will. Sie hatte nie ein besonders duldsames Naturell besessen, doch durch den Verlust war sie hart geworden, anderen gegenüber kurz und ungeduldig. Alte Freunde stieß sie mit ihrer Reizbarkeit vor den Kopf, neue Freundschaften zu knüpfen fehlte es ihr an Energie und Lust. Sie konnte es nicht ausstehen, wenn andere sie auf ihren Vater ansprachen, und war überzeugt, die Bekundungen von Anteilnahme seien reine Pflichtübungen. Aber sie nahm es genauso übel, wenn man ihren Vater nicht erwähnte – wie konnten diese Leute so ignorant sein, nicht zu begreifen, daß er ständig in ihren Gedanken war? Sie wußte, daß sie überempfindlich und schwierig war, aber sie konnte es nicht ändern. Einzig Will, den sie praktisch ihr Leben lang kannte, schien ihre Scharfzüngigkeit und ihre finsteren Launen zu verstehen – und zu verzeihen. In den frühen Tagen, zur Zeit jenes trostlosen ersten Weihnachtsfests ohne ihren Vater, begleitete Will sie auf den langen Wanderungen über das kältestarre Land, mit denen sie sich in körperliche Erschöpfung zu treiben suchte, um nachts schlafen zu können. Er bemühte sich unermüdlich, sie aufzuheitern, ging mit ihr ins Kino, ließ um ihretwillen heldenhaft eine grauenvolle Theatervorstellung im Gemeindesaal über sich ergehen. Er brachte ihr das Autofahren bei. Die Unterrichtsstunden wurden wegen der Benzinrationierung meistens in der Garage oder auf dem Schulhof abgehalten und gestalteten sich im allgemeinen so, daß Julia entsprechend den Verkehrssituationen, die Will ihr ausmalte, Lenkrad, Pedale und Schaltung betätigte. Er machte ihr Geschenke: einen Roman, den er in einem Antiquariat entdeckt hatte; ein Federkästchen aus Holz, das er selbst gefertigt hatte; einen Strauß Veilchen frisch von der Pferdewiese. Er hörte ihr zu, wenn sie das Bedürfnis hatte, ihr Herz auszuschütten, und ertrug ohne Klagen ihr Schweigen; er nahm ihre Launen mit Humor und tröstete sie, wenn sie der Verzweiflung nahe war. Es tat ihr gut, mit ihm zusammenzusein, mit ihm vergaß sie manchmal ihren Kummer und konnte wieder lachen.

Obwohl sie nie darüber sprachen, ahnte Julia, wie sehr es Will getroffen hatte, daß er bei der Musterung für untauglich erklärt worden war. Das, dachte sie bisweilen, hatten sie gemeinsam: Sie gehörten beide zu den Daheimgelassenen, die sich um die unspektakulären Alltagsgeschäfte kümmerten und dafür sorgten, daß das Leben weiterging. »Man bekommt keinen Orden dafür«, hatte sie einmal ein wenig bitter gesagt, »daß man die Nacht durcharbeitet, um einen Auftrag vom Kriegsministerium zu erfüllen.«

»Und auch nicht dafür«, hatte Will ergänzt, »daß man sich mit einem Haufen Drittkläßler herumschlägt.«

Einzig vor Will hatte sie endlich geweint. Sie hatten einen ihrer seltenen freien Tage zu einem Fahrradausflug an die Küste genutzt und auf halbem Weg dorthin, nachdem sie die Ländereien von Wills verrückter Cousine Carrie hinter sich gelassen hatten, auf der Höhe eines Hügels angehalten, um zu verschnaufen. Der Frühlingssonnenschein mit seiner Verheißung wärmerer Tage hatte leuchtend auf den Feldern und dem fernen Meer gelegen. Julia hatte daran denken müssen, wie schön ihr Vater diesen Augenblick gefunden hätte, und war in Tränen ausgebrochen. Sie hatte stundenlang geweint. Die meisten Männer, dachte sie später, hätten angesichts einer hysterisch schluchzenden Frau die Flucht ergriffen, Will jedoch hatte sie tröstend in den Armen gehalten, ihr die Tränen abgewischt und nicht einmal ein verlegenes Gesicht gemacht. Und als er merkte, daß der Sturm sich gelegt hatte und sie bereit war, sich ablenken zu lassen, hatte er ihr von seinen Lieblingsautos erzählt und von seinem Plan, nach Kriegsende eine Autowerkstatt zu eröffnen.

Damals war es ihr zum erstenmal in den Sinn gekommen, sich zu fragen, ob Will vielleicht in sie verliebt war. Sie hatte die Möglichkeit sofort verworfen. Will war nett zu ihr, weil er von Natur aus ein netter Mensch war, mehr nicht. Aber der Gedanke war geblieben, eine Beruhigung und ein Trost. Das Zusammensein mit Will war wohltuend und unkompliziert. Er stritt nie mit ihr, er fand nie etwas an ihr auszusetzen. Und in Erinnerung an den kalt urteilenden Blick in Jack Chancellors Augen stellte sie sich nun zornig die Frage, ob sie die ganze Zeit dem falschen Bruder ihre Liebe nachgetragen hatte.

Prudence Chancellor war bald nach Veronica Brookes Ankunft im Schulhaus in den Garten geflohen, um die Wäsche von der Leine zu nehmen. Langsam und bedächtig zog sie die Klammern ab und faltete jedes einzelne Wäschestück mit Sorgfalt, bevor sie es in den Korb legte. Es waren zwei lange Leinen voller Wäsche, und sie hoffte, daß sich bis zum Ende der zweiten ihr normalerweise ausgeglichenes Wesen wieder eingefunden haben würde. Morgen, wenn sie zu einer Tasse Tee mit Adele Temperley nach Missencourt hinüberfuhr, würde sie über die ganze Geschichte lachen können.

»Einer der Jungs hat ein Glas Wasser fallen lassen, als ich das Essen ausgegeben habe«, würde sie Adele erzählen, »und Veronica saß einfach nur da. Sie ist überhaupt nicht auf die Idee gekommen, Schaufel und Besen zu holen, um die Scherben aufzufegen, oder wenigstens mit einer Serviette das Wasser aufzuwischen. Sie hat mir auch nicht etwa angeboten, an meiner Stelle das Essen auszugeben, während ich saubermachte. O nein, sie saß nur da und zog ein Gesicht, als erwartete sie, daß auf der Stelle einer von unseren nicht vorhandenen Dienstboten angeflitzt käme.«

Seufzend nahm Prudence sich die zweite Leine vor. Ich sollte mir wirklich mehr Mühe geben, dachte sie. Sie mußte versuchen, sich mit Veronica über Dinge zu unterhalten, die diese interessierten – wenngleich sie häufig den Eindruck hatte, daß ihre Schwägerin im Grunde für nichts außer sich selbst Interesse hatte –, und dafür sorgen, daß die Jungen sie nicht belästigten.

Sie warf einen Blick zurück zum Haus und bemerkte, durch den langen Korridor nach vorn schauend, daß die Haustür geöffnet wurde. Will kam herein. Er hatte jemanden dabei. Zuerst glaubte Prudence, es wäre Marius, aber als sie noch einmal hinsah, genauer diesmal, erkannte sie, daß das nicht stimmte. Sie mußte den Wäschekorb abstellen, weil ihre Hände plötzlich kraftlos waren. Und so stand sie und blickte durch Tür und Fenster wie gebannt auf ihren älteren Sohn, den sie vier Jahre lang nicht gesehen hatte.

Immer hatte sie sich vorgestellt, wenn Jack eines Tages nach Hause käme, würde sie ihm entgegenstürzen und ihm die Arme um den Hals werfen. Doch von Gefühlen überwältigt, war sie einen Moment lang keiner Bewegung fähig. Sie stand im Garten und wußte, daß niemand, nicht einmal Jack selbst, sie so sehen sollte. Erst als sie sich fähig fühlte, so viel Glück zu ertragen, wischte sie sich mit einem sauberen Staubtuch aus dem Wäschekorb die Augen und ging ins Haus, um ihren Sohn zu begrüßen.

2

CARRIE CHANCELLOR ÖFFNETE niemals die schwere vordere Eingangstüre ihres Hauses (Jack hatte sich immer vorgestellt, sie wäre mit einer Paste aus Feuchtigkeit und Spinnweben fest an den Rahmen geklebt), darum ging er außen herum nach hinten. Die Hunde begannen zu bellen, als er die mit Steinplatten belegte Terrasse überquerte, aber er schnalzte nur kurz mit den Fingern, und schon liefen sie zu ihm und drückten ihre feuchten Nasen in seine geöffnete Hand. Die Tür zur Spülküche war offen, und er trat ins Haus. Drinnen ging er bis zur Treppe nach oben und rief laut Carries Namen. Wenig später hörte er von oben ihren unregelmäßigen Schritt, das dumpfe Klopfen ihres Stocks auf den Holzdielen.

Das Gutshaus von Sixfields war so, wie Jack es in Erinnerung hatte, halb Schatzhöhle, halb Trödelladen – ein vielräumiger, verschachtelter alter Bau, der, im Mittelalter begonnen, im Lauf der Jahrhunderte immer wieder durch Anbauten erweitert worden war. Von außen boten das Zickzackpanorama der Dächer und die vielen schiefen Mauern ein malerisches Bild; drinnen mußte der Großgewachsene beim Gang durch enge, verwinkelte Korridore und unregelmäßig geformte Räume Obacht geben, daß er sich nicht an unversehens tiefer gezogenen Decken den Kopf anstieß. Wegen der kleinen, verstaubten Fenster und Carries irrationaler Abneigung gegen elektrischen Strom war das Haus in ein permanentes graues Halbdunkel getaucht, das es einem noch schwerer machte, sich zurechtzufinden.

Und Carries Hang, alles aufzubewahren, trug wahrhaftig nicht dazu bei, Klarheit und Ordnung in die Räume zu bringen. Jedes Regal und jeder Schrank waren bis obenhin vollgestopft mit nützlichen und unnützen Dingen, und auf den Böden tummelten sich neben fadenscheinigen Teppichen überall vergilbte Zeitungen – eine tückische Kombination. Jack hatte den Verdacht, daß sein Blick bei genauerer Betrachtung dieses oder jenes Zeitungsblatts auf eine Schlagzeile über die Weltausstellung oder die Eröffnung des Suezkanals fallen würde. Aller möglicher bizarrer Krempel aus Königin Viktorias Zeiten – ein Schirmständer in Gestalt eines Elefantenfußes, ein Satz Beistelltische – verbarg sich in dunklen Ecken und Nischen. An den Wänden hingen verblaßte Stiche aus dem achtzehnten Jahrhundert neben Photographien und Preislisten vom Viehmarkt in Dorchester. Auf jedem Möbelstück, auf jedem Bord und jeder Konsole häuften sich Kartons und Stapel von Papieren und Büchern, alle mit einer dicken Staubschicht bedeckt. Auf einem Bücherschrank bemerkte Jack einen zerfledderten alten Sonnenschirm mit Elfenbeingriff und nicht weit davon entfernt, unter einem Sessel hervorlugend, zerrissene Gamaschen. Vielleicht, dachte er bei sich, hatte irgendein langverstorbener Chancellor sie vor Jahrzehnten hier abgelegt, und sie waren niemals aufgeräumt worden.

»Jack!« hörte er eine Stimme, und als er den Kopf hob, sah er oben an der Treppe Carrie stehen.

Er unterließ es wohlweislich, sich anzubieten, ihr herunterzuhelfen; statt dessen lächelte er nur und sagte: »Ich hoffe, ich komme nicht ungelegen, Carrie. Ich bin gerade erst angekommen.«

»Das habe ich schon gehört.« Hinkend hoppelte sie die Treppe hinunter und blieb vor ihm stehen.

Sie war doppelt so alt wie Jack und über einen Kopf kleiner als er. Eine Erkrankung an Kinderlähmung vor achtundzwanzig Jahren hatte sie teilweise verkrüppelt – ihr linkes Bein war verkümmert und schwach und ihre eine Schulter höher als die andere. Und trotzdem war sie eine durchaus beeindruckende Person. Jack hatte Mühe, unter ihrem scharfen blauen Blick nicht die Augen niederzuschlagen.

Nach einer Weile sagte sie: »Du trinkst sicher gern einen

Schluck Cider«, und er schloß daraus, daß er vor ihren Augen bestanden hatte.

Als sie im Wohnzimmer saßen, sagte er: »Ich habe gesehen, daß du die große Wiese umgepflügt hast.«

»Ja, ich hatte keine andere Wahl. Ted Pritchard, dieser alte Wichtigtuer, hat nicht lockergelassen. In diesen Zeiten muß jeder seinen Beitrag leisten, sagte er.« Carrie prustete verächtlich. »Ich hab ihm gesagt, daß die ganze Wiese nur aus Steinen und Dornen besteht, aber er wollte nicht hören. Er hat mir sogar gedroht, daß irgendein selbsternannter Verein den Hof übernehmen würde, wenn ich nicht umpflügte. Das hätten die mal versuchen sollen!«

Jack stellte sich Carrie vor, wie sie oben an einem Mansardenfenster von Sixfields lauerte und das Kriegskomitee für Landwirtschaft unter Beschuß nahm.

»Ich hab ihn erst mal daran erinnert«, fuhr sie fort, »daß sein Großvater bei meinem Großvater Knecht war. Und ich hab ihm gesagt, ich hetze die Hunde auf ihn, wenn er hier mit fremden Leuten aufkreuzt und Ärger macht. Da hat er natürlich einen Rückzieher gemacht.«

Carrie lachte höhnisch. »Feiglinge waren mir immer schon ein Greuel. Kurz und gut, ich hab die Wiese umgepflügt, damit ich meine Ruhe habe.« Sie krümmte die schwieligen Finger um ihr Glas. »Ständig hieß es Krieg hier, Krieg da. Jahrelang ging das so. Sie wollten sogar Evakuierte bei mir einquartieren.« Carrie lachte wieder. »Aber die sind keine Woche geblieben. Das Haus war ihnen unheimlich. Sogar die Aushilfskraft schläft im Pförtnerhaus.«

»Die Aushilfskraft?«

»Zuerst waren es vier Mädchen. Jetzt ist nur noch eine da. Keine Ausdauer, diese jungen Dinger von heute.«

Einen Moment lang taten die unbekannten jungen Frauen Jack leid. Er sah Carrie an. »Es kann nicht leicht gewesen sein für dich, hier alles allein zu machen.«

Carrie zuckte kurz mit den schiefen Schultern. »Ich bin's gewöhnt. Ich beschwer mich nicht. Obwohl es natürlich um diese Jahreszeit immer viel zu tun gibt. Du hast Glück gehabt, daß du mich im Haus erwischt hast. Jack. Mark Crabtree arbeitet immer noch für mich und seine Söhne auch, jetzt, wo sie wieder da sind. Und man hat mir ein paar Kriegsgefangene zugeteilt, die bei der Ernte helfen sollen.«

»Ich komm gern und helfe mit, wenn dir das was nützt«, sagte er. »Sobald der ganze Trubel vorbei ist.«

»Im Ernst? Sehr gut, Jack. Denk daran, pünktlich um vier Uhr morgens geht's los. Komm nicht zu spät.«

Ihm fiel ein, warum er gekommen war. »Mutter läßt dir ausrichten, daß wir ein kleines Fest feiern wollen –«

»Die Heimkehr des Helden?«

»So was in der Art, ja«, brummte er. »Heute nachmittag.«

»Und du bringst mir eine Einladung? Wie aufmerksam«, sagte Carrie sarkastisch. »Ihr wißt doch, daß ich nie auf Familienfeste gehe.«

Ja, dachte er, aber wenn wir dich nicht eingeladen hätten, würdest du uns das ewig unter die Nase reiben. Aber er behielt den Gedanken für sich und sagte nur: »Gut, dann richte ich Mutter aus, daß du nicht kommst.«

Carrie schwieg. Sie saß mit gefurchter Stirn da, als dächte sie angestrengt über irgend etwas nach. Schließlich sagte sie: »Aber ich bin froh, daß du gesund zurück bist«, und er sah sie verblüfft an.

»Mach den Mund wieder zu, Jack. Sonst verschluckst du noch eine Fliege.«

Er erinnerte sich an den zweiten Teil seines Auftrags. »Und Mutter läßt fragen, ob wir die großen Teller ausleihen dürfen.«

»Wenn ihr gut auf sie achtgebt.« Carrie hievte sich aus ihrem Sessel. »Keine Sprünge, keine Kratzer, damit das klar ist.«

Jack folgte ihr durch einen Korridor in die riesige Gutsküche. In den drei massigen alten Büfetts standen Stapel von Geschirr. Zwischen angeschlagenen Tassen und Tellern, die sich auf einem Flohmarkt gut gemacht hätten, konnte Jack edle Teller mit Goldrand erkennen und zartes blauweißes Porzellan, das Jahrhunderte alt war.

»Hol sie mir bitte runter, Jack.« Carrie zeigte mit ihrem Stock zum obersten Bord eines der Küchenschränke hinauf.

Die Teller waren cremefarben mit einem rostrotem Muster und den verschlungenen Initialen irgendeines langverstorbenen Mitglieds der Familie Chancellor auf dem Rand. Carrie legte ihm Bindfaden und Zeitung hin, und Jack verpackte die Teller mit Sorgfalt.

Als er fertig war, sagte er: »Stört es dich, wenn ich einen kleinen Rundgang durchs Haus mache, bevor ich gehe?«

»Tu, was du willst.« Mit einer kurzen Handbewegung war er entlassen.

Carrie Chancellor war nicht Jacks richtige Cousine. Carries Vater war der älteste Bruder von John Chancellors Vater gewesen, folglich, vermutete Jack, war Carrie so etwas wie eine Tante um vier Ecken, so genau hatte er sich das nie überlegt. Wie dem auch sein mochte, Carries Vater, Archibald Chancellor, war ein erfolgreicher Geschäftsmann gewesen, John Chancellor nicht. Archibald Chancellor hatte den bereits beträchtlichen Grundbesitz, der zu Sixfields gehörte, noch wesentlich vermehrt. In der Familie wurde gemunkelt, Archibald habe ein Vermögen in Wertpapieren auf der Bank gehortet, das nach seinem Tod seine einzige Tochter Caroline geerbt habe. Dank ihrer Sparsamkeit war es Carrie gelungen, die schwierigen Jahre der Depression zwischen den Kriegen unbeschadet zu überstehen. Sie hatte nie geheiratet und nie davon gesprochen, wem sie ihr Vermögen einmal vermachen wollte. Mehr oder weniger diskrete Spekulationen über Cousine Carries letztwillige Verfügungen waren bei Familientreffen der Chancellors an der Tagesordnung.

Nach seinem Rundgang durch das Haus ging Jack jetzt mit ausgreifendem Schritt über die dahinter gelegenen Felder und Wiesen. Er hatte Sixfields immer geliebt. Für Will waren die Pflichtbesuche auf dem Hof in der Kindheit eine Tortur gewesen, Jack hingegen war stets gern nach Sixfields gekommen. Anders als Will hatte er vor Carrie keine Angst gehabt. Es war ihm gar nicht in den Sinn gekommen, daß man vor ihr Angst haben könnte. Er liebte das düstere alte Haus mit seiner erdrückenden Fülle seltsamer Schätze ebenso wie das endlos scheinende weite Land, das es umgab, und Carrie gehörte für ihn einfach dazu. Ihr, die die Ängstlichen verachtete, war Jacks Furchtlosigkeit nicht entgangen, sie hatte den Jungen geduldet und war ihm bei seinen Besuchen nicht unfreundlich begegnet. Sie hatte ihm sogar erlaubt, Haus und Hof nach Kinderart gründlich zu erforschen. Jack seinerseits hatte ihr Bedürfnis, in Ruhe gelassen zu werden, verstanden und respektiert. Dem einsamen und unglücklichen Halbwüchsigen war Sixfields eine Zuflucht gewesen.

Er folgte den hohen Hecken in Richtung Meer. Klatschmohn leuchtete an den Feldrainen, und ein Zaunkönig huschte flink durch das Haselgebüsch. Jack wünschte, er könnte sich wie Carrie dem nachmittäglichen Fest entziehen. Die Vorstellung, daß in wenigen Stunden die geballte Verwandtschaft, die er seit Jahren nicht mehr gesehen hatte, im Schulhaus Einzug halten würde, deprimierte ihn. Er wußte selbst nicht, warum. Vielleicht, weil er viele seiner Verwandten nicht mochte oder weil er Familienfeste nicht mehr gewöhnt war. Unwillkürlich ging er noch schneller und schlug dabei das hohe Gras mit den Händen auseinander. Wäre Julia nicht gewesen, hätte er gegen diese Familienfeier vielleicht gar nichts einzuwenden gehabt. Aber wie sollte einem nach Feiern zumute sein, wenn man gerade erfahren hatte, daß man der Frau, die man liebte, nichts mehr bedeutete?

Auf der Höhe eines Zauntritts hielt er inne und sah sich um. Das Land, das zu Sixfields gehörte, dehnte sich zu beiden Seiten aus. Er war umgeben von Wiesen und Wäldern, behütet vom gewaltigen blauen Gewölbe des Himmels. Hinter ihm glitzerte das Sonnenlicht auf der Dachlandschaft des Hauses. Und in der Ferne war das Meer, dessen Farben sich trübten, als die Sonne hinter einer Wolke verschwand.

Jack holte tief Atem und spürte, wie ein Teil seines Zorns und seiner Enttäuschung verflog. Mochte sich auch die ganze Welt verändert haben, Sixfields war wie immer: beständig, zuverlässig, unwandelbar. Ihn packte plötzlich ein heftiger Neid auf Carrie, die niemals darüber hatte nachdenken müssen, wo sie leben oder was sie tun würde; die Grundbesitz und Geld genug mitbekommen hatte, um Depression und Krieg überstehen zu können; nein, nicht nur überstehen – um Depression und Krieg *unberührt* überstehen zu können. Das Leben beinahe aller Menschen, die er kannte – auch sein eigenes –, war von den turbulenten Ereignissen des Jahrhunderts geprägt worden. Man mußte schon so reich sein wie Carrie Chancellor, wenn man von derartigen Umwälzungen unangetastet bleiben wollte.

Seine Gedanken kehrten zu Julia zurück. In dem Augenblick, als er sie und Will Seite an Seite auf der Terrasse von Missencourt gesehen hatte, waren aller Groll und alle Eifersucht, die durch Zeit und Trennung gemildert und entschärft worden waren, mit alter Intensität wieder hervorgebrochen. Sein Leben lang hatte Jack unter dem Gefühl gelitten, daß jedermann Will bevorzugte. Seine Eltern hatten in ihrer Sorge um den zarten jüngeren Sohn wenig von diesem verlangt und vieles verziehen. Selbst die fürchterlichen Tanten und Onkel waren Will immer mit Milde begegnet. Niemand teilte Jacks Hinundhergerissenheit. Hätte man ihn gefragt, so hätte er gesagt, er liebe seinen jüngeren Bruder. Niemals hätte er irgend jemandem bekannt, daß er ihn bisweilen auch haßte. Ihm sein sonniges Gemüt und seine Fähigkeit, andere für sich einzunehmen, neidete. Für Will, hatte er oft gedacht, war bestimmt alles viel leichter.

Ihm – Jack – hatten nur zwei Menschen den ersten Platz in ihren Herzen eingeräumt: Julia und Carrie. Aber als er am Tag seiner Heimkehr Julia und Will zusammen auf der Terrasse gesehen hatte, war ihm sofort der erschreckende Verdacht gekommen, daß Julias Gefühle sich während seiner langen Abwesenheit vielleicht gewandelt hatten. Weshalb auch sollte eine so wunderbare Frau wie Julia jahrelang ausgerechnet auf ihn warten? In seiner Demütigung war er sich wie ein Narr vorgekommen. Der Schock hatte den inneren Zwiespalt, mit dem er seine Heimkehr wahrnahm, noch vertieft, und die Gefühle von Entfremdung und Distanziertheit hatten ihn den ganzen Tag nicht mehr losgelassen.

Jack schloß die Augen und atmete die warme Sommerluft ein. Er fragte sich, ob er nicht vielleicht voreilige Schlüsse gezogen, aus zwei und zwei fünf gemacht hatte. Der Friede des uralten Landes schien ihn zu ergreifen und zu heilen. Beglückt über das plötzliche Gefühl innerer Befreiung, sprang er vom Zauntritt und ging weiter.

Topaz half den ganzen Morgen über Prudence bei den Vorbereitungen für das Fest. *»Lachs!«* sagte sie sehnsüchtig, als Prudence die Dosen aus den Tiefen der Speisekammer hervorkramte.

»Ich habe ihn gehamstert«, gestand Prudence. »Jahrelang. Schon bevor Jack eingezogen wurde, habe ich damit angefangen und immer nur auf eine Gelegenheit gewartet, ihn aufzutischen. Ich dachte, irgendwann muß es doch mal etwas zu feiern geben.« Sie blickte zu den Lachsdosen hinunter. »Hm, was machen wir nun damit ... Brötchen vielleicht ... oder einen Salat?«

»Ich könnte *vol au vents* machen, wenn dir das recht ist«, bot Topaz an. In dem Hotel im Lake District hatte es ein Kochbuch gegeben, das sie von Anfang bis Ende studiert hatte.

»Ach, wirklich?« Prudence war sichtlich erleichtert. »Das ist grandios. Ich hab's nämlich nicht so mit der raffinierten Küche, weißt du. Zu solcher Feinarbeit fehlt mir einfach die Geduld.«

»Aber man braucht natürlich einen Haufen Butter –«

»Ach, mach dir darum mal keine Sorgen. Carrie hat uns welche geschenkt. Und ich habe Maurice gebeten, mir mehr Mehl zu besorgen, muß ich leider gestehen.« Maurice war ein Verwandter von der Chancellor-Seite. Er betrieb im nahe gelegenen Ort Hernscombe ein Textilgeschäft und spielte eine führende Rolle in der örtlichen Kaufmannsvereinigung. »Es kommt bestimmt vom schwarzen Markt«, fügte Prudence schuldbewußt hinzu. »Ich habe nicht gefragt. Maurice ist wirklich ein ganz übler Schieber. Aber es ging nun mal nicht anders.«

Adele und Julia kamen um eins. Da waren die *vol au vents* schon fertig, und Topaz und Julia wurden zum Silberputzen ins Speisezimmer geschickt.

Julia kippte mit finsterer Miene Silberputzmittel auf ein Tuch. »Ich wollte eigentlich gar nicht kommen«, sagte sie.

»Warum nicht?«

»Ach, nichts als gräßliche Leute. Und dann muß man zu denen auch noch höflich sein.« Julia rubbelte einen Vorlegelöffel ab.

»Ja, aber lauter leckere Sachen zum Essen«, entgegnete Topaz, der allein bei dem Gedanken an die mit Lachs gefüllten *vol au vents* das Wasser im Mund zusammenlief. Sie war so ausgehungert nach Essen, das nicht nur nahrhaft war, sondern auch schmeckte, daß sie manchmal sogar davon träumte. »Und es ist doch schön, daß wir alle wieder zusammen sind.«

Julia antwortete nicht. Topaz betrachtete ihr steinernes Gesicht und sagte zaghaft: »Du freust dich doch, daß Jack wieder da ist, oder?«

Julia antwortete nicht gleich. Dann rief sie in vorwurfsvollem Ton: »Ja, aber er war so – so *anders*! So schlecht gelaunt – so *böse*!« Der Vorlegelöffel fiel klirrend zu Boden.

»Vielleicht war er müde«, sagte Topaz.

»Ich hatte mich so auf den Tag gefreut, an dem er endlich heimkommt. Und dann war es so scheußlich.«

»Die Bahnfahrt –«

»Ich wollte ihm so vieles sagen, aber nicht ein einziges Wort hab ich gesagt, weil alles schiefgegangen ist. Und ich weiß überhaupt nicht, warum.«

»Die lange Reise – er war sicher ganz fertig.«

»Glaubst du?« fragte Julia, plötzliche Hoffnung im Blick.

»Er ist früh zu Bett gegangen. Und er hat kaum was gesagt. Jetzt, wo er sich ausgeschlafen hat –«

Julia wandte sich ab. Dann sagte sie: »Ich dachte, er wäre mir böse, verstehst du. Ich dachte, er wollte nichts mehr von mir wissen.«

Topaz starrte sie verständnislos an. Es war, dachte sie ohne Groll, eine der großen Ungerechtigkeiten des Lebens, daß Julia in dem alten Faltenrock und der weißen Bluse, die verdächtig nach einem Relikt ihrer Schuluniform aussah, mit rotgeweinten Augen und wirrem Haar immer noch schön war. Sie selbst hingegen, fand Topaz, sah in dem fuchsienroten Satinkleid, das die Schneiderin ihr aus einem französischen Abendkleid ihrer Mutter gemacht hatte, und nach einer qualvollen Nacht mit dem Kopf voller Lockenwickler aus wie eine überreife Pflaume.

»Wie kommst du auf die Idee, Jack könnte dich nicht mehr mögen?« fragte sie erstaunt. »Er hat dich immer am liebsten gehabt. Und Will auch. Sie haben dich beide immer am liebsten gemocht.«

Ein Teil von Julias Spannung löste sich. »Ach, *Will*«, sagte sie wegwerfend.

Draußen läutete es. Julia schnitt eine Grimasse. »Auf zur großen Feier«, sagte sie.

Irgendwann im Lauf des Nachmittags, als ein Onkel von Jack und Will sie festgenagelt hatte und ihr eine langatmige Geschichte von einem Traktor und einem Polizisten erzählte, wobei sie sich krampfhaft bemühte, nicht zu gähnen, bemerkte Julia aus dem Augenwinkel plötzlich Jack. Mit gesenktem Kopf und finsterem Gesicht kam er über den Rasen auf sie zu und wimmelte jeden, der ihn unterwegs aufhalten wollte, um ihm zu seiner gesunden Heimkehr zu gratulieren, unwirsch ab.

Sie lächelte ihn strahlend an, als er näher kam. »Amüsierst du dich, Jack?«

»Nicht übermäßig. Können wir reden?«

»Natürlich.« Ihr Ton war leicht und unbekümmert. So schnell würde sie ihm nicht verzeihen. »Leonard hat mir gerade eine wahnsinnig witzige Geschichte erzählt.«

»Ich meinte allein.« Er fixierte die anderen Männer mit kaltem Blick, bis diese sich zurückzogen. Julias Zorn vertiefte sich: Zorn auf Jack, der sich einbildete, er brauchte nur mit dem Finger zu schnalzen, und sie würde nach seiner Pfeife tanzen; Zorn auf sich selbst, daß sie so bereitwillig auf ihn einging.

Mit einer besitzergreifenden Geste nahm er sie beim Ellbogen und führte sie durch das Gedränge. So eine Unverschämtheit, dachte sie. Wie kam er dazu zu glauben, er könnte sie herumkommandieren – als wäre sie sein Eigentum?

Sie gingen ins Arbeitszimmer seines Vaters. Als er zu sprechen anhob, unterbrach sie ihn. »Ich kann mir vorstellen, daß dir das alles hier ziemlich fad vorkommt, Jack«, sagte sie und sah mit Befriedigung, daß sie ihn aus dem Konzept gebracht hatte.

»Fad?«

»Na ja, Familienfeiern in Dorset! Du hast doch bestimmt ganz anderes erlebt. In Italien zum Beispiel«, fuhr sie vage fort, während sie im Zimmer umherging, hier an den Fransen eines Polsters spielte, dort das Tintenfaß auf dem Schreibtisch zur Hand nahm. »Oder in Ägypten. Alles so – *exotisch*! Basare ... Kamele ...«

»Harems«, fiel er ihr sarkastisch ins Wort. »Und Pharaonen, Pyramiden, Bauchtänzerinnen. Nein, Julia, so war es nicht.«

»Wie schade! Dann war's also ganz wie zu Hause?«

»Nein, das gewiß nicht. Glühende Hitze, Fliegen, Staub und Lärm.«

Sie schwiegen beide. Am liebsten wäre sie zu ihm gegangen, hätte den Kopf an seine Schulter gelegt und die Augen geschlossen. Aber sie gab diesem Verlangen nicht nach, weil sie fürchtete, sie würde sich auflösen, zerfließen, wenn sie sich nach den langen Monaten der Selbstbeherrschung plötzlich gehen ließe.

Außerdem war ihr im Lauf der vergangenen Nacht, in der sie kaum geschlafen hatte, eine naheliegende Erklärung für Jacks verändertes Verhalten gekommen. Und darum sagte sie jetzt leichthin: »Du hast bestimmt massenhaft interessante Leute kennengelernt, während du weg warst.«

»Ein paar vielleicht, ja.«

»Da wirken wir hier im Vergleich sicher reichlich banal.«

»Julia, ich –«

»Ich kann mir vorstellen, daß dir dieses andere Leben fehlt«, fuhr sie fort, ohne ihn zu Wort kommen zu lassen. »Die interessanten Leute –«

»*Du* hast mir gefehlt«, unterbrach er sie schroff.

»Wirklich?« fragte sie mit trockenem Mund.

»Ja.« Sein Gesicht war ein wenig erhitzt. »Die ganze Zeit.«

»Aber warum –«

»Und wie war es bei dir, Julia? Habe ich dir gefehlt?«

»Ja.«

»Ist das alles? Einfach ›Ja‹?«

Sie zwang sich, ihm in die Augen zu sehen. »Was erwartest du denn?«

»Nichts«, erwiderte er. »Ich erwarte – gar nichts.«

Sie fühlte sich plötzlich todmüde, erschöpft von den langen Jahren harter Arbeit, der Entbehrung und der Einsamkeit. Müdigkeit durchflutete sie, so daß sie nicht einmal mehr die Energie aufbrachte, ihm etwas vorzumachen. Es war, als gäbe etwas in ihr nach, und sie sagte leise: »Ich glaube, ich habe sehr lange Zeit kaum noch etwas gefühlt. Seit Vaters Tod nicht mehr. Es tut mir leid, Jack, aber so ist es.«

Sie hielt es für möglich, daß er gehen und sie sich selbst überlassen würde. Aber er kam zu ihr.

»Darüber wollte ich mit dir sprechen. Über deinen Vater. Ich weiß, ich habe geschrieben, aber das ist nicht dasselbe. Ich wollte dir nur sagen, daß es mir unsagbar leid tut und ich verstehen kann, wie sehr er dir immer noch fehlt.«

Als sie die Augen schloß, spürte sie seine Finger an den ihren. Die schützenden Mauern, die sie hochgezogen hatte, bröckelten. »Ach, Jack«, sagte sie seufzend. »Ich –«

Genau in diesem Moment flog die Tür auf, und ein strammes junges Ding, das Julia aus den Nähten seines dunkelblauen Schulkleids zu platzen schien, starrte sie neugierig an und rief laut: »Tante Prudence hat dich schon überall gesucht, Jack. Du mußt den Kuchen anschneiden.«

Julia entdeckte Will in der Garage, wo er neben dem alten 1928er Aston Martin seines Vaters auf dem Boden hockte.

»Was tust du hier?«

»Da hinten ist eine kleine Roststelle ... Ich schmirgle sie nur ab.«

»Sie schneiden gerade den Kuchen an.« Sie ließ sich vorsichtig auf einem alten Fußbänkchen nieder, dem die Polsterung fehlte, und sah ihm bei der Arbeit zu.

Das Gespräch mit Jack hatte sie verwirrt und unsicher gemacht. Gerade noch hatte sie nichts als Zorn und Abscheu gegen ihn empfunden, und im nächsten Moment wünschte sie sich plötzlich sehnlichst, er würde sie in die Arme nehmen. Konnte man denn einen Menschen gleichzeitig lieben und hassen? Gehörte nicht die Liebe in eine Schublade und der Haß in eine andere?

»Red mit mir, Will«, sagte sie.

»Worüber denn?«

»Irgendwas. Ganz gleich.«

Gehorsam begann er zu sprechen – erzählte irgend etwas von seinem Vetter Maurice und einer Autowerkstatt –, und während er sprach, betrachtete sie ihn: wie er immer wieder mit öliger Hand das blonde Haar zurückstrich, das ihm bei der Arbeit ins Gesicht fiel; wie seine Augen vor Begeisterung blitzten, während er erzählte. Wie unkompliziert er war, wie gut und beruhigend es war, mit ihm zusammenzusein! Sie setzte sich bequemer auf ihrer Fußbank zurecht, schlang die Arme um die hochgezogenen Knie und merkte, wie ihr zum erstenmal an diesem Tag wieder wohler wurde.

Die Chancellors waren in großer Zahl erschienen, und alle aßen und tranken sie ungeheure Mengen. Je mehr sie tranken, desto lauter und streitlustiger wurden sie. In unermüdlichem Hin und Her reichte Topaz Speisen und Getränke herum. In der Küche kochten Prudence und Adele Riesenkannen Tee, und Mrs. Sykes, Prudences Haushaltshilfe, spülte Gläser und jammerte über ihre Hühneraugen. Auch Topaz, die ein Paar alter Abendschuhe ihrer Mutter anhatte, hätte gern über ihre schmerzenden Füße geklagt.

Ab und zu kam es vor, daß einer der Gäste sie aufhielt und wissen wollte, wer sie war. Wenn sie dann antwortete, sie sei eine Cousine von Jack und Will, erntete sie verdutzte Blicke, so daß sie sich bemüßigt fühlte zu erklären, sie sei die Tochter von Tante Prudences Bruder, worauf alles Interesse an ihr sofort erlosch. Es war, dachte sie aufgebracht, als zählte man nicht, wenn man nicht als Chancellor geboren war.

Als die Leckerbissen größtenteils vertilgt und die Ginflaschen fast alle leer waren, bestellte man sie zur Hüterin von zwei kleinen Jungen, Teddy und Billy, deren Mutter das dritte Kind erwartete und dringend ein Weilchen Ruhe brauchte. Billy war recht brav, Teddy war ein kleiner Teufel, der ihr die Zunge herausstreckte und mit Kraftausdrücken um sich warf, um sie zu schockieren. Sie konterte, indem sie ihr Gesicht zu einer greulich schielenden Grimasse verzog und all die reichlich derben Schimpfwörter aufsagte, die sie vom Gärtner des Hotels im Lake District aufgeschnappt hatte. Teddy amüsierte sich königlich. Danach schleppten die beiden Jungen sie zum Teich hinaus, weil sie die Frösche sehen wollten, und lachten sich fast kaputt, als sie in ihren viel zu engen Schuhen stolperte und unversehens bis zu den Knien im Teich stand.

Als sie, rechts und links von einem kleinen Jungen gezogen, im Haus nach dem Badezimmer suchte, lief ihr zuerst Angela Chancellor über den Weg (vierzehn Jahre alt und unglaublich herrisch), und gleich darauf sah sie Julia und Jack aus Onkel Johns Arbeitszimmer kommen. Gerade wollte sie Julia rufen und fragen, wo um alles in der Welt sie den ganzen Nachmittag gesteckt habe, als sie sah, wie Jack die Hand zu Julias Gesicht hob und mit einem Finger eine Haarsträhne, die sich aus dem achtlos gebundenen Pferdeschwanz gelöst hatte, zurückstrich. Die kleine fürsorgliche Geste hatte etwas so Intimes, daß Topaz sich wie ein Voyeur vorkam und hastig mit ihren beiden kleinen Schützlingen das Weite suchte.

Als sie sich im Salon mühsam einen Weg durch das Getümmel bahnte, hörte sie im allgemeinen Lärm und Gelächter deutlich die Stimme ihrer Mutter. »Topaz hat leider überhaupt keine besonderen Begabungen.« Sie spürte, wie ihr die Hitze ins Gesicht schoß, und wäre davongelaufen, hätte nicht Teddy Chancellor diesen Moment gewählt, um hinter dem Sofa hervorzuspringen und sie an den Haaren zu ziehen. Sie taumelte, fiel gegen einen Beistelltisch, eine Flasche Gin stürzte um und schlug zu Boden, wo sie klirrend in Scherben ging. Mit einem Schlag wurde es mäuschenstill, alle starrten sie an. Dann begannen sie alle gleichzeitig zu sprechen.

»Ach, *Topaz*!« (Ihre Mutter, mit gequälter Stimme.)

»Hoppla, wie ungeschickt –«

»Die Kinder ... Vorsicht mit den Scherben –«

»Der Teppich ist hinüber –«

»Bleib *stehen*, Billy –«

Dann sagte jemand ruhig und ohne eine Spur von Aufregung: »Wie wär's, wenn ihr alle in den Garten geht, während wir das hier saubermachen? Angela, würdest du Schaufel und Besen holen? Mrs. Brooke, setzen Sie sich doch auf die Terrasse. Und was dich angeht ...« Marius zog Teddy, den kleinen Teufel, zu sich heran und flüsterte ihm etwas ins Ohr. Topaz beobachtete, wie der Kleine die Augen aufriß.

Dann drängte die ganze Gesellschaft in den Garten hinaus und ließ Marius und Topaz mit den Scherben im Salon zurück. Topaz' Augen brannten, aber sie meinte, wenn sie nur ein paarmal ordentlich zwinkerte, würde es schon vergehen. Als der Boden gefegt und der Teppich getrocknet war und sie nicht mehr fürchtete, beim ersten Wort, das ihr über die Lippen kam, in Tränen auszubrechen, sagte sie: »Ich bin so ein Trampel. Jetzt habe ich euch das ganze Fest verdorben.«

»Keine Spur. Ein bißchen frische Luft kann der ganzen Bande nur guttun. Da können sich alle wieder abregen.« Marius nahm sie bei der Hand. »Komm mit. Jetzt ist der richtige Moment, um zu verschwinden.«

Sie gingen in den Garten des Schulhauses nebenan, den sie der Sommerferien wegen für sich allein hatten, und blieben am Goldfischteich stehen. Topaz atmete den feinen Duft der Seerosen ein und wurde ein wenig ruhiger.

»Es ist doch kein Weltuntergang«, bemerkte Marius mitfühlend. »Nur eine Flasche Gin.«

Topaz hat leider überhaupt keine besonderen Begabungen. »Ja, aber Julia ist so hübsch«, stieß sie heftig hervor, »und weiß alles über Radios und so. Und Will kennt sich mit Autos aus, und Jack kann überhaupt alles, und ich ...« Sie sah mit trostloser Miene an sich herab. »Mich braucht man doch bloß anzuschauen.«

»Wieso? Du siehst prima aus.«

»Ach, Marius, das ist wirklich nett von dir, aber ich hab mich heute schon mal im Spiegel gesehen.«

»Na ja, diese Farbe … Was ist das für ein Ton, lila-blaßblau – ?«

»Fuchsienrot.«

»Die ist vielleicht nicht unbedingt das richtige für dich«, sagte er vorsichtig.

»Und meine Schuhe –«

»Was ist mit denen?«

»Sie kneifen und sind außerdem patschnaß.«

»Naß? Wieso denn das?«

»Ich hab versucht, einen Frosch zu fangen.«

»Mit deinen *Schuhen*?«

Sie lächelte schwach, und er sagte: »Na, das ist doch gleich viel besser.«

Nach einer Weile seufzte sie tief. »Aber was meine Mutter gesagt hat –«, sie konnte die Worte nicht wiederholen, schon gar nicht vor ihm, auch wenn sie überzeugt war, daß sie sie niemals würde vergessen können, »– ist trotzdem wahr.«

»Ach, Unsinn.« Es klang zornig. »Von wegen keine Begabungen! Du scheinst erstklassig zu kochen nach allem, was Prudence gesagt hat. Und du hast diese fürchterlichen kleinen Racker gebändigt … ich hätte ihnen nach spätestens fünf Minuten den Hals umgedreht.«

Sie lachte. »Was hast du eigentlich zu Teddy gesagt?«

»Daß ich ihm eine riesige schwarze Spinne, die ich aus Frankreich mitgebracht habe, ins Bett lege, wenn er noch einmal ein Mädchen an den Haaren zieht.« Er hielt ihr sein Zigarettenetui hin. Geschmeichelt, daß Marius, der ungefähr zehn Jahre älter war, sie offenbar für alt genug hielt, um zu rauchen, nahm Topaz eine Zigarette.

»Und du hast noch eine ganz besondere Begabung, Topaz«, fügte er hinzu. »Du bist ein Mensch, mit dem andere gern zusammen sind.«

»Marius –«

»Doch, wirklich. Es stimmt. Jeder unterhält sich gern mit dir. Du strahlst so eine heitere Gelassenheit aus, Topaz. Das ist eine seltene Gabe. Von uns könnte man weiß Gott keinen als gelassen bezeichnen. Weder Jack noch Will. Und Julia schon gleich gar nicht.« Er gab ihr Feuer. »Sag mal, hättest du Lust, morgen abend mit mir ins Kino zu gehen? Am Vormittag muß ich nach London, aber in Bridport läuft ein Film, den ich schon seit Ewigkeiten sehen will. Also, magst du?«

»O ja«, sagte sie. »Ja, Marius, das ist eine tolle Idee.«

Am folgenden Morgen erhielt Topaz den Auftrag, die großen Teller nach Sixfields zurückzubringen. Sie stieß das Tor zum Hof auf und winkte dem Mädchen zu, das als Aushilfe auf dem Gut arbeitete und gerade Steigen voll Äpfel auf einen Handkarren lud.

»Brauchst gar nicht erst zu klopfen«, rief das Mädchen ihr zu. »Sie macht nie auf. Am besten gehst du gleich hintenrum und rufst.«

Der große, mit Kopfsteinen gepflasterte Hof hinter dem Haus wurde auf der einen Seite von Stallungen begrenzt, auf der anderen von einer Scheune. Vor der Scheune stand ein uralter, völlig verdreckter Bentley. Vier Hunde schossen Topaz mit lautem Gebell entgegen. Sie klopfte an die Hintertür des Hauses, und als sich nichts rührte, ging sie einfach hinein und gelangte in einen Vorratsraum voll verstaubter Gallonen sowie blauen und braunen Apothekerflaschen.

»Miss Chancellor?« rief sie laut. Ihre Stimme hallte in der von Spinnweben verhangenen Dunkelheit wider. »Miss Chancellor?«

Korridore zweigten in alle Richtungen ab, und schmale Stiegen schraubten sich ins Unbekannte. Im dämmrigen Licht erkannte sie ein Gesicht und fuhr erschrocken zusammen. Zum Glück fielen ihr die Teller nicht aus den Armen.

»Miss Chancellor?«

»Wer soll ich sonst sein?« Carrie Chancellor kam humpelnd durch den Korridor auf sie zu. »Und wer bist du?«

»Topaz Brooke«, antwortete sie eingeschüchtert.

»*Topaz*? Was ist denn das für ein Name?«

»Mein Vater hat ihn ausgesucht.«

»Wohl kaum ein christlicher Name.« Carrie Chancellor bog in einen Nebenkorridor ab.

Topaz folgte ihr.

»Prudences Nichte«, sagte Carrie plötzlich. »Du bist Prudences Nichte, richtig?«

»Ja. Thomas, der Bruder von Tante Prudence, war –«

»Deine Lebensgeschichte interessiert mich nicht, Kleine. Komm, beeil dich ein bißchen.«

Carrie Chancellor war klein, mager und drahtig. Ihr kurzgeschnittenes braunes Haar begann grau zu werden. Sie trug ein schlammfarbenes Tweedkostüm und dazu einen flaschengrünen Pulli. Das ovale Gesicht mit den wohlproportionierten Zügen war früher vielleicht einmal hübsch gewesen, jetzt aber war es von Wind und Wetter gegerbt, und um Augen und Mund hatten sich tiefe Kerben eingegraben.

»Na, hast du jetzt genug gesehen?« Beim scharfen Klang von Carries Stimme fuhr Topaz erneut zusammen. »Hol dir den Stuhl da, dann kannst du die Teller gleich selbst wieder in den Schrank stellen.« Carrie suchte nach einem Messer, um die Schnur zu zerschneiden, die das Paket zusammenhielt. »Und wie waren die Festivitäten?« erkundigte sie sich sarkastisch.

»Schön. Ja, richtig schön.« Dabei hatte es ihr überhaupt nicht gefallen, bis auf die letzte Stunde.

»Die ganze Familie glücklich vereint?«

»Na ja, wir –«

»Jack hat für Feste nichts übrig«, bemerkte Carrie boshaft.

»Ich glaube schon, daß es ihm Spaß gemacht hat ... Alle seine Freunde waren da – Marius, Julia und –«

»Jack ist wie ich. Dem geht alles Getue gegen den Strich.« Carries Messer durchtrennte die Schnur. »Julia?« Sie zog die Brauen zusammen. »Es gibt keine Julia in der Familie.«

»Julia Temperley. Sie gehört nicht zur Familie, sie ist eine Freundin.« Topaz trug den Stuhl zum Küchenschrank und kletterte hinauf. Er wackelte beängstigend auf dem unebenen Backsteinboden. Sie sah Jack vor sich, wie er zart Julias Haar berührt hatte. Mit vorsichtiger Sorgfalt stellte sie die Teller auf das oberste Bord. »Tante Prudence glaubt, daß Julia und Jack mal heiraten. Die beiden haben sich wahnsinnig gern. Ich glaube –«

»Du kannst jetzt gehen«, unterbrach Carrie.

»Wie bitte?« Topaz starrte sie verdutzt an.

»Ich sagte, du kannst jetzt gehen. Ich kann es mir nicht leisten, den Tag mit Geschwätz zu vertun. Ich habe einen Hof, auf dem ich gebraucht werde.«

Auf dem Weg durch den Vorgarten zum Tor wurde Topaz von der Hilfsarbeiterin aufgehalten. »War wohl nicht das große Willkommen, hm?«

Topaz schob ihr Fahrrad den Weg hinunter. »Sie war ein bißchen schlecht gelaunt.«

»Mach dir nichts draus.« Das Mädchen rauchte auf einen Spaten gestützt eine Zigarette. »Ich rate dir nur eins, erwarte nicht, daß sie heute abend besserer Stimmung ist.«

»Warum nicht?«

»Weil ich heute kündige. Meine Mutter hat mir eine Arbeit bei Timothy White besorgt.«

Sie wirkte höchst zufrieden, darum sagte Topaz: »Das ist ja toll, herzlichen Glückwunsch.«

»Ja, ich kann's kaum erwarten. Was meinst du, wie schnell ich hier weg bin. Aber die gnädige Frau wird garantiert nicht begeistert sein.« Das Mädchen wies mit einer kurzen Kopfbewegung zum Haus. »Nur sie und die Crabtrees – ich frag mich, wie die allein hier fertig werden wollen. Aber mir kann's gleich sein.« Sie spie in die Hände und ergriff wieder den Spaten. »Geh ihr heute abend aus dem Weg. Sonst setzt's bestimmt was.«

Beinahe hätte Topaz gesagt, ach, heute abend bin ich sowieso nicht da, ich geh nämlich mit Marius Temperley in Bridport ins Kino. Sie schaffte es gerade noch, sich auf ein kurzes »Tschüs« zu beschränken. Während sie die fünf Kilometer nach Hause radelte, überlegte sie glücklich singend, was sie am Abend anziehen sollte. Den grauen Faltenrock vielleicht, obwohl sie darin einen scheußlich dicken Hintern hatte. Oder das Kleid mit dem Schottenkaro, das in der letzten Schulklasse ihre Uniform gewesen war. Ganz entschieden nicht das fuchsienrote Satinkleid.

Als sie das Schulhaus betrat, läutete das Telefon. Sie ging hin.

»Topaz?« Es war Marius.

»Hallo, Marius!«

»Es tut mir wirklich leid, Topaz, aber ich schaffe es heute abend nicht.«

»Oh«, sagte sie und war sich bewußt, wie der Tag sich verdunkelte, als hätte jemand ein Licht ausgedreht.

»Ich muß länger in London bleiben. Etwas Unvorhergesehenes, tut mir leid. Ich werde eine Weile bleiben müssen.« Er sprach sehr schnell, und seine Stimme klang anders als sonst. »Ich erkläre dir alles, wenn ich wieder da bin. Ach, und Topaz, würdest du mir einen Gefallen tun und meiner Mutter ausrichten, daß ich am Donnerstag nachmittag nach Hause komme?«

Nachdem Topaz ihm das zugesagt hatte, beendete er das Gespräch.

Topaz ging ins Wohnzimmer. Am Fenster stand rauchend ihre Mutter. »Sie sind anscheinend alle ausgegangen«, sagte sie in nörgelndem Ton. »Und ich habe keine Ahnung, wo in diesem Haus der Gin steht.«

»Aber ich«, sagte Topaz und mixte ihrer Mutter einen Drink.

»Den Martini hast du wirklich gut gemacht, Topaz«, sagte Veronica beifällig, nachdem sie von dem Getränk gekostet hatte, und Topaz' Stimmung hellte sich etwas auf bei diesem Kompliment.

»Ich habe übrigens mit dem Installateur telefoniert«, fuhr Veronica fort. »Sie sind fast fertig mit den Reparaturarbeiten.« Sie sah ihre Tochter mit einem Verschwörerlächeln an. »Wir können jederzeit nach Hause. Es wird schön, endlich wieder in den eigenen vier Wänden zu sein, meinst du nicht auch?«

Nachdem er ungefähr zehn Minuten lang in die *Times* gestarrt hatte, ohne ein Wort zu lesen, legte Marius, der an diesem Morgen im Zug nach London saß, das Blatt aus der Hand und schaute in Gedanken versunken zum Fenster hinaus.

Er hatte sich zu dieser Reise nach London entschlossen, weil er hoffte, Suzanne Miller wiederzusehen, mit der ihn während des Krieges, im Frühjahr 1944, eine kurze, aber leidenschaftliche Beziehung verbunden hatte, die er nicht vergessen konnte. Sie waren beide auf einem Armeestützpunkt in den kalten, windgepeitschten Regionen Northumberlands stationiert gewesen, wo sie darauf gewartet hatten, in Vorbereitung der Invasion Frankreichs nach Süden verlegt zu werden. Sie war keine aufsehenerregende Schönheit; zierlich, gut gebaut, mit dunklem Haar und dunklen Augen, wäre sie auf einem Gruppenfoto ihrer Einheit nicht besonders aufgefallen. Aber sie besaß etwas, was keine Photographie richtig einzufangen vermochte – eine starke Vitalität, eine unbändige Lebenslust, die sie von den anderen abhob. In jener Zeit des untätigen Wartens in der ersten Hälfte des Jahres 1944, die von Spannung und Langeweile geprägt war, hatte sie ihn mit ihrem Temperament und ihrer Lebensfreude heftig angezogen, vielleicht weil er in ihr etwas fand, das ihm selbst fehlte.

Was sie in ihm gesehen hatte, war ihm ein Rätsel. Aber gleich am Abend ihrer ersten Begegnung, als er sie vom Pub nach Haus begleitete (die Erinnerung erregte ihn selbst jetzt noch), hatten sie beide ihre Leidenschaft nur mit Mühe lange genug zu zügeln vermocht, um den Schutz des Waldes zu erreichen, der zwischen Dorf und Kaserne die Straße säumte. Auf einem Bett aus Tannennadeln liegend, über sich den Sternenhimmel, der durch das Geäst der Bäume sichtbar war, hatten sie sich das erste Mal geliebt. Noch heute brauchte er nur die Augen zu schließen, um wieder den Harzgeruch zu riechen und den Duft ihrer Haut.

Ihrer Liebe waren nur sechs Wochen gegönnt, die intensivsten und berauschendsten Wochen seines Lebens. Dann war er mit seinem Regiment nach Süden abkommandiert worden. Im Juni hatte er sich nach Frankreich eingeschifft. Er hatte Suzanne geschrieben, aber nie eine Antwort auf seine Briefe erhalten. Bei seiner Rückkehr nach England hatte er versucht, sie ausfindig zu machen. Anfangs hatte ihn vor allem der Groll getrieben; sie sollte erfahren, wie sehr ihr Schweigen ihn gekränkt und verletzt hatte. Nach einer Weile hatte die Neugier die

Oberhand bekommen. Kein Mensch schien etwas von ihr zu wissen. Er bekam lediglich heraus, daß sie kurz nach seiner Verlegung nach Frankreich aus der Armee ausgeschieden war und bei dieser Gelegenheit den Kontakt mit allen ihren Freunden abgebrochen hatte. Obwohl er sich sagte, daß seine Suche sinnlos war, daß sie ihm nicht geschrieben hatte, weil er ihr einfach nicht wichtig genug war, daß sie ihn wahrscheinlich längst vergessen und sich ein neues Leben aufgebaut hatte, gab er seine Bemühungen, sie über frühere Arbeitskollegen oder über Militärorganisationen zu finden, nicht auf.

Vor zwei Tagen hatte er nun endlich einen Brief von Evelyn Thomas erhalten, einer Freundin Suzannes, dessen ominöser Ton ihn zunächst erschreckte: »Ich habe lange überlegt, ob ich Deinen Brief beantworten soll. Suzanne hat es in letzter Zeit nicht leicht gehabt, Marius. In ihrem Leben hat sich seit den Tagen eurer Bekanntschaft vieles verändert, und ich weiß wirklich nicht, ob es für euch beide gut ist, wenn Du jetzt versuchst, wieder Kontakt zu ihr aufzunehmen. Die ganze Geschichte ist ja doch lange her ...«

Als der Zug sich jetzt durch rote Klinkervorstädte stampfend London näherte, dachte Marius wieder über Evelyns Worte nach. *In ihrem Leben hat sich vieles verändert ...* Nun, ihrer aller Leben hatte sich durch den Krieg verändert. Möglich, daß es Suzanne Schwierigkeiten bereitete, sich in dem Leben nach dem Militärdienst zurechtzufinden. Vielleicht strampelte sie sich bei einer schlechtbezahlten Arbeit ab und hatte Mühe, sich über Wasser zu halten; vielleicht war sie infolge der akuten Wohnungsnot, die ein Vermächtnis des Krieges war, gezwungen, irgendwo in primitivsten Verhältnissen zu hausen. Die Anschrift, die er von Evelyn bekommen hatte, befand sich in Islington, das schon vor dem Krieg ein schlechtes Viertel gewesen und bei den Luftangriffen schwer bombardiert worden war.

Es konnte natürlich auch eine ganz naheliegende Erklärung für den warnenden Unterton geben, der in Evelyn Thomas' Schreiben mitschwang: Suzanne hatte geheiratet. Wenn das zutraf, würde er ihr Glück wünschen und für immer aus ihrem

Leben verschwinden. Seine Gedanken wanderten, formierten sich zu unangenehmen Fragen. Warum hatte er Suzanne überhaupt wiedersehen wollen, nachdem er nach England zurückgekehrt war? Warum hatte er heute alles stehen- und liegengelassen, um nach London zu fahren? Er konnte doch nicht im Ernst hoffen, daß die Beziehung noch einmal zu kitten war? Daß sie ihm auf seine Briefe aus Frankreich nie geantwortet hatte, sagte schließlich deutlich genug, wieviel sie von ihm hielt. Und so töricht war er gewiß nicht, sich über ein Schweigen von mehr als zwei Jahren mit irgendwelchen an den Haaren herbeigezogenen Begründungen oder hanebüchenen Erklärungen hinwegzutrösten.

Was wußte er denn schon von ihr? Daß sie gern schnell Auto fuhr, daß sie stolz war und auf ihre Unabhängigkeit bedacht. Und daß sie im Bett leidenschaftlich, unbefangen und großzügig war. Damals schon hatten sie wenig gemeinsam gehabt; nach so langer Trennung würde es noch weniger geworden sein. Sie waren über viele Dinge unterschiedlicher Meinung gewesen und hatten häufig gestritten. In Herkunft und Lebensanschauung trennten sie Welten. Sie hatte sich über seine gutbürgerliche Bildung und seinen spießigen Verhaltenskodex lustig gemacht. Er hatte sich an manchem gestoßen, was sie gesagt und getan hatte. Es störte ihn, daß sie manchmal drastische Schimpfwörter gebrauchte, daß sie in ihren Tee blies, um ihn abzukühlen, und unweigerlich ihre Kekse eintunkte. Er fand das kleinlich von sich, aber es störte ihn trotzdem. Noch schlimmer war, daß sie genau gemerkt hatte, daß es ihn störte. »Du meine Güte, Marius«, hatte sie einmal gesagt, »du könntest mich bestimmt nie im Leben deinen Eltern vorstellen, oder?« Ihr spöttischer Ton und ihr abschätziger Blick hatten ihn dafür verurteilt, daß er so großen Wert auf Äußerlichkeiten legte. Vielleicht meinte Evelyn deshalb, ihn davon abhalten zu müssen, mit Suzanne Kontakt aufzunehmen; vielleicht gehörte sie zu den altmodischen Leuten, die die Ansicht vertraten, man sollte nach Ende des Krieges zu der früheren strengen Trennung der gesellschaftlichen Klassen zurückkehren.

Als der Zug im Bahnhof Paddington einfuhr, gestand er sich

endlich ein, was ihn zu dieser Reise getrieben hatte. Er mußte Suzanne wiedersehen, weil sie ihm wie keine Frau zuvor oder danach das Gefühl gegeben hatte, lebendig zu sein. Er mußte wissen, ob er solch intensiver Gefühle immer noch fähig war. Seit der Rückkehr nach England vor einigen Monaten fühlte er sich sowohl von seiner Arbeit als auch von seiner Familie in einem Maß distanziert, das ihn irritierte. Er hatte versucht, an sein früheres Leben anzuknüpfen, aber den Bemühungen fehlten Herz und Leidenschaft. Ihn erschreckte der Gedanke, daß die Betäubtheit, die mit der Heimkehr von ihm Besitz ergriffen hatte, von Dauer sein könnte. Suzanne, dachte er, war seine letzte Hoffnung.

Die Sissons Street, in der Suzanne ihre Wohnung hatte, ging nördlich von der Tufnell Park Road ab. Die hohen vierstöckigen Häuser waren vielleicht früher einmal elegant gewesen, jetzt wirkten sie trist und verwahrlost. Die meisten waren in Wohnungen aufgeteilt worden, neben den Haustüren hingen Reihen handbeschriebener Kärtchen, die als Namensschilder dienten. Auf dem Schutt von Trümmergrundstücken wucherte das Unkraut. Viele der Häuser, die noch standen, zeigten Spuren der Bombardierungen: teilweise abgedeckte Dächer, mit Brettern vernagelte Fenster, rissige Pfeiler und Mauern. An Türen und Fensterrahmen blätterte der Lack, und wo der Stuck aus den Fassaden gebrochen war, sah man das nackte rote Mauerwerk darunter. Hoffnungslosigkeit hing wie ein Nebel über den angeschlagenen Häusern, als wäre niemand bereit, die Mühe ihrer Wiederherstellung auf sich zu nehmen.

Vor der Nummer vierzehn blieb Marius stehen und blickte nach oben. Das Haus war womöglich in noch schlechterem Zustand als seine Nachbarn. Das schmiedeeiserne Portal war abgerissen und lag in einem Durcheinander rostiger Metallteile im verwilderten Vorgarten. Die Stufen der Treppe, die zur Haustür hinaufführte, waren von Sprüngen durchzogen und teilweise abgebröckelt. Er sah sich die Karten neben der Tür an und fand den Namen Miller. Womit schon eine Frage beantwortet war: Geheiratet hatte sie nicht. Gerade als er läuten wollte, wurde die Haustür geöffnet, und eine alte Frau kam heraus. Er hielt ihr die Tür auf, und als sie an ihm vorbei war, ging er ins Haus.

Suzannes Wohnung war in der obersten Etage. Auf dem Weg nach oben über eine Treppe, die zum Teil mit zerschlissenem altem Teppich, zum Teil mit Pappkarton ausgelegt war, schossen Marius viele Gedanken durch den Kopf: daß sie vielleicht gar nicht zu Hause war; daß er ihr besser geschrieben hätte; daß sie ihn wahrscheinlich lange vergessen hatte. Er hatte keine Ahnung, was er ihr sagen würde, und er sah keine Möglichkeit, diesen Besuch als ungeplant und beiläufig auszugeben. Das ganze Unternehmen kam ihm selbst plötzlich idiotisch vor, und in seinem Ärger auf sich selbst hätte er am liebsten auf dem Absatz kehrtgemacht, um wieder zu gehen. Um solchen Gedanken keinen weiteren Raum zu lassen, klopfte er, oben angekommen, unverzüglich an die Tür.

Er hörte Schritte. Die Tür wurde geöffnet. Er sah, wie ihre Augen sich weiteten, ihr Mund sich öffnete.

»Marius!«

»Suzanne.«

Eine lange Pause trat ein, in der keiner von ihnen etwas sagte. Dann zog sie die Tür weiter auf. »Komm rein.«

Er folgte ihr ins Zimmer. Es war noch schlimmer, als er befürchtet hatte. Die Wand unter den Fenstern war schimmelig, und mehrere Scheiben waren durch Pappe ersetzt. Ein Wäscheständer voll nasser Wäsche stand vor einem kleinen elektrischen Ofen. In der gegenüberliegenden Ecke des Zimmers waren eine Gaskochplatte und eine Abwaschschüssel, in der sich schmutziges Geschirr stapelte. Ein wackliges kleines Hängeregal über der provisorischen Küchenzeile war mit Konserven und Lebensmittelpackungen vollgestopft. Eine Tür, die jetzt geschlossen war, führte in einen zweiten Raum, das Schlafzimmer, vermutete er. Der Wohnraum war nur notdürftig möbliert mit einem billigen Sofa, dessen Bezug speckig glänzte, einem Tisch und zwei Stühlen. Unter eines der Tischbeine, das offenbar zu kurz war, waren ein paar Bücher geschoben.

»Tja, das Ritz ist es nicht«, sagte sie, und er hörte an ihrem abwehrenden Ton, daß sie genau wußte, was er dachte.

»Es ist – schön hell«, sagte er. Es war unangenehm warm in dem Südzimmer.

»Das Fenster geht nicht auf – es klemmt –, und ich habe Feuer gemacht, damit die Wäsche trocken wird.«

Er sagte: »Gibt es keinen Hof, wo man die Wäsche aufhängen kann?«

»Wenn man da unten etwas aufhängt, werden einem die guten Sachen gestohlen.«

»Ach so.« Entsetzlich, dachte er, in einem Haus leben zu müssen, wo einem die Mitbewohner die Wäsche von der Leine stahlen. »Soll ich mal mein Glück mit dem Fenster versuchen?« erbot er sich.

»Wenn du magst.«

Der Kampf mit dem widerspenstigen Fenster ließ ihm Zeit, seine Gedanken zu sammeln. Sie hatte sich verändert, wie genau, war schwer zu sagen, aber die Veränderung war da. Ihr Haar war vielleicht etwas länger als früher, und sie war dünner geworden, aber das war nicht das Entscheidende. Es war, als hätten ihre Gesichtszüge sich verwischt, als hätten ihre frühere Klarheit und lebensfrohe Zuversicht sich getrübt. Der Blick ihrer Augen war argwöhnisch, mißtrauisch. Doch ihre tiefe, ein wenig rauhe Stimme besaß auch jetzt noch die Macht, ihn schneller atmen zu lassen, ihn daran zu erinnern, was sie einmal miteinander verbunden hatte.

Er schaffte es, das Fenster einige Zentimeter in die Höhe zu stoßen. Kühle Luft strömte ins Zimmer.

»Dank dir«, sagte sie. »Jetzt kann man endlich wieder atmen.« Sie kniff die Augen zusammen. »Wie hast du mich eigentlich gefunden?«

»Evelyn Thomas hat mir deine Adresse gegeben.«

Sie schien wütend zu sein. »Diese dumme Gans!«

Er antwortete mit einer Geste der Besänftigung. »Ich hatte keine andere Möglichkeit, mit dir Verbindung aufzunehmen.«

Suzanne nahm Handtücher vom Wäscheständer und faltete sie mit flinken, geübten Bewegungen zusammen.

»Du hättest mir wenigstens auf meine Briefe antworten können«, sagte er.

»Wozu?«

Ehe er es sich verkneifen konnte, entgegnete er: »Zum Beispiel aus simplem menschlichem Anstand –«

Sie lachte. »Ach, Marius, ich hatte ganz vergessen, was für ein Spießer du sein kannst.«

Er hatte Mühe, seinen Ärger hinunterzuschlucken. »Es hätte mir eben etwas bedeutet.«

»Ja, und genau deswegen wollte ich dir nicht schreiben«, erklärte sie mit leiser Stimme.

Er mußte sich abwenden. »Hast du einen anderen?«

Zum erstenmal lächelte sie. »Gewissermaßen, ja.«

»Ach so.« Er erkannte, wie töricht es von ihm gewesen war, hierherzukommen. »Dann gehe ich jetzt am besten.«

Er war schon fast an der Tür, als sie sagte: »Entschuldige, Marius, ich weiß, ich bin gerade ziemlich gemein.« Sie holte tief Atem. »Es gibt keinen anderen Mann, wenn du das meinst. Nach dir hat es keinen anderen gegeben, das ist die Wahrheit. Aber das alles – der Krieg, du und ich –, das alles ist so lange her.« Sie brachte ein schiefes Lächeln zustande. »Du hast nicht zufällig eine Zigarette da? Ich würde so gern eine rauchen, aber sie sind mir ausgegangen, und ich konnte noch nicht einkaufen gehen.«

Er bot ihr von seinen Zigaretten an. »Evelyn schrieb, du hättest es ziemlich schwergehabt.«

Sie lachte kurz und bitter. »Das kann man wohl sagen.« Mit scharfem Blick sah sie ihn an. »Was hat sie dir denn noch alles erzählt?«

»Nicht viel.« Er gab ihr Feuer. »Nur, daß du vorzeitig aus dem Militärdienst ausgeschieden bist.«

»Ja, nicht lange nachdem du nach Frankreich gegangen warst.«

»Aber warum? Ich hätte gedacht –«

»Du weißt doch, daß ich nicht gern nach Vorschrift lebe, Marius.«

Etwas in ihrem Ton riet ihm, nicht weiterzufragen. Vielleicht war sie unehrenhaft entlassen worden, aufgrund einer Verurteilung durch ein Kriegsgericht vielleicht. Er fand es schwer vorstellbar: Sie war intelligent und phantasievoll, so eine Frau hätte die Armee sicher nicht gern ziehen lassen.

»Hast du eine Arbeit?«

»Ich schneidere ein bißchen.« Sie wies zu der alten Singer-Nähmaschine auf dem Tisch.

Zögernd sagte er: »Ich habe Freunde in der City. Wenn du möchtest, könnte ich mich mal umhören, ob sie jemanden brauchen.«

»Ach, ich komme ganz gut zurecht.«

»Es wäre wahrscheinlich Büroarbeit, aber –«

»Ich sagte doch, ich komme zurecht.« Wieder der warnende Ton. Dann lächelte sie. »Es war schön, dich zu sehen, Marius, aber ich muß wieder an meine Arbeit.«

»Ich dachte, wir könnten vielleicht irgendwo zusammen Mittag essen –« Ein plötzliches Geräusch aus dem Nebenzimmer, ein dünn zitternder Klagelaut, ließ ihn verstummen, er starrte sie an, sprachlos, unfähig, einen Gedanken zu fassen.

»Meine Katze«, sagte sie. »Marius, ich glaube, das Mittagessen lassen wir lieber –«

Wieder dieser dünn zitternde Schrei. Sein Gehirn schien sich aus der Starre zu lösen und innerhalb einer Sekunde alles zu erfassen. »Das ist keine Katze …«, sagte er und lief zur Schlafzimmertür.

»Marius!« Sie stellte sich ihm in den Weg, aber er drängte sich an ihr vorbei und riß die Tür auf. Und sah vor sich das Kind, das in seinem Bettchen stand. Bei seinem Anblick begann es von neuem zu weinen.

»Wann ist sie geboren?« fragte er zum zweitenmal.

Suzanne hielt das Kind in ihren Armen und redete tröstend auf es ein. »Ich habe es dir bereits gesagt, Marius: Das geht dich überhaupt nichts an.«

Aber davon war er nicht überzeugt. Er hatte nicht viel Ahnung von kleinen Kindern, aber seiner Schätzung nach war dieses kleine Mädchen etwa anderthalb Jahre alt.

»Ich kann jederzeit ins Somerset House gehen und mir das Geburtenregister ansehen«, versetzte er schroff.

Trotz ihres offenkundigen Zorns antwortete sie ihm: »Im vorletzten Winter.«

»Ich möchte das genaue Datum wissen – wann ist sie geboren?«

Sie drückte ihren Mund zärtlich in das wirre dunkle Haar des Kindes. Dann sah sie ihn mit trotzigem Blick an. »Am 26. Dezember 1944. Am zweiten Weihnachtsfeiertag. Mein kleines Weihnachtsgeschenk.«

Vom 26. Dezember zurückrechnend, gelangte er zum März. Er hatte Suzanne Ende März kennengelernt. *Nach dir hat es keinen anderen gegeben*, hatte sie vor noch nicht mal zehn Minuten zu ihm gesagt. Er mußte sich einen Moment Zeit nehmen, um sich klarzumachen, was das hieß. Dann sagte er: »Sie ist *mein* Kind, richtig?«

Die Kleine an ihre Schulter gedrückt haltend, kehrte sie ihm den Rücken zu.

Er sagte wieder: »Sie ist *mein* Kind, nicht wahr, Suzanne?«, und da nickte sie endlich, nach einer Ewigkeit, wie ihm schien.

Er setzte sich auf das Sofa mit dem fadenscheinigen Bezug und überließ sich seiner Erschütterung, in der Schock, Zorn und Scham sich mischten. Vieles verstand er jetzt. Warum sie aus dem Militärdienst ausgeschieden war, warum Evelyn geschrieben hatte, Suzannes Leben habe sich sehr verändert.

»Warum hast du es mir nicht geschrieben?« fragte er.

Sie schüttelte den Kopf, ohne eine Antwort zu geben. Das Kind spielte mit den Glasperlen, die Suzanne um den Hals trug, indem es sie mit einem Finger auf dem Faden hin und her schob.

»Hast du geglaubt, ich würde dich im Stich lassen?«

Mit kühlem Blick sah sie ihn an. »Ich konnte nicht einsehen, warum du für einen Monat Spaß so teuer bezahlen solltest.«

»Sechs Wochen«, widersprach er gereizt. »Wir haben uns sechs Wochen gekannt.«

»Ein Monat, sechs Wochen – was spielt das für eine Rolle? Es ändert doch nichts.«

»Wir haben ein Kind. Das ändert alles.«

»*Ich* habe ein Kind. Sie ist *mein* Kind. Nur meins.« Er hörte Furcht in ihrer Stimme.

»Sie ist meine Tochter.« Aber er wußte nicht einmal ihren Namen. Er ging zum Fenster und sah hinaus, während er versuchte, Ordnung in die Gedanken zu bringen, die auf ihn einstürmten. Er war Vater eines Kindes. Suzanne, die stolze, auf ihre Selbständigkeit bedachte Suzanne, hatte sich und das Kind mühsam durchgebracht, während es ihm in Missencourt an nichts gefehlt hatte. Seine Schwierigkeiten, sich im normalen Leben wieder zurechtzufinden, erschienen ihm jetzt wie unanständiger Luxus, nichts weiter als das Gequengel eines Verwöhnten, dem immer alles in den Schoß gefallen war.

Er wußte schon in diesem Moment, was er zu tun hatte; daß er Widerstreben dabei empfand, verstärkte nur seine Schuldgefühle. »Wir sollten möglichst bald heiraten.«

Sie sah ihn verblüfft an. »Mach dich nicht lächerlich! Du kannst mich unmöglich heiraten.«

»Warum nicht?«

»Es geht einfach nicht.«

»Sie braucht einen Vater. Kinder brauchen Väter. Sie ist mein Kind, ich bin für sie verantwortlich.«

»Mein Gott, so viel Pflichtgefühl ... *Heiraten*, du liebe Güte.« Ihre Stimme zitterte.

»Warum nicht?« fragte er wieder

»Weil mein Vater Arbeiter ist«, erwiderte sie und blickte ihm starr in die Augen. »Weil ich mit vierzehn von der Schule abgegangen bin. Weil wir wie Hund und Katze miteinander streiten würden.«

Ohne auf den letzten Einwand einzugehen, entgegnete er: »Solche Dinge spielen keine Rolle.«

»Von wegen!« rief sie verächtlich. »In was für einer Welt lebst du eigentlich, Marius? Nein, hör mir nur mal einen Moment lang zu. Was glaubst du wohl, was deine Familie sagen würde, wenn du plötzlich mit mir aufkreuzt – und meiner Tochter? Du bildest dir doch nicht ein, sie würden uns mit offenen Armen aufnehmen?«

»Mein Vater ist tot«, sagte er. »Die ganze Familie besteht aus meiner Mutter und meiner Schwester.« Seine Zweifel zurückdrängend, behauptete er mit gekünstelter Festigkeit: »Sie wären hingerissen von euch beiden, das weiß ich.«

»Daß ich nicht lache!«

Er fühlte sich von der Wirklichkeit abgeschnitten, betäubt vom Schock, unfähig, irgend etwas anderes zu bedenken als das, was er zu tun hatte. »Sie ist mein Kind«, sagte er hartnäckig.

»Du weißt ja nicht, was du redest …«

O doch, das wußte er genau. Er wollte eine Frau heiraten, die er nicht liebte, und einem Kind ein Vater sein, das er nicht kannte. Aber eine andere Möglichkeit sah er nicht. Es gab nur diese eine – so schnell wie möglich zu heiraten und alles wiedergutzumachen. Zeit zu zweifeln durfte er sich nicht gestatten.

Während er sich im Zimmer umschaute, sagte er, diesmal nicht fähig, seinen Abscheu zu verbergen: »Du kannst doch hier kein Kind großziehen. Sieh dir das doch um Gottes willen mal an, Suzanne!«

»Es ist völlig in Ordnung.«

»Du kannst die Wäsche nicht in den Hof hängen, weil sie sonst gestohlen wird … und wie zum Teufel schleppst du ihren Kinderwagen die Treppe rauf und runter? Hier drinnen sitzt die Feuchtigkeit in allen Wänden, das rieche ich. So soll sie aufwachsen? Willst du das wirklich?«

Er war überzeugt, daß sie ihm ins Gesicht geschlagen hätte, wenn sie nicht das Kind auf dem Arm gehabt hätte. Aber dann schien sie plötzlich die Waffen zu strecken, und sie sagte mit einem resignierten Kopfschütteln: »Nein. Natürlich nicht.« Sie sah erschöpft aus.

Ein langes Schweigen trat ein, bis er endlich in weicherem Ton sagte: »Du würdest dich in Missencourt wohl fühlen, Suzanne. Ich kenne niemanden, dem es dort nicht gefällt. Die Kleine hätte ihr eigenes Kinderzimmer, und wenn sie größer wird, könnte sie im Garten spielen. Das Meer ist keine acht Kilometer entfernt.«

»Aber auf dem Land …«, murmelte sie. »Ich bin ein Stadtmensch –«

»Sie könnte schwimmen und segeln lernen. Julia könnte mit ihr reiten.« Er zog an seinem Hemdkragen; trotz des geöffneten Fensters schien das Zimmer immer noch stickig. »Wir könnten sie in eine gute Schule schicken«, fuhr er fort. »Sie könnte Ballettstunden nehmen, Musikunterricht – alles, was sie will. Glaubst du, das alles könntest du ihr auch bieten, wenn du sie allein erziehst, Suzanne?«

Sie hatte Tränen in den Augen. »Marius«, sagte sie leise, »ich muß dir etwas sagen –«

Doch er ließ sie nicht weitersprechen. »Später. Ich muß mich jetzt um das Aufgebot kümmern.«

Und er mußte dieser erstickend engen kleinen Wohnung entfliehen. Brauchte Zeit für sich – um nachzudenken, um sich mit dieser neuen Situation anzufreunden. Er verabschiedete sich in aller Eile und ging.

3

JEDEN DIENSTAGMORGEN MACHTE Julia einen Ausritt auf Salem.

Als sie aus dem Wäldchen in die Sonne hinaustrabte, sah sie Jack, der ihnen auf dem Fahrrad entgegenkam. Salem, der mit Fahrrädern auf Kriegsfuß stand, schnaubte irritiert und warf den Kopf zurück.

Jack lehnte das Fahrrad an die Hecke und überquerte die Straße. »Ist das deiner?« Er streichelte das weiche Fell am Hals des Pferdes.

Julia schüttelte den Kopf. »Nein, er gehört Penny Craven.« Penny war eine Freundin von Julia und Eigentümerin eines Reitstalls. »Ich wollte, es wäre meiner.«

Der Hengst rollte die Augen, als ein Fasan aus dem Dickicht der Hecke aufflatterte.

»Aber ziemlich nervös«, bemerkte Jack, die Hand am Zügel.

»Er hat das Gatter zur Bleichwiese übersprungen, ohne mit der Wimper zu zucken.«

Er sah zu ihr hinauf. »Du solltest eine Kappe tragen.«

»Ach, du weißt doch, daß ich die Dinger hasse, Jack.«

Seine Miene zeigte immer noch Tadel, aber er sagte: »Danke dir, daß du am Sonntag gekommen bist.«

»Ich fand es herrlich. Bei uns gibt's nie Familienfeste. Wahrscheinlich weil es nicht genug von uns gibt.«

»Dafür von uns viel zu viele, wenn du mich fragst. Es ist ein ständiger Kampf, bei dem jeder beweisen will, daß er besser ist als der andere.«

Sie lachte. »Aber du doch nicht, Jack.« Obwohl, dachte sie, auch er nicht frei war von Begierden und dem Wunsch, andere zu übertreffen.

»Ich muß rüber nach Hernscombe«, erklärte er, »die Schallplatten zurückbringen, die mein Vetter Maurice uns für das Fest geliehen hatte. Kommst du mit? Wir könnten mit dem Boot rausfahren – oder ein Stück oben auf dem Klippenweg gehen.«

»Ich kann nicht.« Er sah zur Seite, aber sie bemerkte den Ausdruck in seinen Augen und fügte hastig hinzu: »Ehrlich, Jack, ich käme gern mit, aber ich kann nicht. Ich habe Penny versprochen, ihr im Stall zu helfen. Dafür läßt sie mich ihre Pferde reiten. Aber wenn du auf mich warten willst –«

»Ja?« Er ging zu seinem Fahrrad.

»Dann in einer Stunde.«

Sie fuhren die acht Kilometer bis zum Meer mit den Rädern. Julia kam die körperliche Anstrengung gerade recht, sie lenkte sie von den Zweifeln ab, die sie bedrängten. Ob sie und Jack wieder Freunde waren; ob sie vielleicht mehr waren als Freunde.

Sie brachten die Platten in Maurice Chancellors Textilgeschäft. Nach einer Weile ging Julia aus dem Laden hinaus in die Sonne und ließ Jack im Gespräch mit Maurice zurück.

Jack kam zehn Minuten später, mit finsterem Gesicht. »Diese widerliche kleine Kröte!« Während sie durch schmale Straßen zum Hafen radelten, erklärte er: »Er hat mir Arbeit angeboten.«

»Maurice? Aber du nimmst sie doch nicht an, oder?«

»Lieber schieß ich mir eine Kugel durch den Kopf.« Er verzog verächtlich den Mund. »Natürlich erst nachdem ich Maurice den Hals umgedreht habe.«

Am Hafen stiegen sie von ihren Rädern und gingen Seite an Seite die Kaimauer entlang. Sie fand ihn unglaublich gutaussehend mit dem markanten Profil, dem dunklen, leichtgelockten Haar und den tiefblauen Augen, in denen sie jetzt allerdings nur Niedergeschlagenheit erkennen konnte.

»Maurice ist Alleineigentümer des Ladens«, sagte Jack langsam, »und Teilhaber einer Kette von Autoreparaturwerkstätten. Er wohnt in einem großen Haus und fährt ein dickes

Auto, für das er irgendwie immer das notwendige Benzin ergattert. Seine Frau trägt einen Pelzmantel, und seine Kinder gehen auf Privatschulen. Ich hab's nicht mal halb soweit gebracht.«

»Ach, es wird sich bestimmt was ergeben«, sagte Julia tröstend.

»Glaubst du wirklich? Ich bin sechsundzwanzig Jahre alt, ein arbeitsloser Kriegsheimkehrer, der im Haus seiner Eltern lebt und sich auf diesem Ding hier –«, er klatschte mit der flachen Hand gegen sein Fahrrad, »– fortbewegt.«

Die Wellen schlugen krachend gegen die steinerne Pier, Fischerboote schaukelten auf dem Wasser. Julia hakte sich bei Jack ein und schmiegte sich an ihn. Das schien ihn zu besänftigen. Er wandte sich ihr zu und sagte: »Wollen wir zum Strand runtergehen? Wenn dir die Kletterpartie nicht zuviel ist.«

Die Hernscombe-Bucht war ein schmaler Einschnitt im Norden der Stadt, nur über einen halsbrecherischen Abstieg von den fünfzehn Meter hohen Küstenfelsen aus zu erreichen. Im Krieg waren Felsen und Sandstrand mit Stacheldraht und Betonbefestigungen eingezäunt gewesen. Rostende Drahtknäuel lagen auch jetzt noch hier und dort zwischen Ginster und Strandnelken.

Jack kletterte voraus. Die Füße fest in den sandigen Boden stemmend, hangelte er sich von Grasbüschel zu Grasbüschel abwärts. Ungefähr auf halber Höhe machte er halt und richtete sich auf. Dann begann er mit einem lauten Juchzer zu laufen, immer schneller und schneller, und ließ sich endlich unten in den weichen hellen Sand fallen.

»Du Verrückter!« rief Julia von oben.

Jack sprang auf und breitete die Arme aus. »Komm!«

»Ich kann nicht –« Aber sie konnte natürlich, stürzte sich den Trampelpfad hinunter, beschwingt von der wachsenden Geschwindigkeit und berauscht von der Gefahr, jeden Moment die Kontrolle zu verlieren und Hals über Kopf abwärts geschleudert zu werden, ohne den Fall aufhalten zu können.

Er fing sie auf. Lachend und nach Luft schnappend hielt sie

sich an ihm fest. Er küßte sie. Erst waren es kurze, sanfte Küsse, die ihr erlaubten, wieder zu Atem zu kommen. Er schob seine Hände in ihr Haar, und ihre Sandalen versanken im Sand. Sie schloß die Augen und spürte sein rauhes Kinn an ihrer Wange, die Wärme seines Körpers an ihrem. Als er sie fester an sich zog, wurden seine Liebkosungen fordernder. Es war, als stünde sie wieder oben auf den Felsen, im Begriff, sich abwärts zu stürzen. Seine Hände glitten über die bloße Haut unter ihrer Bluse, und das Rauschen des Meeres vermischte sich mit dem hämmernden Schlag ihres Herzens.

Plötzlich riß er sich von ihr los. Sie hörte ihn stöhnen.

»Jack?« sagte sie leise.

Ohne ihr zu antworten, lief er ans Wasser. Sie fühlte sich allein gelassen und zum Narren gehalten.

Sie lief zu ihm. »Was ist denn?«

»Entschuldige«, sagte er. »Ich bin zu weit gegangen.«

»Aber ich fand es schön!«

Er machte eine ungeduldige Handbewegung. Ein schreckliches Gefühl der Enttäuschung überkam sie. Sie streifte ihre Sandalen ab und begann ins Wasser hinauszuwaten, wobei sie bisweilen über die gekrümmten Rippen des kompakten Sands stolperte.

»Wohin willst du denn?« rief Jack ihr nach.

»Zum Felsen.« Ein kleines Inselchen, das mitten in der Bucht aus dem Wasser ragte. Als Kinder hatten sie vom Felsen aus getaucht.

»Das ist doch Quatsch. Du wirst nur klatschnaß.«

Sie drehte sich nach ihm um. »Hab ich was falsch gemacht?«

»Nein, natürlich nicht.« Seine Stimme klang verärgert.

»Warum hast du dann aufgehört?«

»Herrgott noch mal, Julia!«

»Sag's mir!«

Er ballte die Fäuste. »Wenn du es unbedingt wissen mußt – ich hab aufgehört, weil ich drauf und dran war, dich zu vögeln. Hier und jetzt. Auf diesem Strand.«

Seine Ausdrucksweise und sein Ton ließen sie innehalten. Dann sagte sie: »Ich hätte nichts dagegen gehabt.«

»Aber ich hab was dagegen!« rief er zornig. »Es wäre nicht in Ordnung. Mit dir nicht.«

»Aber –«, ihr war elend zumute, »– mit anderen Frauen hast du es getan?«

»Ja«, antwortete er ruhig.

»Wieso geht's dann nicht mit mir?«

»Weil du mir wichtig bist. Im Gegensatz zu den anderen Frauen.«

Sie watete zum Strand zurück. Sie spürte den Druck des Wassers an ihren Beinen und die scharfen Kanten der Muscheln an den Sohlen ihrer Füße. Seine Hände umfaßten sie in der Taille.

»Du bist völlig durchnäßt.«

»So ziemlich, ja.«

Im Windschatten der Küstenfelsen war der Sand trocken und warm. Sie legte sich neben ihm nieder, den Kopf auf seinem Arm, der sie schützend umschloß. Die Sonne brannte herunter, und nach einer Weile sagte sie: »Wie soll es jetzt weitergehen?«

Er hatte die Augen geschlossen. »Wenn du jetzt gleich meinst, dann werde ich wahrscheinlich einschlafen. Wenn du von unserer Zukunft sprichst, dann können wir später darüber reden.«

Unsere Zukunft. Sie lag ganz still und gab sich dem Augenblick hin, während sie sich erinnerte, wie oft sie als Kinder hierhergekommen waren und alle vier, von ihren Müttern geführt, mit Sack und Pack – Eimer und Schaufeln, Badezeug und Picknickkörben – den Felsweg hinuntergeklettert waren. Von April bis Oktober waren sie schwimmen gegangen, hatten im eisigen Wasser ausgehalten, bis sie blau gefroren waren, und sich dann schlotternd in den Sand geworfen. Ihre Mütter hatten am Strand gesessen und gestrickt oder genäht, Kekse und belegte Brote verteilt und geschwatzt und geschwatzt ohne Ende. Es hatte Julia stets erstaunt, wie erwachsene Frauen, die allem Anschein nach so ein eintöniges Leben führten, soviel zu reden haben konnten.

Jetzt sah sie sich mit ihren eigenen Kindern hierherkommen.

Sie und Jack würden die Kleinen an den Händen halten, während sie im Wasser planschten. Später würden sie ihnen das Schwimmen beibringen. Auch Julia schloß die Augen; lauschte dem leisen Zischen und Rauschen der Brandung und Jacks regelmäßigem Atem.

In den frühen Morgenstunden fuhr Carrie Chancellor aus dem Schlaf. All ihre Ängste fielen gleichzeitig über sie her, verstärkt noch durch die Ereignisse der vergangenen Tage, und ließen sie nicht aus den Klauen, obwohl sie versuchte, ihren Kopf zu leeren und sich wieder in den Schlaf zu verkriechen. Die paar Stunden Schlaf hatten nichts gegen ihre Erschöpfung bewirkt, umfangen von bleierner Müdigkeit, war ihr trotz des warmen Wetters kalt.

Jacks Heimkehr, der Besuch des rothaarigen jungen Mädchens – sie konnte sich an den Namen nicht erinnern, war es nicht etwas gewesen, das mit Edelsteinen zu tun hatte, Pearl?, Ruby? –, die Kündigung der Aushilfskraft. Zu viele Überraschungen.Carrie zog das tägliche Gleichmaß vor, ein Leben, das von den jahreszeitlichen Abläufen auf ihrem Hof bestimmt wurde. Fremde, unerwarteter Besuch, unvorhergesehene Auseinandersetzungen regten sie auf.

Zu allem Überfluß war am Nachmittag auch noch ihr Anwalt, Mr. Smallbone, unangemeldet auf dem Hof erschienen. »Ich bin zufällig gerade in der Gegend gewesen«, hatte er gesagt, um dann ohne weitere Umschweife zu seinem Lieblingsthema zu kommen – die Tatsache, daß sie bisher kein Testament gemacht hatte. Sie hatte ihn abgewimmelt wie immer und ihm die Hunde nachgehetzt, als er gegangen war. Doch die Freude über diesen vorläufigen Sieg war schnell verflogen. Den ganzen Tag lang spukte der Teufel, den er an die Wand gemalt hatte, in ihrem Kopf herum. »Wenn Sie kein Testament hinterlassen, Miss Chancellor, wird Ihr Nachlaß aufgeteilt werden.«

Und in diesem Augenblick, als sie, mutterseelenallein im großen alten Haus ihrer Vorfahren, aufrecht in ihrem Bett saß, schien der Tod weder unwahrscheinlich noch fern. Ein Anfall von Kinderlähmung, der sie heimgesucht hatte, als sie neunzehn Jahre alt gewesen war, hatte ihre Gesundheit auf Dauer geschwächt. Sie neigte zu Erkrankungen der Atemwege und wäre zweimal beinahe an Lungenentzündung gestorben. Gerade in den letzten Tagen hatten die Schmerzen in Gliedern und Gelenken, die sich bei der Feldarbeit unweigerlich einstellten, sie ständig an ihre Gebrechlichkeit und ihr Alter gemahnt.

Wenn sie einen Erben hätte ... Sinnlose Spekulationen, sie hatte keinen. Wer hätte schon eine verkrüppelte Frau heiraten mögen, selbst wenn sie Sixfields mit in die Ehe brachte? Von Natur aus ein schüchternes junges Ding, hatte sie durch die Krankheit auch noch das bißchen Selbstvertrauen eingebüßt, das sie besaß, und danach die Menschen gemieden und ihre Verletzlichkeit hinter einem Panzer der Feindseligkeit versteckt.

O Gott, diese Schmerzen! Heute nacht waren sie kaum zu ertragen. Der lange Tag auf dem Feld wahrscheinlich ... die Erntezeit war immer sehr anstrengend. Wie lange noch, flüsterte sie vor sich hin und versuchte, den beängstigenden Gedanken von sich zu schieben. Sie hatte das Gefühl, in letzter Zeit stark gealtert zu sein, und ihr Körper, der nie so gewollt hatte wie sie, verzieh ihr immer weniger. Sie brauchte nur zu ihren Händen hinunterzublicken, um zu sehen, wie die Haut sich über den fleischlosen Knochen spannte. Ich trockne langsam aus, dachte sie, saftlos, kraftlos. Seit sechs Monaten hatte sie ihre Periode nicht mehr gehabt. Merkwürdig, daß ihr, die keineswegs eine mütterliche Frau war, das zusetzte.

Wenn Sie kein Testament hinterlassen ... Sixfields mußte in der Familie bleiben, doch sie verachtete ihre nächsten Angehörigen, diese Schmeichler und Heuchler, denen die nackte Habgier aus den Augen sprang. Sie stellte sich vor, Haus und Ländereien kämen unter den Hammer, der Besitz würde aufgeteilt, seine lange Geschichte ausgelöscht. Das Haus knarrte und ächzte, und sie sah im Geist die zahllosen leeren Räume, ausgestattet mit Möbeln, Büchern und Ornamenten, die langsam von Staub zugedeckt wurden. Kein Geräusch von Schritten durchbrach die Stille von Sixfields' Korridoren; keine Stimme rief des Nachts nach ihr. Das Gefühl der Einsamkeit war so beklemmend, daß sie meinte, es müßte sie erdrücken, ihr alle Luft aus der Lunge pressen wie das vor vielen Jahren ihre Krankheit getan hatte.

Sie stand auf und ging zum Fenster, zog den Vorhang zurück und schaute hinaus. Vom Vollmond erleuchtet, breiteten sich Felder und Wiesen vor ihr aus. Sie kannte jeden Bach und Baum. Sie kannte die Stellen, wo die blassen Blüten der Nieswurz durch die Bucheckern stießen, sie wußte, wo auf den Wiesen Thymian, Sonnenröschen und Orchideen wuchsen. Der Duft, wenn gemäht wurde, war berauschend.

Sie hatten begonnen, den Hundert-Morgen-Acker umzupflügen. Im Mondlicht konnte sie die langen Wälle aufgehäuften Erdreichs erkennen, die am Horizont zusammenzulaufen schienen.

Am Sonntag nach Jacks Besuch war sie nach oben gegangen und hatte ihm von diesem Fenster aus nachgesehen. Er war quer über die Felder gegangen und am Zauntritt stehengeblieben. Sehr langsam hatte er sich einmal um sich selbst gedreht und seinen Blick in alle vier Himmelsrichtungen über das Land schweifen lassen. Sie hatte ihn beobachtet und sich gewünscht, sie besäße nur einen Bruchteil dieser geballten Energie, die er ausstrahlte. Und sie hatte gespürt, daß er für Sixfields empfand wie sie, es liebte wie sie.

Jack, dachte sie und mußte sich einen Augenblick haltsuchend auf das Fensterbrett stützen. Mit Jack kam sie besser klar als mit der restlichen Verwandtschaft. Und sie – oder genauer gesagt, Sixfields – brauchte seine Jugend und seine Kraft. Ach, und welch ein Genuß, den anderen eine Nase zu drehen! Warum also nicht Jack?

Sie sah ihn vor sich: ein hochgewachsener, gutaussehender Junge. Sie erinnerte sich, mit welchem Vergnügen und welchem Eifer er früher immer das Haus erkundet hatte. Jeden Raum hatte er mit aufmerksamen Blicken durchstreift und jeden einzelnen Gegenstand ins Auge gefaßt. Sie hatte Habgier in diesen dunkelblauen Augen gewahrt, dieselbe Habgier, die ein düsteres Charaktermerkmal so vieler Chancellors war. Sie konnte ihm weder Jugend noch Schönheit bieten, aber sie besaß etwas anderes, um ihn an sich zu binden: Geld und Landbesitz und die Macht, die mit beiden einherzugehen pflegt.

Carrie lächelte dünn. Und was die andere Sache betraf, die Sache, die sie so sehr aus der Fassung gebracht hatte – nun, es gab da einige alte Rechnungen zu begleichen.

Am Mittwoch half Jack den ganzen Tag in Sixfields, wo die letzten Wiesen gemäht werden mußten. Als er sich am Abend am Wasserhahn im Hof den Staub von Händen und Gesicht wusch, gewahrte er plötzlich Carrie, die an der Hintertür stand und ihn beobachtete.

»Ich wollte mit dir reden«, sagte sie beinahe schroff.

Er schlüpfte in sein Hemd. »Ja?«

»Nicht hier. Gehen wir ins Wohnzimmer.«

Er folgte ihr ins Haus. Während sie mit schiefen Schultern durch den düsteren Flur humpelte, sagte sie unwirsch: »Ich werd auch nicht jünger. Und diese großartige Aushilfskraft hat mich von einem Tag auf den anderen sitzengelassen. Na ja, viel getaugt hat sie sowieso nicht.«

Er öffnete ihr die Wohnzimmertür. »Ich helfe dir gern, bis du einen Ersatz gefunden hast.«

Sie warf ihm einen kurzen Blick zu. »Dir macht die Arbeit Spaß, nicht wahr?«

»Sie liegt mir.«

Carrie nahm eine Flasche Sherry von der Anrichte und sagte: »Ich würde gern wissen, ob du Lust hast, auf Dauer hier zu arbeiten, Jack?«

Er war überrascht und geschmeichelt. Doch angeborene Vorsicht und das Wissen um Carries beinahe legendäre Knauserigkeit ließen ihn zögern. Er wollte sich von ihr nicht so behandeln lassen, wie sie die Hilfsarbeiterin behandelt hatte. Er wollte genau wissen, was sie ihm anbot.

»Als was?« fragte er. »Als Knecht ...? Oder als dein Verwalter?«

»Weder noch. Ich habe beschlossen, mein Testament zu machen.« Carrie schenkte zwei kleine Gläschen Sherry ein. »Und ich habe mich entschieden, Sixfields dir zu hinterlassen, Jack.«

Ich habe mich entschieden, Sixfields dir zu hinterlassen, Jack. Im ersten Moment konnte er es kaum begreifen. Er spürte den heftigen Schlag seines Herzens. Seine Stirn war feucht, und das Hemd klebte ihm am Rücken. Er hätte sie am liebsten gebeten, es noch einmal zu sagen, damit er gewiss sein konnte, nicht geträumt zu haben. *Ich habe mich entschieden, Sixfields dir zu hinterlassen, Jack.* Jahre später dachte er über die erstaunliche Kraft weniger Worte nach, ein ganzes Leben zu verändern.

»Den Hof?« sagte er leise. »Mir?«

»Und das Geld auf der Bank. Ich habe immer sehr vorsichtig gewirtschaftet und das Geld nicht zum Fenster hinausgeworfen wie manche andere, die ich kenne.«

Im Geist schien er aus großer Höhe auf den Besitz herabzublicken und das Haus mit den umliegenden Feldern, Wäldern und Wiesen unter sich ausgebreitet zu sehen. Alles seins …

»Allzulange wirst du dich sicher nicht gedulden müssen«, fügte Carrie brüsk hinzu. Sie setzte sich in einen Sessel. »Ich war nie bei glänzender Gesundheit. Der Hof wird schon bald dir gehören.«

»Carrie –«

»Willst du ihn haben, Jack?«

»Ja«, antwortete er. Bis zu diesem wunderbaren, unerwarteten Moment hatte er selbst nicht gewußt, wie heftig er Sixfields begehrte. »Ja«, sagte er noch einmal.

»Gut, dann ist es abgemacht. Ich muß nur noch meinem Anwalt schreiben.«

»Ich hätte nie geglaubt … Ich dachte immer –«

»Was?«

»Daß einer von meinen Vettern oder Onkeln … sie stehen dir doch näher als ich –«

»Alles Taugenichtse«, versetzte sie wegwerfend. »Du bist der Beste von der ganzen Gesellschaft, Jack. Und du liebst Sixfields, nicht wahr? Ich sehe es in deinen Augen.«

Er nickte.

»Eine Bedingung muß ich allerdings stellen«, sagte sie »Ich erwarte von dir, daß du auf dem Hof lebst.«

»Aber natürlich. Das tue ich gern.«

»Du könntest das Pförtnerhäuschen haben.« Sie beobachtete ihn scharf. »Oder hast du andere Pläne, Jack?«

»Andere Pläne?«

»Na, in letzter Zeit wird ja rundherum Hochzeit gefeiert. Überall heiraten die Heimkehrer ihre Mädchen. Die Hochzeitsglocken hören gar nicht mehr zu läuten auf. Du hast doch keine Pläne in dieser Richtung, Jack?«

Er sah Julia vor sich, wie sie ihm den Klippenweg hinunter entgegengelaufen war. »Na ja, ich –«

»Von Kinderehen halte ich nämlich nichts.«

Ihm war sofort klar, daß er sich hier auf gefährlichem Terrain befand. Carrie war schwierig und launenhaft. Er mußte vorsichtig sein, auf keinen Fall durfte er die verheißungsvolle Zukunft, die sie ihm geboten hatte, aufs Spiel setzen.

»Mir hat ein kleines Vögelchen zugezwitschert«, fuhr Carrie fort, »daß du verschiedentlich mit der kleinen Temperley gesehen worden bist.«

»Julia?« Er sah sie scharf an.

Sie antwortete mit einer raschen Handbewegung. »Wie gesagt, ich halte nichts von frühen Heiraten. Sie entpuppen sich fast immer als Fehler. Und ich habe gehört, daß die kleine Temperley reichlich – flatterhaft ist.«

»Flatterhaft?« wiederholte er und erinnerte sich an Julia auf dem Fest anläßlich seiner Heimkehr – von Männern umringt, die ihr dargebrachte Bewunderung sichtlich genießend. Er sah sie mit Will auf der Terrasse sitzen, ihm mit den Fingern das Haar zausend.

»Reiner Klatsch, du weißt ja, geklatscht wird überall.« Carrie reichte ihm ein Glas. »Also, was sagst du?«

Als er sie verständnislos anstarrte, sagte sie leise: »Sixfields, Jack –«

»Ja, Carrie«, antwortete er. Das Sprechen fiel ihm schwer. Es war heiß und stickig im Zimmer. »O ja.«

»Dann wollen wir darauf trinken.« Sie hob ihr Glas. »Auf Sixfields.«

»Auf Sixfields.« Jack trank. Der Sherry war widerlich süß und klebte wie Leim an seinem Gaumen.

Er radelte zur Kuppe des Hügels hinauf. Oben sprang er ab und lehnte das Fahrrad an das Gatter. Dann blickte er zum Haus zurück.

Seins. Dies alles, das Haus, das Land, das es umgab, das Geld auf der Bank, könnte eines Tages ihm gehören. Jack fragte sich, wie viele Wochen oder Monate es dauern würde, bis er diesen Gedanken ohne Fassungslosigkeit und rasendes Herzklopfen würde denken können. Er wußte, daß Carries Vermächtnis sein Leben von Grund auf verändern konnte. Und bis es soweit war, würde er ein eigenes Dach über dem Kopf und sein Leben einen Sinn haben. Wenn er dann sein Erbe antrat …

Als sein Vater in der Wirtschaftskrise vor dreizehn Jahren sein ganzes Vermögen verloren hatte, hatte die Familie Chancellor ihr schönes, großzügiges Haus im Norden von Bridport aufgeben müssen und war in das Schulhaus übersiedelt. Jack hatte die Demütigung nie verwunden. Er hatte sein geliebtes Zimmer gegen ein kleineres eintauschen müssen, das in den Anstaltsfarben Grün und Creme gestrichen war; und bisweilen, wenn die Zahl der Internatsschüler die Kapazitäten überschritt, mußte er sich sogar ein Zimmer mit Will teilen. Seine Klassenkameraden hatten natürlich immer gewußt, daß er kein Schulgeld bezahlte, weil sein Vater der Schulleiter war. »He, bei euch fehlt's wohl am Kleingeld, hm, Chancellor?« pflegten sie zu höhnen. Er hatte gelernt, seine Peiniger auf seine Art zum Schweigen zu bringen, mit den Fäusten, aber er hatte nie vergessen. Geld machte vielleicht nicht glücklich, aber er wußte seit seinem dreizehnten Lebensjahr, daß das Leben ohne es verdammt hart sein konnte.

Er kramte seine Zigaretten heraus, während er an das Gespräch mit Carrie zurückdachte. *Ich habe mich entschieden, Sixfields dir zu hinterlassen, Jack*. Seine Hände zitterten, als er das Feuerzeug anknipste. Ein halbes Dutzend Tanten und Onkel aus Carries engerer Verwandtschaft hatten berechtigteren Anspruch auf Sixfields als er. Plötzlich packten ihn Zweifel, und im Nu war er überzeugt, daß sie ihre Meinung ändern und den Besitz einem anderen vermachen würde; daß sie den verheißenen Brief an ihren Rechtsanwalt niemals schreiben würde, sondern ihr gemeines Spiel mit ihm trieb, indem sie ihm den Mund wäßrig machte, um ihn dann auf dem trocknen sitzenzulassen.

Er schloß die Augen und zog ein paarmal an seiner Zigarette, um seine Gelassenheit wiederzugewinnen. Immer mit der Ruhe, Jack, sagte er sich. Er brauchte nur vorsichtig zu sein und Carrie keinen Anlaß zu geben, ihren Plan umzustoßen. Er mußte nur ein bißchen geschickt sein.

Ich halte nichts von frühen Heiraten. Gestern, als er im Sand gelegen hatte, war ihm kurz vor dem Einschlafen der Gedanke durch den Kopf gegangen, Julia zu bitten, seine Frau zu werden. Jetzt kehrten seine früheren Zweifel zurück. *Ich habe gehört, daß die kleine Temperley reichlich flatterhaft ist.*

Er hatte bei Julia eine Leidenschaft wahrgenommen, die seiner eigenen entsprach. Sie hatte sich ihm angeboten, und es war verdammt schwer gewesen, wie ein Ehrenmann zu handeln. Ihr Feuer hatte ihn überrascht, es paßte so gar nicht zu ihrer kühlen, unberührbaren Schönheit. Sie hatte sich verändert, sie war nicht mehr das unschuldige Schulmädchen, das er 1942 zurückgelassen hatte.

Er fragte sich, ob sie während seiner langen Abwesenheit bei anderen Männern in die Lehre gegangen war. Argwohn und Zweifel brachen in Wellen über ihn herein, als er sich der Briefe erinnerte, die einige seiner Frontkameraden in Nordafrika und Italien erhalten hatten. Briefe von treulosen Ehefrauen: »Ich weiß nicht, wie ich es dir sagen soll, Bert, aber ich habe einen anderen Mann kennengelernt ...« Briefe von angeblichen Freunden, deren Beteuerungen uneigennützigen Wohlwollens sich schlecht vertrugen mit der Schadenfreude, die durch jeden Satz hindurchblitzte: »Ich hab Annie gestern mit einem Soldaten in der Kneipe gesehen ...«

Wieder sah er Julias geschlossene Augen und leichtgeöffneten Mund vor sich, und wie von selbst kam ihm der Gedanke in den Sinn, daß sie leicht zu haben gewesen wäre. Leicht zu haben.

Jack drückte seine Zigarette im dürren Gras aus und achtete darauf, daß kein Fünkchen mehr glühte. Er brauchte jetzt Zeit zum Nachdenken. Er mußte Carries außergewöhnliches Angebot erst einmal verarbeiten. Ein wenig lockerte sich die innere Spannung. Im Grunde genommen brauchte er nur abzuwarten. Abzuwarten und dafür zu sorgen, daß kein anderer sich an Julia heranmachte; abzuwarten und zu tun, was Carrie wollte. Sie ging auf die Fünfzig zu und war, wie sie selbst betont hatte, nicht bei bester Gesundheit. Sie würde sicher nicht alt werden. Er brauchte nur ein wenig Geduld und Fingerspitzengefühl, dann würde er beides bekommen – Julia und Sixfields.

Es blieb heiß. Julia, die eine heimliche Vorliebe für den Winter hatte und für Weihnachten und prasselnde Feuer im offenen Kamin schwärmte, konnte sich auf nichts konzentrieren. Nach einem eher halbherzigen Streit mit ihrer Mutter und einem weiteren erfolglosen Versuch, Jack anzurufen, streifte sie ruhelos durchs Haus, nur noch auf der Suche nach kühlendem Schatten.

Wenn wenigstens Marius nicht einfach so verschwunden wäre, dachte sie verdrossen, als sie im Wohnzimmer vor dem Radio stehenblieb und zerstreut an seinen Knöpfen drehte. Wieso mußte er ausgerechnet jetzt wegfahren, wo sie jemanden zum Reden brauchte! Und wo um alles in der Welt trieb er sich herum? Topaz hatte irgend etwas davon erzählt, daß er aus London angerufen habe, aber seitdem hatten sie nichts von ihm gehört. Julias Neugier regte sich. Solche Geheimniskrämerei war sonst gar nicht Marius' Art. Im stillen hoffte sie, er sei dabei, irgendeine aufregende Überraschung vorzubereiten – eine Theaterfahrt vielleicht oder eine Urlaubsreise. Sie hatten schon so lange keinen Urlaub mehr gemacht.

Schon schweiften ihre Gedanken wieder ab und kehrten zum vergangenen Dienstag zurück. Es war ein so wunderbarer Tag gewesen: Jack hatte sie geküßt, und sie war sich sicher gewesen, daß er sie liebte. Jetzt jedoch erinnerte sie sich, daß er ihr das nicht gesagt hatte. Er hatte ihr gesagt, daß er mit ihr schlafen wollte, doch er hatte auch schon mit anderen Frauen geschlafen, ohne sie zu lieben.

Aber er hatte von »unserer Zukunft« gesprochen, während sie am Strand in seinen Armen gelegen hatte. Und sie hatte angenommen, er spräche von Heirat. Eine halbe Stunde später war eine Horde Ausflügler johlend und kreischend den steilen Klippenweg heruntergerutscht und hatte ihre Bucht besetzt. Jack war aufgewacht. Er hatte müde und desorientiert gewirkt. Er hatte eine Verabredung gehabt, zu der er zu spät zu kommen fürchtete, und sie waren ohne noch viel miteinander zu sprechen in aller Eile nach Hause geradelt.

Sie hatte erwartet, daß er sich am folgenden Tag melden würde, aber das hatte er nicht getan. »Er hilft in Sixfields bei der Ernte«, hatte Prudence Chancellor jedesmal erklärt, wenn Julia angerufen hatte. In den achtundvierzig Stunden der Trennung von Jack hatte Julias Gewißheit sich verflüchtigt. Nun wurde sie von Zweifeln geplagt. War es richtig gewesen, sich von Jack küssen zu lassen? War es richtig gewesen, ihm offen zu sagen, wie heftig sie ihn begehrte? Auf einmal meldeten sich Scham und Verlegenheit. Hatte sie sich ihm an den Hals geworfen? Hatte sie ihren Stolz vergessen? Schätzte er sie jetzt geringer – hatte er die Achtung vor ihr verloren?

Sie wünschte, sie könnte an etwas anderes denken als immer nur an ihn. Alle schienen irgend etwas Wichtiges zu tun zu haben, nur sie nicht. Marius ging in London irgendwelchen geheimnisvollen Geschäften nach. Jack arbeitete auf dem Hof.

Nicht einmal Will war verfügbar, sondern hatte irgend etwas mit einer Autowerkstatt zu tun, wenn sie sich recht erinnerte. Blieb Topaz, aber Topaz würde in ein oder zwei Tagen wieder weg sein, und dann würde sie, Julia, von neuem allein und tatenlos dastehen.

Zum erstenmal gestand sie sich die Wahrheit ein. Sie vermißte ihre Arbeit. Sie hätte es nicht für möglich gehalten, aber es war so. Die tägliche Arbeit in der Firma hatte ihrem Tag

Struktur gegeben und ihr selbst eine gewisse Bedeutung. Als Julia Temperley, Geschäftsführerin der Firma Temperley-Rundfunkgeräte, hatte sie eine Rolle gespielt. Sie hatte Verantwortung getragen für ihre Angestellten und das Unternehmen, für den Beitrag der Firma zu den nationalen Verteidigungsbemühungen. Oft hatte diese Verantwortung ihr angst gemacht; oft hatte sie gewünscht, Marius möge heimkehren, damit sie die Leitung der Firma in seine Hände legen und die Last der Verantwortung an ihn abgeben könnte. Oft hatte sie gewünscht, wieder ihr altes Leben führen zu können: zu reiten, lange Wanderungen mit den Hunden zu unternehmen, Freunde zu besuchen.

Aber mit Reiten und Wandern allein ließ sich die Zeit nicht ausfüllen, und so viele Freunde hatte sie nicht mehr. Einige waren fortgezogen, von anderen hatte sie sich in den Monaten der Depression nach dem Tod ihres Vaters entfernt. Von denen, die geblieben waren, waren die meisten entweder mit dem Beruf oder der Familie beschäftigt und hatten deshalb wenig Zeit für sie. Seit Wochen kam ihr das Leben leer und sinnlos vor. Ihr fehlten das Beisammensein mit anderen, das die Arbeit automatisch mit sich gebracht hatte, und das befriedigende Gefühl, etwas Nützliches zu leisten. Ihr fehlten die geistige Anstrengung, die Herausforderung und die Spannung.

Marius hatte sie davon natürlich kein Wort gesagt. Er durfte gar nicht erst auf die Idee kommen, sie könnte nicht froh und erleichtert sein, ihm seine Position in der Firma zurückzugeben. Es würde schwierig genug für ihn werden, sich nach fünf Jahren an der Front wieder im Geschäftsleben zurechtzufinden, da wollte sie ihm nicht noch das Gefühl vermitteln, er müsse ein schlechtes Gewissen haben, weil er auf das Anspruch erhob, was ihm zustand. Außerdem hatte sie ja Jack. Jack würde die Lücke füllen. Wenn er nur anrufen wollte …

Das Geräusch eines Autos, das sich auf der gekiesten Auffahrt dem Haus näherte, drängte sich in Julias Gedanken, und sie hob den Kopf. Als sie das Taxi sah und Marius, der vorn neben dem Fahrer saß, atmete sie erleichtert auf. Gerade wollte sie hinauslaufen, um ihn zu begrüßen, da sah sie ihn zur hinteren Wagentür treten und diese öffnen. Eine junge Frau stieg aus. Sie hatte ein kleines Kind auf dem Arm. Selbst vom Spielzimmer aus konnte Julia das Schreien des Kindes hören.

Ihr war rätselhaft, was Marius veranlaßt haben konnte, eine fremde Frau mit einem kleinen Kind mit nach Hause zu bringen. Noch dazu ganz ohne Vorwarnung. Vielleicht war die Frau eine alte Freundin, die er zufällig im Zug wiedergetroffen und zum Tee eingeladen hatte …

Adele war hinausgegangen, um ihren Sohn und die Fremde zu empfangen. Julia lief ebenfalls hinaus.

Die Sonne brannte. Das Kind schrie. Marius schaute finster drein.

Dann sagte er: »Mutter. Julia. Ich möchte euch meine Frau Suzanne vorstellen. Und Tara, meine Tochter.«

Sie saßen im Wohnzimmer und taten so, als tränken sie Tee. Marius hatte den seinen nicht angerührt, und Adeles Hände zitterten so stark, daß die Tasse klirrend gegen die Untertasse schlug, wenn sie sie ergriff. Das Kind warf sich strampelnd und schreiend in den Armen seiner Mutter hin und her, so daß diese gar nicht dazu kam, von ihrem Tee zu trinken, und Julia wagte nicht, ihre Tasse zur Hand zu nehmen, weil sie fürchtete, sie würde sie jemandem ins Gesicht werfen – Marius wahrscheinlich.

Adele wiederholte: »Mit einer Ausnahmegenehmigung …«, und Marius sagte wie zuvor: »Es schien mir das beste zu sein. Alles möglichst schnell zu regeln.«

Danach trat ein langes Schweigen ein. Bis Adele tief Luft holte und sagte: »Ich hatte ja keine Ahnung … Wenn du nur einen Ton gesagt hättest …« Sie unternahm eine sichtbare Anstrengung, sich zu sammeln, und fuhr zu Marius gewandt ruhiger fort: »Ihr habt heute geheiratet? In London?«

Er nickte.

»Und das Kind?« fragte sie. »Warum hast du mir nicht wenigstens gesagt, daß du ein Kind hast?«

Er wollte antworten, aber Suzanne kam ihm zuvor. »Es ist meine Schuld, Mrs. Temperley. Marius wußte nichts von Tara.«

Julia hörte den Cockney-Akzent der Frau einfacher Herkunft. »Er hat es erst am Montag erfahren. Ich hatte es ihn nicht wissen lassen. Es ist allein meine Schuld. – Ja, ja, Schatz, ist ja gut.«

Sie wiegte das kleine Mädchen hin und her. Das Gesicht des Kindes war krebsrot und schmutzverschmiert, seine Nase lief, und der Po seines Strampelanzugs war feucht.

Suzanne sagte zu Marius: »Kann ich sie hier irgendwo wickeln? Dann beruhigt sie sich vielleicht. Und man könnte sich in normalem Ton unterhalten.«

»Kommen Sie, ich nehme sie.« Mit ausgestreckten Armen trat Adele vor Suzanne.

»Aber Mrs. Temperley –«

»Sie sind sicher todmüde von der Reise, Suzanne. Und ich bin schließlich ihre Großmutter«, sagte Adele mit schwankender Stimme.

Ohne ein weiteres Wort übergab Suzanne ihr das Kind, und Adele drückte das schreiende kleine Bündel Schmutz und Tränen an sich und trug es aus dem Zimmer. Als machten ihr die Rotznase und die feuchte Windel überhaupt nichts aus, dachte Julia voller Widerwillen.

»Ich glaube, ich gehe besser –« Marius sprang auf und eilte seiner Mutter nach.

Blieben Julia und Suzanne in trauter Zweisamkeit. Und welches taktvolle kleine Zauberwort soll nun *diese* unmögliche Situation retten? dachte Julia.

Suzanne sprach zuerst. »Mensch, das kann ich jetzt wirklich gebrauchen.« Mit einem gezwungenen Lächeln ergriff sie ihre Teetasse. »Das war vielleicht ein Tag!«

»Tatsächlich?« sagte Julia kühl.

»Ach, die Trauung, dieser ganze Wirbel.« Sie trank einen Schluck Tee.

Julia bemerkte, wie sie kurz das Gesicht verzog. »Möchten Sie Zucker?«

»Ach ja, danke.« Suzanne wollte schon ihren Teelöffel in der Zuckerdose versenken, da reichte ihr Julia demonstrativ den Zuckerlöffel. Suzannes blasses kleines Gesicht wurde noch einen Schein blasser.

Etwas Tee war in die Untertasse geschwappt, und als Suzanne ihre Tasse hob, tropfte es auf den indischen Teppich hinunter. Sie sah Julia an. »Haben Sie vielleicht einen Lappen?«

Ohne ein Wort reichte Julia ihr eine Serviette.

Suzanne tupfte den Teppich ab. Dann richtete sie sich auf und sah Julia an. »Ich weiß genau, was Sie denken. Wahrscheinlich würde ich an Ihrer Stelle genauso denken. Sie hätten sich bestimmt nicht eine wie mich als Schwägerin ausgesucht, stimmt's? Aber ich bin nun mal Ihre Schwägerin, ob's Ihnen paßt oder nicht, daran werden Sie sich gewöhnen müssen. Und wenn wir schon zusammen unter einem Dach leben müssen, dann sollten wir wenigstens Marius zuliebe höflich miteinander umgehen, meinen Sie nicht auch?«

Erst jetzt ging Julia die Bedeutung dieser unmöglichen Verbindung ihres Bruders in ihrer ganzen Tragweite auf. Sie sprang auf.

»Mit Ihnen unter einem Dach? Niemals!« Sie zitterte. »Niemals!« Damit lief sie aus dem Zimmer.

Wenn Jack nicht zu ihr kam, mußte sie eben zu ihm gehen. Vom Zorn beflügelt, sauste Julia auf ihrem Fahrrad durch das Wäldchen.

Als ihr zwanzig Minuten später Jack die Tür seines Elternhauses öffnete, warf sie sich in seine Arme. *»Jack!«* stieß sie hervor und brach in Tränen aus.

Im Wohnzimmer gab er ihr sein Taschentuch, und unter Tränen und Schluchzen und mehrmaligem Schneuzen erzählte sie ihm von Marius und seiner gräßlichen Frau und dem rotznasigen kleinen Gör.

»Und sie wird bei uns in Missencourt wohnen, Jack. In *meinem* Haus!«

»In Adeles Haus«, berichtigte Jack.

Sie wußte, daß er recht hatte, aber sie entgegnete halsstarrig: »Es ist *mein* Zuhause. Ich habe mein ganzes Leben hier gelebt.« Und als er darauf nichts sagte, rief sie zornig: »Und wo warst du überhaupt, Jack? Ich hab die ganze Zeit auf dich gewartet.«

»In Sixfields. Ich habe bei der Ernte geholfen«, murmelte er. Er wirkte zerstreut, als wäre er mit seinen Gedanken ganz woanders. Dann sagte er plötzlich: »Es ist etwas ganz Unglaubliches passiert. Etwas Wunderbares. Ich habe noch keinem Menschen etwas davon gesagt. Meine Cousine Carrie hat beschlossen, mir Sixfields zu vermachen. Das Haus, den Hof, das Geld – alles. Sie möchte, daß ich auf dem Hof arbeite und ihr bei der Führung des Betriebs helfe.« Jacks Stimme war erregt. »Etwas Besseres könnte ich mir nicht wünschen, Julia – Arbeit, die mir Spaß macht, und ich kann im Pförtnerhaus wohnen. Damit sind alle meine Probleme gelöst.«

Und meine auch, dachte sie und fühlte sich gleich nicht mehr so entsetzlich elend. »Ich komme mit dir, Jack«, sagte sie. »Wir brauchen nur zu heiraten. Dann können wir beide in Sixfields bleiben, und ich brauche nicht mit dieser fürchterlichen Person in Missencourt zusammenzuleben.«

Als er darauf nicht gleich reagierte, fügte sie hastig hinzu: »Es macht mir nichts aus, wenn das Haus klein ist. Es ist mir egal, wo ich wohne, Hauptsache, ich bin mit dir zusammen. In Missencourt könnte ich es mit *ihr* nicht aushalten.«

Er sagte: »Julia, ich kann dich jetzt nicht heiraten«, und sie erstarrte, ihr Kopf plötzlich leergefegt, bar aller Gedanken. »Ich meine –«, begann er, und sie sagte gleichzeitig: »Du kannst mich nicht heiraten?« Dabei war für sie doch immer klargewesen, daß sie und Jack eines Tages heiraten würden. Immer!

»*Jetzt* nicht!« Er machte eine fahrige Handbewegung.

Sie hatte ein eigenartiges Gefühl in der Magengrube. Es erinnerte sie ein wenig daran, wie es war, wenn man am Wasserrand stand und das Meer einem den Sand unter den Füßen wegzog. Sie war aus dem Gleichgewicht geworfen, alle alten Selbstverständlichkeiten waren umgestoßen worden.

»Oh!« stieß sie atemlos hervor, und er sagte schnell: »Carrie hält nichts von frühen Heiraten, und ich möchte sie nicht vor den Kopf stoßen. Wir brauchen nur ein Weilchen zu warten, das ist alles.«

Sie hörte ihn kaum. Sie dachte an den Nachmittag am

Strand, wie sie sich ihm buchstäblich an den Hals geworfen hatte. »Macht ja nichts«, sagte sie. »Es war sowieso eine dumme Idee.« Sie sah sein Gesicht, und als sie die Verlegenheit und das Schuldbewußtsein in seinem Blick erkannte, fühlte sie sich noch tiefer gedemütigt.

»Julia!« Mit beschwichtigender Geste bot er ihr die Hand. »Ich meinte doch nur, daß wir nicht jetzt gleich heiraten können. Ein bißchen Geduld ist doch nicht zuviel verlangt, hm?«

Nicht zuviel verlangt ... Sie stieß seine Hand weg. »Das heißt, wir sollen warten, bis es dir in den Kram paßt?«

Er wurde rot. »So habe ich das nicht gemeint.«

»Ach nein?« Sie hatte plötzlich den Wunsch, ihn zu verletzen. »Ich brauche dich nicht, Jack. Ich komme auch ohne dich zurecht.« Aber in Wirklichkeit hatte sie keine Ahnung, wohin sie sich wenden sollte, nun, da sie nicht in Missencourt bleiben, da sie Jack nicht heiraten konnte. Sie wußte nur, daß sie ihren Stolz zurückgewinnen mußte, um jeden Preis. »Männer gibt es wie Sand am Meer«, sagte sie kalt und freute sich zu sehen, daß er zusammenzuckte.

»Wie meinst du das?«

»Du glaubst anscheinend, daß ich bis in alle Ewigkeit warte.«

»Hast du einen anderen gehabt?« fragte er. »Während ich weg war?«

»Und wenn? Was geht es dich an?« Julia nahm ihre Sonnenbrille vom Tisch.

»Wer war es?«

»Ach, laß mich in Frieden –« Sie stand auf, um zu gehen.

»War es einer der Flieger, die hier stationiert waren? Oder jemand aus dem Ort?«

Verächtlich sagte sie: »Was ich getan oder nicht getan habe, während du weg warst, geht dich jetzt nichts mehr an, meinst du nicht auch?«

Jacks Blick wurde hart. »Will«, sagte er leise.

Schon auf dem Weg zur Tür blieb sie abrupt stehen, als sie den Namen hörte. Mit einem Schwung drehte sie sich herum. »Was hast du gesagt?«

»Daß du es vielleicht nicht allzu genau nimmst.« Sein Ton war eisig, sein Blick geringschätzig. »Daß in deinen Augen vielleicht der eine Bruder so gut ist wie der andere.«

Sie holte zum Schlag aus, aber er hielt sie am Handgelenk fest. »Will ist tausendmal netter als du, Jack«, rief sie. »Tausendmal netter zu *mir*«, setzte sie hinzu und sah mit Befriedigung, wie er blaß wurde.

Sie riß sich von ihm los. Kalt und klar sagte sie: »Geh nach Sixfields, wenn es dir so wichtig ist. Ich hoffe, du wirst todunglücklich. Du verdienst es nicht anders. Ich hoffe, du wirst einsam und unglücklich und verrückt wie deine Cousine Carrie.«

Sie war auf halbem Weg zwischen dem Schulhaus und Missencourt, als sie vom Fahrrad sprang und sich auf die Wiese am Straßenrand setzte, die Knie zum Gesicht hochgezogen. Aber sie weinte nicht, sondern kramte in ihrer Tasche nach Zigaretten und Streichhölzern. Eine Zigarette fand sie noch, aber keine Streichhölzer. Auch das noch! Sie ließ den Kopf auf die verschränkten Arme sinken und schloß die Augen. Vergeblich versuchte sie, die Erinnerung an Jacks Gesicht und die Dinge zu vertreiben, die sie beide gesagt hatten. Ihr war übel, und sie hatte hämmernde Kopfschmerzen.

Sie wußte nicht, wie lange sie so dagesessen hatte, als sie ein Auto anhalten hörte und gleich darauf eine vertraute Stimme vernahm: »Julia?«

Vor ihr auf der Straße stand der alte Aston Martin der Chancellors.

»Hallo, Will!«

»Alles in Ordnung?«

»Ich hab ein bißchen Kopfweh.«

»Kann ich dich irgendwohin mitnehmen? Willst du nach Missencourt?«

Sie schüttelte den Kopf. Dann stand sie auf und stieg zu ihm in den Wagen. Sie sah die Besorgnis in seinem Blick, war aber in diesem Moment nicht zu Erklärungen fähig.

»Ich leg das Rad hinten rein«, sagte er.

Sie blieb vorn auf dem Beifahrersitz und hielt die unangezündete Zigarette zwischen den Fingern, während er ihr Fahrrad in den Kofferraum hievte. Dann setzte er sich neben sie.

»Hast du Feuer, Will?«

Er zog ein Feuerzeug heraus.

»Das ist meine letzte«, sagte sie. »Wir können sie zusammen rauchen.« Sie reichte ihm die Zigarette. »Marius hat geheiratet«, sagte sie. »Und er hat ein Kind.« Sie fühlte sich merkwürdig hohl, aller Gefühle entleert.

Will hustete und reichte ihr die Zigarette zurück. »Marius hat *geheiratet*? Wann denn?«

»Heute. In London.« Sie lächelte mühsam. »Na, ist das eine Überraschung?«

Will starrte sie mit aufgerissenen Augen an. »Und hast du die Ehefrau schon kennengelernt?«

»Ich hab sie alle beide kennengelernt – Mutter und Kind. Gerade eben. Ich muß gestehen, ich war wahnsinnig eklig zu ihr.«

»Er hat keinen Ton gesagt –«

»Nein, nicht wahr?«

»Hast du von ihr gewußt? Hat er zu dir mal was gesagt?«

»Keinen Piep«, antwortete sie scheinbar unbekümmert.

»*Verrückt*! Und wie ist sie?«

»Ganz hübsch, nichts Besonderes. Ich hätte nie geglaubt, daß so was Marius' Typ ist.«

»Und sie hat ein Kind?«

»Ein kleines Mädchen. Tara!« Julia schnitt eine Grimasse. »Wenigstens einen richtigen Namen hätte sie der Kleinen geben können. Sie hat die ganze Zeit geheult. Ist mir wahnsinnig auf die Nerven gegangen.«

»Arme Julia«, sagte er mitfühlend, und am liebsten hätte sie angefangen zu weinen. Will sollte nicht nett zu ihr sein; wenn er nett war, würde sie wieder zu fühlen beginnen, und dem war sie jetzt nicht gewachsen, noch nicht. Es war soviel leichter, einfach hier zu sitzen und zu rauchen und giftige Bemerkungen über Marius und seine frischgebackene Ehefrau samt Kind zu machen.

»Hast du Lust auf eine kleine Spritztour?« fragte er, und sie nickte wortlos.

»Ich hab mir gedacht, ich fahr ihn mal aus«, erklärte er, als er den Gang einlegte. »Weit geht's sowieso nicht – er frißt das Benzin nur so.«

Der Aston Martin schnurrte auf der schmalen Landstraße dahin. Nach einer Weile sagte Will: »Das war wohl für euch alle ein ziemlicher Schock, oder?«

Sie lachte kurz auf. »Das kann man wohl sagen.« Dann fügte sie leise hinzu: »Und jetzt ist mir nichts geblieben.« Der Gedanke machte ihr schreckliche Angst.

Er warf ihr einen kurzen Blick zu. »Aber Julia, das ist doch nicht wahr, und das weißt du auch.«

»Doch, es ist wahr. Ich habe Missencourt verloren, und ich habe die Firma verloren.« Ihre Stimme war leise und rauh. Sie fühlte sich zu Tode erschöpft. »Du wirst es nicht glauben, Will, aber ich vermisse meine Arbeit. Ich hätte es nicht erwartet, aber es ist so. Und ich möchte Missencourt nicht mit Suzanne teilen müssen. Ich weiß, das ist nicht sehr nett von mir, aber so ist es nun mal.«

»Vielleicht wird es gar nicht so schlimm«, tröstete er. »Es ist wahrscheinlich nur der erste Schreck. Mit der Zeit wirst du vielleicht sogar lernen, sie zu mögen.«

Hohe Bäume zu beiden Seiten der Straße verdunkelten die Sonne. Sie bemerkte, daß die Blätter der Kastanien sich in Erwartung des Herbstes schon gelblich färbten. Sehr leise sagte sie: »Es geht nicht allein um Marius, Will. Es geht um Jack. Ich war gerade bei ihm.«

»Und?«

»Und ich habe ihn gebeten, mich zu heiraten.«

Er bremste so scharf ab, daß sie sich am Armaturenbrett abstützen mußte, um nicht gegen die Windschutzscheibe geschleudert zu werden. Im Schatten der Bäume hielt der Wagen an.

»Und was hat er gesagt?«

»Nein. Er hat nein gesagt.« Sie schrie auf: »Was soll ich jetzt tun, Will? Was soll ich nur tun?«

»Na ja –« Eine kurze Pause. »Du könntest *mich* heiraten.«

Sie lachte. »Will –«

Er sah sie an. »Warum nicht? Wir hätten bestimmt Spaß miteinander.«

»Unsinn.«

Er wandte sich ab und schaute zum Fenster hinaus. Julia rauchte schweigend. Nach einer Weile, als das Schweigen sich unangenehm in die Länge zog, drehte sie sich herum und sah ihm ins Gesicht.

Der Schmerz in seinem Blick erschreckte sie. »Will«, sagte sie. »Ich wollte dich doch nicht –« Sie verstummte. »Ich dachte, du machst nur Spaß.«

»Ich habe nicht geglaubt, daß du ja sagen würdest«, sagte er. »Aber ich hätte nicht gedacht, daß du mich auslachen würdest.«

Ihr war ganz elend. »Ich habe dich nicht ausgelacht, Will. Ich war nur so überrascht.« Als er nicht antwortete, berührte sie leicht seine Schulter. »Es war eine schöne Überraschung.«

Er drehte sich nach ihr um. »Wirklich?«

»Aber ja, natürlich.« Und sie merkte plötzlich, daß sie tief gerührt war. »Es ist sehr lieb von dir«, sagte sie zart, »aber du brauchst dich um mich nicht zu sorgen. Ich komme schon wieder auf die Beine, ganz bestimmt. Du brauchst mich nicht zu bemitleiden.«

»Ich bemitleide dich nicht. Ich habe dich nicht aus Mitleid gefragt, ob du mich heiraten willst.« Er hielt das Lenkrad so krampfhaft umfaßt, daß die Knöchel seiner Hände weiß hervortraten. »Ich habe dich gefragt, weil ich dich liebe.«

Als er ihr Gesicht sah, fügte er hinzu: »Ist das so schwer zu glauben?«

»Will –«

»Ich dachte immer, du wärst anders«, unterbrach er sie zornig. »Meine Eltern sind schlimm genug. Sie sind offenbar der Meinung, ich wäre immer noch ein kleiner Junge. Mein Gott, wie satt ich das habe! Ich bin es leid, der arme kleine Will zu sein, der nicht auf eigenen Füßen stehen kann und immer jemanden braucht, der sich um ihn kümmert. Ich hätte nicht gedacht, daß du auch so bist.«

Sie legte ihre Hand auf die seine. »Ach, Will«, sagte sie liebevoll.

»Immer ging's nur um dich und Jack. Ihr wart ein Herz und eine Seele, und ich war immer nur der Außenseiter, das fünfte Rad am Wagen. Dann ist Jack an die Front gegangen, und plötzlich war es anders. Auf einmal hast du mich wahrgenommen.« Er sah sie forschend an. »Oder war ich für dich nur der Lückenbüßer? Mit dem du dir die Zeit vertrieben hast, bis Jack wieder da war?«

Jetzt war es Julia, die zornig reagierte. »Wie kannst du so was von mir denken?«

Er zuckte die Schultern und wiederholte: »Es ging doch immer nur um dich und Jack.«

»Aber das heißt doch noch lange nicht, daß ich dich nicht auch mag.«

Einen Moment lang hellte sein Gesicht sich auf. Dann ließ er sich in seinem Sitz zurückfallen. »Ja, wie – wie einen Bruder … oder einen Freund … wie jemanden, mit dem man sich ganz gut unterhalten kann … Du hast für mich nicht die gleichen Gefühle wie für Jack.«

In den letzten Tagen hatten ihre Gefühle für Jack die wildesten Schwankungen von Euphorie bis zur tiefsten Niedergeschlagenheit durchgemacht. Unten am Strand in der Bucht hatte sie sich ihm angeboten. Wenn sie daran dachte, wurde ihr heiß vor Scham.

Sie starrte hinaus zu den Bäumen. »Eigentlich bin ich die meiste Zeit böse auf ihn oder ärgere mich über ihn. Das kann doch keine Liebe sein, oder?«

»*Ich* liebe dich, Julia«, sagte Will hitzig. »Ich bete dich an.«

Wieder brannten Tränen in ihren Augen. Tränen der Erleichterung diesmal. Es gab doch jemanden, der sie liebte, dem sie etwas bedeutete, bei dem sie an erster Stelle stand.

»Wir haben doch immer Spaß miteinander gehabt«, drängte er schmeichelnd.

Sie erinnerte sich, welche Mühe er sich gegeben hatte, sie nach dem Tod ihres Vaters aufzuheitern. »Ja«, antwortete sie lächelnd. »Wir hatten eine Menge Spaß.«

»Weißt du noch, wie wir bei dieser fürchterlichen Theatervorstellung waren –«

»– und die Kulisse umgestürzt ist –«

»Und wie wir uns damals auf dem Rückweg von dem Picknick hoffnungslos verfahren haben, weil sie die Wegweiser abgenommen hatten –«

Ihr Lachen drohte zu kippen. Er sagte: »Du hast mir in der letzten Woche gefehlt.« Er legte den Arm um ihre Schultern und zog sie an sich.

Wie gut Will einem tut, dachte sie. Wie leicht und unkompliziert und heiter bei ihm alles ist.

»Heirate mich«, flüsterte er, und seine Lippen streiften ihre Wange.

Jahre später sagte sie sich, daß sie ihn geheiratet hatte, weil sie zu müde gewesen war, um zu widersprechen. Weil im Lauf eines einzigen Nachmittags alle alten Sicherheiten ins Wanken gekommen waren. Jack, Marius, Will – nichts war so, wie sie immer geglaubt hatte.

Was ist wichtiger, dachte sie, zu lieben oder geliebt zu werden? Sie wollte geliebt werden. Sie hatte es bitter nötig. Sie hatte ihren Vater verloren, sie hatte Missencourt und Jack verloren. Als Will flüsternd sagte: »Bitte, Julia, wir könnten es so schön miteinander haben«, gab sie ihm ihre Antwort.

Am folgenden Morgen fuhr Prudence Veronica und Topaz zum Bahnhof. »Tut mir leid, daß es so – so hektisch war«, sagte sie entschuldigend. »Dieses ganze Theater. Wo ich doch alles Theater so hasse.«

Seit Marius' Heirat und Julias Verlobung bekanntgeworden waren, hatte es sowohl im Schulhaus als auch in Missencourt jede Menge Tränen, laute Auseinandersetzungen und Türengeknall gegeben.

Veronica sagte: »Wir werden uns wahrscheinlich das nächstemal bei der Hochzeit sehen. Eine große Feier wird es wohl nicht werden, oder?«

Prudence schaltete krachend von einem Gang in den anderen. »Sie wollen heiraten, sobald das Aufgebot bestellt ist.«

»Ach«, sagte Veronica mit einem dünnen Lächeln.

»Obwohl überhaupt kein Grund zur Eile besteht.« Prudence war rot geworden.

Am Bahnhof gab sie Veronica und Topaz zum Abschied einen Kuß und fuhr nach Hause. Topaz winkte dem Auto nach, bis es außer Sicht war. Das Wetter hatte umgeschlagen, der Himmel war grau, und es regnete leicht. Sie ging nicht gleich zu ihrer Mutter in den Warteraum, sondern setzte sich draußen auf eine Bank, die Hände in den Taschen ihres Trenchcoats.

Nach einigen Minuten bemerkte sie ein näher kommendes Auto. Es hielt vor dem Bahnhofsgebäude, und Marius sprang heraus.

»Gott sei Dank, daß ich dich noch erwischt habe. Ich wollte dir noch auf Wiedersehen sagen. Das habe ich dir zum Abschied mitgebracht.« Er reichte ihr ein kleines Päckchen. »Als Wiedergutmachung dafür, daß aus dem Kinobesuch nichts geworden ist.«

»Was ist da drin?«

»Du wirst schon sehen, wenn du es im Zug aufmachst.«

Sie schob das Päckchen in die Manteltasche. Dann sagte sie: »Ich hatte noch gar keine Gelegenheit, dir zu gratulieren, Marius. Zu deiner Heirat. Und zu deiner Tochter.« Sie stellte sich auf Zehenspitzen und küßte ihn auf die Wange. »Tara, so ein schöner Name.«

»Er ist aus irgendeinem Film. Suzannes Lieblingsfilm.«

»*Vom Winde verweht*.« Topaz hatte den Film fünfmal gesehen. »So heißt das Haus, in dem Scarlett O'Hara lebt.«

»Ah ja.« Er schien verwirrt und tat ihr plötzlich leid. »Es wird bestimmt alles gut, Marius«, sagte sie tröstend. »Ganz bestimmt, ich weiß es. Ihr werdet glücklich miteinander.«

»Es ist nur – ich *kenne* die beiden überhaupt nicht –«, begann er und brach dann mit einem verlegenen Lächeln ab. »Ich werde erst wieder froh, wenn die ganze Aufregung sich gelegt hat. Meine Mutter tut mir wirklich leid.«

»Ja, einfach ist das sicher nicht, wenn beide Kinder plötzlich heiraten –«

Sein Gesicht verdunkelte sich. »Ich habe versucht, mit Julia zu reden und sie davon abzuhalten, etwas Unüberlegtes zu tun, aber sie hört überhaupt nicht auf mich. Mutter hat's ebenfalls versucht, aber das hat auch nichts genützt. Im Gegenteil.«

»Ist denn deine Mutter dagegen, daß Julia Will heiratet?«

»Ja.« Er nickte. »Absolut dagegen.«

»Und warum?«

Der Regen wurde stärker, am Straßenrand bildeten sich die ersten Pfützen.

»Weil sie ihn gar nicht liebt«, sagte Marius. »Warum nicht aus Liebe heiraten, wenn man die Möglichkeit hat?«

Der Zug lief ein. Marius half ihnen, das Gepäck zu verstauen. Topaz umarmte ihn noch einmal. Dann kletterte sie in den Waggon.

Der Wagen war voll, aber jemand bot Veronica einen Fensterplatz an, während Topaz sich zwischen einen korpulenten Mann mit Melone und eine sehr dicke Frau mit einem Pekinesen auf dem Schoß quetschte.

Ihr war immer traurig zumute gewesen, wenn sie von hier weggefahren war, aber diesmal hatte die Traurigkeit eine andere Färbung. Sie fühlte sich an wie eine schreckliche Leere. Ihr war, als hätte die Welt sich ohne sie weitergedreht. Der Ort, den sie zu kennen geglaubt, die Menschen, die sie am meisten auf der Welt zu lieben geglaubt hatte, waren nicht mehr dieselben. Sie waren nicht wiederzuerkennen gewesen, waren beinahe Fremde geworden.

Die Ellbogen eng an den Körper gepreßt, weil ihre Sitznachbarn ihr kaum Raum ließen, packte sie Marius' Abschiedsgeschenk aus – drei Tafeln Schokolade und eine Karte, auf der stand: »Damit du keine martialischen Obersten mehr zu küssen brauchst. Alles Liebe, Marius.«

Sie schob die Schokolade und das Kärtchen in ihre Tasche. Mit einem heftigen Ruck und einer gewaltigen Dampfwolke setzte sich der Zug in Bewegung. Topaz stand auf. Sie hörte ihre Mutter seufzend »Ach, *Topaz*« sagen, als sie die Abteiltür aufschob. Dann rannte sie, den Blick unverwandt aus den Fenstern gerichtet, durch den Korridor immer weiter nach hinten.

Aber Marius war schon weg, und Missencourt war hinter Bäumen und Regenschleiern verborgen, und ihr Busen hüpfte beim Laufen auf und nieder und erinnerte sie an ihren schwerfälligen erwachsenen Körper. Nach einer Weile lief sie langsamer und blieb schließlich an einem Fenster stehen und sah in das zurückbleibende Land hinaus.

Unter ihrem Atem beschlug die Scheibe, und sie schrieb mit der Fingerspitze ihren Namen auf das trübe Glas. Nach kurzem Innehalten schrieb sie einen zweiten Namen. Dann zog sie ihre flache Hand unvermittelt über die Scheibe und wischte das Glas ab. Langsam ging sie durch den Zug zurück zu ihrem Abteil.

Teil II

DER EISPALAST

1946 – 1949

4

DIE IN DER ersten Etage gelegene Wohnung der Brookes befand sich in Bayswater, im Cleveland Close, einer ruhigen, halbmondförmig gekrümmten Straße zehn Minuten vom Kensington-Park entfernt. Von ihrem Zimmer aus sah Topaz auf ein kleines Rondell mit Gras und Bäumen hinunter. Wenn im Herbst die Blätter von den Silberpappeln fielen, bildeten sie eine weiche Decke über dem Rasen.

Die neue Wohnung war kleiner als die, in der sie vor dem Krieg gelebt hatten. Ihre Möbel, die bisher in Verwahrung gestanden hatten, wirkten fehl am Platz in den hellen Räumen georgianischen Stils. Die schweren Zedernholztruhen und üppig geschnitzten Tische, Erinnerungen an Veronicas Kindheit in Indien, sahen düster und massig aus unter den feingeschwungenen Arabesken und Schnörkeln der Stuckdecken. Veronica schien enttäuscht von der Wohnung, aber Veronica, dachte Topaz, war eigentlich immer und von allem enttäuscht: von den Männern, vom Leben und von ihrer Tochter.

Topaz schob ächzend die Möbel in den Zimmern hin und her, um das Beste aus den Gegebenheiten zu machen, während ihre Mutter auf dem Sofa saß und rauchte. Einer nach dem anderen tauchten die alten Bekannten aus Vorkriegszeiten wieder auf – Veronicas Freunde grauer und ärmlicher, die von Topaz kaum wiederzuerkennen, mit Korkenzieherlocken und gepuderten Gesichtern statt der früheren Zöpfe und aufgeschrammten Knie.

Veronicas Freunde verstanden ihre Unzufriedenheit über die engen Räumlichkeiten. »Aber in mancher Hinsicht ist es auch ein Vorteil«, meinten sie, »gerade bei den heutigen Schwierigkeiten, Hauspersonal zu bekommen.«

Dorothy Blanchard war schon vor dem Krieg mit Veronica befreundet gewesen. Sie hatte eine Tochter namens Joyce, die im gleichen Alter war wie Topaz. Sie wurde Topaz als Freundin aufgedrängt. Während Veronica und Dorothy Karten spielten und Gin mit Zitrone tranken, mußten Topaz und Joyce draußen spazierengehen.

»Nur damit sie über Sex reden können«, erklärte Joyce eines kalten Herbstnachmittags.

»Woher weißt du das?« Sie marschierten gerade um den Weiher im Kensington-Park herum. Der Wind peitschte das Wasser zu kleinen Kräuselwellen auf.

»Ich hab an der Tür gelauscht.«

Joyce Blanchard hatte glattes, karottenrotes Haar und eine helle, sommersprossige Haut. Ihre blassen Augen, die keine bestimmte Farbe hatten, wirkten klein hinter ihren Brillengläsern. Sie hatte etwas Verstohlenes, eine Neigung zu Intrige und Verrat, die Topaz nicht geheuer war.

Dennoch war sie neugierig. »Was haben sie denn gesagt?«

»Sie haben über eure Haushaltshilfe gesprochen, Mrs. Hemmings. Die in Wirklichkeit gar nicht Mrs. Hemmings ist.«

Topaz starrte Joyce an. »Du meinst, sie heißt anders?«

»Nein, Dummchen«, entgegnete Joyce abschätzig. »Ich meine, sie ist *Miss* Hemmings.«

Es lag Topaz auf der Zunge zu behaupten, Mrs. Hemmings müsse *Mrs.* Hemmings sein, weil sie schließlich einen kleinen Sohn hatte. Gerade noch rechtzeitig fiel ihr ein, daß sie mit diesem Argument nichts als spöttische Verachtung ernten würde. Suzanne war ja auch unverheiratet gewesen, als sie Tara zur Welt gebracht hatte.

»Sie hatte im Krieg ein Verhältnis«, fuhr Joyce mit gesenkter Stimme fort, als lauerten in den Rosenbüschen übelwollende Lauscher. »Mit einem amerikanischen Soldaten. Einem Neger!« Sie sah Topaz mit triumphierendem Blick an. »Deswegen muß sie jetzt Putzen gehen. Sie kann froh sein, daß sie wenigstens so was kriegt, sagt meine Mutter. Schlimm, nicht?«

Topaz nickte. »Das ewige Staubsaugen! Und irgendwie nehm ich dabei immer das Falsche mit, statt Staub nur Knöpfe und Münzen und solches Zeug.«

»Ich hab gemeint, daß es schlimm ist, ein uneheliches Kind zu haben«, erklärte Joyce mit Betonung.

»Ja, wahrscheinlich.« Topaz schob die Hände in die Manteltaschen und überlegte, ob endlich Teezeit wäre und sie nach Haus gehen könnten.

Joyce fixierte sie mit ihrem farblosen Blick. »Sag mal, du weißt doch, was es mit dem Kinderkriegen auf sich hat, Topaz?«

»Klar«, antwortete sie hochmütig.

Einen Moment blieb es still. Dann sagte Joyce: »Ein Mädchen in der Schule hat mir erzählt, daß man es eine ganze *Stunde* lang tun muß.« Ihr Gesicht drückte sowohl Abscheu als auch Beunruhigung aus, und sie ging plötzlich sehr schnell über den Rasen zum Parktor an der Porchester Terrace.

In Wahrheit, dachte Topaz, als sie am nächsten Tag vor der Metzgerei anstand, war ihr Wissen darüber, was es mit dem Kinderkriegen auf sich hatte, äußerst lückenhaft. Ihre Mutter hatte nie mit ihr über diese Dinge gesprochen, und sie vermutete, daß die Weisheit des Gärtnerjungen aus dem Hotel im Lake District, der ihr mit einem kurzen Wort nahezubringen versucht hatte, was Männer und Frauen in ihrer Hochzeitsnacht taten, rein theoretischer Natur gewesen war. Sie überlegte, ob sie nicht einmal mit Julia sprechen sollte, die war jetzt immerhin eine verheiratete Frau.

Die Schlange schob sich langsam schlurfend vorwärts. Topaz warf einen Blick auf ihre Lebensmittelkarten, um sich zu vergewissern, daß sie genug Marken hatte, um Lammkoteletts zu kaufen, und überließ sich wieder ihren Gedanken. Weshalb, fragte sie sich nicht zum erstenmal, war Julias Hochzeitstag so seltsam freudlos gewesen? Es konnte doch nicht allein daran gelegen haben, daß Brot immer noch rationiert war oder die vermeintliche Glasur der Hochzeitstorte in Wirklichkeit aus weiß angemalter Pappe bestanden hatte oder daß der Champagner, den Maurice Chancellor weiß Gott wie organisiert hatte, fad gewesen war. Es schien, als bemühten sich alle so krampfhaft, lustig und vergnügt zu sein, daß sie, von der Anstrengung erschöpft, so fade waren wie der Champagner. Jacks Abwesenheit hatte natürlich auch nicht dazu beigetragen, die Stimmung zu verbessern, obwohl, vermutete Topaz, seine Anwesenheit vielleicht alles nur noch schlimmer gemacht hätte.

Die Lammkoteletts gingen aus, kurz bevor Topaz an die Reihe kam, sie nahm daher ein Stück Halsgrat. Als sie auf dem Heimweg in den Cleveland Close einbog, sah sie plötzlich eine vertraute Gestalt auf sich zukommen. Ihr Herz machte einen kleinen Freudensprung, als sie Marius erkannte. Lachend lief sie ihm entgegen.

»Du hast mir gar nicht geschrieben, daß du kommst.«

»Ich hatte im Versorgungsministerium zu tun. Ich wußte nicht, wie lange es dauern würde.« Er gab ihr einen Kuß auf die Wange.

In einem Café in der Nähe bestellte er Tee und Kuchen.

»Wie geht es Tara?« fragte Topaz.

»Es geht ihr sehr gut.« Er reichte Topaz die Zuckerdose. Dann runzelte er plötzlich die Stirn und sagte abrupt: »Sie schreit, wenn ich nur in ihre Nähe komme. Von ihrer Mutter läßt sie sich problemlos hochnehmen, ich darf sie nicht einmal anfassen. Ich hatte keine Ahnung, daß das so werden würde.«

»Sie ist wahrscheinlich ganz einfach nicht an Männer gewöhnt.«

»Aber ich bin ihr *Vater*!« entgegnete er ärgerlich. »Es stört mich nicht, wenn sie bei Bürger, Bauer, Bettelmann schreit. Aber es stört mich ganz fürchterlich, wenn sie das bei mir macht.«

»Es ist sicher – kränkend.«

Er antwortete nicht.

»Und Suzanne?« fragte sie. »Wie geht es ihr?«

»Gut.«

Sie wartete, weil sie glaubte, er würde Näheres erzählen, aber das tat er nicht. Darum fragte sie schließlich: »Und Julia und Will?«

»Die suchen immer noch eine Wohnung.«

»Ja, im Schulhaus ist es wahrscheinlich ganz schön eng.«

»Obwohl jetzt, wo Jack nicht mehr dort wohnt –«, meinte Marius mit einem Achselzucken. »Julia und Will könnten jederzeit in Missencourt wohnen. Wir haben reichlich Platz.«

»Ja, natürlich.«

»Ach, die ganze Situation ist so richtig verfahren«, sagte er leise und schien sich dann innerlich einen Ruck zu geben. »Aber wie schaut's bei dir aus, Topaz? Wie geht es dir? Fühlst du dich wohl in London? Was treibst du den ganzen Tag?«

»Meistens stehe ich irgendwo an. Unsere Hilfe kann nur zwei Stunden am Tag kommen, darum gehe ich einkaufen, während sie putzt und die Wäsche macht.«

»Das klingt ja nicht sehr aufregend.«

»Ach, das stört mich nicht weiter. Aber ich freu mich auf den Tag, wo es wieder echte Sachen gibt und nicht nur Attrappen.«

»Wie meinst du das?«

»Na ja, wie zum Beispiel Julias Hochzeitstorte – Pappe statt Zuckerguß. Und dieses Marzipan hier. Grieß statt Mandeln.« Topaz schälte die Marzipanfüllung aus ihrem Marzipantörtchen und rollte sie zur Kugel. »Außerdem geh ich mit meiner Mutter zu Gesellschaften«, berichtete sie. »Ich hasse diese Einladungen. Immer gibt's ein kaltes Büfett, wo die Leute einen anstarren, wenn einem was runterfällt, was mir natürlich dauernd passiert. Wenn getanzt wird, fordert mich nie einer auf, und dann machen sie immer diese blöden Spiele ...« Sie verdrehte die Augen. »Ich meine – also wirklich! Ich bin siebzehn Jahre alt, ich hab keine Lust mehr, Verstecken zu spielen.« Sie seufzte. »Ich stell's mir wunderbar vor, richtig erwachsen zu sein und diesen langweiligen Krempel lassen zu können.«

»Dann kommt anderer langweiliger Krempel auf einen zu, Topaz. Man muß Steuern zahlen, zur Arbeit gehen –«

»Ja, wahrscheinlich hast du recht.« Im stillen dachte sie, daß sie gar nichts dagegen hätte, zur Arbeit zu gehen; wenigstens hätte sie dann etwas eigenes Geld.

Marius erkundigte sich nach ihrer Mutter.

»Mama geht's sehr gut«, sagte sie. »So langsam kommen alle ihre alten Verehrer wieder aus der Versenkung. Ehrlich gesagt ist es ein Glück, Marius, daß ich dich und Will und Jack kenne. Mamas Verehrer sind nämlich nicht gerade die tollen Aushängeschilder für das männliche Geschlecht. Na ja –«, sie nahm sich noch ein Törtchen, »– mal sehen. Vielleicht begegne ich auf einem dieser gräßlichen Feste ja doch noch der großen Liebe meines Lebens.«

Der großen Liebe begegnete sie nicht, aber auf einer Gesellschaft in St. John's Wood lernte sie Francesca Lovatt kennen. Als nach dem kalten Abendessen eine der anwesenden Mütter in die Hände klatschte und den versammelten jungen Leuten vorschlug, Scharade zu spielen, verschwand Topaz unter dem Vorwand, sich die Nase pudern zu wollen, im Garten hinter dem Haus.

Der Garten war lang und schmal und ummauert. Topaz' Weg führte an einem vernachlässigten Gemüsebeet und den rostenden Überresten eines Luftschutzbunkers vorbei zu seinem hinteren Ende, wo neben einem Komposthaufen ein altes Gewächshaus stand. Der Himmel war sternklar, die Luft frisch. Topaz, die in ihrem Samtkleid mit den kurzen Puffärmelchen erbärmlich fror, sprang auf und nieder und rieb sich dabei die nackten Arme. Dann gewahrte sie plötzlich, daß drinnen im Gewächshaus ein Mädchen saß, das eine Zigarette rauchte und sie beobachtete. Sie kam sich ziemlich albern vor, drückte aber trotzdem die Glastür auf.

»Ist es hier drinnen wärmer?«

»Ein bißchen. Mach die Tür gleich wieder zu, wenn du reinkommst.«

Im Gewächshaus war die Luft stickig und muffig. Der Lehmboden war mit schmutzigem Stroh bedeckt.

Das Mädchen sah sie mit zusammengekniffenen Augen an. »Du bist doch die Freundin von Joyce Blanchard.«

»Bekannte«, korrigierte Topaz entschieden. »Joyce ist eine Bekannte von mir. Ich bin Topaz Brooke.«

»Francesca Lovatt.« Das Mädchen blies eine dünne blaue Rauchfahne in die Luft.

»Was tust du hier?«

»Ich rauche, wie du siehst.« Sie bot Topaz die Packung an. »Möchtest du eine?«

Topaz nahm eine Zigarette und setzte sich neben Francesca auf einen Stapel Säcke. Francescas Feuerzeug flammte auf.

Topaz fröstelte. »Es ist eiskalt hier drinnen.«

»Aber immer noch besser als Scharade«, erklärte Francesca.

»Machen wir doch ein Feuer.«

»Womit bitte?«

»Hm –« Topaz sah sich suchend um. »Mit den Ästen da vielleicht.«

In einer Ecke des Gewächshauses lag ein hoher Haufen dürrer Äste, von denen man ein paar dazu verwendet hatte, verdorrte braune Tomatenpflanzen zu stützen.

Sie brachen die Äste entzwei und schafften es mit Francescas Feuerzeug, ein Feuer zu entfachen. Francesca hielt ihre Hände darüber, um sie zu wärmen. Ihre Finger waren lang und schlank wie alles an ihr. Sie hatte ein langes, schmales intelligentes Gesicht, und langes, feines braunes Haar. Um die graugrünen Augen hatte sie unerwartete Fältchen, so daß diese älter wirkten als der Rest ihres Gesichts.

»Ich dachte immer«, sagte Topaz, »ich wäre die einzige, die diese Feste haßt.«

»Viele Leute gehen nicht gern auf Feste.«

»Hübsche Mädchen schon, wahrscheinlich, weil jeder mit ihnen tanzen will.«

Francesca schüttelte den Kopf. »Das würde doch auch nichts ändern«, erklärte sie mit Verachtung. »Oder würdest du etwa einen von diesen Knaben *heiraten* wollen? Ich meine, das ist doch der einzige Zweck dieser Veranstaltungen.«

»Willst du denn nicht heiraten?«

»Meine Schwestern sind verheiratet, das reicht mir.«

»Wie viele Schwestern hast du?«

»Drei.«

»Ich beneide dich«, sagte Topaz. Sie legte das letzte Hölzchen ins Feuer. »Wenn du nicht vorhast zu heiraten, was willst du dann mal tun?«

»Ich suche mir eine Stelle. Ich würde wahnsinnig gern beim Theater arbeiten.«

Das Feuer war niedergebrannt, es war wieder eiskalt im Gewächshaus. Topaz sammelte das verfilzte Stroh vom Boden auf und warf es in die Glut. Mit einem Knall wie bei einer Explosion schossen die Flammen zum Glasdach hinauf. Funken rieselten auf die Holzverstrebungen des Gewächshauses, und die dürren Blätter der Tomatenpflanzen verkohlten und zerfielen zu Asche.

Francesca schlug mit einem Sack auf das Feuer ein. »Ich wollte –«, sagte sie keuchend, während sie auf glühenden Strohhalmen herumstampfte, »– mir eine Zeitung holen. Wir könnten uns die Anzeigen gemeinsam ansehen, hast du Lust?«

Topaz lachte. Rußschwarze Strohteilchen schwebten durch die kalte Luft. »Au ja. Das ist eine gute Idee.«

Hätte man ihn aufgefordert, seine Ehe mit einem einzigen Wort zu beschreiben, dachte Marius manchmal, so hätte er das Wort *höflich* gewählt. Er und Suzanne begegneten einander mit immerwährender Höflichkeit. Die ständigen Nachfragen, wie denn der Tag des anderen gewesen sei, wie es um seine Gesundheit bestellt sei, gingen Suzanne vermutlich genauso auf die Nerven wie ihm.

Dennoch versuchte er nicht, die Mauer der Höflichkeit zu durchbrechen. Er hatte Angst davor. Wer konnte wissen, was sich hinter der Mauer verbarg? Hätte er ihr in die Augen gesehen und sie aufgefordert, ihm gegenüber offen zu sein, so hätte sie ihm womöglich klipp und klar gesagt, was sie von einer Ehe hielt, die keiner von ihnen beiden gewollt hatte. So jedoch brauchte er nur die Zähne zusammenzubeißen und sich zu bemühen, immer das Richtige zu sagen; brauchte nur die Wunschvorstellung von seelischer Nähe zu vergessen, die er in Erinnerung an die Gemeinschaft seiner Eltern für einen natürlichen Bestandteil der Ehe gehalten hatte.

Einzig im Bett fanden sie zu echter Intimität. Wenn sie sich liebten, wußte er wieder, warum er sie sechs Monate zuvor so verzweifelt gesucht hatte. Nur wenn Worte nicht nötig waren, gab es einen Austausch zwischen ihnen.

Danach jedoch, wenn die Leidenschaft gestillt war, pflegte sie sich zur Seite zu drehen und zur Zimmerdecke hinaufzustarren, und er hörte sich im gespreizten, affektierten Ton eines schlechten Filmschauspielers fragen: »War es gut für dich, Liebling?« Dann gab sie irgendeine beschwichtigende Antwort und schloß mit der Bemerkung, sie sei müde, die Augen. Aber er wußte, daß sie manchmal noch eine Stunde oder länger wach lag. Sie lagen beide wach, ohne zu sprechen, bemüht, den anderen nicht zu stören.

Oft machte er sich Gedanken darüber, wie sehr sie sich verändert hatte, was aus der jungen Frau geworden war, die er damals in Northumberland gekannt hatte. Die sprudelnde Energie und Lebenslust, die ihn angezogen hatten, waren einer Art mißtrauischer Vorsicht gewichen, als hielte sie etwas zurück, unterdrückte ganz bewußt einen Teil ihrer selbst. Er schrieb diese Veränderung den Erfahrungen zu, die sie in den letzten Jahren gemacht hatte.

Es gelang ihm, sich ein wenn auch nur unvollständiges Bild davon zu machen, wie es ihr ergangen war. Nach ihrem Ausscheiden aus dem Militärdienst hatten ihre Eltern es abgelehnt, sie bei sich aufzunehmen. Sie hatte ein möbliertes Zimmer gemietet und die nächstbeste Arbeit angenommen, die sie bekommen konnte. Die Vorstellung, daß sie ihr Kind ganz allein und ohne Unterstützung hatte zur Welt bringen müssen, erschütterte ihn. Es hätte ihn nicht gewundert, wenn sie damals erwogen hätte, Tara zur Adoption freizugeben, doch er wagte nicht, sie danach zu fragen. Er vermutete, daß die Last der Verantwortung und die soziale Ausgrenzung sie aufgerieben und der Spontaneität und Lebenslust beraubt hatten, die ihn so sehr bezaubert hatten. Er sagte sich, daß sie sich mit der Zeit erholen und die Situation sich bessern würde, aber auch nach drei Monaten Ehe konnte er keinerlei Veränderung erkennen. Manchmal sah er sie, wie sie draußen im Garten umherging, die Arme fest um ihren Oberkörper geschlungen, und hastige Blicke auf Bäume und Büsche warf, als hätte er sie in einen Käfig gesperrt; als hätte er sie, indem er sie nach Missencourt gebracht hatte, eingekerkert.

Sie schien sich niemals wirklich wohl zu fühlen, und der Alltag in Missencourt war ihr fremd. Zwar versuchte sie, Adele bei der Gartenarbeit zu helfen, aber sie konnte ein Unkraut nicht von einem Sämling unterscheiden, und es überraschte sie, wieviel Zeit und Geduld es kostete, ein Pflänzchen zum Wachsen zu bringen. Sie fiel aus allen Wolken, als sie hörte, daß der Bus nach Dorchester nur zweimal am Tag fuhr und die nächste Haltestelle mehr als einen Kilometer von Missencourt entfernt war. Sie fand es unglaublich, daß Missencourt seinen Strom von einem privaten Generator bezog, weder an die öffentliche Gasversorgung noch an die Kanalisation angeschlossen war und mit einer Grube auskam.

Als Marius an einem Sonntag einen Spaziergang vorschlug, fragte sie: »Wohin denn?«, und als er ihr in groben Zügen einen Weg durch Felder und Wiesen beschrieb, fragte sie ein zweites Mal: »Ja, aber wohin denn, Marius?« Die Vorstellung, ganz ohne Ziel zu wandern, hielt sie für verrückt. Sie kam zwar mit auf den Spaziergang, wo sie vorsichtig um Kuhfladen, matschige Wegstücke und Pfützen herumging, aber ob es ihr gefallen hatte, konnte er nicht sagen.

Nur am Meer schien sie bewegt, ja ergriffen von ihrer Umgebung, und überrascht sah er, daß sie Tränen in den Augen hatte, als sie oben auf den Klippen standen und zum Ärmelkanal hinausschauten. Der scharfe Wind, behauptete sie mit den Wimpern zuckend und wischte die Tränen weg, aber er glaubte ihr nicht. Sie stellte Fragen nach der Landung der Alliierten in der Normandie im Juni des Jahres 1944. Ob die Flugzeuge der Invasionstruppen über diese Küstenfelsen hier geflogen seien; von wo aus sein Schiff gestartet sei und wo es angelegt habe; wie er das alles erlebt habe.

Unversehens hörte er sich Fragen beantworten, die er bisher gemieden hatte. Er sprach offener mit ihr als mit irgend jemandem sonst, wenn er ihr natürlich auch nicht alle Einzelheiten erzählte. Was man den Leuten zumuten konnte, hatte Grenzen. Auf dem Rückweg nach Missencourt spürte er den Beginn einer Annäherung zwischen ihnen.

Kaum waren sie zu Hause, zerriß das Band. Tara erwachte schreiend und schluchzend aus ihrem Mittagsschlaf, und Suzanne war, nachdem sie die Kleine beruhigt hatte, schweigsam und in sich gekehrt. Das Kind, dessen Existenz allein zu ihrer überstürzten Eheschließung geführt hatte, schien sie eher auseinander – als einander näherzubringen. Nach drei Monaten gemeinsamen Lebens hatte es Marius noch immer nicht akzeptiert, sondern betrachtete ihn offenkundig weiterhin als einen unerwünschten Fremden, der ihm angst machte. Taras Geschrei, jedesmal wenn er sich ihr näherte, störte den Frieden von Missencourt. Ihre ständige Zurückweisung ging ihm unter die Haut; kränkte und reizte ihn. In der Armee hatte er mit aufsässigen Untergebenen und autokratischen Vorgesetzten zu tun gehabt; in der Firma mußte er mit schwierigen Kunden und pedantischen Bürokraten zurechtkommen. Keiner hatte es geschafft, ihn wie Tara zur Verzweiflung zu treiben.

Obwohl Suzanne immer wieder versicherte, es wäre nur eine Frage der Zeit, merkte Marius genau, daß auch sie die Hoffnung zu verlieren begann. Dank der vielen frischen Luft hier draußen auf dem Land war sie nicht mehr so blaß wie noch vor wenigen Monaten, doch Tara forderte sie bis zur Erschöpfung und ließ ihr selten eine ungestörte Nacht. Die dunklen Schatten um ihre Augen und gelegentliche scharfzüngige Bemerkungen zeugten davon, daß sie mit ihren Kräften fast am Ende war. Zum Glück hatte Tara eine große Zuneigung zu Adele gefaßt. Oder, fragte sich Marius, hatte Adele instinktiv die richtige Art gefunden, mit Tara umzugehen? Ganz im Gegensatz zu ihm. In den Momenten größter Mutlosigkeit überlegte er manchmal, ob nicht Taras Ablehnung auf einen fundamentalen Defekt seiner Persönlichkeit hinwies, einen gravierenden Charakterfehler, der bisher unbemerkt geblieben war. Ob nicht vielleicht Tara allein die Wahrheit über ihn erkannt hatte und offenkundig machte.

Adele war über den überraschenden Eintritt Suzannes und

Taras in ihr Leben zunächst erschrocken und enttäuscht gewesen. Aber, so merkwürdig es war, nachdem die erste Aufregung sich gelegt hatte, war sie froher als seit Monaten. Ihr Schritt hatte eine neue Leichtigkeit, und in ihren Augen glänzte Freude. Als Marius sich eines Tages ein Herz faßte und sie nach ihrer Meinung zu Suzanne fragte, sagte Adele: »Sie scheint mir eine nachdenkliche junge Frau zu sein.« Wissend, wie sehr seine Mutter einen nachdenklichen Charakter schätzte, war er froh und erleichtert.

Adeles Zustimmung tröstete ein wenig über Julias unerbittliche Feindseligkeit hinweg. Seit ihrer Heirat ließ seine Schwester sich nur noch selten und dann meist nur kurz in Missencourt sehen. Manchmal spürte Marius angesichts von Suzannes Unzugänglichkeit, Taras Tränen und Julias Feindseligkeit eine tiefe, schwarze Wut in sich, derer er sich schämte, ohne sie loswerden zu können.

Topaz fand eine Halbtagsanstellung bei einem Historiker namens Rupert de Courcy, der am Russell Square ansässig war und nicht hielt, was sein eleganter Name versprach. Er war ein unscheinbarer Mann mit schütterem Haar, der ausgebeulte Tweedanzüge trug und die irritierende Gewohnheit hatte, sich beim Sprechen mitten im Satz zu unterbrechen und, den Blick ins Leere gerichtet, mit dem Nagel seines Zeigefingers gegen die Schneidezähne zu klopfen.

Sie arbeitete nachmittags, um weiterhin morgens die Einkäufe machen zu können. Ihre Pflichten bei Mr. de Courcy bestanden in der Erledigung einfacher Büroarbeiten: Maschine schreiben, Ablage, abends die Briefe zur Post bringen. Die Arbeit an der Schreibmaschine war, da sie nur mit zwei Fingern tippte, mühsam, und das Ablagesystem blieb ihr auch nach einem Monat ein Rätsel. »Querverweise, Miss Brooke, Querverweise«, erklärte ihr Mr. de Courcy ziemlich unwirsch, worauf sie massenweise kleine Zettelchen kritzelte, die sie in die Ordner schob; manchmal, wenn sie einen der dicken Hefter aufschlug, flatterten sie wie weiße Konfetti zu Boden.

Ein weiteres Problem war die Stiftung. Mr. de Courcy oblag nämlich die Verwaltung der sogenannten Mallingham-Stiftung, auch dies wieder so eine hochtrabende Bezeichnung, die nicht hielt, was sie versprach. Die Stiftung verteilte jährlich Beträge, die man nur kümmerlich nennen konnte, an diverse bedürftige Wissenschaftler, die ihre Anforderungen erfüllten, zu denen unter anderem gehörte, daß man sich mit dem Studium der Geschichte befaßte. Mit beunruhigender Regelmäßigkeit trafen Bankauszüge und Schreiben mit detaillierten Angaben über die ausgezahlten Beträge ein. Topaz' Aufgabe war es, die Beträge aufzuzeichnen und am Ende eines jeden Monats die Abrechnung zu machen. Der Haken war nur, daß sie keine Ahnung hatte, in welche Spalten welche Beträge eingetragen werden mußten und wie man eine Abrechnung machte. Nach mehreren mißlungenen Versuchen ging sie dazu über, die Korrespondenz bezüglich der Stiftung im Bücherregal hinter der *Geschichte Northamptonshires* zu verstecken. Noch Jahre später bekam sie bei der kleinsten Bemerkung über Northamptonshire Gewissensbisse.

Abends, nach der Arbeit, traf sich Topaz meist mit Francesca in einem Café am Leicester Square. Sie hatten diesen Treffpunkt gewählt, weil sie hofften, dort würde etwas vom Glanz der umliegenden Theater auf sie abfärben. Bisher jedoch war die Hoffnung unerfüllt geblieben. Hin und wieder kam es vor, daß eine Gruppe schöner, elegant gekleideter Menschen hereinschneite und dann von Parfumwolken und einem Nimbus der Unerreichbarkeit umgeben wieder in der Nacht verschwand, während Topaz und Francesca voller Neid und Sehnsucht zurückblieben.

Topaz gestand Francesca die Sache mit der Stiftung.

Francesca kicherte. »Deinetwegen verhungern wahrscheinlich unzählige Studenten in ihren ärmlichen Buden, Topaz.«

»Wie furchtbar!« Sie stellte sie sich vor, schwindsüchtig und mit eingefallenen Wangen. Dann seufzte sie. »Du kannst froh sein, Francesca, daß du bei der Theateragentur was gefunden hast.«

Francesca rührte ihren Tee um. »Heute morgen hat Margaret Lockwood angerufen.«

Topaz war beeindruckt. »Hast du mit ihr gesprochen?«

Francesca zog ein Gesicht. »Die lassen mich nie mit Prominenten sprechen. Ich bin nur dazu da, die Ablage zu machen und Tee zu kochen.«

Auch Topaz pflegte Tee zu kochen. Für Mr. de Courcy und für Miss Black, seine Schreibkraft, die einmal die Woche kam, um den neuesten handgeschriebenen Teil von Mr. de Courcys Biographie Eduards VI. abzuholen. Topaz mochte Miss Black, die ihr gern aus ihrer aufregenden Jugend nach dem Ersten Weltkrieg erzählte. »Das waren Zeiten, Kindchen. Da wurden die tollsten Feste gefeiert.« Jetzt betreute Miss Black ihre verwitwete Mutter in Twickenham.

Miss Black konnte wahrsagen. Wenn Topaz ihren Tee ausgetrunken hatte, pflegte Miss Black die Tasse zu ergreifen, die Teeblätter einmal kräftig herumzuwirbeln und sie dann mit kurzsichtigem Blick in Augenschein zu nehmen.

»In Ihrem Leben wird bald eine Änderung eintreten, Kindchen. Ich sehe einen großen, dunklen Fremden.« Ihre Augen blitzten. »Er ist ein leidenschaftlicher Mann mit tiefen Gefühlen und wird Sie im Sturm erobern.«

Bisweilen schaute Mr. de Courcys jüngerer Bruder Peter in dem Haus am Russell Square vorbei. Er trug stets einen voluminösen schwarzen Mantel und einen zerschlissenen roten Schal dazu. Er schien Mr. de Courcy furchtbar auf die Nerven zu fallen, und auch Topaz hielt ihn für eine ziemliche Nervensäge. Anfangs ignorierte er sie, dann pflanzte er sich eines Tages, als sie gerade ihre Querverweise kritzelte, hinter ihr auf.

»Nach links geneigte Schrift. Zeichen für eine unterdrückte Persönlichkeit«, verkündete er.

Sie fragte Miss Black über ihn aus. »Er ist Maler«, zischte Miss Black.

»Berühmt?«

»Na ja, in gewissen Kreisen.« Miss Black senkte die Stimme noch weiter. »Einige seiner Arbeiten gelten als ziemlich schockierend.«

Im Café berichtete Topaz ihrer Freundin Francesca von diesem Gespräch.

Francesca erklärte: »Das heißt, daß er Aktbilder malt. Vielleicht will er dich malen, Topaz.«

Topaz sah sich wie eine der üppigen Odalisken aus der National Gallery auf einem Diwan liegen. Sie prustete los, und ein paar Sekunden darauf kräuselten sich Francescas Augen an den Winkeln, und auch sie begann zu lachen.

An einem kalten Abend Mitte Dezember, als ein eisiger Wind das welke Laub in den Rinnsteinen aufpeitschte, hörte Topaz die Courcy-Brüder im Nebenzimmer streiten. Sie hielt sich die Ohren zu.

Wenig später kam Peter de Courcy aus dem Zimmer seines Bruders und knallte die Tür hinter sich zu. Es war sechs Uhr. Topaz packte leise ihre Tasche, schlüpfte in ihren Mantel und ging auf Zehenspitzen zum Korridor. Sie wollte unbemerkt verschwinden.

Aber gerade als sie ihren Schal knotete, sagte er: »Wo gehen Sie hin?«

»Heim.«

»Wie wär's mit einem Drink?«

Sie starrte ihn an. »Sie und ich?«

Mit großem Getue schaute er unter den Schreibtisch und hinter die Vorhänge. »Ich kann hier sonst niemanden entdecken.« Er sah sie an. »Und malen Sie sich ein bißchen an, sonst lassen die Sie nicht rein. Sie sehen so verdammt jung aus.«

Sie schminkte sich die Lippen und legte Puder auf. Ihre Hand zitterte. Ein Mann wollte mit ihr ausgehen! Zum erstenmal in ihrem Leben. Nein, das stimmte nicht ganz. Im Sommer hatte Marius sie ins Kino eingeladen. Aber dann waren sie nicht gegangen, weil er Suzanne geheiratet hatte, und eigentlich war es ja auch keine richtige Einladung gewesen, weil Marius sie nie *so* gesehen hatte. Sie war sich allerdings auch nicht sicher, ob Peter de Courcy sie so sah. Vielleicht suchte er nur Gesellschaft, weil er nicht gern allein trank.

Er ging mit ihr in ein Pub in Soho. Die Bar war klein, schummrig und verqualmt, mit abgewetzten braunen Plüschsesseln. Er fragte sie, was sie gern trinken würde, und sie sagte

Gin und Zitrone, weil ihre Mutter das immer trank. Sie war vorher noch nie in einem Pub gewesen.

Der Gin mit Zitrone schmeckte abscheulich. Ihr Widerwille war ihr offenbar anzusehen, denn er lächelte und sagte: »Sie sind wohl Alkohol nicht gewöhnt, hm?« Als sie den Kopf schüttelte, fügte er hinzu: »Und Sie rauchen sicher auch nicht?«

Sie hatte mit Francesca geübt. »Doch, natürlich rauche ich.«

Seine Zigaretten waren stark und ohne Filter. Er gab ihr Feuer und hielt das Streichholz hoch. »Blasen Sie es aus.« Sie tat es. »Wie heißen Sie?«

Es irritierte sie, daß er sie in das Pub eingeladen hatte, ohne sich die Mühe zu machen, vorher ihren Namen herauszufinden.

»Topaz«, wiederholte er gedehnt, nachdem sie ihm Antwort gegeben hatte, und sah sie auf eine Weise an, die sie erröten ließ. »Das paßt zu Ihnen.« Sein Blick wanderte abwärts. »Sie sähen ganz passabel aus, wenn Sie sich nicht so scheußlich anziehen würden.«

Sie sah an sich hinunter – Wintermantel, Pulli und Faltenrock. »Was ist daran so furchtbar?«

»Tweed und Kaschmir ... Das brave Bürgertum ist eben nicht totzukriegen.«

Sie verstand nicht ganz, was er meinte, und hakte nach, weil sie es genau wissen wollte. »Wie sollte ich mich denn Ihrer Meinung nach anziehen?«

Er kniff die Augen zusammen, die schmal und voller Überdruß waren. »Kräftige Farben und üppige Stoffe. Rostrot und Smaragdgrün. Seide und Samt.«

Sie stellte sich vor, die Läden in der Stadt wären voll von solchen Luxuswaren statt der schrecklich einfallslosen zweckmäßigen Kleidungsstücke, die immer noch das einzige waren, was es zu kaufen gab. »Ich wußte gar nicht, daß Männer sich mit Mode auskennen«, sagte sie.

»Nein?« Er drückte seine heruntergerauchte Zigarette in einem Aschenbecher aus. »In was für einer engen, kleinen Welt Sie leben müssen, Topaz.«

Auch nach zwei weiteren abendlichen Ausflügen mit Peter de Courcy in der folgenden Woche war ihr nicht klar, was er eigentlich von ihr wollte. Sie war halb überzeugt, daß er nur mit ihr ausging, weil sie gerade zur Hand war. Sie war nicht einmal sicher, ob er sie mochte. Oft lachte er sie aus. Ihre Vorlieben, ihr Aussehen, ihre Kommentare waren häufig Gegenstand seiner Belustigung oder Verachtung.

Die meiste Zeit redete er von sich. Er erzählte ihr, daß er in Fitzrovia wohnte und an der Schwelle zu Ruhm und Erfolg stünde. Bisher sei sein Aufstieg durch die Heuchelei und Prüderie der Gesellschaft gehemmt worden. Jetzt aber sei die Zeit gekommen, erklärte er, sich aus diesen Fesseln zu befreien und die Freiheit bis an ihre Grenzen auszuloten.

Sehr selten nur wollte er etwas über sie wissen. Ihr machte das nichts aus; ihr Leben war ja todlangweilig im Vergleich zu seinem. Vor dem Krieg hatte er Frankreich, Italien und Nordafrika bereist. Begierig nach neuen Erfahrungen, mochten sie auch aus zweiter Hand kommen, fragte sie ihn nach den Menschen, denen er begegnet war, und den Orten, die er gesehen hatte, aber seine Berichte waren enttäuschend dürftig. Des Beifalls, mit dem eine Ausstellung seiner Werke in der Provence aufgenommen worden war, oder der Gemälde, die er in Oran verkauft hatte, erinnerte er sich genau, doch die Provence konnte er ihr ebensowenig beschreiben wie die Stadt Oran. Er ist Maler, sagte sie sich. Die Sprache ist nicht sein Medium.

Sie standen vor dem Eingang zur U-Bahn in der Tottenham Court Road, als er sie das erste Mal küßte. Es war sieben Uhr abends, die Straßen waren voller Menschen. Es war Zeit, sich zu verabschieden, für Topaz jedesmal ein schwieriger Moment: Sie konnte nicht einfach »Auf bald« oder »Bis nächste Woche« sagen, denn damit hätte sie etwas vorausgesetzt, was sie gar nicht vorauszusetzen wagte. Deshalb bot sie ihm recht förmlich die Hand und sagte: »Also dann, auf Wiedersehen.« Worauf er den Kopf zurückwarf und laut lachte.

»Was ist denn?«

»Ach, *Topaz* –« Er wischte sich die Augen. »Wollen wir uns nicht *richtig* voneinander verabschieden?« Er zog sie an sich und küßte sie. Er hatte keinen Schnurrbart, also kratzte es wenigstens nicht.

»Dein erster Kuß«, sagte er. »Wie war es?«

Sie wußte, daß es taktlos wäre, ihm von dem Oberst zu erzählen. »Sehr nett.«

»Sehr nett!« Er begann wieder zu lachen und lachte immer noch, als er in den Menschenmengen verschwand.

Marius mußte geschäftlich nach London. Beim Frühstück fragte er Suzanne, ob sie Lust habe, ihn zu begleiten.

»Du hast doch so kurz vor Weihnachten sicher noch eine Menge Einkäufe zu erledigen. Oder vielleicht möchtest du Bekannte besuchen. Ich kann mir vorstellen, daß London dir fehlt –«

»Ach ja, *kannst* du?« Mit einer heftigen Bewegung schob sie ihre Teetasse beiseite, sprang auf und ging zum Fenster. Dort blieb sie stehen, mit dem Rücken zu ihm, die Arme fest um ihren Oberkörper geschlungen.

Er erinnerte sich, wie sie durch den Garten gelaufen war, als wollte sie seine Grenzen einrennen. »Ich weiß, daß es dir schwerfällt, dich einzugewöhnen.«

»Wo soll man sich denn hier eingewöhnen?« brach es aus ihr hervor, als hätte sie die Worte schon viel zu lange mit sich herumgetragen. »Es ist alles so *leer*, so – so überhaupt *nichts*. Du hast keine Ahnung, wie oft ich mir wünsche, es würde endlich mal jemand die Auffahrt raufkommen – irgend jemand, ganz gleich, der Briefträger oder sonstwer. Nur damit es mal eine *Abwechslung* gibt.«

»Jeder Tag bringt Abwechslungen«, behauptete er. »Und du brauchst nur in den Bus zu steigen, um nach Bridport oder Dorchester zu fahren. Oder irgend jemanden von unseren vielen Bekannten zu besuchen.«

»Von *deinen* Bekannten. Mich kennen sie gar nicht. Sie interessieren sich nicht im geringsten für mich.«

»Das ist doch Quatsch ...«, begann er, aber sie ließ ihn nicht aussprechen.

»Du weißt genau, daß es so ist, Marius. Am Anfang war eine

gewisse Neugier da, aber dann haben sie sich alle wieder in ihre sicheren, kleinen Schneckenhäuser verkrochen.«

»Es ist doch genau umgekehrt. Wir sind immer wieder eingeladen worden, aber du hast jedesmal abgesagt.«

Ihre Augen sprühten Funken. »Das ist einfach nicht wahr. Wir waren zum Beispiel auf dieser Cocktailparty.«

»Und sind früh wieder gegangen«, entgegnete er. »Weil du es unbedingt so wolltest.«

Sie zuckte mit den Schultern. »Es war tödlich.«

Er begann ärgerlich zu werden. »Und bei den Barringtons war es genauso. Da sind wir auch früher gegangen –«

»So was Langweiliges, diese Leute und diese Gespräche! Und dann dieser eklige Hund, der ständig an mir rumschnupperte.«

»Man muß sich auch ein bißchen Mühe geben.« Er wußte, daß er sich anhörte wie ein Oberlehrer.

Ihr Blick war kühl und klar. »Warum, Marius?«

»Weil die Leute unsere Nachbarn sind.«

»Ich habe nichts mit ihnen gemeinsam«, sagte sie. »Ich teile weder ihre politischen Ansichten noch ihre Vorlieben. Daß wir in derselben Ecke wohnen, ist reiner Zufall. Aber doch keine Basis für eine Freundschaft.«

Oder eine Ehe, hätte er beinahe gesagt. Statt dessen holte er tief Atem. »Ich möchte doch nur, daß du dich nicht einsam fühlst.«

»Ich fühle mich in Gesellschaft dieser Leute um so einsamer«, versetzte sie voller Verachtung. »Und ich kann nicht glauben, daß du so wahnsinnig viel mit ihnen gemein hast, Marius.« Ihre Stimme wurde ein wenig weicher, auch wenn ihr dunkler Blick trotzig blieb. »Ich komme nicht mit nach London, weil ich das Gefühl habe, daß ich mir Taras Erkältung eingefangen habe. Aber es wäre prima, wenn du mir ein paar Dinge besorgen könntest.«

Am Nachmittag gab er in der Textilwarenabteilung von Selfridge's einer Verkäuferin Suzannes Liste und streifte dann auf der Suche nach Weihnachtsgeschenken durch das Kaufhaus. Als er alles beisammenhatte, trat er mit seinen Paketen in die nächste Telefonzelle und rief bei den Brookes an. Topaz sei nicht zu Hause, teilte ihm Veronica Brooke mit, sie arbeite in einem Büro. Immer nachmittags, ausgesprochen ungelegen, wenn man eine vierte Person zum Bridge brauche. Das Büro sei in Bloomsbury; sie mache um halb sechs Uhr Schluß.

Es war kälter geworden, und ein schwefelgelber Nebel hing um die Straßenlampen und in den Bäumen. Marius klappte seinen Mantelkragen hoch und schob die Hände tief in die Taschen. Als er auf den Russell Square trat, sah er Topaz aus einem hohen Backsteinbau an der Ecke treten. Der Mann in ihrer Begleitung war vielleicht fünfunddreißig oder vierzig. Er trug einen schwarzen Mantel, einen breitkrempigen Schlapphut und einen langen roten Schal. Topaz hielt eine Tasche an ihre Brust gedrückt, die ein ordentliches Gewicht zu haben schien. Die Hand ihres Begleiters glitt leicht über ihren Rücken und dann über ihr Gesäß, als die beiden die Steintreppe hinuntergingen.

»Marius!« rief Topaz, als sie ihn bemerkte.

»Ich hatte in London zu tun und wollte dich gern sehen.« Er richtete seinen Blick auf den Mann mit dem roten Schal. »Willst du uns nicht miteinander bekannt machen, Topaz?«

»Doch, natürlich.« Sie schien verlegen. »Marius, das ist Peter de Courcy – Peter, das ist Marius Temperley, ein alter Freund von mir.«

Die beiden Männer begrüßten einander mit Handschlag. Marius bemerkte, daß die Manschetten des schwarzen Mantels durchgescheuert waren und daß Peter de Courcy nach Alkohol und schwarzen französischen Zigaretten roch.

»Ich wollte dich zum Abendessen einladen«, sagte er.

»Oh! Aber Peter und ich –«

»Sie haben doch nichts dagegen, wenn ich Ihnen Topaz entführe?« Er bedachte Peter de Courcy mit dem besonderen Blick, den er sich während seiner Militärzeit für inkompetente Untergebene zugelegt hatte.

Peter de Courcy brummte etwas Unverständliches und verschwand im Nebel.

Als er außer Hörweite war, sagte Topaz: »Marius! Das war ganz schön unverschämt von dir.«

Er nahm ihr die schwere Tasche ab. »Weiß deine Mutter von ihm?«

Im trüben Licht der Straßenlampen konnte er nicht erkennen, ob sie rot geworden war. »Nein«, sagte sie. »Weshalb sollte sie.«

»Ihr seid offenbar sehr eng miteinander.«

»Wir sind nur Freunde.«

»Blödsinn.« Er ging die Montague Street hinunter. Topaz trottete neben ihm her.

»Marius –«

»Er ist viel zu alt für dich.«

Sie blieb unvermittelt stehen. »Wenn du nur gekommen bist, um mir die Leviten zu lesen, geh ich bestimmt nicht mit dir essen, Marius.«

»Tut mir leid«, sagte er.

In einem Café nicht weit von der Tottenham Court Road legten sie Mäntel, Schals, Mützen und Handschuhe ab. Die großen Fenster des Lokals waren beschlagen, und es roch nach nasser Wolle und gebratenem Fleisch.

Die Kellnerin nahm ihre Bestellung auf. Marius berichtete, warum er in London war. »Geschäftlich. Und um Einkäufe zu machen. Für Suzanne.«

»Wie geht es ihr?«

»Gut«, antwortete er. »Sehr gut.«

»Das sagst du immer.«

»Ehrlich gesagt, hätten wir uns beinahe gestritten.«

»*Beinahe* gestritten?«

»Beinahe-Streit ist unsere Spezialität«, gestand er mit einem flüchtigen Lächeln.

Schweigen. Dann sagte sie: »Peter ist wirklich ein sehr netter Mann, Marius. Er ist Maler.«

Na klar, dachte er, sich der schäbigen Kleider, des allzu langen Haars, des aufgedunsenen Gesichts erinnernd.

»Er wird bald sehr berühmt sein.« Sie strahlte. »Er möchte mich malen.«

Die Kellnerin brachte das Essen.

Er sagte: »Aber da machst du doch nicht mit, oder?«

»Warum nicht?«

Auf die Frage hätte es eine ganze Reihe taktvoller Antworten gegeben, aber nicht eine fiel ihm ein. Vielmehr sagte er schroff: »Weil es ihm gar nicht darum geht, dich zu *malen.*«

Erst sah sie ihn verständnislos an, dann wurde sie brennend rot. Sie stieß ihre Gabel in die Fleischpastete und riß die Teighülle auseinander. »Das erstaunt dich wohl.« Ihre Stimme war leise und angespannt.

»So habe ich das nicht gemeint.« Er gab sich keine besondere Mühe, seinen Zynismus zu verbergen. »Ich meine nur, du solltest dich nicht an ihn binden. Männer wie er haben kein Interesse an einer dauerhaften Beziehung.«

»Du meinst, sobald er mich ins Bett gekriegt hat, läßt er mich fallen?« sagte sie unumwunden.

»So ungefähr, ja.«

Ihre Augen blitzten. »Vielleicht stört mich das gar nicht. Vielleicht reicht mir das. Vielleicht ist es für mich immer noch besser als gar nichts.«

»Ich hätte dir mehr Geschmack zugetraut, Topaz«, sagte er scharf.

Sie legte Messer und Gabel aus der Hand und stand auf.

»Wo willst du hin?«

»Nach Hause.« Sie schlüpfte in ihren Mantel.

»Topaz –« Er schämte sich plötzlich. »Bitte«, sagte er, die Hand nach ihr ausstreckend, »ich wollte dich nicht kränken. Ich möchte doch nur nicht, daß dir weh getan wird.«

Doch sie ließ ihn einfach sitzen und ging. Nach einer Weile sah er zu den beiden Tellern hinunter, auf denen die kaum angerührten Mahlzeiten kalt wurden, und merkte, daß er überhaupt nicht mehr hungrig war. Er warf ein paar Münzen auf den Tisch und ging ebenfalls.

Auf der langen Bummelfahrt nach Hause hatte Marius reichlich Zeit, sich darüber Gedanken zu machen, wie ungeschickt er mit der Situation umgegangen war. Und er hatte sogar vergessen, Topaz das Weihnachtsgeschenk zu geben, das er ihr bei Selfridge's gekauft hatte.

Ihre Ursprünglichkeit, ihre Abenteuerlust und ihre Eigenwilligkeit hatten ihm stets gefallen. Die Vorstellung, daß sie drauf und dran war, sich von einem abgetakelten Weiberhelden verführen zu lassen, fand er deprimierend. Er hätte mit ihr reden sollen, mit den rechten Worten hätte er sicher verhindern können, daß sie sich an diesen gewissenlosen Pseudo-Künstler wegwarf. Er hatte schon immer gesehen, daß ihr ein Mensch fehlte, der sie beschützte. Daß ihr Liebe fehlte. Nur darum natürlich war sie auf den erstbesten Mann hereingefallen, der Interesse an ihr zeigte.

Flüchtig dachte er daran, ihre Mutter anzurufen, verwarf diesen Gedanken aber gleich wieder. Von Zeit zu Zeit nickte er während der langen Fahrt ein, aber nicht einmal in seinen Träumen konnte er der Kälte und Ungemütlichkeit des Zugs und seinen eigenen bedrückenden Gedanken entfliehen. Es war fast Mitternacht, als der Zug Longridge Halt erreichte. In den Tälern hatte sich der Nebel gesammelt, so daß er auf dem Heimweg nur wenige Meter voraussehen konnte und nach den vertrauten Orientierungspunkten suchen mußte, um sich zurechtzufinden.

Auf der Veranda von Missencourt brannte Licht, das ihn willkommen hieß. Er trat ins Haus und ging nach oben. Als er auf Zehenspitzen am Kinderzimmer vorbeischlich, hörte er Tara die ersten tränenerstickten Jammerlaute ausstoßen, die gewöhnlich die mittlerweile vertraute Ouvertüre zu ohrenzerreißendem Gebrüll waren. Im Schlafzimmer rief er leise Suzannes Namen, doch sie lag schon in tiefem Schlaf und rührte sich nicht. Er bemerkte das Röhrchen mit den Tabletten auf dem Nachttisch.

Taras Geschrei wurde lauter. Marius ging zum Kinderzimmer zurück. Mit beiden Händen das Gitter umklammernd stand Tara mit hochrotem und von Tränen nassem Gesicht in ihrem Bett. Bei seinem Anblick begann sie noch heftiger zu schreien, und er fühlte, wie ihn ein ohnmächtiger Zorn überkam.

Dann gewahrte er die tiefe Verzweiflung im Blick des Kindes, und sein Zorn erlosch so schnell, wie er aufgeflammt war. Er hob Tara aus dem Bettchen und sagte in liebevollem Ton: »Wir beide müssen jetzt endlich mal zu einer Einigung finden, Kleines.« Und nachdem er sie in eine Decke gepackt hatte, trug er sie nach unten, wo sie schreien konnte, ohne jemanden zu stören.

Im Wohnzimmer bäumte sie sich brüllend und mit geballten Fäusten in seinen Armen auf. Er wischte ihr das Gesichtchen und hielt sie an seine Schulter gedrückt, während er tröstend auf sie einredete, im Zimmer hin und her ging und ihr sachte den Rücken klopfte. Wenn es schon ihm schwergefallen war, sich auf die Veränderungen in seinem Leben einzustellen, wie viel schwerer, dachte er, mußte es dann für dieses kleine Mädchen sein. Die Welt mußte ihr völlig unverständlich erscheinen. Die Ursache ihres Kummers war die Unsicherheit ihres kurzen kleinen Lebens, die Armut, in die sie hineingeboren worden war. Er hatte für eine lange Abwesenheit Wiedergutmachung zu leisten.

Während er auf und ab ging, sie wiegte und murmelnd zu besänftigen suchte, sah er, wie draußen die Nebelschwaden über Rasen und Terrasse wogten aus denen die Bäume bleich und gespenstisch und scheinbar wurzellos emporwuchsen. Über dem Teich hing der Nebel in wirbelnden Schleiern. Das Friedliche der nächtlichen Szene drang ins Zimmer ein, und nach einer Weile hatte Marius den Eindruck, daß Taras Schreien nicht mehr so erbittert klang. Beinahe halbherzig. Er fuhr fort, sie unter tröstendem Gemurmel herumzutragen, und merkte, wie ihr Köpfchen sich immer tiefer neigte, bis es schließlich an seiner Schulter zu ruhen kam. Die seidigen dunklen Locken streiften seine Wange. Ein Zittern durchrann sie, als sie tief aufatmete und der kleine Körper sich entspannte. Sie schien schwerer zu werden. Marius ging langsamer und senkte die Stimme zum Flüstern. Etwas Wunderbares war geschehen. Sehr vorsichtig setzte er sich auf dem Sofa nieder.

Voll Furcht, sein Blick könnte sie zu neuerlichem Wutgeschrei herausfordern, wagte er es erst nach einigen Momenten, in das pausbackige Gesicht hinunterzusehen. An den langen dunklen Wimpern hingen noch Tränen, und die geschlossenen Augenlider schimmerten bläulich. Er neigte sich zu ihr hinunter und küßte sie.

Zum erstenmal seit seiner Rückkehr nach England, so schien ihm, sah er klar. Er vermutete, daß seine eigene Unsicherheit und sein eigener Mangel an Selbstvertrauen ihm den Zugang zu seiner Tochter verwehrt hatten. Er hatte Tara nur als eine Last betrachtet und nicht als das Geschenk, das sie war. Sie war seine Zukunftshoffnung, sein Leitstern durch Nebel und Dunkelheit.

Topaz, nahm er sich vor, würde er gleich morgen anrufen und um Verzeihung bitten. Er würde, versprach er stillschweigend seiner kleinen Tochter, einen neuen Anfang machen. Und er würde alles besser machen.

Topaz hatte Peter de Courcy seit Marius' Besuch nicht wiedergesehen. Am Tag vor diesem Besuch hatte er sie in sein Atelier mitgenommen, wo er ihr seine Bilder gezeigt und sie gefragt hatte, ob sie ihm Modell sitzen würde. Sie war zwar einerseits erfreut und geschmeichelt gewesen, aber sie hatte auch Bedenken gehabt. Was, wenn er sie ohne Kleider malen wollte?

Als sie sich am Abend auskleidete, musterte sie sich aufmerksam im Spiegel. Soviel weißes Fleisch und voller roter Abdrücke von Büstenhalter, Strumpfgürtel und Strapsen. Es geht ihm nicht darum, dich zu *malen*. Marius hatte nur ihre eigenen Zweifel ausgesprochen.

Als sie am Nachmittag vor Heiligabend zur Arbeit kam, flüsterte Miss Black ihr zu: »Mr. Peter ist hier. Sie haben einen Riesenkrach.«

Diesmal hielt Topaz sich nicht die Ohren zu. Die erregten Stimmen drangen laut durch die Wände. Es ging um Geld. Sie hatte ihren Schal abgenommen und ihren Mantel an die Garderobe gehängt, als Peter aus dem Arbeitszimmer seines Bruders stürmte und die Tür krachend hinter sich zuschlug. Als er Topaz bemerkte, blieb er stehen.

»Dieser knickerige Kerl!« schimpfte er. »Dieser schofle,

kleine Geizkragen.« Die Aussprache war nicht mehr ganz deutlich.

Er polterte die Treppe hinunter.

Sie lief ihm nach. »Peter!« rief sie, worauf er stehenblieb und sich umdrehte.

»Wann sehen wir uns?«

Er wandte sich ab. »Ich glaube nicht –« Er stieg ein paar Stufen wieder hinauf. Seine Augen waren blutunterlaufen und verquollen. *Ich hätte dir einen besseren Geschmack zugetraut, Topaz.*

»Also, ehrlich gesagt«, erklärte er, jedes Wort sorgfältig artikulierend, »hab ich keine Lust, mir von diesem kernigen Landjunker eine verpassen zu lassen.«

»Du meinst Marius?«

Er lächelte. »Ich habe nicht den Eindruck, daß er von mir begeistert war. Tut mir leid, Süße.« Er machte sich wieder auf den Weg nach unten.

»Ich dachte, du wolltest mich malen!«

»Ich glaube nicht, daß meiner Frau das recht wäre«, sagte er, dann ging er zur Haustür hinaus.

Sie lief wieder nach oben. Rupert de Courcy stand vor ihrem Schreibtisch. Der Boden rund um ihn herum war mit Papieren übersät, und in den Händen hielt er den dritten Band der *Geschichte Northamptonshires*. Ein Gefühl schwarzer Unausweichlichkeit überkam Topaz, als sie auf den herumliegenden Papieren den Briefkopf der Mallingham-Stiftung erkannte.

Auf dem Weg zur U-Bahn dachte sie, nicht übel, Topaz, das macht dir so leicht keiner nach, innerhalb von zehn Minuten Mann und Job zu verlieren. Aber sie hatte ja auch weder den einen noch den anderen je wirklich in den Griff bekommen.

Als sie zu Hause ankam, traf sie ihre Mutter im Wohnzimmer an, wo diese wütend hin und her rannte und mehrmals aufgebracht sagte: »Eine *un*mögliche Person!«

»Wer?« fragte Topaz, ihren Schal ablegend.

»Dorothy Blanchard. Sie schummelt! Ich habe wochenlang nicht mehr gewonnen.« Veronica Brookes Nasenflügel blähten sich vor Empörung. »Wir spielen zwar immer nur um Münzen, aber es geht um das Prinzip!« Sie runzelte die Stirn. »Ich bin froh, wenn ich diese Person nie wieder sehen muß, aber nun fehlt uns natürlich eine Mitspielerin.«

»Ich arbeite nicht mehr bei Mr. de Courcy.« Topaz knöpfte ihren Mantel auf. »Ich könnte einspringen, wenn dir das recht ist, Mama.«

»Macht es dir wirklich nichts aus, Schätzchen?«

Gerührt von dem Kosewort aus dem Mund ihrer Mutter, die gewöhnlich mit Zärtlichkeiten geizte, als wäre ihr Reservoir daran nahezu erschöpft, sagte Topaz: »Aber nein, Mama, natürlich nicht.«

Veronica starrte ihre Tochter an. »Wir müssen dir wirklich ein paar neue Sachen besorgen. Ich habe gar nicht bemerkt, wie sehr du gewachsen bist. Weißt du was, wir gehen zu Kitty.« Kitty war Veronicas Schneiderin. Veronica lächelte. »Das wird dir bestimmt Spaß machen, Topaz.«

5

WILL HATTE SICH wie befreit gefühlt, als Jack 1942 von zu Hause weggegangen war. Der Zwang, sich ständig mit seinem starken, klugen, gutaussehenden älteren Bruder zu vergleichen, war weggefallen. Wie von selbst hatten er und Julia sich nun, da Marius und Jack fort waren, zusammengetan. Und wie von selbst hatte er sich in Julia verliebt. Doch ihm war immer klar gewesen, daß Julia seine Gefühle nicht erwiderte, darum hatte er sie für sich behalten. Er wußte, daß sie Jack regelmäßig schrieb, aber er wußte nicht, ob es freundschaftliche oder Liebesbriefe waren. Seinem zaghaften Werben – mit selbstgepflückten Blumensträußen und kleinen Geschenken – begegnete sie freundlich, doch kühl. Es brachte ihn ihr nicht näher.

Seine ersten Erfahrungen mit Frauen machte er nicht mit Julia, sondern mit einer Kellnerin, die in einem Café in Hernscombe arbeitete, und einer Landarbeiterin auf einem Hof in der Nähe von Bridport. Beide Mädchen waren nüchtern und vernünftig genug, die Sache nicht zu weit gehen zu lassen. Die Lust und der Frust, die seine hastigen, heimlichen Begegnungen mit Hester und Sadie kennzeichneten, waren etwas ganz anderes als die Qual und die Seligkeit, die Julia bei ihm hervorrief. Er kam zu dem Schluß, daß er Hester und Sadie begehrte, Julia jedoch liebte. Sie hatte etwas Unerreichbares, so daß selbst während Jacks Abwesenheit immer eine Distanz zwischen ihnen zu bestehen schien. Er hatte sich an diese Distanz gewöhnt, machte seiner Enttäuschung höchstens einmal Luft, indem er zuviel trank oder, wenn er die nötigen Benzinmarken dazu hatte, zu schnell fuhr. Als Julia seinen Heiratsantrag annahm, war das für ihn, als hätte die Venus von Milo mit dem steinernen Haupt genickt oder die Mona Lisa den Mund zu einem Lächeln verzogen.

Noch Wochen später konnte er nur mit Schaudern an den Abend denken, an dem sie ihre Verlobung bekanntgegeben hatten. Sie waren zum Schulhaus gefahren (Will hatte allen die frohe Botschaft unverzüglich verkünden wollen) und von dort – sie hatten dort nur Mrs. Sykes vorgefunden – ohne Aufenthalt weiter nach Missencourt, wo Julia schnurstracks ins Wohnzimmer marschierte und den Temperleys und Prudence eröffnete, daß sie Will heiraten werde. Einen Moment lang hatte betretenes Schweigen geherrscht, dann hatte Adele Temperley gereizt gesagt: »Was soll dieser *Blödsinn*, Julia!«

Daß ausgerechnet Adele, die stets so ruhige, sanfte Adele, so sprach, hatte Will einen gehörigen Schock versetzt. In diesem Moment war ihm klargeworden, daß andere vielleicht seine Überraschung über Julias Zusage, ihn zu heiraten, teilten, aber nicht unbedingt seine Freude.

Dann war Jack hereingekommen, und Julia hatte mit bleichem Gesicht ihre Ankündigung wiederholt. Zwar hatte Will in Büchern des öfteren die Wendung »alle Farbe wich aus seinem Gesicht« gelesen, aber bis zu diesem Augenblick geglaubt, es handle sich dabei um eine Metapher. Unmittelbar bevor Jack sich abrupt umdrehte und aus dem Zimmer ging, sah Will flüchtig sein Gesicht. Der Erkenntnis, wie tief getroffen Jack war, folgten Gewissensbisse, Rechtfertigung (Jack hatte schließlich seine Chance gehabt) und Siegesfreude. Er hatte sich der Triumphgefühle geschämt und Jack nachlaufen wollen, aber seine Mutter hatte ihm warnend die Hand auf den Arm gelegt. »Nicht jetzt«, hatte sie geflüstert. »Laß ihm ein wenig Zeit.«

Doch die Zeit hatte nichts geändert oder gar geheilt. Streit, Zerwürfnis und endlose Diskussionen vergifteten den Alltag im Schulhaus und in Missencourt. Die beiden Paare – Marius und Suzanne, Will und Julia – hatten mit ihren Heiraten das ganze Lebensgefüge der Familien Chancellor und Temperley ins Wanken gebracht.

Will haßte Streit und Konflikt. Er wollte immer gefallen, nie provozieren. Stets hatte Jack die großen Stürme und Gewitter heraufbeschworen, nie er. Sich abgelehnt oder angefeindet zu wissen, hielt er nicht aus, es machte ihn ängstlich und nervös. Darum hatte er zwei Wochen vor der Hochzeit Jack in Sixfields aufgesucht.

Von Anfang an war alles schiefgegangen. Gänse und Hunde stürzten sich auf ihn, als er auf den Hof kam. Er rutschte im Matsch aus und wäre beinahe gestürzt. Hinter dem offenen Scheunentor konnte er Jack erkennen, der damit beschäftigt war, den kleinen grauen Traktor zu reparieren.

Will zeigte sich versöhnlich, vernünftig, langmütig. Jack ignorierte ihn, und seine wohlbedachten Worte gingen größtenteils im Werkzeuggeklapper unter. Nach einer Weile gab er auf und schwieg. Aber er konnte sich nicht verkneifen zu sagen: »Du solltest einen Schraubenschlüssel benützen, nicht die Rohrzange.«

Die Hände am Werkzeug spannten sich. Dann richtete Jack sich auf. Zum erstenmal, seit Will die Scheune betreten hatte, sah er ihn an. »Sie liebt dich nicht«, sagte er. »Damit du's weißt, sie liebt dich nicht.«

Atemlos, als hätte Jack ihm einen Schlag in den Magen gegeben, lief Will in den Hof hinaus. »Dann fahr doch zur Hölle«, schimpfte er laut, alle Gedanken an Versöhnung vergessend.

Nach der Hochzeit zog er mit Julia ins Schulhaus. Obwohl die Zeitungen beinahe unaufhörlich von der herrschenden Wohnungsnot berichteten, war Will erst klargeworden, wie schlimm es wirklich war, als er nach eigenen vier Wänden zu suchen begann. Er entdeckte, daß ganze Familien in einem einzigen Zimmer hausten; daß Frauen mit ihren Kindern bei Verwandten untergekrochen waren, getrennt von ihren Männern, die irgendwo weit entfernt arbeiteten; daß Hunderte von Familien sich in verlassenen Militärlagern einquartiert hatten und nun Kohl und Karotten zwischen den Baracken wuchsen und Kinder auf den Asphaltplätzen spielten, wo früher Soldaten exerziert hatten.

Aber im Haus seiner Eltern fühlte Will sich gar nicht richtig verheiratet. Es war, als wären er und Julia immer noch lediglich Freunde, die sich zufällig ein Zimmer teilten, und er vermutete, daß es darum im Bett nicht so richtig klappte. Julia behauptete zwar, sie vermisse nichts, aber er spürte, daß das nicht stimmte. Er selbst war nie unbefangen, wenn er im Haus seiner Eltern mit ihr schlief. Er wurde das störende Gefühl nicht los, daß seine Mutter und sein Vater jedes Quietschen des Betts, jeden heftigen Atemzug hören konnten. Und ständig saß ihm die völlig irrationale Furcht im Nacken, Jack könnte irgendwo in Hörweite sein und voller Verachtung sein ungeschicktes Bemühen beobachten. So kam es, daß er und Julia sich immer seltener einander hingaben; sie tauschten Küsse und Zärtlichkeiten, wann immer sie zusammen waren, aber es konnten Wochen vergehen, ohne daß sie miteinander schliefen. Unbehaglich war sich Will bewußt, daß das zwischen Jungverheirateten nicht normal sein konnte, und machte deshalb Julia Geschenke, um sie aufzuheitern – Blumen und billige kleine Schmuckstücke, ein Paar Nylonstrümpfe und teure Seife, die er unterderhand von Vetter Maurice gekauft hatte.

In dieser Zeit eröffnete er die Tankstelle mit Autowerkstatt, die er von Maurice gemietet hatte. Aber der geschäftliche Erfolg, den er sich erhofft hatte, stellte sich zunächst nicht ein. Die wenigen Autos, die auf der einsamen Hochmoorstraße verkehrten, rasten vorbei, als könnten sie es nicht erwarten, die freundlicheren Küstenregionen zu erreichen. Und sosehr ihm die praktische Arbeit in seinem kleinen Betrieb lag, so zuwider war ihm der Bürokram. Nach einer Weile ging er dazu über, die Formulare und Rechnungen, die sich auf dem Schreibtisch häuften, einfach links liegenzulassen. Als er sich schließlich eines Abends einen Ruck gab und die Papiere zu ordnen begann, stellte er mit Entsetzen fest, daß der Betrieb Verlust machte. Es war jede Woche nur ein kleiner Betrag, aber es waren Schulden. Das Geschäft würde schon in Gang kommen, sagte er sich, bemüht, nicht in Panik zu geraten. Das Benzin konnte nicht ewig rationiert bleiben, und wenn erst jeder wieder kaufen konnte, soviel er wollte, würden die Leute auch wieder zum Vergnügen Auto fahren, wie vor dem Krieg.

Um die Jahreswende erzählte einer seiner Kunden ihm von einem Haus, das zu vermieten war. Es stand, drei Kilometer vom nächsten Nachbarn und Geschäft entfernt, auf der Höhe eines Hügels und war nur über einen holprigen Feldweg zu erreichen, der direkt von der Landstraße abzweigte. »Heidehaus« hieß es, aber die Vorstellung vom reetgedeckten Landhaus mit weißgekalkten Wänden und winkligen Zimmern voller Charme, die der Name weckte, erfüllte es nicht. Zwischen den Kriegen erbaut, war es vielmehr ein viereckiger Kasten, zwei Zimmer unten, zwei oben, mit grauverputzten Mauern und einem Schieferdach, so düster und unfreundlich wie der finstere kleine Wald, der es umschloß. Die Böden waren mit Bruchstein oder graubraunem Linoleum ausgelegt, die Wände blaßgrün gestrichen wie in öffentlichen Gebäuden. Im Krieg war das Haus beschlagnahmt worden und hatte Offizieren von einem nahe gelegenen Luftwaffenstützpunkt als Wohnung gedient. An einem Haken im Flur hing eine vergessene Gasmaske, auf einem Fensterbrett lag eine khakifarbene Feldflasche.

Will, der Angst hatte, daß andere Wohnungssuchende ihm zuvorkommen würden, nahm das Haus auf der Stelle. Seine Zweifel versuchte er zu stillen, indem er sich sagte, sie würden es schon schaffen, aus dem tristen kleinen Kasten ein helles, luftiges und gemütliches Zuhause zu machen.

Am folgenden Tag fuhr er mit Julia zum Heidehaus hinauf, um es ihr zu zeigen. Mit klopfendem Herzen beobachtete er sie, während sie sich in den kleinen Zimmern umsah. Sie hatte einen alten Pelzmantel an, der ihr viel zu groß war, ihr zartes ovales Gesicht war von seinem mächtigen rötlichen Kragen umrahmt.

»Wie findest du es?« fragte er zaghaft.

»Es ist so *klein*. Und so *kalt* –«

»Aber man kann doch was draus machen. Wir streichen die Wände. Kaufen ein paar Teppiche –«

»Ja«, sagte sie leise.

In seinem Magen rumorte es vor Nervosität. »Wir hätten endlich etwas Eigenes.«

»Ja«, sagte sie wieder, den Kopf gesenkt. Dann jedoch schien sie sich einen Ruck zu geben. Sie hob den Kopf und sagte lächelnd: »Ich finde es ganz in Ordnung, Will. Und es wird bestimmt herrlich, endlich im eigenen Haus zu wohnen.«

Er atmete auf vor Erleichterung.

Das Haus war schrecklich, klein und einsam und eiskalt, aber es war ihrs. Sogar eine Höhle, dachte Julia, wäre besser gewesen, als weiterhin im Schulhaus zu wohnen, unter einem Dach mit Wills Eltern und einem Dutzend Schuljungen.

An einem Wochenende Anfang Januar zogen sie ein. Am Montag morgen, nachdem Will zur Arbeit in der Tankstelle gefahren war, begann Julia mit dem Auspacken. Im Wohnzimmer konnte man vor lauter Kisten und Kartons kaum einen Fuß auf den Boden setzen. In der Küche war es warm, der Rest des Hauses bitter kalt. Julia ließ Schal, Handschuhe und den mottenzerfressenen Fuchsmantel an, der einmal ihrer Großmutter gehört hatte, während sie arbeitete.

Was für eine unglaubliche Menge Zeug, dachte sie, als sie die Kartons durchging. Wills Sammlung von Modellflugzeugen war eingequetscht zwischen einem Schuhkarton voller Rosetten und Ehrenurkunden, die sie selbst bei kleineren Reitturnieren gewonnen hatte, und einer Bowleschüssel aus Glas, die eine von Wills schrulligen Tanten ihnen zur Hochzeit geschenkt hatte. Unter den Hochzeitsgeschenken war kaum etwas Brauchbares gewesen. Prudence hatte ihnen (Gott sei Dank) Bettwäsche und Handtücher geschenkt. Von Marius und Suzanne hatten sie Gläser bekommen, sehr schöne rauchfarbene antike Gläser – bestimmt von Marius ausgesucht, Suzanne war solcher Geschmack nicht zuzutrauen. Adele hatte sie mit Geschirr versorgt, und von Wills Cousine Carrie, die angeblich Geld wie Heu hatte, waren sie mit einem Kleiderschrank bedacht worden, unglaublich häßlich und so massig, daß er nicht durch die schmalen Türen des Heidehauses paßte und draußen im Schuppen bei der Kohle und der Wäschemangel deponiert werden mußte. Jack hatte ihnen gar nichts geschenkt und war auch nicht zur Hochzeit gekommen. Aber an Jack wollte sie nicht denken.

Alle übrigen Hochzeitsgeschenke mit Ausnahme des Wellensittichs, den sie von Topaz bekommen hatten, waren entweder spukhäßlich (grellbestickte Zierdeckchen zum Beispiel) oder langweilig (Spültücher). Die Zierdeckchen ließ Julia in einer Schublade verschwinden und fütterte den Wellensittich mit Hirse. Sämtliche Kommoden und Schränke waren voll, und es standen immer noch unausgepackte Kartons herum.

Es wurde Abend, sie fühlte sich verstaubt und schmutzig und beschloß, ein Bad zu nehmen. Ein richtiges Badezimmer gab es nicht, nur einen Spülstein und eine Toilette in einem Anbau, doch um den zu betreten, mußte man erst ins Freie hinaus – das Schlimmste an diesem Haus. Julia schleppte die Blechwanne in die Küche und füllte sie mit Wasser, das sie auf dem Herd heiß gemacht hatte. Ans Abendessen hatte sie gar nicht gedacht, aber sie konnten ja Toast essen, das würde Will sicher nichts ausmachen. Außerdem – wenn Will sie beim Heimkommen im Bad vorfand, würde das vielleicht helfen. Im Bett, wie sie es für sich bezeichnete. Sie wußte, daß Will litt, wenn es da nicht klappte. Warum es nicht klappte, wußte sie nicht. Sie hatte niemanden, mit dem sie über solche Dinge sprechen konnte.

In der Hochzeitsnacht war Will ziemlich betrunken gewesen. Er hatte mit ihr schlafen wollen, aber es war praktisch nichts passiert. Es war ihm schrecklich peinlich gewesen, und er hatte sich tausendmal entschuldigt, doch Julia war insgeheim erleichtert gewesen, weil sie rasende Kopfschmerzen gehabt hatte. Während der kurzen Flitterwochen in Südwales hatte sie ihre Periode gehabt, und dann waren sie nach Dorset zurückgekehrt. Ihre Ehe war schließlich im Schulhaus vollzogen worden: Will hatte sein Gesicht an ihre Schulter gepreßt, um seine Schreie zu unterdrücken, als er den Höhepunkt erreichte, und Julia war jedes Knarren und Quietschen des alten Eisenbetts durch Mark und Bein gegangen.

Es dauerte ewig, die Wanne zu füllen, und das bißchen Wasser kühlte rasch ab. Sie begnügte sich deshalb damit, sich gründlich zu waschen, und blieb keinen Moment länger als nötig im Wasser. Anstatt sich wieder anzukleiden schlüpfte sie nach dem Abtrocknen in ihren Schlafanzug und zog den alten Pelzmantel darüber. Will war spät dran, und sie mußte selbst die Wanne leeren, das Wasser ausschöpfen und in den Abfluß hinter dem Haus gießen. Als sie den letzten Tropfen ausgekippt hatte, war sie völlig erledigt.

Sie ging vor die Tür, um zu verschnaufen. An den Pfosten gelehnt blickte sie zum Weg und zum Wald hinaus. Hoch oben im Geäst einer Ulme schrie eine Eule. Ein Kaninchen flitzte durchs Unterholz, und das Licht, das aus der offenen Haustür fiel, fing sich flüchtig in erschrockenen Augen, die wie Edelsteine glühten. Die Stille, so geheimnisvoll, verzauberte sie. Sie zog ihren Mantel fester um sich und lächelte beglückt, den Blick in die Dunkelheit gerichtet.

Dann bemerkte sie das schwankende kleine Licht von Wills Taschenlampe. Sie winkte und rief nach ihm.

Er küßte sie. »Was tust du hier?«

»Ich schau in die Sterne. Ich glaube, ich kann die Pleiaden erkennen.«

»Wenn du den Kopf ein klein wenig drehst, kannst du sie deutlicher sehen.«

Sie folgte seinem Rat, und aus dem unruhigen Flimmern wurde eine Ansammlung hell leuchtender Sterne.

Will küßte sie von neuem. »Du riechst gut.«

»Badesalz.«

Er schob die Hände unter den Pelzmantel und sah sie stirnrunzelnd an. »Was hast du an?«

»Meinen Schlafanzug.«

»Du wirst dir noch den Tod holen hier draußen.« Er nahm sie bei der Hand und führte sie ins Haus. Im Schlafzimmer begann er von neuem, sie zu küssen, während er ihre Pyjamajacke aufknöpfte. Umhüllt von Mantel, Decken und Federbett dachte sie: Es wird gut, es wird alles gut, ich hab's gewußt, es wird alles gut.

Sinnlos auszupacken, wenn man nicht wußte, wohin mit den Sachen, sagte sich Julia am folgenden Tag und schleppte die noch verbliebenen Kartons die Treppe hinauf in den ersten

Stock. Dort stapelte sie sie im Flur an der Wand. Man konnte sich gerade noch an ihnen vorbeizwängen, wenn man den Bauch einzog.

Die schmutzigsten Räume im Haus waren die Küche und der Anbau mit dem Bad und der Toilette. In staubigen Ecken und vor schmutzblinden Fensterscheiben hingen dicke Spinnweben, und der dunkelrote Bruchstein der Böden war schwarz vor Dreck. Julia meinte, sie würde alle drei Räume im Schnellgang rein machen und am Abend fertig sein, aber am Ende der Woche war sie noch nicht einmal mit der Küche fertig.

Am Freitag funktionierte der Herd nicht richtig, und das Wasser wurde nur lauwarm. Sie hatte vergessen, die Wäsche vom Vortag hereinzuholen, und die hing jetzt, da es in der Nacht Frost gegeben hatte, stocksteif gefroren von der Leine.

Sie beschloß, sich den Küchenboden vorzunehmen, der wirklich eklig aussah, aber ihr war die Kernseife ausgegangen, und sie mußte erst zum fast zwei Kilometer entfernten Laden radeln. Auf dem Heimweg geriet das Fahrrad auf den vereisten Furchen des Feldwegs ins Rutschen, und sie landete mit Schrammen an den Händen und blauen Flecken am Po recht unelegant im Acker.

Will war bester Stimmung, als er am Abend nach Hause kam.

»Du hast einen schwarzen Fleck auf der Nase, Schatz.« Er küßte sie.

»Wo denn?« Sie rieb die Nasenspitze mit einem Geschirrtuch sauber. Sie war müde und unerklärlicherweise den Tränen nahe.

Er warf einen Blick in den Topf, der auf dem Herd stand, und sagte, als er ihn leer sah: »Was gibt's zum Abendessen?«

»Abendessen?«

Er sah auf seine Uhr. »Es ist halb sieben.«

»Ach nein, das hab ich gar nicht gemerkt«, sagte sie sarkastisch. »Tja, die Zeit fliegt, wenn man sich amüsiert.«

»Komm, ich helf dir, wenn du magst.« Er begann, Schränke zu öffnen, die falschen Schränke, wie Julia bemerkte. Er hatte anscheinend keine Ahnung, wo normalerweise die Lebensmittel aufbewahrt wurden.

»Es ist nichts da«, sagte sie. »Wir haben nichts zu essen im Haus.«

»Oh.« Er schien verblüfft, als hätte er mit einer solchen Möglichkeit nie gerechnet. »Warst du nicht einkaufen?«

»Doch, ich war einkaufen, aber ich habe vergessen, was zu essen zu kaufen.«

»Hm.« Er kratzte sich am Kopf. »Da fallen wir am besten bei meinen Eltern ein. Da bekommen wir schon was.«

Hochfahrend entgegnete sie: »Ich erzähle deiner Mutter bestimmt nicht, daß ich vergessen habe, was zum Abendessen einzukaufen.«

»Ach, es ist doch gar nichts dabei. Mama kocht immer für ein ganzes Regiment.«

»Will!« Es kostete sie Mühe, ihn nicht anzuschreien. »Wir fahren nicht zu deinen Eltern. Ich möchte nämlich nicht als komplette Idiotin dastehen, die nicht mal einen Haushalt führen kann.«

»Aber *irgendwas* müssen wir doch essen.« Er schien verwirrt.

Julia fand noch etwas welkes Gemüse. »Ich koche eine Suppe«, sagte sie heftig und warf das Grünzeug ins Spülbecken. Sie begann, die Kartoffeln zu schälen, mußte aber gleich wieder aufhören, weil sie vor Tränen nichts mehr sehen konnte.

Will nahm sie in den Arm. »Was ist denn?«

»Ach, es ist nur, weil es so kalt ist«, jammerte sie. »Und für alles brauch ich zehnmal so lang, wie ich dachte. Und heute nachmittag bin ich mit dem Fahrrad hingefallen.«

Er war sofort besorgt. »Hast du dir weh getan?«

»Nur ein bißchen«, antwortete sie schniefend. »An den Händen und den Knien.«

»Ich küsse sie gesund.« Er nahm ihr das Messer aus der Hand und küßte einen nach dem anderen ihre aufgeschrammten Handknöchel, kniete vor ihr nieder und küßte auch ihre Zehen und Knie.

Dann fiel ihm der Weihnachtskuchen ein. Statt Suppe aßen sie Kuchen zum Abendessen und tranken dazu eine Flasche süßen Sherry, die noch von den Feiertagen übrig war. Rosinen rollten unter die Polster, und vom Sherry berauscht schliefen sie eng umschlungen ein.

Nach drei Wochen im Heidehaus (oder Höllenhaus, wie Julia es insgeheim nannte) kam sie zu dem Schluß, daß Hausarbeit viel schlimmer war als jede andere Arbeit. Die Firma ihres Vaters zu leiten war anstrengend gewesen und mit Ängsten und Unsicherheit verbunden, aber dafür hatten sie die Kameradschaft mit den Mitarbeitern und das Gefühl, daß diese mit ihr an einem Strang zogen, reichlich entschädigt. Einsamkeit, wie sie sie jetzt aushalten mußte, hatte sie nie zuvor erlebt. Sie hatte sich einsam gefühlt, als Jack nach Ägypten abgereist war; sie hatte sich nach dem Tod ihres Vaters einsam gefühlt. Aber solche Einsamkeit, wie sie sie in dem düsteren kleinen Haus auf dem schwarzbewaldeten Hügel ertragen mußte, hatte sie nie kennengelernt. Ihre Fahrten zum Dorfladen wurden zum Höhepunkt ihres Tages. Und sie war sich bewußt, daß sie ihren wöchentlichen Busfahrten nach Hernscombe buchstäblich entgegenfieberte.

In Hernscombe traf sie eines Tages Jack. Sie kam gerade aus dem Postamt, und er war auf dem Weg hinein. Es gab also kein Ausweichen. Einen Moment lang hoffte sie, es wäre vielleicht alles wieder in Ordnung, er hätte sich an die Situation gewöhnt, und sie könnten wieder Freunde sein wie in der Kindheit.

Ein Blick in seine frostigen blauen Augen belehrte sie eines Besseren. Die Verachtung, die sie in ihnen erkannte, erschreckte sie, und Zorn erwachte in ihr. Wie ungerecht – und wie typisch – von Jack, ihr die Schuld an allem zu geben, was geschehen war.

Doch scheinbar unbekümmert sagte sie: »Hallo, Jack. Was führt dich denn hierher?«

»Ich mache ein paar Besorgungen für Carrie.«

»Ach ja, natürlich. Das Leben auf dem Hof – gefällt es dir?«

»Es ist ganz in Ordnung.«

Es ist ganz in Ordnung. Aber er hatte sich für Carrie Chancellor und Sixfields entschieden und nicht für sie. »Ganz in Ordnung?« wiederholte sie. »Ist das alles?«

»Na ja, um diese Jahreszeit ist es nicht so einfach. Und es scheint auch nicht besser zu werden«, fügte er mit einem Blick zum bleiernen Himmel hinzu. »Es wird Schnee geben.«

Sie konnte es nicht fassen, daß er mit ihr über das Wetter sprach. Eine gefährliche Lust zu provozieren, ihn aus der Reserve zu locken, überkam sie. »Was ist denn los? Hat Sixfields deine Erwartungen nicht erfüllt? Hat es sich nicht gelohnt?«

Sie sah, daß sie seine ganze Aufmerksamkeit hatte. Sein kalter blauer Blick war auf sie gerichtet, als er scheinbar gleichmütig sagte: »Ach, das will ich nicht sagen. Bei so einem Hof weiß man wenigstens, woran man ist. Häuser und Orte ändern sich nicht. Sie sind *beständig*.«

»Ich war beständig!« zischte sie wütend. »Ich habe *Jahre* auf dich gewartet.«

Ein paar Vorübergehende starrten sie neugierig an, deshalb hob sie ihre Tüten vom Boden auf und wollte, nachdem sie nun das letzte Wort gehabt hatte, zur Bushaltestelle gehen.

»Wirklich?« fragte er, und sie blieb stehen. »Der Augenschein spricht aber gegen dich, meinst du nicht auch, Julia?«

Sie kämpfte um ihre Selbstbeherrschung. »Sprichst du von Will?«

Er nickte. Dann sagte er: »Oder hat's auch noch andere gegeben?«

Im ersten Moment war sie sprachlos. Sie war sich der eisigen Kälte bewußt und der kleinen Schneeflocken, die aus dem eisengrauen Himmel herabzufallen begannen, und der neugierigen Leute, die sie beobachteten. »Du wolltest mich nicht heiraten«, sagte sie kalt. »*Ich* wollte, du hast abgelehnt. Versuch also jetzt nicht, mir die Schuld an deiner Entscheidung zu geben.« Sie wandte sich ab und schickte sich an, den Hügel hinaufzugehen.

Er lief ihr nach. »Ich habe dich gebeten zu *warten*«, sagte er. »Das war alles. Nur zu warten.«

Die schweren Einkaufstüten zerrten an ihren Armen, und die Schultern taten ihr weh. Sie sehnte sich danach, weit weg von ihm zu sein; sie sehnte sich nach der Abgeschiedenheit des Heidehauses und Wills anspruchsloser Zuneigung.

»Laß mich in Ruhe, Jack«, sagte sie. »Bitte, laß mich in Ruhe.«

»Das war doch kein unbilliges Verlangen, dich zu bitten, noch etwas zu warten.«

Mit einem Ruck drehte sie sich zu ihm um. »Dir war Sixfields wichtiger als ich«, sagte sie hart. »Geld und Gut waren dir wichtiger als ich.«

Sie sah seinem Gesicht an, daß sie ins Schwarze getroffen hatte. Er sagte leise: »Eine Zeitlang, ja, Gott verzeih mir. Ein paar Stunden lang. Nicht mehr.« Er blickte zu Boden. Als er wieder sprach, war kein Zorn mehr in seiner Stimme, sie klang tonlos und müde. »Nachdem du gegangen warst – nach unserem Streit –, habe ich einen langen Spaziergang gemacht. Dabei ist mir klargeworden, wie dumm ich gewesen war. Ich wollte sofort mit dir sprechen und bin nach Missencourt gelaufen.«

Sie starrte ihn schweigend an, sah Schmerz und Bitterkeit in seinen Augen.

»Ich bin nach Missencourt gekommen, weil ich zu dir wollte«, fuhr er fort, »weil ich dir sagen wollte, daß ich dich wählen würde, wenn ich mich zwischen dir und Sixfields entscheiden müßte.«

Ein eisiger Schrecken ergriff sie. »Ich glaube dir nicht, Jack«, flüsterte sie.

»Wie du willst. Aber es ist wahr. Ich bin nach Missencourt gekommen, weil ich dir sagen wollte, daß Sixfields mir gestohlen bleiben kann, wenn ich dafür dich hergeben muß. Aber du hattest schon Ablenkung gefunden, nicht wahr? Du hattest schon Wills Heiratsantrag angenommen.« Schneeflocken setzten sich in Jacks Haare und auf seine Schultern. »Wenn du nur ein paar Stunden gewartet hättest, Julia«, sagte er, während er sich schon abwandte. »Nur ein paar Stunden.«

Auf der Busfahrt nach Hause starrte sie zum Fenster hinaus ins Schneetreiben. Die Flocken taumelten durch die gelben Strahlen der Scheinwerfer und der Straßenlampen; sie ließen sich auf Bäumen und Hecken nieder und raubten ihnen die Farbe; sie tanzten in Wirbeln durch die Luft und sammelten sich in den braunen Furchen der Äcker. Mit der Zeit gewannen sie an Größe und Zahl, bis der Horizont nicht mehr zu erkennen war und Himmel, Felder und Hügel in einer Masse wirbelnder gelblichgrauer Punkte verschwammen und die vertraute Landschaft alles Vertraute verlor und fremd wurde in der grauen Eintönigkeit nördlicherer Breiten.

Wenn ich nur ein oder zwei Stunden gewartet hätte ... Julia drückte die Hand auf den Mund. Sie hatte Angst, daß sie sonst schreien würde.

Wenn ich gewartet hätte ...

Hinter Hernscombe lenkte Jack den Wagen an den Straßenrand und zündete sich eine Zigarette an. In den fünf Minuten, die er dort stand, deckte der Schnee die Windschutzscheibe von Carries altem Bentley zu, und er fühlte sich in einer grauschimmernden Höhle eingeschlossen.

Er wußte, daß er es jetzt nicht ertragen konnte, allein zu sein, und beschloß, zu Marcia zu fahren. Er hatte Marcia Vaughan vor zwei Monaten in einem Café in Bridport kennengelernt. Sie hatte ihn um Feuer gebeten; sie waren ins Gespräch gekommen. Er hatte sofort gemerkt, daß sie interessiert war, hatte gesehen, daß sie kein Unschuldslamm war und die Spielregeln kannte.

Eine Woche später waren sie das erste Mal miteinander ins Bett gegangen.

Marcia hatte drei Kinder, alle im Internat, und einen Ehemann, der während der Woche in der City arbeitete. Sie war gebildet, elegant und gelangweilt. Sie lebte in einem großen Haus außerhalb von Bridport, in beruhigender Entfernung von neugierigen Nachbarn. Dennoch parkte Jack immer in einer Seitenstraße, wenn er sie besuchte, und ging das kurze Stück zum Haus zu Fuß.

Sie mußte ihn von einem der oberen Fenster aus gesehen haben; er hörte ihre Schritte auf der Treppe, und die Tür flog auf, bevor er läuten konnte.

»Ich habe dich nicht erwartet, Liebling«, sagte sie. »Bei diesem gräßlichen Wetter –«

Er sagte gar nichts, nahm sie nur in die Arme und küßte sie, während seine Finger fiebrig nach Knöpfen, Reißverschlüssen, Haken und Ösen suchten.

Sie entzog sich ihm. »Du meine Güte!« sagte sie, leicht erhitzt. »So ungeduldig!«

Er wollte sie wieder an sich ziehen, aber sie schüttelte den Kopf. »Nicht hier, Jack. Zu würdelos, auf dem Flurteppich.«

Er brauchte mehr als zwei Stunden für die fünfundzwanzig Kilometer zurück zum Hof. Das Schneetreiben hatte sich zu einem regelrechten Blizzard ausgewachsen, und der pfeifende Wind fegte den Schnee quer über die Straße. Selbst der schwere Bentley geriet auf der glatten Fahrbahn wiederholt ins Schlingern, und mehrmals mußte Jack aussteigen, um die Straße von Schneeverwehungen freizuschaufeln.

Als er in Sixfields auf den Hof fuhr, sah er Carrie, die erfolglos versuchte, das schwere Scheunentor zu verriegeln.

»Wo bist du *gewesen*, Jack?« schrie sie durch das Tosen des Sturms.

»Hernscombe.« Er griff über sie hinweg und schob mühelos den Riegel zu.

Gemeinsam gingen sie ins Haus. Der Schnee auf ihrem Kapuzenmantel schmolz und tropfte wäßrig zu Boden, während sie durch die dunklen Korridore humpelte. Kleider und Haare unter dem Regenzeug waren klatschnaß.

»Du hättest hiersein müssen«, fuhr sie ihn gereizt an. »Mark Crabtree und ich mußten ganz allein das Vieh von der Weide reintreiben. Und der Wind hat die Plane von der Heumiete gerissen.«

»Ich geh gleich und bring es in Ordnung.«

Als er wieder nach draußen rannte, hörte er, wie sie hinter ihm herkreischte: »Hurerei, Jack, das ist eine Sünde vor dem

Herrn!«, und mußte die Zähne aufeinanderbeißen, um der alten Xanthippe nicht zu sagen, was er von ihr hielt.

Im Kampf gegen den Schneesturm konnte er seinem aufgestauten Zorn wenigstens teilweise Luft machen. Nachdem er die Plane wieder festgezurrt und noch einen Rundgang über den Hof gemacht hatte, um sich zu vergewissern, daß alles in Ordnung war, zog er sich ins Pförtnerhaus zurück. Es war nach zehn. Er war müde und hungrig. In der Küche schlug er ein paar Eier in die Pfanne, briet Schinkenspeck dazu und schenkte sich ein Glas Cider ein.

Carries letzte giftige Bemerkung dröhnte ihm in den Ohren. *Hurerei, Jack, das ist eine Sünde vor dem Herrn!* Carrie besann sich nur auf ihren Glauben, wenn es ihr in den Kram paßte. Sie ging nie zur Kirche und pflegte den Pfarrer, wenn dieser so kühn war, Sixfields einen Besuch abzustatten, mit ausgesuchter Grobheit zu behandeln. Jack selbst hatte den tröstlichen anglikanischen Glauben seiner Kindheit und Schulzeit irgendwo auf dem langen Marsch über die Schlachtfelder Italiens verloren. Er hätte gern geglaubt, aber er konnte nicht. Er hatte Dinge gesehen, über die er niemals sprechen würde und über die er nicht nachzudenken versuchte. In den Bildern seiner Erinnerung war von Gottes Hand nichts zu erkennen.

Und was Carries Kritik an seinem Liebesleben anging ... Wie kam sie dazu, sich einzubilden, sie besäße das Recht, über sein Privatleben zu urteilen? Er war nicht ihr Eigentum. Er war lediglich ihr Angestellter.

Julias Stimme jedoch war nicht zum Schweigen zu bringen. *Dir war Sixfields wichtiger als ich. Geld und Gut waren dir wichtiger als ich.* Jack stöhnte.

Vor fünf Monaten, einen Tag nachdem Julia ihre Verlobung mit Will bekanntgegeben hatte, war er nach Sixfields gezogen. Er lebte in dem Pförtnerhäuschen, das vor ihm die Hilfsarbeiterin bewohnt hatte, und arbeitete sieben Tage in der Woche von morgens bis abends auf dem Hof und den Feldern. Es war schwere Arbeit, aber er liebte sie. Vorbehalte hatte er nur Carrie gegenüber. Ihre ständigen Forderungen und ihre Starrköpfigkeit waren immer schwerer zu ertragen. Lob und Anerkennung gab es von ihr nicht, im Gegenteil, es schien ihr Vergnügen zu bereiten, ihm Fehler nachzuweisen. Auf seine Verbesserungsvorschläge – etwa, moderne Maschinen zu kaufen, zusätzliche Arbeitskräfte einzustellen oder Düngemittel einzusetzen, um die Erträge zu steigern – antwortete sie mit vernichtender Ablehnung. Sie war offenbar nicht fähig einzusehen, daß es sich für die Zukunft lohnen würde, wenn man jetzt Geld investierte. »Viel zu riskant, Jack«, pflegte sie zu sagen. »Glaubst du denn, ich schwimme im Geld?«

All seine Leidenschaft, die einst Julia gegolten hatte, richtete er jetzt auf Sixfields. Julias Verlobung mit Will hatte seine schlimmsten Befürchtungen bestätigt. *Flatterhaft*, hatte Carrie gesagt, und in der Tat, man konnte wohl nicht viel flatterhafter sein, als an ein und demselben Nachmittag dem einen Bruder einen Heiratsantrag zu machen und dem anderen die Ehe zu versprechen.

Doch dann und wann drängten sich durch die Ritzen seines Panzers aus Zorn und Ablehnung schmerzhaftere Gedanken: daß er seine Chance gehabt und sie weggeworfen hatte; daß seine Zurückweisung Julia in Wills Arme getrieben hatte; daß Carrie eine dunkle, habsüchtige Seite in ihm angesprochen hatte, als sie ihn mit Sixfields gelockt hatte.

Natürlich fand er Mittel und Wege, sich abzulenken. Er trank mehr als gewohnt. Und er suchte Zerstreuung bei Frauen. Zuerst war es die Bardame in Great Missen, dann eine hübsche Verkäuferin in Dorchester. Und schließlich Marcia. Ein-, zweimal hatte Marcia ihn in seinem Häuschen besucht; nur um ihren Ruf zu schützen, nicht seinen eigenen, hatte er sie über die Felder eingeschmuggelt. Es war ihm überhaupt nicht in den Sinn gekommen, daß Carrie sich für solche Dinge interessieren könnte. Für ihn war sie eine alte Jungfer, und er hatte automatisch angenommen, daß sie von Sex und Erotik keine Ahnung hatte.

Jack schaute zum Fenster hinaus. Soviel Schnee hatte er seit Jahren nicht gesehen. Mit Sehnsucht dachte er plötzlich an Ägypten, die Wärme, die Sonne, den blauen Himmel. Er haßte diese kalte, engherzige kleine Insel. Er haßte diese Leute, die sich über die Rationierung beklagten und dabei vergaßen, daß andere, die für sie im Krieg gekämpft und Gefangenschaft, Verletzung und Tod erduldet hatten, weit schlimmere Entbehrungen durchgemacht hatten. Er haßte die Schieber und Schwarzhändler, die aus der Gier und dem Überdruß der Menschen Kapital schlugen.

Das schlimme war nur, daß er selbst an nichts mehr glauben konnte. Er glaubte nicht an Gott, und er glaubte nicht ans Vaterland, und er glaubte auch nicht mehr an die Frau, die er zu lieben gemeint hatte. Kaum fähig, Wills Anblick zu ertragen, hatte er sich von seiner Familie entfernt. Die Verbindung zu seinen Kriegskameraden war eingeschlafen. Und mit den Freunden aus der Vorkriegszeit, so schien ihm, hatte er nichts mehr gemein. Er hatte die Liebe auf das rein Körperliche reduziert, und selbst er, dachte er sarkastisch, merkte, daß ihm damit etwas verlorengegangen war.

Der Schneesturm raste von den schneebedeckten Weiten Nordrußlands kommend über Skandinavien hinweg bis nach Großbritannien. Als nach drei Tagen der heulende Ostwind und der wilde Tanz der Flocken sich legten, erstand das Land, von den Scilly-Inseln im Südwesten bis zu den Orkneys hoch im Norden, weiß gebleicht vor den Augen seiner Bewohner. Fünf Tage später folgte ein neuer Schneesturm. Die Themse fror zu. Vor der Küste Norfolks trieben Eisschollen auf grauem, stürmischem Wasser. Das Land stürzte über Wochen in Dunkelheit, als die Sonne sich hinter die Wolken verzog und nicht mehr hervorkam.

Das tägliche Leben kam bibbernd zum Stillstand. Neue Schneefälle verschärften die infolge eines Transportstreiks und einer allgemeinen Kohlenknappheit bereits bestehende Brennstoffkrise. Straßen und Schienen waren nicht mehr befahrbar, und Kohlenfrachter lagen von Eis eingeschlossen in nördlichen Häfen. Fabriken und Büros wurden geschlossen. Verkehrslichter gingen aus, Aufzüge und Rolltreppen hielten an. Die Verdunkelungsvorschriften wurden wieder eingeführt; wer zwischen neun und zwölf Uhr vormittags und zwei und vier Uhr nachmittags einen elektrischen Kochherd oder Heizofen benutzte, machte sich strafbar.

Im Heidehaus, das von einem knapp einen Kilometer entfernten Gutsbetrieb mit Elektrizität versorgt wurde, fiel der Strom am Abend des ersten Schneesturms aus. Julia suchte Kerzen und Petroleumlampen zusammen. Der Küchenherd funktionierte zum Glück mit festem Brennstoff. Will bastelte aus einer Blechwanne und hölzernen Kufen einen Schlitten, und Julia kämpfte sich zum Dorfladen durch, um Konserven und Trockenlebensmittel einzukaufen. Anfangs war es beinahe ein Spaß, fast als hätte man unerwartet schulfrei. Sie hausten in der Küche, dem einzigen warmen Raum im Haus. Abends kleideten sie sich gar nicht erst aus, sondern krochen in Kleidern und Mänteln unter Decken und Federbetten. Sie tranken Kakao und aßen Ofenkartoffeln und Erbsen aus der Dose und spielten unzählige Partien Rommé. Wir sind Ausgesetzte, dachte Julia, und hatte aus mancherlei Gründen gar nichts gegen diesen Zustand einzuwenden.

Als keine Kohle mehr da war (es gab weder in Hernscombe noch in Bridport Kohle; es schien im ganzen Südwesten keine zu geben), verfeuerten sie das Brennholz aus dem Schuppen. Innerhalb von zwei Tagen war es bis zum letzten Scheit aufgebraucht. Will zersägte Kisten und fütterte damit den gefräßigen Ofen. Als auch die Kisten ausgingen, verließ Will sein Optimismus. Zaghaft schlug er Julia vor, sie solle nach Missencourt oder ins Schulhaus übersiedeln. Sie lehnte ab.

Am folgenden Morgen erwachte sie mit Kopf- und Halsschmerzen. Will machte sich, dick eingepackt in Dufflecoat, Wollschal, Mütze und Handschuhe, auf den Weg zur Werkstatt. Da lägen noch einige Scheite Holz herum, erklärte er, und vielleicht würde es ihm gelingen, genug Paraffin für die Lampen aufzutreiben.

Durch die dicke Wolkendecke und das schneeverhangene Geäst der Bäume drang kaum Licht ins Haus, so daß es in den Zimmern noch mitten am Vormittag stockdunkel war. Automatisch schaltete Julia das Radio ein, aber es blieb natürlich stumm.

Als sie zu lesen versuchte, wurden ihre Kopfschmerzen schlimmer. Außerdem reichte das Licht nicht aus. Und allein Karten zu spielen machte keinen Spaß. Sie überlegte sich, daß sie ein wenig Ordnung machen könnte – überall im Zimmer lagen Kissen und Decken herum, stand schmutziges Geschirr –, aber sie war zu müde. Als sie einen Blick in den Herd warf, entdeckte sie, daß nur noch ein Häufchen müde glühender Asche vom Feuer des Vorabends übrig war. Und in der Kohlenkiste war nicht einmal mehr ein schwarzes Stäubchen.

Sie ging in den Schuppen. Dort waren nur Cousine Carries Kleiderschrank, ein paar Baumrindenreste und die starren Leiber erfrorener Spinnen. Ich könnte hier oben sterben, dachte sie, und keiner würde es merken. Will würde noch lange nicht heimkommen, und in diesem fürchterlichen kleinen Haus würde es immer kälter werden, und sie würde immer schläfriger werden, und dann würde sie erfrieren wie die Spinnen.

Vielleicht hatte Will recht gehabt, und sie hätte nach Missencourt flüchten sollen. Sie hatte nicht gewollt, natürlich nur wegen Suzanne, aber Suzanne war nun einmal ihre Schwägerin, das war nicht zu ändern. Sie vermißte Marius; sie vermißte sogar – die aufsteigenden Tränen überraschten sie – ihre Mutter.

Die letzten Holzreste im Herd waren nur noch rötlich schimmernde graue Asche. »Geh ja nicht aus«, flüsterte sie. »Du darfst jetzt nicht ausgehen.« Als sie die Rindenstücke in die schwache Glut warf, loderte das Feuer kurz auf und fiel wieder in sich zusammen.

Zurück im Schuppen, musterte Julia erst den Kleiderschrank, dann die Axt, die an einem Nagel hinter der Tür hing. Kurz entschlossen packte sie die Axt mit beiden Händen und hieb sie in die Schranktür.

Ein befriedigendes Krachen war zu vernehmen, als die scharfe Schneide ins Holz fuhr. Noch zwei weitere Schläge, und die Tür war entzwei. Holzsplitter flogen in die Luft und dann auf den Boden. Julia schlug noch einmal zu. Und noch einmal. Der harte Klang von Metall auf Holz hallte im stillen Wäldchen wider.

Irgendwann hielt sie erschöpft inne, hustend und schwindlig von der Anstrengung. Jeder Muskel ihres Körpers schmerzte, und ihre Hände waren rot geschwollen und voller Blasen. Sie mußte ein paar Minuten verschnaufen, ehe sie fähig war, die Holzstücke einzusammeln und sie in die Küche zu tragen. Ihr ganzer Körper schien noch immer unter der Wucht der Axtschläge zu vibrieren. Sie kniete vor dem Herd nieder und speiste ihn mit Eichensplittern, als wollte sie einen zürnenden Gott versöhnen. Als das Feuer richtig brannte, kuschelte sie sich heiß und zitternd in einen Sessel.

Will kam nach Hause. Er zog den Schlitten hinter sich her. Nachdem er kleingeschlagen hatte, was von dem Kleiderschrank noch übrig war, und die Ernte, einen großen Haufen dunkler Holzsplitter, auf dem Küchenboden abgelegt hatte, machten sie es sich auf dem Sofa gemütlich. Als Julia einschlief, träumte sie von einem dichten Wald, in dessen Tiefen ein silbernes, glitzerndes Haus stand. Die Fenster des Hauses waren weiß und undurchsichtig. Zitternd vor Kälte und Furcht erwachte sie, und das Klagen des Windes klang wie Wolfsgeheul.

Am Morgen hatte sie immer noch Kopfweh und Gliederschmerzen und stellte lethargisch und ohne Verwunderung fest, daß sie krank war. Will lag neben ihr und schlief. Vorsichtig, um ihn nicht zu wecken, stand sie auf und hüllte sich in eine Decke. Irgendwann im Lauf der Nacht war das Feuer ausgegangen.

Julia zog die Haustür auf und trat ins Freie hinaus. Der Himmel war weiterhin grau und bewölkt, und sie konnte den Fußweg durch den Wald kaum erkennen. Am Rand des Felds blieb sie stehen und blickte abwärts, und da gewahrte sie die ferne Gestalt, die langsam und zielstrebig den Hang zum Haus heraufstieg. Sie begann zu laufen. »Marius!« rief sie laut. »Marius!« Stolpernd und rutschend auf dem eisglatten Weg lief Julia den Hügel hinunter ihm entgegen.

Sie hatte eine ziemlich schwere Grippe. In Missencourt lag sie eine Woche lang in ihrem alten Zimmer im Bett. Im offenen Kamin brannte ein Feuer, und ihre Mutter brachte ihr in regelmäßigen Abständen entweder Bouillon oder Tee.

Anfangs litt sie unter so heftigen Halsschmerzen, daß sie nicht sprechen konnte, und wälzte sich auf ständiger Suche nach einer bequemen Lage für ihre schmerzenden Glieder zwischen Wachen und Schlafen hin und her. Dann allmählich ging es ihr etwas besser, aber sie war immer noch zu müde, um irgend etwas zu tun. Viel Zeit verbrachte sie daher mit Nachdenken. Ihre Gedanken waren weder beruhigend noch schmeichelhaft.

Eines Nachmittags klopfte es bei ihr. Ihre Mutter erwartend blickte sie auf.

Doch es war Suzanne, die zur Tür hereinschaute.

Julia setzte sich auf. »Wo ist Mutter?«

»Sie ist auf dem Diwan unten eingeschlafen. Sie war sehr müde. Ich wollte dich fragen, ob du etwas brauchst – eine Tasse Tee möchtest oder irgendwas –«

Es gab sie noch, die eifersüchtige und gehässige Seite von Julia, die gern gesagt hätte: Das heißt *Sofa* und nicht *Diwan*. Aber sie drängte sie weg und antwortete mit einem Kopfschütteln: »Ich habe die ganze Woche eimerweise Tee getrunken. Wahrscheinlich habe ich die Marken für die ganze Familie verbraucht.«

»Kakao?«

»Nein, danke. Nichts.«

»Na gut.« Suzanne wollte die Tür wieder zumachen.

»Es ist nur –«, sagte Julia.

»Was denn?«

»Es ist nur ziemlich langweilig hier so allein den ganzen Tag.«

»Soll ich bleiben? Wir können ja ein bißchen miteinander reden.« Suzanne schien sehr unsicher.

Julia zwang sich zu sagen: »Ach ja, das wäre nett.«

Suzanne setzte sich in den Lloyd-Loom-Sessel am Fenster. Sie trug eine dunkle lange Hose und hatte mehrere Pullover übereinander gezogen. Die kleine gehässige Stimme flüsterte: *Sie ist überhaupt nicht hübsch, sie ist richtig gewöhnlich.* Ihre freundlichere Seite, jener Teil von ihr, der sich gerade bemühte, räumte ein, daß sie selbst in diesem Moment vermutlich auch nicht gerade betörend aussah.

Sie schwiegen beide. Dann sagte Julia mit krächzender Stimme: »Was ist eigentlich mit Will? Ich habe ihn ewig nicht gesehen.«

»Er war zwei Tage hier, dann ist er wieder in die Werkstatt zurück. Die haben hier versucht, die Straßen zu räumen, und Will hat mitgeholfen und ihnen den Abschlepper und Schneeketten geliehen.«

Julia erinnerte sich an das kleine Mädchen. »Wo ist deine Tochter?«

»Tara ist mit Marius draußen. Sie wollen einen Schneemann bauen.«

»Wieso ist Marius nicht in der Firma? Oder ist heute Sonntag?«

»Nein, es ist Dienstag.« Suzanne zog die Vorhänge auf und ließ das kalte, klare Licht ins Zimmer. Auf den Scheiben waren Eisblumen. »Die Firma ist schon seit vierzehn Tagen geschlossen. Wegen der Stromknappheit.«

»Oh!« sagte Julia. Die Firma ist *geschlossen*, dachte sie. Sie war nur einen Tag geschlossen worden, als ihr Vater gestorben war. Und nur einen halben Tag, als auf dem benachbarten Feld eine Heinkel mit feuernden Geschützen abgestürzt war und die ganze Umgebung mit Granatsplittern überzogen hatte.

»Das ist ja eine Katastrophe. Marius macht sich bestimmt große Sorgen.«

Suzanne schob ihre Hände in die Ärmel ihres Pullover. »Er ist die meiste Zeit draußen und hackt Feuerholz. Das beruhigt ihn anscheinend.«

»Alle außer mir tun etwas *Nützliches*.« Julia war niedergeschlagen.

»Wenn's um die Heldentaten geht, sind die Männer immer groß dabei, stimmt's?« sagte Suzanne recht zynisch. »Bäume fällen, Straßen frei machen. Die kleinen Alltäglichkeiten, wie Abspülen oder Einkaufen, die sind ihnen viel zu popelig, um sich damit zu befassen.«

Julia lachte. Dann fiel ihr der Abend ein, an dem sie und Will Weihnachtskuchen gegessen hatten, weil sonst nichts zu essen im Haus gewesen war. »Ich bin auch keine Größe im Alltag«, sagte sie. »Ich habe mir eingebildet, ich würde die perfekte Hausfrau werden, aber es hat hinten und vorn nicht geklappt.«

Suzanne zog die Brauen hoch. »Warum wolltest du denn die perfekte Hausfrau sein?«

»Na ja, wenn schon, denn schon. Ich meine, es hat doch keinen Sinn, sich mit halben Sachen zufriedenzugeben.«

Sie schaute zum Fenster hinaus und sah, daß es wieder zu schneien angefangen hatte. Suzanne sagte leise: »Manchmal muß man sich mit dem zufriedengeben, was einem gegeben wird.«

»Wie dem auch sei, es hat nicht geklappt. Überhaupt nicht. Und Spaß gemacht hat es auch nicht.« Julia zwinkerte ein paarmal und schneuzte sich.

Suzanne sah sie an. »Marius hat mir erzählt, daß du im Krieg ganz allein die Firma geschmissen hast. Das war bestimmt nicht einfach.«

»Es fehlt mir«, bekannte Julia. »Die Firma fehlt mir. Ich habe das nicht erwartet, aber es ist so. Wie ist es bei dir? Fehlt dir das Militär?«

»Manchmal, ja.«

»Warst du gern dabei?«

»Sehr gern.«

»Mich hättest du dahin prügeln müssen.«

»Es kommt wahrscheinlich immer darauf an, was man vorher gekannt hat«, meinte Suzanne sachlich. »Ich habe zu Hause gewohnt, in einem Zimmer mit meinen Schwestern, und tagsüber habe ich in einem Lebensmittelgeschäft gearbeitet. Ich bin mit vierzehn von der Schule abgegangen – ich wollte unbedingt weitermachen, aber meine Eltern haben es nicht erlaubt. Ich konnte es nicht erwarten, von zu Hause wegzukommen. Ich war glücklich beim Militär. Lastwagen zu fahren war weit interessanter als Kartoffeln abzuwiegen, das kannst du mir glauben. Und ich war gut – ich bin schnell befördert worden.«

»Ich wäre in so einem Job unmöglich gewesen«, erklärte Julia. »Ich hasse es, wenn mir jemand Vorschriften machen will. Da tue ich dann garantiert genau das Gegenteil.«

»Am ersten Tag im Lager«, erzählte Suzanne, »habe ich meiner Vorgesetzten eine freche Antwort gegeben, weil sie mir sagen wollte, wie ich meine Strümpfe zusammenlegen soll. Ich fand, daß es diese wichtigtuerische Ziege überhaupt nichts angeht, wie ich meine Strümpfe zusammenlege. Dafür habe ich dann vier Stunden Kartoffeln geschält. Das war noch viel schlimmer, als die blöden Dinger verkaufen zu müssen.«

Wenn Suzanne lächelte, schienen ihre Gesichtszüge wie von innen erleuchtet. Vielleicht doch nicht ganz gewöhnlich, räumte Julia widerwillig ein.

Suzanne stand auf. »Ich geh jetzt mal runter und erlöse Marius.« An der Tür hielt sie inne und sagte vorsichtig: »Es wird besser, Julia, glaub mir. Wenn die Kinder kommen. Für sie lohnt sich jede Mühe. Für sie würde man alles tun.«

Als Suzanne gegangen war, stand Julia auf und trat, in die Steppdecke gehüllt, ans Fenster. Unten sah sie Marius durch den Schnee auf dem Rasen laufen. Er trug die lachende Tara auf seinen Schultern.

Julia graute bei dem Gedanken an die Rückkehr ins Höllenhaus, aber sie wußte, daß sie keine Wahl hatte. Mit grimmiger Entschlossenheit schwor sie sich, aus dieser tristen Kate etwas zu machen, was wenigstens eine gewisse Ähnlichkeit mit einem gemütlichen Heim besaß. Und auch in ihrer Ehe würde sie einiges ändern. Sie wußte, daß sie sich nicht genug bemüht hatte und sie und Will irgendwo in einem Niemandsland zwischen Freundschaft und Liebe festsaßen, wo sie sich beide nicht wohl fühlten.

Unten gesellte sich Suzanne zu Marius und ihrer kleinen Tochter. Tara glitt von Marius' Armen und lief ihrer Mutter entgegen, und dann gingen sie alle drei ins Haus. Julia hatte den Eindruck, daß zwischen Marius und Suzanne eine Distanz bestand, daß Suzannes Küsse und Zärtlichkeiten allesamt ihrer Tochter vorbehalten waren. Vorübergehend von ihren eigenen Problemen abgelenkt, wurde sie von einem Schauder diffuser Angst um ihren Bruder ergriffen.

Auf dem Hof in Sixfields gefror das Wasser im Brunnen, und auf den Feldern mußten sie mit Spitzhacken arbeiten, um

Pastinaken und Steckrüben aus dem eisernen Griff der Erde zu befreien. Während einer Verschnaufpause zwischen den Schneestürmen half Jack, die Straßen von Schnee zu räumen, um sie für Lastwagen mit Nahrungs- und Treibstofflieferungen freizuhalten.

Carrie war seine Geißel, der Teufel, der ihm Tag und Nacht im Nacken saß. Wenn er die Illusion gehabt hatte, sie besäße wenigstens einen Funken des Geists von Dünkirchen und könnte in Zeiten der Not über sich selbst hinauswachsen, so wurde diese schnell zerstört. Ganz gleich, wie hart er arbeitete, sie fand immer etwas auszusetzen; wenn er nach einem Zwölfstundentag naß bis auf die Haut und völlig durchgefroren zurückkam, brachte sie es fertig, ihn mit boshaft funkelnden Blick zu mustern und zu sagen: »Schon fertig, Jack? Ich hasse Müßiggänger.«

Es bereitete ihr ein diebisches Vergnügen, ihn zu provozieren. Meistens gelang es ihm, ihre Sticheleien zu ignorieren, da er wußte, daß Widerworte nur ihre Rachsucht genährt hätten. Aber eines Abends riß ihm der Geduldsfaden.

Er hatte den ganzen Tag die froststarren Leiber toter Lämmchen aus den Schneewehen ausgegraben. Er hatte sie verbrannt, weil er wußte, daß sie Fliegen und Ratten anlocken würden, sobald es zu tauen begann. Der Qualm stieg schwarz und stinkend in die eisige Luft. Dann brach am Traktor die Achse, und Jack mußte in der Scheune unter das Fahrzeug kriechen und auf dem Rücken liegend Schrauben und Muttern lockern, die so eiskalt waren, daß seine Finger am Metall festfroren. Es wäre eine Arbeit für zwei Mann gewesen, und er dachte unwillkürlich an Will, wünschte, sein Bruder wäre hier, um ihm zu helfen.

Natürlich fiel ihm sofort wieder ein, daß er Will seit beinahe sechs Monaten nicht mehr gesehen hatte, und das mit gutem Grund. Während er sich frierend und hundemüde mit dem Traktor herumplagte, bedrängten ihn häßliche Bilder. Er fragte sich, wie lange Will und Julia gewartet hatten. Waren sie einander in die Arme gefallen, sobald er das Schulhaus verlassen hatte? Oder schon, als sein Schiff nach Nordafrika auslief?

Oder hatte Will Julias Schmerz um ihren Vater für sich ausgenützt und dafür gesorgt, daß aus dem tröstlichen Beisammensein von Freunden etwas Lohnenderes geworden war?

Hinter sich hörte er ein Geräusch. Carrie war in die Scheune gekommen. Gereizt fragte sie: »Hast du ihn repariert?« Er hielt die gebrochene Welle hoch. »Ich bringe sie gleich morgen zum Schmied.«

»Heute abend, Jack.« Sie wandte sich zum Gehen.

Er war seit vier Uhr morgens auf den Beinen. »Nein«, entgegnete er kurz.

Das rhythmische Klopfen ihres Stocks auf den Boden hörte auf. »Ohne Traktor sind wir aufgeschmissen.«

»Ich bin müde«, sagte er. »Das hat Zeit bis morgen.«

»Müde? Ach, du Armer!« spöttelte sie bissig. »Soll ich dich zu Bett bringen und dir eine heiße Schokolade machen?«

»Blöde Kuh«, murrte er.

Er hatte leise sprechen wollen, aber im weiten Raum der Scheune hallten die zwei Worte wider. Carries Gesicht wurde hart. Sie trat vor ihn hin.

»Der Hof gehört dir noch nicht, Jack«, sagte sie.

Du kannst deinen verdammten Hof behalten … Die zornige Erwiderung lag ihm auf der Zunge und verging. Er sah den Ausdruck ihrer Augen – ihre unverhohlene Freude an ihrer Macht über ihn –, und ihn schauderte.

»Tut mir leid«, murmelte er, und als sie davonhinkte, mußte er die Hand an den Traktor legen, um sich zu stützen.

Nach ein paar Minuten wickelte er das beschädigte Metallteil in ein Tuch und machte sich auf den Weg zur Schmiede. Der Wagen schlingerte auf dem festgefrorenen Schnee. Er schmeckte den Selbstekel beinahe auf seiner Zunge, und aus der Ferne hörte er Julias Stimme: *Ich hoffe, du wirst todunglücklich. Ich hoffe, du wirst einsam und unglücklich und verrückt wie deine Cousine Carrie.*

Wenige Tage später fuhr er auf eisglatten Straßen nach Bridport zu Marcia. In ihrem Schlafzimmer riß er ihr beinahe die Kleider vom Leib und nahm sie ohne lange Umschweife. Als es vorüber war und er sich mit geschlossenen Augen zurücksinken ließ, sagte sie: »Nach diesem Befreiungsschlag bist du vielleicht so freundlich, dich daran zu erinnern, daß ich auch noch da bin.«

Er brachte sie sicher und routiniert zum Höhepunkt. Als er ihnen danach eine Zigarette angezündet hatte, sah sie ihn an und sagte: »Schlechter Tag, Jack?«

Er zuckte mit den Schultern. In der vergangenen Nacht hatte er von Julia geträumt. Der Traum verweilte noch, eine Mischung aus Zorn und Sehnen. Er erinnerte sich, daß sie ihr hellbraunes Haar um ihr Gesicht gewunden und mit ihren langen, bleichen Fingern zurückgestrichen hatte.

Nach einiger Zeit bemerkte er, daß Marcia dabei war, sich anzukleiden. Er sah ihr zu, um sich abzulenken, nahm die üppige Schwellung ihres Busens wahr, die Krümmung ihres gerundeten Bauchs und die kleinen gekräuselten Schwangerschaftsstreifen.

»Wann seh ich dich wieder?« fragte er, und sie sah ihn an.

»Ich fürchte gar nicht, Liebling.«

Er drückte seine Zigarette im Aschenbecher aus. »Kommt Ronald nach Hause?« Ronald war Marcias Ehemann.

Sie schüttelte den Kopf.

Jack setzte sich im Bett auf. »Warum soll ich dich dann nicht sehen?«

Sie ließ ihn warten, während sie den Strumpf am Straps befestigte. »Weil du kein Herz hast, Jack. Weil du da, wo andere ein Herz haben –«, ihre blauen Augen musterten ihn eindringlich, »– einen Eisklumpen hast.«

»Ich dachte, wir hätten Spaß miteinander.«

»Dachtest du?« Ihre Augenbrauen stiegen in die Höhe. »Da kann ich nur sagen, du mußt eine merkwürdige Vorstellung von Spaß haben.«

Er versuchte die Situation zu retten, indem er aus dem Bett sprang und zu ihr ging. Doch sie entzog sich ihm.

»Der springende Punkt ist«, sagte sie, »daß die Frau, die eben bei dir im Bett lag, nicht ich war. Ich weiß nicht, *wer* sie war, und ich will es auch gar nicht wissen, Jack, aber *ich* war's nicht.«

Auf der Rückfahrt nach Sixfields begann es zu regnen, und auf der gefrorenen Erde überzog der Regen alles, was er berührte, mit einer dicken Eisschicht. Eis umschloß die Telegraphendrähte und verlieh ihnen unerwartetes Gewicht, dem die Masten nicht standhalten konnten. Eis breitete sich in großen, gemeißelten Flächen über Hecken und Häuser aus und nahm sie prachtvoll funkelnd in trügerische Umarmung. Eis umringte die Äste der Bäume und riß sie aus den Stämmen, so daß sie mit einem Geräusch wie von splitterndem Glas zu Boden krachten.

Sixfields schien Teil einer aus Schnee gehauenen Landschaft geworden zu sein. Die steinernen Mauern waren aus Quadern gefrorenen Schnees errichtet, die Verzierungen der Türen und Rahmen waren aus Eis gebildet, das Glas in den Fenstern bestand aus feinen Scheiben durchsichtigen Eises, das von den Oberflächen der Teiche und Seen gestohlen war. Nichts rührte sich. Kein Vogel flog an diesem bleiernen Himmel, und hinter diesen kalten Fenstern war alles starr und reglos. Die Luft war ohne Atem; und auch die Zeit stand still und kettete sich an die in Eis erstarrte Gegenwart. Der Eispanzer, der das Haus umschloß, hielt seine Bewohner in Bann. Er hielt sie gefangen.

Ein Eispalast, dachte Jack. Ich habe ein Leben in einem Eispalast gewählt.

6

NACH WEIHNACHTEN ARBEITETE Topaz bei einer Transportfirma in Kilburn in der Registratur; als die Lastwagenfahrer streikten und das Schneechaos das Land lahmlegte, machte die Firma zu. Und sie blieb auch geschlossen, als im April endlich der Frühling den Winter vertrieb.

Sie fand eine Stellung als Stenotypistin in einer Anwaltskanzlei in Marylebone. In einem Raum, dessen Fenster so weit oben waren, daß durch sie nur ein kleines Stück Himmel und einige Kamine zu sehen waren, saßen zwanzig Frauen und tippten. Sie wurden von der Bürovorsteherin Miss Brakespear überwacht. Um den Anschein zu erwecken, sie könne mit den anderen Frauen mithalten, entwickelte Topaz ihre eigene Arbeitsmethode: Sie hämmerte mit ungeheurer Geschwindigkeit auf alle Tasten, die ihr gerade unter die Finger kamen, und warf den Unsinn, den sie auf diese Weise produzierte, in den Papierkorb, wenn Miss Brakespear nicht hinschaute. Doch Miss Brakespear, deren Argusaugen selten etwas entging, entdeckte bald, daß Topaz vom Maschineschreiben keine Ahnung hatte, schon gar nicht vom Blindschreiben, und das Unausweichliche geschah – Topaz landete wieder auf der Straße.

Sie saß mit Francesca im Café und erzählte ihr bei Tee und einem glasierten Spritzkuchen von ihrem schmählichen Hinauswurf aus der Anwaltskanzlei, als die Tür aufflog und eine Gruppe junger Leute hereinkam.

»Schau«, flüsterte Francesca. »Sie sind da.«

Sie waren Stammgäste in dem kleinen Cafés am Leicester Square, jung, laut und ausgelassen, und sie strahlten eine Art sorglosen Charme aus, um den Topaz und Francesca sie von

Herzen beneideten. Sie saßen stets an dem Tisch in der hinteren Ecke, und irgendwie schafften sie es, das schäbige kleine Café in einem ganz anderen Licht erscheinen zu lassen. Es war, als hellten sich bei ihrem Eintritt die schmutzigen Wände auf und als könnten die verdrießlich dreinblickenden Gäste nicht anders als lächeln.

Sie waren zu sechst, vier Männer und zwei Frauen. Eine der Frauen hatte ihren dicken blonden Zopf auf dem Kopf geknotet; die andere trug ihr schwarzes Haar in einer Pagenfrisur à la Louise Brooks. Immer hatten sie kurzärmlige Strickpullis in dunklen Farben an und lange Glockenröcke, die in der Taille sehr eng saßen. Ihre Gesichter waren blaß bis auf die blutrot gemalten Lippen.

Topaz und Francesca gewöhnten es sich an, ihre Zigarette so zu halten, wie die Blonde sie hielt, und rauchten mit zurückgeworfenen Köpfen und zusammengekniffenen Augen in kurzen, abrupten Zügen. Sie trennten marineblaue Schulsweater auf und strickten aus der Wolle kurzärmlige Pullis. Topaz nahm heimlich Puder und Lippenstift vom Toilettentisch ihrer Mutter, und Francesca ließ sich ihr glattes, hellbraunes Haar zum Pagenkopf schneiden.

In der winzigen Damentoilette des Cafés musterten sie im Spiegel ihre bleichen Gesichter mit den blutroten Mündern. »Unheimlich dekadent«, sagte Topaz, und sie lehnten sich ans Waschbecken, weil sie sich vor Lachen kaum auf den Beinen halten konnten.

Der Sommer 1947 war heiß und schwül, wie um für den bitteren Winter zu entschädigen. Die Hitze lag flirrend auf dem Gras, und die Luft war schwer und still. Topaz ließ sich treiben, und es gab nichts, was sie wirklich berührte. Eine Wand, unsichtbar und flirrend wie der Hitzeschleier, schien sie von all den kleinen Enklaven und Cliquen zu trennen, aus denen London bestand. Die Geheimnisse, die sie sich zuflüsterten, teilte sie nicht. Sie fragte sich, ob sie immer Zaungast bleiben oder ob sie eines Tages mittendrin sein würde, mitten im Leben. Irgend etwas brodelte in ihr, eine Ungeduld und eine Gier zu leben, die Auslaß suchten.

Sie begann bei einer Agentur für Hauspersonal im West End zu arbeiten. Am Ende ihrer ersten Woche traf sie sich mit Francesca im Café. *Sie* waren schon da, saßen an dem Ecktisch, an dem sie immer saßen, die vier jungen Männer und die zwei jungen Frauen, die eine mit dem blonden Zopf, die andere mit dem Pagenschnitt.

Topaz belud am Tresen ihr Tablett. Um es zu ihrem Tisch zu tragen, mußte sie an der bewunderten Gruppe vorüber. Sie kam sich groß und trampelig vor, und sie spürte, daß sie rot wurde. Sie zog ihren Bauch ein und versuchte, sich so zu bewegen, wie sie es in der Schule im Haltungsunterricht gelernt hatte. *Brust raus, Bauch rein, Topaz Brooke!*

Sie stolperte, das Tablett schwankte, der Tee schwappte über, und ein Schwall traf direkt den Rock des dunkelhaarigen Mädchens.

»Ach, Mensch –«

»Entschuldigung! Es tut mir wahnsinnig leid.« Topaz wäre am liebsten im Boden versunken.

»Mein *Rock* –«

»Ich habe ein Taschentuch –«

»Er ist *ruiniert* –«

Der bärtige junge Mann, der am anderen Ende des Tisches saß, sagte: »Mach doch nicht so einen Wirbel, Claudette.«

»Ich muß nach Hause und mich umziehen.«

»Ach, komm, Claudie.« Claudettes Nachbar tupfte den Rocksaum mit einem Taschentuch ab. »Na also. Alles wieder gut.«

Claudette schmollte. »Schau da, Charlie. Da ist noch ein Tropfen.«

Wieder wurde das Taschentuch gezückt. Charlie hatte einen wilden dunkellockigen Haarschopf und Augen, in denen mühsam unterdrücktes Gelächter blitzte. Topaz hätte gern gewußt, ob er über sie lachte. Aber da schaute er zu ihr hinauf und sagte: »Alles in Ordnung. Mach dir keine Sorgen. Es ist nichts passiert.«

Irgendwie schaffte sie es, den Rest des Weges bis zu ihrem Tisch zurückzulegen. Ihre Hände zitterten, als sie das Tablett abstellte. Sobald sie sich gesetzt hatte, schlug sie die Hände vor ihr Gesicht und murmelte: »Wie kann man nur so ein Trampel sein –« Francesca drückte tröstend ihren Arm.

Claudette, Charlie und die anderen standen wenig später auf, um zu gehen. Am Tisch von Topaz und Francesca blieb Charlie stehen.

»Kannst du mir mal sagen, warum du das tust?«

»Was denn?« Topaz sah ihn verständnislos an.

»Die Glasur zu einem kleinen Kügelchen zusammenkneten.«

»Ach so! Weil man dann alles Leckere auf einmal essen kann und nicht häppchenweise.«

»Ach, und das magst du? Alles Leckere auf einmal?«

»Ja, dann schmeckt man es doch erst richtig.«

»Wahrscheinlich hast du recht.«

Danach ging er. Als die Tür hinter ihm zugefallen war, sagte Francesca aufgeregt: »Er hat uns beobachtet. Er hat uns bemerkt.«

»Er hat uns tatsächlich bemerkt.« Topaz sah Francesca mit großen Augen an. »Oh, *Fran*!«

Am Montag kam Charlie allein ins Café. Wieder blieb er bei Topaz und Francesca stehen.

»Habt ihr vielleicht Feuer?«

Francesca zog einen Stuhl heraus. »Setz dich doch zu uns, solange deine Freunde nicht hier sind.«

Topaz hielt den Atem an.

»Danke«, sagte Charlie und setzte sich.

»Möchtest du was?« Topaz schob ihm ihren Teller mit dem Spritzkuchen hin.

»Magst du ihn nicht?«

Sie schüttelte den Kopf. »Ich bin nicht hungrig.«

Gelogen; sie hatte einen wahren Bärenhunger und war froh, als er sagte: »Teilen wir doch einfach.« Er schnitt das Gebäck in der Mitte durch. Dann bot er ihr die Hand. »Ich bin übrigens Charlie Finch.«

»Topaz Brooke.«

»Francesca Lovatt.«

Topaz begann, die Glasur von ihrem halben Spritzkuchen zu schälen. Sie lächelte. »Du hast uns beobachtet.«

»Menschen interessieren mich«, erklärte Charlie. »Ich überlege mir, wie sie wohl sind ... wo sie leben ... was sie tun. Und ich leihe mir dies oder das von ihnen aus.«

»Du *leihst* dir was von ihnen aus?«

Er lachte. »Keine Sorge, ich bestehle niemanden. Ich leihe mir Stimmen aus oder gewisse Bewegungen. Ich bin Schauspieler, wißt ihr. Zur Zeit mach ich allerdings nur Büroarbeit. Niedrigster Art.«

»Macht es dir Spaß?«

»Es ist grauenhaft. Absolut grauenhaft. Und was machst du so?«

»Ich sitze bei einer sehr exklusiven Agentur für Hauspersonal am Empfang«, antwortete Topaz. »Ich schreibe die Termine in ein Buch, führe die Kunden herein und bediene das Telefon.«

»Das kann ich mir gut vorstellen. Du hast für so was genau die richtige Sprechweise.«

»Wie meinst du das?«

»Na ja, so ein bißchen elitäre Oberklasse.« Er wandte sich Francesca zu. »Und du? Was machst du?«

»Ich arbeite bei einer Theateragentur.«

»Oho!« sagte er, und Topaz bemerkte, wie seine Augen aufleuchteten. »Bei welcher denn?«

Francesca sagte es ihm.

»Ich muß morgen vormittag vorsprechen«, berichtete Charlie. »Drückt mir die Daumen.«

»Für was für ein Stück?«

»Ach, eine ziemlich dürftige Komödie. Aber es wäre ein Anfang. Wenn mich da jemand sähe, könnte das weiterführen.« Er lachte und sah wieder Topaz an. Seine Augen waren braun, sehr dunkel, beinahe schwarz. »Vielleicht leihe ich mir zum Vorsprechen deine Stimme, Topaz«, sagte er. »Hättest du was dagegen?«

Francesca, dachte sie, hat sich Claudettes Haarschnitt ausgeliehen, und beide versuchen wir zu rauchen wie das Mädchen mit dem Zopf.

»Überhaupt nicht«, antwortete sie. »Ich würde es als Kompliment auffassen.«

Charlie machte sie mit den anderen bekannt. Das Mädchen mit dem Zopf war Helena, der bärtige junge Mann hieß Donald, der kleine Dunkle Mischa, und der Mann mit dem langen vollen Gesicht und den braunen Locken Jerry. Donald und Jerry kannten sich vom Militär; jetzt studierte Donald am Imperial College, und Jerry besuchte die Pädagogische Hochschule, um Lehrer zu werden. Mischa war Pole. Er war mit seiner Familie in den Dreißigern nach England gekommen. Sein älterer Bruder hatte bei der Luftschlacht um England Spitfires geflogen. Mischas Freundin Claudette war so alt wie Topaz. Sie war Tänzerin.

Helena arbeitete als Kostümbildnerin beim Theater. Sie hatte die schwingenden Glockenröcke mit der Wespentaille genäht, die sie und Claudette immer anhatten. »Ich habe sie nach einem Foto in der *Vogue* gemacht«, erzählte sie Topaz, »das zu einem Artikel über Christian Dior gehört. Der macht die allerschönsten Sachen.«

»Würdest du mir auch so einen Rock nähen?«

»Gern. Aber du mußt den Stoff besorgen. Taft für die Unterröcke kann ich kriegen – bei solchen Röcken muß man weite Unterröcke tragen –, aber du mußt sehen, daß du einen schönen Stoff findest.«

In einer der mit Schnitzereien verzierten indischen Truhen daheim in Bayswater kramte Topaz in den Stolen und Mantillen ihrer Mutter. Sie waren zu Dutzenden gestapelt, aus Seide und Kaschmir, einfarbig und gemustert, Türkis, Kirsch und Chartreuse. Peter de Courcy fiel ihr ein, der gesagt hatte, sie solle Samt und Seide tragen. Aber sie hatte auch noch das fuchsienrote Satinkleid im Kopf, in dem sie auf der Feier von Jacks Heimkehr so katastrophal ausgesehen hatte, darum suchte sie schließlich eine schwarze Seidenmantille aus. Schwarz macht schlank, wie ihre Mutter zu sagen pflegte.

Zu dem neuen Rock schneiderte Helena Topaz einen dreilagigen Taftunterrock, ein Kunstwerk aus Flicken in allen Farben, das aus Resten aus der Theaterwerkstatt gefertigt war. Bei jedem Schritt, den Topaz tat, knisterten die Unterröcke. Ihre Mutter warf ihr ein, zwei argwöhnische Blicke zu, sagte aber nur: »Sehr extravagant dieser Stil. Und nicht unbedingt vorteilhaft bei breiten Hüften.« Topaz zog den Bauch ein und musterte, von plötzlichen Zweifeln bedrängt, im Spiegel die üppigen Rundungen ihres Körpers.

Im Café sagte sie zu Helena: »Ich hab dir zum Dank was mitgebracht.«

»Was denn?«

»Mach die Augen zu und die Hand auf.«

Helenas Hand war voll kleiner Schwielen und Nadelstiche. Topaz legte ihr einen Pfirsich hinein.

Helena öffnete die Augen. »*Topaz*! *Ein Pfirsich*! Wie köstlich!«

»Ich hab seit Italien keinen Pfirsich mehr gegessen«, sagte Donald. »Seit 44.«

»Wir waren kurz vor dem Krieg zur Sommerfrische in LeTouquet«, sagte Helena. »Da habe *ich* meinen letzten Pfirsich gegessen. In meinem letzten Urlaub.«

»Wo zum Teufel hast du den her?« fragte Jerry.

»Meine Mutter hat einen Verehrer an der Amerikanischen Botschaft, einen Major Radetsky.«

Donald blickte in die Runde. »Was vermißt ihr am meisten? Aus der Zeit vor dem Krieg, meine ich.«

»Die schönen Kleider«, sagte Helena.

»Malt-Whisky«, sagte Jerry. »Für eine Flasche anständigen Scotch würde ich meine Seele verkaufen.«

»Meinen Hund«, sagte Mischa. »In Polen hatte ich einen Hund. Meine Wirtin hier erlaubt keine Hunde.«

Helena schnitt den Pfirsich in Schnitze. »Claudette? Topaz? Francesca? Was fehlt euch am meisten?«

»Sie sind noch zu jung«, warf Donald ein. »Die haben vor dem Krieg noch im Kinderwagen gelegen.«

»Dann eben du, Charlie. Du warst kein Baby mehr.«

Charlie schüttelte den Kopf. »Ich vermisse nichts.«

»Charlie!«

»Doch, es ist wahr. Ich vermisse nichts.«

Helena gab jedem ein Stück Pfirsich. Sie aßen schweigend.

»Ein proustscher Moment«, bemerkte Donald schließlich.

»Er meint«, erklärte Charlie Topaz, »daß wir uns von nun an jedesmal, wenn wir Pfirsich auch nur riechen, in aller Einzelheit an diesen Nachmittag erinnern werden.«

Jerry prustete geringschätzig: »Na, hör mal, den haben wir spätestens nächste Woche vergessen.«

Aber Topaz wußte, daß sie ihn niemals vergessen würde. Helena und Charlie, die zu beiden Seiten neben ihr saßen, und der sommerliche Duft des Pfirsichs.

Helena lud sie alle zu einer Party zur Feier ihres siebenundzwanzigsten Geburtstags ein. Sie wohnte mit Claudette zusammen in der Nähe des Phoenix-Theaters in der Charing Cross Road. Topaz und Francesca trugen ihre dunklen Strickpullis und die Glockenröcke, die Helena ihnen geschneidert hatte. Francescas Rock war grüngrau wie ihre Augen.

Es war kein Kinderfest, auf dem Limonade getrunken und Scharade gespielt wurde, und es waren auch keine argusäugigen Mütter da, die aufpaßten, daß niemand über die Stränge schlug. Die zwei kleinen Zimmer waren voller Menschen, und wer dort keinen Platz mehr gefunden hatte, tummelte sich im staubigen Hintergärtchen. Ein Grammophon lief, und wenn man sich unterhalten wollte, mußte man brüllen, um die Musik zu übertönen.

Helena war in der Gemeinschaftsküche im Hausflur. Topaz und Francesca überreichten ihr Geburtstagsgeschenk. Sie öffnete es.

»Taschentücher! Ach, wie schön! Davon habe ich nie genug.« Sie küßte erst die eine, dann die andere. »Was möchtet ihr trinken? Es gibt Bier und Cider. Die andern sind auch schon alle hier.« Sie machte eine vage Handbewegung. »Irgendwo.«

Sie fanden Jerry im Garten. »Ich war mir nicht sicher«, sagte er, »ob Donald überhaupt kommen würde. Ich meine wegen seiner Geschichte mit Helena.«

»Was für eine Geschichte mit Helena?« fragte Francesca.

»Wißt ihr das gar nicht?« Er stopfte gemächlich seine Pfeife. »Helena und Donald haben sich jahrelang heiß geliebt.«

»Und jetzt nicht mehr?«

»Hm! Daß Donald verheiratet ist, wißt ihr doch wenigstens?«

Sie schüttelten die Köpfe.

»Eine Mußheirat«, erläuterte Jerry. Er riß ein Streichholz an. »Das Mädchen kriegte ein Kind. Einen kleinen Jungen. Er muß jetzt vier oder fünf sein.«

Topaz sah sich im Garten um. »Sind sie hier?«

»Nur Donald. Jean geht fast nie aus. Einer muß ja auf das Kind aufpassen.«

»Und Mischa und Charlie? Haben die auch Ehefrauen, von denen wir nichts wissen?«

»Mischa ist absolut monogam.«

»Claudette?«

Jerry nickte. »Und Charlie ist, wie ihr euch denken könnt, mit dem Theater verheiratet.«

»Hast du ihn mal auf der Bühne gesehen? War er gut?«

»Hervorragend. Der wird noch mal ein ganz Großer, da wett ich was. Wenn er's mit seinem Talent nicht schafft, dann mit seinem Ehrgeiz.« Sein Ton war trocken. Er sah Francesca an. »Tanzen wir?«

Sie gingen hinein, in das Zimmer, wo das Grammophon stand. Topaz wanderte umher, trank Cider, tat so, als wäre sie ganz gefesselt von den Plakaten an den Wänden und den Blumen in den Kästen.

»Was ist denn das?« sagte plötzlich jemand hinter ihr. »Allein und bläßlich schmachtend?«

Es war Charlie. »Ich glaube, ich kann gar nicht bläßlich schmachten«, entgegnete sie. »Wenn ich schmachte, dann tu ich das eher robust.«

Er lachte. »Wo ist Francesca?«

»Sie tanzt gerade mit Jerry.«

»Möchtest du noch was trinken? Ich wollte mir gerade nachschenken.«

»Ja, bitte.« Sie setzte sich hinten im Garten ins Gras und wartete auf ihn. Als er kam, sagte sie neugierig: »War das wirklich dein Ernst, als du neulich gesagt hast, du vermißt nichts aus der Zeit vor dem Krieg?«

Er setzte sich neben sie. »Absolut. Meine Kindheit war unheimlich langweilig, weißt du. Nicht unglücklich, nur langweilig. Ein Reihenhaus am Stadtrand und ein Stipendium für die höhere Schule. Und der Krieg war genauso langweilig – drei Jahre in einem affenkalten Militärlager in Schottland, wo ich Formulare ausfüllen und Listen aufstellen mußte. Da konnte es doch nur besser werden, findest du nicht auch?«

»Ja, da hast du recht.«

»Und du, Topaz? Hast du Sehnsucht nach irgendwas aus der Vergangenheit?«

Sie schüttelte den Kopf. »Obwohl manches damals sehr schön war. Aber in letzter Zeit habe ich manchmal das Gefühl –«, sie hielt inne; ihr war schwummerig vom Cider, »– als träte ich auf der Stelle. Irgendwie bleibt alles immer gleich. *Nichts* verändert sich.«

Er lag auf einen Ellbogen gestützt ausgestreckt im Gras. »Was hättest du denn gern anders?«

»Ich möchte reisen, fremde Länder sehen. Ich möchte schöne Kleider tragen, ich möchte alle möglichen Dinge ausprobieren. Ich möchte – ach, ich weiß auch nicht – auf einen Gletscher steigen, einen Vulkan sehen, durch eine Wüste wandern.«

Er lachte nicht, wie sie halb gefürchtet hatte, sondern sagte: »Ich möchte das tun können, von dem ich weiß, daß ich gut darin bin.«

Ihr war klar, daß er von der Schauspielerei sprach. »Wie schön, wenn man eine besondere Begabung hat«, sagte sie.

»Aber –«, er lachte sie an, »– gegen einige andere Dinge hätte ich auch nichts einzuwenden. Pfirsiche, Whisky, Reisen ins Ausland.«

»Warst du schon mal?«

»Im Ausland? Noch nie. Die Ferien fanden immer in Margate oder Hastings statt. Und du?«

Sie schüttelte den Kopf. »Vor dem Krieg sind wir jedes Jahr nach Dorset gereist, zu Verwandten. Das war schön. Das vermisse ich.«

»Fährst du nicht mehr hin?«

»Ich war letztes Jahr da, aber es war nicht mehr dasselbe.«

»Und warum nicht?«

»Es war einfach – anders. Wahrscheinlich bin ich zu lange nicht mehr dort gewesen. Ich habe mir vorgestellt, es wäre wie eine Heimkehr, aber so war es nicht.«

»Eine Heimkehr –«, wiederholte er gedehnt. »Mir hat immer gegraut vor der Heimkehr.«

»Warum?«

Er zuckte mit den Schultern. »Wahrscheinlich weil ich das einzige Kind war. Das kann manchmal ziemlich bedrückend sein.«

»Du hast keine Geschwister?«

»Nein.« Er lächelte. »Ich bin einmalig.«

Und wahrscheinlich ist er das, dachte sie.

»Weißt du, diese ewigen Erwartungen«, erklärte er. »Meine Mutter zum Beispiel hat ein Album angelegt, in das sämtliche Fotos und Besprechungen von jedem Theaterstück eingeklebt werden, in dem ich je mitgespielt habe. Vom Krippenspiel im Kindergarten angefangen. Das letzte Stück, in dem ich gespielt habe, haben sich meine Eltern dreimal angesehen. Dreimal, Topaz! Und es war ein richtig schlechtes Stück. Sie mußten Stunden mit Zügen und Bussen durch die Gegend kurven, um von Chingford nach Richmond zu kommen, weil mein Vater nicht U-Bahn fahren kann und sie sich ein Taxi nicht leisten konnten.« Er seufzte. »Wahrscheinlich ist ihr Leben ziemlich eintönig, und ich muß ihnen die Spannung liefern, die ihnen fehlt. Aber ich hasse das, verstehst du? Gebraucht zu werden, meine ich. Das engt einen so ein.«

Auch sie war ein Einzelkind. Sie versuchte, sich ihre Mutter beim Einkleben ihrer Fotos in ein Album vorzustellen, aber es gelang ihr nicht. »Sie sind einfach stolz auf dich«, sagte sie.

Charlie stand auf. »Komm, mal sehen, ob wir Francesca erlösen können. Jerry ist nämlich ein schrecklicher Tänzer.« Sie gingen ins Haus.

Manchmal – wenn sie im Café waren oder durch den Park gingen – bemerkte Topaz, wie andere Mädchen sie anschauten, mit Neid im Blick. Jetzt saßen sie und Francesca am Ecktisch; jetzt nannten sie den Eigentümer des Cafés ganz selbstverständlich beim Namen, wenn sie sich am Tresen Tee und Gebäck holten. Wir sind mittendrin, dachte Topaz. Keine Zaungäste mehr.

Mit Donald und Jerry gingen sie in Jazzklubs in schummerigen, verqualmten Kellern und ließen sich von den heiseren Klängen von Trompete und Saxophon mitreißen. Mit Charlie und Mischa sahen sie sich in zugigen kleinen Kinos französische Filme an. Manchmal tanzten sie auf Festen, zu denen sie nicht eingeladen waren, indem sie sich frech in fremde Häuser hineinschmuggelten. »Man muß nur selbstsicher genug wirken«, erklärte Charlie unbekümmert. »Für dich ist das ein Kinderspiel, Topaz. Du siehst genau richtig aus und hörst dich auch so an.«

Sie durchstreifte also fremder Leute Häuser, aß fremder Leute Speisen, unterhielt sich mit fremder Leute Freunden. Sie hatte den Eindruck, eine ganz neue Welt von unerschöpflicher Faszination zu entdecken, die sich dicht unter der Oberfläche des vertrauten grauen Alltags befand.

Sie ließ sich in all die komplizierten Verwicklungen im Leben ihrer neuen Freunde hineinziehen. Charlie gab seinen Bürojob auf, als ihm an einem Repertoiretheater in Nordlondon eine Rolle in *Heinrich V.* angeboten wurde. Topaz sah sich eine Matineevorstellung an, hoch oben auf einem der Ränge, den Blick unverwandt auf Charlie gerichtet, wann immer dieser auf der Bühne war. Als der Vorhang fiel, stand sie nicht gleich auf, sondern blieb sitzen, von einer Mischung aus Schmerz und Euphorie gelähmt, während die Leute über sie hinwegstiegen.

Donald und seine Frau Jean hatten in der Nähe der Goldhawk Road eine Wohnung, die sie sich mit Jeans verwitweter Mutter teilten. Als Jeans Mutter für einige Tage nach Clacton zu ihrer Schwester verreiste, nutzte Donald die Gelegenheit, um ein paar Leute einzuladen.

Die Zimmer waren schäbig, mit hohen Decken und spärlichem Mobiliar. Im Flur spielte Mischa mit Donalds kleinem Sohn Paul Kricket. Claudette saß auf der Treppe und sah ihnen zu.

»Ich brauche einen Fänger«, sagte Mischa. »Claudette will nicht.«

»Ich hasse Sport«, erklärte Claudette.

»Na, *Sport* kann man das ja wohl kaum nennen, mein Schatz. Ich *spiele* mit dem Kind.« In Mischas Stimme war ein scharfer Unterton.

Claudette zuckte nur mit den Schultern.

»Ich fange«, sagte Topaz und lief unermüdlich hinter dem Gummiball her, um ihn unter Schränken und Kommoden hervorzuholen, bis Jean kam und Paul ins Bett brachte.

In der Küche richtete Donald Platten mit belegten Brötchen und kleinen Fleischpasteten her. Helena half ihm. Immer neue Gäste trafen ein. Im Wohnzimmer dudelte das Grammophon. Topaz und Francesca tanzten mit Jerry. Er schob sich zwischen sie, faßte sie an den Händen und schwang einmal die eine und einmal die andere durchs Zimmer. Nach einer Weile hatte Topaz den Eindruck, daß er nur noch mit Francesca tanzte, und drängte sich durch das Gewühl zur Tür.

Im Flur stieß sie auf Helena, die einen Haufen Jacken und Mäntel auf dem Boden durchwühlte. Tränen glitzerten in ihrem Gesicht.

»Ich hätte überhaupt nicht kommen sollen. Das war wieder mal richtig blöd von mir.« Helena schneuzte sich. »Ich finde meine Strickjacke nicht –« Sie begann den Kleiderhaufen von neuem in hektischer Eile zu durchsuchen.

»Was für eine Farbe hat sie?«

»Gelb.«

Topaz zog eine blaßgelbe Strickjacke aus dem Durcheinander. Sie ging mit Helena die Treppe hinunter und zur Tür hinaus auf die Straße. »Möchtest du einen Kaugummi?« Sie bot Helena das Päckchen an.

»Von dem amerikanischen Major deiner Mutter?« Helenas Lächeln erlosch schnell wieder. »Vielleicht sollte ich mir auch so jemanden suchen«, sagte sie voll Bitterkeit. »Jemanden, der mir Geschenke macht und sich um mich kümmert –« Sie brach ab. »Entschuldige, Topaz. Damit wollte ich keinesfalls sagen, daß deiner Mutter nichts liegt an ihrem ... ihrem –«

»Liebhaber?« Topaz setzte sich auf die niedrige Mauer vor dem Haus. Helena setzte sich neben sie. »Ich glaube nicht, daß Major Radetsky ihr Liebhaber ist. Ich glaube, das ist keiner von ihnen. Sie machen ihr nur Geschenke und führen sie aus und so.« Sie sah Helena an. Deren sanftes Gesicht war fleckig von Tränen. »Du hältst mich wahrscheinlich für naiv«, setzte sie hinzu, »aber ich bin sicher, daß es so ist.«

Helena sagte: »Ich versuche, mir einzureden, daß mir das mit Donald und Jean nichts ausmacht. Aber das stimmt nicht, es macht mir was aus. Immer. Ich habe es so satt. Ich wollte, ich könnte aufhören, ihn zu lieben.«

»Wie lange kennst du Donald schon?«

»Ewig. Ich war noch in der Schule, als wir uns kennengelernt haben. Dann kam der Krieg, und er ließ sich auf diese idiotische Affäre ein, und dann –«, sie warf verzweifelt die knochigen Hände hoch, »– dann wurde Jean schwanger, und sie mußten heiraten, und das war's dann.« Sie krümmte die Schultern und senkte den Kopf. »Natürlich weiß ich, daß es für mich das beste wäre, aus London wegzugehen und ihn nicht wiederzusehen, aber hier ist meine Arbeit, hier sind meine Freunde, Jerry, Charlie und Mischa und Claudette, auch wenn die mich manchmal fast in den Wahnsinn treibt –« Sie schwieg.

Topaz sah zum Himmel hinauf, der sich langsam verdunkelte. Schon zeigten sich die ersten Sterne. »Ich glaube, man sucht sich diese Dinge nicht aus. Man bekommt sie einfach. Wie die Windpocken.«

»Aber über die Windpocken kommt man hinweg«, sagte Helena traurig. »Über Donald komme ich nicht hinweg.«

Eine Kinderschar, die unter lautem Geschrei einen Go-Kart die Straße hinunterzog, rannte an ihnen vorüber. Als der Lärm in der Nacht verklang, sagte Helena: »Ich habe versucht, wie ein erwachsener Mensch damit umzugehen. Ich bin siebenundzwanzig. Da wird es Zeit, erwachsen zu werden. Im allgemeinen gehe ich Jean aus dem Weg, aber diesmal dachte ich, komm, Helena, werd erwachsen, zeig den anderen, daß ihr jetzt nur noch Freunde seid.«

»Möchtest du das denn?«

Helenas Gesicht war gequält. »Es wäre doch für alle das beste.«

»Ich habe gerade überlegt –«, für sie war dies ein Rätsel, das sie immer noch nicht gelöst hatte, »– was besser ist: jemanden zu lieben, den man nicht haben kann, oder gar niemanden zu lieben. Ganz klar ist es am besten, jemanden zu lieben, der einen wiederliebt, aber das scheint nicht besonders häufig vorzukommen.«

Helena rieb sich mit den Fingerspitzen die gekrauste Stirn. »Manchmal wünschte ich, wir wären einander nie begegnet. Aber wenn ich dann mit ihm zusammen bin, fühl ich mich so *lebendig*. Und nichts kann das übertreffen. Überhaupt nichts.« Sie stand auf. »Ich glaube, ich gehe jetzt nach Hause.« Sie lächelte. »Du bist lieb, Topaz. Es tut gut, mit dir zu reden.« Sie küßte Topaz auf die Wange und ging die Straße hinunter davon.

Topaz blieb noch eine Zeitlang sitzen und sah zu, wie der Himmel langsam tiefschwarz wurde, dann kehrte sie ins Haus zurück.

Jerry war allein in der Küche. »Wo ist Fran?«

Jerrys großes, glattes Gesicht lief rot an. »Mit Charlie unterwegs.«

Sie schickte sich an, die beiden zu suchen, aber er sagte: »Das würde ich an deiner Stelle lieber bleibenlassen.«

»Warum?«

»Weil sie … du weißt schon.«

Sie sah ihn verständnislos an.

Er wand sich. »Na ja, sie mögen sich eben.« Er lud Brötchen auf einen Teller. Dann sah er sie neugierig an. »Hast du das nicht gewußt? Charlie war immer schon scharf auf Francesca.«

Topaz konzentrierte sich ganz darauf, keine Miene zu verziehen. Er sollte nichts merken. Aber irgendwie mußte sie sich doch verraten haben, denn er sagte: »Komm, mach nicht so ein Gesicht. Laß den beiden ihren Spaß. Es gibt genug andere.«

Er streichelte ihre Wange mit dem Handrücken. Als er sie zu küssen begann, blieb sie reglos, sich der Berührung seiner Finger und seines Mundes deutlich bewußt. Sein Atem roch nach Bier, und sein Bart kratzte. Seine Hände strichen über ihren Hals, wanderten über ihren Rücken, dann zu ihrem Busen. Seine Liebkosungen schienen ihr halbherzig und ohne große Überzeugung. Sie wußte, sie sollte reagieren – ihn entweder wegstoßen oder mitspielen –, aber sie fand nicht den Willen dazu.

Dann murmelte er: »Entschuldige … ich muß mal«, und torkelte aus der Küche.

Topaz lehnte sich gegen das Spülbecken und blickte hinaus zu den Rückfronten der Häuser gegenüber. Hinter den geschlossenen Vorhängen ihrer Fenster bewegten sich Schatten. Auch diese Schattenmenschen, vermutete sie, liebten und stritten und küßten und haßten.

Hast du das nicht gewußt? Charlie war immer schon scharf auf Francesca. Jetzt war ihr klar, wie es sich abgespielt haben mußte. Charlie war im Café auf Francesca aufmerksam geworden und hatte Topaz' kleines Mißgeschick mit dem verschütteten Tee genutzt, um sie kennenzulernen. Wie naiv von ihr, Topaz, das nicht zu erkennen.

Sie rannte die Treppe hinunter und lief hinaus auf die Straße. Auf der Heimfahrt mit der U-Bahn fühlte sie sich seltsam wund und elend, als hätte jemand sie geschlagen und sie könnte nicht wieder zu Atem kommen.

Als sie zu Hause ankam, war die Wohnungstür nur angelehnt. Durch den Spalt waren Stimmen vernehmbar.

»Veronica, Schatz –«

»Marty, nimm dich zusammen.«

»Irgendwann wird man es leid, sich ständig zusammennehmen zu müssen, Veronica.«

»Meine Tochter kann jeden Moment nach Hause kommen.«

»Man muß seine Schulden bezahlen, Schätzchen.«

Also keine Pfirsiche mehr, dachte Topaz und schlich durch den Korridor zurück zur Treppe.

Die Wände des Treppenhauses waren mit Holz getäfelt, und im dunkelglänzenden Rosenholz konnte sie ihr Spiegelbild erkennen. Es bewegte sich blaß und unförmig, als sie sich auf der obersten Stufe niedersetzte. Wie konntest du nur so albern sein, dir einzubilden, dachte Topaz erbittert, während sie ihr Spiegelbild anstarrte, er könnte *dich* vorziehen.

Als es taute und die darauffolgenden Überschwemmungen zurückgingen und endlich der Sommer kam, verbrachte Marius jeden Sonntagnachmittag mit Tara im Garten. Er paßte auf sie auf, während sie mit ihren Förmchen im Sand spielte oder Käfer und Schnecken von der Erde auflas, und achtete darauf, daß sie nicht die Karotten aus dem Beet zog oder in den Teich fiel. Morgens, bevor er in die Firma ging, mußte er Tara stets einen Abschiedskuß geben; und wenn er abends heimkam, erwartete sie ihn am Tor. Dann nahm er sie in die Arme und wirbelte sie im Kreis herum, bis sie vor Vergnügen kreischte, und wenn sie genug hatte, hob er sie auf seine Schultern und trug sie ins Haus.

In den vergangenen sechs Monaten hatte er Tara in all ihren Eigenarten kennengelernt, war nun mit ihren Vorlieben und Eigenheiten vertraut. Er wußte, daß sie um nichts in der Welt Kohlgemüse aß, daß sie gern auf ihren Wachsmalkreiden kaute, daß sie abends ohne ihre alte Kinderwagendecke nicht einschlief. Meilensteine säumten den Weg: der Abend, an dem sie sich zum erstenmal von ihm zu Bett bringen ließ (wobei sie unbeirrbar am gewohnten Ablauf festhielt: baden, Zähne putzen, Geschichte, Gutenachtkuß); der erste Tag, an dem sie sich von ihm in ihrem Sportwagen spazierenfahren ließ, ohne ständig nach Suzanne zu verlangen.

Endlich fiel ein Teil der inneren Spannung von ihm ab. Er

vermutete, daß es allen gleich erging – daß die Kriegsjahre einen in einen ständigen Alarmzustand versetzt hatten und man erst wieder lernen mußte, sich an Dingen zu erfreuen, die man zu Friedenszeiten als selbstverständlich betrachtet hatte. Er sah sich, wie Tara, hingerissen von der Anmut eines Schmetterlingsflügels und dem Funkeln der Sonne auf dem Meer.

Sein Weg hatte ihn, ohne daß ihm eine Verschnaufpause gegönnt wurde, von der Schule in die Firma seines Vaters und weiter an die Front geführt; dann in Ehe und Vaterschaft. Er hatte diesen Weg nicht gewählt, er war ihm aufgezwungen worden. Dennoch war das Gefühl der Sinnlosigkeit, das ihn seit seiner Entlassung aus dem Militär gequält hatte, verschwunden. Tara gab seinem Leben einen Sinn. Sie würde alles bekommen, was sie brauchte, schwor sich Marius, alles, was ihr Herz begehrte. Ihr Leben würde nicht wie seins vom Krieg beeinträchtigt werden, und nicht wie Suzannes von Not und Mangel.

Ein Rest Spannung und Unbehagen jedoch blieb. Er betraf Suzanne. Körperlich war sie aufgeblüht, aber ihre Schwermut hielt an – vertiefte sich gar, wie er meinte. Oft war sie still und in sich gekehrt, dann wieder fuhr sie ihn beim geringsten Anlaß an. Wenn sie sich unbeobachtet glaubte, spiegelte sich Hoffnungslosigkeit in ihren Augen.

Sie war ruhelos, konnte nicht ohne Beschäftigung sein. Sie war unfähig, es sich eine halbe Stunde auf dem Sofa gemütlich zu machen und eine Zeitschrift zu lesen oder im Liegestuhl im Garten zu entspannen. Missencourt, in der finstersten Provinz begraben (wie Suzanne es sah), bot wenig Abwechslung. Manchmal, wenn genug Benzin da war und Adele sich erbot, das Kind zu hüten, lieh Suzanne sich für einen Nachmittag den Vorkriegs-Rolls der Temperleys aus. Sie war immer gern Auto gefahren, und Marius ahnte, daß es ihr eine gewisse Befreiung brachte, wenn sie auf schmalen, gewundenen Straßen durch das hügelige Land brauste. Sie fuhr schnell, aber gut, und wenn auch Dorchester und Bournemouth kein Ersatz für London waren, schien sie doch das etwas buntere Leben, das diese beiden Städte boten, zu genießen.

Er glaubte zu sehen, daß sie sich einsam fühlte, und lud deshalb alte Freunde ein. Manchmal, vor allem in Gesellschaft von Julia und Will, entspannte sie sich ein wenig, wurde lebhaft und heiter, und dann hatte er wieder die alte Suzanne vor Augen. Doch diese Stimmungen hielten nie an, und er hatte den Eindruck, daß sie ganz bewußt jede Möglichkeit der Freundschaft im Keim erstickte, indem sie Anrufe nicht erwiderte, Einladungen ausschlug. Sie mied die Nähe. Er wußte, daß er bald alle Bemühungen aufgeben und sich mit dem abfinden würde, was sie waren: zwei Fremde, die ein Bett miteinander teilten. Die Vorstellung deprimierte ihn.

An einem Samstagnachmittag machten sie einen Ausflug an den Strand von Lyme Regis. Er hatte bemerkt, daß sie das Meer liebte; wenn es einen Ort gab, der sie von der Schwermut befreite, die sie mit sich herumtrug, dann war es die Küste. Mit Tara an der Hand kletterte Suzanne über die Felsbrocken am Strand. Hin und wieder blieben sie beide stehen, um sich einen winzigen blaßgrünen Krebs anzusehen oder eine pflaumenfarbene Seeanemone. Suzanne war in kurzer Hose und leichter Bluse, ein Anzug, der ihre zierliche Figur zur Geltung brachte.

Marius baute eine Sandburg für Tara, ein kleines Kunstwerk mit Türmen und Brücken. Als er gerade dabei war, den Graben auszuhöhlen, kam die Flut. Wasser schwappte gegen die Wehrmauern, und Tara klatschte laut kreischend in die Hände. Er grub wie ein Wilder, um das hereinbrechende Wasser einzudämmen. Eine Welle schlug gegen einen Turm, der langsam zusammenbrach und im Meer versank.

Suzanne lachte. »Wenn du so weitergräbst, bist du gleich in Australien, Marius.«

»Der Graben muß einfach noch ein bißchen tiefer werden.«

»Die reinste Besessenheit«, neckte sie. Doch sie kniete neben ihm nieder und begann mit den Händen den feuchten Sand auszuheben. Eine kräftige Welle schlug über der Sandburg zusammen, Türme und Brücken stürzten ein.

»Ergib dich, Ritter.« Sie lachte.

Er stand auf. »Ach, du armer Schatz, du bist ja ganz naß geworden.« Er drückte ihre Schulter.

Sie zuckte zurück, als hätte er sie geschlagen. Das Lächeln erlosch. »Ich muß Tara was Trockenes anziehen«, sagte sie kurz und ging davon.

»Es eilt doch nicht«, rief er ihr nach. »Es ist erst –«, er sah auf seine Uhr, »– halb vier.«

»Bis nach Hause ist es noch ein langer Weg, und Tara wird Hunger bekommen.« Suzanne rieb ihre Tochter mit einem Handtuch ab. Ihre Stimme hatte sich verändert, war wieder kühl und ruhig. Sie sah ihn nicht an.

Als kleine Jungen hatten sich Marius und Jack immer am Guy Fawkes Day, dem Jahrestag der Pulververschwörung, Knallfrösche gekauft. Eines ihrer Lieblingsspiele war es gewesen, die Feuerwerkskörper, nachdem sie sie angezündet hatten, so lange in der Hand zu behalten, wie es nur ging, und erst im letzten Moment, kurz bevor sie explodierten, von sich zu schleudern.

Einmal hatte Marius' Vater sie dabei erwischt. Es war eines der wenigen Male gewesen, bei denen Francis Temperley seinen Sohn geschlagen hatte, so außer sich war er darüber gewesen, daß dieser für einen solch dummen Spaß seine Gesundheit riskiert hatte. Marius aber erinnerte sich noch heute an den schaurig aufregenden Moment kurz vor der Explosion des Feuerwerkskörpers.

Und er mußte unwillkürlich an ihn denken, wenn er in diesen Tagen Suzanne beobachtete. Ihre Stimmung wurde im Verlauf der Woche immer düsterer. Sie wechselte zwischen ablehnendem Schweigen und ungeduldiger Gereiztheit und hellte sich nur auf, wenn sie mit Tara zusammen war. Er hatte das Gefühl, wenn er die Situation jetzt falsch einschätzte – nur ein falsches Wort sagte, einen falschen Schritt tat –, würde sie explodieren, genau wie damals die Feuerwerkskörper.

Am Samstag abend waren sie bei den Barringtons zum Essen eingeladen. Derek und Lois Barrington lebten in der Nähe von Great Missen in einem großen alten Haus, in dem es permanent nach Hund roch. Derek war ein liebenswürdiger Hüne, Lois zeichnete sich durch notorische Taktlosigkeit und eine Stentorstimme aus, die sich in lebenslangem lautstarkem Dialog mit ihren Hunden entwickelt hatte.

Im Salon trafen sie mit den anderen Gästen zusammen. Den örtlichen Arzt und seine Frau kannte Marius als sympathische und interessante Leute. Als er jedoch das vierte Paar sah, war er unangenehm berührt. Valerie Luscombe mochte ja ganz in Ordnung sein, aber ihr Mann George war ein entsetzlicher Wichtigtuer.

Das Essen gestaltete sich zu einer Kakophonie aus Hundegekläff, Geschirrgeklapper und Lois' schreiender Stimme.

»Die Erbsen haben wir selbst gezogen. Das heißt, Derek hat sie gezogen. Derek hat ein Händchen für Erbsen.«

»Die verdammten Kohlweißlinge haben dieses Jahr alles abgefressen.«

»Wir haben immer die Evakuierten auf Jagd geschickt. Ein Penny pro Schmetterling. Ich hätte nie gedacht, daß mir diese Leute mal fehlen würden.«

»Wenn der Hund Sie stört, Mrs. Temperley«, brüllte Derek, »dann ziehen Sie ihm einfach eine über.«

»Ach, er würde keiner Fliege was zuleide tun«, sagte Lois Barrington liebevoll. »Möchte jemand noch Bratkartoffeln?« Lois' wache kleine Augen richteten sich auf Suzanne. »Sie sollten besser essen, Kindchen. Sie sehen spitz aus. Die arme kleine Mrs. Temperley sieht richtig spitz aus, nicht wahr, Derek? Ihr seid doch nicht etwa zu Fuß hergekommen, Marius?«

»Es sind ja nicht einmal drei Kilometer.«

»Kein Wunder, daß deine Frau völlig erschöpft ist.«

»– und es ist vielleicht noch ein Teelöffel voll Benzin im Tank.«

George Luscombe sagte: »Nehmen Sie es im Ernst so genau mit den Vorschriften, Temperley?«

»Sie wohl nicht?«

»Mit der Zuteilung allein käme ich nie im Leben aus. Vierhundertdreißig Kilometer im Monat? Ausgeschlossen!« Mit verschmitzter Miene tippte sich Luscombe mit dem Zeigefinger an die Nase. »Ich brauche meine kleine Zulage.«

»Das machen doch alle«, sagte Lois beschwichtigend.

Aber es war nicht das Gewissen, das Marius daran hinderte, Schwarzbenzin zu kaufen. Er hatte nach sechsjähriger Abwesenheit einfach nicht die richtigen Verbindungen, er hatte nicht wie die anderen in den Kriegsjahren das Tauschen gelernt.

George Luscombe nahm sich ein zweites Mal von den Kartoffeln. »Und solange diese lächerliche Regierung nicht Ordnung schafft –«

»Sie sollten Churchill wieder holen«, rief Derek dazwischen. »Das ganze Land ist ein einziger Saustall.«

»– schmeißt mit Geschenken um sich, als wüßte sie nicht, wohin mit dem Geld«, schimpfte Luscombe mit vollem Mund, »während wir den verdammten Yankees unsere Seelen verkaufen.«

Suzanne sagte: »Was für Geschenke?«

»Na, Kindergeld und dergleichen mehr.«

»Sie sind nicht damit einverstanden, daß man Frauen und Kindern das Leben erleichtert?«

»Die Frage ist doch, ob das Land sich das leisten kann, meine liebe Mrs. Temperley.«

»Sie sind nicht der Meinung, daß die Menschen sich das Recht verdient haben, von Armut verschont zu bleiben?«

»Die Kasse muß stimmen. Genau wie bei Ihren Ausgaben für den Haushalt, meine Liebe.«

Suzanne legte Messer und Gabel nieder. »Die Menschen verdienen einen Lohn. Die vielen ganz gewöhnlichen Menschen, die in den Streitkräften gedient und die Bombenangriffe ausgehalten haben. Sie verdienen einen Lohn. Sie verdienen menschenwürdige Wohnungen und angemessene medizinische Versorgung. Sie verdienen es, sich nicht darum sorgen zu müssen, daß sie ihre Arbeit verlieren, sobald die nächste Depression aufzieht. Darum haben sie Mr. Attlee gewählt. Weil sie darauf vertraut haben, daß er ihnen gibt, was sie verdient haben.«

George Luscombe klatschte einmal kurz in die Hände. »Ich sag ja nur, daß wo nichts ist, auch nichts werden kann. Da kann man nichts tun.«

»Aber es muß etwas getan werden!« Suzannes Augen

sprühten Feuer. »Begreifen Sie denn nicht? Es muß etwas getan werden. Sonst wären ja all die Opfer umsonst gewesen.«

»Ich weise lediglich auf einige einschlägige ökonomische Tatsachen hin –«

»Die vielen Menschen, die ihr Leben geopfert haben – das wäre alles sinnlos gewesen –«

»Sie sollten sich nicht von Ihren Gefühlen blind machen lassen gegen die Realität –«

»Gefühle!« Suzannes zornige Stimme hallte durch den großen Raum. »Das sagen die Leute doch immer, wenn sie wissen, daß sie im Unrecht sind! Als wären Gefühle – Emotionen – etwas, dessen man sich schämen muß.«

Lois Barrington brach das Schweigen, das diesem Ausbruch folgte. »Noch jemand Gemüse? Nein? Dann hole ich jetzt den Nachtisch.«

Später auf dem Heimweg sagte Suzanne: »Tut mir leid, daß ich diesen fürchterlichen Menschen so angebrüllt habe. Ich habe dir hoffentlich nicht den Abend verdorben.«

Im Licht der untergehenden Sonne leuchteten die Kreidehügel zuerst golden, dann kupfern.

»Ach was!« Marius lächelte. »Halbrohes Rindfleisch und Hundehaare in der Suppe ... da mach dir mal keine Sorgen.«

»Aber mir war's ernst mit dem, was ich gesagt habe.«

»Das weiß ich.«

Sie warf ihm einen schnellen Blick zu. »Und bist du anderer Meinung?«

Er schüttelte den Kopf. »Keineswegs. Nur –«

»Was?«

»So ganz unrecht hatte der gute George Luscombe nicht.«

»Na hör mal! Er war unausstehlich. Eingebildet, gönnerhaft, einfach eklig –«

»Stimmt. Aber trotzdem –« Geblendet von den schrägen Strahlen der Sonne kniff Marius die Augen zusammen. »Uns bleibt tatsächlich nichts anderes übrig, als die Amerikaner um Hilfe zu bitten. Und wenn sie uns nicht helfen –«

»Was dann?«

»Ach, lassen wir das.« Er versuchte zu lächeln.

»Moment mal, Marius! So kannst du mich nicht behandeln. Ich bin kein dummes Ding, das nichts als Stroh im Kopf hat.«

»Das weiß ich. Dafür habe ich dich nie gehalten.« Er seufzte. »Alle stöhnen über die Rationierung und regen sich darüber auf, daß es jetzt schlimmer sei als während des Krieges. Sie sind der Meinung – also, ihrer Meinung nach können wir Brot, Fleisch, Zucker, Benzin und so weiter nicht bis in alle Ewigkeit rationieren. Aber ich sehe da keinen Lichtblick. Durch den Krieg sind alle unsere Reserven aufgebraucht worden, und wir können nicht mehr darauf zählen, daß sich die leeren Kassen mit Hilfe der Kolonien wieder auffüllen lassen. Und wenn die Amerikaner nicht bereit sind, uns zu helfen, wird die Situation zunächst mal noch viel unerfreulicher werden.«

Sie bogen von der Straße auf den Fußweg ab, der durch die Felder nach Missencourt führte. Ein Hauch des herrlichen Junitags lag noch in der milden Abendluft.

»Um wieviel unerfreulicher?«

»Ohne die Hilfe der Amerikaner könnte das Land bankrott gehen«, antwortete Marius schroff. »Die sozialen Reformen, die du mit Recht forderst, müßten auf unbestimmte Zeit verschoben werden. Aber das wäre vielleicht sogar noch das geringste Übel. Es ist durchaus möglich, daß die Wirtschaft wieder staatlich gelenkt werden muß – in höherem Maß noch als im Krieg. Es ist sogar möglich, daß wir alle auf Notrationen gesetzt werden ... weniger als tausend Kalorien am Tag.«

Sie gingen an einem dichten Fichtenwald entlang. »Die Firma«, fuhr er fort, »würde das nicht überleben. Es war ohnehin schon ein schlechtes Jahr – die Treibstoffkrise, das katastrophale Wetter ... Oh, mach dir keine Sorgen«, sagte er hastig, als er ihr Gesicht sah, »wir kommen schon durch –«

»Marius!« sagte sie scharf, und er hörte die Ungeduld in ihrer Stimme.

Er half ihr den Zauntritt hinauf. »Ich möchte doch nur, daß du glücklich bist.«

»Ich *bin* glücklich.«

Zum erstenmal fand er den Mut, ihr zu widersprechen und zu sagen: »Nein, das bist du nicht, Suzanne.«

Sie blieb oben auf dem Zauntritt stehen.

»Ich glaube«, sagte er vorsichtig, »daß du tief unglücklich bist.«

Sie biß sich auf die Unterlippe. Ihr Blick war mißtrauisch. Dann lächelte sie. »Du irrst dich, Marius.« Sie sprang vom Zauntritt. Ihre Stimme war leise und einschmeichelnd. Sie schmiegte sich an ihn.

Zorn siegte über Begehren, und er stieß sie weg. »Wenn *das* alles wäre, was ich will«, sagte er mühsam beherrscht, »könnte ich es mir *kaufen*.«

Sie wurde blaß. Dann entgegnete sie bitter: »Die meisten Männer interessiert nichts anderes.«

Er mußte sich abwenden. Der würzige Geruch der Fichten weckte plötzlich eine lebhafte Erinnerung daran, wie sie sich das erste Mal geliebt hatten. »Ich bin dein Ehemann«, sagte er zornig. »Ich bin nicht dein Freund oder ein Fremder oder irgendein Offizier, den du in einem Pub aufgegabelt hast – sondern dein Mann und der Vater deines Kindes.«

Sie drückte die Hände ans Gesicht. »Entschuldige. Es tut mir leid.«

»Es kann sein, daß manche Männer an nichts anderem interessiert sind, aber bei mir ist das nicht so. Ich bin mir darüber im klaren, daß wir nicht aus Liebe geheiratet haben. Und mir ist auch klar, daß die Monate, in denen du allein zurechtkommen mußtest, sehr schwer für dich gewesen sein müssen. Ich werde mich deswegen immer schuldig fühlen. Aber Tara ist mir ans Herz gewachsen, ich liebe sie, und ich dachte – ich hoffte –, auch wir beide würden einander näherkommen. Alles, was ich mir wünsche, ist ein bißchen Wärme. Daß du nicht zurückzuckst, wenn ich dich küsse oder in den Arm nehme –«

»Ich bin diese Art einfach nicht gewöhnt«, erklärte sie niedergeschlagen. »Zärtlichkeit zu zeigen, meine ich. Das war in unserer Familie nicht üblich. Körperliche Berührung – die gehörte entweder zum Sex, oder sie geschah aus Zorn. Mit *Liebe* war sie nie verbunden. Die erste Zeit hier bei euch konnte ich mich einfach nicht daran gewöhnen, wie ihr miteinander umgeht – du und Adele. Küsse … Umarmungen … ich fand es, ehrlich gesagt, ein bißchen albern. Nach einer Weile habe ich gemerkt, daß ihr es tut, um euch gegenseitig aufzuheitern. Ihr braucht gar nicht groß darüber nachzudenken.«

Er wollte ihr gern glauben. Doch er sagte: »Gut, aber das ist nicht alles, richtig?«

Das Mißtrauen kehrte in ihren Blick zurück.

»Es liegt an mir, nicht wahr?«

»Marius –«

»Anfangs dachte ich, es läge an Missencourt. Daß dir das Haus nicht gefiele. Dann dachte ich, es wäre die Tatsache, daß wir auf dem Land leben oder daß dir die Leute nicht lägen, mit denen wir verkehren. Aber deine Abneigung gilt *mir*, ist es nicht so, Suzanne? *Ich* mache dich unglücklich.«

Die gefiederten Äste der Fichten breiteten Schatten über ihr Gesicht. »Du bist ein guter Mann, Marius«, sagte sie.

»›Durch schwaches Lob verdammt‹«, zitierte er leise.

Sie schüttelte den Kopf. »Es ist nicht wahr, daß ich dich nicht mag.«

»Wer ist es dann, den du nicht magst?«

Ihre Mundwinkel zuckten. »Ach, Marius«, sagte sie und wandte sich ab, um dem Weg durch den Wald zu folgen, »hast du das noch nicht herausbekommen? Mich selbst mag ich nicht.«

Er schlief schlecht in dieser Nacht, und als er um sechs aus unruhigem Schlaf erwachte, überraschte es ihn nicht zu sehen, daß er allein im Bett war. Ein Blick ins Kinderzimmer zeigte ihm, daß Tara friedlich schlief.

Er kleidete sich an und ging nach unten, die Erinnerung an das abendliche Gespräch im Kopf. *Es ist nicht wahr, daß ich dich nicht mag. Mich selbst mag ich nicht.* Er ging von Zimmer zu Zimmer, auf der Suche nach ihr, aber er fand sie nicht. Er machte Tee, trank ihn aber nicht.

Dann schlüpfte er in eine Jacke und trat ins Freie hinaus. Den Garten hinter sich lassend, ging er durch das Wäldchen, und da sah er sie auf dem Hügelkamm stehen. Dunkel hob sie sich vom blassen Morgenhimmel ab. Mit einer Hand beschattete sie das Gesicht, den Blick nach Süden gerichtet, zum Meer.

»Zu dunstig«, sagte er, als er sich ihr näherte, und sie drehte sich mit heftiger Bewegung herum. »Du mußt warten, bis es aufklart.«

Ihr Blick wich ihm aus. Ihre Augenlider waren geschwollen und gerötet. »Konntest du nicht schlafen?« fragte sie.

Er schüttelte den Kopf. Sie sah wieder zum blaß schimmernden Horizont hinaus. Dann sagte sie: »Ich versuche, mir zu überlegen, wie es weitergehen soll.«

»Womit?« fragte er, obwohl er vor ihrer Antwort Angst hatte.

»Mit uns.« Sie schaute wieder weg und lachte kurz auf. »Wenn du dich nicht so verdammt ehrenhaft verhalten hättest –« Sie brach ab.

Das Gefühl böser Vorahnung wurde stärker, trotzdem sagte er: »Wenn ich mich nicht so verdammt ehrenhaft verhalten und dir einen Heiratsantrag gemacht hätte? War es das, was du sagen wolltest?«

Ihr Schweigen war Antwort genug. Schroff sagte er: »Wäre es dir lieber gewesen, ich hätte anders reagiert?«

»Ich habe *erwartet*, daß du anders reagieren würdest.«

Er fühlte sich müde; die schlaflose Nacht, die Furcht vor dem, was kommen würde. »Das verstehe ich nicht.«

Sie drehte sich nach ihm um und sah ihn endlich an. »Als ich dir das mit Tara sagte, habe ich erwartet, daß du mir Geld anbieten würdest.« Ihre Stimme war hart. »Ich dachte, das wäre so üblich in euren Kreisen.« Ein flüchtiges Lächeln. »Ich habe dich unterschätzt.«

»Und das wäre dir lieber gewesen?« fragte er wieder.

Sie schwieg einen Moment. Dann antwortete sie: »In mancher Hinsicht wäre es leichter gewesen, ja.«

»Leichter?«

Sie schloß die Augen. »Als eine Lüge zu leben«, flüsterte sie so leise, daß er die Worte beinahe nicht gehört hätte.

»Was für eine Lüge?« zwang er sich zu fragen.

Mittags läutete es. Veronica Brooke, die auf dem Sofa saß und Briefe las, sagte ärgerlich: »An einem Sonntag –«

Topaz schaute zum Fenster hinaus auf die Straße und sah Marius. »Ist schon in Ordnung, ich gehe hin.« Sie lief aus der Wohnung.

Gleich als sie ihn sah, wußte sie, daß etwas Schlimmes geschehen war. Er wirkte starr und zerbrechlich; sie meinte, wenn sie ihn berührte, würde er splittern wie Glas.

Sie setzten sich auf eine Bank an dem kleinen See im Kensington-Park, und sie sah zu, wie er sich zusammenzog und den Kopf auf seine Fäuste stützte.

»Ist jemand krank?« Sie mußte es einfach wissen.

Er schüttelte den Kopf. Dann sagte er: »Tara ist nicht mein Kind.«

»Oh.« Das Wort war ein Seufzen. »Ach Marius, du Armer.«

»Suzanne hat es mir heute morgen gesagt.« Er zuckte mit den Schultern. »Ich konnte nicht in Missencourt bleiben. Ich mußte einfach ... ich habe mich in den nächsten Zug gesetzt und bin hierhergefahren. Tut mir leid, daß ich euren Sonntag störe.«

»Unsere Sonntage sind sehr langweilig, Marius, und ich bin für jede Störung dankbar.« Sie ergriff seine Hand. »Bist du ganz sicher?«

»In bezug auf Tara, meinst du? Ja. So ziemlich.« Er kniff die Augen zusammen. Dann sagte er in einem heftigen Wortschwall: »Suzanne hat mir gesagt, daß sie mit einem der höheren Offiziere auf dem Stützpunkt, auf dem ich 44 stationiert war, eine Affäre hatte. Sie war seine Fahrerin. Oh, er war übrigens verheiratet.« Seine Stimme klang grimmig. »Sie haben es geheimgehalten. Nicht mal ihren Freundinnen hat sie was gesagt. Und mir natürlich erst recht nicht.«

»Hat Suzanne den Mann geliebt?«

»Ja.«

»Und was ist passiert?«

»Anfang Mai wurde er nach Süden abkommandiert, wegen der Vorbereitungen für die Invasion. Ich lernte sie ein paar Tage nach seiner Abreise kennen.«

»Und?«

»Und er ist gleich am ersten Tag gefallen. Am 6. Juni 44.« Marius zündete sich eine Zigarette und zog gierig daran. »Das wär's«, sagte er voll Bitterkeit. »Darum hat sie mich geheiratet. Ich kam ihr als Ehemann gut zupaß. Und auch als Vater für Tara.«

Sie sahen beide schweigend zum See. Nach einiger Zeit sagte sie: »Was willst du jetzt tun?«

»Ich denke, ich werde mich scheiden lassen.«

»Warum denn das?«

»Herrgott noch mal, Topaz, das liegt doch auf der Hand. Weil alles nur Lüge war – die Ehe, meine Vaterschaft –«

»*Könntest* du Taras Vater sein?«

Schweigen. »Ja. Ja, ich denke schon.«

Solcher Zorn, dachte sie. Er war so ein ruhiger, starker Mensch, sie hatte ihn selten zornig erlebt. Aber sie ließ nicht locker. »Liebst du sie, Marius? Liebst du Tara?«

»Das ist ja das Schlimme.« Er warf seine Zigarette ins Gras. »Wenn Suzanne mir vor sechs, acht Monaten gesagt hätte, daß Tara nicht mein Kind ist, wäre es vielleicht zu ertragen gewesen. Ich hätte mich für dumm verkauft gefühlt, aber es wäre nicht so ... so –« Er schwieg. Dann setzte er heftig hinzu: »Aber es jetzt zu erfahren – jetzt, wo ich Tara kennengelernt habe, wo sie sich an mich gewöhnt hat –, das ist wirklich unglaublich gemein.«

»Du liebst sie.«

»Ja.« Sein Blick war trostlos. »Ja, ich liebe sie sehr.«

»Also dann.«

Er starrte sie an. »Was soll das heißen, ›also dann‹?«

»Dann ist damit doch alles gut.«

»Nein, Topaz«, erwiderte er aufgebracht. »Damit ist gar nicht alles gut. Überhaupt nicht.«

Sie rief sich die Ereignisse der vergangenen Woche ins Gedächtnis und sagte ruhig: »Weißt du, ich denke nur, wenn man Liebe findet, dann sollte man versuchen, sie zu halten. Und wenn die Umstände noch so gräßlich sind. Du liebst Tara doch, Marius. Warum willst du das wegwerfen?«

Er schüttelte den Kopf. »Ach, wenn es so einfach wäre. Wenn es nur so einfach wäre.«

»Ich behaupte ja gar nicht, daß es einfach ist. Du müßtest Suzanne verzeihen, daß sie dich getäuscht hat, und ich sehe ein, daß das schwierig wäre. Aber wenn du verstündest, warum sie es getan hat ... Sie ist ein anständiger Mensch. Ich glaube nicht, daß Sie so etwas Unrechtes ohne guten Grund täte.«

»Ach, nenn mir nur einen.«

Sie sagte nichts, und nach ein paar Minuten antwortete er sich selbst. »Um dem Kind ein Zuhause zu geben, vielleicht.«

Sie legte ihre Arme um ihn und drückte ihr Gesicht an seine Brust. Als sie die Augen schloß, konnte sie seinen Herzschlag hören.

»Du machst mein Hemd ganz naß«, sagte er.

»Entschuldige.« Sie hob den Kopf und sah ihn an.

Er wischte ihr die Tränen mit den Daumenballen aus dem Gesicht. »Ich bin offensichtlich nicht der einzige mit Problemen.«

Sie sagte ihm zuerst das, was leichter zu sagen war. »Ich habe schon wieder die Arbeit verloren. Das ist jetzt das vierte Mal.«

»Und wie kam es dazu?«

»Ach.« Sie seufzte. »Ich hab mich ziemlich schlecht gefühlt und hatte einen Riesenhunger – ich hab immer Hunger, wenn's mir schlechtgeht –, und weil ich nur ans Essen dachte, habe ich die sehr ehrenwerte Mrs. Gish-Lake als die sehr ehrenwerte Mrs. Fishcake angemeldet.«

Zum erstenmal lächelte er.

Sie sagte bekümmert: »Mein Chef fand das überhaupt nicht komisch.«

Er wurde wieder ernst. »Nein, natürlich nicht.«

»Und –«

»Und –?«

»Und ich glaube, ich habe mich verliebt.« Hastig fügte sie hinzu: »Keine Angst, er ist ganz anders als Peter de Courcy. Das war nur so ein ... ich war so glücklich, daß jemand mich küssen wollte.« Er gab ihr sein Taschentuch, und sie schneuzte sich.

Dann sagte er: »Komm, wir suchen uns ein Pub und essen was. Wenn ich dir deinen Kummer schon nicht abnehmen kann, kann ich wenigstens dafür sorgen, daß du nicht mehr unter Hunger leidest. Und dann –«

»Marius –?«

Er seufzte. »Ich habe keine Ahnung, Topaz. Ich habe wirklich keine Ahnung.«

7

AM ABEND FUHR Marius schließlich zurück nach Missencourt.

Es war spät, als er ankam. Suzanne war im Schlafzimmer. Er sah den offenen Koffer, die Stapel ordentlich gefalteter Kleidungsstücke. »Du willst weg?« fragte er.

Sie wurde rot. »Es ist das beste, meinst du nicht auch?«

Er setzte sich auf die Bettkante. Wie leer das Haus ohne Tara und Suzanne sein würde. »Das beste für wen?«

»Für uns alle.«

»Ich verstehe einfach nicht«, sagte er ärgerlich, »wie du so etwas tun konntest.«

Sie schloß die Augen. »Es war für Tara«, sagte sie müde. »Ich habe es für Tara getan.«

»Weil –«, er bemühte sich, seinen Zorn zu zügeln und zu verstehen, »– weil du ihr einen guten Start ins Leben geben wolltest?«

»Ja. Das auch.« Sie legte den Pullover, den sie gerade hatte zusammenlegen wollen, aus der Hand und strich sich eine dunkle Haarsträhne aus dem Gesicht. »Aber auch weil ich Angst hatte, daß ich sie vielleicht verlieren würde.«

»Verlieren? Wieso?« Er starrte sie verblüfft an.

»Letztes Jahr, als du uns gefunden hast, wollte mein Hauswirt mich gerade an die Luft setzen. Und ich konnte nicht genug Geld aufbringen, um etwas anderes aufzutreiben.«

»Trotzdem verstehe ich nicht –«

Sie sah ihn an. »Weil du so ein Leben nie kennengelernt hast, Marius. Von der Hand in den Mund. Immer am Rand des Abgrunds.«

»Ganz gleich, wie arm du warst«, sagte er zornig, »ganz

gleich, wie schwer du es hattest, es ist keine Entschuldigung für das, was du getan hast.«

Sie senkte den Blick. »Ich weiß«, sagte sie leise. »Ich weiß.« Sie legte den Pullover in den Koffer und richtete sich auf. »Marius, ich habe tausendmal bereut, was ich getan habe. Und ich könnte mich tausendmal dafür entschuldigen. Aber das würde es nicht besser machen.«

Sie trat zur Kommode und zog eine Schublade auf.

»Ich möchte, daß du mir erzählst, was genau geschehen ist«, sagte er.

»Marius –«

»Alles! Das ist ja wohl das mindeste, was ich verdiene, findest du nicht?«

Sie neigte den Kopf. »Natürlich.« Sie holte tief Atem. »Mein Hauswirt –«

»Von Anfang an. Im Lager. Mit *ihm*.« Er brachte es nicht über sich zu sagen, *Taras Vater*. »Hast du ihn geliebt?«

»Ja.« Sie war dabei, Strümpfe zu sortieren und hielt inne. »Ich habe ihn sehr geliebt. Er war nicht der erste Mann, mit dem ich geschlafen habe, aber er war der erste, den ich geliebt habe.« Einen Moment lang gewahrte er einen Funken des alten Trotzes, aber er erlosch beinahe augenblicklich.

»Wie hieß er?«

»Neil. Neil Finlay.«

»Er war Oberst, hast du gesagt.«

»Ja.«

»Er war also um einiges älter als du.«

»Er war Mitte Dreißig.«

»Verheiratet?«

»Das habe ich dir doch schon gesagt.«

»Kinder?«

Sie schüttelte den Kopf. »Nein.«

»Und du warst seine Fahrerin?«

»Ich wurde ihm zugeteilt, kurz nachdem ich im Lager angekommen war.«

»Und eines Abends, als du ihn nach Hause gefahren hast, hat er dir die Hand aufs Knie gelegt –«

»Nein! So war es nicht.« Zorn blitzte in ihren Augen. »Ich hatte schon mehrere Monate für ihn gearbeitet, ehe uns bewußt wurde … ehe uns bewußt wurde –«

»Was?«

Ihre Stimme schwankte. »Wie sehr wir uns mochten.«

Stille. Er stellte sie sich vor: Suzanne in ihrer Uniform, jung und temperamentvoll; der selbstsichere, kultivierte ältere Mann, der im Wagen neben ihr saß.

Er zwang sich fortzufahren. »Wie war er?«

»Marius!« rief sie. »Willst du das wirklich alles wissen? Das macht es doch nur noch schlimmer.«

»Sag's mir.«

»Neil … also –« Ihre Stimme zitterte. »Er war ein wunderbarer Mensch. Er war liebevoll, klug, witzig, großzügig. Und er war toll im Bett.«

Er stand auf und ging zum Fenster, kramte in der Tasche nach seinen Zigaretten. Als er sein Feuerzeug anknipste, hörte er sie sagen: »Es tut mir leid. Das war – gemein.« Sie seufzte. »Wir haben uns geliebt, und mehr gibt's darüber nicht zu sagen. Ich hatte noch nie so etwas für einen Menschen empfunden. Den ganzen Schmalz in Filmen und Büchern hatte ich immer für albern gehalten. Ich dachte, das wäre alles Blödsinn. Nur ausgedacht. Und dann habe ich es am eigenen Leib erfahren.« Sie lachte kurz. »Das hatte ich davon, daß ich mir eingebildet hatte, ich wäre immun.« Sie setzte sich aufs Bett. Ihr Gesicht war weiß, ihre gefalteten Hände verkrampft.

»Wolltet ihr heiraten?«

»Nach dem Krieg – nach seiner Rückkehr – wollte er mit seiner Frau sprechen. Sie lebte in Cornwall, und Neil hatte sie ewig nicht mehr gesehen. Er sagte, so eine Mitteilung sollte man dem anderen nicht per Brief oder Telefon machen. Er müsse es von Angesicht zu Angesicht tun. Und er wußte, daß sich etwas zusammenbraute –« Sie brach ab, und er glaubte, sie würde anfangen zu weinen. »Ich habe oft gedacht – vielleicht wußte er, daß er nicht zurückkommen würde. Vielleicht hatte er eine Vorahnung.«

Marius erinnerte sich an den Vorabend seiner Abreise nach

Frankreich. Mit Hunderten von Soldaten auf einem Schiff im Hafen von Poole zusammengepfercht. So voller Angst, daß man sich wünschte, es würde endlich losgehen, nur damit es um so früher vorbei wäre.

»Ich vermute«, sagte er langsam, »er wußte einfach nicht, was kommen würde. Er meinte wohl, Pläne machen, hieße das Schicksal herausfordern.«

Sie hob den Kopf und sah ihn an. »Ja.« Ihre nächsten Worte überstürzten sich beinahe, so als wollte sie nicht länger als unbedingt nötig bei ihnen verweilen. »Er versuchte, mich mitzunehmen, als er abkommandiert wurde, aber da war nichts zu machen. Mir war natürlich klar, daß ich ihn vielleicht nie wiedersehen würde. Und ich – ich war verzweifelt. Und so einsam. Und wütend, daß er mich verlassen hatte. Ich weiß, das klingt unvernünftig – irrational. Aber so war es. Ich habe ihn wahnsinnig vermißt. Und das, was wir zusammen gehabt hatten.« Sie runzelte die Stirn. »Die menschliche Nähe. Und den Sex. Nicht nur die Lust. Auch die Geborgenheit. Das Zusammensein mit jemandem.«

»Und da kam ich wie gerufen, nehme ich an«, sagte er bitter. »Wenn ich es nicht gewesen wäre, dann wäre es ein anderer gewesen, nicht wahr?« Er beobachtete sie scharf, als er seine nächste Frage stellte. »Als wir uns begegnet sind, hast du da schon gewußt, daß du schwanger bist?«

»Nein. Ich hatte keine Ahnung. Ich habe die Periode nie ganz regelmäßig bekommen, und Neil und ich waren vorsichtig. Ich glaubte, es könnte nichts –« Sie zwang sich, ihn anzusehen. »Das ist die Wahrheit, Marius. Wenn ich nur einen Vater für mein Kind gewollt hätte, dann hätte ich dir doch schon damals, 44, von der Schwangerschaft erzählt, meinst du nicht? Aber das habe ich nicht getan. *Du* hast *mich* gesucht, vergiß das nicht.«

Und sie hatte es ihm nicht leichtgemacht, sie zu finden. Aber wenn sie nicht die Absicht gehabt hatte, ihn zur Ehe zu verführen, warum hatte sie dann überhaupt mit ihm geschlafen?

»Du sagst also, daß er – dein Geliebter – nur wenige Tage weg war, als wir uns begegneten. Aber es bestand doch immer die Möglichkeit, daß er zurückkommt. *Treu* warst du ja nicht gerade.«

Sie starrte in eine Ferne, die er nicht sehen konnte. »Ich mußte mich irgendwie ablenken«, erklärte sie schließlich. »Ich mußte das alles verdrängen – die Angst und den Zorn. Ich vermute – es erscheint so kindisch jetzt! –, ich wollte ihn dafür bestrafen, daß er mich verlassen hatte. Und Sex –«, sie zuckte mit den Schultern, »– Sex hat mir immer Spaß gemacht. Ich habe mich immer so gut gefühlt dabei. Und als ich dich sah, wußte ich, daß es mir mit dir Spaß machen würde.« Zum erstenmal lächelte sie ein wenig. »Ich weiß, es gehört sich nicht für eine Frau, so etwas zu sagen, aber so war es.«

»Ich war also –« er suchte nach dem Wort, »– ein Lückenbüßer ... ein ... ein Ersatz –«

Sie biß sich auf ihre Lippe. »Ich habe dich wirklich gemocht, Marius. Ich fühlte mich zu dir hingezogen. Es tut mir leid, wenn das ... trivial erscheint.« Sie krauste die Stirn. »Viele Männer sind attraktiv, aber nicht viele sind anständig. Neil war es. Du bist es.«

Anständig, dachte er. Du lieber Gott.

»Du hast gesagt, daß er gleich am ersten Tag gefallen ist. Wie kam es dazu?«

»Ein Freund von ihm«, antwortete sie, »hat mir später erzählt, daß er es nicht einmal bis an den Strand geschafft hat. Er ist im Meer ums Leben gekommen, zwischen den Booten und der Küste.« Sie schwieg einen Moment. »Ich konnte nicht zu seiner Beerdigung gehen. Nur die engsten Verwandten. Seine Frau wollte es so.«

Er konnte den Ausdruck in ihren Augen nicht ertragen. Er zündete eine Zigarette an und ging zu ihr. »Hier.« Als sie die Zigarette nicht nahm, schob er sie ihr zwischen die Finger.

»Danke«, sagte sie leise. Mit geschlossenen Augen sog sie den Rauch ein. Nach einer Weile sagte sie: »Ich war zu der Zeit schon ziemlich sicher, daß ich schwanger war. Anfangs habe ich versucht, den Kopf in den Sand zu stecken und so zu tun, als ob nichts wäre. Ich konnte keinen klaren Gedanken fassen. Neil war tot, das war das einzige, was mich bewegte. Ich konnte nicht an die Zukunft denken, weil es für mich zu dieser Zeit keine Zukunft *gab*.« Sie inhalierte tief. »Aber dann war es nicht mehr zu übersehen, meine Vorgesetzte erriet, was los war, und ich flog raus. Ich hatte alles verloren, Marius – den Mann, den ich geliebt hatte, meine Arbeit und mein Zuhause. Meine Eltern lehnten es ab, mich aufzunehmen – meine Mutter gab mir eine Ohrfeige, als ich sagte, daß ich schwanger sei. Ich dachte an eine Abtreibung – ich bekam eine Adresse, aber die Schwangerschaft war schon zu weit fortgeschritten.« Sie sah ihn an. »Es tut mir leid, wenn du schockiert bist, Marius, aber du wolltest die Wahrheit wissen.« Sie brach ab.

Er ließ sie allein und ging nach unten. Aus der Anrichte im Wohnzimmer nahm er eine Flasche Scotch und zwei Gläser. Als er wieder ins Schlafzimmer kam, saß sie immer noch auf dem Bett. Als er die Tür öffnete, hob sie mit einem Ruck den Kopf.

»Ich dachte, du wärst weg«, sagte sie.

Er goß zwei Whisky ein und reichte ihr eines der Gläser. Er spürte, wie er ruhiger wurde, als die feurige Flüssigkeit brennend durch seine Kehle rann.

»Was hast du getan?«

Nach einer langen Pause sagte sie: »Ich bin bei einer Freundin untergekrochen. Ich habe im Wohnzimmer auf dem Sofa geschlafen. Aber auf die Dauer war das natürlich unmöglich – sie hatte drei Kinder, und das Haus hatte einen Bombenschaden. Ich fand schließlich ein Zimmer in Putney und bekam Arbeit in einem Laden. Ein paar Monate lang konnte ich mich so über Wasser halten. Ich wurde natürlich immer dicker, aber ich zog weite Blusen und Pullis an und schaffte es so, meinen Zustand zu verbergen. Aber irgendwann bekamen sie es doch spitz, und ich flog wieder raus. Dann – tja, dann nahm ich mir ein Zimmer in einer Pension. Ich kaufte mir bei Woolworth einen Ring und gab mich als Kriegerwitwe aus.« Sie starrte nachdenklich in die Ferne. »Ich habe kaum noch Erinnerungen an diese Zeit. Fast jeden Tag gab es Raketenangriffe, und die Leute hatten Todesangst, das weiß ich noch. Nur ich hatte keine Angst. Ich dachte, eine V2 wäre doch eine prima Lösung.« Sie trank von ihrem Scotch. »Dann kam Tara zur Welt.«

»Am zweiten Weihnachtsfeiertag«, sagte er.

»Ja.« Der Schatten eines Lächelns. »Und dann – ich weiß, das klingt wahnsinnig kitschig, aber ich hatte plötzlich wieder einen Grund zu leben.« Sie umschloß das Glas mit beiden Händen. »Ich hätte nie geglaubt, daß ich sie lieben würde. Die ganze Schwangerschaft hindurch dachte ich immer nur, wie übel mir das Schicksal mitgespielt hatte – mir Neil zu nehmen und mir dafür ein Kind aufzuhalsen, das ich nicht wollte. Ich war nie so kindernärrisch wie manche Frauen das sind. Ich hatte immer meine Mutter vor Augen, die haben die vielen Kinder fertiggemacht. So wie sie wollte ich nie werden.«

Tränen liefen ihr über das Gesicht. »Aber Tara habe ich sofort geliebt. Vom ersten Moment an. Im Krankenhaus wollten sie mich überreden, sie zur Adoption freizugeben, aber das kam für mich nicht in Frage.« Sie suchte in ihrem Ärmel nach ihrem Taschentuch und schneuzte sich die Nase.

»Ganz allein mit einem Baby – das muß schwierig gewesen sein –«

»Es war furchtbar!« Sie wischte sich die Augen mit dem Handrücken und trank wieder von ihrem Scotch. »Meine Zimmerwirtin setzte mich noch an dem Tag, an dem ich mit Tara nach Hause kam, auf die Straße. Sie hatte erraten, daß ich nicht verheiratet war. Du hättest sehen sollen, wie sie Tara angesehen hat – wie *Schmutz*.« Suzanne holte zitternd Atem. »Wir haben in den schlimmsten Löchern gehaust. Tara hatte dauernd Husten und Erkältungen. Ich bin überzeugt, das kam nur von der Feuchtigkeit. Und es war praktisch unmöglich, Arbeit zu finden, die sich mit Taras Betreuung irgendwie vereinbaren ließ.«

Sie schwieg.

Während er mit seiner Einheit durch Frankreich und Belgien nach Deutschland vorgerückt war, dachte Marius, hatte Suzanne ihre eigenen Schlachten geschlagen. »Und als ich dann bei dir aufkreuzte –«

»Wie ich schon sagte, der Hauswirt wollte mich rauswerfen. Wohnungssuchende gab es in Massen, und die meisten konnten mehr zahlen als ich. Ich hatte schon die ganze Woche gesucht wie eine Wahnsinnige und wußte nicht mehr ein noch aus. Von Tag zu Tag schien alles nur schlimmer zu werden statt besser. Tara hatte im Frühsommer die Masern gehabt, und ich mußte Arztrechnungen bezahlen. Ich hatte in einem Pub gekellnert – eine Nachbarin kümmerte sich in der Zeit um Tara, aber sie wurde krank, und ich mußte den Job aufgeben. Ich war so weit, daß ich manchmal dachte, es wäre besser für sie, ich würde sie doch zur Adoption freigeben. Es hätte mir das Herz gebrochen, aber man muß doch an das Kind denken! Dann kamst du. Und als du annahmst, Tara wäre dein Kind –«, sie breitete wie in Resignation die Hände aus, »– sah ich plötzlich einen Weg, sie behalten zu können.«

Er erinnerte sich der stickigen kleinen Wohnung und der Schreie des Kindes. *Sie ist mein Kind, nicht wahr, Suzanne?* hatte er gesagt. Und sie hatte genickt.

»Du hast gesagt, du hättest erwartet, daß ich dir Geld anbieten würde.«

»Ja.« Das Wort war kaum zu hören. »Aber das hast du nicht getan. Du hast darauf bestanden, mich zu heiraten. Das bedeutete nicht nur einen Weg aus der Armut für mich. Das bedeutete vor allem, daß Tara einen Namen bekommen würde. Daß sie in Zukunft nicht mehr als uneheliches Kind gebrandmarkt sein würde. Und als du mir dann von Missencourt erzählt hast, von all den Möglichkeiten, die Tara offenstehen würden … nun ja, das war meine Rechtfertigung. Ich sagte mir, du könntest es dir leisten, du hättest es immer leicht gehabt im Leben, es wäre doch gar nichts dabei, wenn wir auch ein bißchen davon profitieren.« Sie seufzte. »Ich habe dich zu der Zeit nicht gekannt, Marius. Jedenfalls nicht richtig. Ich wußte, daß ich im Begriff war, etwas Unrechtes zu tun, aber ich beruhigte mein Gewissen damit, daß ich mir sagte, du würdest ja auch was davon haben. Ich habe gesehen, daß du mich immer noch begehrtest –«

»Sex für ein Dach über dem Kopf?«

»Ja.« Sie ließ ein seltsames kleines Lachen hören. »Häßlich, nicht?«

Als er nicht antwortete, fuhr sie zu sprechen fort. »Später, als ich dich besser kennenlernte, habe ich angefangen, mich zu hassen. Als ich gesehen habe, wie sehr du Tara liebst. Wie sehr du dich um mich bemühst. Und nicht nur du, auch Adele. Sie war von Anfang an so gut zu mir. Ich kann so nicht weitermachen. Es geht einfach nicht.«

Er wandte sich ab und starrte aus dem Fenster, ohne etwas zu sehen. Nach einiger Zeit bemerkte er, daß sie wieder zu packen begonnen hatte.

»Weißt du schon, wohin du gehen wirst?«

»Nein. Aber ich werde schon was finden.«

»Und Tara?«

»Marius!« Ihr Blick war voller Qual.

Gnadenlos fuhr er fort: »So hast du es doch vor, nicht wahr, Suzanne? Tara nehmen und verschwinden. Und zum Teufel mit mir ... mit meiner Mutter ... mit allen, die sie liebgewonnen haben.«

»Sie ist alles, was ich habe«, entgegnete sie in klagendem Ton. »Ich kann sie nicht zurücklassen – vielleicht sollte ich das, aber ich kann nicht –« Zitternd hielt sie mit beiden Armen ihren Oberkörper umschlungen.

Auf der Heimfahrt im Zug war ihm eines klargeworden: *Wenn man Liebe findet, sollte man versuchen, sie zu halten,* hatte Topaz gesagt, und er wußte, daß sie recht hatte.

»Ich möchte sie nicht verlieren«, sagte er. »Selbst wenn sie nicht mein Kind ist, möchte ich sie nicht verlieren.« Auch darüber hatte er auf der langen Bahnfahrt nach Hause nachgedacht: ob er Tara auch jetzt noch liebte, da er wußte, daß er sie nicht gezeugt hatte. Er hatte nicht lang gebraucht, um die Antwort auf diese Frage zu finden. Man konnte die Liebe nicht an- und abstellen wie elektrischen Strom. Bei der Entdeckung, daß Tara nicht sein Kind war, hatte er Schmerz und Bedauern empfunden, doch an seinen Gefühlen für sie hatte sich nichts geändert.

Suzanne setzte sich auf die Bettkante. Ihr Gesicht war bleich und starr. »Ich gebe sie niemals auf, Marius.«

Aber er würde nicht lockerlassen. Er würde sie mürbe machen. Sie war eine praktische und vernünftige Frau, früher oder später würde sie einsehen, daß es nur in Taras Interesse war, sie bei ihm in Missencourt zu lassen.

Aber beinahe im selben Moment wußte er schon, daß er das niemals übers Herz brächte; daß es ein barbarischer Akt wäre, Mutter und Kind zu trennen; sie mit Schmerz für seine Verletztheit und seinen Zorn bezahlen zu lassen; Tara weh zu tun, um Suzanne zu bestrafen.

Er setzte sich neben sie aufs Bett, fühlte sich körperlich und seelisch erschöpft. Er schien keine Wahl zu haben.

»Wenn du nicht bereit bist, ohne sie zu gehen«, sagte er, »und ich nicht bereit bin, sie aufzugeben, dann bleibt nur eines, nicht wahr?«

Auch sie schien erschöpft. »Ich verstehe nicht.«

»Daß du bleibst.«

»Daß ich bleibe?« sagte sie ungläubig. »Hier? In Missencourt? Ausgeschlossen.«

»Warum?«

»Weil es niemals klappen würde.«

»Und warum nicht?«

»Du würdest mich hassen, Marius.«

»Es wäre sicher nicht leicht«, begann er, und ihr sarkastisches Lachen unterbrach ihn.

»Nicht leicht! Du bist gut.«

»Wäre es nicht Tara zuliebe einen Versuch wert?«

»Wir haben es versucht.« Sie stand auf, lief im Zimmer umher und begann, alles in den Koffer zu werfen, was ihr gerade in die Hände fiel: eine Flasche Parfum, ein Paar Schuhe, ein Buch. Dann sagte sie: »Und selbst wenn du so großherzig sein könntest, *ich* könnte es nicht ertragen. Dieses Halbleben.«

»Halbleben?« wiederholte er verständnislos. »Was soll das heißen?«

»Na, dieses Leben, das wir beide führen.«

»In Missencourt, meinst du?«

»Nein, *unser* gemeinsames Leben. Zwischen uns gibt es doch kein richtiges Gespräch. Wir reden nie über die Dinge, die von Belang sind. So kann ich nicht leben. Nicht einmal Tara zuliebe.«

»Aber das stimmt doch gar nicht«, widersprach er. »Wir reden sehr wohl miteinander –«

»Unsinn! Glaubst du, ich weiß nicht, daß du mich nur aus einer Art Pflichtgefühl heraus duldest?«

Er fuhr sich mit den Fingern durch die Haare. Er hatte Kopfschmerzen. »Ich hatte keine Ahnung, daß du es so empfindest.«

»Weil ich nicht meckern wollte. Ich fand, ich hätte kein Recht dazu.« Sie riß eine Schublade aus der Kommode und leerte ihren Inhalt direkt in den Koffer. »Damals im Lager«, fuhr sie fort, »haben wir uns oft fürchterlich gestritten, aber wir haben wenigstens miteinander geredet. Und zwar über Dinge, die wichtig waren. Wann haben wir jetzt das letzte Mal über etwas *von Belang* geredet?«

Er mußte nachdenken. »Gestern«, gab er zurück. »Auf dem Heimweg von den Barringtons. Davor … ich weiß es nicht mehr.«

»Früher haben wir über alles geredet. Politik … Menschen … den Krieg … Filme … Bücher –« Sie raffte mit beiden Händen den Inhalt einer Schublade zusammen und warf ihn aufs Bett. »Du hast dich verändert, Marius«, sagte sie. »Du hast dich verschlossen.«

»Anders hätte ich es nicht aushalten können«, sagte er bitter.

»Du meinst, anders hättest du *mich* nicht aushalten können. Anders hättest du eine Ehe nicht aushalten können, die du gar nicht wolltest, zu der du mit Lug und Betrug verleitet worden bist.«

»Nein, das meinte ich nicht«, widersprach er scharf. Er ging zum Fenster und öffnete es, doch die hereinströmende frische Luft schien das Zimmer nicht zu kühlen. »Ich meinte, als ich im letzten Jahr nach Hause kam, habe ich mich nicht mehr zurechtgefunden. Nichts war so, wie ich erwartet hatte. Ich fühlte mich als völliger Außenseiter. Aber seit Tara in mein Leben getreten ist –« Er brach ab.

Sie ging zu ihm und legte ihre Hand auf seine geballte Faust. »Wir haben das ganz schön vermasselt, nicht?«

Er kniff die Augen zusammen. »Ich habe infernalische Kopfschmerzen«, murmelte er. »Ich kann gar nicht mehr denken.« Er zerrte an seiner Krawatte.

»Du bist müde, Marius. Und erregt.« Sie sah auf ihre Uhr. »Es ist fast zwei.«

Er sagte: »Würdest du noch warten? Ein oder zwei Tage –«

»Marius –«

»Du kannst nicht einfach gehen, Suzanne«, sagt er heftig. »Du kannst sie mir nicht einfach wegnehmen, ohne etwas zu sagen.«

Sie schloß einen Moment die Augen. »Das habe ich gar nicht vor.«

»Versprich es!«

»Ich verspreche es.«

Er schob den Koffer vom Bett. Ein Teil des Inhalts fiel heraus und landete auf dem Fußboden. Dann streifte er seine Schuhe ab, streckte sich auf dem Bett aus und machte die Augen zu. Beinahe augenblicklich war er eingeschlafen.

In diesem August rief die Hitze Luftspiegelungen über dem Land hervor: Dort, wo die Wiesen zur Küste abfielen, vermischten sich die Farben von Gras und Meer zu Jadegrün, Graubraun und Ultramarin. Ausflügler flohen in Bussen und Zügen aus stickigen Städten an die Küste. In Bournemouth, Hernscombe und Lyme Regis lagen sie im glühenden Sand, ließen ihre bleichen Glieder krebsrot brennen und tauchten ab und zu ihre apshaltmüden Füße ins salzige Wasser. Kinder zogen Garnelennetze durch seichte Tümpel, schrammten sich an muschelverkrusteten Felsen die Knie auf und weinten, wenn das schmelzende Eis vom Stiel glitt und einen orangefarbenen Fleck auf der Promenade hinterließ.

Der weitverzweigte Chancellor-Clan folgte dem Gebot der Jahreszeit. Der Schule entronnen, freuten sich die Kinder ihrer Freiheit, zankten und neckten sich und tuschelten nach Herzenslust miteinander, während sie in den dunklen, sonnengesprenkelten Wäldern Höhlen bauten und Staudämme in den Bächen, die die Wiesen durchzogen. Die Ehemänner und Familienväter, die zwei Wochen lang aller beruflichen Verpflichtungen ledig waren, mieteten sich mit ihren nörgelnden Ehefrauen und aufmüpfigen Kindern in Pensionen und Hotels ein. John und Prudence reisten in den Lake District, wo sie über samtiggrüne Hügel und an den Ufern spiegelglatter Seen wanderten. Maurice Chancellor stieg mit seiner unscheinbaren Frau und seinen wieseläugigen Kindern in einem Hotel in Torquay ab, wo er die Kellnerinnen beäugte und auszurechnen versuchte, was Vorhänge und Bezugsstoffe gekostet haben mußten.

In Sixfields war im August Erntezeit. Es war der Monat im Jahr, in dem es am meisten zu tun gab. Jack saß von Sonnenaufgang bis Sonnenuntergang auf dem Mähdrescher und zog seine Bahnen über die Felder, die zu Carrie Chancellors riesigem Besitz gehörten. Silberne Sicheln durchschnitten goldene Halme. Wenn am Ende des Tages das Licht schwand, legten sich lange Schatten über die Stoppelfelder. Je mehr Jacks Erinnerungen an den Krieg verblaßten, desto klarer wurde ihm, was für ein Glück er gehabt hatte, daß ihm die körperlichen und seelischen Verwundungen erspart geblieben waren, an denen ehemalige Kriegsgefangene immer noch litten. Als seine Mutter ihm einmal Vorhaltungen machte, weil er sich bei Familienzusammenkünften niemals sehen ließ, gab er ihr zuliebe seine Zurückhaltung auf, erschien zum Sonntagsessen im Schulhaus, nahm an der Hochzeitsfeier eines Vetters teil. Er schaffte es sogar, ein paar höfliche Worte mit Will und Julia zu wechseln.

In London trennten sich vorübergehend die Wege. Charlie hatte ein Engagement in Blackpool; Francesca besuchte eine verheiratete Schwester; Jerry, Mischa und Claudette frönten in einem klammen kleinen Häuschen in Devon, das ihnen ein Verehrer Claudettes überlassen hatte, ihrer Lust an Streit und Versöhnung; Helena reiste nach Brighton, wo sie sich, über knirschende Kiesel wandernd und die Augen gegen das Leuchten des Meeres beschattend, das gleiche gelobte, was sie sich im letzten und im vorletzten und im vorvorletzten Jahr gelobt hatte: daß sie Donald vergessen würde.

Adele Temperley, die der um sie herum tobenden Stürme gewahr war und sich sorgte, jedoch taktvoll den Mund hielt, verbrachte den Monat bei ihrer Schwester in Cumberland, während Marius in Missencourt die wildesten Stimmungsschwankungen durchmachte. Suzanne sollte gehen. Suzanne sollte bleiben. Er konnte ihre Berührung nicht ertragen. Die Nächte, in denen sie getrennt schliefen, sie im Gästezimmer oder er von Erschöpfung und Alkohol überwältigt auf dem Sofa im Wohnzimmer, waren eine Qual. Er haßte sie dafür, wie sie sein wohlgeordnetes Leben durcheinandergebracht hatte. Als die Firma für die üblichen vierzehn Ferientage schloß, sah er sich mit ihr in Missencourt gefangen. Ohne das Korsett der täglichen Arbeit begann er zuviel zu trinken und zuwenig zu schlafen.

Eines späten Abends wollte er die Autoschlüssel vom Küchentisch nehmen, wo er sie irgendwann vorher hingeworfen hatte, aber Suzanne, die beim Abspülen war, schnappte sie sich vor ihm.

»Du fährst jetzt nicht mit dem Auto. Du hast viel zuviel getrunken.«

»Moment mal –«, begann er wütend.

»Es ist mein Ernst.« Sie hielt die Schlüssel in der einen Hand, ein Geschirrtuch in der anderen. »Wenn dir was passiert, hätte ich das mein Leben lang auf dem Gewissen.«

»Gib die Schlüssel her.« Er hielt ihr die Hand hin.

Sie trat zurück. »Du mußt sie dir schon mit Gewalt holen, und das wirst du doch nicht tun, Marius.«

Als er sprang, wich sie zur Seite aus. Er verlor das Gleichgewicht und mußte sich am Abtropfbrett des Spülbeckens festhalten, um nicht zu fallen. Mit einer Hand schlug er gegen ein Glas, das zerbrach. Erschrocken von der Wucht des Aufpralls, lehnte er sich an das Spülbecken und starrte seine Hand an, die mit Glassplittern gespickt war.

»O Gott, Marius –«, hörte er sie sagen.

»Mist«, murmelte er verdrossen. »Gottverdammter Mist!«

»Setz dich hin.« Sie drückte ihn auf einen Stuhl. »Ich rufe den Arzt an.«

»Nein!« Blut sickerte seine Hand hinunter zum Hemdsärmel. Es wunderte ihn, daß es nicht weh tat. Er sah sie an. »Im Suff über die eigenen Füße gefallen. Nein! Herrgott noch mal, Suzanne, der Mann hat mich auf die Welt gebracht.«

Sie starrte ihn an. »Gut, dann mache ich das eben«, sagte sie.

Sie setzte sich neben ihn und begann die Splitter aus seiner Hand zu ziehen. Ihm war flau und kalt. »Wie kann man nur so blöd sein, verdammt noch mal –«, sagte er.

»Marius!« In ihrer Stimme schwang leichter Spott mit. »Ich habe dich noch nie soviel fluchen hören.«

Aus irgendeinem unerfindlichen Grund mußte er an Francis Temperley denken. Er sagte: »Meinen Vater habe ich nur ein einziges Mal fluchen hören.«

»Und wann war das?«

»An dem Tag, an dem der Krieg erklärt wurde.« Er versuchte, seine Gedanken zu sammeln. Er war betrunken, unter Schock. »Er hatte den ersten mitgemacht. Und ziemlich gelitten, glaube ich. Er hat nie darüber gesprochen.«

»Für diese winzigen Splitter, die jetzt noch drin sind, muß ich die Pinzette holen.« Sie musterte ihn prüfend. »Du hast eine ziemlich komische Gesichtsfarbe, Marius. Möchtest du dich hinlegen?«

»Nein, nein, es geht schon.«

»Dann red mit mir. Erzähl mir von deinem Vater. Du sprichst fast nie über ihn. Was war er für ein Mensch?«

»Er war –«, er krauste nachdenklich die Stirn, »– ein ziemlich unerreichbares Vorbild. Groß. Gutaussehend. Tüchtig und zuverlässig.«

»Wie der Vater, so der Sohn«, sagte sie, und er schüttelte den Kopf.

»Nein, das stimmt nur zum Teil. Natürlich bin ich ihm in mancher Hinsicht ähnlich, aber … er hatte einen großen Charme … er war witzig … jeder war hingerissen von ihm … besonders Frauen … das alles trifft auf mich nicht zu.«

Sie kniff die Augen zusammen. »Ich glaube, die Splitter sind jetzt alle draußen.«

Marius sagte: »Du hast mich mal einen Spießer genannt.

Wahrscheinlich bin ich einer. Mein Vater hat mir von klein auf Pflichtgefühl eingebleut. Er hat mich gelehrt, daß man immer seine Pflicht tun muß – vor dem Vaterland, vor der Familie und vor den Menschen, die einen lieben. Aber –«

Suzanne schraubte eine Flasche Desinfektionsmittel auf. »Aber –?«

»Ich glaube nicht, daß es ihm immer leichtgefallen ist.«

»Keinem fällt das immer leicht, Marius.«

»Au!«

»Stell dich nicht an!« sagte sie streng. »Es ist nur Jod.«

»Tut aber verdammt weh.« Er holte tief Luft. »Ab und zu mal geriet er wegen irgend etwas wirklich in Wut. Es kam nicht oft vor, aber man konnte ganz schön Angst bekommen. Weißt du, so eine eiskalte Wut. Ich bin ihm dann tunlichst aus dem Weg gegangen. Passierte vielleicht ein-, zweimal im Jahr.«

»Ein-, zweimal am Tag bei meinem Vater«, sagte Suzanne. Sie holte ein frisches Geschirrtuch aus der Schublade. »Drück das solange drauf. Ich hole inzwischen das Verbandszeug.«

Marius blieb in der Küche sitzen und drückte das Geschirrtuch auf seine verletzte Hand. Er hatte jetzt Schmerzen. Ziemlich starke. Ihm fiel ein, daß er um seinen Vater nie richtig getrauert hatte. Er war im Ausland gewesen, als er von seinem Tod erfahren hatte. Und als er ein Jahr später nach Hause gekommen war, hatte er seine erste Pflicht darin gesehen, sich um seine Mutter und Julia zu kümmern. Sich mit seinem eigenen Schmerz zu befassen war wenig Zeit und Gelegenheit gewesen.

In diesem Moment gedachte er seines Vaters vielleicht zum erstenmal von Erwachsenem zu Erwachsenem – und begann zumindest, ihn zu verstehen. Francis Temperley war ein schwieriger Mensch gewesen. Julia hatte seine widerstreitenden Bedürfnisse nach leidenschaftlichem Ausdruck und innerer Zurückgezogenheit geerbt. Marius hatte seinen Vater bewundert und verehrt, aber er war ihm nicht nahe gewesen. Und ich werde es nun auch niemals sein, dachte er trostlos.

Dann kam Suzanne zurück. »Gib mir deine Hand –«

Noch sitzend, legte er seinen freien Arm um sie und zog sie

an sich. Mit geschlossenen Augen drückte er seinen Kopf an ihren Bauch und fühlte, wie sie sein Haar streichelte, hörte, wie sie leise immer wieder seinen Namen sprach.

Topaz und ihre Mutter verbrachten den August in Eastbourne in einem großen Hotel von verblichener Vorkriegspracht. Anfangs war Veronica gedrückter Stimmung. Manchmal, wenn sie abends zwischen Topfpalmen und Ormuluspiegeln saßen und sie ein paar Gin Tonics getrunken hatte, erzählte sie Topaz von ihrer Kindheit in Indien. Von Sommern hoch oben in den Bergen, von Teegesellschaften, Ausritten und Tennispartien. Beschreib mir, wie es aussah, wie es klang, wie es roch, hätte Topaz gern gedrängt, doch sie sagte nichts, um den seltenen Zauber vertrauter Nähe zu ihrer Mutter nicht zu brechen. Nur einmal konnte sie sich nicht zurückhalten, nachdem Veronica ihr die lange Seereise geschildert hatte, die sie, neun Jahre alt, von Indien nach England geführt hatte, wo sie von nun an ein Internat besuchen sollte. Eine Soldatenfrau hatte das kleine Mädchen begleitet, da man meinte, ihre Mutter sei zu zart, um den abgedunkelten Bungalow mit den wehenden Musselinvorhängen und den beflissenen Dienstboten zu verlassen.

»Ich habe sie nie wiedergesehen, sie starb, als ich vierzehn war«, schloß Veronica, bevor sie dem Kellner winkte, um sich noch einen Drink bringen zu lassen.

»Aber wie schrecklich!« platzte da Topaz heraus. »Das muß doch ganz schlimm für dich gewesen sein. Hast du nicht tagelang geweint?«

Veronica sah sie einen Moment lang verständnislos an, verblüfft. Dann sagte sie: »Ich glaube nicht, nein. An dem Tag, an dem sie es mir mitgeteilt haben, brauchte ich nicht zum Hockey, und ich war sehr froh darüber, weil ich es haßte, im Matsch herumzurennen.«

Später, als Topaz wie jeden Abend noch einen Spaziergang am Meer machte, dachte sie an dieses unerschütterliche, tränenlose Kind. Sie verglich sich selbst mit ihm und nahm sich fest vor, an diesem Abend keine Tränen zu vergießen; sie, die sie nicht aufhören konnte, um Charlie zu weinen.

Im August konnte Will seine finanziellen Schwierigkeiten nicht mehr ignorieren. Die hohen Verluste infolge des strengen Winters und der Treibstoffkrise hatten ihn noch tiefer in Schulden gestürzt, und er hatte im Frühjahr einen Bankkredit aufgenommen, um über die Runden zu kommen.

Ende des Monats suchte er seinen Vetter Maurice in Hernscombe auf. Maurice, wohlgenährt und braungebrannt, hörte mit augenscheinlicher Anteilnahme zu, als Will ihm erklärte, daß er wegen des harten Winters und der anhaltenden Rationierung des Benzins nicht mehr das Geld hatte, um die Miete für die letzten drei Monate zu bezahlen. Er sei sich aber immer noch sicher, fügte Will zuversichtlich hinzu, daß er den Betrieb zum Laufen bringen könne. Er brauche nur eine Verschnaufpause; er werde seine Schulden begleichen, sobald er sich finanziell erholt habe.

Maurice erinnerte Will daran, daß er nur Teilhaber an der Tankstelle war. »Ich kann da also leider allein nicht entscheiden, alter Junge. Ja, wenn's nach mir ginge ...« Der Satz hing unvollendet in der Luft, als Will sich Dank und Lebwohl aus angsterstickter Kehle preßte und aus Maurices Laden floh.

Auf dem Heimweg machte er einen Abstecher ins Holly Bush, um sich zur Beruhigung seiner Nerven einen Drink zu genehmigen. Das Pub stand abgelegen an einem Stück Landstraße ohne Beleuchtung und ohne Häuser. Es war bekannt, daß man es dort mit der Polizeistunde nicht so genau nahm. Die fröhliche Gesellschaft am Tresen, Fischer und Landarbeiter, nahm Will bereitwillig in ihren Kreis auf, so daß es ihm gelang, seine Probleme eine Zeitlang zu vergessen. Aber als er am nächsten Morgen mit Kopfschmerzen und trockenem Mund erwachte, überfielen ihn sogleich von neuem all seine Sorgen. Das überzogene Konto. Die Zinszahlungen. Der schlechte Gang der Geschäfte.

Ein paar Tage später rief Maurice im Betrieb an. Er habe sich Wills Probleme durch den Kopf gehen lassen, sagte er, und versucht, einen Weg zu finden, um ihm aus der Patsche zu helfen. Er habe darum mit einem Freund gesprochen, der Will eventuell einige Aufträge zuschanzen könne. Es handle sich um einen Mr. Hunter. Er würde in den nächsten Tagen bei Will vorbeischauen.

Will stellte sich Maurices Freund als einen wohlhabenden älteren Geschäftsmann vor, Konservativer und Rotarier, mit zwei oder drei Fahrzeugen, die vielleicht überholt werden mußten. Er schämte sich zu sehr, um Maurice klarzumachen, daß die finanzielle Krise mittlerweile Ausmaße erreicht hatte, bei denen ein Auftrag hin oder her keine Rolle mehr spielte.

Einige Tage später brauste ein neuer Lancia in die Tankstelle. Der Fahrer machte sich mit Will bekannt.

»Rick Hunter.« Sie tauschten einen Händedruck.

Mr. Hunter war, schätzte Will, nur wenige Jahre älter als er selbst. Er trug einen gutsitzenden grauen Anzug und dazu ein blaßblaues Seidenhemd. Die Brusttasche zierte ein passendes seidenes Tüchlein. Der Mann war kleiner als Will, jedoch stämmiger gebaut. Er hatte eine lange, flache Nase, dunkle, ziemlich stark hervortretende Augen und einen kleinen roten Mund. Sein Gesicht erinnerte Will an das eines wohlgenährten Nagetiers.

Mr. Hunter sah sich interessiert um. »Schön ruhig hier.«

»So ruhig«, kommentierte Will bitter, »daß kein Mensch anhält.«

»Man muß nur wissen«, meinte Mr. Hunter, »wie man die Kunden lockt.«

Im Büro schweifte Mr. Hunters interessierter Blick prüfend vom Fenster zum Lager und weiter zur Werkstatt.

Will bot ihm einen Stuhl an. »Sind Sie ein Kollege von Maurice … ein Freund –?«

»Geschäftlicher Berater.« Mr. Hunter lächelte kurz. »So sehe ich mich, Will. Als geschäftlicher Berater. Ich will gleich zur Sache kommen. Wenn Sie diesen Laden hier auf Trab bringen wollen, müssen Sie dafür sorgen, daß es sich für die Leute lohnt, hierherzukommen. Sie liegen hier ein bißchen von der Straße ab, da müssen Sie sich was einfallen lassen, um die Kunden zu locken, wie ich schon sagte.«

»Wie denn locken?«

»Also, ich bin der Meinung, daß jeder das Recht hat, Geschäfte zu machen und sich seinen Lebensunterhalt zu verdienen. Daß jeder das Recht hat, seiner Frau schöne Sachen zu kaufen und seinen Kindern einen guten Start zu geben.«

Wills Blick verriet wohl seine Ungeduld, denn Mr. Hunter sagte: »Hören Sie mir nur einen Moment zu.« In seiner Stimme schwang eine Autorität mit, die Will zum Schweigen brachte.

»Ich habe Verbindungen zur Autobranche. Ich kenne Leute, die einen reellen Mechaniker brauchen, jemanden, der ehrliche Arbeit macht. Ich könnte Ihnen einige Kunden schicken, Will. Für Sie könnte das die Wende sein. Und wenn die Leute wüßten, daß hier ein extra Tröpfchen Benzin zu haben ist, würden sie um so lieber den kleinen Umweg in Kauf nehmen, wenn Sie verstehen, was ich meine.«

Will war nicht ganz sicher, daß er recht verstand. Die dunklen glitzernden Augen fixierten ihn. »Zum Beispiel, wenn die Leute wüßten, daß es hier keine Probleme mit den Marken gibt«, erläuterte Mr. Hunter.

Will wurde mulmig. »Mit den Marken?«

»Ich liefere die Marken, damit Sie das Benzin verkaufen können. So funktioniert das, Will. Der Kunde zahlt für die Marke – zwei Shilling sechs Pence pro Stück –, zwei Shilling für mich, sechs Pence für Sie. Sehen Sie's als Provision.«

Gefälschte Benzinmarken? Gestohlene? Er kam sich vor wie im Kino. Da stand er in seiner Tankstelle, draußen schien die Sonne, und er unterhielt sich mit einem geschniegelten Ganoven aus dem East End – der elegante Anzug konnte die Herkunft nicht ganz verbergen – über Benzinmarkenschiebung.

Als er wieder Worte hatte, fragte er: »Und woher kämen die Marken?«

»Ich glaube, das brauchen Sie gar nicht zu wissen, Will«, antwortete Mr. Hunter leichthin. Er stand auf. »Aber ich arbeite schon seit Jahren mit zwei Tankstellen in der Warren Street nach dem gleichen System, und das Geschäft blüht. Keine Probleme, und jeder hat was davon.«

Er nahm eine Karte heraus und reichte sie Will. »Überlegen Sie es sich. Das ist meine Telefonnummer. Rufen Sie mich an, wenn Sie sich entschieden haben.« Damit ging er, und Augenblicke später brauste der Lancia unter Staubwolken wieder davon.

Ganz kurz stellte Will sich vor, er würde Julia von Mr. Hunter erzählen; hörte ihr Gelächter zu seiner Beschreibung des seidenen Tüchleins, des protzigen Autos und des absurden Geschäftsvorschlags. Aber die Vorstellung erlosch sogleich, und Mr. Hunter wurde auf die Liste jener Dinge gesetzt, von denen Julia auf keinen Fall erfahren durfte: das überzogene Konto, der Bankkredit, seine Nachlässigkeit bei der Buchführung.

Julia wußte, daß es geschäftlich nicht zum besten stand. Aber sie hatte keine Ahnung, wie übel die Situation tatsächlich war. Sie brauchte es auch gar nicht zu wissen, weil er das schon regeln würde.

Obwohl Will müde war und das Gespräch ihn auf irgendeine Weise, die er nicht recht definieren konnte, beunruhigt hatte, zwang er sich, noch einmal die Bücher durchzugehen. Als er fertig war, hielt er den Blick starr auf die vernichtenden Zahlen gerichtet und überlegte, was zu tun war. Er konnte die Ausgaben senken – aber das hatte er schon getan, hatte die Kosten auf ein Minimum herabgesetzt. Er konnte versuchen, einen weiteren Überbrückungskredit aufzunehmen – aber er hatte sich deswegen bereits an Maurice und an die Bank gewandt und war abgewiesen worden.

Oder er konnte verkaufen. Wenn er das Handtuch warf und Maurice mitteilte, er müsse sich nach einem anderen Pächter umsehen, was dann? Er stünde ohne einen Penny da. Auch wenn er Arbeit fände, würde er seine Schulden abzahlen müssen. Er und Julia müßten wahrscheinlich das Heidehaus aufgeben und wieder ins Schulhaus ziehen. Er stellte sich Julias Bestürzung vor, wenn sie von seinem Scheitern erfuhr, und die Enttäuschung seiner Eltern, und Furcht und Scham ergriffen ihn.

Und wenn er weitermachte und versuchte, sich irgendwie durchzuwursteln … Wenn er seine Schulden nicht bezahlen konnte, würde er früher oder später den Bankrott erklären müssen. Will riß das Fenster auf und sog in gierigen Zügen die kühle Nachtluft ein, um sich von der schrecklichen Beklommenheit zu befreien. Die hartnäckige, nörgelnde Stimme in seinem Innern, die niemals aufhörte, ihn zu quälen, erinnerte ihn an Jacks Erfolg und sein eigenes bevorstehendes Scheitern. Jack würde Sixfields erben, während er selbst vor dem Bankrott stand. *Sie liebt dich nicht. Damit du's weißt, sie liebt dich nicht.* Wieso auch sollte Julia ihn lieben, wenn er sie mit sich in Not und Armut riß?

Am nächsten Morgen rief Will im Schulhaus an und lud sich selbst zum Mittagessen ein. Bei Hammelfleisch und grünen Bohnen erzählten seine Eltern von ihrem Urlaub im Lake District. »Unser erster Urlaub seit sechzehn Jahren«, erinnerte ihn seine Mutter, während sie die Dessertschälchen füllte.

Als sie später in der Küche beim Abspülen war, nahm Will seinen ganzen Mut zusammen. »Kann ich mal mit dir sprechen, Vater?«

John Chancellor sah seinen Sohn an. »Das klingt ernst.«

Will schüttelte den Kopf und lächelte.

»Trotzdem werde ich vielleicht meine Pfeife brauchen.«

In John Chancellors Arbeitszimmer sagte Will: »Ich wollte dich fragen, ob du mir etwas Geld leihen kannst, Vater.« Das Sprechen machte ihm Mühe.

Den Pfeifenreiniger in der Hand, warf sein Vater ihm einen forschenden Blick zu. »Wieviel?«

Will nannte eine Summe. Es war nur die Hälfte dessen, was er tatsächlich brauchte, aber es würde ausreichen, dachte er, um erst einmal das Schlimmste abzuwehren.

»Das ist eine Menge Geld, Will.«

»Wenn es zu viel ist –«

»Bist du in Schwierigkeiten?«

»Nein, nein.« Will schüttelte nachdrücklich den Kopf. »Nein, Vater.«

»Du weißt, daß ich dir in so einem Fall immer helfen werde, mein Junge. Es wäre nicht ganz einfach, aber wir könnten den Gürtel ein wenig enger schnallen. Vielleicht den alten Wagen verkaufen – ich fahre ihn ja seit Jahren nicht mehr.«

»Ich bin nicht in Schwierigkeiten, Vater. Wirklich nicht.«

»Darf ich dann fragen, wofür du das Geld brauchst?«

»Na ja, an der Tankstelle und im Haus gibt es verschiedenes zu tun«, haspelte er. »Julia möchte gern ein richtiges Badezimmer –«

John Chancellor öffnete einen Lederbeutel und ging daran, seine Pfeife zu stopfen. Nach einer kleinen Pause sagte er: »Ich weiß, du bist jetzt ein verheirateter Mann, Will, erlaubst du mir trotzdem, dir einen Rat zu geben?«

»Aber natürlich, Vater.«

»Mach keine Schulden. Gib das Geld aus, das du hast, und nicht mehr. Ich habe Schulden gemacht und bin höllisch in den Schlamassel geraten. Nur darum sind wir hier gelandet. Ich habe uns um alles gebracht, was wir hatten, unser Geschäft und unser Zuhause. Es war nicht nur Pech – schwere Zeiten und so weiter –, meine Fehleinschätzungen und meine Torheit waren genauso schuld. Ich glaubte, ich könnte mich mit geliehenem Geld aus der Klemme ziehen, aber ich geriet nur tiefer hinein. Wir bezahlen noch heute für meine Fehler, Will. Wir haben das letzte Darlehen immer noch nicht ganz abbezahlt, und wir versuchen immer noch, etwas für unser Alter auf die Seite zu legen, damit ich nicht noch auf dem Sterbebett kleinen Jungen Lateinunterricht geben muß. Du und Julia, ihr seid noch jung. In der Jugend ist es leichter, ohne Komfort auszukommen.« John Chancellor lächelte. »Ich weiß noch, als deine Mutter und ich jung verheiratet waren, konnten wir uns keinen ordentlichen Herd leisten und kochten darum auf einem dieser kleinen Kerosinbrenner. Wir haben uns immer vorgestellt, wir wären beim Zelten.« Sein Blick wurde träumerisch. »Ich glaube, das war die glücklichste Zeit unseres Lebens.«

Auf der Rückfahrt zur Tankstelle hielt Will am Straßenrand und zündete sich eine Zigarette an. Ihn peinigte die Scham darüber, seinen Vater um Geld gebeten zu haben. Gleichzeitig hörte er Mr. Hunters Stimme, schmeichelnd und verführerisch. *Sie müssen sich was einfallen lassen, um die Kunden zu locken … Für Sie könnte das die Wende sein …*

Als er am Abend nach Hause kam, berichtete ihm Julia, was sie in den Nachrichten gehört hatte: Die Regierung hatte die Abschaffung der Grundzuteilung für Benzin bekanntgegeben. Autofahren zum reinen Vergnügen war auf unbestimmte Zeit verboten. Er würde in Zukunft Benzin nur noch an Leute verkaufen dürfen, die notwendige geschäftliche Fahrten nachweisen konnten.

»Macht das für uns einen Unterschied?« fragte Julia, und er schüttelte den Kopf und verbarg seinen Schrecken.

Am folgenden Tag suchte er, bevor er Zeit hatte, es sich anders zu überlegen, in den Papierhaufen auf seinem Schreibtisch fieberhaft nach Mr. Hunters Karte. Sobald er sie gefunden hatte, rief er an. Während er die Nummer wählte, erinnerte er sich des Blicks, mit dem Mr. Hunter sich im Büro umgesehen hatte, und fröstelte.

Es war ja nur für kurze Zeit, tröstete er sich. Nur bis er auf die Beine kam.

Helena vermittelte Topaz eine Arbeit bei einer ehemaligen Schauspielerin namens Damerall. Miss Damerall war alt und gebrechlich, ihre Hände von Arthritis verkrüppelt, aber immer noch konnte man in dem welken Gesicht mit der papierdünnen Haut einen Schimmer früherer hochwangiger, glutäugiger Schönheit entdecken. Topaz ging jeden Mittag zu Miss Damerall und machte ihr das Mittagessen. Am Nachmittag führte sie den überfütterten Mops ihrer Arbeitgeberin aus, half ihr bei der Korrespondenz und machte Besorgungen. Wände, Kaminsimse und Beistelltische in der Wohnung waren voll mit gerahmten Theaterprogrammen und den Photographien von Schauspielern und Schauspielerinnen einer vergangenen Zeit.

Mischa lud Francesca und Topaz zum Essen zu sich nach Hause ein. Seine Wohnung war ganz oben in einem hohen, schmalbrüstigen Haus in Finsbury Park. In den unteren Stockwerken waren eine Zimmervermittlung und eine Agentur für Bürokräfte, nebenan war eine Pfandleihe. Vor der Tür hockte eine Tigerkatze und putzte sich mit kätzischer Gewissenhaftigkeit.

Charlie machte ihnen auf. Nachdem er sie zur Begrüßung geküßt hatte, murmelte er eine Augenbraue hochziehend: »Da oben ist Gewitterstimmung. Mischa hat einen Brief von Jerry an Claudette gefunden«, erklärte er auf dem Weg nach oben. »Er trinkt schon den ganzen Tag, und Claudette schmollt. Macht euch auf verbrannten Braten und klumpiges Kartoffelpüree gefaßt.«

Claudette saß in einer Ecke, blätterte in einer Zeitschrift und nahm ihre Ankunft kaum zur Kenntnis. Mischas Küsse schmeckten nach billigem Brandy. Er zeigte ihnen die Wohnung, zwei winzige Zimmer, die durch eine kurze Wendeltreppe miteinander verbunden waren. Mischas Bruder Lescek, der Spitfirepilot, schlief im Mansardenzimmer. In der Küche stand neben Gaskocher und Spülstein Mischas Feldbett zusammengeklappt in der Ecke.

Mischa machte Eintopf – Lamm und Graupen – und Rotkraut. Er hatte zwei halbmondförmige Töpfe, die genau auf den einzigen Gasring paßten. »Das Rotkraut hat Lescek mir besorgt«, berichtete er. »Es ist wahnsinnig schwierig, hier in der Stadt welches aufzutreiben.«

»Ich hasse Kohl«, erklärte Claudette.

»Stinkt wie die Pest«, sagte Charlie.

»Hat aber eine tolle Farbe«, sagte Topaz, in den Topf spähend. Ihr war bisher immer nur die grüne Variante begegnet. »Soll ich den Tisch decken, Mischa?«

»Danke, du bist ein Schatz. Und wenn du die Kerzen anzünden würdest.«

Beim Essen stocherte Claudette nur lustlos auf ihrem Teller herum, während Mischa Unmengen Brandy trank. Charlie versuchte, das Gespräch in ungefährliche Bahnen zu lenken.

»Nur noch ein paar Wochen, dann kann ich mich wieder zur Ruhe setzen.« Charlie spielte gerade an einem Theater in Hammersmith.

»Ich dachte, du hättest auf eine Tournee gehofft?«

»Stimmt, aber denen ist anscheinend das Geld ausgegangen. Desmond meinte, er könnte von einem Freund einen Tausender kriegen, aber das hat leider nicht geklappt.«

»Das klingt so aufregend«, bemerkte Topaz. »Auf Tournee gehen.«

»Badeorte in der Nachsaison ... sonntags endlose Bahnfahrten –«

»Gräßliche Zimmerwirtinnen«, warf Claudette ein, »die schimpfen, wenn man seine Strümpfe im Bad wäscht.«

»Zehn Leute im Publikum und ein Teil davon nur, um nicht naß zu werden, weil's draußen regnet.«

»Ich hätte überhaupt nichts dagegen, nie wieder auf Tournee zu gehen.« Claudette legte Messer und Gabel weg. »Ich glaube, ich sollte einen reichen Mann heiraten. Dann könnte ich es mir aussuchen.«

Mischa wurde blaß, und Charlie sagte hastig: »Claudette tingelt schon seit Ewigkeiten durch die Lande, stimmt's, Schatz? Viel länger als ich.«

»Seit meinem zwölften Lebensjahr«, sagte Claudette stolz. »Pantomimen – Revuen – Theaterstücke. Ich habe in *Der blaue Vogel* mitgespielt. Das Stück ist beinahe ein Jahr gelaufen. Man muß das richtige Gesicht haben, wißt ihr. Ich hatte es. In einer Besprechung haben sie geschrieben, ich hätte ein Engelsgesicht.«

Mischa brummte etwas Polnisches.

»Jedenfalls«, sagte Charlie, »ist das Stück, in dem ich gerade auftrete, ganz fürchterlich. Ich hab so die Nase voll von Krimis.«

»Charlies Spezialität«, bemerkte Francesca mit einem spöttischen Lächeln, »sind nämlich enthusiastische junge Männer im weißen Kricketdreß.«

»Die meiste Zeit stürme ich durch irgendwelche Terrassentüren, mal rein, mal raus«, sagte Charlie mißmutig. »Es wäre schön, wenn ich zur Abwechslung mal eine wirklich anspruchsvolle Rolle bekäme.«

Claudette zündete sich eine Zigarette an. »Aber wenigstens *tust* du etwas, Charlie. Etwas Kreatives.«

Mischa sagte wütend: »Sie verachtet mich, weil ich in einem Restaurant arbeite. Sie sieht auf mich herab.«

»Unsinn, Mischa –«

»Soll ich abdecken?« Topaz stand auf.

Mischa ließ sich nicht ablenken. »Ihr ist nur das Geld wichtig. Deswegen macht sie auch Jerry schöne Augen. Weil er Lehrer ist und kein armseliger Kellner.«

»Ich mache Jerry keine schönen Augen! Es ist ja wohl nicht meine Schuld, wenn er in mich verknallt ist.«

»Jerry verknallt sich in jeden Rock«, stellte Charlie ruhig fest. »Das weißt du doch, Mischa.«

Mischa schien etwas getröstet. Topaz, die die Teller zusammenstellte, erinnerte sich an Jerrys kratzigen Kuß und seine Hände an ihrer Brust.

Zum Nachtisch gab es Mohnkuchen. Mischa schnitt ihn auf. »Eine polnische Spezialität. Nach dem Rezept meiner Mutter.«

»Du weißt doch, daß ich keinen Kuchen esse«, sagte Claudette. »Er macht dick.«

Selbst Charlie drohte die gute Laune zu verlieren. »Hast du Angst, daß du nicht mehr in dein Tutu paßt?«

»So ein Quatsch.« Claudette sah verärgert aus. »Aber als Tänzerin muß man auf die Figur achten.«

»Sie hat Angst, dick zu werden«, behauptete Mischa, dessen Englisch mit steigender Wut immer holpriger wurde, »weil die Männer sich dann nicht mehr nach ihr umdrehen. Ist doch so, Claudette, oder?«

Claudettes Augen wurden schmal, ihr hübsch geschwungener roter Mund bekam einen harten Zug.

»Da seht ihr's! Sie sagt nichts. Sie sitzt da und sagt nichts. Ist ihr gleich, ob sie mich verletzt. Mich – mich, wo ich für sie sterben würde.« Mischa sprang von seinem Stuhl auf, packte das Messer, mit dem er den Mohnkuchen aufgeschnitten hatte, und drückte sich die Spitze auf die Brust.

Claudette schrie auf. Topaz drückte die Hand auf den Mund.

»Mischa!« sagte Charlie.

»Soll ich sterben für dich, Claudette? Würde dir das gefallen?« Die Messerklinge bog sich, und auf Mischas weißem Hemd sammelte sich Rot. Claudette schrie laut.

»He, Mischa, Kumpel«, sagte Charlie behutsam, »leg das

Messer weg. Claudette hat's nicht so gemeint. Sie liebt dich doch, nicht wahr, Claudette?«

Claudette weinte. »Mischa, Liebster –«

»Bitte leg das Messer weg. Du machst den Mädchen angst.«

Einen schrecklichen Moment lang fürchtete Topaz, Mischa würde sich das Messer wirklich in die Brust stoßen, aber dann entspannte sich sein starrer Körper plötzlich. Das Messer fiel zu Boden, Claudette sprang auf und warf ihre Arme um ihn.

Kurz danach gingen sie, während Claudette noch dabei war, Mischa ein Pflaster auf die Brust zu kleben. Auf dem Weg nach unten knurrte Charlie: »Dieses blöde Theater. Wenn ich bei Mischa und Claudette esse, schlägt mir das jedesmal auf den Magen.«

Francesca starrte ihn an. »Du meinst, so was kommt öfter vor?«

»Nicht gerade mit dem Messer. Das war neu. Aber irgendwas ist immer los. Das letzte Mal hat sie mit einer Schale Suppe nach ihm geworfen. Toller Wurf, sie hätte Kricketspielerin werden sollen statt Ballettänzerin. Den Rest des Abends hat sie dann damit zugebracht, seine Brandwunden zu kühlen.«

»Warum bleiben sie zusammen, wenn sie sich so unglücklich machen?« fragte Topaz.

»Ach, Topaz, Herzchen, diese Szenen sind ihr Lebenselixir. Sie brauchen sie wie die Luft zum Atmen. Sie bilden sich ein, sie wären ein Beweis ihrer wahnwitzigen Leidenschaft.«

Charlie legte Francesca den Arm um die Taille, als sie die Straße hinuntergingen, und Topaz, die neben ihnen ging, fragte sich, ob einmal der Tag kommen würde, an dem ihr das nichts mehr ausmachte. An Mischa denkend, wie er die Messerspitze gegen seine Brust gedrückt hatte, verstand sie, wie man glauben konnte, daß der eine Schmerz den anderen vergessen machen würde.

In den letzten Monaten hatte Julia sich alle Mühe gegeben, aus dem Höllenhaus ein halbwegs gemütliches Zuhause zu machen. Sie hatte Wände gestrichen, Vorhänge aufgehängt und den kleinen Blumengarten, der völlig verwildert und von Gestrüpp und Brennesseln überwuchert war, neu angelegt. Sie hatte Regale aufgestellt und die Risse im Mauerwerk ausgebessert. Sie lagerte Holz und Kohle für den Herd und Lebensmittel in der Vorratskammer. Wenn auch das Haus niemals schön sein würde, so war es nun zumindest wetterfest.

Jetzt lag stets ein gebügeltes Hemd für Will im Schrank, und wenn er abends nach Hause kam, stand das Essen auf dem Tisch. Wenn er allerdings zu spät kam – was immer häufiger der Fall war –, war das Essen kalt oder verkocht. Er pflegte Julia die Arme um die Taille zu legen und ihren Nacken zu küssen, während sie verbrannten Eintopf oder steinhart gebackene Pastete aus Topf oder Pfanne kratzte. Manchmal brachte er ihr auch ein Versöhnungsgeschenk mit – Blumen, ein Dutzend Birnen, Süßigkeiten –, kleine Erkenntlichkeiten von dankbaren Kunden, vermutete sie. »Ich hatte noch zu tun«, pflegte er zu erklären. »Es war soviel los.« Aber sie roch den Alkohol in seinem Atem.

Im Herbst begann Julia wieder im Reitstall zu arbeiten. Zum Teil tat sie es des Geldes wegen, das Will ständig Sorgen zu bereiten schien, zum Teil weil es sie auf die Dauer wahnsinnig gemacht hätte, den ganzen Tag mutterseelenallein im Höllenhaus herumzusitzen. Die Arbeit machte ihr Spaß, und den Weg von knapp fünf Kilometern legte sie jeden Nachmittag auf einem rostigen alten Fahrrad zurück, das einmal Marius gehört hatte.

Trotz allem aber blieb das unbehagliche Gefühl, daß mit ihrer Ehe etwas nicht stimmte. Es war nicht so, daß sie und Will ähnlich manchen anderen Paaren wie Hund und Katze miteinander waren. Ihre Meinungsverschiedenheiten äußerten sich in kurzen Ausbrüchen zorniger Gereiztheit, die sogleich ein Ende hatten, wenn er sich entschuldigte oder es ihr gelang, ihr Temperament zu zügeln. Dem Sex konnte sie auch nach einem Jahr Ehe nichts abgewinnen wahrscheinlich, sagte sie sich, machte sie deshalb kein großes Theater wegen der vielen umsonst gekochten Abendessen, denn wenn Will müde war und ein bißchen angesäuselt, spielte das Bett nicht so eine große

Rolle. Doch in ihre Erleichterung mischte sich ein Gefühl des Scheiterns und des Verlusts. Obwohl sie aus beiläufigen Kommentaren ihrer Freundinnen wußte, daß Sex für viele Frauen eher eine Pflichtübung war als ein Vergnügen, konnte sie sich des Gefühls nicht erwehren, daß in ihrem Leben etwas fehlte, etwas Wichtiges.

Als Wills Mutter zu Besuch kam und Julia ihr das Gästezimmer zeigte, das sie mit Farbresten aus Missencourt blau und rosarot gestrichen hatte, sagte Prudence lächelnd: »Blau für einen Jungen und rosa für ein Mädchen. Du gehst auf Nummer Sicher, hm, Julia? Sehr vernünftig.« Julia klärte ihre Schwiegermutter darüber auf, daß sie noch nicht schwanger war; ihren Verdacht, daß sie es beim gegenwärtigen Stand der Dinge auch noch lange nicht werden würde, wenn überhaupt, behielt sie für sich. Und auch die Traurigkeit, die mit dieser Erkenntnis einherging.

Immer wieder hatte sie den Eindruck, daß Will sich seit ihrer Heirat verändert hatte. Das, was sie an ihm so gemocht hatte – sein unbekümmertes, liebenswürdiges Naturell, seinen Optimismus –, schien verschüttet. Er war häufig müde und bedrückt. Wenn sie versuchte mit ihm zu sprechen, fegte er ihre Anteilnahme beiseite. Es sei alles in bester Ordnung, pflegte er meist ziemlich gereizt zu beteuern. Sie solle kein unnötiges Theater machen.

Im September waren sie zur Hochzeit eines Vetters von Will eingeladen. Als Julia beim Empfang Jack bemerkte, der auf sie und Will zukam, erwartete sie Bitterkeit und Sarkasmus. Doch das Gespräch war, wenn auch kurz und steif, durchaus höflich. Man tauschte ein paar Nettigkeiten aus, einige Fragen nach Gesundheit und Wohlergehen, ein paar spitze Bemerkungen über das Hochzeitspaar. Dann tauchte er in der Menge der Gäste unter.

Julia sagte sich, daß sie jetzt, da Jack wieder mit ihr und Will redete, doch eigentlich glücklich sein müßte. Doch die Traurigkeit kehrte zurück und ließ sich auch durch noch so viele Ablenkungen – reiten, wandern, putzen – nicht vertreiben.

8

ANFANGS BLIEBEN SIE zusammen, vermutete Marius, weil keinem von ihnen eine bessere Lösung einfiel. Das, was sie ursprünglich zusammengebracht hatte – Tara und die Tatsache, daß Suzanne ohne Hilfe nicht für sie sorgen konnte –, blieb ja bestehen.

Aber im Lauf der Monate veränderte sich doch etwas. Suzanne bemühte sich ganz bewußt, am Dorfleben teilzunehmen, indem sie die Ortsgruppensitzungen der Labour-Partei besuchte und sich, nachdem sie dem Roten Kreuz beigetreten war, aktiv an der Organisation von Wohltätigkeitsbazaren beteiligte und bei den Nachbarn Lebensmittel sammelte, die in jene Gegenden Europas versandt wurden, wo immer noch Hunger herrschte. Und auch Marius, getroffen von der unbequemen Wahrheit des Vorwurfs seiner Frau, er lasse sich nicht richtig auf sie ein (»Dieses Halbleben, Marius«), gab sich alle Mühe: Er fuhr mit ihr nach London zum Einkaufen und ins Theater; zwang sich, schwierige Themen direkt anzusprechen, anstatt wie die Katze um den heißen Brei zu schleichen.

Indem er mit ihr redete, lernte er sie besser kennen. Lernte die Widersprüche kennen, die sie für ihn unendlich interessant machten (ganz gleich, welche Gefühle sie gerade in ihm hervorrief – und Begierde, Ungeduld und Zorn gehörten zu den drängendsten unter ihnen –, er fand sie, das wurde ihm nach einiger Zeit bewußt, niemals langweilig). Ihre Scham und ihr Stolz, wenn es um ihre größtenteils aus eigener Kraft erworbene Allgemeinbildung ging, ihre Leidenschaftlichkeit und ihre pragmatische Sachlichkeit, ihre Entschlossenheit und ihre scheinbare körperliche Zartheit – das alles faszinierte ihn. Er erkannte (auch dies eine unbequeme Wahrheit), daß er während ihrer kurzen leidenschaftlichen Affäre 1944 viel zu sehr berauscht gewesen war von ihrer körperlichen Nähe, um wahrzunehmen, was für ein Mensch sie wirklich war. Er hatte erst den Schock über ihren Betrug gebraucht, um einen Schritt Abstand zu nehmen und zu beginnen, sie klarer zu sehen.

Nach seiner Heimkehr nach England hatte er in Wirklichkeit nicht die Frau gesucht, die sie war, sondern das, was sie für ihn verkörperte: eine Vitalität und Energie, die ihm selbst irgendwie abhanden gekommen waren. Nun aber, vermutete er, mußte er sie noch einmal ganz neu kennenlernen. Es war ein anstrengender Prozeß und schmerzhaft dazu, weil er ihn ebensoviel über ihn selbst lehrte wie über sie, darunter manches, was er vielleicht lieber nicht erfahren hätte. Es kam ihm vor, als wäre er im Begriff, einen Teil von sich selbst abzustreifen – Haut- und Muskelschichten abzureißen, bis der blanke Knochen hervorkam und er sich aller Selbsttäuschung entäußert hatte.

Zur Jahreswende starb Suzannes Mutter. Marius wollte Suzanne zur Beerdigung nach London begleiten, aber sie lehnte das Angebot ab. Sie erinnerte ihn daran, daß sich Adele in letzter Zeit nicht wohl gefühlt hatte, und meinte, er solle lieber mit Tara in Missencourt bleiben.

Es hatte eine Zeit gegeben, da er glaubte, dies sei sein Wunsch: das Kind für sich allein zu haben. Doch mit dem Verstreichen der Tage wurde er sich eines Gefühls schaler Lustlosigkeit bewußt. Er stand morgens mit Tara auf und brachte sie abends zu Bett. Tara erklärte bekümmert, sie habe Sehnsucht nach ihrer Mama. Marius sagte, ihm gehe es nicht anders. Die Tage ohne Suzanne schienen lang und öde, nichts war so einfach wie sonst, und das Haus war seltsam kalt und leer und gar nicht behaglich.

Einmal, als er im Wäscheschrank nach einem frischen Schlafanzug für Tara suchte, stieß er auf eine Bluse, die Suzanne gehörte. Ihr Duft hing noch in der Seide. Mit geschlossenen Augen drückte er sein Gesicht in den leichten Stoff und atmete tief ein, als könnte er so Suzanne herbeibeschwören.

Aus dem Kinderzimmer rief Tara nach ihm und brach den Bann. Er öffnete die Augen und sah sich mit dem kleinen Bündel rot-weißen Stoffs in den Händen vor dem Wäscheschrank stehen. Was war ich für ein Narr, dachte er, einen Moment lang wie benommen. Mit welcher Arroganz hatte er von Anfang an versucht, ihre Beziehung zu bagatellisieren, indem er zuerst vorgegeben hatte, es handle sich lediglich um eine rein körperliche Geschichte; dann, sie solle seinem Leben irgendeine diffuse höhere Bedeutung verleihen; und schließlich, als sie geheiratet hatten, es sei eine Sache der Vernunft, weil ein Kind einen Vater brauchte.

Das alles war sicher wahr, aber es war eben nicht die ganze Wahrheit. Indem Suzanne den Schein nicht länger gewahrt hatte, hatte sie ihn gelehrt, wieder zu fühlen. Er vermißte sie, weil sie mit ihrer Präsenz sein Leben durchdrang wie der Duft die Seide. Er vermißte sie, weil er sie, die ihn gezwungen hatte, sich seinen Gefühlen zu stellen, lieben gelernt hatte.

Anfang Februar bekam Charlie die Grippe. Topaz besuchte ihn in seiner kleinen Einzimmerwohnung in Whitechapel. Nebel verwischte die Konturen der Häuser und tarnte die langen dünnen Hälse der Kräne an den Docks. Auf einer Seite des alten Mietshauses war ein Trümmergrundstück, das von den kreuz und quer verlaufenden Grundmauern der verschwundenen Häuser und Fabriken schachbrettartig markiert wurde. Auf der anderen Seite waren Läden und ein Wettbüro.

Im Treppenhaus roch es klamm und nach Küchendünsten. Eine alte Frau schleppte sich, immer wieder Pausen einlegend, die Treppe hinauf, und in einer der Wohnungen sang ein Mann. Topaz erkannte die Sprache nicht.

Behutsam klopfte sie bei Charlie an, weil sie ihn nicht stören wollte, falls er schlief. Doch von drinnen rief jemand krächzend: »Herein!«, und sie öffnete die Tür.

»*Topaz*!« Charlie hatte seinen alten Militärmantel über seinen Pullover gezogen. Sein Gesicht war blaß und eingefallen, und dunkle, lockige Haarsträhnen klebten ihm feucht an der Stirn.

»Helena hat mir gesagt, daß du krank bist.« Sie hielt einen Korb hoch. »Ich hab dir was mitgebracht. Kann ich reinkommen?«

Im Zimmer waren ein elektrischer Ofen mit einer Heizröhre, ein Sofa, das mit einem rissigen, braun glänzenden Stoff bezogen war, ein Tisch, ein Stuhl und ein Bücherregal.

Er beobachtete sie. »Nicht ganz das, was du gewöhnt bist, hm? Hat Helena dir verraten, wo ich wohne?«

»Sie hat sich Sorgen gemacht.«

»Ach, sie macht sich doch immer Sorgen.« Charlie sah sie nervös an. »Sie hat doch Francesca nicht gesagt –?« Topaz schüttelte den Kopf. »Gott sei Dank. Wär mir wahnsinnig peinlich, wenn sie die Bude hier sähe.«

»Es würde ihr bestimmt nichts ausmachen.«

»Aber klar würde es ihr was ausmachen«, entgegnete er scharf. »Außerdem macht's *mir* was aus.« Er blinzelte. »Entschuldige, tut mir leid. Setz dich, ja?« Er schob einen Stapel Bücher vom Sofa.

Sie griff in ihren Korb. »Ich habe dir Petits fours mitgebracht – Mrs. Damerall hat sie mir geschenkt – und Aspirin … und ein paar Zeitschriften … und ein kleines bißchen Brandy –« Nacheinander nahm sie die Sachen heraus. »Und dann noch ein Spiel, ›Schlangen und Leitern‹.«

»Du bist wirklich lieb«, sagte er.

Sie strahlte. »Was möchtest du zuerst? Die Petits fours oder den Brandy?« Sie teilte den Brandy zwischen ihnen auf und kippte ihm die Aspirintabletten in die geöffnete Hand. »Hast du Lust auf eine Partie ›Schlangen und Leitern‹.«

Er würfelte; sie aß vom Gebäck.

»Das ist wirklich nett von dir«, sagte er. »Kranke sind doch so langweilig.«

»Du bist nie langweilig, Charlie«, sagte sie aufrichtig.

»Und du bist sehr großzügig. Ich werde mich bei Gelegenheit revanchieren, das verspreche ich dir. Wenn ich eines Tages reich und berühmt bin, kaufe ich mir so ein idyllisches kleines Kutscherhaus in Chelsea und lade dich zum Abendessen ein. Dann essen wir Räucherschinken und Oliven und ähnliche exotische Sachen und erinnern uns an dieses elende kleine Loch hier und lachen darüber.«

»Ich esse leidenschaftlich gern Oliven«, sagte sie.

»Ich habe meine erste vor sechs Monaten gegessen.« Er würfelte wieder. »Auf der Abschiedsfeier für *Heinrich V.* Die alte Tunte, die den Exeter gespielt hat, brachte ein Glas mit.«

Sie zählte die Quadrate auf dem Spielbrett. »Eine Tunte?«

»Ein Mann, der Männer bevorzugt«, erklärte Charlie. Als sie ihn immer noch verständnislos ansah, fügte er hinzu: »Im Bett, verstehst du?«

»Ach so!« Sie runzelte die Stirn. »Ach, Mist, eine Schlange. Wollte er mit dir ins Bett?«

»*Topaz*! Du stellst Fragen! Die würden anderen Frauen nie einfallen. Aber ja, wahrscheinlich wollte er mit mir ins Bett.«

Sie seufzte. »Du kannst froh sein. Dein Leben ist so interessant. Du reist im ganzen Land herum –«

»– und ich führe ein wahres Luxusleben«, ergänzte er mit einem ironischen Blick auf seine trostlose Umgebung.

»Aber es macht dir doch nichts aus, oder?«

»Das hier? Doch, es macht mir was aus, wenn andere mich danach beurteilen. Und auch, weil es zeigt, daß ich es zu nichts gebracht habe.«

»Du hast doch noch massenhaft Zeit«, sagte sie tröstend.

Er schüttelte den Kopf. »Nein, hab ich nicht. Du darfst nicht vergessen, daß ich spät angefangen habe, wegen des Kriegs. Ich muß endlich loslegen.« Er lachte. »Bevor meine ganze Schönheit dahin ist. Und überhaupt müßte ich *dich* beneiden. Ich habe meine erste Olive mit dreiundzwanzig gegessen.«

»Ich habe mit sieben auf einem Fest eine aus dem Glas meiner Mutter geklaut. Ich fand sie so schön, und dann hat sie so eklig geschmeckt, daß ich's kaum glauben konnte.«

»Ihr habt bei euch zu Hause Feste gegeben?«

»Meine Mutter. Für Erwachsene.« Sie erinnerte sich an strahlend erleuchtete Zimmer und Kleider, die wie farbige Edelsteine glitzerten.

»Mein Vater war krank, solange ich denken kann. Meine ganze Kindheit hindurch«, sagte Charlie. »Er hatte im Krieg –

im ersten – Gas abbekommen, und seine Nerven waren zum Teufel. Er wollte gern arbeiten, hat's auch versucht, aber dann hatte er einen Zusammenbruch, und danach war er nur noch zu Hause. Ich mußte immer leise sein. Keine lauten Spiele. Und natürlich erst recht keine Feste. Lärm war absolut verboten.« Er würfelte wieder.

»Du hast gewonnen«, sagte sie. Sie sah auf ihre Uhr. »Ich muß gehen.«

»Ach, nein. Bleib noch. Bitte.« Er faßte ihre Hand. »Komm. Es war die ganze Zeit über so langweilig. Ich hasse es, allein zu sein.« Er lachte heiser. »Das war schon immer so. Prima nicht? Ein Einzelkind, das nicht gern allein ist. Besser geht's nicht.«

»Du klingst fürchterlich«, sagte sie.

»Und ich muß nächste Woche zum Vorsprechen.« Er wirkte beunruhigt.

»Du mußt gurgeln«, erklärte sie streng. »Und dir einen Schal umbinden. Oh – und Wick Vaporub –« Sie kramte in ihrer Tasche und zog ein Glas heraus.

»Wahnsinn, Topaz! Allzeit bereit ... Warst du etwa bei den Pfadfindern?«

»Als ich im Internat war, ja.«

Seine Augen blitzten. »Im Internat?«

»Ich war nur ein Jahr dort«, erklärte sie. »Dann ist die Schule geschlossen worden. Weil es irgendeinen Skandal gegeben hatte.«

»Hat der Kunstlehrer in der sechsten Klasse geräubert?«

»So was in der Art«, bestätigte sie.

»Rauschende Feste ... skandalöse Internate ... Hotels im Lake District ... Du hast entschieden ein weit aufregenderes Leben geführt als ich.«

»Quatsch«, sagte sie und drückte ihm das Wick-Vaporub-Glas in die Hand.

»Muß das sein?«

»Ich spiele auch noch eine Partie ›Schlangen und Leitern‹ mit dir«, versprach sie.

»Na schön.« Er zog seinen Pullover aus. Sie schüttelte den Würfelbecher.

Einige Wochen später gingen sie auf ein Fest in einem großen, eleganten Haus in Belgravia. Knospende Magnolien in Zinktöpfen standen zu beiden Seiten einer Treppe aus hellem Stein. Nebel hing vor den Erdgeschoßfenstern. Topaz trug ein smaragdgrünes Samtkleid, das Helena für sie aus dem Theaterfundus geliehen hatte. »Hinten hat es so einen komischen Fleck«, sagte sie, »aber du könntest ja eine Strickjacke anziehen.« Dann trat sie einen Schritt zurück. »Du schaust toll aus, Topaz. Wahrhaft königlich!«

Im Foyer des Hauses brach sich das Licht im Kristallbehang eines Lüsters. Ein Mädchen nahm ihnen die Mäntel ab, und in einem Badezimmer, das ganz in Weiß und Gold gehalten war, stürzten sich Topaz und Francesca in das Gedränge junger Frauen, die vor dem Spiegel standen und sich kirschrote Münder in die winterblassen Gesichter schminkten.

Später wurde getanzt. Ein hochgewachsener Mann mit Schnurrbart stellte sich Topaz vor. Er war ungefähr dreißig und hatte ein schmales, intelligentes Gesicht und blitzenden Humor in den blaugrauen Augen. Am Ende ihres ersten Foxtrotts sagte er: »Und woher kennen Sie die Dobsons?«, und sie starrte ihn verständnislos an.

»Die Gastgeber.«

»Ach so.« Sie erinnerte sich daran, was Charlie immer sagte: »Ich bin mit Freunden von ihnen befreundet.«

Seine Augenwinkel kräuselten sich. »Sollten Sie etwa keine Einladung haben?«

»Sie verraten es doch nicht?«

»Aber nein. Ist doch nichts dabei, wenn man auch uneingeladen das Leben genießt. Das kommt in den besten Familien vor. Haben Sie sich allein hier eingeschlichen oder in Begleitung?«

Sie zeigte ihm Charlie und Francesca. Er nahm zwei Gläser vom Tablett eines vorüberkommenden Kellners und reichte ihr eines. »Soll ich Sie mit ein paar Leuten bekannt machen?«

Sie wanderten durch das Haus. In einem Raum voller Bücher und Bilder entfernte sie sich von dem Gespräch über Einkommensteuer und Kapitalerträge, um sich die Stiche an den

Wänden anzusehen. Sie zeigten Ansichten von Venedig – den Markusplatz, die Rialtobrücke, den Canal Grande. Eines Tages, schwor sie sich, würde sie selbst in einer Gondel auf dem Canal Grande dahingleiten.

Nach einer Weile trat er zu ihr. »Tut mir leid«, sagte er. »Wahnsinnig fad, auf einem Fest von Geld zu reden. Wollen wir etwas essen?«

Es gab kaltes Huhn und mit Nelken gespickten Schinken und Gemüse in Aspik – wie Edelsteine unter Eis, dachte Topaz – und alle möglichen verschiedenen Salate.

»Köstlich, das Essen.«

»Sie sollten häufiger kommen. Bei den Dobsons gibt es immer ein hervorragendes Büfett. Es kommt nur darauf an, die richtigen Leute zu kennen.« In seinen Augen blitzte es ironisch. »Eigentlich müßte ich das mißbilligen.«

»Wieso?«

»Weil ich beim Ministerium für Lebensmittelversorgung arbeite und wir dafür sorgen sollen, daß jeder seinen gerechten Anteil bekommt.«

»Und? Mißbilligen Sie es?«

»Von ganzem Herzen«, antwortete er und nahm sich noch etwas von dem kalten Brathuhn. »Es ist unerhört, aber ich kann einfach nicht widerstehen.«

»Ich finde immer«, sagte sie, »man sollte die Feste feiern, wie sie fallen.«

»Absolut. Und wenn der nächste Krieg kommt –«

Sie sah ihn entsetzt an. »Aber es kommt keiner, oder?«

Er zuckte die Achseln. »Stalin rasselt mit dem Säbel. Was da in der Tschechoslowakei passiert, ist ziemlich beängstigend.«

Die Schlagzeilen auf den Reklametafeln der Zeitungsverkäufer hatten von einer kommunistischen Reinigung in Prag berichtet. »Aber das betrifft *uns* doch nicht«, meinte sie.

»Das haben wir 38 auch gesagt. München, erinnern Sie sich?« Er warf ihr einen Blick zu. »Tut mir leid. Ich wollte Ihnen keine Angst machen.«

»Ach, es ist nur, weil mein Leben gerade anfängt interessant zu werden«, erklärte sie.

»Die Russen werden es nicht darauf ankommen lassen.« Doch sein Lächeln schien ihr gezwungen.

»Und wenn es wieder Krieg gibt«, sagte sie, »wird er sicher ganz anders verlaufen als der letzte. Ich meine, es würde rasend schnell gehen.« Sie sah einen von Atompilzen verdunkelten Himmel.

»Kopf hoch! Dazu wird es nicht kommen, ganz bestimmt nicht. Nehmen Sie etwas Trifle. Georgie Dobson schüttet da immer Unmengen Sherry hinein.«

Nach dem Essen wurden Reden gehalten. Sie drängte sich zum Badezimmer durch. Es war leer bis auf Francesca, die in einer Ecke saß und weinte.

»Fran, was ist denn los?«

Francescas Gesicht war fleckig. Tränen hatten ihre Spuren im Puder hinterlassen. »Charlie hat ein Engagement.«

Topaz erinnerte sich, daß Charlie ihr erzählt hatte, er müsse zum Vorsprechen. »Das ist doch gut!«

»Aber er muß nach *Durham*! Für zwei Monate.« Francesca wischte sich die Augen. Dann sagte sie niedergeschlagen: »Er hat nicht mal dran gedacht, daß mir das was ausmachen könnte. Er dachte, ich würde mich *freuen*. Und einerseits freue ich mich natürlich auch – für ihn, meine ich –, es ist eine gute Rolle –«

»Keine Terrassentüren und kein weißer Kricketdreß?«

Francesca brachte immerhin ein Lächeln zustande. »Existentiell und nordisch. Genau das, was Charlie mag.« Sie schloß ihre Augen ganz fest und legte ihren Kopf auf die verschränkten Arme. Dann stieß sie erstickt hervor: »Weißt du, es geht einfach darum, daß ich traurig bin und er nicht. Er behauptet zwar, er wär's auch, aber er ist es nicht. Jedenfalls nicht in dem Maß wie ich. Außerdem ist es jetzt wahrscheinlich sowieso aus.«

»Es sind doch nur zwei Monate, Fran –«

Francesca schneuzte sich. »Deine gräßliche Freundin Joyce ist hier. Sie hat Charlie und mich zusammen gesehen.«

»Joyce Blanchard?«

»Ja. Sie erzählt es bestimmt ihrer Mutter, und die erzählt's dann meiner Mutter, und schon ist es aus.«

»Vielleicht hält sie dicht.« Aber Topaz erinnerte sich nur zu gut an Joyce Blanchard mit dem karottenroten Schnittlauchhaar und den hellen neugierigen Augen.

Francesca stand auf und trat vor den Spiegel. Sie puderte sich das Gesicht. »Es hatte sowieso keine Zukunft. Das war mir immer klar. Nie im Leben würden sie mich einen Mann wie Charlie heiraten lassen. Und Charlie –« Sie brach ab und drehte sich nach Topaz um.

»Glaubst du, es wäre anders geworden, wenn ich mit ihm ins Bett gegangen wäre?«

»Ich weiß es nicht, Fran.« Sie hätte gern etwas Tröstendes gesagt, aber es fiel ihr nichts ein. »Tut mir leid, ich bin in solchen Situationen ziemlich nutzlos. Ich habe wirklich keine Ahnung.«

In einem Gartenzimmer, wo noch immer Sperrholz das Glas ersetzte, das im Krieg zerstört worden war, stieß sie schließlich auf Charlie.

Er stand rauchend an den Rahmen der breiten Flügeltür zum Garten gelehnt und schaute hinaus.

»Ich bin richtig ins Fettnäpfchen getreten, oder?« fragte er. Dann rieb er sich mit dem Handrücken die Stirn und wandte sich Topaz zu. Sein Gesicht drückte Verwirrung aus. »Ich hatte keine Ahnung, daß es bei ihr so tief geht. Ich dachte, es wäre bloß ein netter Flirt.« Mit einem Stöhnen fuhr er sich durch das lockige Haar. »Haßt sie mich jetzt? Ich ertrage es nicht, wenn andere mich hassen.«

Sie schüttelte den Kopf. »Aber wir gehen nach Hause. Ich habe ihr versprochen, dir Bescheid zu sagen. Wir nehmen ein Taxi.«

»Dabei sollte das ein schöner Abend werden.«

»War es auch.« Sie lächelte. »Ich habe köstlich gegessen. Und ich habe getanzt. Mich haben so viele Männer aufgefordert. Es kann nur an meinem Kleid liegen.«

Er lachte. »Ja, es bringt deine Vorzüge sehr vorteilhaft zur Geltung.«

Voller plötzlicher Zweifel sah sie an sich hinunter. »Ist es zu tief ausgeschnitten? Meinst du, ich sollte eine Jacke drüberziehen?«

»Bloß nicht.« Er drückte seine Zigarette in einem Blumentopf aus. Musik wehte aus dem Nachbarraum herein.

»Nur mit dir habe ich nicht getanzt, Charlie«, sagte sie.

Er breitete die Arme aus, und sie legte ihren Kopf an seine Schulter, während sie sich in dem leeren Zimmer im Tanz drehten. Man mußte die Feste feiern, wie sie fielen. Sie schloß die Augen und dachte, wie wunderbar, auch wenn ich ihn mir nur ausgeliehen habe.

Will bewahrte die gefälschten Benzinmarken in einer Schublade hinter alten Zeitungen und Reklamezetteln auf. Kunden kamen. »Ich bin ein Freund von Rick Hunter«, sagten sie. Oder: »Ricky schickt mich.« In einem Hinterzimmer tauschte Will mit zitternden, ungeschickten Fingern Marken gegen Geld. Dann füllte er die Tanks von Privatautos mit Benzin, das nur für den geschäftlichen Gebrauch freigegeben war. Wahrscheinlich, dachte er, waren sie sogar Geschäftsleute irgendeiner Art, diese wohlgenährten, wohlgekleideten, selbstsicheren Männer, die schwungvoll bei ihm vorfuhren, während ihm die Knie schlotterten vor Angst.

Oft ging er auf dem Heimweg noch ins Holly Bush. Nach ein oder zwei Bier hörten die quälenden Vorstellungen auf, daß demnächst die Polizei mit einem Durchsuchungsbefehl in der Tankstelle aufkreuzen würde oder Julia dahinterkäme, daß er gefälschte Benzinmarken verkaufte, oder sie Rick Hunter begegnen würde. Auch die Angst vor ihrer Enttäuschung, ihrem Zorn und ihrer Zurückweisung hörte auf. Nach ein oder zwei Bier konnte er nachts schlafen. Er sagte sich, es wäre ja nur vorübergehend, bis er auf die Beine käme. Er brauchte im Grunde nur vorsichtig zu sein: immer die Bürotür zu schließen, wenn er mit einem Kunden zu tun hatte, der von Rick kam, und vor Brian, dem Jungen, der bei ihm aushalf, geheimzuhalten, was es mit Ricks beiden Kumpanen auf sich hatte.

Sie hießen Lenny und Gene und waren dafür zuständig, die

gefälschten Marken zu liefern, wenn Wills Bestand zur Neige ging, und Ricks Anteil am Erlös zu kassieren. *Zwei Shilling für mich, sechs Pence für Sie.* Lenny hatte so ziemlich die gleiche Größe wie Will, und sein klobiger Kopf ging halslos in einen massigen Stiernacken über. Immer fehlte an seinem Anzug irgendwo ein Knopf, und die grellbunte Seide seiner Krawatte war zerschlissen. Gene war klein, dunkel, schweigsam und adrett. Will dachte, eigentlich müßte er sich vor Lenny fürchten, der ihn wahrscheinlich im Handumdrehen erledigen konnte. Aber in Genes Augen war eine Leere, die seinen Herzschlag stocken ließ.

Eines Morgens, bevor er zur Arbeit aufbrach, sagte Julia: »Hör mal, Will, ich habe mir überlegt, daß ich dir gut in der Tankstelle helfen könnte.«

Er nahm den Wasserkessel vom Herd. »Wie denn? Als Tankwart?«

»Nein, natürlich nicht.«

»Der Tee ... wo ist der Tee?«

»In der Dose, wo er immer ist.« Julia rührte das Porridge um. »Ich könnte die Buchhaltung machen.«

Will wurde innerlich eiskalt. »Ach, das schaff ich schon allein«, sagte er hastig. »Das ist nicht nötig.«

»Aber ich habe die Buchführung gelernt. Mein Vater hat sie mir beigebracht, als ich in der Firma angefangen habe.«

»Ehrlich, Julia, das ist nicht nötig«, sagte er scheinbar unbekümmert, aber die Teedose fiel ihm aus der zitternden Hand, und Teeblätter ergossen sich über den Tisch.

Seufzend über seine Ungeschicklichkeit, fegte Julia den verschütteten Tee zusammen. »Ich dachte, du würdest dich freuen, wenn ich dir helfe.« Es klang verletzt.

Aber er wollte ihre Hilfe natürlich auf keinen Fall. Um Gottes willen, bloß nicht. Sie brauchte ja nur einen Blick in die Bücher zu werfen, um zu sehen, daß er bis zum Hals in Schulden steckte. Und das schon seit fast anderthalb Jahren.

»Wenn ich dir helfe«, fuhr sie fort, »hätten wir mehr Zeit füreinander.«

Er wünschte, sie würde das Thema endlich fallenlassen, anstatt ohne Ende darauf herumzureiten. Bemüht, ruhige Zuversicht auszustrahlen, sagte er: »Es wird bald besser werden, Liebling. Das Geschäft läuft gut. Bald kann ich früher nach Hause kommen. Vielleicht kann ich sogar noch jemanden einstellen.«

»Aber den würdest du bezahlen müssen, Will. Mich mußt du nicht bezahlen.«

Er versuchte, einen Scherz daraus zu machen. »Ich kann doch meine schöne Frau nicht als billige Arbeitskraft schuften lassen.«

Sie verteilte das Porridge auf Schalen. »Das würde mir gar nichts ausmachen, Will.«

»Außerdem hast du die Arbeit im Reitstall.«

»Daneben habe ich noch Zeit genug.«

»Stell dir doch mal vor: Seitenvoll langweilige Zahlen.«

»Es würde mir Spaß machen. Ich war immer gut im Rechnen.«

»Aber in der Werkstatt ist es schmutzig, und alles ist voll Öl. Das ist nichts für eine Frau.«

»Also, wirklich, Will!« Sie knallte ihm die Schale mit dem Porridge vor die Nase. »Ich miste den Pferdestall aus. Da werden mich ein paar Tropfen Öl bestimmt nicht umbringen. Du mußt doch zugeben, daß es eine gute Idee ist.«

Grau gesprenkelt starrte sein Porridge ihn an. »Nein, Julia, das finde ich nicht.«

»Wieso? Du willst mich wohl nicht in der Nähe haben, wenn du arbeitest«, sagte sie anklagend.

»Unsinn.«

»Was ist es dann?«

»Ich habe dir meine Gründe genannt. Laß es jetzt bitte darauf beruhen.«

Er stieß seinen Löffel ins Porridge, obwohl er nicht im geringsten hungrig war. Bisher war er nur selten Ziel von Julias Zorn gewesen. Und daß er sich im Unrecht wußte, machte alles nur schlimmer.

Kalt sagte sie: »Ich dachte nur, wenn wir mehr gemeinsam machten, ginge es uns vielleicht besser miteinander.«

Das fehlte jetzt gerade noch – in aller Herrgottsfrühe eine Analyse ihrer Ehe, während im Büro die gefälschten Benzinmarken warteten und um neun Uhr Lenny erscheinen würde, um Ricks Anteil zu kassieren. Mürrisch sagte er: »Es geht uns gut.«

»Ach, wirklich?« Ihr Ton forderte ihn heraus.

»Ich verstehe nicht, was dieses Theater soll.« Er sah auf seine Uhr. Halb neun. Er stellte sich vor, wie Lenny, dem man den Schieber auf den ersten Blick ansah, vor seiner Tankstelle herumlungerte und jedem, der zufällig vorbeikam, zeigte, mit was für Leuten er – Will – verkehrte.

»Das verstehst du nicht, Will?« Ihre Worte trafen ihn hart und kalt. »Wir sind erst ein Jahr verheiratet, richtig?«

»Ja und?« Er merkte, wie er wütend zu werden begann. Schließlich bemühte er sich nur, dachte er selbstgerecht, sein Bestes für sie zu tun.

»Du warst letzte Woche jeden Abend im Pub.«

In die Enge getrieben, sagte er leise und giftig: »Ach, du hast gezählt?«

»Ich konnte gar nicht umhin, es zu bemerken.« Ihre Augen sprühten Feuer. »Manchmal kannst du dich ja kaum noch auf den Beinen halten.«

»Du bespitzelst mich –«

»Ich verstehe nicht, warum du dich so benimmst!« schrie sie ihn an. »Ich dachte, du würdest dich freuen.«

»Ich soll mich darüber freuen, daß du glaubst, ich schaffe es nicht allein?«

»So habe ich das überhaupt nicht gemeint.«

»Ach nein? So hat's aber geklungen. ›Der arme Will kommt offensichtlich überhaupt nicht zurecht, da will ich ihm mal besser unter die Arme greifen.‹« Er stand auf und stieß seinen Stuhl weg.

»Wohin willst du?«

»Zur Arbeit, verdammt noch mal.« Er riß seinen Mantel vom Haken. »Wie immer.«

Als er die Haustür hinter sich zuschlug, hörte er sie kreischen: »Ich schufte mich hier in diesem scheußlichen Haus halb zu Tode, und dann hältst du es nicht mal für der Mühe wert, das Frühstück zu essen, das ich dir gemacht habe!« Ihre Stimme, ein wütendes Keifen, schallte durch das Wäldchen.

Als er weg war, packte sie seine Porridgeschale und schleuderte sie an die Wand. In Klumpen glitt der Brei langsam zu Boden und hinterließ schleimige Spuren wie von Schnecken auf dem Anstrich.

Nach Luft ringend lehnte sich Julia an den Türpfosten. Ihr Blick streifte durch den Raum, und sie fand ihn trotz all ihrer Anstrengungen immer noch deprimierend. Er war zu klein, zu düster, die Decke zu niedrig, und der häßliche offene Kamin, die häßlichen Möbel, Tisch und Stühle, nahmen zuviel Platz ein. Sie wohnte in einem Puppenhaus, wo nichts paßte, und täglich schob sie die Möbel herum, um den richtigen Platz für sie zu finden, aber es war zwecklos.

Als sie an diesem Nachmittag im strömenden Regen Salem zum Gestüt zurückführte, hörte sie auf der anderen Straßenseite ein Auto anhalten. Unter ihrem Südwester hervor sah sie durch Regenschleier Jack.

Er stieg aus dem Bentley. »Ich würde euch ja gern mitnehmen«, sagte er, die Straße überquerend, »aber ich glaube nicht, daß er im Auto Platz hätte.« Er strich mit der Hand über Salems seidigen schwarzen Hals.

Julia hatte starkes Herzklopfen. »Er hat ein Eisen verloren«, erklärte sie.

»Du solltest dich an Autos und Traktoren halten wie ich.« Jack musterte sie. »Du siehst aus wie eine gebadete Maus. Komm, laß mich ihn führen.«

»Das ist nicht nötig. Und das Auto –«

»Das läuft nicht weg.«

»Aber du wirst klatschnaß.«

»Nimm es als Zeichen meiner Reue.«

»Hast du etwas zu bereuen, Jack?«

Er warf ihr einen schnellen Blick zu. »Na, ich war nicht gerade die Höflichkeit in Person, als wir uns das letzte Mal allein gesehen haben.«

Julia erinnerte sich an das Zusammentreffen in Hernscombe; an den Schnee in der Luft und den Winter in Jacks Blick. »Ich war auch ganz schön pampig.«

Er lachte. »Du hast immer schon ein freches Mundwerk gehabt.« Er berührte kurz ihre Hand. »Du hast eiskalte Hände.«

»Ich habe meine Handschuhe vergessen.« Hastig schob sie die Hände in die Jackentaschen.

Er nahm die Zügel. »Du arbeitest im Reitstall?«

»Jeden Nachmittag.« Sie lächelte. »Ich bringe kleinen Mädchen das Reiten bei.«

»Du hast doch immer gesagt, das würdest du niemals tun. So was würde dir überhaupt keinen Spaß machen.«

»Auf die Weise komme ich wenigstens raus.« Es gelang ihr nicht, ihre Bitterkeit zu unterdrücken.

Sie spürte, daß er sie aufmerksam betrachtete, und wandte sich ab, begann, die Straße hinunterzugehen. Der Regen klebte ihr das Haar an den Kopf und tropfte in den Kragen ihres Anoraks. Der Streit vom frühen Morgen wirkte noch nach, sie fühlte sich verletzt und aufgewühlt.

»Auf jeden Fall«, fügte sie mit künstlicher Munterkeit hinzu, »komme ich so zum Reiten, und du weißt ja, wie gern ich das tue.«

Die Straße wand sich unter hohen Buchen hindurch. Regen trommelte auf die kahlen Äste. Ein Auto brauste vorüber, und Salem drohte zu scheuen. Jack beruhigte ihn.

Den Blick auf die glatten, runden Stämme der Bäume gerichtet, die sie umgaben, merkte sie gar nicht, daß sie vor Kälte zitterte. Es wurde ihr erst bewußt, als er sagte: »Du frierst.«

»Ich wäre beinahe gestürzt«, sagte sie unvermittelt, »als er das Eisen verlor. Es war meine eigene Schuld, ich habe ihn zu sehr gefordert, und der Boden war naß.« Sie hatte die Stimmung loswerden müssen, die der Streit vom Morgen bei ihr hinterlassen hatte. Sie hatte sich von ihrem Zorn und der Erinnerung daran, wie sie Will angeschrien hatte, befreien müssen. Sie hatten sich auf felsigem Terrain befunden, als Salem plötzlich gestolpert war; es hätte ein Unglück geben können, diese Erkenntnis hatte sie zur Besinnung gebracht.

»Ich sag dir ja immer, du sollst eine Kappe aufsetzen.«

»Das Leben ist schon langweilig genug«, entgegnete sie schlecht gelaunt, »wenn man nicht wie eine alte Oma auf dem Pferd sitzt.«

»Es wäre furchtbar für mich, wenn du einen Unfall hättest, das ist alles.«

»Ach, wirklich?« Sie warf ihm einen scharfen Blick zu.

Er seufzte. »Ganz gleich, was geschehen ist – was wir für Differenzen haben –, ich würde niemals wollen, daß dir etwas Schlimmes geschieht, Julia. Das mußt du doch wissen.«

Sie biß sich auf die Unterlippe. »Ich dachte, du haßt mich.«

»Niemals.« Es klang traurig.

Sie ließ nicht locker. »Aber du warst doch wütend auf mich?«

»Und wie! Ich hätte dich mit bloßen Händen erdrosseln können. Aber das heißt doch noch lange nicht, daß ich mich freuen würde, wenn du mit gebrochenem Genick im Straßengraben landen würdest. Kauf dir also endlich eine gottverdammte Kappe.«

»Wenn du einen nur herumkommandieren kannst, Jack«, murmelte sie.

»Wenn du nur deinen Kopf durchsetzen kannst, Julia.«

Jetzt war sie es, die seufzte. »Ich fühle mich einfach gern frei.«

Er schwieg einen Moment, dann sagte er: »Und jetzt fühlst du dich nicht frei?«

Sie brachte ein strahlendes Lächeln zustande. »Oh, ich fühle mich glänzend, Jack. Nur dieses triste Wetter geht mir auf die Nerven.«

Schweigend gingen sie weiter. Dann sagte Jack: »Ihr wohnt in dem kleinen Haus oben auf dem Maiden Hill, nicht wahr?«

»Im Höllenhaus.« Julia schnitt eine Grimasse.

»Du bist offensichtlich begeistert.« In seinen Augen funkelte Gelächter.

»Es ist ein schreckliches Haus, aber wir haben einfach nichts Besseres gefunden. Sobald Wills Tankstelle richtig läuft, suchen wir uns was Größeres.«

»Muß einsam sein da oben, mitten im Nichts.«

»Ach, wir haben viel Besuch«, behauptete sie in leichtem Ton. »Mutter ... Marius und Suzanne –« Sie fing seinen Blick auf und fügte kleinlaut hinzu: »Sie ist eigentlich ganz nett, wenn man sie näher kennt.« Dann wechselte sie das Thema. »Und wie geht's dir, Jack? Was macht Sixfields?«

»Die Arbeit auf dem Hof gefällt mir, auch wenn Carrie eine schwierige Person ist.« Sein Blick trübte sich. »Ich werde einfach nicht klug aus ihr. Manchmal denke ich, sie haßt mich.«

»Wieso denn das?«

»Sie macht sich einen Spaß daraus, mich zu demütigen. Um mir zu zeigen, wer der Boß ist.«

»Aber wieso sollte sie dich hassen?« fragte Julia vernünftig. »Sie hätte dich doch nicht zu ihrem Erben gemacht, wenn sie dich haßte.«

»Sie kann sich's ja anders überlegen. Das reibt sie mir mit Vorliebe unter die Nase.«

»Glaubst du nicht, daß du ein bißchen – na ja, *empfindlich* bist, Jack?«

»Vielleicht.« Er lächelte. »Das ist wohl ein alter Fehler von mir, hm?«

Von mir auch, dachte sie, sagte aber: »Vielleicht ist deine Cousine nur schrullig. Sie lebt doch schon seit Ewigkeiten allein, nicht wahr? Da werden die meisten Leute schrullig.«

»Ich lebe auch allein. Glaubst du, ich werde eines Tages auch so, daß ich meine Verwandten schikaniere und vor den Fenstern Spinnweben statt Vorhänge habe?«

Julia lachte. »Ich habe Sixfields bisher immer nur von der Straße aus gesehen. Wie ist es?«

»Es ist ein Haus, weiter nichts.«

»Jack!«

»Na ja.« Er runzelte die Stirn. »Es ist groß. Als ich klein war, war es meine größte Wonne, es von oben bis unten zu erforschen. Am schönsten war es, wenn ich auf einen Raum stieß, den ich noch nie gesehen hatte, oder auf eine verschlossene Tür oder eine Treppe, die nirgendwohin führte – auf irgendein Geheimnis eben. Es war jedesmal unheimlich spannend – die vielen Gänge und Winkel. Und was da alles rumlag! Ich frage mich, wie Carrie in diesem Haus je etwas findet, aber sie behauptet, sie wüßte genau, wo alles ist.«

Sie sah ihn vor sich, ein dunkles, träumerisches Kind, das sein verzaubertes Schloß erkundet.

»Als ich im Ausland war«, sagte er, »habe ich oft an Sixfields gedacht. Ich habe sogar davon geträumt. Komisch eigentlich, vom Schulhaus – von zu Hause – habe ich nie geträumt. Wahrscheinlich kommt das einfach daher, daß Sixfields anders ist ... ungewöhnlich –«

»Es kommt daher, daß du es liebst, Jack.« Julia blieb stehen. Der Wind ergriff ihr nasses Haar und peitschte es ihr ins Gesicht.

»Ja, so wird es wohl sein.« Wieder klang seine Stimme traurig. »Aber die Liebe hat ihren Preis, nicht wahr?«

Sie hatten den Reitstall erreicht. Sie nahm ihm die Zügel aus der Hand und ging mit einem kurzen Gruß davon.

Als Jack auf den Hof zurückkam, begegnete ihm der Arzt, der gerade aus dem Haus trat. Dr. O'Connor war neu in der Gegend, jung, ehemaliger Militärarzt. Er sah müde und verdrossen aus – ganz so, dachte Jack und unterdrückte ein Lächeln, als hätte er unerfreuliche Bekanntschaft mit Carrie Chancellors scharfer Zunge gemacht.

»Wie geht es ihr?« Jack öffnete dem Arzt die Wagentür.

»Danke.« Dr. O'Connor legte seine Tasche auf den Rücksitz seines Wolseley. »Es geht ihr leider gar nicht gut. Sie arbeiten bei ihr, nicht wahr?«

»Ja, ich helfe ihr. Ich bin ihr Vetter, Jack Chancellor.« Die beiden Männer tauschten einen Händedruck.

»Sie muß unbedingt etwas kürzer treten. Gibt es nicht jemanden – eine Schwester oder eine Freundin vielleicht –, die einmal eine Zeitlang darauf achtet, daß sie sich nicht ständig übernimmt?«

Jack schüttelte den Kopf. »Carrie läßt sich von niemandem etwas sagen. Sie liebt ihre Selbständigkeit.«

Der Arzt sagte schroff: »Ihre Lunge sieht nicht gut aus. Und die Rückgratverkrümmung macht es noch schlimmer – durch sie wird ein ständiger Druck auf die Lunge ausgeübt, verstehen Sie? Ich sage Ihnen das im Vertrauen, weil sie nicht bereit ist, auf mich zu hören. Wenn sie nicht endlich anfängt, auf ihre Gesundheit zu achten, hat sie keine zehn Jahre mehr.«

Er ließ den Wagen an und fuhr davon.

Jack ging ins Haus. Vor Carries Schlafzimmertür blieb er stehen. Dann klopfte er.

»Wer ist da?«

»Ich bin's, Jack. Ich wollte fragen, ob du etwas möchtest.«

»Daß man mir endlich meine Ruhe läßt«, krächzte sie hustend.

Er gab nicht nach. »Hast du Feuer im Kamin?«

»Im Schlafzimmer? Ganz gewiß nicht.«

Ihr Schimpfen und Husten folgte ihm die Treppe hinunter. Aus dem Keller holte er einen Korb voll Kohle und Anzündholz. Dann klopfte er noch einmal bei ihr.

»Ich komm jetzt rein.«

Wieder begann sie zu schimpfen. Er ließ ihr ein paar Minuten Zeit, sich zurechtzumachen, dann trat er ein.

Im Zimmer war es eiskalt. Es hätte ihn nicht gewundert, Eiszapfen von den wuchtigen dunklen Möbelstücken herabhängen zu sehen oder glitzernden Rauhreif auf Büchern, Papieren und Nippes.

Carrie saß aufrecht im Bett, ein wollenes Umschlagtuch um ihren knochigen kleinen Körper gehüllt und zornige Empörung im Blick. »Was erlaubst du dir, Jack?«

»Ich werde jetzt Feuer machen«, entgegnete er ruhig und kniete vor dem offenen Kamin nieder.

»Feuer im Schlafzimmer gibt's bei mir nicht, das weißt du, das ist schlecht für die Gesundheit. Wie kannst du es wagen, einfach hier hereinzukommen? Scher dich fort ... verschwinde aus meinem Zimmer –«

Carrie krächzte und fauchte, das Papier knisterte, und das Streichholz knirschte. Als das Feuer brannte, richtete sich Jack auf.

»Ich kann jederzeit mein Testament ändern«, kreischte sie.

»Ich brauche es nur zu zerreißen ... ich werde meinem Anwalt schreiben –« Dann fiel sie, von einem heftigen Hustenanfall geschüttelt, zurück in die Kissen.

Er trat ans Bett und goß ihr aus der Karaffe auf dem Tisch ein Glas Wasser ein. Dann sagte er: »Wenn du es dir anders überlegen willst, ist das deine Sache. Aber *wenn* ich den Hof erbe, will ich mir sagen können, daß ich mich immer anständig und ehrlich verhalten habe. Ganz sicher werde ich nicht untätig zusehen, wie du dich umbringst.«

Damit ging er hinaus. In der Küche kochte er ein Ei, strich ein Butterbrot und brachte beides auf einem Tablett zu Carrie hinauf. Als er sah, daß sie eingeschlafen war, stellte er das Tablett auf ihren Nachttisch, legte noch etwas Kohle nach und ging dann leise wieder hinaus. Unten zog er Ölzeug und Gummistiefel über und erledigte die Arbeiten, die täglich auf dem Hof anfielen.

Es war nach zehn, als er in sein kleines Haus zurückkehrte. Erst dort erlaubte er sich, an Julia zu denken. Julia, mit regennassem Haar und tief unglücklichen grauen Augen. Er fragte sich, warum sie unglücklich war. Wegen des Hauses natürlich – wie hatte sie es gleich wieder genannt? Höllenhaus. Vor Monaten war er einmal daran vorbeigekommen und hatte den Wagen am Straßenrand angehalten, um sich die erbärmliche kleine Hütte anzusehen. Er konnte sich nicht vorstellen, daß ein schöner und freiheitsliebender Mensch wie Julia sich in so einem Zuhause wohl fühlte. Ja, wahrscheinlich war sie über das Haus unglücklich. Oder vielleicht war sie einsam. Oder sie langweilte sich.

Vielleicht klappte es auch in der Ehe nicht.

Von innerer Ruhelosigkeit getrieben, ging Jack zum Fenster und schaute hinaus. Die Nacht war kalt und klar. Er stützte die Hände aufs Fensterbrett. Was hatte Julia noch gesagt? Daß sie jeden Nachmittag im Reitstall arbeite. Dann war es ja überhaupt kein Problem, sie zu sehen und mit ihr zu sprechen. Nur rein freundschaftlich, natürlich. Eine alte Freundschaft wieder aufzufrischen, daran war nun wirklich nichts Verwerfliches.

Jack wußte, daß er nicht schlafen würde. Er schlüpfte wieder in seinen Mantel und öffnete die Hintertür. Con, sein Hund, stand verschlafen auf, schüttelte sich und trottete an seiner Seite ins Freie hinaus. Der Mond leuchtete ihnen, als sie durch Wiesen und an Bächen entlangwanderten und all seine altvertrauten Lieblingsplätze aufsuchten, auf Schritt und Tritt begleitet von der fernen dunklen Silhouette Sixfields' mit dem verrückten Auf und Ab seiner schrägen Dächer und den reifglitzernden Fenstern.

Er hörte wieder die Worte des Arztes: *Wenn sie nicht endlich anfängt, auf ihre Gesundheit zu achten, hat sie keine zehn Jahre mehr.* Zum dumpfen Klang seiner Schritte auf der gefrorenen Erde schlich sich ungebeten ein gefährlicher und betörender Gedanke in Jacks Bewußtsein.

Daß er sie, wenn er nur geduldig war, doch noch beide haben konnte, Sixfields und Julia.

Abends um sechs wartete Marius im stürmischen Wind vor dem Kaufhaus Selfridge's auf Suzanne. Er war seit dem Vortag in London; Suzanne war am Morgen zum Einkaufen und zu einem Theaterbesuch nachgekommen.

Er entdeckte sie mitten im Menschengewühl auf dem Weg zu ihm. »Hast du einen schönen Tag gehabt?« fragte er und küßte sie auf die Wange. Sie schleppte ein halbes Dutzend Päckchen und Tüten.

»Ich habe einen wunderbaren Seidenstoff gefunden –« Als er ihr die Tüten abnahm, schob sie in jede von ihnen ihre Hand und zog schließlich ein Stück lavendelblauen Stoff heraus. »Es ist nur ein Rest«, sagte sie, »aber es reicht leicht für ein Kleid für Tara. Und schau mal –« Sie zeigte ihm einen weiteren Stoffrest. »Weiße Baumwolle. *Ägyptische* Baumwolle. Das gibt endlich ein paar neue Hemden für dich, Marius. Ich habe den Stoff in der Petticoat Lane gefunden.« Sie lachte. »Man muß eben nur wissen, wo man suchen muß.«

»Keine Nylonstrümpfe von dubiosen Straßenhändlern?«

Sie schüttelte bedauernd den Kopf. »Ich hatte nicht genug Zeit. Der blöde Zug hatte Verspätung. Und wie war's bei dir? Alles in Ordnung?«

Er bemerkte ein freies Taxi und winkte. »Unsere Lieferanten machen nur Mist«, sagte er, als er ihr in den Wagen half. »Der letzte Posten Widerstände, den sie uns geschickt haben, war defekt. Ich muß nächste Woche wieder herkommen. Ich glaube, ich sollte wirklich überlegen, ob wir nicht das Londoner Büro wieder aufmachen.«

Sie ordnete ihren Mantel und ihre Päckchen um sich, nachdem sie sich gesetzt hatte. »Ihr hattet hier vor dem Krieg eine Niederlassung?«

»Ja. Es waren nur zwei Räume, die mein Vater als Verkaufsbüro genutzt hat. Das Haus wurde 1940 ausgebombt, und daraufhin wurde das ganze Büro nach Great Missen verlegt.«

Sie sah auf ihre Uhr. »Fahren wir noch ins Hotel?«

Er schüttelte den Kopf. »Dazu reicht die Zeit nicht. Wir sind um halb sieben mit den Glanvilles zum Theater verabredet.«

»Ach schade, ich wollte etwas mit dir besprechen.«

»Das klingt ja richtig ernst.«

»Es ist nur eine Idee. Ich habe viel nachgedacht, weißt du. Aber du wirst vielleicht ganz entsetzt sein.«

Ihm wurde unbehaglich. »Erzähl.«

Sie musterte sich mit zusammengekniffenen Augen im Spiegel ihrer Puderdose. »Später. Wenn wir in Ruhe reden können. Ich hasse es, ein wichtiges Gespräch anzufangen und dann mittendrin abbrechen zu müssen.« Sie zog die Kappe von ihrem Lippenstift ab. »Und wie sind die Glanvilles? Sind sie furchtbar vornehm?«

Das unbehagliche Gefühl hielt den ganzen Abend an. Seit Suzanne ihm von Neil Finlay erzählt hatte, war die Frage, ob sie in Missencourt bleiben würde, offengeblieben. In letzter Zeit hatte er ganz vorsichtig begonnen, sich sicher zu fühlen und zu glauben, sie könnten, da es keine klare Lösung gab, die Entscheidung einfach der Zeit überlassen. Suzanne und Tara würden weiter in Missencourt leben, weil es keine vernünftige Alternative gab. Jetzt aber spukten ihm Suzannes Worte im Kopf herum, quälend und beunruhigend. *Ich habe viel nachgedacht … du wirst vielleicht entsetzt sein.* Vielleicht hatte Suzanne nun doch eine Entscheidung getroffen. Das Schlimme war, daß die Vorstellung, ohne Suzanne und Tara in Missencourt leben zu müssen, mit jedem Tag, der verging, bedrückender wurde.

Er war wortkarg an diesem Abend mit den Glanvilles – Roger Glanville war ein Freund aus Kriegstagen –, und das Stück, ein albernes Musical mit einfallsloser Musik und langweiliger Choreographie, interessierte ihn nicht. Roger Glanville wollte hinterher zu Quaglino essen gehen, doch Müdigkeit vorschützend lehnte Suzanne ab.

Im Taxi sagte sie zu ihm: »Ich hatte den Eindruck, du hättest genug. Im Hotel bekommen wir sicher noch ein paar Sandwiches.«

»Du hast hoffentlich nicht das Gefühl, etwas versäumt zu haben«, erwiderte er.

Sie zog ihren Mantel fester um sich. »Gibt's was Besseres, als ein heißes Bad und Essen im Bett?«

Im Hotel rauchte er und trank Brandy, während Suzanne badete. Am Fenster stehend sah er zu dunklen Dächern und Kaminen hinaus und rief sich die Jahre mit ihr ins Gedächtnis. Vier Jahre kannte er sie nun. Eine merkwürdige Beziehung voll unberechenbarer Entwicklungen. Zu Beginn der unwiderstehliche körperliche Zauber jener ersten sechs Wochen, dann die lange Zeit der Trennung, als er an der Front gewesen war. Danach, bei seiner Heimkehr, die Suche nach ihr. Eine Ehe, in der die Liebe fehlte, bis sie ihn ergriff und in Bann schlug. Und jetzt wußte er nicht mehr, wie er ohne Suzanne leben sollte.

Mit gerötetem Gesicht und wirrem Haar kam sie in einen Bademantel gehüllt ins Zimmer. »Ich habe einen Bärenhunger.«

Er bot ihr die Sandwiches an. »Schinken. Leider nicht mehr ganz frisch.«

Sie setzte sich auf die Bettkante und frottierte ihr Haar.

Er fragte: »Was wolltest du denn mit mir besprechen?«

»Nur wenn du nicht zu müde bist. Es hat Zeit.« Sie beugte sich vornüber und fuhr sich mit den Fingern durch die dichten dunklen Locken. »Ich will nicht von dir Entscheidungen verlangen, wenn du lieber schlafen gehen würdest.«

»Am besten bringen wir es hinter uns«, sagte er.

Sie sah ihn mit leichter Verwunderung an. »Wie du meinst.« Sie griff nach ihrem Brandyglas. »Ich würde gern einen Kindergarten aufmachen, Marius. Ich wollte wissen, wie du darüber denkst.«

Er schien verwirrt. »Einen Kindergarten?«

»In Missencourt, ja.« Sie schien sein Schweigen als Skepsis auszulegen, denn sie sagte: »Ich verstehe natürlich, wenn dir die Vorstellung nicht behagt. Es ist schließlich dein Haus.«

»Du willst also bleiben?« platzte er heraus.

Jetzt war sie die Verwirrte. »Wie bitte?«

Er beeilte sich, das Mißverständnis zu vertuschen. »Einen Kindergarten ... in Missencourt ... Warum nicht?«

»Tara braucht andere Kinder, und es gibt nirgends in der Gegend einen guten Kindergarten – nur diese gräßliche Bewahranstalt in Hernscombe, wo die Kinder in Bänken sitzen und Uniformen tragen müssen wie in der Schule –« Sie schwieg. Dann sagte sie langsam: »Du dachtest, ich wollte dir sagen, daß ich aus Missencourt fortgehe? Daß ich vorhabe, dich zu verlassen?«

Er kam sich töricht vor. »Ich war mir nicht sicher ... als du sagtest –« Er drückte seine Zigarette aus. »Dumm von mir.«

Ihr feuchtes Haar ringelte sich in kleinen Löckchen. Sie runzelte die Stirn. »Hast du dir *gewünscht*, daß ich das sagen würde?«

»*Nein*. Um Gottes willen, *nein*, Suzanne – wenn du glaubst, daß du es mit mir aushalten kannst – dann bleib, bitte!« Er brach ab, verlegen über sein Gestammel. Wieso, fragte er sich wütend, fiel es ihm so schwer, sich seiner Frau gegenüber zu äußern, wo er doch überhaupt keine Schwierigkeiten hatte, Geschäftspartnern oder engstirnigen Regierungsbeamten seine Wünsche klarzumachen?

Sie kniff die Augen zusammen. »Siehst du es *so*? Daß ich es mit dir *aushalte*?«

»Ich weiß es selbst nicht. Tut mir leid.«

»Also wirklich, Marius«, rief sie zornig, »es ist kaum zu glauben, wie vernagelt du manchmal bist. Ich meine – ich bin doch weiß Gott kein Ausbund an Geduld und Toleranz, oder?«

Er mußte ein Lächeln unterdrücken. »Nein, das kann man nicht gerade behaupten.«

»Und trotzdem glaubst du, daß ich es mit dir *aushalte*?«

»Ich dachte ... Taras wegen –«

»Männer«, erklärte sie mit Verachtung.

»Tut mir leid.«

»Ach, Herrgott noch mal, hör auf, dich zu entschuldigen.« Ungeduldig zog sie einen Kamm durch ihre Haare. »Wenn es so wäre, wie du offenbar glaubst, Marius, wäre ich schon vor Monaten gegangen. Vor Jahren. Ich bin nicht der Mensch, der aushält. Das müßtest du eigentlich inzwischen gemerkt haben.«

Er zwang sich zu sagen: »Aber du empfindest für mich nicht das gleiche, wie du für Neil empfunden hast, nicht wahr?«

Sie legte den Kamm nieder und sah weg. »Nein«, sagte sie. »Ich glaube auch nicht, daß ich für irgend jemanden je wieder das gleiche empfinden werde.« Sie wandte sich ihm zu. »Ich finde, wir sollten aufrichtig miteinander sein. Ich sollte aufrichtig zu dir sein.«

Danach war es still. Er blieb am Fenster, den Blick auf den dunklen Himmel gerichtet.

»Marius«, sagte sie ruhig und fest. »Hör mir zu. Neil und ich – ich will nicht behaupten, daß es mir nicht sehr viel bedeutete. Das wäre eine Lüge. Aber auf der anderen Seite weiß ich auch nicht, wie sich alles entwickelt hätte, wenn uns mehr Zeit gegönnt gewesen wäre. Ob die Beziehung gehalten hätte. Wir hatten nicht die Zeit, das herauszufinden. Unsere Liebe ist nie auf die Probe gestellt worden. Wir lebten unsere Liebe unter einer Art Glasglocke – wir hatten sie geheimgehalten, keinem Menschen etwas gesagt. Ich weiß nicht, was geschehen wäre, wenn wir die Glasglocke eines Tages hätten entfernen müssen. Wie wir mit der Scheidung und dem Kind fertig geworden wären. Das sind ja alles Probleme, mit denen nicht so leicht umzugehen ist. Du und ich hingegen – wir hatten gleich von Anfang an mit handfesten Problemen zu kämpfen.«

»So könnte man sagen.«

Sie schwieg einen Moment, dann sagte sie: »Du darfst nicht glauben, nur weil es bei uns anders ist, bedeutet es nichts. Du darfst nicht glauben, daß mir nichts an dir liegt.«

Ihm fiel auf, daß sie nicht von »Liebe« sprach. Aber er versuchte nicht, sie festzulegen, und bestand nicht auf Definitionen.

»Aber du bleibst?«

»Wenn du mich haben willst.«

Er versuchte, die Traurigkeit, die angesichts der Ungleichheit ihrer Gefühle füreinander seine Erleichterung trübte, nicht zu beachten. Am besten, sagte er sich, gab man sich mit dem zufrieden, was man hatte.

»Kurz und gut«, sagte sie, »ich habe über das Rote Kreuz eine Frau kennengelernt – Vivien Lewis, sie wohnt in Longridge. Vor ihrer Heirat war sie Lehrerin, und sie hat einen kleinen Sohn, der ungefähr im gleichen Alter ist wie Tara. Wir haben uns gedacht, da es hier keinen guten Kindergarten gibt, könnten wir ja einen eröffnen. Ich brauche eine Beschäftigung, Marius. Natürlich habe ich immer noch Tara, aber sie macht längst nicht mehr soviel Arbeit wie früher. Und ich muß etwas zu tun haben.«

»Ja, das ist mir schon aufgefallen«, sagte er, und sie machte ein schuldbewußtes Gesicht.

»Ist es so deutlich zu merken?«

»Du bist wie die Katze auf dem heißen Blechdach, wenn du nichts zu tun hast.« Doch gerade das hatte er immer an ihr geliebt – ihre Leidenschaft und ihre Energie.

»Wir müßten den Kindergarten in Missencourt einrichten, weil Viviens Haus zu klein ist. Mit Adele habe ich schon gesprochen, sie sagte, ich solle es mit dir besprechen.«

»Alles, was du willst«, sagte er. »Hauptsache, es macht dich glücklich. Ich möchte nur, daß du glücklich bist, Suzanne.«

Möglich, daß ihre Ehe aus einer Reihe von Abkommen und Kompromissen bestand, sagte er sich, aber das traf gewiß auch auf viele andere Ehen zu. Und er war vom Schicksal unglaublich begünstigt worden.

Er schob seine Hände unter ihren Bademantel und fühlte, daß sie nackt war. Ihr noch feuchtes Haar roch nach Shampoo. Sie drückte ihr Gesicht an seine Schulter, und er streichelte sie überall da, wo sie es am liebsten hatte, bis sie aufs Bett niedersank und sich ihm ungehemmt und mit brennenden Blicken unter halbgeschlossenen Lidern hingab.

Francesca war nach Norfolk zu ihrer Schwester verbannt worden. Von dort schrieb sie lange kummervolle Briefe an Topaz. Topaz schrieb ebenso lange Briefe zurück und schickte kurze witzige Postkarten an Charlie in Durham.

Eines Nachmittags verabschiedete sie sich früher als sonst von Miss Damerall, weil sie mit ihrer Mutter zu einer Anprobe bei der Schneiderin verabredet war. Als sie nach Hause kam, fand sie ihre Mutter im Wohnzimmer vor, wo sie mit einer Zigarette in der Hand am Fenster stand. Der Parkettboden war mit Glasscherben übersät.

»Mama –«

»Ach, ich muß das hier saubermachen.« Veronica Brooke schwankte ein wenig.

»Was ist denn passiert? Ist alles in Ordnung, Mama? Ist dir ein Glas runtergefallen?« Asche von Veronicas Zigarette rieselte auf die Scherben hinunter. »Ich hab's nach dem Schwein geworfen.«

»Nach Mr. Dexter?« Mr. Dexter war ein Freund ihrer Mutter. Er hatte ein Geschäft in Knightsbridge.

»Richtig. Nach dem ehrenwerten Mr. Terence Dexter.« Veronica zwinkerte heftig. Dann ließ sie sich schwer aufs Sofa fallen.

»Ich hole Kehrschaufel und Besen.«

Als Topaz zurückkam, hatte ihre Mutter ihr Glas frisch aufgefüllt und trank. »Na ja, er war eben ein kleiner Ladenbesitzer.« Veronica lächelte. »Mein Vater hat diese Leute verachtet. Lauter Krämerseelen, sagte er immer. Ich hätte es besser wissen müssen.« Die saphirblauen Augen zogen sich zusammen. »Man denkt, sie machen einem Geschenke, weil sie einen bewundern, aber es reicht nie, stimmt's?«

Ihre Mutter schien eine Antwort zu erwarten. »Ich weiß nicht, Mama. Ich verstehe nicht.«

»Dann wird's aber Zeit«, sagte Veronica schroff. »Wie alt bist du jetzt? Achtzehn?«

»Neunzehn.«

»Alt genug, um über Männer Bescheid zu wissen.« Veronicas hübsches, feingeschnittenes Gesicht wurde hart und sah einen Moment lang häßlich aus. »Denen darfst du erst geben, was sie wollen, wenn du einen Ring am Finger hast. Merk dir das. Denn sie wollen immer nur das eine. Wenn du es ihnen gibst, hast du nichts mehr zu bieten.« Veronicas scharfer blauer Blick wanderte von der Martiniflasche zu ihrer Tochter. »Na ja, allzuviel hast du da nicht zu befürchten, denke ich.« Sie verzog den Mund zu einem verächtlichen Lächeln. »Ich meine, du mußt ja sicher keine Abwehrschlachten schlagen.«

Etwas in Topaz' Innerem erstarrte zu Eis. »Wir wollten doch zu Kitty«, sagte sie hastig.

»Sie hat abgesagt.« Veronica schenkte sich aus der Martiniflasche nach. »Die bestellten Knöpfe sind nicht gekommen oder so was.« Sie senkte die Lider und lehnte sich im Sofa zurück, die zierlichen kleinen Hände um das Glas geschlossen. Plötzlich jedoch schien sie wieder auf Topaz aufmerksam zu werden. Sie öffnete die Augen und sagte ungeduldig: »Lieber Gott, steh nicht so unnütz hier herum. Du gehst mir wahnsinnig auf die Nerven.«

Topaz hielt es nicht länger in der Wohnung aus. Sie zog ihren Mantel an, setzte ihre Baskenmütze auf und rannte hinaus. Das Gefühl innerer Kälte hielt an, als säße irgendwo in der Gegend ihres Herzens ein kleiner Eisklumpen. In der Gesellschaft von Freunden würde er auftauen, tröstete sie sich und schlug darum den Weg zum Café ein. Sie brauchte nur mit Helena, Jerry und Mischa zu reden, dann würde sie sich gleich wieder normal fühlen; sie würde vielleicht vergessen, was ihre Mutter gesagt hatte: *Du mußt ja sicher keine Abwehrschlachten schlagen.*

Aber an dem Tisch in der Ecke saß nur eine Person.

»Charlie«, sagte sie, und er lächelte dieses träge Lächeln, das sie so an ihm liebte. Sie mußte sich setzen und die Hände auf die Beine drücken, weil sie so heftig zitterten.

»Ich dachte, du wärst in Durham.«

»Das Stück ist nicht so lange gelaufen wie geplant.«

»Oh.«

»Ja, und jetzt bin ich wieder hier. Wieder im Ruhestand.«

»Wo sind die anderen?«

»Keine Ahnung. Das heißt, ich hab Jerry angerufen – seine Mutter ist krank. Und Helena und Donald sind zweifellos anderweitig beschäftigt.« Er warf ihr einen Blick zu. »Du wirst dich also mit mir begnügen müssen.«

»Ich glaube, das könnte ich aushalten.«

Er betrachtete sie aufmerksamer. »Alles in Ordnung mit dir?«

»Ich hab ein bißchen Kopfschmerzen.« Hinter ihren Augen drückten immer noch die Tränen, und sie rieb sich mit beiden Händen die Brust, als könnte sie so die Kälte vertreiben.

»Dann hol ich dir jetzt erst mal eine Tasse Tee.« Er stand auf.

»Gehen wir woandershin«, sagte sie plötzlich. Sie hatte ihn ganz für sich allein. Wenn die anderen kamen, mußte sie ihn wieder teilen.

»Hast du einen Vorschlag?«

Sie schüttelte den Kopf.

»Wann mußt du zu Hause sein?«

»Auf mich wartet keiner.« Sie wußte, daß es bitter klang.

»Dann laß uns mal nachdenken.« Er zog seine Jacke über. »Ein Pub oder eine Bar – oder warte mal, ich weiß da was in Pimlico, da haben sie immer ganz interessante Vorführungen … kleine Theaterstücke –« Er krauste die Stirn. »Aber manche sind auf französisch, das ist vielleicht nichts für dich –«

Sie sagte: »In Französisch bin ich genauso gut wie in fast allem, was ich anfange. Mit anderen Worten, ein hoffnungsloser Fall.«

Wieder musterte er sie. »Weißt du was, wir gehen tanzen. Das heitert auf, und das kannst du gebrauchen.«

Zuerst gingen sie in ein Pub, wo sie Portwein mit Zitrone trank und er sie mit witzigen kleinen Geschichten vom Theater in Durham zum Lachen brachte. Sie fühlte sich auf eine sonderbare Weise belebt, von einer Art heimlicher Erregung erfaßt und der Gewißheit, daß sich ihr hier eine Chance bot, die sie nicht vergeuden durfte.

Als sie das Pub verließen, sagte sie: »Ich kann mir vorstellen, daß Francesca dir fehlt.«

Er nickte. Dann erklärte er: »Ja, am Anfang hat sie mir gefehlt. Aber dann nimmt einen das tägliche Leben gefangen, weißt du.«

Sie hakte sich bei ihm ein, als sie losgingen, und schmiegte sich im Gehen an ihn.

In einem Nachtklub in Battersea, einem überfüllten Kellerraum, in dem der Zigarettenrauch in Schwaden hing, sang ein Mädchen Edith-Piaf-Chansons. »Das sind meine bescheidenen kleinen Ausflüge ins Ausland«, sagte Charlie.

»Ach, warte nur«, entgegnete sie. »Wenn du erst berühmt bist. Charlie Finch auf Europa-Tour.«

Sie mußten stehen und lehnten sich an steinerne Pfeiler, die Topaz von der eisigen Kälte des nahen Flusses durchzogen zu sein schienen.

»Glaubst du, wir werden eine Riesenenttäuschung erleben, wenn wir endlich mal ins Ausland kommen?« fragte er.

»Weiße Strände und Palmen und Straßencafés – wie soll das eine Enttäuschung werden?«

»Na ja, es ist doch manchmal so, daß man sich irgendwas jahrelang sehnlichst gewünscht hat und es dann, wenn man es endlich bekommt, gar nicht so toll findet, wie man es sich vorgestellt hat.«

Die Sängerin verließ das Podium, dünner Applaus begleitete sie, dann nahm eine Jazzband ihren Platz ein. Alle schienen gleichzeitig zur winzigen Tanzfläche zu drängen. Charlie nahm Topaz bei der Hand und zog sie mitten ins Gewühl. Man kann ja gar nicht richtig tanzen, dachte sie, von allen Seiten eingepfercht. Aber die Musik mit ihrem Schwung und ihrer Hitze ergriff von ihr Besitz und ließ sie auftauen. Und wie erstaunlich, ihr plumper Körper, der normalerweise nie so wollte wie sie, wurde plötzlich anmutig und fügsam. Die unwiderstehliche Wirkung des Rhythmus nahm ihr die Hemmungen, ihr Kopf entleerte sich aller Gedanken, so daß es nur noch die Musik gab, die Hitze und Charlie.

Nach einiger Zeit zog er sie an sich und flüsterte ihr ins Ohr: »Hier wird's gleich Ärger geben. Ich glaube, wir verschwinden besser.«

Sie warf einen Blick über ihre Schulter. Mehrere uniformierte Polizisten kamen die schmale Treppe herunter. »Was wollen die denn?«

Die Musik geriet ins Stocken und brach ab. Mit einem Achselzucken sagte er: »Vielleicht haben sie hier keine Genehmigung, Alkohol auszuschenken. Oder es sind Schwarzhändler mit Zigaretten oder gefälschten Lebensmittelmarken unterwegs.«

Er nahm sie bei der Hand und zog sie mit sich zur Tür. Das Licht einer Taschenlampe leuchtete ihnen ins Gesicht, als sie die Treppe hinaufstiegen, und glitt von ihnen ab.

Draußen war es dunkle Nacht. Wolkenfetzen trieben über das Angesicht des Mondes. Auf dem Fluß tutete ein Nebelhorn, und auf einem Trümmergrundstück huschte ein Fuchs durch die Ruinen. Sie kauften sich Fish und Chips und aßen im Gehen. Als sie fertig waren, faltete Charlie Boote aus dem Zeitungspapier, das als Verpackung gedient hatte, und warf sie von der Chelsea-Brücke ins Wasser. Dann rannten sie quer durch den Verkehr auf die andere Seite der Brücke, wo sie warteten und laut schrien, als sie die kleinen weißen Schiffchen sahen, die sich in den Wirbeln des schwarzen Wassers drehten.

»Komm«, sagte er, »ich zeig dir, wo ich mal wohnen werde, wenn ich reich bin«, und führte sie zum Cheyne Walk.

Die hohen Häuser blickten auf den Fluß. Aus einem offenen Fenster vernahm Topaz Grammophonmusik.

»In welchem Haus?«

»In dem da.«

»Warum?«

»Wegen des Delphintürklopfers. Ich hab mir immer einen Delphintürklopfer gewünscht.«

Sie kicherte. »Und Schlüsselblumen«, sagte sie. »Im Blumenkasten. Meine Lieblingsblumen.«

»Tatsächlich?« Er stieg über den Zaun und begann, die Blumen aus dem Kasten zu pflücken.

»Charlie!« zischte sie.

»Blumen für meine Blume«, sagte er theatralisch und steckte ihr das Sträußchen ins Knopfloch.

Plötzlich wurde ihr die Kehle eng. Sie neigte den Kopf zu den Blumen hinunter und atmete Frühling und Hoffnung.

»Woran denkst du?« fragte er.

»An die Ferien bei meinen Verwandten, als ich klein war. Da gab es immer so viele Schlüsselblumen. Der ganze Wald war gelb.«

Aus dem Fenster klang jetzt eine andere Musik. Sie neigte den Kopf zur Seite und lauschte.

»Ein Tango«, sagte er und zog sie in seine Arme.

»Ich kann keinen Tango, Charlie. Ich habe ihn nie gelernt.«

»Dann bringe ich ihn dir bei.«

Sie tanzten das Embankment hinunter. Die Musik wurde leiser und verklang, als sie sich entfernten, und Charlie begleitete ihre Schritte mit gedämpftem Gesang. Schlüsselblumen lösten sich aus dem Sträußchen in ihrem Knopfloch und fielen auf den Bürgersteig hinunter. Als sie außer Atem unter einer Straßenlampe stehenblieben, gewahrte sie zum erstenmal Unsicherheit in seinem Blick. Da stellte sie sich auf die Zehenspitzen und küßte seinen Mund. Er schob seine Hände in ihr Haar. Sie küßten sich lange, dann trat er zurück und sagte: »Ich war nicht sicher, ob –«

»Ob was?«

»Ob du mich magst.«

»Ich dich?«

»Ich bin ja doch nicht ganz deine Klasse.«

»Wie bitte?«

»Na ja, du weißt schon – elegante Hotels und Internate und Oliven –«

Sie sah sich in seinen dunklen Augen gespiegelt. *»Charlie!«* sagte sie.

»Ich war mir nicht sicher, ob du mir nicht eine runterhauen würdest oder im Hintergrund vielleicht ein blaublütiger Verlobter auf dich wartet.«

»So ein Quatsch. Natürlich nicht.« Sie hätte jauchzen mögen vor Glück.

»Ich konnte nie richtig klug werden aus dir«, sagte er ernsthaft. »Du bist oft ganz anders, als ich erwarten würde. Als wir uns damals im Café kennengelernt haben, hast du beinahe – geringschätzig gewirkt.«

Sie fragte sich, ob er die Wahrheit sagte. Jener Teil von ihr, der zu Unsicherheit und Zweifel neigte, mahnte sie, daß er Schauspieler war, daß es zu seinem Handwerk gehörte, den Leuten etwas vorzumachen.

Schroff sagte sie: »Ich wußte, daß du mich gut leiden konntest. Aber ich dachte, das wäre alles – reine Sympathie. Du weißt schon, Topaz, der gute Kumpel.«

Er lachte. »Topaz, manchmal stehst du wirklich auf der Leitung«, sagte er, und dann küßte er sie wieder. Seine Hände folgten langsam den Konturen ihres Körpers und verweilten bei den Rundungen von Busen und Hüften. Ach, es ist mir egal, ob er Theater spielt, dachte sie, schloß die Augen und dachte gar nichts mehr.

9

MANCHMAL WARTETE JACK vor dem Reitstall auf Julia, manchmal – nachdem ihm ihre täglichen Gewohnheiten vertraut geworden waren – paßte er sie ab, wenn sie in Hernscombe beim Einkaufen war oder Freunde in Bridport besuchte. Er pflegte dann vorzuschlagen, sie sollten irgendwo zusammen eine Tasse Tee trinken; immer zögerte sie zuerst, schaute auf ihre Uhr, wandte sich ab, um zur Bushaltestelle zu gehen. Sobald das geschah, begann er schmeichelnd auf sie einzureden. »Nur eine halbe Stunde«, sagte er dann. »Ich war hier mit jemandem verabredet, aber der gute Mann hat mich versetzt, und jetzt weiß ich nicht recht, was ich mit mir anfangen soll.« Darauf pflegte sie zu lächeln und zu sagen: »Na ja –«, und er wußte, daß er gewonnen hatte.

Wenn er ihr an einem Tisch gegenübersaß oder sie nach ihrer Arbeit im Reitstall ein Stück begleitete, hatte er große Mühe, sie nicht ständig zu betrachten. Obwohl er den Blick am liebsten nicht von ihr gewendet hätte, hatte er große Mühe, nicht zu zeigen, wie glücklich ihn das Zusammensein mit ihr machte. Er wußte, wenn er sie merken ließ, wie sehr er sie begehrte, würde sie sich erschreckt und voll Furcht vor den Konsequenzen zurückziehen. Daher vermied er bei ihren Gesprächen alle verfänglichen Themen, begnügte sich damit, sie zu erheitern, verabschiedete sich immer nur mit einem flüchtigen Kuß auf die Wange von ihr. Aber er wußte, daß er sie an der Angel hatte, daß sie begonnen hatte, sich auf ihre Treffen zu freuen, schon beinahe fest mit ihnen rechnete.

Wenn er sich von ihr trennte, konnte er danach nur an sie denken. Ihr Bild brannte sich seinem Auge ein. Es war da, wenn er morgens erwachte, und es war da, wenn er abends einschlief. Er war sich im klaren darüber, daß sie sich auf einem schmalen Grat der Gefahr bewegten und abstürzen würden, wenn sie nur einen Schritt vom Weg abwichen. Er sah, daß sie verkrampft und nervös war; er selbst brauchte harte körperliche Anstrengung, um sich von den Spannungen zu befreien, die das Zusammensein mit ihr stets hervorrief. Ein-, zweimal ertappte er sich dabei, daß er sich Julia in Sixfields vorstellte. Das alte Haus durch ihre Tatkraft und ihre Schönheit aus dem Schlaf erweckt. Dieser Gedanke beunruhigte ihn; er hatte etwas Erschreckendes an sich, das vorübergehend sein Fieber kühlte und Selbstekel hervorrief.

Wenn Julia, die das Pony abzureiben pflegte, sobald ihre letzte Schülerin gegangen war, von ihrer Arbeit aufblickte, dann sah sie Jack, der draußen stand und auf sie wartete. Und dann durchzuckte sie Angst. Sie, die niemals Angst hatte!

Auch wenn die Konventionen ihr nichts bedeuteten, hatte sie sich doch stets an ihre eigenen Regeln gehalten und nie die moralischen Grundsätze verletzt, die sie in der Schule, in der Kirche und vor allem von ihrem Vater vermittelt bekommen hatte. Sie hatte Angst, weil sie Heimlichkeiten und Verstohlenheit verabscheute und genau wußte, daß ihre Treffen mit Jack nicht in Ordnung waren. Ich könnte das alles mit ein paar Worten beenden, sagte sie sich, und es machte ihr angst, daß sie es nicht tat.

Sie schlief schlecht, hatte keinen Appetit. Will gegenüber schwankte sie zwischen Gereiztheit und schuldbewußter Herzlichkeit. Sie war euphorisch, wenn sie mit Jack zusammen war, und versank hinterher in tiefe Depression. Sie träumte von ihrem Vater. Erinnerte sich der Prinzipien, an denen er sich stets orientiert hatte. *Was man tut, wenn niemand einen sieht, zählt genauso wie das, was man tut, wenn man gesehen wird.* Eine klare und eindeutige Aussage, die für mildernde Umstände keinen Platz ließ.

Eines Nachmittags im Reitstall, als sie mit ihren weniger talentierten Schülerinnen ziemlich hart umgesprungen war, drückte sie einen Moment lang verzagt die Stirn an Salems weichen schwarzen Hals und schloß die Augen. Als sie sich später von Penny verabschiedete, sah sie, daß Jack nicht da war, und wußte nicht, ob sie erleichtert oder enttäuscht sein sollte. Unter tiefhängenden Wolken, die sie niederdrückten, radelte sie durch schwüle Stille den Hügel hinauf.

Im dunklen Gewölbe der Buchen hielt plötzlich mit kreischenden Bremsen der Bentley neben ihr. Sie sprang ab und blieb gegen ihr Fahrrad gelehnt stehen. Als Jack aus dem Wagen stieg und die Tür hinter sich zuschlug, spannte sich ihr ganzer Körper.

»Tut mir leid«, sagte er. »Ich konnte nicht weg.«

»Na und? Wir waren nicht verabredet«, versetzte sie schnippisch und schickte sich an, ihr Rad die Straße hinunterzuschieben.

Er ballte die Fäuste. »Diese verdammte Person!«

»Und wer ist diese verdammte Person?« Sie lächelte dünn. »Du sprichst doch nicht etwa von deiner Wohltäterin, Jack? Von Carrie Chancellor?«

Wütend sagte er: »Aus heiterem Himmel ist sie plötzlich überzeugt, daß ihre Pächter sie betrogen haben. Und ich mußte mir die halbe Nacht damit um die Ohren schlagen, die Bücher durchzugehen und oben auf dem Speicher nach Pachtverträgen von Anno dazumal zu suchen – aus Napoleons Zeiten. Und dann sagt sie noch, wenn's mir zu mühsam wäre, ihr zu helfen, würde sie sich eben einen anderen suchen. Das gleiche wie immer … wenn ich nicht spure, hinterläßt sie alles Vetter Soundso –«

»Tja, so ist das, wenn man seine Seele verkauft«, bemerkte Julia kühl.

Er wurde blaß. Sie ging weiter. Sie hörte ihn sagen: »Ja, natürlich, du hast ganz recht.« Die Worte waren leise und voller Bitterkeit. »Sie braucht nur mit den Fingern zu schnalzen, und ich springe.«

Ein Auto fuhr vorbei. Julia erkannte Lois Barrington am Lenkrad. »Du hast einen Pakt geschlossen, Jack«, sagte sie langsam. »Mit Carrie. Hat es sich gelohnt?«

»Ich weiß es nicht. Ich weiß es wirklich nicht.« Er schloß die Augen und rieb sich mit den Fingerspitzen die Stirn. Dann sagte er: »Ein paarmal hatte ich schon beschlossen, alles hinzuwerfen. Von Sixfields wegzugehen. Auf sie zu pfeifen. Und willst du wissen, was sie dann tut? Sie wird krank! Sie wird krank, und dann kommt der Arzt und schüttelt besorgt den Kopf und erklärt, daß ihr vielleicht nicht mehr viel Zeit gegönnt ist. Also bleib ich doch. Weil ich das Licht am Ende des Tunnels sehe. Weil ich denke, daß es nur noch ein paar Wochen oder Monate dauern wird, bevor das Haus und das Land mir gehören. Weil ich, wie du richtig sagst, einen Pakt geschlossen habe. Weil ich für Sixfields dich aufgegeben habe. Und wenn es einem anderen zufällt, wie soll ich dann mit dem leben, was ich getan habe?«

»So etwas darfst du nicht sagen«, entgegnete sie leise und erschrocken.

»Aber es ist wahr. Ich wollte Sixfields haben – ich wollte es so sehr, daß ich die Frau aufgab, die ich –«

Sie ließ das Fahrrad ins Gras neben der Straße fallen und drückte ihm ihre Finger auf den Mund, um ihn zum Schweigen zu bringen. Er bedeckte ihre Hand mit der seinen und preßte seine Lippen in die Mulde ihrer Handfläche.

»Nicht!«

»Warum nicht?«

»Du weißt, warum.« Sie löste sich von ihm und bückte sich, um ihr Fahrrad aufzuheben. Doch der Gürtel ihres Trenchcoats hatte sich in der Kette verheddert, und es gelang ihr nicht, ihn freizubekommen.

»Wir reden doch nur miteinander«, sagte er. »Das schadet niemandem.«

Sie riß an der Gürtelschließe. »Dann macht es dir ja sicher nichts aus, wenn Mrs. Barrington damit hausieren geht, daß sie uns miteinander gesehen hat? Und ich Will von unseren Gesprächen erzähle? Wenn ich ihm zum Beispiel erzähle, daß du in Hernscombe auf mich wartest oder daß du mich von der Arbeit abholst und nach Hause begleitest. Obwohl – bis zum Haus gehst du ja nie mit, nicht wahr, Jack? Immer nur bis zur Kreuzung. Warum eigentlich, kannst du mir das mal sagen?«

»Man braucht ja nichts herauszufordern.«

»Nach dem Motto: ›Was ich nicht weiß, macht mich nicht heiß‹, Jack?« fragte sie spöttisch. »Ach, verdammt, dieses blöde Ding –«

»Laß mich mal. Du machst sie höchstens kaputt.« Er kniete zu ihrem Füßen nieder und entwirrte sorgsam Gürtel und Fahrradkette. Sie hob die Hand und hätte beinahe die schmale Stelle nackter Haut zwischen dem dunklen Haar in seinem Nacken und dem Kragen seines Hemdes berührt.

»Hier.« Er reichte ihr den Gürtel. »Vorsicht, er ist voller Öl, aber –« Er brach ab. »Ach, Julia, wein doch nicht.«

Sie drückte ihr Gesicht an seine Schulter, und er schloß die Arme um sie. »Heute ist Papas Geburtstag«, flüsterte sie. »Und ich muß dauernd an ihn denken … was er von dem hier gehalten hätte … was er von mir gedacht hätte –« Sie trat von ihm weg. »Ich muß los.«

Sie fuhr auf ihrem Fahrrad davon. Die Straße war tränenverwischt. Als sie die Kreuzung erreichte, hielt sie an und blickte über das Tal hinweg zum Maiden Hill. Das Heidehaus war ein trauriger grauer Fleck inmitten all dem frischen Frühlingsgrün.

Sie verstand nicht recht, wie es dazu hatte kommen können. Wahrscheinlich, dachte sie, hatten ihre Impulsivität und ihre Wut sie dazu verleitet, einen solchen Fehler zu begehen.

Diesen ungeheuerlichen, nicht wiedergutzumachenden Fehler, den falschen Bruder zu heiraten.

Julia rief Penny Craven an und sagte, sie wäre krank. Dann putzte sie das Haus von oben bis unten und entriß mit Spaten und Hacke der Wildnis, die das Haus umgab, ein weiteres Stück Garten. Sie mußte sich nur Mühe geben, sagte sie sich. Man könne alles zu einem erfolgreichen Ende bringen, hatte ihr Vater immer gesagt, wenn man sich nur richtig bemühte. Ihr fiel auf, daß Will dünn und blaß aussah, und sie fragte sich, wie lange schon. Vielleicht war er krank, und sie hatte es nicht gemerkt, weil sie nur mit Jack beschäftigt gewesen war (sie wußte nicht, wie sie das nennen sollte, was zwischen ihnen gewesen war: Flirt? Heimliches Geplänkel? Nicht Affäre. Noch nicht.)

Sie konnte nicht allein sein. Sie war ständig mit ihrem Fahrrad unterwegs, besuchte Bekannte, die sie seit Jahren nicht mehr gesehen hatte, oder klapperte auf der Suche nach etwas, das sie plötzlich dringend brauchte – eine Rolle graues Garn, Reißzwecken, Silberputzmittel –, ein Geschäft nach dem anderen ab.

Eines Mittags fuhr sie an der Tankstelle vorbei. Die Werkstatt war leer. Sie ging ins Büro, öffnete die Tür, bevor sie merkte, daß Will nicht allein war.

»Julia –«

»Entschuldige, Schatz.« Mit einem bedauernden Lächeln sah sie Wills Besucher an, der sagte: »Wollen Sie uns nicht miteinander bekannt machen, Will?«

»Rick, das ist meine Frau«, nuschelte Will, dem alle Farbe aus dem Gesicht gewichen war. »Julia, das ist Mr. Hunter, ein –«

»– ein Kunde«, sagte Mr. Hunter gewandt. »Ihr Mann und ich haben geschäftlich miteinander zu tun, Mrs. Chancellor.« Er bot ihr die Hand.

Mr. Hunters hungriger, wachsamer Gesichtsausdruck erinnerte Julia an einen Baummarder, dem sie einmal in einem Stallgebäude in Missencourt begegnet war, wo er mit scharffunkelnden Augen sein Revier bewacht hatte. Dieser dunkle berechnende Blick, mit dem dieser Mr. Hunter sie fixierte, bereitete ihr Unbehagen.

»Ich gehe solange hinaus«, sagte sie hastig.

Sie setzte sich ins Gras und streckte ihre Beine im Sonnenschein aus. Einige Minuten später kam Mr. Hunter aus dem Büro und stieg in ein Auto. Sie meinte, seinen Blick auf sich zu spüren, als er davonfuhr, und setzte, während sie gleichzeitig ihre nackten Beine unter sich anzog, ihre Sonnenbrille auf.

Dann ging sie ins Büro zurück. Will sperrte gerade etwas in eine Schublade. Er blickte auf, als sie hereinkam.

»Du hättest mir sagen sollen, daß du kommst, Julia. Du kannst doch nicht einfach so hereinplatzen.« Seine Worte und sein Ton waren bestürzend.

»Entschuldige, Will«, stammelte sie. »Es tut mir wirklich leid.« Sie versuchte, die Situation irgendwie zu retten. »Ich wollte dich nicht stören. Mr. Hunter war wohl in einer wichtigen Angelegenheit hier?«

Er blätterte im Auftragsbuch. »Nicht besonders. Nein.«

»Ich kenne ihn gar nicht. Kommt er aus der Gegend hier?«

Mit einem Knall klappte er das Buch zu. »Was soll das? Ist das ein Verhör?«

»Aber nein, natürlich nicht.« Wie ein dumpfer Schmerz ergriff die Erkenntnis von ihr Besitz, daß die Dinge zwischen ihr und Will niemals in Ordnung kommen würden, ganz gleich, wie sehr sie sich bemühte.

Er legte das Auftragsbuch in eine Schreibtischschublade. Dann warf er ihr einen schnellen Blick zu. »Weshalb bist du hergekommen?«

Als wäre sie, dachte sie – plötzlich nicht mehr bekümmert, sondern empört –, eine lästige kleine Störung, die man so schnell wie möglich aus dem Weg räumen mußte. »Brauche ich einen Grund, um meinen Mann zu besuchen?« fragte sie.

Er schien sich einen Ruck zu geben. »Nein, natürlich nicht«, antwortete er besänftigend. »Aber du kommst doch sonst nie her.«

»Ich wollte –« Aber sie brach ab. Dich fragen, ob du Lust hast, ein bißchen rauszufahren, hatte sie sagen wollen. Im Pub ein Glas zu trinken. Aber angesichts der Papierstapel auf dem Schreibtisch und der Autos und Lieferwagen, die draußen standen und vermutlich darauf warteten, repariert zu werden, erschienen solche Vorschläge albern und unpassend.

»Ich wollte nur mal vorbeischauen und guten Tag sagen«, schloß sie nichtssagend.

»Lieb von dir«, sagte Will, aber Julia hatte den Eindruck, daß er in Gedanken bereits ganz woanders war.

»Kann ich dir irgendwie helfen?«

»Nicht nötig.«

»Ein bißchen Ordnung machen vielleicht?«

»Danke, Julia. Es sieht vielleicht chaotisch aus, aber ich habe hier alles im Griff, glaub mir.« Er zwang sich zu einem Lächeln. »Möchtest du was trinken?«

Sie schüttelte den Kopf. »Ich glaube, es ist besser, ich gehe wieder.«

»Brian kann dir eine Tasse Tee machen –«

»Laß nur, Will. Ich sehe ja, daß du viel zu tun hast.«

Sie ging. Weil sie nicht wußte, was sie sonst tun sollte, radelte sie nach Hause. Selbst in der Frühlingssonne kam ihr das Haus klamm und kalt vor. Sie setzte sich auf die Stufe vor der Haustür und sah zu den Bäumen hinaus. Zum erstenmal gestand sie sich ein, daß ihr Leben ihr tatsächlich sinnlos erschien. Beim Anblick von Wills vollgepacktem kleinem Büro war ihr die Zeit in der Firma wieder eingefallen: die Geschäftigkeit, die Spannung, das wohltuende Gefühl, etwas geleistet zu haben. All ihre gegenwärtigen Beschäftigungen waren langweilig, unbefriedigend und belanglos. Wen interessierte es schon, ob sie den Küchenboden geschrubbt oder die Bücherregale abgestaubt hatte oder nicht. Und dabei, dachte sie niedergeschlagen, war sie noch nicht einmal eine gute Hausfrau.

Schlimmer noch war jedoch das Gefühl der Isolation. Das vom Wald umschlossene Haus war ihr zum Gefängnis geworden; und oft hatte sie das Gefühl, sie müßte das Gitter mit Gewalt einreißen. Es hatte eine Zeit gegeben, da war sie anderen wichtig gewesen. Ihrem Vater, den Männern und Frauen, die in der Firma arbeiteten. Damals hatte sie eine Aufgabe gehabt. Aber diese Zeit war vorüber, und sie fragte sich manchmal, ob sie dazu verdammt war, in Zukunft immer nur am Rand zu stehen, immer nur die Nebenrolle zu spielen. Sie hatte den Krieg gehaßt, weil er sie von ihrem Bruder und von Jack getrennt hatte; welch eine Ironie, wenn sie später einmal als alte Frau die auf ihr Leben zurückblickt, sagen würde, daß das die glücklichste Zeit ihres Lebens war. Es war beängstigend, sich vorzustellen, daß der Rest ihres Lebens in Sinnlosigkeit und Einsamkeit dahingehen würde.

Sie schaute auf ihre Uhr. Zwei. Ohne sich Zeit zum Überlegen zu nehmen, setzte sie sich auf ihr Fahrrad und fuhr zum Reitstall.

Wenn Penny Craven über ihre plötzliche Rückkehr zur Arbeit überrascht war, so machte sie, zweifellos aus Takt, keine Bemerkung darüber, sondern erbot sich nur, die Reitstunden zu übernehmen, während Julia die Pferde pflegte. In der Stille des Stalls überließ Julia sich den vertrauten und tröstlichen Gerüchen von Pferden und Stroh und versuchte, innerlich ruhig zu werden.

Als sie um fünf mit ihrer Arbeit fertig war, warf sie durch das Stallfenster einen Blick zur Einfahrt hinaus und sah Jack am Gatter lehnen. Sie hatte ein Gefühl, als stünde sie hoch oben auf einem Felsen und versuchte, sich zu entscheiden, ob sie ins Wasser hinunterspringen sollte oder nicht. Hatte sie sich erst fallen lassen, würde es kein Zurück geben. Hinter dem Fenster versteckt, wartete sie. Aber als er sich schließlich abwandte und davonging, stürzte sie aus dem Stall und rannte die Auffahrt hinauf.

Als er ihre Schritte hörte, drehte er sich um und blieb stehen. Sie lief zu ihm, faßte seine Hände und küßte ihn auf die Wange.

Sie sagte: »Hast du mich vermißt, Jack?«

»Jahrelang.« Seine Augen brannten dunkel. »Ein Leben lang.«

Er drückte seine Lippen auf ihren Hals. Julia schloß die Augen. Als er sie küßte, war ihr, als wäre sie heimgekehrt.

Im Café fuhr Charlie mit dem Zeigefinger die Spalten mit den Arbeitsangeboten in der Theaterzeitschrift *The Stage* hinunter.

»Gesucht«, stand da, »Bognor Regis, zwei Abende die Woche, ein jugendl. Liebh., zwei Naive. Keine Gage. Unterkunft und Verpflegung.«

Miss Damerall stürzte und kam zur Erholung in ein Sanatorium auf der Isle of Wight. Topaz war wieder arbeitslos. Als sie es Charlie erzählte, sagte der: »Du hast nicht zufällig Lust auf ein bißchen Theaterarbeit?«

Sie sah ihn verständnislos an. »Desmond hat irgendwie das Geld für eine Tournee zusammengekratzt«, erklärte er. »Claudette ist mit von der Partie.« Er schnitt eine Grimasse. »Ein zweifelhaftes Vergnügen – hübsch ist sie ja, das lockt die Jungs an, aber sie kann besser tanzen als spielen. Wir brauchen noch einen zweiten Inspizienten. Wie wär's?«

»Ich?«

»Warum nicht?«

»Ich hab doch vom Theater keine Ahnung, Charlie.«

»Ach, das ist ein Kinderspiel«, behauptete er unbekümmert. »Requisiten, ein bißchen soufflieren, und fertig ist der Lack.«

»Ich müßte nicht spielen?«

Er schüttelte den Kopf. »Nein, nein.«

»Das kann ich nämlich nicht.« Topaz hatte ein flüchtiges und grauenvolles Bild von sich auf der Bühne, aus allen Nähten ihres Kostüms platzend und sprachlos, weil sie ihren Text vergessen hatte.

»Du wärst nur für den Auf- und Abbau auf der Bühne zuständig, für die Aufrufe – also, wie lang es noch bis zum Vorstellungsbeginn ist –, und du müßtest zusehen, daß der ganze Krimskrams auf dem Requisitentisch bereitliegt.« Er legte den Arm um sie und drückte sie. »Wie gesagt, ein Kinderspiel. Du machst das mit links.« Er sah sie fragend an. »Du wärst natürlich ungefähr zwei Monate von zu Hause weg. Wär das ein Problem?«

»Ich müßte mit meiner Mutter reden.«

»Die Tournee geht an die Südküste. In diverse Badeorte. Komm doch mit, Süße. Es wäre soviel lustiger, wenn du mitkämst.« Sein Ton wurde sachlich, nüchtern. »Viel Geld wird dabei allerdings nicht rausspringen. Tut mir leid. Wenn sämtliche Unkosten bezahlt sind, bleiben wahrscheinlich nicht mehr als ein paar Shilling die Woche.«

Vierzehn Tage später ging es los. Sie trafen sich in aller Frühe vor einem Pub in der St. Martin's Lane. Desmond hatte sich erboten, sie in seinem Wagen mitzunehmen. Die anderen würden in Broadstairs, der ersten Station der Tournee, zu ihnen stoßen.

Charlie machte Topaz mit Desmond bekannt. Desmond McKenna war um die Vierzig, ein rotgesichtiger Mann mit dickem, grau gesprenkeltem, krausem Haar. Er trug ein Glencheckjackett und eine rotgepunktete Krawatte.

Er gab Topaz die Hand. »Ich freue mich, daß Sie sich unserer kleinen Truppe anschließen wollen, Miss Brooke.« Desmond winkte einem Mann und einer Frau auf der anderen Straßenseite. »Freddie! Sylvia! Hier sind wir!«

»O Gott«, murmelte Charlie. »Die Ryders. Desmond, du hast keinen Ton davon gesagt –«

»Wir brauchen sie, Charlie.«

»Also hör mal, Freddie kann nicht spielen, und Sylvia säuft wie ein Loch.«

»Sie hat den Alkohol aufgegeben. Das hat sie mir selbst gesagt.«

Charlie prustete verächtlich. Dann breitete er mit strahlendem Lächeln die Arme aus und rief: »Sylvia, Liebling, wie schön, dich zu sehen. Du siehst toll aus. Und Freddie, prima, daß du auch mitkommst –«

»Das würde ich mir doch nie im Leben entgehen lassen.«

Händeschütteln und Küßchen. Topaz wurde vorgestellt. Dann sah Charlie auf seine Uhr. »Claudette ist spät dran.«

»Du kennst sie doch, mein Junge, sie braucht den großen Auftritt«, sagte Desmond gleichmütig.

»Zehn Minuten warten wir noch.« Charlie ging auf der Straße auf und ab. »Ohne sie haben wir mehr Platz im Auto.«

»Ach, Platz ist reichlich in dem alten Schlitten. Da passen wir alle rein. Kann ich eine Zigarette von dir haben?« Desmonds Finger waren voll gelber Nikotinflecken, seine Nägel bis zum Fleisch abgekaut.

Ein Taxi fuhr vor, setzte erst Claudette und einen Berg von Koffern ab und dann auch noch Mischa.

»Kinder! Ich bin doch nicht zu spät? Ich habe ewig kein Taxi aufgetrieben.«

»Du hast wohl verschlafen?« sagte Charlie.

Claudette zog einen Flunsch. »Sei nicht so gemein, Charlie.« Sie küßte Desmond auf die Wange. »Du bist doch nicht böse auf mich, Desmond, Schatz? Und ich hoffe, du hast nichts dagegen, daß Mischa auch mitkommt? Nur als Glücksbringer.«

»Sieben Leute in der gottverdammten Kiste –«, schimpfte Charlie leise.

Sie nahmen ihr Gepäck und trotteten die Straße hinauf, eine weit auseinandergezogene, verdrossene Schar.

Sie wußte selbst nicht recht, was sie erwartet hatte. Strahlende Lichter natürlich; einen roten Vorhang und von Pailletten strotzende Kostüme vielleicht. Ihre erste Begegnung mit dem Gaiety-Theater in seiner ganzen düsteren Heruntergekommenheit setzte allen Erwartungen von Glanz und Glitzer schlagartig ein Ende. Das Theater stand am falschen Ende der Strandpromenade von Broadstairs; in dem Gewirr kleiner Straßen dahinter fand sie in einem Reihenhaus eine Pension, die von einer Mrs. Gibson geführt wurde. Mrs. Gibson hatte selbst jahrelang auf der Bühne gestanden und, wie sie Topaz erklärte, wegen ihrer Beine bei Pantomimen immer den jugendlichen Helden gespielt. »Ja, ich hatte schon tolle Beine«, sagte sie wehmütig. »Wirklich tolle Beine.« Seit nunmehr zwanzig Jahren führte sie eine Pension für Theaterleute. »Gutes Essen und freundliche Zimmer, genau das, was man nach einer langen Nacht braucht.«

In Topaz' Zimmer hatten Bettüberwurf, Vorhänge und Tapete unterschiedliche, in der Grundfarbe Rosa gehaltene Blumenmuster. Es war in der Tat ein Zimmer, in dem man unmöglich schlechte Laune bekommen konnte – Schwindelanfälle vielleicht, aber keine schlechte Laune.

In der ersten Woche wurde geprobt. Vor ihrer Abreise nach London hatte Charlie ihr erklärt, worin ihre Aufgaben bestanden. Beim Soufflieren brauchte sie nur in den Kulissen zu stehen und dem Schauspieler seinen Text zuzuflüstern, wenn er ihn vergessen hatte. Sie müsse so laut sprechen, daß der Darsteller sie hören konnte, sagte Charlie, aber nicht so laut, daß das Publikum es hörte. Requisiten waren all die kleinen und großen Gegenstände, die bei der Vorstellung auf der Bühne gebraucht wurden – Teetassen, Dolche, Champagnerflaschen. Und die Aufrufe zum Fertigmachen hatten jeweils eine halbe und eine Viertelstunde sowie fünf Minuten vor Beginn der Vorstellung zu erfolgen.

Topaz kaufte sich ein Heft, einen Bleistift und eine Taschenlampe und stellte eine Requisitenliste für jedes Stück auf. Sie wußte bald, welche Darsteller ihren Text konnten und welche ihn niemals richtig lernten. Charlie hatte vom ersten Tag an jede Zeile im Kopf, Claudette neigte dazu, Wörter zu verwechseln oder Silben zu vertauschen. Freddie pflegte wild in den verschiedenen Szenen herumzuspringen.

Sie lernte die anderen Ensemblemitglieder kennen. Sylvia übte Frisuren mit Topaz. »Es ist ganz leicht, Schätzchen. Schau her!« Ihre Hände drehten sich flink und geschickt, und schon waren ihre schulterlangen Locken zu einer eleganten Banane aufgedreht. Ein Strich mit dunkelrotem Lippenstift, ein Bürstchen voll Spucke und Wimperntusche, und schon war ihr müdes Gesicht hochmütig und schön.

Sylvia kämmte Topaz das Haar aus der Stirn. »Natürliches Tizianrot. Du Glückliche! Für solches Haar gäbe ich alles.«

»Aber deines hat doch eine wunderschöne Farbe, Sylvia«, sagte Topaz höflich.

»Die ist schon lange nicht mehr echt, Schätzchen«, sagte Sylvia traurig.

Nach ihrer Ankunft in Broadstairs stießen Pauline, Nora, Martin und Cyril zu ihnen. Pauline und Nora hatten gerade die Schauspielschule absolviert; beide waren dünn, still und angespannt. Martin war ein dunkler, gutaussehender Typ, und Cyril war klein und unauffällig und immer vergnügt. Er zeigte Topaz, wie sie ihren Requisitentisch richten mußte, und erklärte ihr die Bühnenetikette der Aufrufe vor Vorstellungsbeginn. Er zeigte ihr auch die billigsten Fish-und-Chips-Buden und Cafés und nannte ihr Flohmärkte und Trödelläden, in denen sie eventuell preiswerte Requisiten finden würde. In den toten Zeiten zwischen Proben und Vorstellungen las Martin amerikanische Kriminalromane mit schauerlichen Einbänden und Titeln wie *Tödliche Blondinen* oder *Der Tod kommt nachts,* und Cyril strickte Shetland-Pullover. Das Stricken, erklärte er Topaz, hatte er bei der Handelsmarine gelernt. Topaz brauchte ein paar Tage, um zu merken, daß Martin und Cyril, mit Charlies Worten ausgedrückt, Männer waren, die Männer bevorzugten, und weit weniger Zeit, um Cyrils Zärtlichkeit Martin gegenüber zu bemerken, manchmal mit Neid.

Die beiden Stücke, *Geisterzug* und *Heuschnupfen*, sollten jeden Abend gespielt werden, das eine um fünf, das andere um acht. In einem Souvenirgeschäft an der Promenade kaufte Topaz Charlie einen Vogel aus Muscheln als Glücksbringer. Er hatte schwarze Knopfaugen und stand auf einem Sockel mit der Inschrift »Andenken an Broadstairs«. Als Topaz am Premierenabend Charlie auf der Bühne beobachtete, wurde ihr klar, daß er bei den Proben stets etwas von sich zurückgehalten hatte. Als sie den Blick von ihm wandte, um in ihrem Textbuch umzublättern, war ihr, als müßte sie sich aus einem Bann lösen.

Nach der Vorstellung feierten sie in einem Pub, in dem vergilbte Theaterplakate an den Wänden hingen – Erinnerungen an lang vergangene Aufführungen und vergessene Schauspieler. Erleichterung steigerte sich zu Ausgelassenheit, und als sie spät in der Nacht ins Freie hinaustraten, hatte feiner Nieselregen die Straßen mit Feuchtigkeit überzogen, die nun wie Satin glänzten. Topaz wollte mit den anderen gehen, aber Charlie zog sie mit sich in die andere Richtung und trennte sie von der übrigen Gesellschaft. Als sie um die Ecke bogen, sah sie das Meer, schwarz und still wie Teer, und darüber den Mond, der wie ein Gespenst von Zeit zu Zeit hinter treibenden Wolken hervorkam. Sie liefen die geschwungene Treppe zum Strand hinunter.

Unten im Sand lehnte sich Charlie an die Kaimauer und schloß die Augen. »Gott sei Dank, daß das vorbei ist. Premieren sind was Furchtbares.«

»Hattest du Lampenfieber? »

»Mir haben die Knie geschlottert vor Angst.« Er riß seine Augen auf. »Ich habe immer Todesangst.«

»Du warst großartig.«

»Ich war –«, er zögerte, »– na, sagen wir mal … angemessen.«

Sie schüttelte den Kopf. »Nein, du warst viel besser.«

»Jedesmal sag ich mir vor der Premiere, daß ich diesen Beruf an den Nagel hänge. Mir was anderes suche. Was Vernünftiges. Mir das nicht mehr antue.« Er kniff die Augen zusammen. »Und dann brech ich doch wieder ein. Jedes verflixte Mal. Und ich weiß nicht mal genau, warum. Der Applaus ist es nicht. Das glauben die Leute, aber sie täuschen sich. Ich meine, Applaus ist natürlich angenehm, aber es ist nicht der springende Punkt. Ich glaube, es ist eher das, daß ich mich völlig aufgeben kann, wenn es gut läuft. Ich vergesse dann, wer ich bin. Und das ist ein tolles Gefühl. Es gibt sonst kaum was, was so ein tolles Gefühl hervorruft.« Sein dunkler Blick glitt zu ihr. »Na ja, doch, dies oder jenes vielleicht schon.« Er schlüpfte aus seiner Jacke. »Komm, setz dich.«

Sie setzte sich neben ihn. Seine Küsse waren ein leidenschaftliches Drängen. Und es gab einen Moment, da hätte sie sich ihm entziehen können, hätte den Sand von ihren Kleidern klopfen und zur Pension zurücklaufen können. Alle Warnungen kluger, lebenserfahrener Frauen schossen ihr durch den Kopf. *Sie wollen immer nur das eine. Du darfst ihnen nicht nachgeben, solange du keinen Ring am Finger hast. Männer haben keine Achtung vor Frauen, die ihnen alles erlauben. Anständige Frauen tun das nicht.* Wie berechnend und ernüchternd.

Sie hatte sich nie recht vorstellen können, wie das mit dem Sex eigentlich funktionierte, wie man mit den möglicherweise beschämenden Momenten umging, da an Strümpfen und Strumpfgürtel genestelt werden mußte, da wabbeliges weißes Fleisch sich enthüllte und schlaffer Busen aus dem Büstenhalter quoll. Aber Charlie schien das alles überhaupt nicht zu stören; im Gegenteil, er schien es zu genießen. Er vergrub sein Gesicht zwischen ihren Brüsten und stöhnte vor Glück, als er mit der Hand über ihren satt gerundeten Schenkel strich. Die Nacht verbarg ihre schlimmste Verlegenheit, das ferne Rauschen und Zischen des Meeres übertönte das Schnalzen von

Gummiband und das Klicken von Druckknöpfen. Und als sie hinterher in seinen Armen lag, fand sie, sie hätte ihre Unschuld auch an einem schlechteren Ort als dem Strand von Broadstairs verlieren können.

Wenn Will besonders niedergeschlagen und nervös war, sagte er sich zum Trost, daß beinahe jedermann irgendwie mit Schwarzmarktgeschäften zu tun hatte. Ganz ohne kam man gar nicht zurecht. Maurice hatte ein Lager an Waren, die er nur an bevorzugte Kunden verkaufte; Cousine Carrie, die für Rationierung und staatliche Lenkung nichts als Verachtung übrig hatte, verkaufte Eier und Milch unterderhand an die Familie.

Selbst seine Mutter bediente sich ihres weitreichenden Netzes von Freunden und Verwandten, um etwas Ordentliches zu essen auf den Tisch bringen zu können. Wenn man da ein paar Benzinmarken unter dem Ladentisch verkaufte, beschwichtigte er sich, war das nicht viel anders.

Eines Morgens, als er gerade in der Werkstatt war, fuhr ein Streifenwagen an der Tankstelle vor. Will erschrak so sehr, daß ihm der Schraubenschlüssel aus der Hand fiel. Seine Ohren dröhnten, und er wollte ins Büro laufen und die falschen Benzinmarken in den Mülleimer werfen. Aber er konnte sich nicht von der Stelle rühren.

Brian sprach mit dem Beamten, der am Steuer saß. Sekunden und Minuten verstrichen quälend langsam, ehe der Wagen endlich wieder abfuhr. Zitternd vor Erleichterung schloß er die Augen.

»Alles in Ordnung, Will?« hörte er Brian rufen.

»Bestens, ja.« Er drückte eine Faust auf seine Brust. »Was wollten sie?«

»Sie wollten wissen, wie man am besten nach Longridge kommt.« Brian schien immer noch besorgt. »Soll ich uns eine Tasse Tee machen?«

»Ja, das ist eine gute Idee.« Will schluckte. »Sie waren wohl nicht von hier?«

»Nein, ich glaube nicht. Londoner«, sagte Brian wegwerfend.

Er war seit Wochen nicht mehr im Holly Bush gewesen, seit seinem Streit mit Julia nicht mehr, aber an diesem Abend ging er hin. Er trank stetig und mit eiserner Entschlossenheit, um die Ereignisse dieses Tages zu vergessen. Jetzt konnte er der Wahrheit nicht mehr ausweichen; der Tatsache, daß schreckliche Geheimnisse ihn von Julia trennten und daß der Schwarzhandel mit Benzinmarken sehr wohl etwas ganz anderes war als die kleinen Regelverstöße, die seine Freunde und Verwandten sich zuschulden kommen ließen. Sobald er noch ein kleines bißchen mehr Geld auf der Seite hatte, würde er Rick sagen, daß er mit ihm und seinen Geschäften nichts mehr zu tun haben wollte.

Gegen Mitternacht machte einer der Fischer, ein wilder Bursche namens Johnnie Gamble, den Vorschlag, mit seinem Boot hinauszufahren. Der Fischkutter der Gambles, die *Katie Rose*, lag in Hernscombe, und Will fuhr mit den drei Männern – Johnnie, sein jüngerer Bruder Mick und sein Vetter Eddie – in seinem Auto zum Hafen. Der Wagen schlingerte unruhig von einer Straßenseite zur anderen, während Will, dessen Reaktionen durch den Alkohol beeinträchtigt waren, ihn über die stillen Landstraßen lenkte.

Durch den schmalen Schlund des Hafenbeckens von Hernscombe wurde die *Katie Rose* in die glatte schwarze See hinausgetragen. Die Nachtluft war beißend kalt, Will lag vorn am Bug und sah zu den Sternen hinauf. Sein Blick suchte die Sternbilder – Orion, der große Bär, Pegasus –, und er erinnerte sich des Tricks, den seine Mutter ihn gelehrt hatte: An einem trüben Stern mußte man seitlich vorbeischauen, wenn man ihn klar sehen wollte. Aber die Sterne, die er mit zusammengekniffenen Augen einzufangen suchte, wanderten und verwischten sich, und nach einer Weile schloß er die Augen und überließ sich, vom schaukelnden Boot gewiegt, dem Schlaf.

Manchmal brachten sie ihm Geschenke mit. Champagner, Dosen mit Lachs, eine Flasche Parfum – »Für Ihre hübsche Frau«, sagte Rick. Will schenkte das Parfum Julia und sah zu, wie sie es sich auf den Hals und die Innenseiten ihrer Handgelenke tupfte. In dem schäbigen kleinen Haus wirkte der Duft überwältigend, luxuriös und dekadent.

Eines Morgens kam Lenny in die Tankstelle. Im Büro gab Will ihm sein Geld und wartete, während dieser Zahlen brummelnd nachzählte, bevor er Münzen und Scheine in einer ledernen Geldbörse verschwinden ließ. Danach zog er unter seinem üppigen Persianermantel ein Päckchen heraus.

Er legte es auf Wills Schreibtisch. »Rick holt's in ein paar Tagen ab«, sagte er. »Passen Sie gut darauf auf.« Das Päckchen war etwa quadratisch, umfangreich, in braunes Packpapier eingewickelt, gut verschnürt und zusätzlich mit Siegellack verschlossen.

»Was ist da drin?«

Lenny drohte halb scherzhaft mit dem Finger. »Wer Fragen stellt –«

Nervös sagte Will: »Ich weiß nicht recht, Lenny. Ich weiß nicht, ob ich das hierbehalten will –«

»Rick will es so.« Lenny tupfte sich das schweißfeuchte Mondgesicht mit einem seidenen Taschentuch ab und sah dann auf seine Uhr. »Ich muß los. Tschüs.«

Will wartete draußen, bis Lenny in seinem Jowett Javelin von dannen gefahren war, dann ging er ins Büro zurück und schloß die Tür hinter sich. Auf dem Päckchen war keine Adresse, kein Hinweis darauf, was es enthielt. Er drückte es und bog es und versuchte, den Inhalt mit den Fingerspitzen zu ertasten, und dabei war ihm die ganze Zeit übel und schwindelig. Es entsetzte ihn, mit welcher Selbstverständlichkeit Lenny seine stillschweigende Zustimmung vorausgesetzt hatte. »Rick will es so«, hatte er gesagt, als wäre das die Garantie für Gehorsam.

Was noch würde Rick von ihm verlangen? Wie noch würde Rick sich seiner bedienen?

Er versteckte das Päckchen in der Schublade mit den Benzinmarken. Aber den ganzen Tag, während er seiner Arbeit nachging, war er sich seiner Anwesenheit bewußt. Seine Phantasie füllte den Raum unter dem braunen Packpapier mit Falschgeld, Opiaten, Juwelen, einer Handfeuerwaffe. Als einige Tage später ein zwielichtiger Bursche im Nadelstreifenanzug das Päckchen abholte, atmete Will erleichtert auf.

Im Juni führte die Regierung die rationierte Zuteilung von Benzin für den Privatgebrauch wieder ein und erließ ein Gesetz, demzufolge aller Treibstoff zum geschäftlichen Gebrauch rot gefärbt werden mußte. Wer auf Privatfahrten mit rotem Benzin im Tank angetroffen wurde, mußte mit Strafverfolgung rechnen. Auf diese Weise würde dem Schwarzhandel mit Benzin ein Ende gesetzt werden.

Will fiel eine Zentnerlast von der Seele. Keine gefälschten Benzinmarken mehr in der Schreibtischschublade. Keine Besuche mehr von Lenny und Gene. Keine Geschenke mehr. *Für Ihre hübsche Frau, Will.* Das Geschäft lief besser; er mußte zwar noch einen Teil des Kredits abbezahlen, aber er war zuversichtlich, daß er es schaffen würde, auf die Beine zu kommen.

Er versuchte, den Bruch mit Julia zu kitten. Er fuhr mit ihr ins Kino und am Sonntag zum Mittagessen ins Schulhaus. Zum erstenmal in diesem Sommer nahm er seine Umgebung mit offenen Augen wahr, die herrliche Weite der Hochmoore und das Zwitschern der Vögel in den Wäldern rund um das Heidehaus. Ihm war, als erwachte er aus einem langen Alptraum. Endlich konnte er wieder schlafen, hatte wieder Appetit.

Gut gelaunt kam er eines Morgens zur Arbeit und bemerkte den Jowett Javelin nicht, der neben der Werkstatt parkte. Er zog sein Jackett aus, krempelte die Ärmel hoch, rief Brian einen kurzen Gruß zu und ging in sein Büro. Kaum hatte er die Tür geöffnet, überfielen ihn Angst und Schrecken. Lenny erwartete ihn. Er hatte es sich in seiner ganzen Massigkeit in Wills Sessel bequem gemacht, seine teuer bekleideten Füße ruhten auf dem Schreibtisch.

»Aber – aber«, stammelte Will. »Die Marken sind doch nicht mehr zu gebrauchen –«

»Ich hab keine Marken mitgebracht, Will.« Lenny griff in sein Jackett. »Nur zwei Päckchen.« Er legte sie auf den Schreibtisch.

Will starrte sie ungläubig an. »Aber – ich hab gedacht, es wäre *vorbei*«, stotterte er.

»Ich mach nur meine Arbeit, Will. Sie und ich«, sagte Lenny vergnügt, »wir beide sind jetzt Kollegen. Geschäftsfreunde.«

Neben der Furcht regte sich Zorn, und irgendwie fand er den Mut, sich zu wehren. »Nein«, sagte er. »Nein, Lenny. Ich möchte nichts mehr mit Ihnen zu tun haben.« Wenn nur seine Stimme nicht so geschwankt hätte.

»Ich bring Ihnen das nächste Mal eine schöne Flasche Scotch mit, Will«, sagte Lenny, während er sich aus dem Sessel hievte. »Oder was für Ihre Frau.«

»Aber ich will kein nächstes Mal!« Und verzweifelt fügte er hinzu: »Ich möchte mit Rick sprechen.«

An der Tür blieb Lenny stehen. »Rick ist im Augenblick im Ausland. Geschäftlich.«

Will hörte selbst, wie seine Stimme schrill wurde. »Nehmen Sie die Dinger mit.«

»Das kann ich nicht, Will. Ist nicht meine Sache. Rick hat Ihnen einen Gefallen getan. Dafür sind Sie ihm jetzt was schuldig.« In Lennys blassen Augen stand reine Besorgnis. »Sie sollten sich gut überlegen, was Sie sagen, Will.« Damit ging er hinaus.

Wills Knie zitterten so heftig, daß er sich am Tisch festhalten mußte, als er sich in seinen Sessel sinken ließ. Die Ellbogen aufgestützt, faltete er die Hände und drückte sie auf seinen Mund. Sein Blick war unverwandt auf die beiden Päckchen gerichtet.

Als die Erstarrung sich löste, holte er sein Taschenmesser heraus und durchschnitt die Schnur, mit der das größere der beiden Päckchen zugebunden war. Er erbrach den Siegellack und riß das Papier auf. Als er den letzten Rest der Verpackung abgeschält hatte, saß er lange reglos da und starrte auf den Inhalt des Päckchens: Banknoten – keine englischen, sondern eine Mischung aus verschiedenen Währungen: italienisch, französisch, holländisch. Hunderte, Tausende von Scheinen. Am Ende schnürte er das Päckchen irgendwie wieder zusammen und verstaute es in der Schublade.

Nach Lennys Besuch war nichts mehr wie es vorher gewesen war. Er sah es ewig so weitergehen, sah sich in einem Spinnennetz aus Verpflichtung und Betrug gefangen, aus dem es kein Entkommen gab. Alles, was er in Zukunft für Rick tat – jedes Geschenk, das er annahm, jedes Päckchen, das er an einen namenlosen Abholer übergab –, würde ihn tiefer ins Verderben ziehen. Er kam sich vor wie eine verschreckte und hilflose kleine Maus, die verzweifelt hin und her huscht und einen Ausweg sucht.

Das Tournee-Ensemble begann, sich aufzulösen. Claudette erhielt einen Anruf von ihrem Agenten, der ihr eine Rolle in einer Musicalinszenierung im West End anbot. Mit Mischa und Bergen von Koffern reiste sie nach London zurück.

Charlie und Topaz nahmen den Zug nach Bournemouth. Sie hatten ein Abteil für sich allein, und Charlie hatte die Jalousien heruntergezogen, damit man sie vom Korridor aus nicht sehen konnte.

Mit dem Bleistift tippte Charlie auf das Buch in seiner Hand. »Claudettes Rollen kann Pauline übernehmen, und für sie kann Nora einspringen.« Er krauste die Stirn. »Ich mach mir ehrlich gesagt mehr Sorgen wegen Sylvia. Sie hat die letzte Vorstellung nur durchgestanden, weil Freddie sie wie ein Blindenhund geführt hat. Desmond hat mit ihr geredet, und sie hat versprochen, nie wieder vor einer Vorstellung zu trinken, aber –« Er sah Topaz an. »Du machst so ein trauriges Gesicht.«

»Ich will nicht, daß es vorbei ist.«

»Was denn?«

»Die Tournee.«

»Da mach dir mal keine Sorgen«, sagte er lässig. »Das Spiel muß weitergehen.« Er streckte ihr beide Arme entgegen. »Komm zu mir auf den Schoß.«

»Da erdrück ich dich ja.«

»Quatsch.« Sie setzte sich auf seine Knie. Er küßte sie und fing an, ihre Bluse aufzuknöpfen.

»Charlie!«

»Hm ...?« Er küßte ihren Busen.

»Was ist, wenn der Schaffner kommt?«

»So ein wunderschöner, wunderschöner Busen.«

»Ich hab ihn eigentlich immer nur lästig gefunden.«

»Wie kannst du nur! Es ist der schönste Busen auf der ganzen Welt.« Er schob seine Hände unter ihre Bluse und öffnete den Verschluß ihres Büstenhalters. Lust und Begehren erwachten in ihr. Sie grub ihre Finger in sein schwarzes, seidiges Haar. »Meine schöne, schöne, Topaz«, murmelte er, und es war etwas an der Haltung seines gesenkten Kopfs und dem Glück in seiner Stimme, das ihren Atem stocken ließ und ihr Tränen in die Augen trieb.

Dann lief der Zug in einen Bahnhof ein, krachend flogen Türen auf, und im Korridor wurden Schritte laut. Hastig stand sie auf und knöpfte ihre Bluse zu.

In Bournemouth spielten sie nicht einmal in einem richtigen Theater, sondern im Gemeindesaal einer Kirche in einem heruntergekommenen Stadtviertel. Im sogenannten Künstlerzimmer stand eine Tischtennisplatte, und in den Garderoben erwarteten sie ein Fliegenpilz aus Papiermaché, den eine Kindergruppe fabriziert hatte, und mit Bohnen gefüllte Sitzsäcke anstelle von Stühlen.

»Das war das einzige, was ich so spät in der Spielzeit noch ergattern konnte, Freunde«, entschuldigte sich Desmond. »Aber ihr werdet sehen – sie werden in Scharen kommen.«

Aber es waren nur dreißig am ersten Abend und lumpige fünfzehn am zweiten. Ein Glück, dachte Topaz, während sie Sylvia beobachtete, die lallend auf der Bühne herumtorkelte. Als der letzte Vorhang fiel, stieß sie einen Seufzer der Erleichterung aus.

Charlie riß sich den falschen Schnurrbart ab, als er von der Bühne kam. »Ich bring diese blöde Gans noch um«, schimpfte er.

»Laß mich mal mit ihr reden. Ich koche ihr einen Kaffee.«

Topaz fand Sylvia zwischen den Sitzsäcken liegend vor, den Kopf auf den Fliegenpilz gestützt. »Hier, schwarzer Kaffee«, sagte sie. »Und Aspirin.«

Sylvia kippte ein halbes Dutzend Tabletten in ihre offene Hand und spülte sie mit einem Glas Gin hinunter. »Du bist ein nettes Ding«, sagte sie und tätschelte Topaz die Wange. Dann warf sie einen niedergeschlagenen Blick auf den Kaffee. »Zichorie, oder?«

»Leider, ja.«

»In den zwanziger Jahren bin ich in Frankreich mit *Cyrano de Bergerac* auf Tournee gewesen. Ich spreche nämlich Französisch, weißt du.« Sylvia lächelte. »Und dieser Kaffee! Ich kann seinen Duft jetzt noch riechen.« Sie verzog weinerlich das Gesicht. »Was wir spielen und wie wir spielen ist sowieso ganz Wurst. Überhaupt alles ist Wurst. Es schaut uns ohnehin keiner zu. Und die verdammten Russen sind drauf und dran, den dritten Weltkrieg anzufangen. Was zählt da noch so ein albernes kleines Theaterstück?«

Mit glasigen Augen musterte sie Topaz. »Hast du das nicht gewußt? Hörst du nicht Radio? Nein, natürlich nicht. Du bist verliebt, stimmt's? ›Reich mir die Hand, mein Leben, komm auf mein Schloß mit mir ...‹ Aber nicht für lang, das sag ich dir. Dann macht's bum –«, Sylvia ahmte mit den Händen einen Atompilz nach, »– und wir sind alle verschmort. Schöne junge Mädchen wie du und abgetakelte alte Fregatten wie ich.«

STALIN, BERLIN, schrie es von den Reklamebrettern der Zeitungsverkäufer. Topaz kaufte sich gleich nach ihrer Ankunft in Hernscombe am Sonntag eines der Blätter. Die Russen hatten eine totale Blockade über Berlin verhängt und den Teil der Stadt, in dem sich die Sektoren der drei Westmächte Großbritannien, USA und Frankreich befanden, vom Rest der westlichen Welt abgeschnitten. Der Eiserne Vorhang lief quer durch Europa. Und der unsichere Frieden der Nachkriegsjahre schien plötzlich ernstlich gefährdet. Aber es kann doch nicht schon wieder Krieg geben, dachte sie und stellte sich vor, daß wieder alle fortmüßten; Charlie eingezogen und an die Front geschickt würde. Gerade jetzt, wo sie so glücklich war. Sie erinnerte sich an Bilder von Hiroshima und Nagasaki, diese schwarzen Wüsten der Zerstörung, und schauderte.

Am folgenden Tag malte sie Plakate und hängte sie in der ganzen Stadt auf, an Bäumen und Laternenpfählen, sogar in

Geschäften, wo sie zwei Pence für die Genehmigung bezahlen mußte. Als sie aus einem Lebensmittelgeschäft kam, flog ihr Blick zur anderen Straßenseite, und sie sah Will. Rufend und winkend rannte sie über die Straße.

»Will!« Sie warf ihm die Arme um den Hals.

»Topaz!« Er sah sie entgeistert an. »Was um alles in der Welt tust du denn hier?«

»Ich bin zweite Inspizientin bei einem Theater«, berichtete sie stolz. »Ich wollte dich anrufen, aber jetzt hab ich dich getroffen. Das ist viel besser.«

Er sah sie fragend an. »Hast du jetzt gerade was vor?«

Eigentlich sollte sie Pauline helfen, die Vorhänge zu flicken, die dem kleinen Theater des Städtchens gehörten und so von Motten zerfressen waren, daß sie zu zerfallen drohten. Aber Will setzte hastig hinzu: »Ich bräuchte nämlich dringend jemanden, mit dem ich mal reden kann«, und eine Schwingung in seiner Stimme veranlaßte sie zu sagen: »Ich hab gerade Mittagspause. Wir könnten in ein Pub gehen.«

»Nein, nicht in ein Pub«, entgegnete er. »Zu viele Menschen.« Er runzelte die Stirn. »Wie wär's mit einem Picknick? Es regnet fast nicht mehr. Wir könnten ein Stück rausfahren, wie früher, als wir klein waren. Ein Picknick am Strand – ganz wie in alten Zeiten.« Sein zynischer Ton tat ihr weh.

Sie fuhren zur Bucht. Als sie über die Felsen abwärts kletterten, hatte es aufgehört zu regnen, und Sonnenschein lag leuchtend auf dem Meer. Sie zogen ihre Schuhe aus und wanderten durch den Sand am Wasser entlang. Topaz erzählte Will vom Theater und ihrer bunten kleinen Truppe und den Zuschauern, die nie kamen.

Nach einer Weile merkte sie, daß er gar nicht zuhörte. »Was ist los, Will?«

»Ach, nichts.«

»*Will!* Hast du Angst wegen Berlin?«

Einen Moment lang sah er sie verständnislos an, dann sagte er: »Also, ehrlich gesagt, ich sitze ziemlich übel in der Klemme, Topaz.« Seine Stimme zitterte.

Sie wartete darauf, daß er fortfahren würde. Als er das

nicht tat, faßte sie seine Hand und sagte: »In was für einer Klemme?«

»Das kann ich nicht sagen.«

»Hat es mit Julia zu tun?«

Er lachte auf eine merkwürdige Art. »Na ja, wir sind nicht gerade im siebten Himmel, aber nein, mit ihr hat es nichts zu tun.«

»Mit Jack?«

»Jack sehe ich kaum. Wenn wir uns bei einer der unumgänglichen Familienfeiern über den Weg laufen, wechseln wir ein paar höfliche Worte, aber das ist auch alles.«

»Was ist es dann?« Ihr war aufgefallen, wie blaß er war, wie dünn, und sie erschrak. »Geht es dir nicht gut, Will? Ist es dein Herz?«

»Ich wollte, es wäre so. Wie einfach das wäre – ein schneller, sauberer Herzinfarkt. Das würde alles aufs beste regeln.«

»Will.« Sie war entsetzt. »So darfst du nicht reden.«

»Nein?« Als er den Kopf drehte und sie ansah, gewahrte sie die Panik in seinem Blick. »Nein, das darf ich wohl nicht. Immer schön den Schein wahren – das wird doch von uns erwartet, nicht wahr? Den Schein wahren.« Er entfernte sich von ihr und ging zur Wasserkante.

Ein Gefühl der Beklemmung ergriff sie. Es war, als hätte jemand die vertrauten Orientierungspunkte ihres Lebens weggefegt. Dorset war doch Spaß und Vergnügen. Dorset war Ferien und Sonnenschein und die Menschen, die ihr auf der Welt die liebsten waren, die ihr Leben bereicherten. Dorset – und sie wurde sich bewußt, daß sie es nie zuvor so klar gesehen hatte –, das waren die Menschen, die sie liebten und akzeptierten und sie nicht ändern wollten. Die ihr all die Dinge gaben, die ihre Mutter ihr nicht geben konnte oder wollte. Dorset war ihr kleines Stückchen heile Welt, ihr kleines Stückchen Paradies.

Sie ging zu ihm. Er brachte ein dünnes Lächeln zustande. »Tut mir leid, daß ich so ein alter Langweiler bin. Ich weiß, es ist nicht fair, dich hierherzulocken und dir dann die Hucke vollzujammern.«

Sie sagte mit Bedacht: »Ganz gleich, was es ist, Will, ich verurteile dich bestimmt nicht.«

»Wirklich nicht? Wie kannst du das sagen, wenn du gar nicht weißt, was ich getan habe?«

»Ich kenne dich, Will. Ich weiß, wozu du fähig bist und wozu du niemals fähig wärst.«

Das Schweigen zog sich in die Länge. Sie beobachtete das Wasser, das langsam zurückwich und ein weißes Schaumfiligran auf Muscheln und blankgewaschenen Kieseln zurückließ.

Er sagte: »Ich versuche, mir darüber klarzuwerden, was ich tun soll. Was meinst du, Topaz, glaubst du, wenn man eine Dummheit gemacht hat, sollte man reinen Tisch machen und die Strafe auf sich nehmen – die wahrscheinlich ziemlich schlimm ausfallen würde –, um sein Gewissen zu erleichtern und von vorn anfangen zu können? Oder glaubst du, es wäre besser, einfach weiterzuwursteln wie bisher und zu hoffen, daß am Ende doch noch alles gut wird?«

Er sah sie an, die kornblumenblauen Augen ängstlich und gehetzt, während er auf ihre Antwort wartete. Sie hatte das beängstigende Gefühl, daß viel zuviel an ihrer Antwort hing. Dabei, dachte sie mit einem Anflug von Panik, hatte sie noch nicht einmal die Frage richtig verstanden.

»Ich weiß es nicht, Will«, sagte sie, und bei seinem Seufzer, der zugleich zornig und verzweifelt war, fügte sie eilig hinzu: »Ich weiß nur, daß ich eine ziemliche Menge verschiedener Stellen hatte und sie mir jedesmal drauf gekommen sind, wenn ich was verbockt hatte. Und wenn ich mir das jetzt so anschaue, denke ich, es wäre wahrscheinlich besser gewesen, ich hätte früher zugegeben, daß ich keine Kanone bin.«

Er nickte mit ernstem Blick. Als sprängen ihr, dachte sie mit neuer Angst, Perlen der Weisheit von den Lippen. Darum sagte sie einschränkend: »Aber das gilt nur für mich. Ich weiß nicht, ob es auch für dich zutrifft.«

Er sah erschöpft aus. »Du sagst nur das«, erklärte er müde, »was ich schon seit langem denke. Aber ich habe bis jetzt nicht den Mut aufgebracht, mich dem zu stellen.«

Seine Worte verstärkten ihre Besorgnis. »Kannst du es mir denn nicht sagen, Will?«

»Nein. Wirklich, Topaz, ich kann nicht.« Er umfaßte ihre Hände. »Und du darfst niemandem verraten, was ich heute mit dir gesprochen habe. Versprichst du mir das? Vor allem nicht Julia. *Versprich* es mir!«

Sie versprach es, wenn auch mit einem tiefen Unbehagen. Doch ein Teil der ängstlichen Spannung schien jetzt von ihm abzufallen. Er sagte: »Als ich klein war, habe ich mir manchmal vorgestellt, wie es wäre, von zu Hause wegzulaufen. Wie in einem Märchenbuch. Einfach auszubüxen und auf einem Piratenschiff anzuheuern oder so was. Das hat mir manchmal geholfen, wenn ich krank war, wenn ich es satt hatte, Will Chancellor zu sein, der immer im Bett bleiben mußte und nichts mitmachen konnte. Ich wollte vermutlich einfach ein anderer sein.« Er hob einen Kieselstein auf und warf ihn über das Wasser. »Das würde ich auch jetzt gern tun. Einfach weglaufen. Neu anfangen. Ein anderer werden.«

Nachdem Topaz sich in Hernscombe von Will getrennt hatte, setzte sie sich auf eine Bank an der Promenade. Sie erinnerte sich an den Ausdruck in Wills Augen – diese erschreckende Mischung aus Furcht und Panik – und an seine schwankenden Stimme. *Ich sitze ziemlich übel in der Klemme, Topaz.*

Was sollte sie tun? Mit Julia sprechen. Aber Will hatte ihr das Versprechen abgenommen, gerade das nicht zu tun. Mußte man, fragte sie sich, ein solches Versprechen halten?

Nach einer Weile schaute sie auf die Uhr und sah, daß es fast vier war. Als sie durch das Gewühl der Ausflügler zum Theater eilte, sagte sie sich, daß die Truppe ja die ganze Woche über in Hernscombe sein würde. Da konnte sie Will jederzeit problemlos besuchen, um sich zu vergewissern, daß mit ihm alles in Ordnung war. Gleich morgen würde sie mit dem Bus zu seiner Tankstelle hinausfahren.

Im Theater angekommen, fand sie Desmond im Künstlerzimmer vor. »Tut mir leid, daß ich mich verspätet habe«, rief sie ihm zu.

Er antwortete mit einer unbestimmten Handbewegung. »Mach dir deswegen keinen Kopf, Kindchen.«

»Wo ist Charlie?«

Desmond blickte kurz von den Papieren auf, mit denen er beschäftigt war. »Ich glaube, er telefoniert. Er hat ein Telegramm bekommen.«

Charlie war vorn im Kassenraum. Er legte gerade den Hörer auf, als Topaz hereinkam. Er wirkte benommen, wie im Schock.

»Charlie?« Sie ging zu ihm. »Was ist passiert?«

»Etwas Schreckliches.« Er strich sich mit der Hand über das Gesicht.

»Dein Vater?«

Er schüttelte den Kopf. »Helena.« Mit weitgeöffneten Augen starrte er sie an. »Sie wollte sich das Leben nehmen, Topaz. Sie hat den Kopf ins Backrohr ihres Gasherds gesteckt, verdammt noch mal.«

»O Gott –«

»Aber sie lebt. Irgend jemand hat sie gerade noch rechtzeitig gefunden.« Er sah plötzlich zornig aus. »Natürlich wird die Polizei hinzugezogen werden. Selbstmord ist ein Verbrechen.« Er drückte sie so fest an sich, daß sie kaum atmen konnte. »Ich wußte, daß es ihr schlechtging«, murmelte er. »Im Sommer geht es ihr immer schlecht.«

»Aber warum hat sie das getan?«

»Wegen dem blöden Donald natürlich«, sagte er wütend. »Weil diese unmögliche Geschichte wieder angefangen hatte.« Er sah zu ihr hinunter. »Wußtest du das nicht?«

»Nein. Ich hatte keine Ahnung.« Ihre Stimme erschien ihr dumpf. Sie dachte an Helena und an Will. Dieser Tag schien dazu gemacht, ihr zu zeigen, wie wenig sie im Grunde genommen von den Menschen wußte, von denen sie geglaubt hatte, sie stünden ihr am nächsten. Dumme, weltfremde Topaz, immer noch Zaungast.

»Ich könnte diesen Donald umbringen«, knirschte Charlie. »Er ist wegen des Kindes nicht bereit, Jean zu verlassen, aber er besitzt auch nicht den Anstand, aus Helenas Leben zu verschwinden und ihr die Chance zu geben, noch einmal neu anzufangen.«

Sie gingen ins Künstlerzimmer. Charlie sagte: »Ich muß sofort nach London, Desmond. Es ist was passiert.«

»Wie du meinst, mein Junge«, antwortete Desmond erstaunlich gelassen.

»Du kannst doch bei der Vorstellung heute abend für mich einspringen, nicht wahr?«

Desmond machte ein verlegenes Gesicht. »Es gibt da ein kleines Problem. Es kann sein, daß wir absagen müssen.«

»Was?«

»Und mit dem Zurückkommen brauchst du dich auch nicht zu beeilen ...«

»Desmond? Was ist los?«

Desmond schob Papiere hin und her. »Ich habe möglicherweise die Urheberrechtzahlungen übersehen –«

»Du blöder Hund!« sagte Charlie kurz und scharf. »Jedes gottverdammte Mal –« Er griff nach seiner Jacke. »Ich ruf dich aus London an.« Er sah Topaz an. »Du kommst doch mit, oder?«

Erst als der Zug aus dem Bahnhof hinausrollte, fiel ihr Will ein. Neben dem unmittelbaren Schreck über den Selbstmordversuch der Freundin schienen Wills Probleme, welcher Art auch immer sie sein mochten, an Gewicht verloren zu haben. Dennoch ging ihr der Gedanke durch den Kopf, wie unsicher das Glück war, wie ungeheuer zerbrechlich. Der Zug war voll, und sie hatten keine Plätze nebeneinander gefunden, aber sie stieß Charlie mit dem Fuß an und war ein wenig getröstet, als er aufblickte und lächelte.

Am frühen Abend desselben Tages rief Will bei Rick an. Holte die Karte aus der Schublade und ließ sich von der Vermittlung mit der Nummer verbinden, ehe er Zeit hatte zu kneifen. Das Telefon läutete ewig, ohne daß sich jemand meldete, und er überlegte gerade, ob er erleichtert oder enttäuscht sein sollte, als doch noch abgenommen wurde.

»Ja?« sagte eine Stimme.

»Rick?« sagte Will.

»Ich hole ihn. Wer ist am Apparat?«

»Will Chancellor.«

Er wünschte, er hätte vorher einen Whisky getrunken. Er hockte sich auf die Schreibtischkante und drehte das Telefonkabel um seine Finger.

»Will?« Ricks Stimme. »Was kann ich für Sie tun?«

»Ich muß mit Ihnen sprechen, Rick.«

»Schießen Sie los.«

»Es geht um die Päckchen.« Wills Mund war trocken. »Ich möchte nicht, daß Sie sie weiter hier deponieren.« Das Kabel hatte sich verknotet. »In Zukunft nicht mehr. Ich habe genug davon.«

Schweigen. Dann: »Das soll heißen, daß Sie aussteigen wollen?«

»Ja.« Leise Erleichterung. Rick verstand.

»Aber wir hatten eine Vereinbarung, Will.«

Will fiel auf, daß Ricks Ton eine Spur harscher geworden war. »Ich möchte damit nichts mehr zu tun haben. Ich habe eines der Päckchen aufgemacht, Rick. Ich weiß nicht, was Sie mit dem vielen Geld anfangen, und ich will es auch gar nicht wissen, ich möchte schlicht und einfach nichts mehr damit zu tun haben.«

»So einfach ist das aber möglicherweise nicht, Will.«

Er war sich einer unerwarteten inneren Ruhe bewußt. Er war im Begriff, endlich sein Leben in die Hand zu nehmen, tat das, was er schon vor Monaten hätte tun sollen. »Wenn Sie mir noch einmal ein Päckchen bringen«, sagte er, »übergebe ich es der Polizei.«

»Aha.« Langes Schweigen. Dann: »Ich werde darüber nachdenken, Will.« Damit legte er auf.

Am folgenden Abend arbeitete Will länger und war noch im Büro, als er draußen einen Wagen vorfahren hörte. Er war allein; Brian war schon nach Hause gegangen. Er war nur geblieben, um noch einige Büroarbeiten zu erledigen. In den vierundzwanzig Stunden seit seinem Telefongespräch mit Rick war seine neugefundene innere Ruhe nicht erschüttert worden. Zum erstenmal seit Monaten war er zufrieden mit sich. Er hatte endlich etwas richtig gemacht. Er war im Begriff, sich sein Leben zurückzuerobern und es nach seinem Willen zu gestalten.

Er öffnete die Bürotür und blickte hinaus. Ein Mann stieg aus dem abgestellten Auto. Will wollte zur Zapfsäule eilen, als er Gene erkannte. Sein Herz begann plötzlich zu rasen, und im Nu waren seine Hände schweißnaß. Rick machte sich über ihn lustig. Aber dann sah er, daß Gene mit leeren Händen gekommen war, keine Päckchen oder Pakete bei sich hatte.

»Was wollen Sie?« fragte er.

»Kleiner Gruß von Rick«, sagte Gene.

»Ein Gruß?« wiederholte Will verständnislos.

Gene lächelte. Dann schlug er zu. Ein Geräusch von splitterndem Glas, als seine Brille zu Boden fiel, und ein Aufblitzen greller weißer Lichter wie Sterne.

10

BEI JEDEM TREFFEN gingen sie ein wenig weiter, kamen dem Abgrund näher. Sie saß, von Jacks Armen umschlossen, auf dem Rücksitz des Bentley. Seine Lippen liebkosten ihren Hals, seine Hände streichelten ihre Brüste. Sie schloß die Augen, schläfrig in der sicheren Wärme des Autos, träge vor Lust und Verlangen. Ihre Glieder schienen ihr schwer, ihre Muskeln locker und biegsam. Seine Fingerspitzen strichen die Innenseite ihres Oberschenkels hinauf. Als sie ihren intimsten Ort berührten, schossen Ströme des Begehrens durch sie hindurch, und sie mußte ihre ganze Willenskraft aufbieten, um ihn wegzuschieben.

»Nicht, Jack«, sagte sie wie schon unzählige Male zuvor. »Das dürfen wir nicht. Es wäre unrecht.«

Und er sagte wie jedesmal: »Willst du es nicht?« Seine Hände kehrten zu ihrem Oberschenkel zurück, die Finger zart auf ihrer Haut.

Sie begann zu wanken, ihre Entschlossenheit verließ sie.

Plötzlich erstarrte er. »Der verdammte Nat Crabtree«, flüsterte er. »Mit seinem blöden Köter. Bleib unten.«

Seine Finger drückten sich in ihren Nacken. Julia lag auf dem rissigen Leder des Sitzes und sah sich selbst. Sah die Situation, in die sie sich hatte hineinziehen lassen, und haßte sich. Diese Demütigungen, die sie selbst herausforderte, diese Schuldgefühle, die sie unaufhörlich plagten!

Nat Crabtree bog ab, ohne sie gesehen zu haben. Als er weg war, knöpfte Julia ihr Kleid zu und sprang aus dem Wagen. Sie litt Schmerzen der Frustration und des Verlangens, als sie auf ihrem Fahrrad nach Hause fuhr. Manchmal schien ihr, daß das

Erinnern beinahe ebensogut war wie das wirkliche Zusammensein mit Jack. Besser in mancher Hinsicht, weil die Angst vor Entdeckung fehlte und die quälende Überzeugung – die immer energisch vertrieben werden mußte –, daß alles, was sie taten, von Lug und Trug beschmutzt war.

Zu Hause blieb ihr gerade noch Zeit, sich die Haare zu kämmen, bevor die Haustür aufging und Will kam. Sie wollte ihm einen Gruß zurufen, aber die Worte gefroren ihr auf den Lippen, als sie sein von Schwellungen und Blutergüssen entstelltes Gesicht sah.

»Tut mir leid«, sagte er. »Ich wollte dich nicht erschrecken.« Er setzte sich an den Tisch. Seine aufgeplatzte Lippe zuckte. Sie erkannte, daß er zu lächeln versuchte. »Kleiner Unfall«, erklärte er. »Der Wagenheber ist abgerutscht.«

Sie stellte sich vor, wie ein Auto mit seinem ganzen Gewicht auf ihn hinuntergefallen war. Während sie bei Jack gewesen war. »Warst du beim Arzt?« fragte sie mühsam.

»Ach wo. Das sind ja nur ein paar blaue Flecken.«

»Vielleicht hast du dir was gebrochen.«

»Das glaub ich nicht.«

»Nur sicherheitshalber – ich lauf schnell und telefoniere –«

»Bitte, Julia«, sagte er leise. »Bitte geh nicht weg. Laß mich nicht allein.«

Die Worte zerrissen das Glücksgefühl, das sie von jedem Zusammensein mit Jack nach Hause mitzunehmen pflegte. »Ich mach dir eine Tasse Tee«, sagte sie und eilte zum Herd. Das Schuldbewußtsein machte sie fürsorglich, geschäftig. »Komm, verarzten wir dich erst mal.« Sie kniete vor dem Schrank unter dem Spültisch nieder und suchte nach Arnika und Heftpflastern.

Plötzlich sagte Will: »Ein toller Ehemann bin ich dir nicht gerade, nicht wahr?«, und ihr stand das Herz still.

»Was redest du da, Will? So ein Unsinn!« Du lieber Gott, jetzt reichte es aber mit der Resolutheit! Sie hörte sich an wie eine Sportlehrerin.

»Ich hatte immer Angst«, sagte er stockend, »daß du mich nur geheiratet hast, weil du Jack nicht haben konntest.«

Sie steckte den Kopf in den Schrank, ohne etwas zu sehen. Das Bild von ihr und Jack hinten im Wagen ließ sich nicht vertreiben.

Leise und tonlos wie zuvor sagte Will: »Ich wollte es dich vergessen machen. Mir deine Liebe erobern. Aber alles, was ich zustande gebracht habe, war ziemlich erbärmlich, nicht wahr?«

Hatte er etwas gehört? Hatte jemand sie mit Jack gesehen und Will davon erzählt? Was würde sie sagen, wenn er sie darauf ansprach? *Ich liebe dich nicht, Will. Ich liebe Jack.* Aber war das denn überhaupt wahr? Wenn sie Will nicht liebte, warum zerriß es ihr dann bei seinem Anblick, so geschlagen und verwundet, beinahe das Herz?

Als sie ihm die Tasse hinstellte, ergriff er ihre Hand. »Ich wollte dir der vollkommene Ehemann sein«, sagte er leise. »Ich wollte dir jeden Wunsch erfüllen. Dir schöne Dinge kaufen.«

Sie lächelte mühsam. »Du hast mir doch die Strümpfe geschenkt. Und das schöne Parfum –«

»Das Parfum«, wiederholte er und ballte die Fäuste. »Mein Gott!«

Sein rechtes Augen war beinahe zugeschwollen. Trotzdem konnte sie die Verzweiflung und den Selbstekel in seinem Blick erkennen. »Es hätte vielleicht geklappt«, sagte er, »wenn nicht das Geld gewesen wäre. Wenn wir nicht so bettelarm gewesen wären.« Seine Worte kamen undeutlich hinter der geschwollenen Lippe hervor. Er wirkte zerstreut, als wäre er in Gedanken mit etwas anderem beschäftigt.

Sie lächelte schwach. »Du weißt doch, daß Geld mir nie etwas bedeutet hat.«

Sein Blick flog zu ihr. »Du verstehst das nicht, Julia.«

»Nein. Da hast du recht. Ich verstehe es nicht.«

Er drückte ihre Hand an sein geschundenes Gesicht. »Es tut mir so leid. Es tut mir so leid, daß ich dich enttäuscht habe.«

»Sprich nicht so, Will. Hör auf damit.« Ihre Stimme zitterte. Ihr begann klarzuwerden, daß sie einem Irrtum erlegen war. Einem schweren Irrtum. Sie dachte an die Geschenke, die er ihr gemacht hatte, und die vielen Abende, die er in der Tankstelle verbracht hatte. Es war möglich, daß Wills Stimmungsschwankungen und Unzugänglichkeit einen ganz anderen Grund hatten als von ihr angenommen. Und wenn das zutraf, änderte es alles.

Beklommenheit und böse Vorahnung bemächtigten sich ihrer. »Du hast doch nicht im Ernst geglaubt, daß mir das etwas ausmacht, Will?« flüsterte sie. »Ich meine, daß wir kein Geld haben.«

»*Mir* hat es etwas ausgemacht«, entgegnete er heftig. »Als wir geheiratet haben und ich die Tankstelle übernommen habe, dachte ich, jetzt ist es soweit, jetzt kann ich es allen zeigen. Daß ich so gut wie jeder andere bin, meine ich.« Er lachte kurz und bitter. »So gut wie Jack.«

»Es war doch kein Wettkampf, Will.«

»Ach, nein? Aber so hat sich's angefühlt«, sagte er. »Wie ein Wettkampf, bei dem ich immer verloren habe. Ganz gleich, was ich getan hab, Jack hat's früher, besser, schneller gekonnt.«

»Ich hatte keine Ahnung, daß du so empfindest.«

»Nein? Dann kann ich nur sagen, wie – wie *unaufmerksam* von dir, Julia.«

Sie zog ihre Hand zurück, als hätte er sie geschlagen, und er sagte aufstöhnend: »Entschuldige. Wie komme ausgerechnet ich dazu, dich zu kritisieren.«

»Will!« Sie hielt das nicht mehr aus. »Sprich nicht so, bitte. Als wäre ich – als wäre ich *perfekt.*«

»Aber das bist du doch«, gab er ernsthaft zurück. »Für mich warst du immer perfekt, Julia.«

Mit einem unwillkürlichen Ausruf der Bestürzung wandte sie sich ab. Ich habe alles falsch gemacht, dachte sie. Hoffnungslos und katastrophal falsch.

Er stand auf und legte seine Arme um sie. »Du mußt dich nicht aufregen«, sagte er liebevoll. »Es ist alles meine Schuld. Nicht deine.«

Sie drehte sich um und drückte ihr Gesicht an seine Schulter, während sie ihn festhielt und streichelte und tröstende Worte murmelte. Nach einiger Zeit folgten seine Hände dem Weg, den nur wenige Stunden zuvor Jacks genommen hatten.

Die beiden Brüder verschmolzen miteinander, dunkel und hell, Nacht und Tag. Wenn sie die Augen schloß, konnte sie sich vormachen, es wäre Jack, der sie liebkoste. Die Begierde, die in den vergangenen Monaten so häufig unterdrückt und enttäuscht worden war, flammte ganz leicht wieder auf.

»Ich würde es dir nicht übelnehmen«, flüsterte er, »wenn du Schluß machen wolltest.«

Sie öffnete hastig die Augen. Sie mußte es wissen. Mußte fragen.

»Willst du das, Will?«

»Nein.« Er schob seine Finger in ihr Haar und hielt inne. »Nein, lieber Gott, *nein*.«

Ihr schossen Tränen in die Augen. Noch nicht, dachte sie. Nur noch ein Weilchen. Dann breche ich mir selbst das Herz ...

Sie knöpfte ihr Kleid auf und ließ es zu Boden fallen. Hakte ihren Büstenhalter auf, zog ihr Höschen aus. Und sah etwas später die Glückseligkeit in seinen geschwollenen Augen, als sie aufschrie vor Lust.

Rick kam am folgenden Nachmittag. Als Will, der in der Werkstatt arbeitete, den Lancia sah, richtete er sich auf und wischte sich die öligen Hände an seinem Overall ab. Davonlaufen, war sein erster Impuls, aber den kämpfte er nieder, er wußte ja, daß es zwecklos war.

Als sich die Bürotür hinter ihm geschlossen hatte, sagte Rick: »Ich bin hergekommen, um mich zu entschuldigen. Gene übertreibt es manchmal.«

Unwillkürlich hob Will eine Hand zu seinem Gesicht.

»Ich habe Ihnen einiges mitgebracht.« Rick öffnete eine Aktentasche. »Nichts für ungut, hm?«

Wills Blick glitt über die Flasche Scotch, die Stange Zigaretten, die Nylonstrümpfe. Rick bot ihm eine Zigarette an. Als er sie nahm, zitterte seine Hand.

Rick gab ihm Feuer. »Sehen Sie, Will, wir hatten eine Vereinbarung. Ich habe Ihnen ein paar Gefälligkeiten erwiesen, und jetzt sind Sie an der Reihe. So läuft das bei mir.«

Will sagte leise: »Ich dachte, es wäre vorbei«, und Rick schüttelte den Kopf.

»Nein. Noch lange nicht.«

»Aber ich habe Angst.« Die Worte waren heraus, ehe er sie zurückhalten konnte: erniedrigend, kindlich.

»Das weiß ich, Will.« Rick hockte sich auf die Schreibtischkante. »Ich will Ihnen mal was von mir erzählen – ich möchte Ihnen erzählen, wie ich mein Geschäft aufgebaut habe. Ich komme ursprünglich aus London, aus dem East End. Mein Vater ist abgehauen, als ich noch ein kleiner Junge war – ich kann mich nicht mal mehr erinnern, wie er ausgesehen hat. In der Schule haben sie mich nicht oft zu Gesicht bekommen. Ich war ein ziemlich aufgeblasener kleiner Wicht, der meinte, aus Büchern könnte man nichts lernen. So ein richtiger pfiffiger kleiner Straßenjunge, der von der Hand in den Mund gelebt hat, wenn Sie wissen, was ich meine.«

Ricks scharfe dunkle Augen fixierten Will. »Nein, das wissen Sie wahrscheinlich nicht. Bei Ihnen war sicher alles ein bißchen anders.«

In Ricks Stimme schwang ein Ton der Verachtung mit, der Will veranlaßte, trotz seiner Kopfschmerzen und trotz seiner Furcht zu entgegnen: »Ich bin nicht mit einem silbernen Löffel im Mund geboren, falls Sie das meinen. Es war nicht immer leicht.«

»Wenn Sie das sagen, Will. Wie dem auch sei, dann kam der Krieg, und ich bin eingezogen worden. Ich wußte schon nach den ersten Wochen, daß der Militärdienst nichts für mich war. Also hab ich mich davongemacht.«

»Sie sind desertiert?«

Rick schüttelte den Kopf. »Ich wurde unehrenhaft entlassen. Ungehöriges Verhalten.« Er lachte. »Machen Sie nicht so ein entsetztes Gesicht. Das war doch nur Mittel zum Zweck.« Er drückte seine Zigarette aus. »Ich hab mich selbständig gemacht. Waren gute Zeiten, damals im Krieg. Ich hab sofort gesehen, daß sich da reichlich Chancen boten. Die Leute waren bereit, gut zu bezahlen, wenn man ihnen beschaffte, was sie haben wollten. Ich hab klein angefangen – ein bißchen mit Obst und Gemüse gehandelt, schwarz, auf dem Romford-Markt und in der Petticoat Lane. Dann bin ich durch einen Zufall an Benzinmarken rangekommen. Mit denen hab ich ganz schön verdient und die Tankstellen in der Warren Street aufgemacht. Als dann die Yankees hier rüberkamen, hab ich gleich Beziehungen geknüpft, denn in den PX-Läden der amerikanischen Armee hat man ja alles bekommen, Whisky, Nylonstrümpfe und so weiter, da hat sich ein prima Geschäft entwickelt. Und nach dem Tag der Alliiertenlandung – na, da hat sich ein ganz neuer Markt aufgetan. Denken Sie an die vielen armen Hunde drüben auf dem Kontinent, die ihr letztes Hemd für einen Laib Brot oder einen Sack voll Kohlen gegeben hätten. Und hier waren die Leute genauso scharf auf eine Flasche Champagner oder französisches Parfum, ganz egal, aus welcher Quelle sie es kriegten.«

Will fiel das Päckchen ein. »Und das Geld?«

»Ohne Devisen kann man nicht ins Ausland reisen. Und es ist ja derzeit nicht erlaubt, mehr als Kleingeld in Francs oder irgendeiner anderen fremden Währung mitzunehmen. Lächerlich, kann ich da nur sagen – die Leute brauchen auch heute noch ihren Urlaub, aber mir soll's recht sein, ich mach auf die Weise einen netten kleinen Gewinn.« Rick lächelte. »Ich seh das so, daß ich im Notfall einspringe und den Leuten einen Dienst erweise. Wenn Sie wüßten, wer da alles zu mir kommt, wenn er Devisen braucht, Will. Lord dies und Lady das … Ärzte … Rechtsanwälte … Geschäftsleute. Alle verlassen sich auf mich.« Rick sprach jetzt mit unverhohlener Verachtung. »Alle brauchen Sie mich, damit sie zu ihrem kostbaren Urlaub in der Sonne kommen.«

Er trat ans Fenster und sagte, Will den Rücken zugewandt: »Vor dem Krieg hätten diese Leute mich keines Blickes gewürdigt. Aber jetzt brauchen sie mich. Sie kommen ganz von selbst zu mir. Tja, wie die Zeiten sich ändern, was, Will? Jetzt bin ich besser angezogen als diese ganze Bande. Ich fahr einen besseren Wagen, und bald wohn ich auch in einem größeren Haus. Wenn ich Urlaub mache, reise ich ins Ausland und steig in den besten Hotels ab. Und wenn ich heirate, schick ich meine Kinder auf die exklusivsten Schulen. In ein paar Jahren wird man da keinen Unterschied mehr sehen.«

Mit einer schnellen Bewegung drehte er sich um, und Will erkannte in seinen Augen Gier und Gerissenheit, die keine Moral kannten.

»Mit *diesen* Leuten ist es aus und vorbei«, erklärte er mit einer kleinen wegwerfenden Handbewegung. »Mit Leuten wie Ihnen, Will. Bitte nehmen Sie das nicht persönlich. Sie sind ein netter Kerl. Aber Ihnen fehlt eben das, was man heutzutage braucht.« Er nahm sich noch eine Zigarette und klopfte sie auf sein Etui. »Seit kurzem bin ich in einer ganz neuen Branche«, fuhr er in vertraulichem Ton fort. »Besser als Whisky und Benzinmarken. Deswegen hab ich auch Ihre Bekanntschaft gesucht, Will. Weit *lukrativer*.«

»Wovon sprechen Sie?« fragte Will gepreßt.

»Sie haben keine Ahnung, was da zur Zeit alles auf dem Kontinent rumfliegt, Will. Bilder ... Schmuck ... kleine alte Bücher und Figuren. Da steckt Geld drin, sag ich Ihnen. Die Nazis haben sich aus Museen und Privatsammlungen alles rausgeholt, was sie haben wollten. Und als es mit dem Dritten Reich abwärts ging, haben sie das Zeug verkauft. Wahnsinn, was man alles haben kann, wenn man nur weiß, wo man suchen muß. Aber dazu brauch ich Sie, Will.«

»Ich verstehe nicht –«

»Ich kann meine Käufe nicht mehr einfliegen – Zoll und Polizei sind uns draufgekommen. Sie durchsuchen jetzt jedes Flugzeug. Mit Booten ist das was ganz anderes, Boote gibt's wie Sand am Meer und dazu Leute genug, die sich gern ein paar Kröten damit verdienen, daß sie mal kurz über den Kanal hin- und herschippern. Aber man braucht natürlich ein verschwiegenes Plätzchen zum Landen. Und an der hiesigen Küste gibt's viele verschwiegene Plätzchen. Kleine Buchten und Flußmündungen. Ich hab mir von Ihrem Vetter Maurice die Gegend zeigen lassen. Ich hab ihm gesagt, daß ich mir hier vielleicht ein Ferienhaus kaufen will.«

Ricks Lippen teilten sich und entblößten lange, gerundete Zähne. »Mach ich vielleicht sogar. Ich hätt gar nichts dagegen, den Landjunker zu spielen. Aber egal, im Moment geht's um was anderes. Meine Freunde bei den Besatzungstruppen schauen, daß sie Gemälde und ähnliches Zeug auftreiben, solange sie drüben auf dem Kontinent sind, und verfrachten die Sachen dann per Boot hierher. Und Sie sind der Kontaktmann.«

»Sie benutzen also meine Tankstelle dazu«, sagte Will langsam, »um Ihr Diebesgut zwischenzulagern? Als eine Art ... Postamt?«

Rick zog ein beleidigtes Gesicht. »Von Diebesgut kann keine Rede sein, Will. Ich bezahle einen fairen Preis.«

»Ach ja?« Er musterte Rick: wohlgenährt, gepflegt, selbstsicher. Und er dachte an die Photographien, die er in den Zeitungen gesehen hatte – von abgemagerten, zerlumpten Frauen und Kindern in den Ruinen von Berlin.

»Hier ist es ruhig«, sagte Rick und ließ den Blick umherschweifen. »Hier braucht man keine Schnüffler zu fürchten. In London ist mir das Pflaster teilweise zu heiß geworden, wenn Sie verstehen, was ich meine. Ich mußte an verschiedenen Stellen umdisponieren.«

Will dröhnte der Kopf. In der letzten Nacht, nach dem Zusammensein mit Julia, hatte er eine Zeitlang geglaubt, es wäre doch noch ein Wunder möglich. Er könnte das Ruder doch noch herumreißen, es gäbe doch noch einen Ausweg.

Er mußte wissen, ob das eine Illusion gewesen war, darum zwang er sich jetzt zu fragen: »Für wie lange? Wochen? Monate?«

»Ach, da möchte ich mich nicht festlegen«, versetzte Rick freundlich. »Sagen wir, es ist ein Vertrag mit unbegrenzter Laufzeit.«

»Aber ich muß es genau wissen.« Er fühlte sich wie hoch oben auf einem Drahtseil. Ein Blick in die Tiefe, und er würde abstürzen. »Ich muß wissen, ob das ewig so weitergeht.«

»Es wird so lange weitergehen, wie ich Sie brauche, Will.« Ricks Ton war plötzlich kalt. Er nahm ein Päckchen aus seiner Aktentasche. »Sie werden das hier für mich aufbewahren. Es ist etwas Besonderes. Betrachten Sie es als kleine Bewährungsprobe. Ich möchte Gene nicht noch einmal bitten müssen, sich um Sie zu kümmern. Er neigt leider zu Jähzorn und geht dann leicht zu weit.« Rick legte das Päckchen auf den Schreibtisch. »Passen Sie mir gut darauf auf. In ein paar Tagen wird voraussichtlich jemand vorbeikommen, um es abzuholen.«

Rick war schon halb zur Tür hinaus, als er noch einmal stehenblieb. »Ach, und bitte keine weiteren Drohungen mit der Polizei, Will. Sie stecken selbst bis zum Hals mit drin, damit das klar ist. Handel mit gefälschten Benzinmarken ... Hehlerei. Wenn Sie mich hinhängen, werd ich dafür sorgen, daß die Polizei erfährt, welche Rolle Sie bei der Geschichte gespielt haben. Die Richter sind oft gerade gegenüber Leuten aus guter Familie besonders unnachsichtig. Mit einer Gefängnisstrafe müßten Sie auf jeden Fall rechnen. Denken Sie daran, was das für Ihre Familie bedeuten würde. Diese Schande. Denken Sie an Ihre hübsche kleine Frau, die ganz allein wäre, während Sie hinter Gittern sitzen. Ich bin vor ein paar Jahren selbst zu sechs Monaten verurteilt worden. Gefängnis ist nicht witzig, das können Sie mir glauben. Sie würden es nicht überleben. Nein, jemand von Ihrem Schlag nicht.«

Damit ging er.

In Schweiß gebadet und kaum fähig zu atmen, setzte sich Will nieder und schlug zitternd die Hände vors Gesicht.

Jacks Haus stand etwas abseits des Gutshofs von Sixfields in einer Senke am Fuß eines Hügels. Julia ließ ihr Fahrrad hinter einer Hecke stehen und ging zu Fuß über die Felder. Auf halbem Weg blieb sie im Schatten eines Wäldchens stehen und blickte nach vorn. Wie ein gewaltiger Steinblock stand das Gut vor dem Himmel, finster, ja bedrohlich sogar, fand Julia.

Ein paar Minuten später schlüpfte sie durch die Hintertür, die Jack immer offenließ, ins Pförtnerhaus. Er war noch nicht zurück. Nur der Hund kam ihr durch die Küche entgegen, um sie zu begrüßen. Sie beugte sich zu ihm hinunter und vergrub ihre Finger in seinem weichen Fell, dankbar für die Stille und die Gelegenheit, sich zu sammeln. Sie war müde und doch ruhelos. In der vergangenen Nacht hatte sie, von schillernden, ermattenden Träumen heimgesucht, kaum geschlafen. Bis in die frühen Morgenstunden hatte sie wach gelegen, immer noch in Wills Umarmung gefangen, und hatte zugesehen, wie die Dunkelheit langsam zu Grau verblaßt war. Jetzt wogten Wolken am Horizont, die bisweilen die Sonne verbargen.

Sie hörte von draußen Jacks Schritte und wartete angespannt, die Finger so fest ineinander gekrampft, daß Knöchel schmerzend an Knöchel rieb.

»Liebling«, sagte er und nahm sie in die Arme. »Ich bin gekommen, so schnell ich konnte.«

»Ich kann nicht lange bleiben, Jack.« Sie entzog sich ihm. »Wir müssen reden.«

Furcht erschien in seinem Blick, aber er sagte in unbekümmertem Ton: »Geht es um etwas Besonderes?«

»Wir können uns nicht mehr sehen.« Als spie man glühende Steine aus, dachte sie. Jedes Wort schmerzte.

»Ich verstehe nicht.«

»Es ist ganz einfach, Jack. Ich will mich nicht mehr mit dir treffen.«

Seine Finger krümmten sich zu Fäusten. Nur diese eine kleine Bewegung.

»Warum nicht?«

»Weil es unrecht ist.«

»Das haben wir doch schon hundertmal besprochen.« Sein Ton wurde schmeichelnd, beschwichtigend. »Du bist nur ein bißchen angespannt, Schatz.«

»Ich bin – nicht – *angespannt*!« Aber den ganzen Tag über war ihr übel gewesen, so sehr hatte ihr vor diesem Moment gegraut.

»Julia ... Liebste –«

»Findest du es denn gut so, Jack?« rief sie. »Heimliche Rendezvous – ein, zwei gestohlene Stunden, wenn gerade keiner hinschaut? Hast du eine Ahnung, wie ich mich fühle, wenn ich mein Fahrrad hinter der Hecke verstecke oder mich hinten in deinem Auto ducke, damit mich niemand sieht?«

Er sah weg. Dann sagte er: »Wenn du das Lügen so sehr

haßt, wie du sagst, können wir ja damit Schluß machen. Laß uns reinen Tisch machen und die Wahrheit sagen.«

»Die Wahrheit sagen?« wiederholte sie. »Wir sollen Will ... meiner Mutter und deinen Eltern sagen –«

»Warum nicht?«

»Aber Jack, überleg doch mal. Überleg nur mal, was die Leute reden würden. Ich meine – dem Bruder die Frau abspenstig zu machen, das überschreitet nun wirklich die Grenze des Erlaubten, meinst du nicht? Was glaubst du wohl, wie das bei unseren Familien ankommen würde? Bei deiner Mutter und bei meiner?«

»Ach, die würden sich schon irgendwann daran gewöhnen.« Aber überzeugt klang es nicht.

»Nein.« Sie schüttelte den Kopf. »Sie würden sich nicht daran gewöhnen. Nie. Es würde ihnen das Herz brechen. Und ich glaube nicht, daß ich das ertragen könnte. Daß die Menschen, die ich am meisten liebe, schlecht von mir denken. Und Will – es würde Will umbringen, wenn ich ihn deinetwegen verließe. Willst du ihm wirklich so weh tun?«

Er antwortete erst nach einer kleinen Pause mit einem kurzen Kopfschütteln. Trockenen Auges starrte Julia zum Fenster hinaus auf die goldgelben Felder. In weiter Ferne, am Saum des Tals, glitzerte das Meer, in dem sich das Licht der untergehenden Sonne brach.

Tonlos sagte sie: »Gestern nacht habe ich erkannt, daß ich einem schweren Irrtum erlegen bin. Ich dachte immer, Will liebt mich nicht, weißt du. Aber ich habe mich geirrt.«

»Und du?« fragte er. »Liebst du ihn?«

Sie drehte sich zu ihm herum. »Ich glaube, ja. Auf meine Weise.«

»Aber nicht richtig.«

»Und du weißt, was richtige Liebe ist, Jack?«

Er machte eine kleine Handbewegung. »Nachdem du Will geheiratet hattest, habe ich nicht gerade ein Mönchsleben geführt.«

Sie wandte sich ab. »Davon will ich nichts wissen.«

»Nein? Schade. Denn ich wollte dir sagen, daß keine von ihnen mir etwas bedeutet hat. Es war eine nette Abwechslung, sicher, aber gerade im Zusammensein mit diesen Frauen ist mir klargeworden, wie sehr ich dich liebe. Und nach einer Weile habe ich angefangen, sie dafür zu hassen, daß sie nicht du waren.« Er hielt einen Moment inne, dann sagte er ruhig und sachlich: »Ich habe nie eine andere Frau als dich geliebt, Julia. Und ich glaube nicht, daß ich je eine andere lieben werde.«

»Unsinn«, widersprach sie. »Du lernst bestimmt jemanden kennen. Du bist doch noch jung.«

Er schüttelte den Kopf. »Es fällt mir nicht leicht zu lieben. Es fällt mir nicht leicht zu vertrauen. Und man muß einem Menschen vertrauen können, um ihn zu lieben. Ich glaube, ich habe in meinem ganzen Leben keine Handvoll Menschen geliebt. Wirklich geliebt, meine ich. Aber dich liebe ich, Julia. Und wenn du mich verläßt, dann kann ich das ganz sicher nicht mit einem Achselzucken abtun und mir eine andere suchen. Es wird noch schlimmer sein als beim erstenmal, als du Will geheiratet hast. Weil ich jetzt weiß, was mir verwehrt bleibt. Weil ich jetzt weiß, wie es hätte sein *sollen*.«

»Jack!« rief sie voller Qual. »Du machst das unmöglich … unerträglich –«

Flüchtig erkannte sie einen Schimmer Unsicherheit, eine Ähnlichkeit mit seinem jüngeren Bruder, die selten sichtbar wurde. »So sehe ich es«, sagte er langsam. »Ich weiß, daß ich einen Fehler gemacht habe. Ich weiß das seit langem. Ich habe Sixfields gewählt und hätte dich wählen sollen. Und ich denke, du hast auch einen Fehler gemacht, Julia. Ich denke, du hast Will aus Trotz geheiratet. Weil du wütend warst über Marius' Ehe mit Suzanne und weil ich dich abgewiesen hatte. Da kam dir Will mit seinem Antrag wie gerufen. Ist es nicht so?«

Sie hatte die Augen voll Tränen. »Selbst wenn es so ist – ändern tut das gar nichts.«

»Aber warum sollen wir bis ans Ende unseres Lebens für unsere Fehler bezahlen? Ich finde, das ist ein zu hoher Preis.«

»Was gibt es denn für eine Alternative?«

»Es gibt immer Alternativen.« Er zuckte mit den Schultern. »Wir könnten zum Beispiel so weitermachen wie bisher.«

»Findest du? Und wie lange, denkst du, wird es dauern, bis wir den letzten Schritt auch noch tun und miteinander schlafen? Und wie lange wird es dann wohl dauern, bis jemand es herausbekommt? Das wird nämlich früher oder später auf jeden Fall passieren. Die Welt ist klein. Jeder weiß über jeden Bescheid. Jeder kennt uns. Irgend jemand würde uns ertappen.«

»Wenn wir vorsichtig wären –«

»Wir würden Fehler machen, Jack. Wir würden leichtsinnig werden oder vielleicht auch nur Pech haben.« Ihre Stimme war klanglos, bar aller Emotion.

»Wir könnten auch weggehen«, sagte er. »Und ganz neu anfangen.«

Einen Moment überließ sie sich der Phantasie: sie und Jack endlich allein und frei, einander zu lieben. Dann zerbrach der Traum. »Du würdest Sixfields nie wiedersehen, Jack.«

»Zum Teufel mit Sixfields.«

»Ach, Jack, du liebst nicht leicht. Das hast du selbst gesagt. Aber Sixfields liebst du, nicht wahr? Und selbst wenn es dir nichts ausmachen würde, nie wieder nach Hause zu kommen, weiß ich nicht, ob *ich* so eine Verbannung auf die Dauer ertragen könnte. Was glaubst du, wie lange würde es dauern, bis wir anfingen, einander zu hassen?«

»Ich könnte dich niemals hassen.«

Die Worte hingen im Raum. In der Stille riß sie an ihrem Ehering, drehte ihn an ihrem Finger, unaufhörlich.

Als Jack sagte: »Was *wir* brauchen – zählt das denn für dich nicht?«, hörte sie die Hoffnungslosigkeit in seiner Stimme.

Sie versuchte zu lächeln. »Es gibt offenbar keine Lösung. Wenn ich mich weiterhin heimlich mit dir treffe, wird mich das unglücklich machen, weil ich weiß, daß ich unrecht tue. Und wenn ich dich nicht mehr sehe – ich weiß nicht, wie ich das aushalten soll.«

Er ging zu ihr und umschloß ihr Gesicht mit seinen Händen. »Ich wollte dich nie unglücklich machen.«

»Dann laß mich gehen. Laß mich gehen und sei mir nicht böse. Sei nicht bitter. Und versprich mir, daß du versuchen wirst, glücklich zu werden. Denn dann wird es mir vielleicht nicht so schwerfallen. Laß mich gehen, Jack, Liebster.«

»Verlang das nicht von mir.« Seine Augen waren voller Qual. »Bitte verlang das nicht von mir.«

Sie stellte sich auf Zehenspitzen und berührte mit ihren Lippen kurz die seinen. Dann ließ sie den Kopf sinken und lehnte sich an seine Schulter.

Will schickte Brian nach Hause und sperrte Tankstelle und Werkstatt zu.

Er hatte einen Punkt erreicht, wo schon der Versuch nachzudenken ihn in eine Spirale der Panik hineintrieb. Er war in einem Irrgarten verloren, aus dem es keinen Ausweg für ihn gab. Zur Polizei konnte er nicht gehen, weil das ein Eingeständnis seiner eigenen Schuld gewesen wäre. Seine Eltern, dachte er, würden sich zu Tode schämen und nichts mehr mit ihm zu tun haben wollen. Er sah sich schon von Polizeibeamten bewacht vor dem Richter stehen, der das Urteil verkündete. Er sah sich im Gefängnis, eingesperrt in einer kahlen Zelle, zusammen mit irgendeinem brutalen Schläger, der sich vielleicht einen Spaß daraus machen würde, ihn halb zu Tode zu prügeln. Er vermutete, daß Rick recht hatte und er das Gefängnis nicht überleben würde.

Aber die Vorstellung, auf unbegrenzte Zeit für Rick zu arbeiten, war gleichermaßen erschreckend. Da sollte ihm mit einer Kombination aus Erpressung und körperlicher Gewalt die Kontrolle über sein Leben entrissen werden. Rick würde über Monate, vielleicht sogar über Jahre hinweg seine Dienste beanspruchen. Es gab keine Garantie dafür, daß er es bei Schwarzhandel mit Benzinmarken und Hehlerei bewenden ließe. Vielleicht würde er noch viel Schlimmeres von ihm fordern. Waffenschieberei, Drogenhandel, Erpressung ... sogar Mord. Und er würde immer tiefer in einen Strudel des Verbrechens hineingezogen werden. Er würde darin ertrinken.

Sein Kopf und sein Gesicht schmerzten, und der Schmerz erinnerte ihn an die zielsicheren, sadistischen Schläge und Tritte, mit denen Gene ihn in die Knie gezwungen hatte. Er setzte sich ins Auto und fuhr ziellos auf den schmalen, von hohen Böschungen begrenzten Landstraßen umher, die Augen angestrengt zusammengekniffen, weil Gene seine Brille zertrümmert hatte. Bis ihm Topaz einfiel.

Da bog er auf die Straße nach Hernscombe ab. Er würde ihr alles erzählen – Schluß mit den Ausflüchten und den Halbwahrheiten. Er hätte ihr schon neulich die Wahrheit sagen sollen. Er hätte sich schon vor langer Zeit *irgend jemandem* anvertrauen sollen.

In der Nähe des Hafens ließ er den Wagen stehen und ging zu Fuß auf der Straße am Meer weiter. Die Sonne kam hinter den Wolken hervor und legte blitzendes Kupfer über das glatte Wasser. Als er das Theater erreichte, sah er, daß es geschlossen war. »Keine Vorstellung« stand quer über den Plakaten. Unschlüssig blieb er vor dem Theater stehen und überlegte, was er tun sollte. Hier und dort am Strand lagen noch Badegäste, die die Sonne bis zum letzten Strahl auskosten wollten. Ausflügler, die es eilig hatten, zu Zügen oder Bussen zu kommen, rempelten ihn an.

Von einer stickigen Telefonzelle aus rief er die Nummer der Brookes in London an, aber Veronica konnte ihm nichts über Topaz' Verbleib sagen. Will hängte ein und starrte zum Meer hinaus. Er stellte sich vor, er spränge in eines der Boote und segelte einfach davon. Segelte immer weiter, bis nur noch Wasser und Himmel ihn umgaben, bis der Kiel des Bootes schließlich knirschend an fremder Küste auflief.

Von außen klopfte jemand ungeduldig ans Glas, und er stolperte Entschuldigungen murmelnd auf die Straße hinaus. Er mußte die Augen gegen das grelle Licht der tiefstehenden Sonne abschirmen, als er die schmale Mole entlangging, die das Hafenbecken einschloß. Dort, wo das Meer gegen die Steinmauer schlug, setzte er sich auf ein umgedrehtes Hummerboot und kramte Zigaretten und Streichhölzer hervor. Er konnte natürlich nicht einfach davonlaufen, schon Julias wegen nicht. Einige Stunden lang hatte ihn nach der Nacht mit Julia unerwartete Zuversicht beschwingt, und er hatte geglaubt, doch noch eine Lösung seiner Probleme finden zu können. Aber Ricks Besuch hatte alle Zuversicht zunichte gemacht.

Er erkannte jetzt, wie er durch eine Folge scheinbar harmloser Entscheidungen in diesen Alptraum hineingeschlittert war. Der erste Fehler war gewesen, die Tankstelle von Maurice zu pachten. Sie war nie die »einmalige Gelegenheit« gewesen, für die Maurice sie ausgegeben hatte. Abgelegen und heruntergewirtschaftet, hatte sie ihm vom ersten Tag an Verluste beschert. Seine geschäftliche Unerfahrenheit und seine Nachlässigkeit bei der Erledigung der Verwaltungsarbeiten hatten die Situation verschlimmert. Der strenge Winter und die Treibstoffrationierung hatten dem Betrieb den Todesstoß versetzt.

Trotzdem hatte er in seiner blinden Naivität gemeint, er könnte sich irgendwie durchwursteln. Aber er war dabei nur tiefer in den Schlamassel geraten. Der Bankkredit, Maurices Weigerung, ihm die Pacht zu stunden, und schließlich der fatale Augenblick, als er zum Telefon gegriffen und Rick angerufen hatte. In seinem törichten Optimismus und seiner Kurzsichtigkeit war er direkt ins Verderben gerannt. Will stöhnte laut und griff sich mit den Händen an den Kopf.

Er mußte plötzlich an einen Zwischenfall denken, der sich vor Jahren im Internat zugetragen hatte. Er war Tintenwart gewesen, das hieß, er war dafür verantwortlich, die Tintenfässer in den Pulten regelmäßig aus einer großen Flasche aufzufüllen. Eines Nachmittags war ihm die Flasche im Materialraum hinuntergefallen, und fünf oder sechs Lehrbücher waren von der ausfließenden Tinte beschmutzt worden. Entsetzt hatte er die Bücher unter seinem Schulblazer aus dem Haus geschmuggelt und sie aus irgendeinem Grund, an den er sich jetzt nicht mehr erinnern konnte, im Geräteschuppen des Gärtners versteckt. Danach hatten ihn unablässig Angst und das schlechte Gewissen geplagt. Sein Klassenlehrer würde merken, daß die Bücher fehlten ... der Gärtner würde fälschlich beschuldigt und entlassen werden ... Damals hatte er sich genauso gefühlt wie er sich jetzt fühlte, von Angst und Scham gepeinigt. Der Unterschied war allerdings, daß er damals in seiner Phantasie eine kleine Dummheit zu einem Riesenverbrechen aufgebauscht hatte, während jetzt das Verbrechen real und unbestreitbar war.

Am Ende, erinnerte er sich, hatte Jack ihn weinend in der Knabentoilette entdeckt. »Das ist alles?« hatte Jack gesagt, nachdem Will ihm schluchzend und schniefend alles gestanden hatte. Jack hatte die Bücher aus dem Schuppen geholt, die Schuld auf sich genommen und zur Strafe eine Woche Taschengeld bezahlen und einen Aufsatz von hundert Zeilen schreiben müssen. Damit war die Sache erledigt gewesen.

Er hatte beinahe vergessen, daß es eine Zeit gegeben hatte, in der Jack, der Große und Starke, ihn beschützt hatte; eine Zeit, in der er und Jack bessere Freunde gewesen waren. Wann sich das geändert hatte, konnte er nicht genau sagen. Vielleicht mit dem Umzug ins Schulhaus. Vielleicht aber hatten sie sich auch während Jacks langer Abwesenheit im Krieg auseinandergelebt. Oder der Neid zwischen ihnen hatte mit der Zeit alles vergiftet, was gut gewesen war. Der Gedanke machte ihn traurig.

Jack, dachte er. Die Hand, die die Zigarette hielt, begann zu zittern, als er sich vorstellte, sich Jack anzuvertrauen, alle Lügen und Dummheiten des vergangenen Jahres dem kritischen Blick seines Bruders offenzulegen. Diesmal würde Jack nicht sagen: *Das ist alles?*

Wenn er zu Jack ging, Jack die Wahrheit sagte, wäre die Verachtung, die dieser ihm entgegenbrachte, gerechtfertigt. Sein Bruder blickte mit besonderer Geringschätzung auf alle jene herab, die sich zu Schwarzmarktgeschäften hinreißen ließen. Jack verachtete Schwäche und hatte wenig Verständnis für Unvermögen. Nein, mit Jack konnte er nicht sprechen, ausgeschlossen.

Aber was blieb ihm dann? Weiterzumachen wie bisher und sich jeden Tag tiefer in Ricks Netze zu verstricken. Tag für Tag in Angst zu leben. Er brauchte Jacks Stärke, Jacks Entschlußkraft, Jacks kaltes, klares Urteil. Wenn es jemanden gab, der ihm aus diesem Elend heraushelfen konnte, dann war es Jack. Und allein, das erkannte Will plötzlich, konnte er einfach nicht weitermachen.

Er ging zum Wagen zurück. Als er den Motor anließ, sah er

auf seine Uhr. Es war fast sieben. Er fuhr schnell aus Angst, er könnte unterwegs doch noch den Mut verlieren, Wiesenkerbel und Farn am Straßenrand verwischten sich unter seinem kurzsichtigen Blick zu einem weißgrünen Schleier. Als er im Hof von Sixfields anhielt, erinnerte er sich an Kindheitsbesuche. Der Staub im Haus hatte ihn unweigerlich zum Niesen gereizt, und er war überzeugt gewesen, daß hinter den knarrenden Türen und in den düsteren Korridoren Gespenster lauerten. Wenn seine Mutter ihm abends Märchen vorgelesen hatte, trugen die Hexen stets Cousine Carries mürrische Gesichtszüge.

Aber von Cousine Carrie war zum Glück keine Spur zu sehen, und die Hunde draußen schienen sich an ihn zu erinnern; sie beruhigten sich sogleich, als er mit ihnen sprach. Er hatte den Eindruck, daß die spinnwebverhangenen Flaschen und Gläser auf dem Fensterbrett der Vorratskammer noch immer dieselben waren, daß hinter den vielscheibigen Fenstern dieselben zerschlissenen Vorhänge hingen und das Sonnenlicht abwehrten wie ein Jahrzehnt zuvor.

Er nahm den Fußweg, der vom Hof zum ehemaligen Pförtnerhaus führte. In der warmen Abendluft hing der säuerliche Geruch frisch umgegrabener Erde. Über Feldern, Hecken und Wäldchen lag Stille, das Laub an den Bäumen und die staubigen Grashalme in der Mulde des Tals regten sich nicht. In der Ferne pflügte ein Mann auf einem Traktor ein Feld am Hügelhang, Möwen folgten ihm wie weiße Punkte. Will bewegte sich leise, als wollte er den Zauber nicht brechen.

Er erreichte das Haus. Gerade als er anklopfen wollte, nahm er durch die Fensterscheibe eine Bewegung wahr.

Er sah genauer hin und trat zurück in den Schatten. Dann sah er noch einmal hin, denn er wollte ganz sicher sein, was er gesehen hatte.

Seine Frau und seinen Bruder in inniger Umarmung.

Von einem der oberen Fenster aus beobachtete Carrie Chancellor, wie Will kehrtmachte und den Fußweg zurückrannte.

Er bewegte sich sonderbar; er torkelte, als wäre er betrunken oder krank. Sie rubbelte an dem rußigen Beschlag auf dem

Fenster, um besser sehen zu können. Will rannte jetzt stolpernd durch den Hof, stürzte beinahe über die Hunde und verschwand dann aus ihrem Blickfeld.

Wenig später hörte sie einen Motor aufheulen. Ein Auto brauste schlingernd die schmale Straße hinunter. Carrie blickte ihm nach, bis es mitsamt der Staubwolke, die ihm folgte, hinter dem Horizont verschwand.

Zurück im Büro seiner Tankstelle, fegte Will Aktendeckel und Rechnungsbücher von den Regalen und suchte nach der Kassette mit dem Bargeld. Papiere flatterten zu Boden, als er Münzen und Scheine in seine Taschen stopfte. In seinem Wahnsinn dachte er daran, das Büro in Brand zu setzen, aber er konnte kein Streichholz finden. Ihm fiel ein, daß er seine Zigaretten und Streichhölzer neben dem Hummerboot im Hafen von Hernscombe liegengelassen hatte.

Ricks Päckchen lag auf dem Schreibtisch neben der Flasche Scotch, der Stange Zigaretten und den Nylonstrümpfen. Will nahm es zur Hand und riß die Verpackung auf. Er erwartete, Geld zu finden, Marken, gefälschte Pässe. Statt dessen traf sein Auge, als er ein Stück Sackleinwand aufschlug, ein Schimmer von Farben und Gold. Er hielt eine Holztafel in der Hand, die vielleicht zwanzig mal fünfundzwanzig Zentimeter maß. Sie zeigte eine Madonna im blauen Mantel, die in einem Garten saß. Der Garten war mit Blumen in Rosa, Gold und Weiß gesprenkelt. Über der Madonna schwebten drei Engel. Will hatte den Eindruck, daß sie tanzten, oben im Himmel tanzten. Sie hatten spitz nach unten zulaufende Füße, ihre Flügel waren ausgebreitet, und ihre fülligen Gewänder schienen mit ihren Bewegungen zu drehen und zu schwingen. Auf ihren Gesichtern lag eine stille Heiterkeit, die sie ganz in ihren Tanz vertieft erscheinen ließ. Die Madonna saß mit erhobener Hand, als wollte sie um Schweigen bitten. Das Bild strahlte eine Ruhe aus, einen Zauber, der Will an Sixfields erinnerte. Die Madonna und die Engel, ja der Garten selbst, schienen in Erwartung irgendeines außergewöhnlichen Ereignisses zu sein, das gleich stattfinden würde.

Rick, Sixfields, Julia ... Will stopfte Bild, Zigaretten und Nylonstrümpfe in einen Rucksack und ging. Im Holly Bush stellte er sich an den Tresen und bestellte etwas zu trinken. Er wollte vergessen, er wollte nicht mehr denken. Wenn er genug trank, würde er vielleicht die Erinnerung an Rick und seine Worte – *Ich möchte Gene nicht noch einmal bitten müssen ...* – auslöschen können, auch wenn die Spuren, die Genes Schläge in seinem Gesicht hinterlassen hatten, noch immer bei jeder Berührung weh taten. Er bezweifelte, daß er genug trinken konnte, um das Bild von Julia in den Armen seines Bruders zu verdrängen. Es schien in sein Hirn eingebrannt zu sein. An Jack konnte er nur mit einer Mischung aus Schock und Ungläubigkeit denken. Bei allen Differenzen, die in den letzten Jahren zwischen ihnen gestanden hatten, hätte er seinem Bruder doch niemals einen so gemeinen Verrat zugetraut. Jack mußte ihn hassen. Er fragte sich, wie lange dieses Verhältnis schon bestand. Wochen ... Monate ... vielleicht schon seine ganze Ehe über. Er stöhnte leise, und der Wirt warf ihm einen stirnrunzelnden Blick zu.

Allmählich begann das Pub sich zu füllen. Johnnie Gamble lud Will auf ein Bier ein, und in einer dunklen Ecke der Bar bot Will Johnnie und seinem Bruder einen Schluck aus der Scotchflasche an, die Rick ihm geschenkt hatte. Die Geschehnisse des Abends verschwammen und zerrissen in zusammenhanglose Fragmente. Irgendwann gab es ein Trinkspiel, das Mick Gamble gewann. Will überreichte Mick ein Päckchen Nylonstrümpfe als Preis. Mick zog seine genagelten Stiefel aus und tat so, als wollte er die Nylons über seine Beine streifen. Alle im Pub johlten und pfiffen. Dann gab es eine Prügelei. Will hielt sich heraus. Er stand schon lange nicht mehr sicher auf den Beinen und wollte sich nicht noch weitere blaue Flecken holen. Barhocker und Bierkrüge flogen durch die Luft. Der Wirt griff ein und setzte zwei bullige Landarbeiter vor die Tür.

Mick Gamble schlug vor, sie sollten mit dem Boot hinausfahren. Will dachte an die *Katie Rose* und das Meer, den Himmel und die Sterne. An diesen sanften dunklen Frieden. Die

Gamble-Brüder schleppten ihn aus dem Pub hinaus durch die warme Nacht und schoben ihn hinter das Lenkrad seines Wagens.

Als Julia am folgenden Morgen erwachte, sah sie, daß der Platz neben ihr im Bett leer war. Sie zog eine lange Hose und einen Pulli an, drehte ihr langes Haar ungekämmt im Nacken zu einem Knoten und stieg die Stufen hinab. Sie hatte Kopfschmerzen und fühlte sich trotz des nächtlichen Schlafs wie gerädert. Langsam ging sie durchs Haus, räumte Bücher und Geschirr auf, schüttelte Polster auf. Ihre Gedanken sprangen von Jack zu Will. Mit einer Tasse Tee setzte sie sich aufs Sofa und sah zum Fenster hinaus. Graue Wolken hingen so tief, daß sie glaubte, sie würden gleich die Wipfel der Bäume berühren. Zwischen den Buchen bewegte sich etwas, und in der Erwartung Will den Weg heraufkommen zu sehen, blickte sie genauer hin. Aber es war nur ein alter Fuchs, dessen rotbraunes Fell von dem Teppich aus welkem Laub kaum zu unterscheiden war.

Besorgnis durchdrang ihre stumpfe Trostlosigkeit. Will war noch nie die ganze Nacht ausgeblieben. Sie dachte an sein mißhandeltes Gesicht, die Schwellungen an Auge und Mund, die Blutergüsse am Kinn, und der Gedanke, den sie schon seit sechsunddreißig Stunden mit sich herumtrug – daß dies nicht Verletzungen waren, die man erwartete, wenn ein Wagenheber abrutschte –, ließ sich jetzt nicht mehr zurückdrängen. Sie konnte sich vorstellen, daß Fäuste diese scharf abgegrenzten, genau gesetzten Male hinterlassen hatten, aber nicht das erdrückende Gewicht eines Autos. Gequält von ihren Erinnerungen an den Ausdruck in Wills Augen und die Verzweiflung in seiner Stimme – *»Ich habe dich enttäuscht, Julia«* –, preßte sie die Hände zusammen.

Sie konnte nicht ruhig sitzen bleiben. Es war zu still, zu einsam im Haus. Sie ging ins Freie und wanderte ziellos in dem kleinen Garten umher, den sie der Wildnis abgetrotzt hatte. Mit nervösen Händen streifte sie hier eine Blüte, dort eine Himbeerranke. Auf den Brombeeren lag Mehltau, und die

Blätter ihres Mandelbäumchens waren schwarz und rollten sich ein. Sie mußte den Himmel sehen und ging deshalb in Richtung Trampelpfad. Als sie den Hügel hinunterblickte, sah sie das Auto, das am Straßenrand stand. Eine kleine Gestalt stapfte den Hang herauf zum Heidehaus. *Will*, dachte sie erleichtert. Die Gestalt wurde größer. Julia konnte die Uniform eines Polizeibeamten erkennen. Sie begann zu laufen.

Als sie in Hörweite war, rief der Polizist: »Sind Sie Mrs. Chancellor?«

»Ja.« Sie kam nicht zu Atem. »Was ist passiert?«

»Ich möchte lieber ins Haus kommen, wenn es Ihnen recht ist.«

Sie schüttelte den Kopf. Das Sprechen fiel ihr schwer. »Nein. Sagen Sie es mir hier. Bitte.«

Er sagte: »Es tut mir sehr leid, Mrs. Chancellor, aber es hat einen Unfall gegeben.«

Die Fenster waren vergittert, und die weißbezogenen Einheitsbetten standen in zwei gegenüberliegenden Reihen. Die Patientinnen, die von flüsternden Angehörigen umgeben in den weißen Betten lagen, sahen so gleich aus, daß Topaz im ersten Moment Mühe hatte, Helena zu entdecken.

Dann sahen sie den Polizisten, der am Bett saß. Charlie sagte: »Da!«, und ging ans Ende des Saals.

Helena lag tief in den Kissen. Nur ihr Gesicht, vom offenen hellen Haar umgeben, war sichtbar. Ihr Körper und ihre Gliedmaßen waren unter dem strammen weißen Leinen der Bettdecke gefangen. Als Charlie und Topaz sich dem Bett näherten, rückte der Polizist mit seinem Stuhl diskret ein Stück zurück.

Charlie sagte: »Wir sind sofort losgefahren, als wir es hörten.«

Sehr langsam bewegte sich Helenas Blick zu ihm. »Aber sie haben gesagt ... nur Angehörige.«

»Ich habe mich als dein Bruder ausgegeben.« Er küßte ihre Wange. »Wir dachten, ein bißchen Gesellschaft würde dir guttun.«

Helena verdrehte die Augen in Richtung des Polizisten und sagte mit dem Anflug eines Lächelns um die blassen Lippen: »Ich habe Gesellschaft.«

»Wir haben dir Blumen mitgebracht«, sagte Topaz, »aber sie haben sie uns weggenommen.«

Danach folgte eine lange Pause, dann sagte Helena: »Das ist lieb von euch.« Sie krauste die Stirn. »Glaubst du, ich muß jetzt ins Gefängnis, Charlie?«

»Wir besorgen dir einen Anwalt. Einen richtig guten.«

»Ach, mir ist es egal. Ehrlich. Nur meinen Eltern – für die wär's schlimm. Es ist schon schlimm genug für sie, mich hier zu sehen. Ich möchte nicht –«

Charlie sagte: »Wir lassen nicht zu, daß du ins Gefängnis kommst, Helena, das verspreche ich dir.«

Voller Anstrengung richtete sie die Augen auf ihn. »Die Tournee –«, flüsterte sie.

»Ist zu Ende«, sagte Charlie. »Wir sind jetzt wieder in London. Wir können dich jeden Tag besuchen, Schätzchen.«

Helenas Kopf fiel zur Seite. Ihr Blick fixierte das Fenster. Der Ast eines Kastanienbaums, den der Wind bewegte, klopfte an die Scheibe.

»Ich denke dauernd«, murmelte sie, »daß da jemand reinwill.«

Charlie tätschelte ihre Schulter. »Jetzt wird alles gut.«

Helena antwortete mit einem dünnen, ungläubigen Lächeln. Eine vorüberkommende Schwester blaffte Charlie an, weil er auf dem Bett saß, und er stand auf und holte zwei Stühle von dem Stapel in der Ecke. Topaz dachte an alles, was sie nicht sagen durfte. Warum hast du das getan? Wie konntest du nur so etwas tun? Helenas Augen waren halb geschlossen. Hastig begann Topaz zu sprechen, Belanglosigkeiten von der Tournee zu erzählen. Als Charlie mit den Stühlen kam, schwieg sie.

»Hat Claudette dich schon besucht?« fragte Charlie.

»Ja, mit Mischa. Gestern.« Helenas dünne, weiße Finger krochen unter der Bettdecke hervor. »Und Jerry auch. Donald nicht.«

»Oh. Vielleicht dachte er –« Charlies Stimme verklang.

Dann sagte er: »Wenn du irgendwas brauchst –«, und Helena schüttelte den Kopf.

Topaz schien es, als wäre ein Teil von Helena ausgelöscht worden – zurückgelassen vielleicht in der kleinen Wohnung, die sie einmal mit Claudette geteilt hatte. All die Eigenschaften, die Helena ausgezeichnet hatten – ihre Gelassenheit, ihre Großzügigkeit und menschliche Anteilnahme –, waren aus ihr herausgepreßt worden. Und nichts war an ihre Stelle getreten. Keine Reue. Nicht einmal Schmerz.

Dann sagte Helena: »Ich dachte, ich wäre schwanger.«

»Donald?« fragte Charlie.

»Ja.« Wieder runzelte Helena die Stirn.

»Hast du deshalb –«

»O nein!« Zum erstenmal konnte Topaz eine Regung von Gefühl in Helenas bisher ausdruckslosem Gesicht erkennen. Ein bitteres Kräuseln des Mundes. Ein Aufblitzen von Zorn in den blauen Augen.

»Ich wollte mich umbringen, als ich erfuhr, daß ich doch nicht schwanger bin. Das machte alles so sinnlos. So völlig vergeblich.«

Erschöpft schloß Helena die Augen. Irgendwo bimmelte eine Glocke. Die Besucher an den anderen Betten standen auf und verabschiedeten sich, um zu der Flügeltür am Ende des Saals zu gehen.

Charlie war bleich, sprachlos. Topaz küßte Helenas kalte Wange. Die Kastanie klopfte ans Fenster, als sie aus dem Saal hinausgingen.

Am folgenden Morgen fuhr sie nach Hause. Um sich frische Sachen zu holen. Um ihre Mutter zu sehen. Um das Terrain zu sondieren.

Ihre Mutter saß im Wohnzimmer und rauchte. Als hätte sie sich seit dem Tag vor einem Monat, als Topaz gegangen war, nicht von der Stelle gerührt.

Als Veronica Brooke zu ihrer Tochter hinaufsah, sprühten ihre Augen Funken.

»Ach, *da* bist du!«

»Hallo, Mama.« Sie gab ihrer Mutter einen Kuß auf die Wange.

»Wo bist du gewesen?«

»Du weißt doch, die Tournee, Mama.«

»Ich meine«, sagte Veronica gereizt, »wo du *gestern* gewesen bist. Den ganzen Tag hat das Telefon geläutet, und ich konnte sehen, wie ich mit allem fertig wurde. Unerhört!« Ihr saphirblauer Blick wurde scharf. »Du siehst aus, als hättest du die Nacht in einem Heuschober verbracht. Oder in einem fremden Bett.«

Topaz sagte hastig: »Das Theater –«

»Das Theater hat vorgestern dichtgemacht. Ich habe angerufen und mit jemandem gesprochen. Einem Iren.«

»Desmond?«

»Seinen Namen habe ich nicht mehr im Kopf.« Veronica drückte ihre Zigarette in einem Aschenbecher aus. »Wenn du herumschlafen willst wie ein Flittchen, Topaz, dann ist das deine Angelegenheit. Aber merk dir eines – wenn du mit einem dicken Bauch nach Hause kommst, fliegst du raus. Darauf kannst du dich verlassen.«

Veronica nahm sich noch eine Zigarette. Goldene Armbänder klirrten, als sie ungeduldig ihr Feuerzeug anknipste. Sie warf Topaz einen Blick zu. »Du siehst schauderhaft aus. Nimm erst einmal ein Bad und mach dich ein bißchen zurecht. Was sollen denn die Nachbarn denken.«

»Ja, gut.« An der Tür hielt sie inne. »Wer hat denn gestern angerufen, Mama?«

Veronica zog an ihrer Zigarette. »Prudence die meiste Zeit. Und dieser Freund von ihnen – gutaussehender Junge – hat unter seinem Stand geheiratet.«

»Marius?«

»Ja.« Veronica sah auf ihre Uhr. »Bügle dir vorsichtshalber etwas Schwarzes. Wir werden wahrscheinlich nach Dorset fahren müssen.« Sie zog die Brauen zusammen. »Wenn überhaupt eine Beerdigung stattfindet. Ich weiß nicht, wie das in solchen Fällen gehandhabt wird.«

»Mama?« fragte sie erschrocken.

Veronica sagte: »Will Chancellor ist tot. Er ist anscheinend am Donnerstag abend mit zwei Freunden im Boot rausgefahren. Das Boot ist auf eine Mine gestoßen. Die Polizei ist überzeugt, daß sie alle auf der Stelle tot waren.«

Will hatte den Donnerstag abend im Holly Bush verbracht. Um Mitternacht war er aufgebrochen, zusammen mit Johnnie und Mick Gamble. Die drei Männer waren zum Hafen von Hernscombe gefahren und hatten dort den Fischkutter der Gambles, die *Katie Rose*, flottgemacht. Irgendwann in den Tagen oder Wochen vorher hatte sich eine Mine, ein Relikt des Krieges, von den Ketten losgerissen, die sie jahrelang auf dem Meeresgrund festgehalten hatten, und war von der Strömung auf die Bucht von Hernscombe zugetrieben worden. Als die *Katie Rose* das offene Meer erreicht hatte, war sie mit der Mine zusammengestoßen. Der Lärm der Explosion hatte fast die ganze Stadt geweckt und war landeinwärts kilometerweit zu hören gewesen. Die Wasserwacht war sofort losgefahren, aber man hatte keine Überlebenden gefunden. Wills Auto war etwas später auf einem Parkplatz am Hafen entdeckt worden.

In den ersten Tagen nach Wills Tod rief Julia sich diese Tatsachen immer wieder ins Gedächtnis, als könnte sie ihnen so mehr Realität verleihen. Das Pub. Das Boot. Die Mine. Sie biß sich an Einzelheiten fest. Wie kam es, daß sie die Explosion nicht gehört hatte? Und warum hatte Will gemeint, mitten in der Nacht aufs Meer hinausfahren zu müssen? Warum war er nicht wie sonst nach ein paar Gläsern nach Hause gekommen?

Ihre Mutter und ihr Bruder versuchten, ihr Erklärungen zu geben, aber sie sah das Mitleid in ihren Blicken, und schließlich ließ sie die Fragen sein. Aber in ihrem Kopf trieben sie weiter ihr Unwesen. Wenn die anderen sagten, sie solle sich ein bißchen Ruhe gönnen, setzte sie sich gehorsam aufs Sofa und versuchte, eine Illustrierte zu lesen, obwohl sie innerlich zum Zerreißen gespannt war; oder sie legte sich in ihrem Zimmer in Missencourt auf ihr Bett und starrte zur Decke hinauf, um sich durch das Studium der Risse im Verputz von ihren quälenden, sprunghaften Gedanken abzulenken.

Sie war nach Missencourt zurückgekehrt, weil die anderen nicht zulassen wollten, daß sie allein im Heidehaus blieb. Der Polizist, der ihr die Nachricht von Wills Tod gebracht hatte, hatte sie gleich nach Missencourt fahren wollen, aber das hatte sie abgelehnt. Doch einige Zeit später war Marius gekommen, und sie hatte seiner entschlossenen Miene angesehen, daß er keine Widerrede dulden würde. So hatte sie ein paar Sachen gepackt und sich von ihm nach Hause bringen lassen. Dort versuchte sie auf ziellosen Wanderungen durch Haus und Garten zu begreifen, was geschehen war, indem sie wie unter einem Zwang immer wieder die Ereignisse der letzten achtundvierzig Stunden betrachtete und zerpflückte. Aber sie brachte es nicht fertig, einen klaren Gedanken zu fassen. Wenn sie nur nicht so müde wäre. Wenn nur nicht ständig dieses Gefühl leichter Übelkeit sie plagte. Wenn sie nur jemanden hätte, mit dem sie reden könnte. Jemanden, der sie nicht richten würde. Wenn sie nur die Überzeugung loswerden könnte, daß sie schuld an Wills Tod war, weil sie ihn nicht genug geliebt hatte.

Alle bemühten sich sehr um sie, doch sie war nicht in der Lage, die Anteilnahme zu würdigen. Abwechselnd leisteten sie ihr Gesellschaft – Suzanne, Marius, ihre Mutter –, als meinten sie, es wäre gefährlich, sie allein zu lassen. Wenn sie beim Spiel mit Tara einen Moment lang vergessen konnte, überwältigte es sie gleich darauf mit neuer Wucht. Daß Will tot war. Daß sie ihn nie wiedersehen würde. Daß sie daran schuld war.

In der Nacht, als es still im Haus war, ging sie nach unten und auf die Terrasse hinaus. Der Himmel war wolkenlos und voller Sterne. Sie schaute hinauf und sucht die Pleiaden. *Du mußt seitlich daran vorbeischauen, dann siehst du sie klarer.* Aber Tränen verschleierten ihren Blick.

Als sie hinter sich Schritte hörte, drehte sie sich um und sah Marius.

Er blieb neben ihr stehen. »Konntest du nicht schlafen?«

Sie schüttelte den Kopf. »Ich wollte dich nicht wecken.«

»Macht doch nichts. Kann ich irgendwas für dich tun? Möchtest du vielleicht einen Scotch? Oder lieber eine Tasse Kakao?«

Sie sagte: »Kakao bitte«, weil sie spürte, daß er sich besser fühlen würde, wenn er etwas tun konnte.

In der Küche machte Marius die Milch warm. »Suzanne hat oben Schlaftabletten«, bemerkte er. »Soll ich dir eine holen?«

»Ach nein, lieber nicht.« Sie zog die Brauen zusammen. »Weißt du, ich versuche, mir über verschiedenes klarzuwerden. Es gibt ein paar Dinge, die mich belasten. Ihr sagt mir zwar alle, ich soll mir keine Sorgen machen, aber ich kann's nicht ändern.«

Er goß die Milch in die Becher und reichte ihr einen. »Worum geht es denn?« fragte er.

»Erst mal die Tankstelle«, sagte sie. »Was wird aus ihr? Will hat sich so abgeplagt, um das Geschäft in Gang zu bringen, und jetzt kümmert sich kein Mensch darum.«

»Doch, Brian ist da. Und ich war heute dort und habe die Bücher und die Rechnungen geholt. Die müssen auf jeden Fall durchgesehen werden.«

»Das mache ich.«

»Julia, das brauchst du nicht.«

»Ich will aber.« Ihre Stimme zitterte. »Ich möchte es für Will tun, Marius.« Sie schneuzte sich. »Und dann das Haus –«

»Hast du irgendwas von Wert dort gelassen?«

»Wir haben gar nichts von Wert besessen. Es sind nur ... na ja, Sachen eben.«

»Suzanne oder ich können dich morgen hinfahren, wenn du willst.«

»Warum habe ich die Explosion nicht gehört?« fragte sie unvermittelt. »Das muß doch wahnsinnig laut gewesen sein. Wieso habe ich das einfach verschlafen?«

»Weil das Heidehaus viel zu weit von der Küste entfernt ist. Und die Hügel fangen natürlich den Schall ab. Hier in Missencourt haben wir auch nichts gehört«, erklärte er.

Sie hob beide Hände zum Mund. »Ich kann einfach nicht glauben, daß er tot ist. Es erscheint mir so – so verrückt. So *sinnlos*.« Sie kaute auf einem Nagel, riß an einem Fetzchen loser Haut. »Wenn ich ihn sehen könnte, könnte ich vielleicht glauben, daß er tot ist.«

Er zündete zwei Zigaretten an und gab ihr eine. Die Haut um ihre Fingernägel war wund und blutete. Sie rieb sich die Stirn, als könnte sie sich so von den Kopfschmerzen befreien, die sie seit Tagen verfolgten.

»Geh wieder ins Bett, Marius«, sagte sie. Sie wollte allein sein. »Du mußt doch todmüde sein.«

»Ich warte auf dich.«

»Nein. Bitte.« Sie versuchte zu lächeln. »Ich gehe auch gleich wieder nach oben. Ich verspreche es.« Nachdem er verschwunden war, ging sie von Zimmer zu Zimmer. Für sie hatte Missencourt immer Geborgenheit und Unbeschwertheit bedeutet, aber in dieser Nacht zeigte der Zauber des Hauses keine Wirkung. In Marius' Arbeitszimmer machte sie halt. Auf dem Schreibtisch lagen Stapel von Büchern und Unterlagen. Sie blätterte sie durch. Von jeder Seite blickte ihr Wills krakelige Schuljungenschrift entgegen. Als sie sich setzte, fiel ihr wieder ein, wie Will sich gewehrt hatte, als sie sich erboten hatte, ihm bei der Buchführung zu helfen. »Will, du Idiot«, flüsterte sie laut, als sie die Zahlenreihen mit ihren vielen Streichungen und Verbesserungen überflog. Auf den ersten Blick war offenkundig, daß Will von Buchführung keine Ahnung gehabt hatte. Sie fragte sich, was für eine seltsame Vorstellung von Stolz oder Männlichkeit ihn veranlaßt hatte, ihr Hilfsangebot auszuschlagen. Sie stellte ihn sich vor, wie er in seinem unordentlichen kleinen Büro in der Tankstelle gesessen und sich mit Tinte an den Fingern und angestrengt gerunzelter Stirn mit Abrechnungen und Rechnungsabschlüssen herumgeschlagen hatte.

Die ein erschreckendes Bild vermittelten. Mit einer Mischung aus Ungläubigkeit und Bestürzung sah Julia die Rechnungsbücher durch. Wenn diese Zahlen stimmten, dann war der Betrieb im Frühjahr 1947 bereits mit mehreren hundert Pfund verschuldet gewesen. Eine Zahl ganz unten auf dem Blatt gab den gesamten Fehlbetrag an. Will hatte ihn mehrmals mit solchem Nachdruck unterstrichen, daß unter seiner Feder das Papier zerrissen war. Er mußte verzweifelt gewesen sein.

Julia versuchte, sich zu erinnern. Im Winter, während der

schweren Schneestürme, war die Tankstelle mehrere Wochen geschlossen gewesen. Vielleicht war das der Moment, wo es angefangen hatte, bergab zu gehen. Mit dem Betrieb genauso wie zwischen ihr und Will. Nach dieser Zeit hatte Will oft bis in den späten Abend gearbeitet. Sie dachte an die Geschenke, die er ihr gemacht hatte. Die Strümpfe, das Parfum, die Blumen. Um sie zu besänftigen? Oder weil er nicht wagte, ihr die Wahrheit zu gestehen?

Am folgenden Morgen fuhr Suzanne mit Julia zum Heidehaus. Auf Julias Bitte warteten sie unten an der Straße im Auto, während ihre Schwägerin allein den Trampelpfad hinaufstieg. Es hatte am Morgen geregnet, und sie mußte um die Pfützen herumgehen, die sich auf dem Weg gebildet hatten.

Oben holte sie ihren Schlüssel heraus, um die Haustür aufzusperren, und stellte fest, daß gar nicht abgesperrt war. Sie hatte geglaubt, Marius hätte abgeschlossen, aber da hatte sie sich offensichtlich geirrt. Während sie im schmalen Flur zwischen Küche und Anbau stand, schien ihr, daß über dem Haus schon der Atem von Leere und Verlassenheit lag. In der Küche stand das Spülbecken infolge eines tropfenden Hahns beinahe randvoll mit Wasser. Sie tauchte die Hand hinein und zog den Stöpsel heraus. Ihr fiel auf, daß alle Schränke offenstanden und in ihnen heilloses Durcheinander herrschte, und es wunderte sie, daß sie sie so hinterlassen hatte.

Im Wohnzimmer waren die Bücher aus dem Regal gerissen und achtlos auf den Boden geworfen worden. Die Sachen aus der Anrichte – Papiere, Stifte, Kartenspiele – lagen überall verstreut. Als hätte, dachte sie, ein Riese das kleine Haus hochgehoben und geschüttelt. In den oberen Räumen quollen Kleidungsstücke – ihre und Wills – aus offenen Schubladen und Schränken. Ein Pullover, den sie ihm gestrickt hatte, eine Bluse, in der er sie immer gern gesehen hatte. Sie hob den Pulli auf, faltete ihn und hielt ihn an sich gedrückt, als sie sich oben auf die Treppe setzte. Sein Geruch, zart und unbestimmbar in dem Stückchen Wolle eingefangen, das sie in Händen hielt, machte die Erinnerung an ihn unglaublich lebendig.

Nach einiger Zeit bemerkte sie den Stapel Kartons. Ihre

Hochzeitsgeschenke. Sie war nie dazu gekommen, sie alle auszupacken, doch nun waren die Kartons von fremden lieblosen Händen entleert und ihr Inhalt ohne Achtsamkeit auf den Boden gekippt worden. Und das schien ihr alles zu sagen, was es über eine Ehe zu sagen gab, die letztlich halbherzig gewesen war.

11

JACK HATTE JULIA in den zwei Monaten, die seit dem Trauergottesdienst vergangen waren, nicht einmal gesehen. Immer wenn er in Missencourt vorsprach, war sie entweder beschäftigt, oder sie ruhte sich gerade aus oder sie war ausgegangen. Beim Gottesdienst hielt sie sich dicht an Adele und Marius, als gäben diese ihr Schutz. Jack fand, daß sie krank aussah. Sie war bleich und dünn, ihr Gesicht schmal und eingefallen.

Am Ende begriff er: Sie wollte ihn nicht sehen. Er fuhr nicht mehr nach Missencourt, schrieb keine Briefe mehr, rief nicht mehr an. Er arbeitete jeden Tag vierzehn Stunden auf dem Hof, übernahm bewußt die schwersten Arbeiten, um abends todmüde ins Bett fallen und schlafen zu können. Aber er begann, Sixfields zu hassen. Er sah es als Ursache seiner Korrumpierung, sah es als Zeichen und Urheber seiner Schuld.

Er ging den Hügelkamm entlang, der Carries Land von dem ihrer Nachbarn trennte, als er auf der anderen Seite des Tals das Pferd erblickte. Ein schwarzer Pfeil vor dem goldbraunen Hintergrund der Stoppelfelder, flog es in wildem Galopp dahin, mit weit vorgestrecktem Hals und wehender Mähne, offensichtlich nicht zu halten. Jack wußte, daß der Reiter, der verzweifelt versuchte, sich im Sattel zu halten, Julia war.

Er begann zu laufen. Als das Pferd sich dem Wäldchen näherte, glaubte er einen Moment lang, es würde angesichts der dichtstehenden Bäume seinen Lauf bremsen. Aber dann schoß mit lautem Flügelschlag ein erschrockener Fasan aus dem Unterholz. Salem bäumte sich auf und warf seine Reiterin ab. In einem Gewirr aus Farn und Nesseln blieb Julia reglos liegen, während das Pferd davongaloppierte. Jack glaubte, sie wäre tot. Als er ihren Pulsschlag fand, umklammerte er ungläubig ihr Handgelenk. Dann hob er sie sehr vorsichtig hoch.

Sie schlug die Augen auf. »Ich wußte, daß du es bist«, flüsterte sie. Dann sah sie sich um. »Wo ist Salem?«

»Keine Ahnung. Ich hoffe, er hat sich das Genick gebrochen.«

Er trug sie zum Haus. Carrie war in Dorchester auf dem Viehmarkt. Er legte Julia auf ein Sofa, wo sie, bleich und mit einigen Schrammen im Gesicht, den Kopf hob, um sich neugierig umzusehen.

»Das ist ja wirklich ein seltsamer Raum.« Ein halbes Lächeln. »Ich wollte Sixfields schon immer mal sehen.«

Mit einem angefeuchteten Taschentuch tupfte er den Kratzer an ihrer Stirn ab.

»Willst du mich nicht ausschimpfen?«

»Weshalb sollte ich dich ausschimpfen?«

»Weil ich keine Kappe getragen habe.«

»O Gott, Julia«, stieß er hervor, »ich dachte, du wärst tot.« Er drückte seinen Kopf an ihre Brust.

Sie strich ihm über das Haar, dann schob sie ihn sachte beiseite und setzte sich auf. Versuchsweise streckte sie Arme und Beine. »Nichts gebrochen, glaube ich.«

»Du solltest auf jeden Fall zum Arzt gehen.«

Sie schüttelte den Kopf und zuckte leicht zusammen. Das Nachmittagslicht fiel durch die staubigen Fensterscheiben und warf goldene Rauten auf den Boden.

Er sagte: »Warum wolltest du mich nicht sehen?«

»Ach, du weißt doch warum, Jack«, antwortete sie traurig. »Was hätte das für einen Sinn?«

»Wir könnten miteinander reden.«

»Worüber sollten wir miteinander reden?«

»Über uns. Über dich und mich.«

»Nein, das finde ich nicht.« Sie betastete einen Riß am Ellbogen ihrer Bluse. Dann sagte sie: »Eines allerdings –«, und voll plötzlicher irrationaler Hoffnung sah er sie an.

»Eines allerdings solltest du wissen.« Sie runzelte die Stirn. »Über Will. Und mich. Ich habe kein Geld, Jack. Überhaupt keines. Weniger als keines, genaugenommen. Will hatte Schulden. Bei der Bank und bei Maurice Chancellor. Eine Zeitlang sogar ziemlich hohe Schulden.«

Er warf ihr einen scharfen Blick zu. »Bist du sicher?«

»Ich habe die Bücher durchgesehen. Die Schlechtwetterperiode zu Beginn des vergangenen Jahres hat den Betrieb schwer getroffen. Er hat daraufhin einen Kredit aufgenommen. Aber die Zinszahlungen haben alles nur noch schlimmer gemacht.«

»Und du hast nichts davon gewußt?«

Sie schüttelte den Kopf.

Will hatte Schulden gehabt. Will hatte in Schwierigkeiten gesteckt. Jack wollte es nicht glauben. Sein Mund war trocken. »Was willst du jetzt tun?«

»Marius hat mir Geld geliehen, damit ich den Bankkredit zurückzahlen kann. Und ich war bei Maurice Chancellor, er hat sich bereit erklärt, die überfällige Pacht zu vergessen. Allerdings erst nachdem ich ihm klargemacht hatte«, fügte Julia mit einem verächtlichen Lächeln hinzu, »was Wills Eltern und andere Verwandte von ihm halten würden, wenn ich ihnen erzählen müßte, daß er auf Zahlung besteht.« Sie hielt einen Moment inne. Dann sagte sie leise: »Ich stelle mir ständig vor, wie verzweifelt Will gewesen sein muß. Ich hätte ihm helfen können. Ich hätte vielleicht einen Rat gewußt. Aber ich hatte keine Ahnung. Er hat mir nicht gesagt, daß er in Schwierigkeiten steckt.« Sie hob den Blick und sah Jack an. »Was glaubst du, warum nicht?«

Er mußte sich abwenden. Carrie Chancellors Besitztümer umgaben ihn: ein antiker Krug, eine staubblinde Kristallvase mit einem Strauß vertrockneter Blumen, ein rührseliges Gemälde von einem betenden Kind.

Sie sagte: »Er hat doch bestimmt die ganze Zeit über keine ruhige Minute gehabt. Aber er hat mir kein Wort gesagt.« Sie lachte bitter. »Ich kann es ihm allerdings auch nicht verübeln. Ich meine, er konnte ja nicht unbedingt auf Anteilnahme zählen, nicht wahr? Wenn er spät von der Arbeit kam, habe ich gemeckert. Wenn er ins Pub ging, habe ich geschimpft. Jetzt ist mir klar, daß er nur auf andere Gedanken kommen wollte.

Aber damals ist es mir nicht eingefallen, ihn zu fragen, was los ist. Ich habe immer nur übelgenommen.« Ihre Mundwinkel verzogen sich. »Aber ich hatte ja auch eine Entschuldigung. Ich war abgelenkt, nicht wahr, Jack? Durch dich.«

Sie war sehr blaß. Ihre Haut hatte einen beinahe grünlichen Schimmer. Nachträglicher Schock, vermutete er. Er berührte leicht ihre Hand und sagte liebevoll: »Du siehst elend aus. Ich mache dir eine Tasse Tee.«

Die Gedanken, die ihm durch den Kopf gingen, während er in der Küche Wasser aufsetzte und Tassen und Untertassen herausnahm, waren bedrückend. Vor einer Stunde hätte er es nicht für möglich gehalten, daß sein Abscheu vor sich selbst noch zunehmen konnte.

Sie bekam wieder etwas Farbe, als sie den Tee trank.

Er fragte: »Hast du mit jemandem gesprochen?«

»Marius habe ich ein bißchen was erzählt, weil ich mir von ihm das Geld für den Kredit leihen mußte. Sonst habe ich niemandem etwas gesagt. Ich werde nicht zulassen«, sagte sie heftig, »daß die Leute schlecht von Will denken.«

Jack setzte sich in Carries Sessel. Das Leder war aufgeplatzt, und Roßhaarbüschel quollen aus den Rissen. »Ich kann es immer noch nicht glauben«, sagte er. »Daß Will das alles geheimhalten konnte! Wie hat er das nur geschafft?«

»Du meinst, er hätte nervös sein müssen, Jack? Unruhig? Gereizt? So, wie er in den sechs Monaten vor seinem Tod war?«

»Julia –«

»Und noch etwas. Ich glaube, an dem Abend vor dem Unfall hatte er eine Prügelei.«

»Eine Prügelei?« Er starrte sie ungläubig an. »Doch nicht Will!«

»Mir hat er erzählt, der Wagenheber wäre abgerutscht, als er unter einem Auto arbeitete. Aber ich bin ziemlich sicher, daß er mich belogen hat. Auch wenn ich seine Behauptung damals nicht in Frage gestellt habe. Ich war ja, wie ich schon sagte«, erklärte sie in hartem Ton, »anderweitig beschäftigt.« Sie schwieg einen Moment und sagte dann ruhiger: »Was immer wir auch getan oder nicht getan haben, du und ich, Jack, wie immer wir Will auch im Stich gelassen haben, wir werden damit leben müssen.«

Nur das Ticken der alten Standuhr war in der Stille zu vernehmen. Julia stand auf. »Ich muß gehen.«

Er konnte es nicht dabei bewenden lassen. »Sehen wir uns?« fragte er, und sie schüttelte den Kopf.

»Nie wieder?«

Ihre Augen waren trocken und leer. »Ich habe viel darüber nachgedacht, Jack. Wir haben einander einfach nicht genug geliebt.«

»Das ist nicht wahr –«

»O doch.« Ihr Blick ruhte auf ihm, klar und kalt und unversöhnlich. »Wir beide haben uns schon vor langer Zeit entschieden, Jack. In der Woche, als du aus Italien zurückkamst.«

Er stöhnte. »So war es nicht. Du mußt mir glauben.«

»Doch, so war es. Ich weiß, daß ich Will niemals hätte heiraten dürfen. Ich habe ihn nicht glücklich gemacht.« Ihre Stimme klang schroff. »Ich habe ihn geheiratet, weil ich dich nicht haben konnte. Und was dich angeht – nun, ich war zu der Zeit nicht das, was dir am meisten bedeutete.«

»Das stimmt so nicht, Julia«, widersprach er verzweifelt.»Das stimmt nicht. Aber Carrie sagte –«

»Carrie?« Müde strich sie sich das Haar aus den Augen. »Was hat Carrie damit zu tun?«

Alles, dachte er. Alles. Er erinnerte sich so lebhaft an den Abend. Carrie hatte ihm Sixfields angeboten, eine Gabe, die die Macht besaß, sein Leben zu verändern. Sie hatte sich seine Habgier zunutze gemacht und den Keim der Eifersucht und des Mißtrauens in ihm genährt. »Julia Temperley?« hatte sie gesagt. »Ich habe gehört, daß die kleine Temperley reichlich – flatterhaft ist.« Und er hatte ihr viel zu leicht geglaubt. Von der Aussicht auf künftigen Reichtum verführt und bereit, an der Frau zu zweifeln, die er liebte, hatte er sich kaufen lassen.

Mit Widerwillen brachte er die Worte hervor. »Carrie hat mir damals angedeutet, du hättest Beziehungen zu anderen Männern gehabt.«

Julia sah müde und verwirrt aus. »Was redest du da, Jack? Du mußt dich irren. Miss Chancellor kennt mich ja nicht einmal.«

»Sie sagte, sie hätte Klatsch gehört. Und ich glaubte –« Er brach ab. Dann murmelte er: »Ich dachte an Will.«

Sie sah ihn an, mit einem Blick, dachte er, als verachtete sie ihn aus tiefstem Herzen. Dann machte sie auf dem Absatz kehrt und lief aus dem Haus. Er folgte ihr in den Hof. Die Wärme des Spätsommernachmittags überraschte ihn nach der Kälte in den Zimmern von Sixfields.

»Laß mich dich wenigstens nach Hause fahren«, rief er.

»Ich gehe lieber zu Fuß, danke.«

»Vielleicht bist du verletzt. Oder stehst unter Schock –«

»Es geht mir bestens, Jack.«

»Versprich mir, daß du zum Arzt gehst. Nur vorsichtshalber.«

Sie drehte sich noch einmal nach ihm um. »Ich glaube, das tue ich lieber nicht. Er würde mir höchstens die Leviten lesen.«

»Die Leviten lesen? Warum denn?«

»Weil man in der Schwangerschaft nicht reiten soll.«

Er war wie betäubt; die Sonne stach ihm schmerzhaft in die Augen.

»Ich erwarte ein Kind«, sagte sie trotzig. »Wills Kind. Das ist auch ein Grund, warum ich dich nicht wiedersehen werde. Weil ich schwanger bin, Jack.«

Als Julia weg war, ging er ins Pförtnerhaus und goß sich einen großen Whisky ein. Aber der Alkohol vermochte nicht, ihn zu betäuben. Sein Kopf blieb klar. Genau wie die schwarzen anklagenden Gedanken.

Julia war schwanger. Sie erwartete Wills Kind, das Kind seines toten Bruders, dem er nicht geholfen hatte, als er in Not gewesen war; dem er gewünscht hatte, daß er scheitern möge.

Mit seinem Urteil schnell bei der Hand, hatte er es Will nicht verzeihen können, daß dieser die Frau geheiratet hatte, die er – Jack – liebte. Alles andere war daraus gefolgt. Als Jack jetzt auf die Ereignisse der vergangenen zwei Jahre zurückblickte, erkannte er, daß er selbst derjenige war, dem er nicht verzeihen konnte. Er, der Starke und Gesunde, hätte seinen schwächeren jüngeren Bruder beschützen müssen. Statt dessen hatte er mit dem Willen zur Zerstörung seinen Bruder gemieden und zugelassen, daß dieser immer tiefer in Schwierigkeiten geriet. Es hatte, gestand er sich jetzt ein, in ihm immer etwas gegeben, das auf Will herabgeblickt hatte. Schon früh hatte er Wills übermäßig lebhafte Phantasie und sein starkes Bedürfnis, sich von anderen bestätigt zu sehen, beobachtet und ihn dafür verachtet. Will, den Schwachen, den Verletzlichen, hatten viele gemocht; vor Jahren hatte es Jack wütend gemacht, daß der Bruder, der ihm schwächlich und mit Fehlern behaftet schien, mühelos die größere Zuneigung gewinnen konnte.

Er schenkte sich noch einen Whisky ein und schloß die Augen, aber vor den Bildern, die vor seinem geistigen Auge abliefen, konnte er sich nicht schützen. Will, der sich in seiner Vertrauensseligkeit von Maurice Chancellor hatte ausbeuten lassen; der mit der Führung eines Geschäfts, das von vornherein zum Scheitern verurteilt war, völlig überfordert gewesen war; der verzweifelt versucht hatte, den Kopf über Wasser zu halten; den Angst und Scham gehindert hatten, sich einem anderen Menschen anzuvertrauen.

Und wenn er sich ihm, Jack, anvertraut hätte, wie hätte er reagiert? Hätte er Mitgefühl gezeigt und seinem Bruder Geld oder praktische Hilfe angeboten? Oder hätte er sich an Wills Sturz erfreut? Jack fröstelte. Er hatte Will das Scheitern seiner Ehe gewünscht. Hätte ihn Wills geschäftliche Niederlage auch nur im geringsten gekümmert?

Er hatte Will nicht nur nicht geholfen, er hatte sogar gegen ihn gearbeitet. Als Will Unterstützung gebraucht hätte, hatte er ihm nur Feindseligkeit geboten. Während Wills geschäftliche Schulden sich gehäuft hatten, hatte er – Jack – alles darangesetzt, Julia zu verführen. Er hatte ihr zielbewußt und ohne Unterlaß nachgestellt. Er hatte ihre Skrupel mißachtet und mit allen Mitteln versucht, sie seinem Bruder wegzunehmen. Er hatte sich Wills geistige Abwesenheit und Unaufmerksamkeit ebenso zunutze gemacht wie ihre Einsamkeit. Er war rachsüchtig und egozentrisch gewesen. Er hatte es darauf angelegt, Will auf die übelste Weise zu schaden.

Alles, was geschehen war, hatte seinen Ursprung in jener Woche des Jahres 1946, als er aus dem Militärdienst entlassen worden war. Er hatte über den Rasen von Missencourt geblickt und Will und Julia gesehen. Und die Saat der Eifersucht aus der Kindheit – seine alte Überzeugung, daß Will mehr geliebt wurde als er selbst –, war aufgegangen und hatte ihrer aller Leben zerstört. Gerade den beiden Menschen, denen er sein Vertrauen und seinen Schutz hätte schenken müssen, hatte er mißtraut und nichts dagegen getan, daß dieses Mißtrauen sich zu Haß verfestigt hatte. Es gab keine Rechtfertigung für sein Verhalten Will gegenüber. Er selbst hatte Julia zurückgewiesen, weil es ihm an Vertrauen zu ihr gefehlt hatte. Carries Bemerkung hätte ihn nicht treffen können, wenn er nicht schon an Julia gezweifelt hätte. Und wenn auch, wie er rückblickend erkennen konnte, die Kriegsjahre ihn gezeichnet hatten, so konnte das doch nicht als mildernder Umstand gewertet werden. Ein großer Teil des Zorns und des Grolls, die er bei seiner Rückkehr nach England empfunden hatte, war, das wußte er jetzt, ein Produkt der Angst gewesen – der Angst, man könnte ihn vergessen haben; der Angst, es könnte keine Aufgabe mehr für ihn geben –, aber das entschuldigte nicht sein Verhalten. Er war eifersüchtig gewesen und besessen von Julia und Sixfields. Er hatte sich eingebildet, Will hätte ihm gestohlen, was sein war. Will war Opfer seiner Besessenheit und Habgier geworden.

Der bittere Geschmack des Selbstekels mischte sich mit dem des Whiskys. Wieder mußte er an Julias Verwünschung denken. *Ich hoffe, du wirst todunglücklich*, hatte sie gesagt. *Ich hoffe, du wirst einsam und unglücklich und verrückt wie deine Cousine Carrie.*

Nun, unglücklich war er. Und einsam auch. Er hatte Will verloren, und er hatte Julia verloren. Und irgendwann im Laufe der vergangenen zwei Jahre hatte er auch seine Selbstachtung verloren. Carrie und seine eigene Käuflichkeit hatten sie ihm genommen. Seine Habgier hatte ihn zum Spielball ihrer Launen und Manipulationen gemacht. Sein Verlangen, dieses Haus und dieses Land zu besitzen, hatte seinen Blick verzerrt. Wie Julia einmal zu ihm gesagt hatte: Er hatte seine Seele verkauft. Wenn er auch zu diesem Zeitpunkt noch nicht so verrückt war wie seine Cousine Carrie, so konnte er an sich doch Eigenschaften wahrnehmen, die mit der Zeit vielleicht bewirkten, daß er es würde. Ein Bedürfnis nach Zurückgezogenheit, das zur Eigenbrötlerei führen konnte. Eine Distanziertheit gegenüber seinen Mitmenschen, die vielleicht in Menschenhaß enden würde. Und eine Unsicherheit, aus der mit der Zeit leicht Geiz werden konnte.

Sixfields hatte ihn so weit gebracht. Folglich gab es eine einfache Lösung. Er mußte Sixfields verlassen. Er wußte es schon seit Wochen, seit Monaten. Seit Wills Tod war ihm klar, daß er Buße tun, daß er versuchen mußte, sich zu befreien. Mit dem Whiskyglas in der Hand blickte Jack zum Fenster hinaus auf das Land, das er liebte. Merkwürdig, dachte er, daß ihn das sanfte Wogen der Erde, die Erhebung eines Hügels noch immer so tief bewegen konnte. Der Herbst kam mit Macht, ein scharfer Wind riß das welke Laub von den Bäumen. Noch zwei, drei Wochen, dann würden sich die schwarzen Äste wie Tuschestriche vom trüben Himmel abheben. Und er würde nicht hiersein, um die beißende Frische des ersten Frosts in der Luft zu riechen oder das glasig glitzernde Eis in den Ackerfurchen zu sehen.

Am folgenden Tag fuhr er zu seiner Mutter. Nachdem er ihr den Grund seines Kommens erklärt hatte, sagte Prudence: »Soll ich meine *beiden* Söhne verlieren?« Sie sah ihn mit der Mischung aus Entsetzen und Zorn an, die seit Wills Tod nicht aus ihrem Blick gewichen war.

Jack sagte: »Ich muß eine Zeitlang weg. Aber ich komme wieder nach Hause, das verspreche ich. Und ich schreibe und telefoniere regelmäßig.«

Der Ausdruck in ihren Augen blieb unverändert. »Ist es wegen Julia?«

»Ich muß aus ihrem Leben verschwinden«, antwortete er.

Sie sagte nichts, fuhr nur stumm fort, mit einem Messer den überhängenden Rand des gedeckten Apfelkuchens abzuschneiden, den sie backen wollte. Mit jedem Schnitt fiel ein Teigstreifen auf den Tisch.

»Hast du es Carrie schon gesagt?« fragte sie schließlich.

»Gestern, ja.«

»Und wie hat sie reagiert?«

Jack erinnerte sich nur allzu lebhaft an den häßlichen kleinen Auftritt. Carrie hatte ihn wütend angeschrien. »Wenn du glaubst, ich werde auf dich warten – wenn du glaubst, dein Name wird noch in meinem Testament stehen, wenn du wieder nach Hause kommst, irrst du dich!«

»Ich war mir nicht sicher, ob es sie überhaupt kümmern würde«, sagte er. »Ich dachte, sie wäre enttäuscht von mir. Aber sie war – ziemlich erregt.«

Prudence legte das Messer aus der Hand. »Weißt du, was ich nicht ertragen kann, Jack«, sagte sie, »was mich so unglaublich wütend macht? Wenn ich an all die Jahre denke, die ich auf dich gewartet habe. Diese endlosen Jahre, als ich jeden Abend gebetet habe, daß du heil nach Hause kommst; als ich nachts wach lag, an dich gedacht habe und Angst um dich hatte. Und daß dann, als du endlich wohlbehalten wieder da warst, Will auf diese Weise umkommen mußte ... durch eine Minenexplosion ... durch den Krieg, als der Krieg längst vorbei war –« Sie schlug ihre mehlweißen Hände vors Gesicht und weinte.

Bis zu dem Moment, als sie, aus einem der oberen Fenster blickend, seine von Rucksack und Koffer gebeugte Gestalt auf der grauen Straße immer kleiner werden sah, hatte Carrie nicht geglaubt, daß Jack wirklich gehen würde. Das Geld würde ihn aufhalten, hatte sie sich gesagt. Sixfields würde ihn aufhalten. Als Jack nicht mehr zu sehen war, trat sie vom Fenster weg und humpelte die Treppe hinunter. Sie ließ es nicht zu, daß seine Abreise ihren gewohnten Tagesablauf störte, aber es lastete eine lähmende Schwere auf dem Tag. Sie verstand nicht, wieso das Land und das Haus mit all ihren vertrauten Besitztümern sie nicht trösten konnten.

In den folgenden Tagen jedoch, die leer und freudlos dahingingen, begann sie zu verstehen. Sie war unvorsichtig gewesen und hatte sich erlaubt, Jack liebzugewinnen. Ausgerechnet Jack Chancellor. Wie kann man nur so dumm sein, dachte sie. Ihr Stock pochte auf die Pflastersteine, während sie in Haus und Hof umherging.

Wie kann man nur so dumm sein, den gleichen Fehler zweimal zu begehen.

Julia weinte nicht, als Jack fortging. Sie wußte, daß sie jetzt beide verloren hatte, Jack und Will, ihre ältesten Freunde, doch ihre Augen blieben tränenlos, wie sie das seit dem Trauergottesdienst waren.

Statt dessen begann sie zu packen. Marius traf sie dabei an, wie sie im Haus umherging und ihre Habseligkeiten einsammelte.

»Ich ziehe jetzt wieder ins Heidehaus«, erklärte Julia ihm, während sie Taschentücher und Strümpfe aus dem Wäscheschrank nahm.

»Willst du das wirklich?«

Sie sah ihn mit einem Lächeln an. »Da ist es auf jeden Fall ruhiger. Der Krach hier mit dem Kindergarten – puh!«

»Ja, ich bin auch immer froh«, bekannte er, »wenn ich morgens zur Arbeit abzischen kann. Aber was hast du jetzt vor?« fragte er dann.

»Ich dachte mir, ich suche mir eine Halbtagsstellung. In einem Geschäft vielleicht.« Sie rollte die Strümpfe paarweise zusammen und warf sie in einen Bastkorb. »Ich muß etwas tun, Marius«, sagte sie. »Ich brauche das Geld. Ich möchte nicht abhängig sein. Das wäre furchtbar für mich.«

Er sagte: »Warum kommst du nicht wieder in die Firma?«, und sie starrte ihn ungläubig an.

»Ist das dein Ernst?«

»Aber natürlich. Wir brauchen jemanden, und du kennst dich aus.«

Sie drückte eine zerknitterte Leinenbluse in ihren Händen zusammen. »Du tust das nicht nur aus Nettigkeit?«

Er schüttelte den Kopf. »Ich denke schon eine ganze Weile daran, die Londoner Filiale wiederzueröffnen. Wenn du in Great Missen wärst, könnte ich bequem jede Woche ein paar Tage in London verbringen.«

Sie lehnte sich an die Heizung. Das Sonnenlicht des späten Nachmittags, das durch das offene Fenster strömte, fiel auf ihren Nacken und wärmte sie. »Ach, das wäre wunderbar, Marius. Aber –«, sie sah an sich hinunter, »– das Baby –«

»Du weißt doch, daß Mutter es kaum erwarten kann, endlich ein Enkelkind zu haben, das sie verwöhnen kann. Ich bin sicher, sie würde mit Wonne einspringen. Schau erst mal, wie es klappt. Schau erst mal, ob es dir wirklich Spaß macht.«

Aber sie wußte, daß es ihr Spaß machen würde. Zum erstenmal seit Wills Tod erwachte ein Fünkchen Optimismus in ihr. Sie sah aus dem Fenster. Suzanne ging auf dem Rasen hin und her und sammelte Spielsachen ein. »Als ihr geheiratet habt, du und Suzanne, seid ihr doch anfangs nicht immer gut miteinander ausgekommen, oder?« sagte sie.

»So könnte man sagen«, antwortete er mit einem schiefen Lächeln.

»Habt ihr gestritten?«

»Nicht oft. Es war eher so, daß wir zwar verheiratet waren, aber weiterhin getrennte Leben führten.«

»Aber jetzt geht es doch gut?«

Als er nicht gleich antwortete, sah sie ihn überrascht an. Er war neben sie ans Fenster getreten und schaute hinaus. Sie bemerkte, daß sein Blick Suzanne auf ihrem Weg durch den Garten unverwandt folgte.

»Weißt du«, erklärte sie, »ich dachte nämlich, es würde mit der Zeit schon besser klappen. Zwischen mir und Will, meine ich. Wie bei euch beiden. Ich wollte mir Mühe geben und alles dafür tun, daß es besser wird. Aber das kann ich jetzt nicht mehr.«

Brüsk sagte er: »Es ist nicht immer leicht, eine Ehe zu führen. Es soll ja der siebte Himmel sein, besonders zu Anfang. Aber das ist es nicht immer. Du hattest gar keine Zeit, viel dafür zu tun. Du hast dein Bestes getan, Julia.«

»Nein, eben nicht.« Sie krampfte die Hände ineinander. »Ich habe mich heimlich mit Jack getroffen, Marius.« Um keinen Raum für Mißverständnisse zu lassen, wiederholte sie: »Als ich mit Will verheiratet war, habe ich mich heimlich mit Jack getroffen. Wir hatten kein Verhältnis miteinander. So weit ging es nicht. Aber es wäre vermutlich früher oder später dazu gekommen.« Sie mußte mit jemandem darüber sprechen, und Marius war der Mensch, der sie am besten kannte. Sie wartete, gespannt, ob er sie verurteilen würde.

Aber er sagte: »Menschen lieben nicht immer mit der gleichen Stärke. Man kann Liebe nicht erzwingen. Manchmal stellt sie sich einfach nicht ein.«

In seiner Stimme schwang eine Bitterkeit mit, die sie bestürzte. Er trat vom Fenster weg, und sie gewahrte, daß Suzanne aus dem Blickfeld verschwunden war. Sie überlegte, ob sie weiter in ihn dringen sollte, aber sie ließ es bleiben. Sie wußte, daß Marius genauso stolz und verschlossen war wie sie selbst. Es war nicht Art der Temperleys, ihre Seelen bloßzulegen. Sie wurden allein mit ihren Verletzungen fertig und zeigten der Welt eine Beherrschtheit, die manche mit Gefühlskälte verwechselten. So sagte sie jetzt nur: »Darum bin ich jetzt froh, daß ich das Kind bekomme. Zuerst wollte ich es nicht – ich dachte, wie gemein, Will zu verlieren und mit einem Kind dazustehen –, aber vielleicht kann ich an dem Kind wiedergutmachen, was ich Will angetan habe.« Sie fügte heftig hinzu: »Ich werde eine gute Mutter sein, Marius. *Das* werde ich richtig machen.«

Er lächelte. »Was wünschst du dir, einen Jungen oder ein Mädchen?«

Sie dachte an die wilden kleinen Jungen in Suzannes Kindergarten und schauderte ein wenig. »Ein Mädchen«, sagte sie mit Entschiedenheit. Sie stellte sich ihre Tochter zart und blond und blauäugig vor, wie Will. »Ein braves, ruhiges kleines Mädchen.«

In den Wochen unmittelbar nach Wills Tod glaubte Topaz manchmal, ihn zu sehen. Es konnte vorkommen, daß sie aus dem U-Bahn-Fenster blickte, auf dem Bahnsteig einen blonden Haarschopf bemerkte, um dann von ihrem Sitzplatz in die Höhe zu schießen und an irgendeiner Haltestelle, die sie nicht kannte und zu der sie eigentlich gar nicht wollte, aus dem Wagen zu springen. Oder sie wartete in der Tottenham Court Road auf den Bus, wurde auf einen Passanten aufmerksam, dessen stockender, schwingender Schritt ihr plötzlich bekannt vorkam, und eilte zur anderen Straßenseite, begleitet von einem Hupkonzert und den Drohgebärden der Taxifahrer. Und das alles nur um den, dem ihre Aufmerksamkeit galt, in der Menge zu verlieren oder feststellen zu müssen, daß es gar nicht Will war, sondern ein Fremder, der nicht einmal besondere Ähnlichkeit mit Will hatte.

Einmal meinte sie, ihn abends im Kino zu sehen. Es erschien ihr völlig logisch, daß Will Chancellor, der sechs Wochen zuvor ums Leben gekommen war, sich jetzt am Leicester Square einen Film ansah. Er hatte schließlich immer eine besondere Vorliebe für Thriller besessen. Über Taschen und Schirme stolpernd und immer wieder Entschuldigungen murmelnd, drängte sie sich zum Gang durch, aber als sie seinen Namen rief und er den Kopf drehte, sah sie ein fremdes Gesicht, entstellt und voller Narben. Ein ehemaliger Flieger der Königlichen Luftwaffe, vermutete sie später. Der abgeschossen worden war und beinahe in seiner Maschine verbrannt wäre.

Charlie fand sie auf der Treppe vor dem Kino sitzend. »Ich dachte, es wäre Will«, sagte sie und drückte die Hände auf ihr nasses Gesicht. Und dann erzählte sie Charlie – weil sie es irgend jemandem erzählen mußte und er ja nicht zur Familie gehörte – von ihrem Gespräch mit Will an jenem Nachmittag in der Bucht von Hernscombe. Will hatte ihr gesagt, daß er in Schwierigkeiten steckte. Daß er am liebsten davonlaufen und neu anfangen würde. Ein anderer werden wollte.

Der Unfall, erklärte sie, war zwei Tage später geschehen. Nur zwei Tage! Und man hatte nie eine Leiche gefunden. Mehrere Zeugen hatten die drei Männer zusammen aus dem Pub weggehen sehen; Wills Auto war später auf einem Parkplatz am Hafen gefunden worden. Aber keine *Leiche*, Charlie. Keine sterblichen Überreste, die man zur Ruhe betten, die man beerdigen konnte. Nur ein Trauergottesdienst, der ihrer Meinung nach, da ihm das Eigentliche fehlte, kaum mehr gewesen war als eine leere Geste, die keine Befreiung brachte. Das alles war so merkwürdig, sagte sie, Charlies Zustimmung erwartend. So merkwürdig, daß Will so bald nach dem Gespräch mit ihr verschwunden war.

Sie brach ab, als sie den Ausdruck auf seinem Gesicht bemerkte. Er nahm sie in den Arm. Dann erzählte er ihr von einem Zwischenfall, der sich im Krieg ereignet hatte, als er in Schottland stationiert gewesen war. Während einer Übung war in einem Munitionslager ein Brand ausgebrochen, und es war zu einer schweren Explosion gekommen. Mehrere Männer hatten ihr Leben verloren. Eine Abteilung Soldaten, unter ihnen Charlie, war zu den Aufräumungsarbeiten abkommandiert worden. Von den Männern, die der Munition am nächsten gewesen waren, war kaum etwas übrig geblieben. Nur – Fetzen. Keine Leichname. Die Mine, die die *Katie Rose* gerammt hatte, war sicher groß gewesen, dazu bestimmt, die Panzerung eines Zerstörers zu zerreißen. Die Wucht einer solchen Explosion konnte kein Mensch überlebt haben.

Topaz wußte, daß Charlie ihr das erzählte, weil er meinte, es sei besser, falsche Hoffnungen im Keim zu ersticken, und weil er überzeugt war, ihre Zweifel entsprängen der Weigerung, ihren Verlust zur Kenntnis zu nehmen. Also versuchte sie, sich Will als Staub auf dem Spiegel des Meeres vorzustellen, der langsam abwärts sank, um sich mit Muscheln, Korallen und Sand zu vermischen. Mit dem Verstreichen der Monate wurden die Erscheinungen seltener, und sie drehte sich nicht mehr nach jedem hellhaarigen jungen Mann um. Es blieb ein kleiner Kern des Zweifels, der rieb und reizte wie das Sandkorn in der Auster, aber sie äußerte ihre Zweifel nicht länger. Sie waren ihr peinlich; sie sah sie mit den Augen der anderen – bestenfalls als eine Art naiver Zuversicht, schlimmstenfalls als eine krankhafte Weigerung, die Wahrheit zu akzeptieren.

Manchmal aber, wenn sie in der Nacht erwachte, mußte sie plötzlich mit Herzklopfen an Will denken. Wie er als Schuljunge mit Tintenfingern Autokennzeichen in ein Notizbuch gekritzelt hatte. Wie er bei ihrem ersten Besuch nach siebenjähriger Abwesenheit mit dem Auto neben dem Zug hergefahren war und ihr zugewinkt hatte. Oder wie er da in diesem Hinterland zwischen Küste und Meer gestanden hatte: *Ehrlich gesagt, ich sitze ziemlich übel in der Klemme*. Was hatte er getan? Oder, was hatte er geglaubt, getan zu haben? Hatte sie das Falsche gesagt? Hatte sie zuviel oder zuwenig gesagt? Die Erinnerung quälte sie.

Sie versuchte, sich auf die Alltäglichkeiten zu konzentrieren. Auf ihre neue Arbeit in einem Restaurant in Ladbroke Grove und auf Charlie, dessen Leben eine neue Wendung genommen hatte. Im Sommer hatte ihn in Bournemouth (der Fliegenpilz aus Papiermaché und Sylvia, volltrunken zwischen den Sitzsäcken) jemand auf der Bühne gesehen, jemand mit Einfluß. Und aufgrund seiner schauspielerischen Leistung hatte Charlie eine Rolle in einer Inszenierung von *Journey's End* in einem Theater in Hampstead bekommen. Es war nicht, wie er Topaz mit blitzenden Augen erklärt hatte, die Art von Repertoiretheater, die er gewöhnt war. Keine abendlichen Doppelvorstellungen, keine imaginären Gewinne, die unter einer chaotischen Truppe von Schauspielschülern und Ausgemusterten verteilt wurden. Keine einstürzenden Kulissen, keine betrunkenen Darsteller. Alle waren professionell, ehrgeizig, perfektionistisch.

Das Stück war ein Erfolg, und Charlie wurde ins Ensemble aufgenommen. Neue Aussichten taten sich auf, neue Möglichkeiten und neue Wege. Die glückliche Wendung seines beruflichen Lebens veränderte Charlie, verlieh ihm Selbstvertrauen und nahm ihm etwas von dem Selbstzweifel, den Topaz oft an ihm bemerkt hatte. Sie freute sich über sein Glück, war selig, daß er endlich bekommen hatte, was er sich immer gewünscht hatte. Sie genoß seinen Erfolg mit ihm, begleitete ihn auf Feste und in Restaurants oder verbrachte die Nacht mit ihm in seiner neuen Wohnung in Finsbury Park. Er hatte lange genug auf seine Chance gewartet, sie würde seine neue Zuversicht nicht durch ihre Trauer trüben.

Ihre alten Freunde aus dem Café am Leicester Square sahen

sie selten. Jerry unterrichtete jetzt an einer Schule in Basingstoke. Und das eine Mal, als Charlie und Donald nach Helenas Selbstmordversuch zusammengetroffen waren, hatten sie sich beinahe geschlagen. Nach ihrer Entlassung aus dem Krankenhaus war Helena zur Bewährungsauflage gemacht worden, zu ihren Eltern nach Maidstone zu ziehen. Topaz besuchte sie einmal im Monat. Es war, dachte sie manchmal, als sähe man jemandem zu, wie er verzweifelt versuchte, aus einem tiefen Brunnenschacht herauszuklettern. Von Zeit zu Zeit gelang es Helena, eine Hand ans Licht zu strecken, aber dann rutschte sie wieder ab und mußte den langen schwierigen Aufstieg aus der Dunkelheit von neuem in Angriff nehmen.

Mit dem Erfolg waren neue Freunde in Charlies Leben getreten. Glanzvolle, kultivierte Freunde. Diese Freunde hatten es nicht nötig, aus Stoffresten Haute-Couture-Kopien zu schneidern; sie kleideten sich bei Dior ein. Topaz und Charlie gingen nicht mehr in verqualmte Jazzclubs, setzten sich nicht mehr in ungeheizte Gemeindesäle, um sich französische Filme anzusehen. Sie trafen sich mit ihren neuen Bekannten in schicken kleinen Restaurants und Pubs in Chelsea, die gerade *en vogue* waren. Sie brauchten sich bei Festen nicht mehr einzuschmuggeln, sie wurden eingeladen.

Charlies neue Freunde waren Schauspieler, Journalisten, Tänzer, Mannequins, Leute, die zur besseren Gesellschaft gehörten. Sie bildeten eine eigene kleine Clique, die alle ausschloß, die zu protzig, zu arm, zu einfach waren. Sie sahen blendend aus und waren witzig und amüsant. Sie waren hingerissen von Charlie, und Charlie war hingerissen von ihnen. Die Frauen ließen Topaz an einen bestimmten Typ Mädchen denken, an den sie sich aus der Schulzeit erinnerte. Hübsch, gescheit, selbstsicher, aufmüpfig. Frauen, die keinen Moment daran zweifelten, daß die Welt ihnen zu Füßen lag. Mit anmutiger Geste pflegten sie Einladungen zu kleinen Abendessen und Cocktailpartys zu verteilen. »Bringen Sie jemandem mit«, pflegten sie zu sagen. »Bringen Sie eine Bekannte, eine Freundin, Ihre Verlobte mit. Bringen Sie doch das junge Mädchen mit, das uns zum Lachen bringt. Bringen Sie Topaz mit.« Daß sie Schwierigkeiten hatten, sie einzuordnen, überraschte Topaz nicht. Sie wußte ja selbst nicht recht, in welcher Beziehung sie eigentlich zu Charlie stand.

Häufig bekam sie ihn tagelang nicht zu sehen. Lange Nächte, Proben, Matineen und Abendvorstellungen nahmen ihn in Anspruch. Es war besser so, sagte sie sich energisch, viel besser, als ständig aneinanderzuhängen. Besser, nicht voneinander abhängig zu sein; nicht zu den Frauen zu gehören, die zu Hause saßen und Trübsal bliesen, ihre Nägel polierten oder ihre Haare wuschen, wenn ihr Freund abends etwas vorhatte. Einmal allerdings ertappte sie sich dabei, daß sie in den Spiegel starrte und sich fragte, ob es anders wäre, wenn *sie* anders wäre. Und sie stellte sich ihr Gesicht schmal und hohlwangig vor, mit hohen Wangenknochen, schön und interessant. Drückte ihr widerspenstiges Haar platt und stellte sich vor, es fiele weich und seidig auf ihre Schultern herab. Verschleierte ihren Blick, machte ihre Augen größer, ihren Mund voller, ihre Nase gerader.

Von ihrer Arbeit im Restaurant war sie begeistert; sie fragte sich, warum es ihr nicht früher eingefallen war, sich so eine Stelle zu suchen; warum sie ewig in diesen gräßlichen Büros gesessen und ihre widerwilligen Finger gezwungen hatte, auf Schreibmaschinentasten herumzuhämmern, anstatt sie schneiden, schälen, rühren und quirlen zu lassen, wie es ihnen angemessen war.

Das Restaurant, in dem sie sowohl bedienen als auch in der Küche helfen mußte, gehörte einer Französin namens Angelique. Angelique hatte 1940 einen britischen Soldaten geheiratet und war mit ihm aus Dünkirchen geflohen, als Frankreich gefallen war. Sie, die sie von der englischen Küche überhaupt nichts hielt und für das erbärmliche Angebot der Londoner Metzger und Gemüsehändler nichts als Verachtung übrig hatte, schmuggelte auf gewundenen Pfaden Nahrungsmittel vom Hof ihrer Eltern in Frankreich nach England: glänzende dunkle Auberginen, bläulichgrüne Artischocken, knallrote Paprika und blaßgrüne Prinzeßbohnen. Manche der Früchte hatte Topaz noch nie gesehen; an andere konnte sie sich aus der Kindheit erinnern. Angelique zeigte ihr, wie man eine samtigsämige Bechamelsoße zubereitete und einen Blätterteig, der auf der Zunge zerging, eine süße, karamellisierte Zwiebelsuppe und *îles flottantes*, Baiserschiffchen, die auf einer blaßgelben Vanillesoße schwammen.

Sie lernte die Stammgäste des Restaurants kennen. Mittags kamen vor allem Lehrer, Büroangestellte, Medizinstudenten aus den in der Nähe gelegenen Krankenhäusern. Ernsthafte Leute, die Lehrbücher oder Fachzeitschriften lasen, während sie ihre Vichysoisse oder ihren *croque monsieur* aßen. Abends kamen die Gäste mit ihren Ehefrauen, angenehme Frauen in abgetragenen Kleidern, die einmal gut und teuer gewesen waren. Sie drückten Topaz ihre Anteilnahme darüber aus, daß sie den ganzen Tag stehen und laufen mußte. Ihre Männer schwelgten in Erinnerungen an Urlaube, die sie vor dem Krieg in Frankreich verbracht hatten. »Erinnerst du dich noch an diese kleine Pension an der Loire?« pflegten sie zu sagen. »An die Weinberge und die Sonnenblumenfelder? Und das milde rosige Licht am Abend?«

Ihre Mutter, die gerade keinen Verehrer hatte, beschwerte sich, daß Topaz ihre ganze Zeit im Restaurant zubringe. »Meine Tochter eine Kellnerin«, sagte sie mit herabgezogenen Mundwinkeln. Um sie zu besänftigen, opferte Topaz hin und wieder einen Nachmittag und spielte mit ihr und ihren gelangweilten und enttäuschten Freundinnen Bridge. Die Reaktion ihrer Mutter auf Wills Tod hatte ihr noch einmal mit aller Deutlichkeit die innere Leere und Gefühlsarmut ihrer Mutter vor Augen geführt, die nicht nur ihr eigenes Leben betrafen, sondern auch das aller anderen. Was nichts daran änderte, daß Topaz sich bisweilen heftig nach ein wenig Zärtlichkeit oder einem jener seltenen Anzeichen geteilten Gefühls sehnte. Und ihr Bedürfnis nach Liebe und Anerkennung konnte sie ebensowenig ganz überwinden wie den Verdacht, daß es an ihr selbst liegen mußte, wenn sie diese Dinge nicht bekam. Aber sie hatte gelernt, ein wenig Abstand zu nehmen, nicht zuviel zu erwarten, der Billigung oder Mißbilligung anderer nicht zuviel Gewicht beizumessen. Wahrscheinlich, dachte sie, werde ich allmählich erwachsen.

Teil III

DER BANN WIRD GEBROCHEN

1950 – 1951

12

IM FRÜHJAHR 1950, zu ihrem einundzwanzigsten Geburtstag, erbte Topaz etwas Geld, das ihr Vater ihr hinterlassen hatte. Sie beschloß, sich davon einen Kochkurs an einer der Londoner Fachschulen zu leisten, und teilte das sogleich Angelique mit, die der Idee gar nichts abgewinnen konnte. In solchen Schulen werde einem nur beigebracht, irgendwelche Gemüseglitsche in Aspik zu machen oder komplizierte Desserts, die mit Cocktailkirschen und Schlagsahne dekoriert werden mußten. Wenn Topaz wirklich kochen lernen wolle, dann müsse sie bei ihrer – Angeliques – Mutter in Frankreich in die Lehre gehen.

Also verbrachte Topaz sechs Wochen auf dem Hof von Angeliques Eltern in der Nähe von Chinon im Loiretal, und diese Wochen waren eine Offenbarung. Sie besuchte Märkte, wo dicke Kräuterbündel – Oregano, Salbei und Thymian – die warme Luft mit ihrem Duft erfüllten; wo auf den Auslagen der Stände tieflila Auberginen, glänzende grüne und rote Paprika und Zöpfe aus dicken weißen Knoblauchzwiebeln leuchteten wie die Farben auf der Palette eines Malers; wo Enten und Hühner in Drahtkäfigen quakten und gackerten und grüne, schwarze und braune Oliven und salzige Anchovies in Terrakottatöpfen angeboten wurden. Nach zehn Jahren Rationierung und schmaler Kost wirkten die Farben, die Gerüche und Aromen beinahe überwältigend auf sie. Sie hatte das Gefühl, von etwas Magischem, etwas Verbotenem zu kosten.

Madame Caillot lehrte sie die Zubereitung von Suppen und Quiches. Topaz lernte, wie man Kalbsknochen auskochte, um Suppenfond zu gewinnen, wie man aus Kabeljau *brandade* machte und ein köstliches Omelette mit Pilzen zauberte. Wie man Langusten in Knoblauch und Butter und Muscheln in Sahnsesauce anrichtete. Nachmittags streifte sie durch die herrliche, sonnige Landschaft, wo vor Jahrhunderten die französischen Könige residiert hatten. Sie besuchte Schlösser, deren schlanke, silbrigglänzende Türme in den Himmel zu reichen schienen und deren schmale Brücken sich über tiefe, mit Wasser gefüllte Burggräben schwangen. In der Hitze des Nachmittags senkte sich Stille über Seen und Flüsse, und die Flaggen an den Fahnenstangen hingen schlaff herab. Sie pflegte sich irgendwo in den Schatten zu setzen und Briefe zu schreiben oder, was im Lauf der Wochen immer häufiger vorkam, gar nichts zu tun, nur die Wärme der Sonne auf ihrer Haut und den Duft von Gras und warmer Erde zu genießen.

London erschien ihr grau, schmutzig und laut, als sie zurückkehrte. Ihre Mutter regte sich über ihre Sommersprossen auf; Charlie küßte sie eine nach der anderen, als sie am Nachmittag zusammen im Bett lagen. Müdes Sonnenlicht sickerte durch die Ritzen der Jalousien, und wenn sie die Augen schloß, konnte sie sich beinahe vorstellen, sie wäre wieder in Frankreich. Sie sollten zusammen ins Ausland reisen, sagte sie zu Charlie, und er lächelte und suchte sich die nächste Sommersprosse zum Kuß. Sie sah sich mit Charlie durch Frankreich reisen, in kühlen, dunklen kleinen Bistros essen, an grünen Ufern schilfgesäumter Flüsse picknicken. Sie hatten noch nie zusammen Urlaub gemacht, erinnerte sie ihn. Klar, natürlich, murmelte er. Sobald es sein Terminkalender erlaube.

Die Wochenenden verbrachten sie in diesem Sommer bei Charlies Freunden. Sie hatten wunderschöne Häuser, diese neuesten Freunde von Charlie: edwardianische Villen in East Dean und Hendon, alte Landhäuser in den Cotswolds und den Sussex Downs. Sie gehörten David, der Filme machte, Celia, die die Oliviers kannte, Jennifer Audley, platinblond und zaundürr, zur Zeit der größte Star. Topaz beobachtete, wie Charlie sich in der Gesellschaft dieser Leute veränderte, ihren beißenden Witz übernahm, ihre Unbekümmertheit, ihre Achtlosigkeit gegenüber den Gefühlen anderer; wie er seine Vergangenheit zensierte, sie so zurechtbog, daß sie den anderen imponierte; wie er sich für diese Leute neu erfand, so daß sie ihn, wenn er sich in ihrer Gesellschaft befand, manchmal kaum wiedererkannte.

Aber wenn sie allein waren, war er immer noch ihr Charlie. Bisweilen erwachte sie im grauen Morgenlicht und betrachtete ihn im Schlaf, liebkoste mit Blicken die vertrauten Züge: die hochliegenden Wangenknochen, die schmale, gerade Nase und die Augen mit den schweren Lidern. Dann drehte er sich vielleicht im Schlaf herum und umschlang sie mit beiden Armen, um sie an sich zu ziehen, so daß ihre Körper sich perfekt ineinanderfügten und ihre Atemzüge im Gleichklang gingen. Das war der wahre Charlie, beruhigte sie sich, der Charlie, der sie, wenn er am Morgen erwachte, mit träumerischer Wonne im Blick fest an sich drückte.

Im September verbrachten sie ein Wochenende in einem Haus in Lewes. Am Nachmittag erklärte Charlie ihr, daß er zwei Stunden für sich brauche (»Theaterkram – stinklangweilig«). Topaz nutzte die Gelegenheit, um einen Bummel durch das Städtchen zu machen und in Buchhandlungen und Antiquitätengeschäften zu stöbern. Als sie zum Haus zurückkam, sah sie durch ein Seitentor Charlie und Jennifer Audley, die im Garten umhergingen. Sie blieb einen Moment stehen und beobachtete die beiden. Jennifers silbrighelles Haar bewegte sich sachte im leichten Wind, und ihre Hand lag auf Charlies Arm. Noch während Topaz hinsah, verschwand die Sonne hinter einer Wolke, und ein Windstoß riß die ersten Blätter von einem Walnußbaum. Das Bild begleitete sie vom Sommer in den Herbst: die Hand der Frau, die Charlies Arm umschloß, und das Gestöber welker Blätter auf dem Rasen.

Eines Tages bat eine Freundin, die ein paar Leute zu einem Abendessen eingeladen hatte, Topaz, für sie zu kochen. Etwas beklommen sagte Topaz zu. Die Gesellschaft würde aus vier Paaren bestehen, und die Gastgeberin würde für den Wein und den Kaffee sorgen. Da viele Lebensmittel immer noch rationiert waren und ihr in Momenten der Unsicherheit die schlimmsten Bilder von zusammengefallenen Soufflés und verbranntem Gebäck vorschwebten, entschied sie sich für ein einfaches Menü. Die Pastinakensuppe und den Zitronenkuchen bereitete sie im voraus zu – für die Pastinakensuppe brauchte sie zwei Versuche, weil beim erstenmal eine Freundin ihrer Mutter anrief, als die Suppe auf dem Herd stand und prompt die Milch überlief. Als Hauptgericht machte sie Seezunge, Dampfkartoffeln und grüne Bohnen, alles ziemlich narrensicher. Trotzdem überkam sie, während sie in der fremden Küche mit Töpfen und Pfannen und einem launischen Gasherd kämpfte, ein Anflug von Nervosität. Und wenn sie nun vergaß, die Kartoffeln zu salzen? Wenn die Bohnen holzig waren? Sie hatte sich einen detaillierten Zeitplan gemacht und zweimal geprüft, ob sie alle Zutaten hatte, trotzdem schien es ihr noch genug Möglichkeiten für eine Katastrophe zu geben.

Einer der Fische fiel in der Bratpfanne auseinander, und die Bohnen waren eine Spur zu weich gekocht, aber es schien keinem der Gäste aufzufallen. Der Gastgeber machte ihr Komplimente, und zwei der Gäste baten sie um ihre Telefonnummer, um sie bei Gelegenheit ebenfalls engagieren zu können. Als sie die Küche aufräumte, war sie todmüde, aber glücklich.

Danach entwickelte sich das Unternehmen ganz von selbst. Eine der Frauen, die bei diesem ersten Abendessen zu Gast gewesen waren, beauftragte sie mit der Zusammenstellung eines kleinen Büffets, zu dem sie Bekannte vor einem Theaterbesuch eingeladen hatte. Dann bekamen irgendwie Charlies wohlhabende und vielbeschäftigte Freunde Wind davon. »Nur ein kleines Abendessen«, sagten sie drängend. Oder: »Einen kleinen kalten Imbiß zu Mittag, Schätzchen, nichts Extravagantes.«

Sie lernte, wie man ein ausgewogenes Menü zusammenstellte; sie lernte, welche Gerichte man gut im voraus zubereiten konnte und welche man unmittelbar vor dem Essen anrichten mußte. Natürlich gab es Unglücksfälle. Einmal gerann die Vanillesoße für die *îles flottantes*, und sie mußte in aller Eile ein Geschäft finden, das so spät am Abend noch geöffnet war und Schlagsahne hatte. Ein andermal machte sich die Katze der

Gastgeberin über den gebackenen Lachs her, und sie mußte das Trümmerfeld mit Gurken- und Zitronenscheiben kaschieren. Und einmal passierte es, daß der volltrunkene Gastgeber glaubte, sie sei der Nachtisch, und sie durch die Küche jagte, bis sie ihn mit dem Nudelholz vertrieb.

Auf Erkundungsmärschen durch Stadtviertel, in denen sie nie zuvor gewesen war, entdeckte Topaz in Soho einen Laden, in dem es das Steingutgeschirr und die Kupfertöpfe zu kaufen gab, mit denen Angelique und ihre Mutter zu arbeiten pflegten. In einem anderen Geschäft gab es vom Kontinent importierte Lebensmittel: Zucchini, Zitronen, Olivenöl, frische Pasta und Mandeln. Oft brachte Charlie sie und ihre Taschen und Kartons in seinem alten Riley zu den Leuten, bei denen die Abendessen stattfanden. Danach fuhr er weiter ins Theater und kam manchmal einige Stunden später wieder, um sie abzuholen. Wenn die Vorstellung geklappt hatte, sprudelte er vor Überschwang, wenn nicht, war er finster und schlecht gelaunt. Sie pflegten sich das übriggebliebene Essen zu teilen; Topaz plötzlich wie ausgehungert, Charlie meist zu ruhelos, um mehr zu tun, als in den Resten von Chateaubriand und Schokoladenmousse herumzustochern.

Ihre Mutter beschwerte sich über die Knoblauchdünste und die Berge von Töpfen und Pfannen in der Küche. In ihrer Kaffeepause in Angeliques Restaurant sah Topaz die Wohnungsangebote im *Evening Standard* durch. An ihren freien Nachmittagen besichtigte sie winzige Einzimmerwohnungen in Earl's Court und elegante Appartements in Highgate. Man zeigte ihr blitzende Resopalküchen, die sie an den Chemiesaal in der Schule erinnerten, und gruselige viktorianische Badezimmer mit Badewannen, die auf Klauenfüßen standen, und gefährlichen alten Badeöfen. Sie inspizierte Schränke und Abstellkammern, triste Hinterhöfe und prächtige Dachgärten. In einer Wohnung zogen sich Spinnweben von der Glühbirne zum Fensterbrett, und die Böden waren unter der Schicht aus alten Zeitungen beinahe nicht zu sehen. In einer anderen Wohnung wiederum war nirgends ein Stäubchen zu entdecken, und sie konnte im blitzblank polierten Fußboden ihr Spiegelbild erkennen. Das Richtige fand sie nicht. Sie merkte, daß die Makler ungeduldig wurden. Sie suchte eben etwas ganz Bestimmtes, sagte sie sich. Sie suchte ein Zuhause.

Zermürbt und ständig von Chaos umgeben, erinnerte sich Julia manchmal an ihr Gespräch mit Marius, in dem sie gesagt hatte (die Erinnerung war ihr fast peinlich), daß sie ein braves, ruhiges kleines Mädchen bekommen würde. Tja, sie hatte kein braves, ruhiges kleines Mädchen bekommen, sie hatte William bekommen, der bei der Geburt über vier Kilo gewogen und erst mit vier Monaten das erste Mal eine Nacht durchgeschlafen hatte. Und selbst nach diesem denkwürdigen Ereignis war für ihn die Nacht spätestens um halb sechs Uhr morgens zu Ende, wenn er den Mund aufmachte und aus Leibeskräften zu schreien begann.

Williams erste Lebensmonate hatte sie in einem Taumel ständiger Erschöpfung erlebt. Sie hätte es nicht für möglich gehalten, daß man so todmüde sein konnte; hatte nicht geahnt, daß es einmal jemand schaffen würde, sie – die starke, tüchtige Julia Chancellor – zu einem weinerlichen Häufchen Elend zu reduzieren, das erst mittags merkte, daß es seinen Pullover verkehrt herum trug, oder das aus unerfindlichem Grund den Hausschlüssel in der Seifenschale deponiert hatte. Als William dann mit sechs Monaten angefangen hatte, brüllend vor Ungeduld und Wut über den Boden zu robben, um irgendein höchst begehrenswertes und unweigerlich todbringendes Objekt zu ergattern, gesellten sich ganz neue Ängste zu der ständigen Unruhe und Besorgnis, die Julia das hervorstechende Merkmal der Mutterschaft zu sein schienen. Sie hatte Todesangst, William könnte seine Finger in die Steckdose schieben und sich einen tödlichen elektrischen Schlag holen, oder er könnte am Kabel der Stehlampe ziehen, bis diese umkippte und ihm das zarte kleine Köpfchen zertrümmerte, oder er könnte es schaffen, mit seinen energischen kleinen Fingern den Küchenschrank unter der Spüle zu öffnen, und sich vergiften, indem er aus der Flasche mit der Wäschebleiche trank. Beim Einkaufen schwatzte sie manchmal mit den Müttern niedlicher kleiner Mädchen mit blonden Löckchen und makellosen rosigen Gesichtern in sauberen rosaweißen Kleidchen. Ihr William hatte immer mindestens eine Beule an der Stirn, Schrammen an den Knien und einen Riß in Hemd oder Hose. Man mußte damit rechnen, daß er die niedlichen kleinen Mädchen an den Haaren zog.

Eine gute Mutter hatte sie sein wollen, auch weil sie glaubte, auf diesem Weg wenigstens teilweise wiedergutmachen zu können, was sie Will angetan hatte. Aber atmeten gute Mütter erleichtert auf, wenn ihnen morgens beim Erwachen einfiel, daß heute ja einer der Tage war, an denen sie zur Arbeit in die Firma mußten? Fühlten gute Mütter sich von einer Last befreit, wenn sie ihren einzigen Sohn bei einer seiner Großmütter abgeben konnten? Hielten sie auf der kurzen Fahrt von Missencourt zur Werkstatt ein paar Minuten lang das Auto an, um sich mit geschlossenen Augen in den Sitz zu lehnen und die Stille und den Frieden auszukosten?

Und doch, natürlich liebte sie ihn abgöttisch. Er war ihr Augapfel, der Mittelpunkt ihres Lebens. Sie liebte seine vergißmeinnichtblauen Augen und sein flachsblondes Haar, beides Erbe seines Vaters. Sie freute sich an seinem robusten kleinen Jungenkörper und seinem Mut und war stolz darauf, daß er früher als von allen Büchern über die Entwicklung des Kindes gefordert krabbeln, sitzen, stehen und gehen konnte. Insgeheim bewunderte sie sogar seinen Eigensinn und seine Hartnäckigkeit – Eigenschaften, in denen sie sich selbst wiedererkannte. Selbst wenn sie so müde war, daß sie sich kaum noch auf den Beinen halten konnte, hätte sie ihn niemals gegen ein braves, ruhiges Kind tauschen mögen, weil sie sich ziemlich sicher war, daß es sie gelangweilt hätte. Auf der einen Seite wünschte sie sich noch mindestens fünf Söhne dazu; auf der anderen wußte sie, daß ihre Liebe zu William niemals übertroffen werden würde.

Ach ja, Liebe! Nach einer mißglückten Ehe und einer unerfüllten Liebesbeziehung hatte sie geglaubt, alles über die Liebe zu wissen. Aber eine Liebe wie die zu William, so bedingungslos, so schmerzhaft und köstlich intensiv, hatte sie nie zuvor empfunden – nicht für ihren Vater, nicht für Will, nicht einmal für Jack. Es war Liebe auf den ersten Blick gewesen. Die Hebamme hatte ihr ihren Sohn in die Arme gelegt, sie hatte ihn angesehen, und da war es um sie geschehen gewesen. Seine Tränen zerrissen ihr das Herz, sein Lachen machte sie glücklich. Sie hätte für ihn gelogen, gestohlen, sogar getötet. In den schlimmsten Momenten – als er ins Krankenhaus gebracht werden mußte, weil er bei dem Versuch, auf eine Kommode zu klettern, heruntergefallen war und das Bewußtsein verloren hatte; als er mit anderthalb Jahren mit Masern im Bett lag und plötzlich hohes Fieber bekommen hatte – stürzte sie in schwarze Verzweiflung und wußte, daß sie es nicht überleben würde, wenn William etwas zustieße. Wußte, wenn sie ihn verlöre, würde sie zugleich den besten Teil ihrer selbst verlieren. Wußte, daß ihr stürmischer Sohn sie verzaubert, ihr Herz gestohlen hatte, und es ihm bis ans Ende ihrer Tage gehören würde.

Als William drei Monate alt war, zog sie aus dem Heidehaus nach Longridge um. Das Heidehaus war einfach nicht das richtige für ein Leben mit einem kleinen Kind. Es fehlte am einfachsten Komfort, und die Einsamkeit war ihr gerade in diesen frühen Tagen, als sie in ihre Fähigkeit, einen Säugling zu versorgen, noch wenig Vertrauen hatte, nicht geheuer. Ihr Auszug war von gemischten Gefühlen begleitet, auf der einen Seite war sie erleichtert, den unberechenbaren Kohleherd und die Außentoilette hinter sich lassen zu können, auf der anderen Seite war ihr bewußt, daß ihr mit der Aufgabe des Hauses noch einmal ein Stück von Will verlorenging. Erinnerungen an ihn wurden wach, als sie das letzte Mal die Haustür hinter sich abschloß: Will, wie er hinter dem schwankenden Lichtstrahl der Taschenlampe den Trampelpfad heraufkam; Will und sie selbst, zusammengekuschelt auf dem Sofa, während draußen der Schneesturm tobte. Die späteren Erinnerungen an Streit und Verrat und schließlich Abwesenheit und Tod versuchte sie, aus ihrem Kopf zu verbannen.

Sie mietete ein kleines Einfamilienhaus am Ortsrand von Longridge. Es hatte drei Zimmer, eine Küche und – höchste Seligkeit – ein richtiges Badezimmer. Es gab einen kleinen Garten, in dem William spielen konnte, und eine Einfahrt, in der Julia den alten Aston Martin abstellen konnte, den ihr Schwiegervater ihr großzügigerweise geliehen hatte. Es war nichts Großartiges an dem Haus, das nur einen Bruchteil von Missencourt umfaßte. Die Tapeten an den Wänden waren abgenutzt und hatten altmodische Muster, zu denen sich im Laufe der Monate die schmutzigen Abdrücke kleiner Hände und allerhand Kritzeleien mit Wachsmalkreiden gesellten. Das Mobiliar war ähnlich schäbig: Ausrangiertes aus Missencourt, viel zu wuchtig für die kleinen Räume.

Dennoch war sie glücklich, soweit ihr das in diesen Tagen möglich war. In ihren Stimmungen schwankte sie zwischen Ängstlichkeit und Zufriedenheit, aber häufig war sie einfach nur müde und kaputt. An schönen Tagen unternahm sie mit William Spaziergänge auf dem Wanderweg, der sich über den Hügelkamm zog, und während William Grasbüschel und Glockenblumen ausrupfte oder in milchkaffeebraunen Pfützen herumpatschte, pflegte sie die Augen zu beschatten und über das Tal hinauszuschauen. In der Ferne konnte sie Sixfields erkennen, massig und düster, halb versteckt hinter grünen und goldgelben Hügeln.

Obwohl sie sich Williams wegen bemühte, sich in die Dorfgemeinschaft einzufügen, gelang ihr das nur zum Teil. Die meisten jungen Mütter hier waren mit Landarbeitern und Handwerkern verheiratet und begegneten Julia mit ihrer kultivierten Ausdrucksweise und ihren selbstverständlichen guten Manieren mit einer Mischung aus Unbehagen und Hochachtung. Daß sie einer Arbeit außer Haus nachging, Auto fuhr und einen Pelzmantel trug (auch wenn er vierzig Jahre alt und voller Mottenlöcher war), schuf zusätzliche Distanz zwischen ihr und diesen netten jungen Frauen. Sie spürte, daß diese sich in ihrem Hausfrauendasein, in das sie nach dem Krieg erleichtert zurückgekehrt waren, von ihr bedroht und herausgefordert fühlten. Zwar nahmen sie ihre Einladungen an, ihre kleinen Jungen zum Spielen mit William vorbeizubringen, aber von den zwanglosen Treffen der Frauen, dem morgendlichen Kaffeeklatsch, der Tasse Tee am Nachmittag, blieb sie ausgeschlossen. Sie hörte sie manchmal im Sommer, wenn sie zum Einkaufen ging, hörte ihre plaudernden Stimmen und ihr Gelächter aus einem der Gärten.

Auch in der Firma gehörte sie irgendwie nicht ganz dazu. Seit dem Krieg hatte sich etwas verändert; als sie damals den Platz ihres verstorbenen Vaters und abwesenden Bruders übernommen hatte, hatte man sie bereitwillig akzeptiert. Das war jetzt nicht mehr so. Damals war sie eine Heldin gewesen; jetzt fiel sie aus dem Rahmen. Im Krieg waren viele Mechanikerstellen von Frauen besetzt gewesen, die für ihre abwesenden Männer eingesprungen waren. Jetzt arbeiteten nur Männer in der Werkstatt. Julia hatte gelernt, mit kleinen Demütigungen fertig zu werden – von den Anrufern, die automatisch annahmen, sie wäre Marius' Sekretärin; von den Vertretern, die ihr den Hintern tätschelten und sagten, sie wollten den Chef sprechen. Es gab andere Zwischenfälle, die sie tiefer trafen. Die primitiven sexistischen Beleidigungen, die ihr ins Gesicht geschleudert wurden, als sie einen Mechaniker wegen ständigen Zuspätkommens entlassen mußte. Der Klatsch der Packerinnen, den sie zufällig in der Damentoilette mitbekam: »Dieses arme kleine Wurm – hat schon den Vater verloren, und dann läßt seine Mutter ihn auch noch allein, bloß damit sie hierherkommen kann. Also, das ist doch wirklich nicht in Ordnung.«

Julia war geblieben, nachdem die Frauen gegangen waren, und hatte sich, gegen Tränen kämpfend, gefragt, ob sie recht hatten, ob sie William vernachlässigte. In der engen kleinen Kabine, in der es nach Seife und Desinfektionsmittel roch, hatte sie die Entscheidungen, die sie getroffen hatte, in nüchternem Licht betrachtet und sich gefragt, ob sie tatsächlich dem Menschen schadete, den sie am meisten auf der Welt liebte.

Seit Jack vor zwei Jahren aus Dorset fortgegangen war, hatte Julia seinen Weg über Prudence, die aus seinen Briefen erzählte, mitverfolgt. Sie wußte, daß er in Kanada lebte, in Saskatchewan, und dort auf einer Farm arbeitete. Julias einziger unmittelbarer Kontakt mit Jack war ein an sie gerichtetes Paket gewesen, das wenige Wochen nach Williams Geburt eintraf. Es hatte einen prächtigen Teddybären für William und ein Porzellanpferd – schwarz wie Salem – für sie enthalten. Ein Brief war nicht dabeigewesen, aber es hatte wohl eine Art Friedensangebot sein sollen. Den Teddybären hatte William sofort ins Herz geschlossen, nur war er mittlerweile gar nicht mehr prächtig. Sein einst goldenes Fell war längst grau und verfilzt von Bädern in Pfützen und Wanne. Das Pferd stand auf dem Kaminsims, Erinnerung an eine andere, leichtsinnigere Julia. Sie war seit dem Tag, an dem Salem sie abgeworfen hatte, nicht mehr geritten. Durch die Mutterschaft hatte sie sich verändert; sie war vorsichtig geworden und achtete auf ihr Kind und sich selbst. Sie sagte sich, daß sie um Williams willen auf sich aufpassen mußte. Er hatte keinen Vater, sie war sein einziger Schutz vor der Welt.

Einst hatte Jack sie wegen ihrer Furchtlosigkeit geliebt. Manchmal fragte sie sich, was er jetzt von ihr denken würde, da sie überall Gefahr witterte. Wenn sie einkaufen gingen, hielt sie William fest an der Hand; wenn sie mit dem Auto unterwegs waren, achtete sie auf die Geschwindigkeit und war jeden Moment wachsam. In mancher Hinsicht war sie erleichtert, daß Jack fortblieb. All ihre Leidenschaft und ihre Energie konzentrierten sich jetzt auf ihren Sohn, und sie dachte oft, daß sie für Jack, wenn er eines Tages nach Hause käme, kaum noch etwas übrig hätte.

Marius zeigte Suzanne die Einladung, als sie beim Frühstück saßen.

»›Tom und Linda Page‹«, las sie. »Wer ist das?«

»Tom war mein Sergeant bei der Fernmeldetruppe«, erklärte Marius. »Ich habe ihn seit Jahren nicht mehr gesehen. Netter Kerl.« Die Einladung bezog sich auf ein Fest zur Feier von Toms und Lindas zehntem Hochzeitstag. Er sagte: »Ein Riesenaufwand, bis nach London wegen einer Party. Wir sollten ablehnen, oder was meinst du?«

Sie antwortete nicht, aber er sah diesen Ausdruck in ihren

Augen, der ihn stets beunruhigte. Es war ein Ausdruck sorgfältig verhohlener Verzweiflung.

Er sagte: »Oder hast du Lust hinzufahren?«

»Es könnte doch ganz nett sein. Wir waren schon ewig nicht mehr aus.«

Er gab sich einen Stoß. »Na schön, warum nicht? Wir könnten übers Wochenende bleiben. Irgendwo schön essen. Du könntest einen Einkaufsbummel machen. Und es würde mich natürlich reizen, Tom wiederzusehen.«

Sie übernachteten in der kleinen Stadtwohnung in Holborn, die Marius im vergangenen Jahr gekauft hatte. Am Nachmittag bummelten sie durch die Regent Street, bevor sie zum Abendessen ins Savoy gingen. Danach fuhren sie zu den Pages, die in Mortlake, im Süden von London, lebten.

Das Haus war aus rotem Klinker, eines in einer langen Zeile identischer Häuser. Nicht weit entfernt lag schwarz und glänzend der Fluß in der Nacht, über dem dünne Nebelfetzen schwebten.

Tom und Lindas gesamte Großfamilie schien in dem kleinen Haus zusammengepfercht zu sein. Man tanzte wild zur Musik zerkratzter Schallplatten. Tom schien Marius fast unverändert, der Körper vielleicht ein wenig fülliger, das Haar vielleicht ein wenig dünner. Er und Suzanne verstanden sich auf Anhieb. Tom war in Stepney geboren und aufgewachsen; er hatte auf denselben Straßen gespielt wie Suzanne, war auf dieselbe Schule gegangen. Seine Frau Linda hatte eine Zeitlang in demselben Lebensmittelgeschäft bedient wie sie. Als Tom Suzanne zum Tanzen aufforderte, stürzte sie sich mit ihm in das Gewühl in der Mitte des Zimmers.

In der Küche gab jemand Marius ein Glas Bier. Nach einer Weile kehrte er ins Wohnzimmer zurück. Suzanne tanzte noch, aber jetzt mit einem anderen Partner. So glücklich hatte er sie seit Monaten nicht gesehen. Wie lange war es her, fragte er sich, daß sie das letzte Mal tanzen gewesen waren? Jahre, wenn man nicht das steife kleine Fest bei den Barringtons vor ein paar Wochen rechnete, bei dem sie sich sehr förmlich und korrekt zu veralteten Schlagern herumgeschoben hatten. Jetzt tanzte

Suzanne Boogie und Jitterbug, daß Rock und Haare flogen. Marius bemerkte die Blicke ihres Partners, die ihr unverwandt folgten. Die Hälfte der Männer im Raum ließ sie nicht aus den Augen. Trotz der Hitze in dem kleinen, überfüllten Haus fröstelte Marius.

Ihm war klar, daß er Suzanne, als er sie geheiratet hatte, aus einer Welt, die ihr vertraut war, in eine andere geführt hatte, in der sie sich vielleicht niemals richtig wohl fühlen würde. Ärger auf sich selbst ergriff ihn, als er darüber nachdachte. Er hatte sich eingebildet, er täte ihr einen Gefallen, wenn er sie zum Essen ins Savoy führte. Aber wahrscheinlich stimmte das gar nicht. Wenn er selbst sich hier in diesem Haus durch seinen Akzent, seine Kleidung und seine Erziehung wie ein Außenseiter fühlte, wie hatte sich dann wohl Suzanne in Prachträumen andächtiger Stille, umgeben von livrierten Bediensteten, gefühlt?

Und wie fühlte sie sich in Missencourt, mitten auf dem Land, wo sie überhaupt nicht in ihrem Element war? Sie klagte nie und bemühte sich, das Beste aus der Situation zu machen. Sie hatte versucht, sich so gut wie möglich auf das ländliche Leben einzustellen, sie hatte den Kindergarten eröffnet, um eine sinnvolle Beschäftigung zu haben. Aber wäre ihr nicht vielleicht eine andere Umgebung angemessener gewesen? Wäre sie glücklicher, zufriedener, wenn sie in der Stadt lebte, die sie kannte und liebte?

Aber er hatte keine Wahl, er mußte in Missencourt bleiben. Die Hälfte der Bevölkerung von Great Missen war auf die Firma Temperley als Arbeitgeber angewiesen. Und es wäre grausam gegenüber seiner Mutter, sie von dem Enkelkind zu trennen, das sie liebte. Außerdem war Adele in den letzten Jahren nicht bei bester Gesundheit gewesen. Wie sollte sie ganz allein mit dem riesigen alten Haus und dem großen Garten fertig werden?

Als Suzanne ihn geheiratet hatte, hatte sie sich nicht nur an ihn gebunden, sondern auch an ein Haus und eine Familie. Die alte Furcht, die ihn immer begleitete, die er aber gewöhnlich in Schach halten konnte, sie könnte ihre Entscheidung bereuen, drängte jetzt wieder hervor, als er ihr beim Tanzen zusah. Er würde ihrer niemals sicher sein, das wurde ihm mit einem schmerzhaften Stich bewußt. Etwas von ihr würde sich ihm immer entziehen.

Aber später, als sie auf der Suche nach einem Taxi zur Hauptstraße gingen, hakte sie sich bei ihm ein und sagte mit einem strahlenden Lachen: »Weißt du was, ich glaube, ich habe mir tatsächlich die Schuhe durchgetanzt.«

»Du hast dich gut amüsiert, nicht?«

»Wie in meiner Jugend. Da hab ich getanzt wie eine Wilde.«

»Ich sollte öfter mit dir zum Tanzen gehen.«

»Vorläufig erst mal nicht, Marius«, sagte sie, den Blick zum Fluß gerichtet, als wollte sie ihm nicht ins Gesicht sehen.

Er sagte vorsichtig: »Ich weiß, daß du dir in Missencourt manchmal ziemlich einsam vorkommst –«

»So schlimm ist es gar nicht. Und für Kinder ist es ideal.«

»Ja, Tara, fühlt sich sehr wohl dort, nicht wahr?«

Sie klopfte leicht auf ihren Magen. »Und das hier hoffentlich auch.«

Er blieb stehen. »Suzanne –?«

»Ich bin schwanger, Marius.« Ihre Augen glänzten. »Darum werde ich meine Tanzschuhe fürs erste an den Nagel hängen.«

»Solltest du nicht Ruhe haben?« fragte er mit plötzlicher ängstlicher Besorgnis. »Alle Anstrengungen meiden?«

»Marius! Doch jetzt noch nicht! Was erwartest du? Daß ich die nächsten siebeneinhalb Monate auf der Couch sitze und Däumchen drehe? Das ist doch lächerlich.« Sie sah ihn an. »Freust du dich?«

»Ja«, antwortete er und küßte sie. »O ja.«

Und mußte die unschöne Entdeckung wegschieben, daß ein kleiner Teil seiner Freude auf der Hoffnung beruhte, daß dieses zweite Kind sie an ihn binden, ihm endlich Sicherheit geben würde.

Vierzehn Tage später traf er sich mit Topaz in einem Pub in der Nähe des Restaurants, in dem sie beschäftigt war.

Sie erzählte, daß sie auf der Suche nach einer eigenen Wohnung sei. Sie hatte von ihrem Vater etwas Geld geerbt und konnte sich das jetzt leisten.

»Außerdem«, fügte sie hinzu, »geht es meiner Mutter auf die Nerven, daß mein ganzes Zeug in der Küche rumliegt, und ich bin ja schließlich mittlerweile einundzwanzig, da wird's langsam Zeit, finde ich. Ich habe mir heute nachmittag schon ein paar Wohnungen angeschaut – sechs kommen in die engere Wahl. Es ist wahnsinnig schwer, das Richtige zu finden – die eine Wohnung hat eine tolle Küche, aber das Schlafzimmer ist fürchterlich, die andere Wohnung hat einen wunderschönen Garten und so eine gräßliche Küche, die gleichzeitig als Badezimmer benutzt wird –«

Sie sah müde aus, als hätte sie von allem genug. »Ich kann mir gar nicht vorstellen«, sagte er milde, »wie das gehen soll.«

Sie seufzte. »Du würdest dich wundern. Man legt einfach ein Holzbrett auf die Badewanne, und im Nu ist sie ein Küchentisch. Unheimlich praktisch.«

Er sagte: »Es wäre vielleicht am gescheitesten, wenn du einfach von denen, die dir angeboten werden, die beste nimmst. Die Suche nach Vollkommenheit kann manchmal recht niederschmetternd sein.«

Sie griff in ihre Taschen und brachte eselsohrige Zettel und einen Stift zum Vorschein. »Ich habe versucht, mir Notizen zu machen, aber ich hab alles durcheinandergebracht, weil der Makler es eilig hatte. Die elektrischen Einrichtungen sind auch so ein Problem.« Sie schnitt eine Grimasse. »Boiler und Badeöfen und Durchlauferhitzer und so. Ich möchte auf keinen Fall so einen altmodischen Badeofen, der jedesmal, wenn man ein Streichholz dranhält, beinahe explodiert.«

»Hast du denn niemanden, der dir ein bißchen helfen kann?«

Sie sagte: »Charlie wollte eigentlich mitkommen, aber er hatte zu tun.«

Ihr Blick verschloß sich. Marius war Charlie Finch nur einmal begegnet. Charlie war ihm nicht unsympathisch gewesen – ganz im Gegenteil –, aber für Topaz war er nicht gut genug. Ein Windhund. Keiner, auf den man sich verlassen konnte. Er hatte versucht, dieses Urteil für sich zu behalten, aber nach ihrem

Verhalten zu urteilen, hatte er es anscheinend deutlich genug durchblicken lassen.

Er sagte: »Wie geht es ihm?«

»Gut.«

Er wartete. Als sie nichts hinzufügte, sagte er: »Er hat zu tun? Am Theater?«

»Er spielt in einer Inszenierung im Drury-Lane-Theater. In zwei Wochen ist Premiere. Deswegen hat er jetzt soviel zu tun. Deswegen mußte er auf die Party.«

Ihr Gesicht, fand er, war todunglücklich.

»Auf die Party?« wiederholte er fragend.

»Es hat mit seiner Arbeit zu tun.«

»Aber wenn er eigentlich mit dir Wohnungen anschauen wollte –«

»Du brauchst nicht gleich so ein Gesicht zu machen«, sagte sie angriffslustig.

»Was für ein Gesicht denn?«

»Du weißt schon.« Ihre Unterlippe war trotzig vorgeschoben.

Er zuckte mit den Schultern. »Ich hätte nur gedacht, Charlie hätte sich Zeit für dich nehmen können.«

»Ich komme sehr gut allein zurecht«, versetzte sie stolz.

»Aber zu zweit ist es einfacher –«

»Mein Gott, es geht doch nur darum, sich die Wohnungen anzusehen und die beste zu finden –«

»Eben nicht«, widersprach er ruhig.

Sie starrte schweigend in ihr Glas. Dann sagte sie leise: »Charlie und ich – es geht uns sehr gut miteinander. Ich bin glücklich, Marius.«

Er sagte nur: »Bist du das wirklich?«

Mit einem Ruck hob sie den Kopf. »Ich liebe ihn.« In ihren Augen war ein feuchter Glanz.

»Das weiß ich«, sagte er liebevoll.

Die naheliegende Frage – Und Charlie? Liebt er dich auch? – stellte er nicht. Aber sie hing zwischen ihnen. Bis er, um sie zu schonen, das Thema wechselte und ihr von dem Kind erzählte, das Suzanne erwartete.

»Ach, Marius, das ist ja wunderbar.«

»Suzanne geht es leider sehr schlecht. Ihr ist morgens immer entsetzlich übel.«

»Bei Julia war es doch genauso, als sie William erwartet hat, weißt du noch? Aber nach einiger Zeit hat es sich gegeben, und dann ging es ihr glänzend.«

»Stimmt.« Er lächelte. »Sie besteht darauf, den Kindergarten geöffnet zu lassen. Ich habe versucht, sie zu überreden, sich ein bißchen Ruhe zu gönnen, aber du kennst sie ja.« Er griff in die Tragetasche, die neben ihm stand. »Ich habe bei Fortnum und Harrods verschiedenes besorgt – Trauben, Salzkräcker, Ingwerkekse. Vielleicht kann sie so was bei sich behalten.«

Er sah, wie sie sich einen Ruck gab, sich zu lächeln zwang. Dann hob sie ihr Glas. »Auf das Baby«, sagte sie.

»So, jetzt sind sie alle weg«, sagte Suzanne, und Julia, die dabei war, Marmelade vom Küchenboden aufzuwischen, hockte sich auf die Fersen und stieß einen tiefen Seufzer der Erleichterung aus. Sie hatte für William ein Kinderfest veranstaltet. Sechs kleine Jungen und Mädchen hatten ausgelassen herumgetobt, während ihre Mütter versuchten, sich bei Tee und Sherry zu unterhalten.

»Ich weiß nicht, wer schlimmer war«, sagte Julia, »die Kinder oder die Mütter. Aber eines weiß ich genau: Nie wieder!«

»William hat es gefallen.«

»William –«, Julia spülte den Lappen im Becken aus, »– hat sich schandbar benommen. Das nächste Fest findest frühestens statt, wenn er sechzehn ist und halbwegs zivilisiert.«

Eine halbe Stunde später steckte Julia William in die Badewanne und hinterher ins Bett. Es dauerte eine Weile, das Haus wieder in Ordnung zu bringen, Bücher und Spielsachen aufzuräumen, die Krümel aufzukehren, die überall auf dem Boden lagen. Gegen neun war sie fertig und ging hinauf, um sich ein Bad einlaufen zu lassen. Aber schon nach wenigen Minuten lief das Wasser nur noch kalt – der Abwasch und Williams Bad hatten das ganze heiße Wasser gekostet –, und sie gab den Gedanken auf. Als sie sich aufrichtete und umdrehte, fiel ihr Blick in den Badezimmerspiegel, und sie blieb wie angewurzelt stehen. Sie war nie eitel gewesen, aber der Anblick dieser ungepflegten Person mit dem Pullover und der langen Hose voller Flecken und den weißverklebten Strähnen (Zuckerguß? Vanillesoße?) in den Haaren entsetzte sie. Früher einmal war ich hübsch, dachte sie und war noch entsetzter, als sie sich bewußt wurde, daß sie am liebsten zu weinen angefangen hätte.

Aber das tat sie nicht. Statt dessen ging sie nach unten in die Küche, wo sie ein wenig in den Resten von Kuchen und Pudding herumstocherte und sich aus der Flasche Sherry, die sie für die Mütter gekauft hatte, ein großes Glas einschenkte. Dann schaltete sie im Wohnzimmer das Radio ein und machte es sich mit einem Buch auf dem Sofa gemütlich. Aber es half nichts, das schale Gefühl der Mutlosigkeit blieb und wollte beachtet und analysiert werden. Sie dachte doch sonst nie darüber nach, wie sie aussah, warum jetzt? Und warum setzte es ihr so zu? Weil ich gerade mal sechsundzwanzig Jahre alt bin, dachte sie bitter. Weil es Samstag abend ist und ich allein bin. Und weil ich trotz William, trotz Marius und Suzanne und Topaz und der ganzen Familie Chancellor einsam bin.

Dabei, dachte sie zynisch, habe ich weiß Gott reichlich Chancen gehabt. Eine ermüdende Zahl von Männern, die offenbar glaubten, daß sie, ohne Ehemann und (mutmaßlich) sexuell ausgehungert, ihre plumpen Annäherungsversuche hoch beglückt willkommen heißen würde, hatten sich um sie bemüht. Und mehr als einmal hatte sie im Blick eines geschäftlichen Bekannten unmißverständliches Interesse bemerkt. Das Interesse war allerdings rasch erloschen, wenn Julia, zu einem Drink im Pub oder einem Essen im Restaurant eingeladen, erklärte, daß sie sich erst einen Babysitter suchen müsse. Julia Chancellor, die Karrierefrau, war eine attraktive Sache; Julia Chancellor, die Mutter, weit weniger.

Geborgen in der warmen Hülle liebender Zweisamkeit mit ihrem kleinen Sohn, hatte sie lange Zeit niemanden gebraucht außer William. Erst in letzter Zeit war ihr bewußt geworden, daß in ihrem Leben etwas fehlte, daß sie sich nach der Gesellschaft und den Zerstreuungen Erwachsener sehnte. Wann hatte sie sich zuletzt die Nägel manikürt, wann war sie zuletzt zum Friseur gegangen oder hatte ein Abendkleid getragen?

Ihr Blick fiel auf eine kleine weiße Briefkarte, die auf dem Kaminsims lag. Es war eine Einladung von Maurice Chancellor, mit ihm und seiner Frau die silberne Hochzeit zu feiern. Sie hatte eine Antwort immer wieder hinausgeschoben, weil sie sich zwar einerseits ihrer Verpflichtung gegenüber Wills Verwandten bewußt war, andererseits jedoch Maurice persönlich nicht ausstehen konnte. Sie nahm die Karte herunter und klopfte nachdenklich mit der Fingerspitze an ihren Rand. Abendessen und Tanz im besten Hotel von Hernscombe. Sie hatte seit Jahren nicht mehr getanzt ...

Ihre alten Abendkleider waren samt und sonders unmöglich, schulmädchenhaft mit Rüschen und Schleifchen und außerdem völlig aus der Mode. Als ihre Mutter ihr anbot, ihr eines ihrer Kleider zu leihen, nahm sie dankbar an. Während sie in Missencourt Adeles Schrank durchsah, ihre Finger über Seide und Satin glitten, flogen ihre Gedanken zurück zu lang vergangenen Abenden, als ihre Eltern in die Stadt gefahren waren, um einen Ball oder eine Theateraufführung zu besuchen. Sie schienen jetzt so fern, diese Abende, und von einem so unglaublichen Zauber: ihr Vater, groß und gutaussehend in Smoking und weißem Seidenschal, ihre Mutter, strahlend schön in Samt und Perlen.

Sie entschied sich schließlich für ein hellgraues Satinkleid, die Farbe ihrer Augen, das schräg geschnitten war. Der schmale, knappe Schnitt war altmodisch, aber zu Julia, die auch nach Williams Geburt ihre knabenhafte Figur behalten hatte, paßte er. Adele kramte Ohrringe, passendes Täschchen und passende Pumps heraus und versprach, auf William aufzupassen.

Am Abend des Fests richtete Julia sich mit nervösen Händen die glänzenden Locken und fuhr im eigenen Auto nach Hernscombe. John und Prudence hatten ihr angeboten, sie mitzunehmen, aber sie lehnte mit der Begründung ab, sie wolle Williams wegen lieber unabhängig sein; nur für den Notfall.

Tatsächlich wollte sie ein Fluchtmittel parat haben, falls es ihr nicht gefiel und sie vorzeitig nach Hause wollte.

Je näher sie der Stadt kam, desto nervöser wurde sie. Als sie schließlich ihren Wagen auf dem Hotelparkplatz abstellte, wünschte sie beinahe, sie wäre nicht gekommen. Wünschte beinahe, sie hätte die Einladung ausgeschlagen und sich wie sonst einen gemütlichen Samstagabend zu Hause gemacht, mit dem Radio oder einem Buch. Sie blieb im Auto sitzen und sah zu, wie die Gäste ins hellerleuchtete Foyer strömten. Stell dich nicht so an, Julia, sagte sie ärgerlich zu sich selbst. Du hast doch früher vor nichts Angst gehabt. Und jetzt machst du dir wegen einer läppischen Party in die Hose?

Auf dem Weg in den Saal konnte sie gar nicht umhin zu bemerken, daß sie in dieser Gesellschaft die einzige Frau ohne männliche Begleitung war. Alle anderen Frauen hatten irgendein korrekt gekleidetes männliches Wesen im Schlepptau. Sie hätte sich vielleicht einen Begleiter besorgen sollen. Im Geist ging sie die ungebundenen Männer in ihrer Bekanntschaft durch – der Vorarbeiter in der Firma, der Junge, der die Lebensmittel zu liefern pflegte, der Postbote – und unterdrückte ein Lachen. Sie bemerkte, daß sie angestarrt wurde, hielt den Kopf hoch und bewegte sich bewußt langsam und anmutig.

Maurice Chancellor gab ihr einen Kuß auf die Wange und musterte sie mit begehrlichen Blicken von Kopf bis Fuß. Seine Frau krauste die Nase und sagte, wie *mutig* von ihr, allein zu erscheinen, *sie* hätte das nicht gewagt. Julia entdeckte Prudence und John auf der anderen Seite des Raums und floh vor Maurices schweißiger Hand und dem kritischen Blick seiner Frau.

Beim Essen saß sie mit Prudence und John sowie einem halben Dutzend Angehörigen des Chancellor-Clans samt Anhang an einem Tisch. Sie brauchte sich weder über mangelnde Unterhaltung zu beklagen noch über mangelnde Angebote, ihr etwas zu trinken zu holen. Aber sie merkte sehr schnell, daß die Männer sie kühn fanden, während sie bei den Frauen auf Mißbilligung stieß. Sie waren wahrscheinlich der Ansicht, sie solle gefälligst im Witwenschleier zu Hause Trübsal blasen oder, noch besser, sich nach indischer Art gleich auf den Scheiterhaufen ihres Gatten stürzen. Aber für den armen Will hatte es ja weder Scheiterhaufen noch Grab gegeben. Hastig schob Julia diesen Gedanken beiseite und trank noch ein Glas Wein.

Während Maurice nach dem Essen eine Ansprache hielt, die mit zweideutigen Witzen und Anspielungen auf seinen blühenden Wohlstand gespickt war, schweifte Julias Aufmerksamkeit ab. Im strahlenden Glanz festlicher Roben und funkelnder Lüster fühlte sie sich zum erstenmal seit einer Ewigkeit wieder jung. Und auch die Musik wirkte ihren vertrauten Zauber. Die Beherrschtheit und ein Teil der Traurigkeit der letzten Jahre fielen von ihr ab, während sie dasaß und mit einem Fuß den Takt klopfte. Als sie später in den Armen wechselnder Partner über die Tanzfläche flog, war es wie ein herrlicher Rausch.

Dann forderte Maurice Chancellor sie auf. Er bugsierte sie auf der Tanzfläche herum wie vermutlich in seinem Laden die Stoffballen. Er war einen halben Kopf kleiner als sie, und sie konnte direkt auf sein steifes dunkles Haar hinuntersehen, das mit reichlich Brillantine aus der Stirn gestrichen war. Sein roter Mund war ständig leicht geöffnet. Polypen, hatte Will stets gesagt, bevor er Julia mit einer Imitation von Maurices nasalem Pfeifen zum Kichern gebracht hatte.

»Gelungener Abend, was?« sagte Maurice selbstzufrieden, und seine Stirn streifte Julias Ohr. »Tja, der Besitzer vom Imperial ist ein guter Freund von mir.«

»Ach ja?« Sie hätte gern gegähnt, konnte es aber unterdrücken.

»Du wohnst doch in diesem kleinen Haus in Longridge, nicht? Wenn du Vorhänge brauchst, ich mach dir einen guten Preis. Oder Kleiderstoff. Ich habe gerade heute eine Lieferung erstklassigen Taft bekommen. Kräftige Farben. Die würden dir gut stehen.«

Sie sagte entschieden: »Ich ziehe Pastelltöne vor.«

»Ach? Wie schade. Ich könnte mir dich gut in einem schönen Scharlachrot vorstellen.«

Seine Hand krümmte sich um ihr Gesäß. Sie wackelte ein

wenig mit den Hüften, um ihn abzuschütteln, aber er hielt fest wie eine Klette.

»Oder in Smaragdgrün. Ja, Smaragdgrün würde einem hübschen Ding wie dir schmeicheln.«

Jemand sagte: »Ihre Frau sucht nach Ihnen, Maurice.«

Maurice zog hastig seine Hand weg. Sein Blick flog durch den Saal. Er lächelte nervös. »Du mußt mich entschuldigen, Julia. Ich muß leider gehen.«

Als er weg war, sagte Julias Retter: »Ich springe gern ein, wenn es Ihnen recht ist.«

Sie lächelte. »Ich denke, ich kann es ertragen.«

Beim Tanzen musterte sie ihn verstohlen. Auf den ersten Blick wußte sie nicht recht, was sie von ihm halten sollte. Er war mittelgroß, stämmig und breitschultrig, und er hatte kräftige, kantige Hände, die sicher führten, aber nicht besitzergreifend waren. Seine Augen waren dunkel, ihr Blick intensiv. Als er dem ihren begegnete, sah sie weg. Er war kein gutaussehender Mann, aber sie spürte eine Ausstrahlung von Stärke und Macht, die nicht unattraktiv war.

Er sagte: »Sind Sie auch mit Maurice verwandt? Hier scheint ja jeder mit ihm verwandt zu sein.«

Sie lachte. »Nur durch Heirat. Und Sie?«

»Ich habe geschäftlich mit ihm zu tun.«

»Ach? Und was sind das für Geschäfte?«

»Hm – dies und das, kaufen und verkaufen.«

Trocken sagte sie: »Maurice würde seine Seele verkaufen, wenn man ihm genug dafür böte. Er war gerade dabei, mir sich selbst anzubieten, als Sie erschienen.«

Seine Augen glitzerten. »Preiswert, hoffe ich.«

»So preiswert, daß es mich locken würde, kann es gar nicht sein«, gab sie leichthin zurück.

Ich flirte ja, dachte sie. Es war so lange her, daß sie mit einem Mann getanzt, mit einem Mann geflirtet hatte. Sie hatte es beinahe verlernt.

Er sah sich um. »Das Fest ist ein voller Erfolg«, stellte er fest.

»Kann sein, ja«, sagte sie und rümpfte die Nase. »Aber so vulgär.«

»*Vulgär* ...«, wiederholte er, als wäre ihm diese Vorstellung ganz neu. »Finden Sie?«

»Allein die Torte«, sagte sie, die Augen verdrehend. »Mit dem ganzen Blattsilber darauf. Es ist ein Wunder, daß der Tisch nicht zusammengebrochen ist.«

Er lächelte. »Das ist mir gar nicht aufgefallen. Für mich ist eine Torte eine Torte.«

»Und die Blumen, einfach häßlich!« Unförmige Vasen mit protzigen Lilien, Chrysanthemen und festgeschlossenen Treibhausrosen standen überall im Saal verteilt.

»Ich fand sie eigentlich ziemlich apart.«

Sie schüttelte den Kopf. »Häßlich«, sagte sie mit Entschiedenheit. »Aber die Band ist gut. Und das Essen war köstlich.«

Sie ging eine Stunde später, nachdem sie keinen Tanz ausgelassen und etwas wiederentdeckt hatte, was sie ebenfalls beinahe vergessen hatte: die Macht ihrer Schönheit. Sie hatte angenommen, daß nach Will und nach William dieser Teil ihres Lebens vorüber wäre. Es war schön und aufregend zu entdecken, daß das nicht so sein mußte.

Ihre Hochstimmung erhielt einen Dämpfer, als es ihr trotz energischen Kurbelns nicht gelang, den Motor des Wagens zu starten. »Tu mir das ja nicht an«, schimpfte sie gedämpft. »Untersteh dich!« Sie versuchte es noch einmal. Die Kurbel schien ungewöhnlich fest zu sitzen. Es kostete sie die größte Mühe, sie zu drehen. Und der Motor tat keinen Mucks. Julia verwünschte das alte Auto.

Es standen nur noch wenige Fahrzeuge auf dem Parkplatz. Prudence und John waren schon vor einer halben Stunde nach Hause gefahren. Sie könnte versuchen, ein Taxi zu bekommen, aber wahrscheinlich war der gesamte Taxipark von Hernscombe von den anderen Gästen mit Beschlag belegt. Ihr graute vor der Vorstellung, Maurice Chancellor um Hilfe bitten zu müssen.

Sie öffnete die Motorhaube und starrte wie hypnotisiert den Motor an. Dabei versuchte sie, sich alles ins Gedächtnis zu rufen, was Will ihr über Autos beigebracht hatte. Sie stupste einen Schlauch an, der einen Ölfleck auf ihrer Hand hinterließ. »Mist!« zischte sie.

Als sie Schritte hinter sich hörte, drehte sie sich um. Und sah ihren Tanzpartner, den Mann, der sie von Maurice erlöst hatte.

»Er springt nicht an«, erklärte sie.

»Soll ich es einmal versuchen?« Er beugte sich über den Motor. »Schöner Wagen.«

»Er gehört meinem Schwiegervater. Ich habe ihn nur geliehen. Er ist leider sehr launisch.«

»Das erlebt man bei diesen alten Prachtstücken oft.« Er klappte die Motorhaube runter und bückte sich vor dem Wagen, um an der Kurbel zu drehen. »Vielleicht ist es der Anlasser«, meinte er. »Vielleicht ist da etwas verschmutzt.«

Sterne sprenkelten den nächtlichen Himmel, und aus dem Hotel kamen die letzten, nicht mehr ganz trittfesten Festgäste und wünschten einander gute Nacht. Julia zog ihren Mantel um sich, sie fror in der kalten Luft.

Dann drehte sich die Kurbel mit Schwung, und der Motor sprang stotternd an. Mit einem Stoßseufzer der Erleichterung sagte Julia: »Tausend Dank«, und lächelte ihren Tanzpartner an. »Zweimal haben Sie mich heute abend gerettet, Mr. –«

»Hunter«, sagte er und bot ihr die Hand. »Rick Hunter.«

13

TOPAZ FAND EINE Wohnung in South Kensington, zweite Etage, Altbau, mit hohen Räumen und hohen Fenstern. Die Küche, für Topaz der wichtigste Raum in einer Wohnung, war doppelt so groß wie die ihrer Mutter. Lang und schmal, nahm sie die ganze Breitseite der Wohnung ein und hatte zwei große Fenster mit Blick auf den hinteren Garten.

In einem Trödelladen trieb sie einen rohen Eichentisch auf, den Angeliques Mann ihr eines Nachmittags drei Treppen hochschleppte, wobei er auf jedem Absatz eine Verschnaufpause einlegte. Sie kaufte einen New-World-Gasherd, den sie wie ihren Augapfel hütete; jedes noch so kleine Kleckschen wurde sofort mit einem Lappen entfernt. Die Wände strich sie leuchtend gelb und die Schranktüren blau und brachte Haken an, um ihr Kupfergeschirr aufhängen zu können. Die Steinguttöpfe kamen auf Borde, ihre Kochbücher und ihr Geschirr – alles blau-weiß, nicht ein Stück zum anderen passend – in einen alten Küchenschrank. Von den Zwiebelhändlern mit den Baskenmützen, die auf Fahrrädern aus Frankreich herüberkamen, kaufte sie Zwiebelkränze, die sie von einem an der Decke angebrachten Gestell herabhängen ließ.

Als ihre Mutter sie das erste Mal besuchte, regte diese sich über das feuchte Badezimmer mit den deprimierenden erbsengrünen Wänden auf und über die Zugluft, die im Schlafzimmer durch die Fensterritzen pfiff. Sie sei noch nicht dazu gekommen, etwas dagegen zu unternehmen, erklärte Topaz. Daß sie Bad und Schlafzimmer nicht sonderlich interessierten und sie nur in ihre Kühe zu treten brauchte, um augenblicklich glücklich zu sein, behielt sie für sich.

Es war herrlich, eine eigene Wohnung zu haben. Nie mehr beim Aufsperren der Tür die ängstliche Frage, wie ihre Mutter gelaunt sein würde. Niemand, der ihr vorhielt, sie stehe nur unnütz herum, niemand, der sich über Knoblauchdünste beschwerte. Niemand drückte seine Zigarettenstummel in ihren Olivenschälchen aus oder hinterließ Ginpfützen auf dem Küchentisch. Sie konnte zu Bett gehen und aufstehen, wann es ihr beliebte. Sie konnte eine ganze Stunde lang in der Wanne liegen und sich das Wunschkonzert anhören oder sich ans Feuer setzen und einen Roman lesen. Sie konnte ihre Freunde einladen, ohne sich hinterher beißende Kritik über deren Kleidung, Manieren oder Ausdrucksweise anhören zu müssen.

Die sechsmonatige Laufzeit des Stücks, in dem Charlie zur Zeit spielte, näherte sich ihrem Ende. In seinen müden Augen erkannte Topaz sowohl den Kampf gegen die Erschöpfung, die unweigerlich die letzten Tage einer langen Spielzeit begleitete, als auch den brennenden Ehrgeiz, der ihn auf der Suche nach dem nächsten Projekt antrieb. Er sah so dünn aus, daß sie auf ihrem neuen Herd reichhaltige Mahlzeiten für ihn kochte, die sie ihm an ihrem großen Eichentisch servierte. Aber manchmal hatte sie den Verdacht, daß er eine Schüssel voll Pommes frites oder ein Stück billigen Käse mit dem gleichen automatischen Enthusiasmus gegessen hätte wie ihren *coq au vin*.

Sie verbrachten ein Wochenende bei Jennifer Audley, die in Marlow ein Haus hatte. Charlie fuhr den neuen Vauxhall, der seinen alten Riley ersetzt hatte. Als sie durch Marlow kamen, sagte er: »Vielleicht such ich mir hier auch was.«

»Hier?«

»Warum nicht?«

Sein Blick flog von einer Straßenseite zur anderen. »In zwei Jahren werde ich dreißig, Topaz. Ich kann nicht ewig in einer Mietwohnung hausen. Die Leute nehmen einen ohne das entsprechende Drum und Dran nicht ernst. Man muß auch ein bißchen mit der Zeit gehen. Wenn man stehenbleibt, verliert man das Rennen.«

Der Garten, der zum Haus der Audleys gehörte, fiel zum Ufer der Themse hinab. Trauerweiden neigten sich über das Wasser. Die braunen, papiertrockenen Köpfe der Herbstastern knisterten im Wind, und ein feiner Dauerregen tüpfelte die Wasserfläche des Flusses.

Topaz mußte unwillkürlich an die Feste denken, die sie nach ihrer Rückkehr nach London 1946 besucht hatte. Statt pickeliger Jugendlicher hatten sich hier Erwachsene versammelt, statt Limonade und Kuchen gab es Cocktails und Canapés. Statt der strengen Mütter dirigierte jetzt Jennifer Audley, ätherisch in weißem Chiffon, das Geschehen: Sie lotste die Gäste in Wintergarten und Salon, drängte sie zu Konversation und Gesellschaftsspielen. Die Mischung aus Langeweile und Schrecken war die gleiche wie früher, nur fühlte sich Topaz diesmal von dem endlosen Theaterklatsch gelangweilt, und ihr graute davor, bei dem Gemeinschaftssingen rund ums Klavier mitwirken zu müssen. Scharade wurde natürlich auch gespielt, hochliterarisch und glänzend dargestellt, und es gab die gleiche Konkurrenz, das gleiche Gefühl, ständig auf dem Präsentierteller zu sitzen.

Um sechs Uhr fanden sich alle Gäste im Salon ein. Jennifer Audley thronte in einem imposanten Ohrensessel, ein wohlgeformtes langes Bein anmutig über das andere geschlagen. Ihr weißblondes Haar war im Nacken zu einem kunstvollen Chignon geschlungen, ihre Augen strahlten in einem kühlen Blaugrau. Und doch war ihr ganzer Körper angespannt wie der einer Katze vor der Maus.

»Ich *langweile* mich«, klagte sie. »Unterhaltet mich doch ein bißchen.« Ein kurzer Wimpernschlag. »Ich *befehle* euch, mich zu unterhalten.«

»Du meine Güte, Jennifer –«

»Und du weißt, wie leicht ich mich langweile, David, ihr werdet euch also sehr anstrengen müssen.«

Ein großer rotgesichtiger Mann sagte: »Ich wüßte schon, wie ich dich unterhalten könnte, Jennifer, aber Brian hätte vielleicht was dagegen.« Brian war Jennifers Mann.

Dünnes Gelächter. »Aber Edgar!«

»Ich habe dir einen Cocktail gemacht, Schatz. Der wird dich sicher unterhalten«, sagte Brian.

»Aber natürlich.« Jennifers Stimme war seidenweich. »Man kann ja nicht von jedem Originalität erwarten.« Ihr Blick wanderte gemächlich von Gast zu Gast. »Meine Schätze, was seid ihr denn alle so verschämt? Vielleicht sollte ich einen Preis aussetzen. Etwas, das euch motiviert. Mal überlegen. Derjenige, der mich am besten unterhält, bekommt – einen Kuß!«

Topaz brummelte: »Ach, du lieber Gott«, und die Frau, die neben ihr saß, drehte den Kopf und sagte leise: »Was? Das finden Sie nicht aufregend? Das sollten Sie aber.«

»Na ja …«

Jemand rief: »Und wenn es eine von den Frauen ist?«

»Ach, ich bin nicht kleinlich, Liebling«, versetzte Jennifer in neckischem Ton. »Ich bin sicher, ich kann die Sappho in mir entdecken, wenn ich will.«

»Und jetzt«, flüsterte Topaz' Nachbarin, »müssen Sie schockiert sein.« Sie lächelte Topaz an und bot ihr die Hand. »Mary Hetherington.«

»Topaz Brooke.«

Mary, mit leicht ergrautem Haar, das am Hinterkopf zu einem festen Knoten gedreht war, schien eine vernünftige Person zu sein. »Sie sind mit dem hübschen Kerl dort gekommen, nicht wahr?«

»Charlie? Ja.«

Charlie saß auf dem Teppich, den Kopf an Jennifers Sessel gelehnt. Jennifers Hand, lässig über die Armlehne hängend, war höchstens ein paar Zentimeter von seinem Kopf entfernt. Topaz konnte den Blick nicht von diesen blassen, ruhelosen Fingern wenden.

»Also«, rief Jennifer, »wer macht den Anfang?«

»Sagen Sie einfach ein Gedicht auf, Topaz«, riet Mary hilfsbereit. »Irgendwas, das Sie in der Schule gelernt haben. Oder machen Sie's wie ich, schicken Sie sie zum Teufel.«

Jennifers Gäste zeigten brav ihre Kunststücke – Handlesen, Pantomime, fürchterlich perfekte Gedichtvorträge. Als Mary

Hetherington an der Reihe war, sagte die mit einer vagen Handbewegung: »Mir fällt leider beim besten Willen nichts ein. Ich bin ganz bekümmert, daß ich nicht um den Preis mit streiten kann.«

Jennifer sagte: »Ach, Charlies kleine Freundin hätte ich beinahe vergessen. Wie wollen Sie mich denn unterhalten?«

Topaz hatte einen trockenen Mund. Sie konnte sich nicht an eine einzige Gedichtzeile erinnern. Sie hatte mit dem Auswendiglernen immer Mühe gehabt.

»Können Sie singen?« erkundigte sich Jennifer. »Tanzen? Wahrsagen?«

Ohne zu überlegen, sagte sie: »Ich kann kochen.«

»Kochen?«

»Ja.« Und mit fester Stimme setzte sie hinzu: »Das ist meine besondere Begabung.«

»Du meine Güte.« Jennifer zog ungläubig die Augenbrauen hoch. Ihr Blick schweifte zu Charlie, der neben ihr auf dem Boden saß. Ihre Finger tauchten abwärts und streichelten sein Haar.

»*Du* hast noch gar nichts zu meiner Unterhaltung beigetragen, Charlie.«

»Ich weiß nichts, was deiner würdig wäre, Schätzchen.«

»Wirklich nicht?« Ihre Fingerspitzen wanderten zu seinem Gesicht, zeichneten dessen Konturen nach, hielten bei seinen Lippen inne. »Ich denke, wenn du dich wirklich anstrengen würdest –«

Im Zimmer war es mäuschenstill geworden. Topaz schlug das Herz bis zum Hals. Am liebsten hätte sie Jennifer Audley in das glatte, weiße Gesicht geschlagen; am liebsten wäre sie aufgesprungen und hätte Charlie hochgerissen, um mit ihm aus diesem entsetzlichen Haus zu fliehen.

Dann entfernte Jennifer ihre Hand. »Ich habe allmählich den Eindruck, daß du kein Interesse hast, Charlie. Du solltest dir überlegen, wie du das wiedergutmachen willst.« Sie schien sich auf gut Glück einen der Gäste herauszusuchen. »Edgar. Komm zu mir.« Edgar senkte den Kopf, als er zu Jennifers Sessel trat, und sie streifte mit den Lippen leicht seine Wange.

Dann gähnte sie und sagte: »Tja, es ist gleich sieben. Zeit zum Umziehen. Ich muß euch leider verlassen, meine Lieben.« Damit ging sie aus dem Zimmer.

Topaz war dabei, sich zum Abendessen umzukleiden, als Charlie zu ihr ins Zimmer kam. »Dieses blöde Spiel«, sagte sie.

Er hatte sich im Smoking, den schwarzen Schlips lose um den Hals gebunden, der Länge nach auf ihr Bett geworfen. »Ich fand es lustig«, entgegnete er.

»Es war peinlich. Ich bin mir wie eine Vollidiotin vorgekommen.«

»Unsinn«, widersprach er mit geschlossenen Augen. »Du mußt nicht immer so unsicher sein.«

Hinterher sagte sie sich, daß sie es dabei hätte bewenden lassen sollen. Sie hätte sich, den Kopf in seine Armbeuge geschmiegt, zu ihm aufs Bett legen und kein weiteres Wort verlieren sollen. Statt dessen sagte sie langsam: »Aber genau darum ging es doch – uns unsicher zu machen. Uns zu zeigen, wer das Sagen hat.«

Charlie machte die Augen auf und richtete sich halb auf. »Wie meinst du das?«

Sie bürstete sich die Haare. »Na, Jennifer. Sie möchte hofiert werden.«

»So kann man es natürlich auch sehen.« In seiner Stimme schwang ein gereizter Ton mit, der sie hätte warnen sollen.

»Ich wüßte nicht, wie man es sonst sehen sollte.«

»Nicht?« Er hatte sich jetzt aufgesetzt und sah sie an. »Könnte es nicht sein, daß es ihr einfach um den Spaß ging? Daß sie für die Unterhaltung ihrer Gäste sorgen wollte?«

»Na, daß sie für *deine* Unterhaltung sorgen wollte, daran hat sie ja keinen Zweifel gelassen.« Die Worte, bissig und voller Eifersucht, waren heraus, und sie konnte sie nicht mehr zurücknehmen.

Sie setzte sich an den Toilettentisch und zog die Kappe von ihrem Lippenstift ab. Sie wünschte, er würde zu ihr kommen, ihr einen Kuß geben und ihr sagen, daß die schöne, platinblonde Jennifer ihm überhaupt nichts bedeutete, sondern sie – Topaz – die einzige Frau war, die ihm wichtig war.

Aber er sagte nur: »Herrgott, Topaz, werd endlich erwachsen«, und dies in einem Ton, bei dem ihr innerlich eiskalt wurde.

Ihre Hand zitterte und verschmierte den Lippenstift. »Sie hat mit dir geflirtet, Charlie.«

Mit einem Achselzucken antwortete er: »Das war doch nur Spaß.« Er fuhr sich mit beiden Händen durch das lockige Haar. »Sie sind schließlich unsere Freunde.«

»*Deine* Freunde!«

Sein Blick wurde kalt. »Sie könnten auch deine sein, wenn du dich ein bißchen bemühen würdest.«

Sie rieb sich den Mund mit einem Papiertuch ab. »Ich weiß gar nicht, ob ich überhaupt mit ihnen befreundet sein will. Ich bin mir nicht sicher, daß wir etwas gemeinsam haben.«

»Ach, Herrgott noch mal!« Seine Stimme klang ärgerlich. »Es sind interessante, begabte Leute. Da kann es doch nicht so schwer sein, eine gemeinsame Basis zu finden.«

Sie mußte plötzlich voller Wehmut an die Zeiten in dem kleinen Café am Leicester Square denken. »Mir waren unsere alten Freunde lieber«, sagte sie. »Helena und Mischa und Donald. Sogar Claudette.«

Er machte eine ungeduldige Handbewegung. »Ich hab überhaupt keine Lust, den Rest meines Lebens in schmuddeligen kleinen Cafés rumzusitzen. Ich erwarte mir ein bißchen mehr.«

Einen Moment blieb es still, dann sagte sie ruhig: »Und was ist mit mir, Charlie? Welchen Platz habe ich in deinen Plänen?«

Er stand auf und ging zum Fenster. Die Hände auf den Sims gestützt, sah er in den regennassen Garten hinaus. »Ich brauche die Bekanntschaft mit diesen Leuten, wenn ich beruflich weiterkommen will«, sagte er nach einer Weile. Es war kein Zorn mehr in seiner Stimme, und er wirkte erschöpft. »In meinem Beruf kommt es nicht allein darauf an, wie gut oder wie begabt man ist. Da hängt vieles auch davon ab, was für Leute man kennt und wo man gesehen wird. Und die Leute hier – Jen und Brian, David Earnshaw, Edgar White –, das sind die, die ich kennen muß. Mit ihnen muß ich gesehen werden. Ich dachte, das hättest du begriffen, Topaz.«

Jetzt schämte sie sich. Sie stand auf und ging zu ihm, lehnte ihren Kopf an seine Schulter und schob ihre Hand in die seine. Er wandte sich ihr zu und nahm sie in die Arme. Sie erkannte seine Müdigkeit in der Blässe seiner Haut und den Schatten um seine Augen.

Mit dem Handrücken streichelte sie sein Gesicht. »Dein Schlips«, flüsterte sie und knotete ihn sorgfältig.

»Danke.« Er küßte sie. »Mit den Dingern komm ich nie zurecht.«

Er zog den Reißverschluß am Rücken ihres Kleides auf, und seine Fingerspitzen streiften über ihre Haut. Seine Lippen liebkosten die Biegung ihres Halses.

Dann ertönte aus der Ferne eine Glocke. Er trat von ihr weg. »Ach, zum Teufel«, sagte er. »Das Abendessen. Bist du soweit?«

Bei Tisch saß sie von ihm getrennt. Das Essen war genau so, wie sie es verabscheute, prätentiös, ein Gang nach dem anderen für das Auge zubereitet und nicht für den Gaumen. Hinterher gab es wieder reichlich zu trinken und Gesellschaftsspiele, nur war sie jetzt im Abseits, mit Brian und Mary aus dem inneren Kreis auf ein Sofa hinter der Auslinie verbannt: die Geistlosen und die Ungetreuen, dachte sie, und fragte sich, welcher Kategorie sie zugeordnet wurde.

Dann wurde der Teppich aufgerollt und das Grammophon eingeschaltet. Topaz tanzte, allerdings nicht mit Charlie, weil Jennifer mit Charlie tanzte. Nach einiger Zeit fiel ihr auf, daß die beiden nicht mehr da waren. Ihr Blick flog von Paar zu Paar. Panik und Zorn drückten ihr die Luft ab. Sie hörte wieder ihre eigenen Worte: *Daß sie für deine Unterhaltung sorgen wollte, daran hat sie ja keinen Zweifel gelassen.* Häßlich, diese Eifersucht, so unsachlich.

Sie ging nach oben. Von ihrem Zimmerfenster aus sah sie, daß jemand die Terrassentüren geöffnet hatte. Licht strömte in den Garten. Ein paar Leute waren auf die Terrasse hinausgetreten. Der Mond trieb unruhig zwischen den Regenwolken dahin und tanzte funkelnd im Fluß.

Sie entdeckte Charlie und Jennifer, die langsam am Ufer entlanggingen. Jennifers Kleid leuchtete im Mondlicht. Topaz beobachtete die beiden eine Weile, sah zu, wie Jennifer lachend den Kopf in den Nacken warf und ihren schlanken weißen Hals entblößte. Sah zu, wie Charlie seinen Arm um ihre Schultern legte.

Und sah zu, wie Charlie den Kopf neigte und Jennifer küßte. Mit einem Ruck riß sie die Vorhänge zusammen. Sie zitterte vor innerer Kälte. Fest schlang sie beide Arme um ihren Oberkörper, um das Zittern zu unterbinden, und als das nichts half, kleidete sie sich aus und legte sich ins Bett, die Daunendecke über den Kopf gezogen.

So sehr sie das Vergessen im Schlaf herbeisehnte, es wollte nicht kommen. Unaufhörlich zogen die Bilder an ihrem inneren Auge vorüber: schlanke Finger, die über dunkle Locken strichen; ein Kuß im Mondschein. Was, dachte sie, würde er sagen, wenn sie ihn zu Rede stellte? *Es hat überhaupt keine Bedeutung, Topaz. Jennifer ist lediglich eine Bekannte.*

Oder: *Man muß mit der Zeit gehen. Man darf nicht stehenbleiben.*

Charlie war begabt, er war ehrgeizig und zielstrebig. Er hatte sich auf seinem Weg dies und jenes angeeignet und es zusammengefügt, um daraus den Menschen zu machen, der er sein wollte. Er hatte sein altes Auto durch ein neues ersetzt. Bald würde er seine Mietwohnung durch ein eigenes Haus ersetzen. Vor Jahren schon hatte er sich den richtigen Akzent zugelegt. *Vielleicht leihe ich mir zum Vorsprechen deine Stimme, Topaz. Hättest du was dagegen?* War es nicht möglich, daß er beschloß, auch andere seiner Besitztümer durch Neues zu ersetzen? Die alte Freundin gegen ein neueres, spektakuläreres Modell einzutauschen?

Topaz drückte sich die Decke auf die Ohren, um das Gelächter aus dem Garten nicht hören zu müssen.

Der Aston Martin streikte auf halbem Weg zwischen Longridge und Missencourt. Julia mußte ihn am Straßenrand stehenlassen und die restlichen drei Kilometer mit William an der Hand zu Fuß gehen. Natürlich regnete es auch noch, so daß ihre Schuhe völlig verdreckt und ihre Strümpfe voller Spritzer waren, als sie mit einer Dreiviertelstunde Verspätung in der Firma eintraf. An ihrem Schreibtisch sitzend, versuchte sie gerade, ihre Schuhe mit einem Taschentuch und Spucke zu säubern, als die Tür aufging und der Vorarbeiter hereinkam.

Raymond Bell hatte vor drei Jahren den gutmütigen alten Ted Butcher abgelöst, der während des Krieges bei Temperley Vorarbeiter gewesen war. Ohne sich offener Respektlosigkeit schuldig zu machen, schaffte er es, Julia seine Feindseligkeit deutlich spüren zu lassen. Er hatte etwas an sich, das sie reizte: ein höhnisches Lächeln, das stets um seinen Mund und im Blick der leicht schräg stehenden Augen spielte, die in dem teigig weißen Gesicht saßen wie Kohlestückchen in Schnee.

Jetzt glitt dieser Blick mit einer Mischung aus Lüsternheit und Abscheu zu Julias bloßen Füßen.

Hastig schlüpfte sie wieder in ihre Schuhe und sagte kalt: »Es wäre mir lieber, Sie klopften an, bevor Sie mein Büro betreten, Mr. Bell.«

»Ich dachte, Sie kommen heute gar nicht rein, Mrs. Chancellor«, versetzte er anzüglich. »Ich dachte, Sie hätten sich den Tag freigenommen.«

»Ich hatte eine Panne mit meinem Wagen.« Sofort ärgerte sie sich über ihre Worte. Sie schuldete diesem Menschen keine Erklärungen.

Er sagte: »Sie sollten sich einen dieser kleinen Flitzer zulegen, die für Frauen leicht und problemlos zu handhaben sind.«

Sie zügelte ihren Zorn und stand auf. »Ich schlage vor, wir gehen jetzt in die Werkstatt.«

Er hielt ihr die Tür auf, so daß sie sich an ihm vorbeizwängen mußte, um in den Korridor zu gelangen. In der Werkstatt atmete sie die vertrauten Gerüche von Metall und Lot, und ein Teil der nervösen Spannung, die ihr diesen Morgen vergällt hatte, löste sich auf. Sie liebte die Werkstatt, hatte sie von jenem ersten Tag an geliebt, als ihr Vater sie als kleines Mädchen hierher mitgenommen hatte. Sie hatte hoch oben auf seinen Schultern gesessen und sich in dem großen Raum mit der gewölbten Decke und den hohen Bogenfenstern umgesehen. Fasziniert hatte sie die Glasröhren gemustert, die farbigen Drähte berührt, die aus den Widerständen herauskamen, und an den Knöpfen der Holzgehäuse gedreht.

Raymond Bell sagte gedämpft: »Haben Sie daran gedacht, den Auftrag durchzugeben, Mrs. Chancellor?«

Erschrocken schlug sie die Hand vor den Mund. Am Nachmittag des vergangenen Tages hatte einer der Mechaniker ihr mitgeteilt, daß der Bestand an Kondensatoren zu Ende ging. Sie hatte versprochen, den Zulieferer zu unterrichten, aber dann hatte Adele angerufen, um sie an einen Arzttermin zu erinnern, und die Firma Mullard hatte Fragen zu einer Rechnung gehabt, und schließlich war sie gegangen, um William abzuholen, ohne wegen der Kondensatoren etwas unternommen zu haben.

»Ach, du lieber Gott, das habe ich verschwitzt.« Sie wußte, daß sie einen roten Kopf hatte. »Ich rufe sofort an.«

»Ist schon gut. Ich habe selbst bei Dublier angerufen. Kann ja nicht schaden, auf Nummer Sicher zu gehen.«

Sie sah den Triumph in seinem Blick. Beinahe hätte sie ihn darauf hingewiesen, daß sie für die Bestellungen zuständig war, doch es gelang ihr gerade noch, die Belehrung zu unterdrücken. Sie hätte sich dadurch vor ihm nur lächerlich gemacht. So sagte sie nur sehr förmlich: »Vielen Dank, Mr. Bell. Das war sehr umsichtig.«

»Keine Ursache. Sie haben ja sicher viel um die Ohren mit dem Haushalt und dem Kind neben Ihrer Arbeit.«

Mit anderen Worten, dachte sie wütend, zurück an den Herd mit dir, wo du hingehörst. Als sie hinausging, sah sie, wie Bell sich einem der jüngeren Mechaniker zuwandte und ihm etwas zuflüsterte. Der junge Mann warf einen Blick auf Julia und lachte leise.

Wieder in ihrem Büro, setzte sie sich an den Schreibtisch

und drückte die Fingerspitzen an die Stirn, um ihren schmerzenden Kopf zu kühlen. Um sie herum lagen Berge von Papieren, die bearbeitet werden mußten. Vielleicht hat dieser widerliche Raymond Bell ja recht, dachte sie niedergeschlagen; vielleicht sollte ich mich wirklich damit begnügen, Hausfrau und Mutter zu sein. Vielleicht wurde sie in ihrem Bemühen, Mutterschaft und berufliche Tätigkeit zu verbinden, keiner der beiden Aufgaben wirklich gerecht. Aber wie sollte sie ohne das Einkommen aus ihrer Arbeit für die Firma leben? Will hatte keine Ersparnisse und keine Versicherung gehabt. Er hatte ihr nichts als Schulden hinterlassen. Die Witwenpension, die der Staat ihr bezahlte, reichte gerade für das Existenzminimum. Ohne die Arbeit bei der Firma wäre sie auf Marius' Großzügigkeit angewiesen. Sie zweifelte keinen Moment an seiner Bereitschaft, sie angemessen zu unterstützen, aber etwas in ihr rebellierte gegen die Vorstellung, sich erneut in Abhängigkeit zu begeben.

Um halb fünf verließ sie die Firma und fuhr mit dem Bus nach Hernscombe. Es regnete unaufhörlich weiter, während sie von Geschäft zu Geschäft eilte, um ihre Einkäufe zu erledigen, und sie hatte Mühe, gegen den scharfen Wind anzukämpfen, der die Boote im Hafen hin und her warf und immer wieder ihren Schirm umzustülpen drohte. Als sie die High Street hinunterlief, rief jemand ihren Namen. Sie drehte sich um.

»Mrs. Chancellor!« Rick Hunter kam über die Straße auf sie zu. »Wie schön, Sie wiederzusehen.« Er lächelte. »Darf ich Sie um einen Gegengefallen bitten?«

»Einen Gegengefallen?«

»Dafür, daß ich Ihren Wagen wieder flottgemacht habe«, erinnerte er sie. »Und Sie von Maurice Chancellor befreit habe.«

»Ach, du meine Güte«, sagte sie schuldbewußt. »Das waren *zwei* Gefälligkeiten, die Sie mir erwiesen haben. Also, wie kann ich mich revanchieren?«

»Indem Sie mir erlauben, Sie zu einer Tasse Tee einzuladen.«

Ihr war kalt, sie war naß und müde und hatte immer noch Kopfschmerzen. Eine Teestunde und steife Konversation mit einem Mann, den sie kaum kannte, war das letzte, was sie jetzt brauchte. Höflich sagte sie: »Das ist sehr nett von Ihnen, aber ich kann Ihre Einladung leider nicht annehmen. Nochmals vielen Dank für Ihre Hilfe damals, auf dem Fest.«

Als sie sich zum Gehen wandte, sagte er: »Wissen Sie, ich muß Ihnen nämlich ein Geständnis machen.«

Sie drehte sich nach ihm um. »Ein Geständnis?«

»Wir sind uns schon einmal begegnet, Mrs. Chancellor. Ich meine jetzt nicht Maurices Fest. Es war vorher. Erinnern Sie sich nicht?«

Eine Erinnerung regte sich, die sie nicht recht zu fassen bekam. »Es tut mir leid –«

»Ich kannte Ihren Mann.«

»Will?« Sie starrte ihn an. »Sie haben Will gekannt?«

»Wir hatten geschäftlich miteinander zu tun. Ich war öfter mal bei ihm in der Tankstelle. Und eines Tages sind Sie vorbeigekommen. Will hat uns miteinander bekannt gemacht.«

Eines Tages sind Sie vorbeigekommen … Will hat uns miteinander bekannt gemacht. Plötzlich erinnerte sie sich. Sie war ohne anzuklopfen in Wills Büro getreten. Er war ärgerlich gewesen, weil ein Kunde bei ihm gewesen war. Später am selben Tag hatte sie Jack geküßt.

Wills Kunde war Rick Hunter gewesen. Die beiden Bilder des Mannes deckten sich nicht ganz, das frühere zeigte ihr einen ziemlich primitiven Menschen, bei dem man das Gefühl hatte, er sei mit Vorsicht zu genießen. Die beiden Rick Hunters paßten überhaupt nicht zusammen.

»Das hatte ich ganz vergessen.« Sie war verwirrt.

»Es ist ja auch lange her. Weshalb hätten Sie es behalten sollen?«

»Sie haben es doch auch behalten.«

»Ich vergesse nie ein Gesicht.« Er lächelte. »Wollen Sie sich meinen Vorschlag nicht noch einmal überlegen, Mrs. Chancellor?«

Diesmal siegte Neugier über Unbehagen, und sie ging mit ihm in den Copper Kettle. Während sie auf den Tee warteten, erzählte sie ihm von der Firma. »Wir hatten ein paar schwere

Jahre nach dem Krieg«, sagte sie, »aber jetzt laufen die Geschäfte gut.«

»Und wie steht es mit der Zukunft? Sehen Sie ihr mit Zuversicht entgegen? Bei der Konkurrenz –«

»Unsere Rundfunkgeräte sind von höchster Qualität«, erklärte sie stolz. »Sie sind die besten auf dem Markt. Das wissen die Leute.«

»Ich dachte an das Fernsehen«, sagte er.

»Ich sehe das Fernsehen nicht als eine Konkurrenz. Es wird immer nur eine Zugabe zum Rundfunk sein. Das Radio ist ja auch soviel praktischer – man kann Radio hören und alles mögliche dabei tun.«

Die Kellnerin brachte den Tee.

»Und Sie?« fragte Julia. »Was machen Sie beruflich, Mr. Hunter?«

»Nennen Sie mich doch Rick«, sagte er. »Ich bin im Grundstücksgeschäft. Ich kaufe und verkaufe.«

»Sie sind Immobilienmakler?«

»Nein. Ich kaufe Grundstücke und saniere oder bebaue sie. Eigenheime, Bürohäuser, kommt ganz auf die Lage an. Ich bin vor allem in London tätig – ich kaufe Ruinengrundstücke und Brachland auf. Wichtig ist, daß man weiß, in welchen Gegenden eine Wertsteigerung zu erwarten ist.«

»Und hier? Kaufen Sie hier auch Grundstücke?«

»So könnte man sagen, ja. Ich möchte mir hier in der Gegend ein Haus kaufen. Es gefällt mir hier. Großes Entwicklungspotential. Viel Schönes zu sehen.« Sein Blick ruhte auf ihr.

Sie spürte, daß sie rot wurde, und wandte sich ab. »Wie haben Sie Will kennengelernt?« fragte sie, während sie den Tee einschenkte.

»Ich hatte vor einigen Jahren geschäftlich hier zu tun.«

»Haben Sie ihn gut gekannt?«

»Wie ich schon sagte, unsere Bekanntschaft war rein geschäftlicher Natur. Ich war früher mal in der Autobranche tätig.«

»Sie waren einer von Wills Lieferanten?«

Er nickte. »Als ich von Wills Tod hörte, konnte ich es kaum glauben. So –«, er schien nach dem treffenden Wort zu suchen, »– so *unwahrscheinlich* die ganze Geschichte.«

In der Rückschau erschienen ihr die Wochen nach Wills Tod unwirklich, als wäre sie in einem Alptraum gefangen gewesen. Sie sagte leise: »Es war alles so schrecklich.«

»Verzeihen Sie.« Die geraden schwarzen Brauen zogen sich zusammen. »Ich wollte keine schmerzlichen Erinnerungen aufrühren.«

»Ach, lassen Sie nur. Es tut gut, mit jemandem zu sprechen, der Will kannte. Mit jemandem, der kein Verwandter ist. Meine Schwiegermutter erwähnt ihn fast nie. Und alle anderen sind so wahnsinnig taktvoll.«

»Es muß für Sie alle ein furchtbarer Schock gewesen sein.«

Sie reichte ihm eine Tasse. »Zuerst konnte ich es nicht fassen. Vielleicht ist das bei einem plötzlichen Todesfall immer so.«

Leise sagte er: »Es war ja auch eine so unglückliche Verkettung der Ereignisse.«

Er sah es genau wie sie. »Ja«, sagte sie, »ich mußte ständig denken, wenn Will an dem Abend nicht ins Pub gegangen wäre, wenn er nicht mit dem Boot hinausgefahren wäre, wenn die Mine nicht ausgerechnet an diesem Abend in die Bucht getrieben worden wäre … Und einiges war so *untypisch* für ihn. So überraschend. Und dabei war Will überhaupt kein unberechenbarer Mensch.«

»Was wollen Sie damit sagen?«

Die Schärfe seines Tons veranlaßte sie aufzublicken. »Will war ein sanftmütiger Mensch. Er hätte keiner Fliege etwas zuleide tun können. Er sorgte sich um alles – zuviel vielleicht. Er hatte es gern, wenn die Dinge ihren geregelten Lauf nahmen. Überraschungen haßte er. Wenn Sie ihn danach gefragt hätten, hätte er Ihnen gesagt, er sei kein mutiger Mensch. Jedenfalls nicht so mutig wie Jack. Aber das hätte nicht gestimmt. Auf seine eigene Art war Will sehr mutig. Er war als Kind schwer krank, wußten Sie das? Man braucht eine Menge Mut, um so etwas zu überwinden, um sein Leben trotzdem in die Hand zu nehmen und zu akzeptieren, daß man nicht alles tun kann, was für andere Menschen eine Selbstverständlichkeit ist. Er hatte auch noch das Pech, daß der Krieg kam und er bei der Musterung für untauglich erklärt wurde. Ich glaube, das hat ihn noch in seiner Überzeugung bestärkt, er sei ein Versager, bestenfalls zweitklassig.«

Sie schob sich das Haar, das sich wie immer aus den Klemmen und Spangen gelöst hatte, mit denen sie es zu bändigen versuchte, hinter das Ohr. Flüchtig fragte sie sich, wieso sie einem Fremden so Persönliches anvertraute, aber dann sprach sie schon weiter. »Ich will damit nur sagen, daß er jemand war, der feste Gewohnheiten hatte. Normalerweise hat er ab und zu mal länger gearbeitet und dann noch im Pub ein oder zwei Bier getrunken, aber danach ist er immer nach Hause gekommen.« Sie krampfte die Hände ineinander. »Nur an dem Abend nicht. Ich meine, da ist er nicht nach Hause gekommen.«

Sie erinnerte sich mit schmerzhafter Lebhaftigkeit daran, wie Will abends immer den langen Weg zum Heidehaus heraufgestapft war. In den ersten Monaten ihrer Ehe war sein Schritt beschwingt gewesen, er hatte sie mit fröhlichem Winken und einem Kuß begrüßt. Später war er oft mit hängenden Schultern nach Hause gekommen und im Gespräch kurz und einsilbig gewesen.

Rick Hunters Stimme unterbrach ihre Gedanken. »Wer ist Jack?«

»Jack?«

»Sie erwähnten ihn eben.«

»Jack ist Wills älterer Bruder. Er war immer der Intelligentere, Gesündere, besser Aussehende. Es war ihm alles in die Wiege gelegt.« Sie wußte, daß ihre Stimme bitter klang. »Es muß schwer sein, von Kindheit an mit solcher Konkurrenz zu leben. Schrecklich, meinen Sie nicht auch, ständig das Gefühl zu haben, daß man nur zweite Garnitur bleiben wird.«

Sie warf einen Blick auf ihre Uhr. »Ich muß gehen. Mein Bus –«

»Sie sind nicht mit dem Wagen hier?«

Mit einem kleinen Lächeln sagte sie: »Mein Auto streikt mal wieder.«

»Ich fahre Sie nach Hause.« Er ließ ihr keine Zeit zu widersprechen, warf nur rasch ein paar Münzen auf den Tisch, ehe sie die Teestube verließen. Als sie zur Tür hinausgingen, sagte er plötzlich: »Hätten Sie Lust, mit mir ein Glas trinken zu gehen? Heute abend vielleicht?«

»Tut mir leid, ich kann nicht.« Sie hatte ja die perfekte Entschuldigung. »Ich habe einen kleinen Sohn, um den ich mich kümmern muß.«

»Dann ein andermal. Nächste Woche vielleicht. Oder am Sonntag, wenn es Ihnen am Wochenende besser paßt.«

Doch das Unbehagen war wiedergekehrt, und sie sagte schnell: »Ich bin ehrlich gesagt durch das Kind und die Arbeit immer so müde, daß ich kaum ausgehe. Ich hoffe, Sie können das verstehen.«

»Natürlich.« Er öffnete ihr die Tür seines Wagens.

Topaz wußte, daß Charlie im Begriff war, ihr zu entgleiten. Ihrer beider Leben schienen nicht mehr zueinander zu passen. Immer wieder kam es vor, daß er Verabredungen in letzter Minute absagte. Es sei etwas dazwischengekommen, er schaffe es nicht. *Tut mir wirklich leid, Liebling. Bitte sei mir nicht böse.* Sie konnte diesen langsamen Prozeß der Auflösung nicht aufhalten.

Sie gingen wieder einmal auf ein Fest. Sobald sie das Haus in St. John's Wood betreten hatten, verlor sie ihn aus den Augen. Ziellos streifte sie umher, machte Konversation mit den anderen Ausgemusterten, die an den Wänden herumstanden, weil sie, wie sie, entweder aus eigener Entscheidung oder durch die Umstände gezwungen, nicht dem inneren Kreis angehörten. Charlie tauchte etwa eine Stunde später aufgekratzt und glänzender Laune wieder auf. Sie gingen jetzt weiter in ein Restaurant, erklärte er. Sie erfand eine frühere Verabredung, und er verabschiedete sich mit zerstreutem Gemurmel des Bedauerns und einem Kuß auf die Wange von ihr.

Wenn sie für ihn kochte, wußte sie nie, ob er überhaupt

wahrnahm, was sie ihm vorsetzte. Einmal riß sie ihm den Teller weg, lange bevor er mit dem Essen fertig war. »Sag mir, was du ißt, Charlie«, rief sie wutentbrannt. »Was ißt du?« Er sah sie leicht beunruhigt an. Sie packte Mantel und Handschuhe und rannte hinaus. Eine Stunde lang marschierte sie bei strömendem Regen durch die dunklen Straßen. Als sie nach Hause zurückkam, war sie naß bis auf die Haut. Wie albern und theatralisch, dachte sie, während sie sich ein Bad einlaufen ließ, auf Charlie wütend zu sein, weil er eine Crêpe nicht von einer Galette unterscheiden konnte. Er würde zu ihr zurückkommen, sobald er seiner Zukunft sicherer war. Er war immer ruhelos, wenn er gerade kein Engagement hatte.

Er meldete sich mit kurzen Pflichtanrufen. »Ich habe dich ewig nicht mehr gesehen«, sagte sie eines Abends zu ihm.

»Vorsprechen«, erklärte er. »Ich bin ständig irgendwo beim Vorsprechen.«

»Es kommt mir so unendlich lang vor. Du fehlst mir, Charlie.« Flehentlich, bedürftig. Sie hörte und haßte sich.

Sie hatte das Gefühl, daß sein schneller Vorschlag, sich Ende der Woche mit ihr auf ein Glas zu treffen, eine Beruhigungspille war, die sie beschwichtigen sollte, damit sie kein Theater machte. Charlie haßte Szenen. In der Bar in der Frith Street setzte sie sich an einen Fenstertisch, um auf die Straße hinaussehen zu können. Die Zeit verging; ab und zu kam jemand um die Ecke, und sie hob hastig den Kopf und spähte in die Dunkelheit hinaus. Dann folgten der Stich der Enttäuschung darüber, daß er es wieder nicht war, und ein zweiter Blick zur Vergewisserung. Danach sah sie in ihr Glas hinunter, schob die Olive in ihrem Martini hin und her, ohne zu trinken.

Sieben Uhr, hatte er gesagt. Aber vielleicht hatte sie sich verhört. Vielleicht hatte er halb acht gesagt, und sie hatte die Zeiten durcheinandergebracht. Um Viertel vor acht hörte sie Schritte, die sich ihrem Tisch näherten, und blickte mit klopfendem Herzen auf.

Es war nicht Charlie, sondern ein Fremder. Nett aussehend, jung, lächelnd. Er sagte: »Ist hier noch frei?«, und sie überlegte einen Moment, ob sie ihn einladen sollte, sich zu ihr zu setzen. Dann würde Charlie, wenn er mit Verspätung hier aufkreuzte, vielleicht selbst einen Tropfen der Eifersucht zu schmecken bekommen, die in letzter Zeit ihr Leben vergiftete.

Aber sie sagte: »Tut mir leid, ich warte auf jemanden«, und er ging. Sie wartete noch eine Weile, wobei sie sich jetzt eines Gefühls der Demütigung bewußt war. Sie hatte schon begriffen. Er hatte sie sitzengelassen. Schließlich nahm sie Tasche und Handschuhe und ging.

Er rief am folgenden Morgen an. Sein Zug hatte Verspätung gehabt, und er hatte einfach keine Telefonzelle gefunden. Sie verzieh ihm, wie immer. Als sie am Nachmittag mit ihm im Bett war, ertappte sie sich dabei, daß sie auf dem Kragen seines abgelegten Hemdes verstohlen nach Lippenstiftspuren suchte und sich fragte, ob er, wenn er eindöste, im Schlaf einen anderen Namen rufen würde.

Mary Hetherington bat Topaz, für sie zu kochen. Charlie versprach, sie hinzufahren. Mary wohnte am St. James Square, und das Abendessen sollte um halb acht beginnen. Um sechs wartete Topaz von Dosen und Kartons umgeben im Flur ihrer Wohnung. Um zehn nach ging sie ins Wohnzimmer zurück und stellte sich ans Fenster. Autoscheinwerfer durchstachen das feine Schneetreiben. Keines der Autos hielt an. Um Viertel nach sechs rief sie bei Charlie zu Hause an. Es meldete sich niemand.

Auf der Straße hielt sie ein Taxi an. Mit einer Verspätung von fast einer Dreiviertelstunde bei den Hetheringtons angekommen, arbeitete sie wie ein Roboter. Als das Mädchen schließlich die letzten Nachspeisen ins Eßzimmer trug, setzte sie sich völlig erledigt an den Küchentisch. Sie hatte hämmernde Kopfschmerzen, aber viel schlimmer war der dumpfe Schmerz irgendwo in der Gegend ihres Herzens.

Mary Hetherington schaute zwischen Käse und Kaffee in der Küche vorbei. »Hervorragend, das Essen, Topaz. Es hat allen köstlich geschmeckt.«

Topaz war mit dem Abwasch beschäftigt. »Es tut mir leid,

daß ich zu spät gekommen bin«, sagte sie. »Charlie wollte mich eigentlich abholen. Ich hoffe nur, ihm ist nichts passiert. Kann ich nachher mal Ihr Telefon benutzen und ihn anrufen?«

Sie hörte Mary sagen: »Aber er ist doch bei Jennifer, soviel ich weiß«, und drehte sich mit einem Ruck um.

»Bei Jennifer?«

»Ja.« Mary runzelte die Stirn. »Ach, Gott, ich dachte –« Sie brach ab.

Topaz fühlte sich an dieses erschreckende Fallgefühl erinnert, das einen überkam, wenn man meinte, man hätte das Ende einer Treppe erreicht, und es dann doch noch eine Stufe abwärts ging. Es bereitete ihr Mühe, die Frage zu stellen: »Sie dachten was?«

»Ach, nichts. Nichts von Bedeutung.«

»Bitte!«

Mary sagte: »Ich dachte, Sie beide wären nicht mehr zusammen.«

Und in diesem Augenblick schien es Topaz, daß Mary recht hatte, daß sie schon seit langer Zeit nicht mehr richtig zusammen waren. »Warum?« fragte sie leise. »Warum dachten Sie das?« Als sie sah, daß Mary zögerte, fügte sie hinzu: »Ich muß es wissen.«

Mary seufzte. »Als ich ihn ohne Sie bei Jen sah, nahm ich einfach automatisch an –«

»Charlie war bei Jennifer Audley im Haus?« Ihre Stimme wurde lauter. »Nach diesem Wochenende, an dem wir die gräßlichen Spiele gemacht haben?«

»Ein- oder zweimal«, antwortete Mary widerstrebend. »Ich habe ihn ein- oder zweimal bei den Audleys getroffen.«

Topaz raffte das letzte bißchen Stolz zusammen und wandte sich wieder zum Spülbecken. »Ich mach das hier nur fertig, dann gehe ich.«

»Ach, lassen Sie den Abwasch doch stehen, Topaz –«

»Ich bin ja fast soweit.«

Tränen verschleierten ihren Blick, rannen ihre Nase hinunter und tropften ins schmutzige Wasser, sie konnte kaum erkennen, was sie abspülte. Sie hörte, wie Mary hinausging.

Als sie mit dem Spülen fertig war, packte sie ihre Sachen, putzte Tisch und Herd und nahm ihre Schürze ab. Und dann stellte sie sich ans Fenster und schrieb seinen Namen auf die beschlagene Scheibe. Zog ihre Fingerspitze darüber und löschte die Buchstaben, so daß sie durch das Glas klar und deutlich den sachte fallenden Schnee erkennen konnte.

Sie fand einen Zettel unter der Tür, als sie nach Hause kam. »Liebste Topaz, tut mir wahnsinnig leid, bin in diesem fürchterlichen Wetter hängengeblieben und hab's einfach nicht geschafft. Ich hoffe, der Abend ist gut gelaufen. In Liebe, Charlie.« Sie knüllte den Zettel zusammen und warf ihn in den Mülleimer.

Er erwartete sie, als sie am folgenden Abend aus Angeliques Restaurant kam. Er hatte einen Strauß Chrysanthemen mitgebracht. Um sich zu entschuldigen, erklärte er: »Schlüsselblumen konnte ich keine auftreiben«, und fügte hinzu: »Noch zu früh, haben sie im Laden gesagt.« Hinter ihren Augen spürte sie den Druck der Tränen, aber sie hielt sie zurück.

Sobald sie ihn sah, wußte sie, daß etwas geschehen war. Er sprudelte über vor Energie und Erregung. Wenn sie abwärts blickte, würde sie seine Füße vom Boden abheben sehen. Er zog sie in den Schutz seines Mantels und küßte sie. Die langen Strahlen von Autoscheinwerfern tauchten aus der Nacht und glitten über sie hinweg, rote Rücklichter entfernten sich rasch.

Nach einer Weile trat er ein Stück von ihr zurück. »Was ist los? Du hast mir doch verziehen? Ich hab doch gesagt, daß mir das mit gestern abend leid tut. Der Wagen –«

»Du warst bei Jennifer, nicht wahr, Charlie?«, sagte sie und sah, wie seine Miene sich veränderte, abwehrend wurde.

»Und wenn? Sie ist eine Bekannte.«

»Eine Bekannte –« Eine plötzliche Aufwallung von Zorn bedrohte ihre äußere Gelassenheit. »Charlie, ich habe doch gesehen, wie du sie geküßt hast. Als wir an dem Wochenende bei ihr draußen waren, da habe ich gesehen, wie du sie geküßt hast.«

Wie sie es vorausgesehen hatte, sagte er: »Das hatte doch nichts zu bedeuten. Du weißt, wie das beim Theater ist – das ganze Küßchen hin und Küßchen her, das bedeutet alles überhaupt nichts.«

»Warum hast du mir dann nicht erzählt, daß du dich mit ihr triffst?«

Er hob die Schultern. »Ich hab's nicht für wichtig gehalten.«

»Aber es ist wichtig«, entgegnete sie. »Mir ist es wichtig.«

Jetzt sah er verdrossen aus. »Es geht doch um die Arbeit. Ich habe dir gesagt, daß Jennifer einflußreiche Leute kennt.« Er ergriff ihre Hand, und sein Gesicht hellte sich auf. »Komm, laß uns nicht streiten. Ich habe phantastische Neuigkeiten. Man hat mir eine Filmrolle angeboten.«

Sie murmelte: »Toll.«

Offenbar hatte sie nicht den richtigen Ton getroffen, denn er sagte: »Eine *Film*rolle, Topaz! Endlich. Ich hatte schon fast aufgegeben.« Seine Augen blitzten in der Dunkelheit. »Es ist keine Hauptrolle, aber immerhin eine richtige Sprechrolle. Der Film wird *Der Rosengarten* heißen – eine Gesellschaftskomödie, die in einem englischen Landhaus spielt. Ein bißchen Noël Coward.«

»Enthusiastische junge Männer im weißen Kricketdreß?« Sie konnte den Sarkasmus nicht aus ihrer Stimme heraushalten.

»Es ist ein *Film*, Topaz. Wen interessiert da schon, worum es geht. Stell dir nur mal vor, was für ein Publikum damit erreicht wird. Tausende – Zehntausende vielleicht. In England, Amerika – in der halben Welt sogar, wenn alles klappt.«

»Endlich der große Ruhm«, sagte sie.

Er sah sie argwöhnisch an. »Das klingt, als hättest du was dagegen.«

Sie schüttelte den Kopf. »Nein. Wenn es das ist, was du willst, Charlie, ist es das einzige, was zählt.«

Sie gingen durch Knightsbridge. Einen Moment lang teilten sich die Wolken und ließen eine schmale Mondsichel sehen. Charlie gestikulierte voller Erregung. »Es ist ein Anfang. Auch wenn dieser Film keine große Nummer wird, sollte er mir doch ein paar Türen öffnen. Und die Gage ist toll – das Dreifache von dem, was ich jetzt verdiene. Und ich lerne Amerika kennen. Ich wollte immer schon mal nach Amerika.«

»Du gehst nach Amerika?« fragte sie.

»Sie drehen den Film in Hollywood.«

»Aber du sagtest doch, ein englisches Landhaus –«

»Aus Pappe und Leim, wette ich.« Er lachte. »Ich kann's immer noch nicht fassen. Ich, Charlie Finch, auf dem Weg nach *Hollywood.*«

Gut beschwichtigt, dachte sie und fragte sich, wann es ihm eingefallen wäre, ihr von seinen Plänen zu erzählen, wenn sie ihn nicht mit Fragen über Jennifer Audley in die Enge getrieben hätte.

»Und wie lange bleibst du?«

»Ein paar Monate«, antwortete er unbestimmt.

Über eine Mauer hingen die Zweige eines Lorbeerbaums mit nassen, schmutzigen Blättern. Francesca fiel ihr ein. *Es geht darum, daß ich traurig bin und er nicht.* Sag nicht, daß du nicht gewarnt warst, Topaz Brooke.

Er legte ihr den Arm um die Taille. »Du wirst mir schrecklich fehlen.« Noch eine Beschwichtigung.

»Glaubst du wirklich?«

»Aber natürlich.« Er sah sie an. »Du verstehst mich doch, nicht, Schatz? Du verstehst doch, wie wichtig das für mich ist.«

»Natürlich.« Ihr war kalt, sie fröstelte unter ihrem Mantel. »Ich verstehe vollkommen.«

Er warf ihr einen scharfen Blick zu. »Das ist nicht fair.«

»Findest du?«

»Ich kann eine solche Chance nicht verstreichen lassen.«

»Das würde ich auch nie wollen.«

»Aber du findest es nicht gut?«

»Ich hab dir eben schon gesagt, Charlie, es ist deine Entscheidung. Du mußt tun, was du für richtig hältst.«

Sie waren fast bei ihrer Wohnung. Als sie um die Ecke bogen, schien er einen plötzlichen Einfall zu haben.

»Warum kommst du nicht einfach mit?«

»Charlie –«

»Nein, wirklich, warum nicht? Du könntest doch deine Arbeit aufgeben. In Long Beach am Strand in der Sonne zu liegen wäre bestimmt viel lustiger als Kartoffel schälen. Überleg doch mal – Palmen – der Pazifische Ozean –«

Einen Moment lang ließ sie ihrer Phantasie freien Lauf. Sie, Topaz Brooke, ausgestreckt an goldenem Sandstrand in einem toll geschnittenen amerikanischen Badeanzug, in dem sie ruck, zuck eine Figur wie Jane Russell hätte.

»Komm doch, Topaz. Es wäre so schön. Sag, daß du mitkommst.«

Sie wandte sich ihm zu. »Als was?«

»Was soll das heißen?«

»Als eine Bekannte – oder als deine Freundin – ?«

»Na ja, ich –«

»Oder als deine Verlobte, Charlie?«

Überraschung und Verwirrung. Und in den Tiefen dieser schönen dunklen Augen ein ziemlich gehetzter Ausdruck. Er rieb sich die Stirn, ausnahmsweise einmal sprachlos.

Beinahe tat er ihr leid. Sie sagte leichthin: »Keine Sorge, ich erwarte nicht, daß du mich heiratest.«

»Na ja, weißt du –«, ein dünnes Lachen, »– *Heirat*! Darüber habe ich eigentlich nie nachgedacht. Ich bin überhaupt noch nicht soweit. Bei mir hängt doch noch alles in der Luft. Außerdem hasse ich diese Art der Verpflichtung – die ganze Bürokratie, die damit verbunden ist – da macht's ja überhaupt keinen Spaß mehr.«

Sie drückte ihr Gesicht in die Chrysanthemen, die er ihr mitgebracht hat. In der Kälte war ihr Geruch schal und säuerlich.

»Aber um noch einmal auf Amerika zu kommen«, hörte sie ihn sagen. »Du kommst doch mit, ja?«

»Ich glaube nicht.« Sie hatten ihre Wohnung erreicht. Sie kramte ihren Schlüssel aus der Handtasche.

»Topaz –«

»Auf Wiedersehen, Charlie.«

»Du wirst mir sehr fehlen.« Er krauste die Stirn.

»Du mir auch.«

»Du wartest doch auf mich?« Seine Stimme klang plötzlich ängstlich.

Sie wandte sich ab. »Ich denke nicht, Charlie.«

»Topaz –« Er war verblüfft und erschrocken.

»Ich denke, es ist vorbei.« Sie war selbst erstaunt, wie ruhig ihre Stimme klang. »Und ich denke, das wissen wir beide.«

Seine Augen waren groß und ungläubig. »Ist es wegen Jennifer? Ich hab dir doch gesagt, Topaz – sie ist nicht von Bedeutung.«

Sie schüttelte den Kopf. »Nein, es ist nicht wegen Jennifer.«

»Dann – wenn ich gesagt hätte, daß ich dich heiraten will –«

»Nein.« Wieder schüttelte sie den Kopf und lächelte. »Nein.«

»Ich versteh das nicht. Warum, Topaz?«

Weil ich mich nie wieder dazu hergeben werde, die Lücken in anderer Leute Leben zu füllen, dachte sie. Nie wieder. Davon habe ich restlos genug.

Aber sie sagte nur: »Weil ich mich verändert habe, Charlie. Und du nicht.«

Dann ging sie ins Haus. Sobald sie die Tür hinter sich geschlossen hatte, fühlte sie es, die Einsamkeit, die über sie hereinbrach, die Grausamkeit seiner Abwesenheit. Sie wollte die Tür aufreißen und ihn zurückrufen.

Aber sie tat es nicht. Vielmehr stieg sie langsam die Treppe hinauf und sperrte ihre Wohnungstür auf. Drinnen setzte sie sich in ihre schöne Küche und betrachtete all ihre Sachen und mußte zum erstenmal feststellen, daß sie ihr überhaupt keinen Trost spendeten.

Rick Hunter rief Julia an.

»Ich habe ein Haus gefunden«, berichtete er, »und ich hätte gern eine zweite Meinung. Wären Sie bereit, es sich einmal anzusehen?«

»Ich weiß nicht –« Wieder die instinktive innere Mahnung zur Vorsicht.

Er unterbrach. »Ich störe Sie doch hoffentlich nicht. Sie haben wahrscheinlich sehr viel zu tun.«

Sie holte tief Atem. Lächerlich, sagte sie sich, so abweisend zu sein. Rick Hunter wollte nur nett sein.

»Hatten Sie an einen bestimmten Tag gedacht?«

»Nein, aber am günstigsten wäre ein Nachmittag. Solange es hell ist. Wie wär's mit Sonntag?«

»Das wird schwierig. William –«

»Nehmen Sie ihn doch mit. Das Haus hat einen großen Garten. Da kann er spielen.«

Eins zu null für dich, Rick Hunter, dachte sie. »Gut, am Sonntag dann«, sagte sie und legte auf.

Das Haus war fünfzehn Kilometer von Longridge entfernt. Das Meer war nicht zu sehen, aber sie ahnte, daß sie sich der Küste näherten. Sie roch das Salz in der Luft und nahm das besondere Leuchten des Himmels wahr. Eine schmale ungeteerte Straße zweigte von der Hauptstraße ab. Der Wagen holperte schaukelnd durch Furchen und Schlaglöcher. Zu beiden Seiten des Sträßchens standen Bäume. Als sie zurückblieben, fiel Julias Blick auf Rick Hunters Haus.

Sie war überrascht. Ihr stockte buchstäblich der Atem. Sie hatte Rick Hunter einen Geschmack am Massigen, ja Brutalen zugetraut. Niemals hätte sie diesen anmutigen, leichten Bau erwartet, dessen heller Stein sich harmonisch in das Blaugrün der Wälder und des Meers einfügte. Nachdem sie aus dem Auto gestiegen war, blieb sie einen Moment lang still stehen. Eine Veranda lief die ganze Fassade des Hauses entlang. Braunes Geäst wand sich um Schmiedeeisen: Sie stellte sich die lavendelblauen Blütentrauben der Glyzinien vor, die sich im Sommerwind bewegten. Im Park, der das Haus umgab, entdeckte sie die braungrauen Skelette von Stranddisteln und die ersten kleinen stacheligen blauen Blättchen von Strandkohl. Am Ende des Parks wogten dunkel Rhododendronbüsche. Ein, zwei Monate noch, dann würden sie in vielfarbiger Pracht erblühen.

Sie folgte Rick ins Haus. Große, wohlproportionierte Räume. Perlgraues wäßriges Licht strömte durch die hohen Fenster. Eine breite Treppe schwang sich zum oberen Stockwerk hinauf, hell wie Muschelschale.

Oben lief William ihnen voraus, öffnete alle Türen, lachte über den Widerhall seiner Schritte in den leeren Räumen. Julia streifte mit den Fingerspitzen über ein hölzernes Treppengeländer, von dem die Farbe abblätterte, und betastete ein Stück herabhängender Tapete mit einem verblichenen altmodischen Muster.

In der Mitte des größten Zimmers der oberen Etage hing von einem verschnörkelten Stuckmedaillon ein von Spinnweben überzogener Leuchter herab. Als Rick sprach, fuhr Julia leicht zusammen. Als hätte sie, im Traum dieses herrlichen Hauses gefangen, seine Anwesenheit vergessen.

»Was meinen Sie?«

»Es ist wunderschön. Rick. Unglaublich.«

Er hatte einen Stapel Papiere bei sich. »Ich war mit einem Innenarchitekten hier. Ich habe ihn extra aus London kommen lassen.« Er warf einen Blick auf das oberste Blatt des Papierstapels. »Karminrot für diesen Raum, meinte er. Rot-schwarzgestreifte Vorhänge. In Gold gefüttert und mit goldenen Possa...« Er zog die Brauen zusammen, während er mit dem Wort kämpfte. ... »Possa...«

»Posamenten? Das sind nur Troddeln und Borten.« Julia drehte sich um, um die georgianischen Fenster zu betrachten, die zierlichen Ornamente rund um die Einfassung. »Karminrot und Gold ... also das würde ich für dieses Haus nicht wählen.«

»Hab mir doch gleich gedacht, daß der Kerl nichts davon versteht.« Er riß die Papiere mitten durch und schleuderte sie zu Boden. Die Heftigkeit seiner Reaktion störte die Stille im Haus.

»Was würden Sie denn nehmen?« fragte er.

»Ich?«

»Sagen Sie es mir. Ich hab nämlich keine Ahnung.«

Sie war verlegen. »Rick, ich bin keine Innenarchitektin –«

»Aber Sie haben Stil. Bei Maurice Chancellors Fest sagten Sie, die Hoteldekoration wäre vulgär. Ich hätte das nicht gemerkt. Und wenn ich dieses Haus einrichte –«, er schlug mit feister Hand aufs Fensterbrett, »– möchte ich hier nichts Vulgäres haben. Ich möchte es so haben, wie Sie mir sagen, daß es sein soll.«

»Aber ich dachte, das Haus gehört Ihnen noch gar nicht, Rick.«

»Doch. Ich habe den Vertrag letzte Woche unterschrieben. Ich konnte nicht warten. Es gab noch einen anderen Interessenten.« Er warf ihr einen Blick zu. »Sie sehen aus, als wäre Ihnen kalt«, sagte er. »Gehen wir lieber. Es ist immer klamm in diesen alten Häusern.«

Sie gingen ins Freie hinaus. Auf dem Weg über den Hof sagte er: »Ich möchte Ihnen noch etwas zeigen.«

Er ging ihnen voraus durch den Rhododendronhain am Ende des Parks. Die dunklen ledrigen Blätter bildeten über dem sandigen Fußweg einen Baldachin, durch den der Himmel nicht hereinsah. Das Zischen von Gischt auf Kies wurde lauter, als Julia mit William an der Hand Rick folgte. Dann blieben die Büsche zurück, und sie sah, daß sie auf einem Holzsteg auf einem abgeschiedenen kleinen Stück Strand stand. Nur zehn, zwölf Meter entfernt rollten die Wellen den Kies hinauf. Dunkelbrauner Blasentang glänzte auf nassem, glitzerndem Sand, und in einem seichten Tümpel am Ende des Stegs ruderte mit ausgestreckten orangefarbenen Armen ein Seestern. Kalkfelsen rundeten sich zu beiden Seiten des Strands und bildeten eine Bucht, die durch eine ihr im Meer vorgelagerte Kette von Felsen vollends abgeschlossen wurde.

Sie spürte, wie William ihr seine Hand entzog, um loszulaufen und die Bucht zu erkunden. »Es ist zauberhaft«, sagte sie. Wieder war ihr, als stockte ihr der Atem. »Ein magischer Ort.«

Das Kind sollte Ende April zur Welt kommen. Marius holte Taras altes Kinderbettchen hervor. Er schmirgelte es ab und lackierte es, und dann tapezierte er das alte Kinderzimmer von Missencourt. Damit Tara sich nicht ausgeschlossen fühlte, strich er danach ihr Zimmer in einem kräftigen Glockenblumenblau, der Farbe, die sie sich ausgesucht hatte.

Tara hatte am zweiten Weihnachtsfeiertag ihren sechsten Geburtstag gefeiert. Rein äußerlich war sie eine Miniaturausgabe von Suzanne: klein und zierlich für ihr Alter, mit heller Haut, dunklen Augen und lockigem Haar. Aber charakterlich hatte sie ihre ganz eigene Art. Während Suzanne jede Autorität erst einmal anzweifelte, verehrte Tara ihre Lehrerin, Miss Rokeby, auf rührende Weise, zitierte bei Tisch ihre Worte und machte ihr immer irgendwelche kleinen Geschenke: einen Kartoffeldruck, einen selbstgebackenen Rührkuchen mit grellbunter Zuckergußverzierung, ein Kammtäschchen mit Kreuzstickerei, mit dem sie schwer gekämpft und das Suzanne später heimlich aufgetrennt und neu gemacht hatte. Während die Hausarbeit für Suzanne nur ein notwendiges Übel war, das einem kostbare Zeit raubte, pflegte Tara mit Leidenschaft den kleinen Toilettentisch zu putzen, den Marius ihr gezimmert hatte, und konnte sehr ungehalten werden, wenn in ihren Schubladen nicht alles seine Ordnung hatte. Während Suzanne immer in Eile war, war Tara geduldig und ordentlich. Und während Suzanne sich in langer Hose und Pulli am wohlsten fühlte, wollte Tara immer nur Kleidchen tragen, vorzugsweise in Rosa, je mehr Rüschen und Volants, desto besser. Suzanne, die zusah, wie ihre Tochter sich vor dem Spiegel drehte und wendete, sagte verzweifelt: »Ich glaube, sie ist überhaupt nicht mein Kind, Marius. Sie müssen sie im Krankenhaus verwechselt haben.« Marius' Stolz auf seine kleine Tochter kannte jedoch keine Grenzen. Wenn er aus London zurückkehrte, brachte er ihr immer etwas mit: eine Haarspange, ein Band, ein neues Kleid für ihre Lieblingspuppe.

Tara besuchte eine kleine, aber moderne Schule in Hernscombe, wo man die Uniformen und die strenge Reglementierung, die Suzanne immer ein Greuel gewesen waren, abgeschafft hatte. Sie ging gern zur Schule und hatte bald eine Schar bester Freundinnen, die zu Besuch nach Missencourt kamen und sich mit Taras Puppenhaus, dem Meerschweinchen und Spielen im Sandkasten amüsierten. Julia hatte versprochen, daß sie ihrer kleinen Nichte in ein, zwei Jahren das Reiten beibringen würde; inzwischen ging Tara einmal in der Woche zur Ballettstunde, wo zwanzig kleine Mädchen in den gleichen rosaroten Trikots zu Musik aus einem alten Grammophon, das noch von Hand aufgezogen werden mußte, ihre Übungen an der Stange machten.

Sonntag morgens machten Marius und Tara immer einen Ausflug. Sie waren beide Frühaufsteher und pflegten sich warm eingepackt und mit Gummistiefeln an den Füßen auf Zehenspitzen aus dem Haus zu schleichen, während Suzanne und Adele noch schliefen. Weil Tara unweigerlich unterwegs Picknick machen wollte, packte Marius stets eine Thermosflasche mit Tee und eine Tüte voll Kekse ein. Dann nahmen sie Kurs auf die Hügel oder den Wald, stapften durch Pfützen und Matsch, kletterten felsige Hänge hinauf, suchten mit dreckverkrusteten Stiefeln unter den Bäumen Kastanien und Eicheln und, im Frühling, schlanke zartfarbene Orchideen.

Taras große Liebe aber war das Meer, und sie war glücklich, wenn Marius sie hinten ins Auto setzte und mit ihr durch das frühmorgendliche Grau des Winters an die Küste fuhr. Umgeben von abgeschliffenen Kalksteinfelsen, in deren wassergefüllten Mulden sich Krebse und Seeanemonen tummelten, pflegten sie zu picknicken. Im Winter gingen ihre Gespräch beinahe im Tosen der Brandung und dem Heulen des Windes unter. Tara aß die Kekse und trank eine Tasse milchweißen, süßen Tee, dessen Geschmack sie mit einer Grimasse kommentierte, und dann baute sie, ganz egal, wie das Wetter war, eine Sandburg. Wenn sie Hand in Hand den Strand entlanggingen, beschrieb sie Marius in aller Einzelheit das Boot, das sie sich kaufen würde, wenn sie einmal groß war. Es hätte blaue Segel und einen Anker, und sie würde Fische fangen. Marius hörte interessiert zu und stellte sich seine kleine Tochter da draußen in den stürmischen Wellen ganz allein in einer Nußschale mit blauen Segeln vor. Er und Julia waren als Kinder mit einem Schlauchboot herumgeschippert. Bei der Erinnerung daran, wie leichtsinnig sie gewesen waren, schauderte ihn. Wills wegen wahrscheinlich. Seit Wills Tod hatte das Meer, das ihn so plötzlich mit Haut und Haar verschlungen hatte, etwas Bedrohliches bekommen, das sich wie ein Schatten auf die hell strahlenden Erinnerungen ihrer Kindheit legte.

Einmal hatte Julia zu ihm gesagt: »Glaubst du, daß man je aufhört, sich um sie zu sorgen, Marius? Glaubst du, das geht je vorbei?« Er hatte sofort verstanden, daß sie von Kindern sprach, von William und Tara und dem Ungeborenen in Suzannes Leib, und hatte den Kopf geschüttelt. »Wahrscheinlich nicht«, hatte er gesagt. »Mutter regt sich heute noch auf, wenn ich mit Verspätung aus London zurückkomme.«

»Ach, du lieber Gott«, hatte Julia gesagt und dabei ein so mutloses Gesicht gemacht, daß er sie in den Arm genommen und versucht hatte, die Schwester zu trösten, die sich früher um nichts auf der Welt Sorgen gemacht hatte.

Es machte ihn glücklich, daß Tara ein Landkind war, daß ihr der Lauf der Jahreszeiten, die Strömungen des Windes soviel bedeuteten wie ihm. Er wußte nicht, ob sie sein leibliches Kind war, aber das spielte keine Rolle für ihn, es reichte, daß dieselbe Sonne auf sie beide herabschien, wenn sie den Höhenzug entlangwanderten; daß sie beide es liebten, wenn der Gischt ihnen in die Gesichter sprühte, während sie Seite an Seite am Strand standen; daß sie zusammen das Rollen der Wellen beobachteten und darüber die Zeit vergaßen, bis er irgendwann auf die Uhr schaute und sie eilig den Felspfad zum Küstenweg hinaufzog, weil sie sonst das Frühstück versäumen würden.

Suzanne, die im sechsten Monat schwanger war, arbeitete immer noch im Kindergarten, der jetzt in den Gemeindesaal von Great Missen umgezogen war, da das alte Spielzimmer in Missencourt zu klein geworden war. Sie sah häufig blaß und müde aus. Blutarmut, sagte der Arzt und riet ihr, Leber zu essen und sich mehr Ruhe zu gönnen. Noch einmal bat Marius sie, die Arbeit im Kindergarten wenigstens für die letzten Schwangerschaftsmonate aufzugeben. Diesmal war Suzanne einverstanden; sobald Vivien einen Ersatz für sie gefunden hätte, würde sie aufhören. Marius atmete erleichtert auf. Aber er bemerkte auch den hastigen Blick Suzannes aus dem Fenster, der wie ein Echo ihrer alten Verzweiflung wirkte. Als fühlte sie sich in dem Haus und der Landschaft, die es umgab, immer noch eingesperrt.

In der Zeit unmittelbar nach dem Krieg hatten der Firma Temperley vor allem die Umstellung von Kriegs- auf Friedenswirtschaft und die Rohstoffknappheit Schwierigkeiten bereitet. Fünf Jahre später arbeitete das Unternehmen mit Gewinn, und die Auftragsbücher waren voll. Die Schwierigkeiten waren jetzt anderer Art: Da ihre Kapazitäten begrenzt waren, kam es immer wieder vor, daß sie Aufträge ablehnen mußten. Marius' Beschluß, die Gehäuseschreinerei zusammen mit dem neu errichteten Verkaufsbüro wieder in London anzusiedeln, hatte eine gewisse Abhilfe geschaffen, aber das Problem war nicht vollends gelöst.

Ende Februar brachte ein Brand in der Londoner Werkstatt die Produktion zum Stillstand. Marius fuhr sofort los, um den Schaden zu inspizieren. Suzanne begleitete ihn.

Abends um sieben kam er in die kleine Wohnung zurück. Suzanne sah ihn nur kurz an und goß ihm einen Drink ein. »Schlechter Tag?«

»Ziemlich, ja. Da hat doch tatsächlich so ein Idiot einen Zigarettenstummel in einen Papierkorb geworfen.« Er kippte den Scotch hinunter. »Es hätte natürlich noch schlimmer kommen können. Die ganze Werkstatt hätte in Flammen aufgehen können.«

»Wenigstens hat es keine Verletzten gegeben.« Sie stand in der kleinen Kochnische und machte das Abendessen.

»Außer dem Kerl, der den Papierkorb angezündet hat. Der hatte wahrscheinlich zwei geplatzte Trommelfelle, als ich mit ihm fertig war.« Marius nahm seine Krawatte ab und hängte sie über eine Stuhllehne. »Der Zeitpunkt könnte nicht ungünstiger sein«, erklärte er ärgerlich. »Die Werkstatt kann mindestens eine Woche nicht arbeiten. In Great Missen müssen sie Däumchen drehen. Vielleicht muß ich sogar vorübergehend ein paar Leute entlassen.«

Er ging in die kleine Küche. Bemüht, die geschäftlichen Probleme hinter sich zu lassen, umschlang er Suzanne, die am Herd stand, und küßte sie in den Nacken.

Doch sie entzog sich ihm. »Das Eiweiß, Marius –«

Er reichte ihr eine Schüssel. »Und wie war dein Tag?«

»Wunderbar«, sagte sie. Aber er fand, daß sie müde und angestrengt aussah. Dunkle Schatten lagen unter ihren Augen, und ihre Haut wirkte durchsichtig. Das schmale Gesicht schien unverhältnismäßig klein über dem aufgeschwollenen Leib.

»Kann ich dir was helfen?«

»Hier.« Sie reichte ihm ein Stück Käse und eine Reibe. »Ich habe heute in einem Laden in der Brompton Road einen wunderschönen Korbwagen gesehen. Für Tara hatte ich nur eine Tragetasche mit Rollen.«

»Hast du ihn gekauft?«

»Nein, er war sündhaft teuer. Aber ich habe ein Geschäft entdeckt, wo es die Wagen ohne Dekoration gab, und gleich noch Stoff für eine Garnitur gekauft. Die mache ich selber. Das kostet nicht halb soviel.«

»Das glaube ich«, sagte er, »aber du weißt doch, daß du nicht sparen mußt.«

»Ich gebe nicht gern unnötig Geld aus.« Ein rasches Lächeln. »Alte Gewohnheit wahrscheinlich.«

Er rieb den Käse in eine Schale. »Wir sind doch wirklich alle gleich, nicht wahr? Mutter hebt immer noch jedes noch so kleine Stückchen Schnur auf, und ich benutze alte Briefe als Schmierpapier.«

»Und ich kann keinen ganzen Beutel Bonbons auf einmal verdrücken. Vor dem Krieg hatte ich da überhaupt kein Problem.« Sie seufzte. »Meinst du, das bleibt uns für immer? Daß wir bei der geringsten Verschwendung ein schlechtes Gewissen bekommen?«

»Wahrscheinlich, ja«, antwortete er. »Unsere Enkel werden sich vermutlich kaputtlachen über uns.«

Sie hatte die Schüssel mit dem Eischnee und dem Rührbesen auf die Seite gestellt und rieb sich, ans Spülbecken gelehnt, den Rücken.

»Laß mich hier fertigmachen«, sagte er besorgt. »Ruh du dich ein Weilchen aus. Du siehst ganz erledigt aus.«

Sie schüttelte den Kopf. »Ich hab's ja gleich.« Dann wandte sie sich ab und sagte unvermittelt: »Ich muß morgen nach

Hause fahren, Marius. Vivien hat angerufen – sie braucht mich im Kindergarten.«

Er sagte: »Ich dachte – wie heißt sie gleich –, die Rothaarige springt für dich ein.«

»Du meinst Sally O'Brien? Ja, das stimmt, aber ihr kleiner Sohn hat die Mumps bekommen, da kann sie jetzt erst mal nicht.«

»Kann Vivien das denn nicht allein schaffen?«

»Doch nicht mit zehn Kindern. Hast du was dagegen, wenn ich den Wagen nehme?«

»Nein, natürlich nicht, Suzanne, aber darum geht es gar nicht.« Er bemühte sich, seinen Ärger zu bezähmen. »Die Fahrt ist endlos. Und ich habe den Eindruck, du bist sowieso schon völlig erschöpft.«

»Ach was, mir geht's gut«, widersprach sie. »Ich fühl mich immer nur abends ein bißchen fertig. Morgen geht es mir bestimmt wieder prima.«

»Wenn du wirklich nach Hause mußt – und ich verstehe ehrlich gesagt nicht, wieso sie nicht noch ein oder zwei Tage ohne dich auskommen können –, dann wäre es doch viel vernünftiger, die Bahn zu nehmen.«

»Das letzte Mal, als ich mit der Bahn gefahren bin, habe ich Stunden gebraucht. Außerdem war es eiskalt, und es gab nicht mal einen Speisewagen.« Sie wirkte ungeduldig und gereizt. »Und in Longridge stand nirgends ein Taxi. Ich mußte zu Fuß gehen und mich auch noch durch eine Kuhherde kämpfen.« Sie schauderte. »Nein, da fahre ich lieber mit dem Auto. Das weißt du doch, Marius.«

»Aber du siehst so müde aus –«

»Marius, jetzt mach nicht so einen Wirbel. Ein Kind zu kriegen ist was völlig Normales. Millionen Frauen bekommen jedes Jahr Kinder.«

Er war sich bewußt, daß seine Geduld nach dem langen, unerfreulichen Tag beinahe erschöpft war. »Aber nicht Millionen schwangere Frauen kümmern sich um eine Sechsjährige, arbeiten im Kindergarten und schmeißen dazu noch einen ziemlich großen Haushalt.«

»Meine Mutter«, entgegnete Suzanne aufbrausend, »hat am Fließband geschuftet und mit einem Mann, der sie beinahe jeden Tag geprügelt hat, in einem Haus von der Größe eines Schuhkartons gelebt. Und sie hatte *sieben* Kinder!« Ihre Augen blitzten zornig. Aber dann schien die Kampfeslust sie zu verlassen. Sie seufzte müde und sagte: »Entschuldige. Ich wollte dich nicht anfahren.«

Er nahm sie in die Arme. Doch ihr Körper blieb steif wie zuvor, abwehrend. Er sagte: »Ich kann dich morgen früh nicht fahren, weil der Schadenssachverständige von der Versicherung kommt, da muß ich dasein. Aber er müßte bis Mittag fertig sein. Reicht es, wenn wir am Nachmittag losfahren? Wir könnten in Andover oder Salisbury übernachten, dann wird das Unternehmen doch ein wenig erträglicher.«

»Ach, Marius, du Lieber.« Ihre Stimme zitterte ein wenig.

Der Schadenssachverständige, der versprochen hatte, bis zehn Uhr dazusein, kam erst um elf. Dann prüfte er jedes Detail mit einer Gründlichkeit, die Marius fast zur Weißglut trieb, befragte jeden einzelnen Angestellten und sah sich sämtliche Feuerlöscher und Sandeimer an.

Als er endlich weg war und Marius gerade gehen wollte, läutete das Telefon. In einem Warenhaus in Leeds, das zu ihren wichtigsten Kunden gehörte, hatte man von dem Brand gehört und war besorgt, daß die nächste bestellte Sendung nicht geliefert werden könnte. Marius verwendete zwanzig Minuten daran, den Leiter der Einkaufsabteilung zu beruhigen. Nachdem er das Gespräch beendet hatte, rief er in aller Eile Julia in Dorset an, um sie zu bitten, den Auftrag aus Leeds vorrangig zu behandeln.

Als er endlich wegkam, war es beinahe drei Uhr. Um verlorene Zeit gutzumachen, nahm er ein Taxi, anstatt mit der U-Bahn zu fahren, und war kurz vor halb vier zu Hause.

Stille schlug ihm entgegen, als er die Wohnungstür öffnete. Die Tragetaschen waren verschwunden, Suzannes Hut und Mantel hingen nicht mehr am Haken in dem kleinen Flur.

Er las den Brief, den sie am Garderobenspiegel befestigt

hatte. »Lieber Marius, ich habe beschlossen, doch schon heute morgen nach Missencourt zu fahren. Ich habe den Wagen genommen. Ich hoffe, Du hast nichts dagegen. Ich weiß, Du hast sehr viel zu tun, nimm Dir ruhig Zeit. Wenn ich auf der Fahrt müde werde, übernachte ich unterwegs in einem Hotel, das verspreche ich Dir. Kuß, Suzanne.«

Er starrte zum Fenster hinaus. Vor zwei Tagen war es plötzlich kalt geworden, und der von Rauchfäden durchzogene eisblaue Himmel erinnerte ihn an Glasmurmeln.

Sie hatte nicht gewußt, wie schwer es werden würde; daß jede Phase dieser zweiten Schwangerschaft Erinnerungen an die erste wecken würde. Die Übelkeit und körperliche Erschöpfung der ersten Wochen riefen ihr ihre Verwirrung und ihren Zorn über die Trennung von Neil ins Gedächtnis. Als sich das Ungeborene das erste Mal in ihr bewegte, sie zum erstenmal dieses zarte Flattern spürte, erinnerte sie sich der schwarzen trostlosen Wochen, die seinem Tod in Frankreich folgten. Und während Monat um Monat verstrich, fuhr sie nachts immer wieder aus dem Schlaf auf und erlebte von neuem die untröstliche Einsamkeit von damals, den Schmerz, die Angst um das ungeborene Kind und ihren Groll.

Es entsprach nicht ganz der Wahrheit, daß Vivien ihre Rückkehr nach Dorset gefordert hatte. Es stimmte, daß sie im Kindergarten nicht genug Leute hatten, aber Vivien, immer die Ruhe selbst, hatte gesagt, sie brauche sich nicht zu beeilen. »Erhol dich ein bißchen, Suzanne«, hatte sie ihr geraten. »Wenn das Kind erst da ist, wirst du dazu fürs erste keine Gelegenheit mehr haben.«

Sie war aus London abgereist, weil sie Zeit für sich brauchte und weil sie ganz plötzlich das unwiderstehliche Bedürfnis überfallen hatte, den Ort zu besuchen, wo sie und Neil zuletzt zusammengewesen waren. Ende April 1944 hatten sie es mit List und Tücke geschafft, ein Wochenende in Salisbury herauszuschinden. Neil war nicht weit entfernt in Tidworth stationiert gewesen; sie erinnerte sich, wie sie die linke Hand in der Manteltasche gelassen hatte, als sie sich ins Hotelregister einschrieb, damit niemand merkte, daß sie keinen Ehering trug. Damals, dachte Suzanne mit einem wehmütigen Lächeln, waren wahrscheinlich Scharen von Mr. und Mrs. Smiths in den Hotels rund um die Ebene von Salisbury mit den riesigen Militärlagern abgestiegen.

In Salisbury angekommen, stellte sie den Wagen ab und ging das kurze Stück zum White-Hart-Hotel zu Fuß. Während sie an dem alten Haus emporsah, erinnerte sie sich, daß das Wochenende nicht glücklich verlaufen war. Sie und Neil hatten zwar nicht gestritten, aber es war ihr nicht gelungen, die gereizte Nervosität und die Niedergeschlagenheit abzuschütteln, die sie auf der langen Fahrt von Northumberland nach Süden überkommen hatte. Zwischen ihnen war eine Distanz gewesen, als hätte die kurze Zeit der Trennung ihre Schritte bereits in unterschiedliche Richtungen gelenkt. Sie hatte Neil natürlich nichts von Marius gesagt, und auch Neil mußte in Zusammenhang mit den Vorbereitungen auf die Invasion Geheimnisse gehabt haben. Sie liebten sich mit einer verzweifelten Leidenschaft, als wollten sie etwas zurückerobern, das bereits verloren war. Als sie am Montag morgen die lange Fahrt nach Norden angetreten hatte, hatte sie eine schreckliche Übelkeit geplagt. Sie hatte es auf den schmerzlichen Abschied geschoben, aber es war natürlich ein Symptom der Schwangerschaft gewesen, von der sie zu diesem Zeitpunkt noch nicht wußte.

Suzanne ging weiter zur Kathedrale und durchquerte den Kirchhof. Der Tag war kalt und klar, der Himmel ein blaßblaues Leuchten. In den Schatten glitzerte Eis, und auf den gezackten flaschengrünen Blättern eines Efeus, der an einer Gartenmauer emporwuchs, lag Reif. Als sie die Bridge Street hinunterging, erblickte sie das Poultry-Kreuz und dachte: Dort habe ich ihn das letzte Mal gesehen. Dort haben wir uns zum Abschied geküßt. Er hatte sie zum Jeep bringen wollen, aber sie hatte abgelehnt. Sie hatte Abschiede schon immer gehaßt.

Sie versuchte, ihn sich vorzustellen, ein klares Bild von ihm heraufzubeschwören. Aber seine Züge verwischten sich, blieben verschwommen, wie unter Wasser verborgen. Sie konnte sich jetzt nicht mehr an die genaue Farbe seiner Augen erinnern, nicht mehr an die Form seines Mundes. Sie wurde sich eines Panikgefühls bewußt. Wenn sie ihn geliebt hatte, wieso hatte sie ihn dann vergessen? Endete die Liebe immer so? Würde sie eines Tages auch das Blau von Marius' Augen vergessen? Würde sie im Alter das Gesicht ihrer Tochter vergessen, ihre Stimme, ihren Namen?

Eine Stimme unterbrach ihre Gedanken, und sie merkte zu ihrem Entsetzen, daß sie weinte – auf der Straße stand und weinte. Sie sagte irgend etwas zu der älteren Frau, die mit teilnehmendem Blick neben ihr stand, dann eilte sie zu ihrem Wagen zurück. Sie hatte vorgehabt, in Salisbury zu essen und vielleicht ein Zimmer in einem Hotel zu nehmen, jetzt aber wischte sie die Tränen weg und fuhr aus der Stadt hinaus.

Sie fuhr schnell; von der ersten Fahrstunde an, die sie beim Militär erhalten hatte, war sie leidenschaftlich gern Auto gefahren. Sie erinnerte sich der Fahrten in Northumberland: auf diesen langen, geraden römischen Straßen durch das Hügelland; wenn sie unübersichtliche Hügelkuppen hinuntergeschossen war und Neil neben ihr gebrüllt hatte, sie solle aufs Gas steigen. Aber dieses Gelände hier war anders. Nachdem sie von der Straße nach Exeter abgebogen war, um in südlicher Richtung weiterzufahren, führte ihr Weg sie auf eine kurvenreiche Strecke, die sich durch zahllose Dörfer schlängelte. Immer wieder donnerte ihr aus einer unübersichtlichen Kurve ein Lastwagen oder Bus entgegen, und dann mußte sie den massigen und schwerfälligen Rolls-Royce, der noch aus der Zeit vor dem Krieg stammte, dicht an die Böschung quetschen. Die Pedale des Wagens waren so starr, daß ihre Füße sich vor Anstrengung zu verkrampfen begannen, und das Lenkrad war so schwer zu drehen, daß ihr die Arme weh taten. »Blöde alte Kiste«, schimpfte sie vor sich hin. »Fährt sich ja schlechter als ein Militärjeep.«

Sie begann müde zu werde, und mit der Zeit wurde die Müdigkeit unerträglich. Sie fuhr den Wagen auf einen Feldweg und stellte den Motor ab. Ihre Lider waren schwer, und sämtliche Glieder taten ihr weh. Doch der Schmerz und das Bedauern, die sie gequält hatten, waren milder geworden, und sie empfand eine gewisse innere Ruhe. Es war, als hätte sie mit dem Besuch in Salisbury ein Buch geschlossen und der Vergangenheit den ihr angemessenen Platz gegeben. Aus und vorbei. Jetzt konnte sie den Blick in die Zukunft richten. Die Zukunft waren Marius und Tara und das ungeborene Kind. Weiß Gott keine schlechte Zukunft, dachte sie glücklich. Die Augen fielen ihr zu, sie schlief ein.

Doch ohne Heizung wurde es im Wagen schnell kalt, und sie wachte schon nach kurzer Zeit durchgefroren und fröstelnd wieder auf. Noch ein wenig benebelt vom Schlaf, fuhr sie wieder los. Sie schätzte, daß sie nicht viel mehr als eine halbe Stunde Fahrt von Missencourt entfernt war. Zu Hause würde sie sofort ein heißes Bad nehmen und zu Bett gehen. Marius hatte recht gehabt: Sie war zu weit fortgeschritten in der Schwangerschaft, um eine solche Marathonfahrt auf sich zu nehmen. In Zukunft würde sie vernünftig sein und Ruhe geben.

Die Straße, die durch Hügel und bewaldete Täler verlief, bewegte sich in ständigem Auf und Ab. Sie nahm eine Abkürzung über ein kleines Nebensträßchen, das hügelabwärts zur Hauptstraße nach Hernscombe hinunterführte. Aber sie kannte die Strecke nicht, die ewigen Biegungen und Windungen ermüdeten sie, und sie mußte sich stark konzentrieren. »Gleich bin ich zu Hause«, murmelte sie sich tröstend zu. Endlich hatte sie das kurvenreiche Stück hinter sich gelassen, und die schmale, von Bäumen gesäumte Straße lag schnurgerade vor ihr. Sie trat aufs Gaspedal. Als sie durch die Schneise zwischen den Wäldern brauste, leuchtete über den Baumwipfeln funkelnd die tiefhängende Wintersonne auf, und sie drückte in einem Reflex die Augen zu. Als sie sie wieder öffnete, sah sie zu spät, daß sie die Abbiegung erreicht hatte und die Hauptstraße mit ihrer hohen, von Büschen bewachsenen Böschung direkt vor ihr lag. Mit aller Gewalt trat sie auf die Bremse, aber sie konnte den Vorwärtsdrang des schweren Wagens nicht aufhalten. Die Böschung raste ihr entgegen. Durch den Aufprall wurde sie zuerst nach vorn gegen das Lenkrad geschleudert und dann zurück in den Sitz.

Sie verstand nicht, was los war. Sie verstand nicht, warum die Sonne sie immer noch blendete. Wieso sie nicht atmen konnte, wieso sie so furchtbar fror, woher diese betäubende Kälte kam, die sich rasch in ihrem ganzen Körper auszubreiten schien. »Marius«, flüsterte sie, konnte aber den Kopf nicht drehen, um zu sehen, ob er bei ihr war.

14

JACK LEBTE SEIT fast zwei Jahren in Kanada, als Prudences Brief ihn erreichte. Nachdem er im Januar 1949 England per Schiff verlassen hatte, hatte er mit einem ehemaligen Kriegskameraden Kontakt aufgenommen, der nach Kriegsende nach Kanada ausgewandert war. Wallace Maxwell betrieb eine Farm in Saskatchewan; er habe Arbeit für Jack, schrieb er, wenn der interessiert sei. Jack traf in der kanadischen Prärie ein, als der Winter sich gerade zurückzuziehen begann, und entdeckte eine weite Landschaft wogender Felder, die mit lichten Wäldchen und funkelnden Seen gesprenkelt war.

In den Jahren seit seiner Entlassung aus dem Militär hatte Maxwell geheiratet und vier Kinder in die Welt gesetzt. Nachdem Jack eine Woche lang im Gästezimmer der Familie Maxwell kampiert hatte, floh er vor den Kleinen und Maxwells redseliger Ehefrau und suchte sich eine Unterkunft im nahe gelegenen Städtchen McKenna. Zu McKenna gehörten ein Bahnhof, ein kleines Hotel mit verwaschener Fassade, von der die Farbe abblätterte, eine Gemischtwarenhandlung, eine Tankstelle und ein paar Dutzend Häuser. Eines der Häuser war das von Mrs. Turner, die Zimmer vermietete.

Während seines ersten Sommers in Kanada arbeitete Jack auf Maxwells Hof und wohnte zur Miete in Mrs. Turners kleiner Pension. Tagsüber brannte die Sonne gnadenlos auf ihn herab, und er mußte unwillkürlich an Nordafrika denken. Abends schienen sich die lavendelgrauen Schatten ins Unendliche zu dehnen. Auf den Feldern wurde fast nur Weizen angebaut, das Land schien überzogen von einem goldenen Meer sanft wogender Halme. Bisweilen wurde das Gold vom Gelb der Senfpflanzen oder vom Azurblau des Flachses gesprengt. An den äußersten Grenzen von Maxwells Farm, fern den heimeligen Gehöften und roten Scheunen, war nur noch die Weite der honiggelben Felder, überwölbt von der gewaltigen blauen Kuppel des Himmels, die in die Unendlichkeit zu reichen schien. Mancher Anblick, dem er in diesem Land begegnete, war Jack fremd: die knallbunten Getreideheber zum Beispiel, hochnäsig wie prähistorische Maschinenvögel; die Zwiebeltürme der griechischorthodoxen und ukrainischen Kirchen, die an das Völkergemisch erinnerten, das sich in diesem fernen, vom Festland eingeschlossenen Gebiet niedergelassen hatte.

Rings umgeben von solcher Großartigkeit der Natur, hatte Jack das Gefühl, daß endlich eine schwere, drückende Last von seinen Schultern glitt.

Im Wohnzimmer der Pension stand eine Photographie von Mrs. Turners Ehemann, der 1944 in der Normandie gefallen war. Mrs.Turner, mittelgroß, schlank, mit braunen Augen und einer hübschen Figur, war eine gute Köchin und eine taktvolle, zurückhaltende Pensionswirtin. Jack gegenüber war sie kurz und sachlich und vermied anfangs jedes persönlichere Gespräch. Jack brauchte eine Weile, um zu erkennen, daß sich hinter der knappen Sachlichkeit Schüchternheit verbarg, und brauchte noch ein Weilchen länger, um in ihrer zurückhaltenden Art ruhige Schönheit zu erkennen. Der Sommer war fast vorbei, als sie endlich die Formalitäten fallenließen und von Mr. Chancellor und Mrs. Turner zu Jack und Esther übergingen. Der erste Schnee war gefallen, als sie das erste Mal miteinander schliefen. Wegen der anderen Gäste im Haus waren ihre nächtlichen Umarmungen so sanft und leise wie der vom Himmel schwebende Schnee.

Die Strenge des kanadischen Winters traf Jack unvorbereitet. Er hatte keine Ahnung gehabt, daß hier das Thermometer bis auf zehn, zwanzig, dreißig Grad unter Null fallen konnte. In der kältesten Nacht des Jahres erfroren auf einem Hof in der Nähe ein halbes Dutzend Rinder und der Knecht, der sie geführt hatte, bevor sie die Geborgenheit des Stalls erreichen konnten. Im Winter wurde die Prärie zu einem weißen Ozean, der nur durch einen feinen Bleistiftstrich vom bleichen Himmel abgetrennt war. Die Kälte konnte einen blind machen, sie konnte einem die Finger von den Händen und die Zehen von den Füßen frieren. Sie bündelte das Denken und reduzierte das Dasein auf das Wesentliche.

Die langen dunklen Abende nutzten sie zum Reden. Während Esther im Wohnzimmer Patchworkdecken nähte und Jack den schlanken Fingern zusah, die flink zwischen den Quadraten aus gestreifter, einfarbiger und gemusterter Baumwolle hin- und herflogen, erzählte sie von ihrer Kindheit und Jugend in Montreal, von ihrer Heirat mit achtzehn und dem Schock, den die Verpflanzung in dieses öde Land, in dem ihr Mann eine Farm besaß, für sie bedeutet hatte. Ohne jedes Selbstmitleid schilderte sie ihre Einsamkeit, nachdem Frank, ihr Mann, eingezogen worden war, wie sie bis zu Erschöpfung gearbeitet hatte, um irgendwie den Betrieb zu führen, und wie sie schließlich, nach seinem Tod, beschlossen hatte, den Hof zu verkaufen. Sie habe einfach den Mut verloren, erklärte sie Jack. Diese gnadenlosen Sommer und Winter, die Isolation auf der kleinen Farm hätten sie in die Knie gezwungen.

»Ich dachte, ich könnte irgendwie wieder Fuß fassen«, sagte sie leise, »aber es ging nicht.« Daraufhin hatte sie die Farm verkauft und war nach McKenna übersiedelt, wo sie die Pension gekauft hatte. Von ihrem Mansardenzimmer aus konnte sie den Hof sehen, auf dem sie mit Frank gelebt hatte. »Ich habe heute noch Schuldgefühle, Jack«, sagte sie. »Frank hatte den Hof von seinem Vater geerbt und wollte ihn an seine Söhne weitergeben. Aber wir hatten keine Söhne, und ich habe den Hof an fremde Leute verkauft.«

Mit der Zeit gelangte Jack zu der Überzeugung, daß man nicht immer nur das tun konnte, was von einem erwartet wurde. Im Krieg hatte er König und Vaterland gedient, war nach Hause zurückgekehrt, als seine Aufgabe erfüllt war, und hatte, wie Esther, versucht, wieder Fuß zu fassen. Nach seiner Rückkehr in das Geflecht von Familie und Verpflichtung hatte er sich abgemüht, sich in dem tristen kleinen England, das ihm so fremd geworden war, zurechtzufinden. Aus

Furcht, mit leeren Händen dazustehen, hatte er zu halten versucht, was seiner Meinung nach ihm gehörte – Sixfields und Julia. In der Rückschau meinte er zu erkennen, daß genau das sein Fehler gewesen war. Es hatte nichts gegeben, woran er sich hätte festhalten können; der Glaube an Kontinuität war nichts als Illusion gewesen. Er hatte erwartet, in die Welt zurückzukehren, die er vier Jahre zuvor verlassen hatte. Tatsächlich aber hatte diese Welt sich verändert, beinahe bis zur Unkenntlichkeit. Auch seine Familie hatte sich verändert, ihr Lebensstil war ihm fremd geworden. Und in seinem Heimatland war er sich manches Mal wie im Ausland vorgekommen. Was Julia anging – Julia war ein Mädchen gewesen, als er aus Dorset fortgegangen war, bei seiner Heimkehr hatte er eine Frau vorgefunden.

Er war nicht fähig gewesen, sich mit der Veränderung zu versöhnen, und hatte Kontinuität einzig im Land gesehen. Sein Wunsch nach Dauerhaftigkeit hatte ihn nach Sixfields geführt, wo Feld und Wald und Küste Unvergänglichkeit versprachen und der Reichtum die Illusion von Sicherheit und Beständigkeit bot.

In Kanada spürte er wenigstens manchmal eine Art Befreiung angesichts der grenzenlose Weite des Landes und der Urgewalt der Elemente, auch wenn er die Vergangenheit noch nicht abgeschüttelt hatte. Es half ihm, sich selbst als klein und unbedeutend zu sehen, was seine Mißgeschicke und Fehler auf ein erträgliches Maß zurechtstutzte.

Jack erzählte Esther von Ägypten und Italien, von Carrie Chancellor und Sixfields. Er sprach mit ihr über Will, aber nicht über seine Beziehung zu Julia. Er wußte, daß sie spürte, was unausgesprochen blieb. Er konnte sich immer noch nicht verzeihen, wie er sich Will gegenüber verhalten hatte. Und wenn er es auch zu ignorieren versuchte, quälte ihn doch ein Gefühl des Unvollendeten, das auf einen Abschluß wartete.

Dann kam der Brief. Am Abend im Wohnzimmer las er von Suzanne Temperleys Tod. Draußen lag meterhoher Schnee, und der Wind fegte Flockenwirbel von den Ästen der Bäume.

Esther saß am Feuer und nähte. Er hatte wohl bei der Lektüre irgendeinen Laut von sich gegeben, denn sie hob den Kopf und sah ihn fragend an.

»Schlechte Nachrichten?«

Er berichtete ihr von Suzanne.

»Ach, Jack«, sagte sie und stand auf. Sie legte ihr Nähzeug weg und setzte sich zu ihm aufs Sofa. »Hast du sie gut gekannt?«

»Nein, das eigentlich nicht.« Es fiel ihm schwer, sich ein Bild von Suzanne zu machen. Er hatte nur einen verschwommenen Eindruck von ihrem lebhaften Temperament und eine Erinnerung daran, wie sie unversehens in ihrer aller Leben eingebrochen war und sie zur Stellungnahme gezwungen hatte, auch ihn selbst und Julia. »Aber Marius, ihren Mann, kenne ich seit meiner Kindheit«, fügte er hinzu.

In den folgenden Tagen versuchte Jack, während er auf Maxwells Feldern arbeitete, im Kopf einen Kondolenzbrief zu verfassen. Aber die Sätze fielen in sich zusammen, noch bevor er sie vollenden konnte, und es schien keine Worte zu geben, die die Tiefe seines Mitgefühls mit Marius hätten ausdrücken können. Oft schweiften seine Gedanken ab zu seiner eigenen, von Schicksalsschlägen heimgesuchten Familie. Er dachte an seinen kleinen Neffen, den er nie gesehen hatte. Er versuchte, sich vorzustellen, wie William aussah, überlegte, ob er Will oder Julia ähnelte. Ihm oblag eine Verantwortung, diesem Kind seines toten Bruders gegenüber, der er sich bisher nicht gestellt hatte. Durch Prudences Brief war die zurückgelassene Familie lebendig und fordernd geworden. Es gelang ihm nicht mehr, sie hübsch ordentlich in der Schublade der Vergangenheit zu verschließen.

Eines Abends nahm er Esther in die Arme, sah ihr in die nußbraunen Augen und fragte sich, ob er angesichts Julias Augen von der Farbe sturmgepeitschter Meereswogen und ihrer spröden, anspruchsvollen Leidenschaft Esthers stillere Schönheit vergessen würde.

»Ich glaube, ich muß nach Hause«, sagte er.

Sie nickte, als hätte sie diese Worte von ihm erwartet. »Kommst du zurück?«

»Ich denke schon.« Er umschloß ihr Gesicht mit seinen Händen. Dann runzelte er die Stirn. »Es gibt ein paar Dinge –«

Sie unterbrach ihn mit einem Anflug ihrer früheren kurzen Sachlichkeit. »Ich weiß, ich habe es mir schon gedacht. Aber das dort drüben ist die Alte Welt, Jack, und hier ist die Neue. Du mußt dich entscheiden.«

Sie glitt aus seiner Umarmung und ging hinaus. Er fand sie in der Küche, wo sie den Kuchenteig ausrollte und weinte. Er küßte sie. Ihre mehligen Hände hinterließen Abdrücke auf ihm, als sie ihn an sich zog.

Bei der Beerdigung ertappte sich Topaz bei dem zornigen Gedanken, warum nicht zur Abwechslung mal eine *Hochzeit* stattfinden konnte. Oder eine *Taufe*. Aber dieser Gedanke war unerträglich (Suzannes armes, kleines, ungeborenes Kind, die vielen kleinen Babysachen in Missencourt, die man jetzt weggepackt hatte, um sie nicht mehr sehen zu müssen), darum starrte sie zu dem bunten Kirchenfenster hinauf und sagte im Kopf Kochrezepte auf, um nicht laut zu weinen. Mir ist allerdings schleierhaft, dachte sie, die Tränen wegzwinkernd (... Omelette mit Tomate ... man nehme eine Tomate, gehäutet und klein gehackt ...), warum es verboten sein soll, bei einem so tragischen Anlaß zu weinen.

Zwei Tage später rief sie Angelique an und teilte ihr mit, daß sie in absehbarer Zeit nicht auf ihren Posten im Restaurant zurückkehren würde. Sie werde in Missencourt gebraucht, erklärte sie. Sie wurde gebraucht, weil Adele zu müde und krank schien, um sich allein um dieses große Haus und ihr verwirrtes kleines Enkelkind zu kümmern, Julia (blaß und dünn und in einem erschreckenden Maß von nervöser Energie getrieben) fürs erste die Leitung der Firma übernehmen mußte, und Marius, der zuviel trank und den ganzen Tag nur ziellos im Haus umherging, völlig verstört war. Den Gedanken, daß sie vielleicht auch in Missencourt blieb, weil sie jetzt nichts mehr nach London zog, versuchte sie zu verdrängen.

Es mußte jemand dasein, der sich um die Alltäglichkeiten kümmerte, der einkaufte und kochte und dafür sorgte, daß

Mahlzeiten auf den Tisch kamen, auch wenn keiner sie aß. Das war das mindeste, was sie tun konnte. Zweimal in der Woche fuhr Topaz mit dem Bus nach Hernscombe oder mit Marius' altem Fahrrad nach Great Missen und kaufte ein, was gut und frisch aussah. Sie kochte jeden Abend, Suppen und Eintöpfe und frischen Fisch, den sie in Hernscombe am Hafen besorgte. Manches aßen sie, manches rührten sie nicht an, aber wenigstens, sagte sie sich, während sie die Reste in kleine Schüsseln füllte und in den Kühlschrank stellte, konnte sie ihnen damit eine Sorge abnehmen.

Sie hielt das Haus sauber, räumte auf, ging mit Staubsauger und Staubtuch durch die Räume und sorgte dafür, daß es immer ein warmes, gemütliches Plätzchen zum Niedersetzen gab. Sie nahm die zahlreichen Anrufe entgegen – dieselbe Mischung aus Anteilnahme und Neugier, die sie schon nach Wills Tod kennengelernt hatte – und machte sich bei jedem Notizen. Die Temperleys behelligte sie nur, wenn es absolut unumgänglich war. Nachmittags, wenn Tara aus der Schule kam, half sie Adele bei der Betreuung der Kleinen; an Waschtagen falteten sie, Tara und Mrs. Sykes Berge von Bettwäsche. Einmal bot sie Marius mit äußerster Vorsicht an, ihm bei der Durchsicht von Suzannes Sachen zu helfen, aber er sah sie nur mit einem Blick so voller blindem Zorn an, daß sie unter gestammelten Entschuldigungen hastig das Weite suchte.

Morgens erwachte sie stets schon um fünf oder sechs Uhr und konnte dann nicht mehr einschlafen. Sie wußte, daß auch Marius früh aufstand; sie hörte das gedämpfte Geräusch seiner Zimmertür und seine leisen Schritte auf der Treppe. Dann trat sie ans Fenster und sah ihn mit dem Labrador und Adeles King-Charles-Spaniel an der Seite durch den Garten gehen. Seine Wanderungen waren ziellos und eintönig, hin und her auf der Terrasse, dann ein oder zwei Rundgänge im Garten, bevor er den Weg zum Wäldchen oder zu dem Fußpfad einschlug, der in die Hügel hinausführte. Als suchte er etwas, dachte sie mit einem kleinen Schaudern.

Von ihrem Zimmerfenster aus beobachtete sie ihn, hatte ein Auge auf ihn. Ihr blutete das Herz, wenn sie ihn an diesen grauen, nebeligen Morgen sah. Während sie auf seine Rückkehr wartete, dachte sie an Charlie. Jede Kleinigkeit ihrer gemeinsamen Jahre rief sie sich ins Gedächtnis, um vielleicht herauszufinden, worin die Ursache des Bruchs lag. Manchmal schien ihr im Rückblick, daß er in seinen Gefühlen ihr gegenüber immer eine Distanz gewahrt, sich nie ganz auf sie eingelassen hatte. Weder hatte er sie zuerst geliebt, noch hatte er sie ausreichend geliebt. Doch sie hatte sich mit dieser halben Liebe zufriedengegeben, um deren wahre Natur sie gewußt hatte; hatte erst bei jener letzten Begegnung (Schnee in der Luft, und dieser gehetzte Blick in seinen Augen bei dem Wort »Heirat«) mehr verlangt, als er geben konnte. Oft schämte sie sich, manchmal mochte sie sich nicht. So feige, so armselig, sich mit einer solch verkümmerten Liebe zu begnügen. Das roch, fand sie, fatal nach Verzweiflung.

Wenn sie Marius zum Garten zurückkommen sah, pflegte sie nach unten zu laufen und ihm Tee und Toast zu machen. Den Toast aß er selten, trank aber für gewöhnlich den Tee. Sie setzte sich zu ihm und den von der Anstrengung ihres Ausflugs japsenden Hunden in die kleine Stiefelkammer hinten im Haus, wo die knarrenden Korbstühle standen und haufenweise Gummistiefel und alte Regenmäntel herumlagen. In seinen Kleidern hingen Dornen des Brombeergestrüpps, das den Fußweg säumte. Oft war er unrasiert, und das Haar, das seit mehreren Wochen nicht mehr geschnitten war, berührte den Kragen seines Mantels. Sein Blick war erloschen, und das machte ihr angst, deswegen ließ sie ihn möglichst nicht aus den Augen.

Sie sprachen wenig. Sie wußte, daß er seit Suzannes Tod kaum mit jemandem ein Wort gewechselt hatte. Die Fragen der Polizei, ja, die hatte er beantwortet, erschöpft und im Schock, und er hatte sich nach der Beerdigung für die Beileidsbezeigungen bedankt. Natürlich hatten sich alle bemüht, mit ihm zu sprechen. John und Prudence Chancellor hatten es versucht, doch sie waren auf eine Mauer schweigender Abwehr gestoßen, bis sie schließlich aufgaben. Adele hatte es mehrmals versucht, doch Marius hatte sie mit soviel Kälte und bewußter

Unhöflichkeit zurückgestoßen, daß sie weinend gegangen war. Julia versuchte es nicht, weil sie, wie sie Topaz anvertraute, im Moment gar nicht wußte, wie sie mit Marius umgehen sollte. Sie halte es kaum aus, ihn anzusehen, erklärte sie, und habe keine Ahnung, was sie ihm sagen solle.

Julia hatte als erste von Suzannes tödlichem Unfall erfahren. Die Polizei war genau in dem Moment eingetroffen, als sie in die Einfahrt von Missencourt eingebogen war, wo sie William abholen wollte. Die Erinnerung an das Gespräch, in dem ihr mitgeteilt wurde, was Suzanne zugestoßen war, begleitete sie überall. Suzanne war auf der Heimfahrt von London gewesen, als sie beim Einbiegen in die Straße nach Hernscombe die Kontrolle über den Wagen verloren hatte. Der Rolls-Royce war in die Böschung gerast, und Suzanne war zuerst gegen das Lenkrad und dann zurück in den Sitz geschleudert worden. Beim Aufprall auf das Lenkrad war ihr Brustbein gebrochen, beim Rückprall gegen den Sitz ihr Genick. Lois Barrington war kurz nach dem Geschehnis am Unfallort eingetroffen. Suzanne hatte noch gelebt, als Lois sie gefunden hatte, aber beim Eintreffen des Rettungswagens zwanzig Minuten später waren sie und ihr ungeborenes Kind schon tot gewesen. Bei der Leichenschau hatte der Coroner vermutet, Suzanne könnte von der tiefstehenden Wintersonne geblendet worden sein. Er hatte ferner darauf hingewiesen, daß das Unfallfahrzeug ein großer, schwerer Wagen gewesen sei, für eine zierliche Frau nicht leicht zu manövrieren.

All diese Details, dieses schreckliche Aufeinanderhäufen von Tatsachen, erschienen Julia obszön. Sie empfand in diesen ersten Wochen vor allem Zorn. Zorn darüber, daß sie einen weiteren Schicksalsschlag hinnehmen mußten, wo sie doch gerade erst begannen, mit Wills Tod fertig zu werden.

Insgeheim war sie erleichtert, daß jetzt die Arbeit in der Firma beinahe ihre ganze Zeit beanspruchte. Mit den Forderungen des Geschäfts konnte sie umgehen; aber nicht, wie sie Topaz erklärt hatte, mit Marius. Ihr eigener Schmerz über Wills Tod war noch zu frisch, ihre Schuldgefühle quälten sie noch zu heftig. Sie war froh, auch um Williams willen, daß sie den Vorwand der Arbeit hatte, um ihre Besuche in Missencourt kurz halten zu können. Und sie war Topaz ungeheuer dankbar dafür, daß diese ihr mit ihrem Entschluß zu bleiben alle häuslichen Verpflichtungen abgenommen hatte.

Bei ihren Besuchen in Missencourt fiel Julia auf, daß Topaz sich verändert hatte. Sie alle hatten sich angewöhnt, sie als die kleine Topaz zu sehen, die jüngere Cousine von Jack und Will, die sich unaufhörlich abstrampelte, um mit ihnen Schritt zu halten. Aber diese Zeiten waren vorbei. Topaz war eine tüchtige, einfallsreiche und praktische Frau geworden. Vielleicht aber, dachte Julia, war sie das schon seit langer Zeit, und sie hatte es nur nicht wahrgenommen.

Auch Rick half ihr durch diese schwere Zeit, was sie mit einem gewissen Unbehagen zur Kenntnis nahm. Vor Suzannes Tod hatte Rick Hunter lediglich an der Peripherie ihres Lebens existiert. Danach schien er plötzlich ständig dazusein. Wenn sie von der Arbeit nach Hause kam, traf sie ihn auf sie wartend vor dem Haus an. »Ich bin nur auf einen Sprung vorbeigekommen, weil ich wissen wollte, wie es Ihnen geht«, sagte er dann. Oder: »Ich wollte nur mal nachfragen, ob ich irgendwas für Sie tun kann.« Er brachte ihr Blumen oder Pralinen oder hatte einen Luftballon oder ein Spielzeugauto für William dabei. Da konnte sie ihn natürlich nicht einfach abwimmeln und draußen vor der Tür stehenlassen. War er dann erst einmal im Haus, fand er garantiert irgendeine kleine Arbeit, die er Julia abnehmen konnte, etwa einen kaputten Fensterriegel, den er richten, oder eine leere Kohlenkiste, die er im Keller auffüllen konnte. Und Julia, die in dieser Zeit nach Suzannes Tod, da Marius sich nicht um die Firma kümmerte, noch stärker belastet war als vorher, begann sich, beinahe ohne daß sie sich dessen bewußt zu werden, auf Rick Hunter zu verlassen. Auf seine Hilfsbereitschaft und seine Gesellschaft, die sie ablenkte und aufheiterte.

Einiges von sich erzählte er ihr, einiges erriet sie. Von Zeit zu Zeit unterliefen ihm sprachliche Ausrutscher, die verrieten, daß er seine Kindheit irgendwo im East End von London verbracht hatte. Es hätte sie interessiert, ob er sich seiner Herkunft schämte, und sie dachte daran, ihm zu sagen, daß sie stets Leute bewundert hatte, die sich aus eigener Kraft hocharbeiteten. Sie tat es nicht, einerseits weil sie ahnte, daß er seine Verletzlichkeit nicht zeigen wollte, andererseits weil ein solches Gespräch vielleicht eine Intimität gefördert hätte, die sie nicht wollte. Aber es war, als hätte sie eine zarte, weiche Stelle entdeckt, die dem Bild robuster Stärke, das er vermittelte, widersprach; eine unerwartete Seite seiner Persönlichkeit, die ihn ihr sympathischer machte.

Er besaß einen raschen und scharfen Verstand und einen großen Wissensdurst, den Willen, sich zu bilden. Sie liebte sein zauberhaftes, meerumspültes Haus und genoß es zuzusehen, wie es allmählich zum Leben erwachte, während ein Heer von Handwerkern sich darin zu schaffen machte, Wände tapezierte und Vorhänge anbrachte. Er behandelte sie wie eine Prinzessin, führte sie an den seltenen Abenden, da ihre Zeit es erlaubte, in elegante Restaurants, stets um ihr Wohlergehen besorgt und bemüht, ihr jeden Wunsch von den Lippen abzulesen. Es tat gut, so verehrt zu werden. Es war etwas anderes als das, was sie in ihrem täglichen Leben gewöhnt war; was sie in der Firma gewöhnt war, wo sie bestenfalls als Kumpel behandelt wurde und schlimmstenfalls mit jener Art verkappter sexistischer Geringschätzung, wie Raymond Bell sie so gekonnt praktizierte.

Aber ein-, zweimal sah sie auch eine andere Seite Rick Hunters, eine Seite, die sie erschreckte und ihr das Unbehagen ins Gedächtnis zurückrief, das sie bei der ersten kurzen Begegnung mit ihm in Wills Büro verspürt hatte. Eines Tages war sie in seinem neuen Haus und schrieb gerade ein paar Vorschläge zur Farbgebung auf, als das Telefon läutete und Rick den Hörer abnahm. Seine Stimme zerstörte die träumerische Ruhe des späten Nachmittags. So kurz und kalt und emotionslos – als gehörte sie einem anderen, nicht dem umgänglichen, gelassenen Rick Hunter, den sie kannte. »Weg mit ihm«, hörte sie ihn sagen. Und dann ungeduldig: »Verschon mich mit dem rührseligen Quatsch. Weg mit ihm, hab ich gesagt.«

Nur einmal erlebte sie ihn wütend. Man hatte ihm die Mitgliedschaft im Golfklub von Hernscombe verweigert. Er schlug sich mit der Faust in die offene Handfläche, und die Worte ratterten wie Maschinengewehrfeuer. »Ich bin ihnen nicht gut genug. Ich komm aus den falschen Kreisen. Leute wie mich wollen die in ihrem Klubrestaurant nicht haben.« Das Klatschen seiner Faust pointierte die kurzen Stakkatosätze.

»Und was haben Sie jetzt vor?« fragte sie.

In seinem Blick war eine eisige Wut, die ihr angst machte. »Erst mal werd ich rauskriegen, wer dahintersteckt. Und dann werd ich mich revanchieren.«

An diesem Abend hatte sie daran gedacht, die Beziehung zu Rick Hunter abzubrechen. Aber zwei Tage später war Suzanne verunglückt, und Julia hatte den Zwischenfall vergessen. Als sie sich später, nach allem, was geschehen war, wieder daran erinnerte, war er belanglos geworden, und sie fand Ricks Zorn verständlich.

Über Will hatte er nie wieder mit ihr gesprochen. Manchmal beunruhigte es sie, daß er sich an sie erinnert, sie ihn jedoch vergessen hatte. Es beunruhigte sie, daß ihr erster Eindruck von ihm negativ gewesen war, daß sie etwas Räuberisches, Fuchsähnliches in ihm gesehen hatte. Doch wenn sie dann daran dachte, wie sie selbst damals gewesen war – so hochmütig und schnell in ihrem Urteil –, kamen ihr Zweifel an der Richtigkeit ihrer damaligen Einschätzung.

Seit dem Tod ihrer Mutter zeigte sich Tara still und verschlossen und war zu alten Kleinkindgewohnheiten zurückgekehrt. Sie lutschte am Daumen, klammerte sich vor dem Schultor an Adele, und ein-, zweimal machte sie ins Bett. In ihren Augen spiegelten sich solche Ratlosigkeit und Verwirrung, daß es Topaz fast das Herz zerriß.

Im Laufe der Wochen bemerkte Topaz, daß Marius sich weigerte, seine Tochter zu trösten. Wenn er auf dem Sofa saß und Tara auf seinen Schoß kletterte, ertrug er sie vielleicht ein paar Minuten lang, dann hob er sie herunter, stand auf und ging aus dem Zimmer. Wenn Tara um eine Gutenachtgeschichte bettelte, schickte er sie fort, zu Adele oder Julia oder irgendeinem, der sonst gerade da war. Als wäre Tara, dachte Topaz, eine Irritation, als störte sie die dunklen Wanderungen seiner Gedanken. Als ginge sie ihn nichts an.

Eine ganze Weile sagte sie nichts. Aber eines Tages, ungefähr drei Wochen nach Suzannes Tod, kam Tara mit einem großen Bild nach Hause, das sie in der Schule gemalt hatte. »Es ist für Papa«, erklärte sie Topaz. »Das ist die Werkstatt, wo sie die Radios machen.«

Topaz bewunderte das Bild. Die alte steinerne Kapelle mit der geschnitzten Holztür und den Bogenfenstern, in der die Werkstatt untergebracht war, war liebevoll gezeichnet. Eine gelbe Sonne, von einem Strahlenkranz umgeben, schien an einem königsblauen Himmel.

Marius saß mit einem Glas Whisky in der Hand im Wohnzimmer. Als Tara ihm strahlend das Bild überreichte, würdigte er es nicht einmal eines Blicks, sondern legte es auf den Tisch und ging aus dem Zimmer. Taras Blick war so enttäuscht und verletzt, daß Topaz Marius am liebsten geschüttelt hätte. Sie brachte Tara zu Adele und machte sich auf die Suche nach ihm.

Er war in seinem Arbeitszimmer. Die Tür war geschlossen. Sie klopfte einmal kurz und trat ein. Er blickte nicht auf.

Sie sagte: »Das war unverzeihlich. Was du Tara da eben angetan hast, bleibt unverzeihlich.«

Sein ohnehin schon blasses Gesicht wurde noch bleicher. »Das hier ist mein Arbeitszimmer«, sagte er leise, »und ich habe dich nicht hereingebeten. Ich möchte dich bitten zu gehen.«

»Nein.« Sie schüttelte den Kopf. »Erst hörst du dir an, was ich zu sagen habe.«

»Bitte geh jetzt, Topaz.« Seine Stimme war gefährlich ruhig.

»Du hast Tara weh getan. Du hast sie zum Weinen gebracht.«

Er ergriff sein Glas und ging zum Fenster. Dort blieb er stehen, mit dem Rücken zu ihr, und wartete darauf, daß sie gehen würde.

Aber sie ließ sich nicht vertreiben. »*So* darf man sein Kind nicht behandeln. Niemals!« sagte sie. »Ganz gleich, was dir passiert ist, ganz gleich, wie schlecht es dir geht, so darfst du deine Tochter nicht behandeln.«

Mit einer heftigen Bewegung drehte er sich um. »Und woher nimmst du eigentlich das Recht, hier hereinzuplatzen und mich darüber zu belehren, wie ich meine Tochter zu erziehen habe?«

»Tara braucht dich, Marius.«

Er entkorkte die Whiskyflasche. »Nicht sehr originell, Topaz. Damit haben es alle anderen auch schon versucht.«

»Aber es ist wahr. Sie versteht nicht, was geschehen ist – sie hat ihre Mutter verloren –«

»Jetzt wirst du banal«, sagte er.

Sie erkannte die Wut in seinen Augen, aber sie gab nicht auf. »Hast du überhaupt mal mit ihr gesprochen? Hast du versucht, ihr zu helfen und ihr zu erklären –«

Er verzog geringschätzig den Mund. »Erklären? Was soll ich ihr denn *erklären*? Wie soll ich das machen? Du redest, als wäre Suzannes – Suzannes Tod –«, er stammelte, hatte Mühe weiterzusprechen, »– eine Mathematikaufgabe. Als käme es nur darauf an, die richtigen Formeln anzuwenden, um ein sinnvolles Ergebnis zu erhalten.«

»Du weißt genau, daß ich es so nicht gemeint habe –«

»Ach nein?« Seine Augen waren harte blaßblaue Steine. »Geh raus, Topaz. Laß mich in Ruhe.«

Er war ihr fremd geworden. Er war im Begriff, alle Bewunderung – alle Heldenverehrung –, die sie ihm einmal entgegengebracht hatte, im Handumdrehen zu zerstören.

Sie sagte noch einmal: »Tara braucht dich.«

»Sie hat meine Mutter. Dich. Julia.« Ein Ton der Endgültigkeit schwang in seiner Stimme mit, als wäre damit alles erledigt.

Sie spürte selbst, wie sie die Beherrschung verlor. »Sie braucht aber *dich*.« Ihre Stimme zitterte. »Nicht ihre Tanten und ihre Großmutter. Sie braucht ihren *Vater*.«

Mit unsicherer Hand goß er noch mehr Whisky in sein Glas. Zum erstenmal in ihrem Leben verspürte sie beinahe Abneigung gegen ihn. Kalt sagte sie: »Oder ist vielleicht genau das der Haken? Daß du nicht Taras leiblicher Vater bist? Willst du deshalb nichts mit ihr zu tun haben, Marius? Weil sie dir eigentlich gar nichts bedeutet?«

Nur mit einer Willensanstrengung schaffte sie es, im Zimmer zu bleiben, als er sie ansah. Nie zuvor hatte Marius Temperley sie mit einem solchen Blick angesehen. Am liebsten hätte sie dieses entsetzliche Gespräch auf der Stelle beendet und wäre auf und davon gelaufen, vorzugsweise gleich zurück nach London.

Er sagte leise: »Was unterstehst du dich?« Dann kam er quer durch das Zimmer auf sie zu, immer noch diesen Blick in den Augen. Einen Moment lang glaubte sie, er würde zuschlagen.

Aber er sagte nur: »Ich liebe Tara. Und jetzt geh, um Gottes willen, bevor ich mich vergesse und etwas tue, was ich den Rest meines Lebens bedauern werde.«

Sie war zurückgewichen. Aber als sie die Tür geöffnet hatte, blieb sie noch einmal stehen.

»Du hast mich vorhin gefragt, woher ich das Recht nehme, dich darüber zu belehren, wie du Tara zu erziehen hast. Ich werde es dir sagen, Marius. Ich habe zwar noch keine eigenen Kinder, aber ich bin auch eine Tochter. Und *mein* Vater ist gestorben, als ich sechs Jahre alt war. So alt wie Tara jetzt. Meine Mutter hat mir gegenüber nie einen Zweifel daran gelassen, daß ich ihr eher lästig war als willkommen. Du hast natürlich recht, ich weiß nicht, was es heißt, Mutter oder Vater zu sein, aber ich weiß sehr wohl, was es heißt, jemand zu sein, den niemand wirklich haben will. Und ich möchte nicht, daß Tara das auch erfahren muß.« Damit rannte sie hinaus.

In ihrem Zimmer holte sie ihren Koffer unter dem Bett hervor und begann, ihre Sachen hineinzuwerfen. Sie hatte die erste Schublade geleert, als sie sich aufs Bett setzen mußte, um zu weinen. Und dann konnte sie nicht mehr damit aufhören. Sie wußte, daß sie um Charlie weinte, den sie geliebt hatte, und ebenso um Suzanne und Marius.

Schließlich blieb sie doch in Missencourt, weil sie viel zu verweint und ausgelaugt war, um sich mit Fahrplänen und Zügen und der schwierigen Aufgabe einer Erklärung für die Temperleys herumzuschlagen. Und weil Adele sie umarmte und

Tara sich auf ihren Schoß setzte und Julia, die auf dem Heimweg von der Arbeit kurz hereinschaute, ihr einen Kuß gab und eine Schachtel Pralinen in die Hand drückte. »Ich kriege dauernd welche geschenkt«, erklärte sie und verdrehte dabei die Augen. »Aber irgendwann bekommt man sogar die beste Schokolade über, stimmt's?«

Julia fuhr weiter zu Prudence Chancellor, um William abzuholen, und Topaz, die zittrig und erschöpft zurückblieb, fragte sich, wie um alles in der Welt man Schokolade überdrüssig werden konnte.

Am folgenden Morgen erwachte sie früh wie immer. Vom Fenster aus sah sie Marius aus dem Haus gehen und verharrte unschlüssig, sich unklar darüber, was sie tun sollte. Dann beschloß sie, es noch ein letztes Mal zu versuchen. Sie ging nach unten und machte Tee und Toast.

Er sah sie an, als sie in die Stiefelkammer trat. Sein Blick flog zu Tasse und Teller.

»Würdest du mir das nicht lieber ins Gesicht werfen?«

Sie schüttelte wortlos den Kopf. Er nahm ihr das Geschirr ab und stellte es aufs Fensterbrett. Dann schloß er seine Arme um sie und sagte: »Es tut mir leid. Es tut mir so leid, Topaz.«

Worauf sie natürlich aufs neue weinen mußte. Er ließ sie los und setzte sich in einen der alten Korbsessel. Den Kopf in die Hände gestützt, sagte er leise: »Ich kann nicht aufhören, darüber nachzudenken. Entweder war es meine Schuld, weil ich Suzanne an diesem Tag nicht gefahren habe –«

»Marius«, sagte sie erschrocken, »das kannst du nicht ernstlich glauben.«

Als er den Kopf hob und sie ansah, erkannte sie das Entsetzen in seinem Blick. »Aber wenn es nur ein Unglücksfall war, dann macht das alles noch schlimmer. Denn wenn der Tod so willkürlich ist, kann ich jederzeit auch sie verlieren. Tara. Und das könnte ich nicht ertragen. Nicht auch noch das nach Suzanne und dem Kind.« Er wandte sich ab. Leise sagte er: »Es wäre einfacher, sie nicht zu lieben, verstehst du?«

»Aber du kannst dir nicht aussuchen, wen du liebst.« Sie dachte an Charlie und spürte den vertrauten scharfen Stich des

Schmerzes. Sie hatte es sich nicht ausgesucht, Charlie zu lieben. Oder wenn doch, dann war es eine törichte Wahl gewesen. Viel vernünftiger wäre es gewesen, sich in einen Mann eher durchschnittlicher Art zu verlieben.

Sie hob die Hand und berührte leicht Marius' gesenkten Kopf. »Tara wird dich immer lieben«, sagte sie, »ganz gleich, was geschieht. Aber wenn du sie ablehnst, wird sie glauben, daß sie es nicht verdient, geliebt zu werden. Daß mit ihr etwas nicht in Ordnung ist.«

Er sah todmüde aus. Nach einem Schweigen sagte er: »Ich weiß, daß alle darauf warten, daß ich – wie lautet das Klischee? – mein Leben wieder in die Hand nehme. Aber ich weiß nicht, wie ich das machen soll, Topaz. Ich weiß es wirklich nicht.«

Sie setzte sich neben ihn. Sie hatte das Gefühl, daß ihr eigenes Leben ihr entglitten war. Und ausgerechnet von mir will er wissen, dachte sie, wie man sein Leben in die Hand nimmt. »Ich weiß es auch nicht, Marius«, sagte sie. »Es heißt, daß es in kleinen Schritten geht.«

Eine lange Zeit verstrich, ehe er wieder sprach. »Das einzige, was ich im Moment fühle, ist die Sehnsucht nach *ihr*. Immerzu. Ich kann nicht aufhören, darüber nachzudenken – über das, was geschehen ist. Am Abend vorher – als wir in London waren – hatten wir Streit. Und ich frage mich – ich frage mich, ob sie darum gefahren ist. Weil sie es satt hatte. Wegen des Streits. Vielleicht hatte sie *mich* satt.« Er wandte sich ihr zu. »Darum trinke ich. Es lenkt mich von meinen Gedanken ab. Ach, und die Arbeit –«, er sah verzweifelt aus, »– ich weiß, daß alle der Meinung sind, ich sollte wieder zu arbeiten anfangen, ganz langsam und allmählich. Aber wie soll ich denn wieder an meine Arbeit gehen, wenn ich nicht fähig bin, mich in ein Auto zu setzen? Schon der Gedanke an diesen verdammten Rolls macht mich krank. Mich hinter ein Lenkrad zu setzen – von Minute zu Minute zu entscheiden –, jetzt, wo ich weiß, was geschehen kann ...« Er schloß fest die Augen. »Der Wagen war kaum beschädigt, Topaz«, flüsterte er. »Sie ist in die Böschung gefahren. Das war alles. Aber es hat sie das Leben gekostet.«

Ihr fiel nichts ein, was sie hätte sagen können. Sie hatte kein Heilmittel für den Schmerz. Darum nahm sie nur seine Hand in die ihre und blieb einfach bei ihm.

Als das Erdgeschoß seines Hauses fast vollständig eingerichtet war, lud Rick Hunter Julia zum Abendessen ein.

Das Speisezimmer war einer der schönsten Räume des Hauses. Durch breite Fenstertüren reichte der Blick durch den Garten und die Rhododendronbüsche an seinem Ende bis zum Meer. Für die Wände des Zimmers hatte Julia einen Streifen in Blaßblau und Creme gewählt, die Vorhänge waren aus blauer Seide, mit cremefarbenem Futter und Besatz.

Zum erstenmal seit langer, langer Zeit fühlte sie sich wirklich wohl und spürte, wie ein Teil der Spannung und Belastung der letzten Wochen von ihr abfiel. Dieses Haus hat etwas Besonderes, dachte sie. Etwas Träumerisches und wohltuend Beruhigendes. Sie beneidete Rick Hunter um sein schönes Haus.

Nach dem Essen gab es Schweizer Pralinen, türkische Zigaretten und französischen Cognac zu echtem Kaffee.

»So ein Luxus«, sagte Julia mit einem Seufzer des Behagens. »Wo treiben Sie nur solche köstlichen Dinge auf?«

Er lächelte. »Hier und dort.«

»Sie verwöhnen mich, Rick. Ich kann mich kaum bewegen. Ich komme mir ganz entsetzlich dick vor.«

»Sie sind wunderschön. Vollkommen.«

Sein Blick war ihr unangenehm, und sie wechselte hastig das Thema. »Nur an eines haben Sie nicht gedacht, Rick.«

»Was denn?«

»An einen Namen. Ein Haus wie dieses braucht einen Namen.«

»Es ist nach der Familie benannt, die es gebaut hat«, erklärte er. »Aber den Namen will ich natürlich nicht haben, wo es jetzt mir gehört.«

»Was glauben Sie, bringt es Unglück, den Namen eines Hauses zu ändern? Wie bei einem Boot?«

»Sie glauben doch nicht an solchen Unsinn!«

»Wahrscheinlich nicht, nein.«

»Wahrscheinlich?«

»Na ja, ein kleines bißchen abergläubisch ist doch jeder. Wir behaupten gern, wir wären es nicht, aber jeder von uns ist es.«

»Ich nicht«, entgegnete er.

»Jeder klopft auf Holz – oder drückt die Daumen –«

»Ich nicht. Jeder ist selbst seines Glückes Schmied, wie es so schön heißt.«

»Manchmal vielleicht. Aber nicht immer. Vieles geschieht durch Zufall.« Julias Blick verdunkelte sich. »Denken Sie nur an Suzanne. Vielleicht hatte sie an dem Tag vergessen, dreimal auf Holz zu klopfen.«

»Vielleicht ist sie auf Glatteis ins Schleudern gekommen«, versetzte Rick. »Vielleicht war die Straße matschig. Oder sie war müde und unkonzentriert und hat vor dem Abbiegen nicht früh genug abgebremst.«

Julia schwieg.

Er sagte: »Sie denken an Ihren Mann, nicht wahr?«, und sie blickte auf, verblüfft, daß er ihre Gedanken so leicht gelesen hatte.

»Na ja, von Will kann man nicht gerade behaupten, daß er seines Glückes Schmied war.«

Rick antwortete mit einer wegwerfenden Handbewegung. »Sie wissen nicht, was in der Nacht wirklich geschehen ist, Julia. Das haben Sie selbst gesagt. Sie wissen nicht, warum Will ins Pub gegangen ist, warum er so lange geblieben ist, warum die drei Männer mit dem Boot rausgefahren sind. Für jedes dieser Ereignisse muß es Gründe gegeben haben.«

Julia dachte an die Rechnungsbücher mit den gekritzelten, tintenverschmierten Zahlen, die Wills Ängste erklärt hatten. Sie dachte daran, wie sie einige Tage nach Wills Tod ins Heidehaus zurückgekehrt war und es von oben bis unten durchwühlt vorgefunden hatte.

»Es gibt so vieles, was ich gern wissen würde«, sagte sie langsam. »Ich hätte William niemals für einen Geheimniskrämer gehalten. Und doch hat er mir so vieles verheimlicht.«

Er warf ihr einen scharfen Blick zu. »Was denn?«

Julia zog die Schultern hoch und ließ sie wieder sinken.

»Nichts, was jetzt noch von Bedeutung wäre.« Sie stand auf. »Ich muß nach Hause.«

»So bald schon?«

»Ich muß morgen früh raus.« Sie lächelte ein wenig trübe. »Ich muß dieser Tage jeden Morgen früh raus.«

Er holte ihren Mantel. Im Hof blickte Julia zum Himmel hinauf. Die Nacht war klar und kalt und der Himmel voller Sterne.

Rick sagte: »Meine Großmutter hat mir immer die Sterne gezeigt. Sie hat mir gezeigt, wie man den Großen Wagen findet. Ich weiß es jetzt noch. Sie war eine prima Frau, meine Großmutter. Mehr wert als alle anderen zusammen.« Er kniff die Augen zusammen. »Hier sind irgendwie immer viel mehr Sterne als in London.«

»Wegen der Lichter«, sagte sie. »In London sieht man die Sterne wegen der vielen Lichter nicht so gut.« Fröstelnd in der kühlen Frühlingsnacht, klappte sie ihren Mantelkragen hoch. »Haben Sie eigentlich vor, sich hier niederzulassen, Rick? Oder haben Sie das Haus nur für die Wochenenden gekauft?«

»Ich würde mich gern hier niederlassen«, sagte er. »Wenn alles klappt.«

Dann küßte er sie. Sie hatte seit Jack, seit Will keinen Mann mehr geküßt. Sie hatte vergessen, wie gut es dem Selbstbewußtsein tat, begehrt zu werden, wie wohltuend es war, im Arm gehalten zu werden. Anfangs waren seine Lippen kühl und tastend, als rechnete er mit der Möglichkeit, zurückgestoßen zu werden. Dann wurden seine Küsse drängender. Sein Atem ging schneller, und seine Hände preßten sich fester auf ihren Körper, drückten ihren Nacken, folgten der Linie ihres Rückgrats. Die Promptheit und Intensität ihrer eigenen Reaktion schockierte sie. Von der Mutterrolle und dem täglichen Existenzkampf ganz in Anspruch genommen, hatte sie ihre persönlichen Bedürfnisse zurückgestellt. Als er jetzt ihren Hals mit Küssen bedeckte, erwachte die Begierde. Seine Hände umschlossen ihr Gesäß und preßten sie an ihn. Sie fühlte sein Drängen und seine Kraft. Es hatte etwas Verführerisches, das beinahe den Wunsch in ihr weckte, ihm nachzugeben, sich ihm hier hinzugeben, im Mondlicht, nicht weit entfernt vom tosenden Meer.

Sie hörte ihn immer wieder ihren Namen murmeln. *Julia, Julia, Julia*. Es war beinahe ein Stöhnen, beinahe ein Schrei der Qual.

Sie löste sich von ihm. »Rick. Bitte –«

»Entschuldigung.« Das Wort war ein verzweifelter Atemstoß. »Es tut mir leid.«

Während sie ihr Haar richtete und ihre Kleidung zurechtzupfte, sah sie ihn weggehen und ein paar Meter entfernt mit dem Rücken zu ihr stehenbleiben.

Auf der Rückfahrt nach Longridge verwandelte er sich mir nichts, dir nichts wieder in den vertrauten Rick Hunter, sprach über sein Haus, machte leichte, ungezwungene Konversation, die zerstreute und nichts forderte. Sie fragte sich unwillkürlich, wie viele Rick Hunters es gab. Und welcher der wahre war.

Sie fuhren eine schmale heckengesäumte Landstraße hinunter, als das Scheinwerferlicht eines entgegenkommenden Wagens aus der Dunkelheit auftauchte. Da die Straße für zwei Fahrzeuge nicht breit genug war, fuhr Rick auf einen Feldweg, um zu warten, bis der andere Wagen vorbei war.

Als er sie passierte, schrie Julia leise auf.

»Was ist denn?« fragte er.

»Ich dachte, ich hätte –«

»Was?«

»– ich hätte jemanden gesehen, den ich früher einmal gekannt habe.« Sie holte tief Atem. »Aber das ist Unsinn. Ich habe mich bestimmt geirrt.« Doch sie wußte, daß es nicht so war.

Sie fuhren weiter. Vor ihrem inneren Auge sah sie klar und deutlich das Gesicht des anderen Fahrers. *Jack*, dachte sie im Dunkel der Nacht und der Bäume. Jack.

Topaz wachte auch jetzt noch über Marius. Aus taktvoller Entfernung behielt sie ihn im Auge und beobachtete, wie er versuchte, wieder ins Leben zurückzufinden, indem er mit Tara spielte, sich mit seiner Mutter unterhielt, Antworten auf die vielen Kondolenzbriefe schrieb. Seine Bemühungen, die Fäden wiederaufzunehmen, hatten etwas Stockendes, Mechanisches, das Topaz zutiefst rührte. Es war, als sähe sie jemandem zu, der versuchte, sich den Text eines vergessenen Stücks ins Gedächtnis zu rufen.

Mittlerweile begleitete sie ihn auf seinen Morgenspaziergängen. Die Hunde rannten stöbernd voraus. Ihr Atem stieg in Wölkchen in die kühle Frühlingsluft, und Sonnenlicht fiel durch das Geäst der Bäume. Manchmal sprachen sie miteinander. Einmal sprach er über den Verlust seines ungeborenen Kindes. Dieses unerfüllte Potential, diese großen Hoffnungen, die zunichte gemacht worden waren. Sie saßen auf einem umgestürzten Baumstamm, und er riß mit den Fingern die Borke vom Holz. Die Sinnlosigkeit einer Geschichte, sagte er, die endete, bevor sie überhaupt angefangen hatte. Er hatte sich, wie alle werdenden Eltern, das Kind vorzustellen versucht, das sie erwarteten. Wäre es ein Junge geworden, so hätten sie ihn Francis genannt, nach Marius' Vater. Für ein Mädchen hatten sie Elizabeth ausgesucht, weil sie beide den Namen mochten. Suzannes schwarze Augen oder Marius' blaue. Ihre geschickten Finger, seine Kraft. Jetzt verblaßten selbst diese Bilder, und die Phantasiekinder waren nur noch Schemen, die sich wieder im Zwielicht auflösten. Er hatte keine Photographien und keine Erinnerungen. Nichts, um die Verbindung zu dem Kind zu bewahren. Eines Tages würde er sogar vergessen haben, was hätte sein können. Eines Tages, sagte er bitter, wäre nichts übrig, gar nichts.

An einem regnerischen Morgen sprach er mit ihr über Suzanne. Sie stiegen den Hügel hinter Missencourt hinauf. Die Worte kamen ihm schnell über die Lippen, überstürzten sich beinahe, als hätte er Angst, wenn er eine Pause machte, würde er nie wieder anfangen.

»Wir haben uns in einem Pub kennengelernt«, sagte er. »In einem kleinen Pub aus grauem Stein in einem Dorf in Northumberland. Es hieß The Bird in Hand oder The Woolpack oder so was. Die Einheimischen konnten uns nicht leiden, weil wir ihnen ihre Plätze am Feuer wegnahmen. Es war das einzige, was es dort gab – außer der Offiziersmesse –, und man bekam einen Koller, wenn man die ganze Zeit nur im Lager blieb. Ich kam rein und sah sie. Irgendwie war es gar nicht möglich, sie nicht zu bemerken. Nicht weil sie die Hübscheste war. Es gab da einige echte Schönheiten.«

Sie sagte: »Und du hast dich in sie verliebt.«

»Ja. Erst habe ich mich in sie verliebt, und dann habe ich sie geliebt. Aber ich habe lange gebraucht, um das zu erkennen. Jahre!« Er sah sie mit einem flüchtigen Lächeln an. »Obwohl man weiß Gott nicht sagen kann, daß unsere Ehe im Himmel geschlossen wurde, nicht wahr?«

»Eure Heirat war ein ziemlicher Schock.« Topaz erinnerte sich an den heißen Augusttag 1946, an dem Marius sie alle vor die vollendete Tatsache seiner Heirat mit Suzanne gestellt hatte. »So unerwartet. Alle sind aus allen Wolken gefallen.«

Sie war mit ihrer Mutter vorzeitig nach London zurückgekehrt. Sie erinnerte sich, wie sie im Zug gesessen und sich aus Gründen, die so leicht nicht zu analysieren gewesen waren, schrecklich elend gefühlt hatte.

»Ich wollte sie nicht heiraten«, sagte Marius. »Damals nicht. Ich wußte, daß ich sie heiraten mußte – wegen des Kindes –, aber ich wollte nicht. Ich hatte das Gefühl, in der Falle zu sitzen, gezwungen zu sein, etwas zu tun, was ich gar nicht tun wollte. Darum wollte ich so schnell heiraten, um nicht noch einen Rückzieher machen zu können.« Er warf den Hunden einen Stock, und die rannten in den Nebel hinein. »Suzanne hat mich herausgefordert. Sie hat mich zum Nachdenken gezwungen. Meine Überzeugungen in Frage gestellt. Vielleicht vergesse ich das alles mit der Zeit. Vielleicht werde ich wieder so, wie ich war, bevor ich ihr begegnet bin.«

Sie dachte an Charlie, wie sie vor Charlie gewesen war. »Nein«, sagte sie. »So funktioniert das nicht.«

Er schob die Hände in seine Jackentaschen und ging mit schnellem Schritt weiter hügelan. »Ich hatte ein so enges, kleines Leben geführt«, sagte er. »Die Familie, die Schule, die Armee. Ich habe alles getan, was von mir erwartet wurde. Bis ich

Mitte Zwanzig war, wurden mir alle Entscheidungen abgenommen – von meinen Eltern oder der Schule oder dem Vaterland. Als ich mich in Suzanne verliebte, schaffte ich es zum erstenmal, mich aus dieser Bevormundung zu befreien. Sie war nicht die Frau, die meine Eltern mir ausgesucht hätten. Sie entsprach nicht den *Erwartungen*. Und manchmal war es schwierig. Wir paßten nicht in allem zusammen. Und ich war niemals sicher, daß sie mich liebte. Aber man kann ja nie sicher sein, nicht wahr? Ich dachte«, sagte er, und sie konnte ihn nicht ansehen, weil sie den Schmerz in seinem Blick nicht ertragen hätte, »wenn wir noch ein Kind bekämen, könnte ich sicher sein. Daß sie mich nie verlassen würde. Aber ich habe mich geirrt.«

Er wandte sich ab und eilte weiter, dem Gipfel entgegen. Sie hatte Mühe, mit ihm Schritt zu halten in ihren Gummistiefeln, die auf dem nassen Kreidegestein abrutschten, und atmete in kurzen, keuchenden Stößen.

»Ich habe dich immer bewundert«, rief sie ihm nach.

»Du hast mich bewundert?« Erstaunt blieb er stehen. »Wieso denn?«

»Weil du zu Suzanne gestanden hast. Viele Männer hätten ganz anders gehandelt. Ich habe damals oft die schlimmsten Dinge in der Zeitung gelesen.« Sie erinnerte sich der deprimierenden kleinen Notizen, die die Zeitungen unmittelbar nach dem Krieg schamhaft versteckt am Fuß irgendeiner Kolumne gebracht hatten. Von dem Soldaten, der nach drei Jahren im Ausland heimgekehrt war und seine Frau erdrosselt hatte, als er sie mit neugeborenen Zwillingen vorgefunden hatte. Von dem Heimkehrer aus der Gefangenschaft, der nicht bereit war, die Anwesenheit eines Kindes, das nicht von ihm gezeugt war, zu dulden, und dieses Kind deshalb in ein Hinterzimmer sperrte, wo es, in Lumpen gekleidet, nichts als Abfälle zu essen bekam.

Er sagte: »Das war *deine* Empfehlung, Topaz, wenn ich mich recht erinnere.«

Sie hatten den Gipfel des Hügels fast erreicht. Sein Blick schweifte durch den Regen über Felder und Wälder. »Man kann das Meer nicht sehen«, sagte er. »Sie hat das Meer geliebt.«

Topaz war nicht sicher, ob es der Regen war, oder ob er Tränen in den Augen hatte.

»Bereust du es?« fragte sie. »Bereust du es, Suzanne geheiratet zu haben?« Sie mußte es wissen. Ob es besser war, geliebt und verloren zu haben …

»Es war niemals langweilig«, sagte er. »Es war immer aufregend. Erfrischend. Mit ihr fühlte ich mich lebendig.« Er runzelte die Stirn. Der Regen war dichter geworden. Er prasselte auf seinen unbedeckten Kopf und durchnäßte sein Haar.

Nachdenklich sagte er dann: »Es war meine Entscheidung, Suzanne an jenem ersten Abend vom Pub nach Hause zu begleiten. Es war meine Entscheidung, sie zu suchen, als ich aus Frankreich zurückkehrte. Und es war meine Entscheidung, zu ihr zu stehen, wie du es formuliert hast, nachdem sie mir alles über Neil Finlay gesagt hatte. In den letzten Wochen habe ich manchmal gewünscht, ich hätte es nicht getan. Dann hätte ich sie nicht verlieren können. Dann würde ich mich jetzt nicht so fühlen. Aber das ist natürlich Unsinn. Die Zeit, die wir gemeinsam verbracht haben, die ist geblieben. Und Tara ist geblieben. Man kann nicht sein Leben auseinandernehmen und nur die besten Teile behalten.« Er blickte zum grauen, drückenden Himmel hinauf. »Ich denke immer«, sagte er leise, »daß sie nur für eine Weile ausgegangen ist. Immer wenn jemand ins Zimmer kommt, denke ich, sie ist es. Wenn ich mich im Bett umdrehe, strecke ich den Arm nach ihr aus. Jeden Morgen, wenn ich aufwache, fällt mir alles wieder von neuem ein. Es ist dann, als hätte ich es gerade erst erfahren. Wenn ich mich nur daran gewöhnen könnte, Topaz. Das ist im Moment das einzige, was ich mir wünsche. Mich daran gewöhnen zu können. Damit ich es nicht Tag für Tag von neuem erfahren muß.«

Sie saß neben ihm, als er zum erstenmal nach Suzannes Tod wieder Auto fuhr. Der Rolls war verkauft und von einem zwei Jahre alten Wolseley abgelöst worden. Sie sah ihm zu, wie er den vertrauten Ablauf – Zündung, Kupplung, Schaltung, Handbremse – praktizierte, als wäre es das erste Mal. Sie sah das Zittern seiner Hände und die Blässe seines Gesichts. Sie hatten vorgehabt, nach Hernscombe zu fahren, aber schon nach der kurzen Etappe von Missencourt zur Firma in Great Missen kehrten sie um und fuhren wieder nach Hause. Nachdem Marius den Wagen auf dem Kiesbett angehalten hatte, stieg er aus, schlug die Tür hinter sich zu und ging zum Rand des Wäldchens. Er krümmte sich mit geballten Fäusten. Sie glaubte, er müsse sich übergeben. Aber er suchte nur nach seinen Zigaretten. Sie fielen ihm aus der Packung ins Gras. Dann das Geräusch des Feuerzeugs, das angeknipst wurde, die kleine blaugraue Rauchfahne.

Er kam zum Wagen zurück. »Tut mir leid. Eine unwürdige Vorstellung.« Sie gewahrte die Hoffnungslosigkeit in seinen Augen. »Hab noch zu tun«, sagte er und wandte sich hastig ab, um zum Haus zu gehen.

Einige Tage später versuchte er es von neuem. Diesmal sprach sie mit ihm. Beging nicht noch einmal den Fehler zu glauben, sie müsse still sein, damit er sich konzentrieren könne. Sie sprach über alles, was ihr gerade in den Kopf kam. Über ihre Wohnung, ihre Arbeit in Angeliques Restaurant, die Abendessen, die sie für andere Leute zu kochen pflegte. Als sie zu der unglückseligen Einladung kam, bei der die Katze sich den Lachs geschnappt hatte, waren sie auf halbem Weg zur Küste. Was für ein Triumph.

Am nächsten Tag fuhren sie nach Lyme Regis. Als sie in der Stadt anhielten, wirkte Marius sichtlich entspannter. Er griff nach seinen Zigaretten. »Ich muß aufhören, soviel zu rauchen«, murmelte er. »Morgen. Morgen höre ich auf zu rauchen.« Er sah sie an. »Kannst du Auto fahren, Topaz?«

»Noch nicht. Aber Charlie hat mir mal gezeigt, wie man losfährt und wie man wieder anhält.«

»Wie geht es deinem Freund? Vermißt er dich nicht?«

Sie wußte, daß er nur redete, um kein Schweigen aufkommen zu lassen, um nicht denken zu müssen. »Das glaube ich kaum«, sagte sie. »Er ist in Amerika.«

»Für wie lange?«

»Keine Ahnung.« Sie kurbelte das Fenster herunter, schnippte Asche auf die Straße. »Es ist aus zwischen uns.«

Sie stieg aus und ging die schmale Straße hinunter in Richtung Cobb Harbour. Sie schlang die Arme um ihren Oberkörper und dachte an Charlie, ihren Charlie. Sie wußte, daß Marius hinter ihr war, sein Schritt im Gleichklang mit ihrem. Es tröstete sie, das zu wissen. Und ihr schien, daß Charlie sich ein wenig weiter entfernt hatte, nicht mehr ganz so klar zu sehen war. Als hätte jemand einen Vorhang zugezogen.

Jacks Besuch kam natürlich zur ungünstigsten Zeit. Sie hatte einen harten Tag in der Firma (eine verspätete Lieferung Röhren: Julia hatte ein Dutzend Anrufe machen müssen, um festzustellen, daß die Sendung irgendwo in der Nähe von Ludgershall festhing, wo der Transporter, der sie befördern sollte, liegengeblieben war) hinter sich. Als sie am Abend nach Hause fuhr, begann der Wagen ein seltsames Geräusch zu machen, und dann stand bei ihrer Ankunft in Longridge zu allem Überfluß auch noch Rick Hunters Morgan vor ihrer Haustür. Ihr graute bei dem Gedanken, jetzt höfliche Konversation betreiben zu sollen, wo sie doch nur William ins Bett packen und sich in ein heißes Bad legen wollte.

Rick hörte leider das merkwürdige Spucken des Aston Martin und machte sich bei Regen und schwindendem Licht am Motor zu schaffen. Da war es das mindeste, ihn hereinzubitten, als er anklopfte, und ihm etwas zu trinken anzubieten, nachdem er sich die Hände gewaschen hatte. Er ging mit ihr in die Küche, wo sie gerade einen Gemüseeintopf für William warm machte; anfangs sah er ihr nur zu, während sie die Kartoffeln durchpassierte und die Karotten in einem Sieb abtropfen ließ. Dann begann er zu sprechen, und nachdem sie sich einen innerlichen Ruck gegeben hatte und ihm nicht mehr nur mit halbem Ohr zuhörte, wurde ihr klar, daß er sie zu einem Fest einladen wollte. Verzweifelt suchte sie nach einem Vorwand, um ablehnen zu können, als es draußen läutete.

Sie ging in den Flur, öffnete die Tür, und Jack stand vor ihr. Nach dem ersten Moment des Schocks ergriff sie völlig unerwartet eine beinahe überwältigende Wut. Daß er es wagte, nach zwei Jahren der Abwesenheit einfach so hereinzuspazieren! Als er fragte: »Darf ich reinkommen?«, hätte sie ihn am liebsten weggeschickt, aber sie machte nur »Hm« und hielt ihm die Tür auf. Sie hatte so starkes Herzklopfen, daß ihr beinahe schwindelte, und sie drückte William fest an sich, als könnte er sie beschützen.

Dann mußte sie die beiden Männer miteinander bekannt machen. Wie verschieden sie waren: der bullige, kraftvolle Rick und der schlanke gutaussehende Jack. Sie tauschten einen Händedruck, aber Julia hatte das Gefühl, daß sie umeinander herumschlichen wie mißtrauische Hunde, die entschlossen waren, ihr Revier zu verteidigen. Jede ihrer Bewegungen schien ihr von kaum unterdrückter Aggression gelenkt.

Dann nahm Rick seinen Mantel und sagte: »Also, bis Freitag dann, Julia?« Und sie stimmte gegen ihren Willen zu. Nur weil sie ihn aus dem Haus haben wollte. Und weil sie zu müde war, um sich eine Entschuldigung auszudenken.

Sobald sie allein waren, fragte Jack: »Du bist mit ihm liiert?«

»Rick ist lediglich ein Bekannter«, entgegnete sie gereizt. Sie hätte nicht sagen können, warum seine Vermutung sie so ärgerte.

»Er liebt dich«, sagte Jack.

»Quatsch!«

»Doch.« Sein Ton war kühl und sachlich. Er stellte sich neben sie. »Ist das mein Neffe?«

Der weichere Ton seiner Stimme ließ auch Julia weicher werden. »Ja, das ist William. Ich glaube, er schläft gleich ein – und er hat sein Abendessen noch nicht bekommen.« Sie hob schnuppernd die Nase, als sie einen beißenden Brandgeruch wahrnahm. »Das Gemüse!« schrie sie auf. »Ach Mist, ich habe das Gemüse vergessen.«

Jack lief in die Küche. Sie hörte ihn das Gas ausmachen, das Wasser aufdrehen.

»Es ist leider verbrannt«, sagte er, als er wiederkam, »aber einen Teil konnte ich retten.«

»Es ist sowieso egal«, sagt sie. »William ist eingeschlafen. Und ich bin eigentlich nicht –«

Er setzte sich zu ihr. »Julia?«

»Einfach so hier reinzuplatzen!« zischte sie. »Schon *wieder*, Jack!«

»Ich weiß. Es tut mir leid.« Sein Gesicht drückte Bedauern aus. »Ich dachte, wenn ich vorher anrufe, sagst du mir vielleicht, ich soll bleiben, wo der Pfeffer wächst. Aber es ist ein schlechter Zeitpunkt, hm? Soll ich gehen?«

Sie seufzte. »Es hat nichts mit dir zu tun, Jack.« Sie nahm sich zusammen. »Es ist schön, dich wiederzusehen, ehrlich.« Und so war es auch. Einer der Brüder, die sie geliebt hatte, war nach Hause gekommen.

»Aber hier war alles so furchtbar. Suzannes Unfall – und der arme Marius ...«

Er hielt sie in den Armen, während sie weinte. Es war ein solcher Trost in seiner Vertrautheit. Sie wurde sich bewußt, daß sie zum erstenmal seit Suzannes Tod weinte. Sie hatte keine Zeit gehabt für den Schmerz.

Als sie wieder sprechen konnte, sagte sie: »Warum bist du nach Hause gekommen, Jack?«

»Mutter hat mir von Suzannes Tod geschrieben. Ich dachte – ich weiß auch nicht –, ich fand, ich sollte hiersein. Für Marius muß es entsetzlich sein. Ich habe den Eindruck, er kann es immer noch nicht fassen.« Sein Blick ging zu ihr. »Du siehst aus, als wärst du ziemlich am Ende.«

Julia lehnte sich zurück und schloß die Augen. »Ich bin erledigt«, gab sie zu. »Völlig fertig.« Es war wahr; sie wußte nicht einmal, wie sie aus dem Sofa aufstehen sollte. »Kannst du mir einen Gefallen tun und William die Schuhe ausziehen?« fragte sie.

Er kniete vor ihr auf dem Boden nieder und zog William vorsichtig, um ihn nicht zu wecken, die Schuhe von den kleinen Füßen. Dann trug Julia ihn nach oben und legte ihn in sein Bettchen.

Zurück im Wohnzimmer, fragte sie Jack, ob er schon gegessen habe. Jack schüttelte den Kopf.

»Möchtest du einen Teller angebrannten Gemüseeintopf?«

Er lächelte. »Ich könnte mir nichts Schöneres vorstellen.«

Sie aßen in der Küche. Jack erzählte von Kanada. »Eine unglaubliche Weite«, sagte er. »Und immer der Kampf mit den Elementen.«

»Du bist doch noch nie einer Herausforderung aus dem Weg gegangen, Jack.« Sie aß lustlos. »Ich stelle mir gerade vor, wie du mit dem Schlitten durch den Schnee saust. Von diesen Hunden gezogen – wie heißen sie gleich ...?«

»Huskies«, sagte er. »Ganz so war es nicht. Aber es hatte seinen Reiz. Schnee- und Eisstürme und bittere Kälte.« Er legte Messer und Gabel zur Seite, ging zum Spülbecken und begann die Schicht verkohlten Gemüses vom Topfboden zu kratzen. »Ich hatte viel Zeit zum Nachdenken«, hörte sie ihn sagen.

Julia hörte auf zu essen. Sie war eigentlich gar nicht hungrig. »Und worüber hast du nachgedacht?«

»Über Will. Über mich. Über uns.«

Er stand mit dem Rücken zu ihr, seine Gestalt hob sich als schwarzer Umriß von dem helleren Fenster ab. Sie sah seine breiten Schultern und das feine dunkle Haar, das sich in seinem Nacken ringelte. Und sie fragte sich, ob sie ihn nach so langer Zeit, nach allem, was geschehen war, immer noch begehrte.

»Und bist du zu irgendwelchen Ergebnissen gelangt?«

»Mir ist zumindest klargeworden, daß ich ein eifersüchtiger Idiot gewesen bin. Und daß ich das Leben einiger Menschen zerstört habe.«

»Oh«, sagte sie in leichtem Ton, »ich glaube, da mißt du deiner Person allzuviel Bedeutung bei, Jack. Ich denke, Will und ich haben das ganz ohne deine Hilfe glänzend geschafft.« Sie sammelte Teller und Besteck ein. »Und du brauchst diesen Topf nicht sauberzumachen. Weich ihn einfach ein.«

Doch er fuhr fort, mit einem Messer den Topfboden zu bearbeiten. »Ich war nie jemand, der leicht verzeiht«, bekannte er. »Mir lag es immer näher zu grollen. Und als du Will geheiratet hast, konnte ich euch beiden nicht verzeihen. In meinen Augen hatte Will sich genommen, was mir gehörte. Und von da an nahmen die Dinge ihren Lauf, nicht wahr?«

Julia fühlte sich müde und schmutzig und wollte nur noch ausspannen, aber zwei Jahre des Exils waren eine lange Zeit, und sie wußte, daß es einiges gab, was endlich einmal ausgesprochen werden mußte.

»Es ist einfach so«, sagte sie entschieden, »daß ich Will niemals hätte heiraten dürfen. Wir waren gute Freunde, aber eine Ehe zwischen uns war zum Scheitern verurteilt. Ich wußte das schon an dem Tag, an dem ich ihn heiratete. Wahrscheinlich wußte ich es schon vorher und war nur zu stolz zuzugeben, daß ich einen Fehler gemacht hatte. Ich vermute, daß auch Will das klargeworden war. Sicher, er glaubte, mich zu lieben – und er hat mich auf seine Weise auch geliebt. Und ich habe ihn geliebt. Aber meine Liebe reichte nicht für eine Ehe.« Ihre Augen taxierten ihn. »Ich weiß nicht, ob wir zwei es besser gemacht hätten, Jack. Wir sind beide viel zu dickköpfig. Wir hätten gestritten wie Hund und Katze, meinst du nicht?«

Er lachte. »Ja, wir hätten uns noch auf dem Weg zum Altar in die Haare gekriegt.«

Sie sagte leise: »Es ist so schön, dich wiederzusehen. Ich dachte, du hättest vielleicht in Kanada jemanden kennengelernt.«

»Ja, es gibt da jemanden«, sagte er, und es drückte ihr kurz das Herz zusammen. Sie wußte nicht, ob sie froh oder eifersüchtig war.

»Erzähl!«

»Sie heißt Esther. Sie hat in einer kleinen Stadt namens McKenna eine Pension. Sie war verheiratet, aber ihr Mann ist im Krieg gefallen.«

»Kinder?«

Er schüttelte den Kopf.

»Wie sieht sie aus?«

»Braune Haare … braune Augen …«

Ungeduldig sagte sie: »Ist sie schön, Jack? Willst du sie heiraten?«

»Ja, auf deine erste Frage. Ich weiß nicht, auf die zweite.«

Sie stellte die Teller ins Spülbecken. »Heirate«, sagte sie. »Du wärst glücklicher. Die Ehe täte dir gut.« Sie sah ihm in die Augen. »Mir hat sie nicht gutgetan. Ich glaube nicht, daß ich wieder heiraten werde. Aber glaub nicht, daß ich unglücklich war, während du weg warst. Ganz im Gegenteil. Anfangs war es natürlich sehr schwer, und die letzten Wochen waren schrecklich. Aber ich habe William, und das ist ein großes Glück. Er ist das Beste, was mir in meinem Leben widerfahren ist. Ja, wirklich.« Sie schwieg einen Moment, dann fragte sie neugierig: »Warum bist du eigentlich zurückgekommen?«

»Da bin ich mir selbst nicht sicher.« Er stellte den Topf auf das Abtropfbrett. »Unerledigtes, vermute ich. Schulden, die beglichen werden müssen. Bei meiner Mutter. Bei Will. Und bei dir und William. Man sollte sein Leben nicht mit dem eines anderen Menschen verbinden, wenn man alte Schulden noch nicht beglichen hat.«

Jacks Heimkehr brachte neue Zuversicht in ihrer aller Leben. Er erinnert uns an bessere Zeiten, dachte Topaz, froh, daß Marius in seiner Gesellschaft ein wenig aufblühte.

Marius nahm die Arbeit in der Firma wieder auf. Zunächst nur für einige Stunden, dann den halben Tag. Topaz spürte, wie sie aufatmete. Als hätte sie sehr lange die Luft angehalten. An manchen Tagen verschlief sie und erwachte erst um acht. Als sie probeweise an Charlie dachte, wollte ihr scheinen, daß der Stich ins Herz nicht mehr ganz so tief ging. Wahrscheinlich bin ich eine wankelmütige Person, dachte sie, wenn ich so schnell vergesse. Oder kam es daher, daß sie, wie Marius, einen Teil ihrer Fähigkeit zu fühlen verloren hatte?

In Zukunft, nahm sie sich vor, lasse ich mich nur noch auf kurze, belanglose Abenteuer ein. Sie sah sich auf einem hohen Barhocker in einem eleganten Café sitzen, einer aufgetakelten Version des Cafés am Leicester Square, wo sie und Francesca Charlie kennengelernt hatten. Sie würde sich in Samt und Seide in satten Farben kleiden; sie würde alte, geheimnisvolle Edelsteine an ihrem Hals tragen. Sie würde ihre Zigaretten mit Spitze rauchen, sie würde Cocktails trinken und mit ihrem tiefen rauchigen Lachen die Männer betören, denen sie, kalt bis ans Herz, für eine Nacht oder zwei ihre Gunst schenken würde.

Ganz entschieden würde sie sich nicht wieder verlieben.

15

SELTSAM, WIE IHR jetzt, da Jack wieder da war, gewisse Dinge an Rick aufzufallen begannen. Als wäre sie ständig dabei, sagte sie sich gereizt, die beiden Männer miteinander zu vergleichen. Als stellte sie eine Liste der Für und Wider auf und entdeckte, daß bei Rick die Mängel stark überwogen.

Da war zum Beispiel dieses Fest, zu dem er sie eingeladen hatte, ein rauschender Ball im vornehmsten Hotel von Bournemouth. Julia trug ein schwarzes Kleid, das sie bei Selfridge's gekauft hatte. Sie war eines Tages in London gewesen, hatte es im Fenster gesehen und sich sofort in das Kleid verliebt. Es hatte eine schmale Taille und einen weiten Rock, der bis zur Wade hinunterfiel, Oberteil und Rock zierte schwarze Stickerei. Die Verkäuferin überredete sie, ellbogenlange Handschuhe und ein paar schmale hochhackige schwarze Pumps dazu zu kaufen. Sie nahm sich sogar die Zeit, zum Friseur zu gehen, der ihr widerspenstiges Haar zu einem eleganten Chignon aufsteckte und sein Werk dann mit Haarfestiger sicherte. Ihr Spiegel und Ricks Blick, als er sie abholte, bestätigten ihr, daß die Mühe sich gelohnt hatte.

Das Essen war passabel, das Tanzen genoß sie wie stets. Rick war aufmerksam, galant, voller Bewunderung. Und dennoch begann er ihr im Lauf des Abends auf die Nerven zu gehen. Anfangs waren es nur Kleinigkeiten, die sie störten. So zählte er ihr beispielsweise seine jüngsten Erwerbungen für das neue Haus auf: die Möbelstücke, die Bilder, die Teppiche, das Porzellan und die Gläser. Ihr fiel auf, daß er zu jedem Stück den Preis nannte. »Hat mich hundertfünfzig Pfund gekostet, der Teppich. Ich hatte keine Ahnung, daß man für einen Teppich hundertfünfzig Pfund zahlen kann.« Sie brauchte eine Weile, um sich klarzuwerden, an wen er sie erinnerte: an Maurice Chancellor. Rick hörte sich an wie eine erfolgreichere und wohlhabendere Version von Maurice Chancellor.

Sie warf sich Dünkelhaftigkeit vor. Sie, die in einem schönen Haus aufgewachsen und stets von schönen Dingen umgeben gewesen war, konnte leicht auf jemanden herabsehen, der ständig von Geld redete. Und was war das überhaupt für eine alberne Konvention, so zu tun, als spielte Geld keine Rolle? Als müßte sie sich nicht genau wie alle anderen ihr Haushaltsgeld genau einteilen.

Dann fiel ihr auf, daß Rick den ganzen Abend abschätzige Bemerkungen über die anderen Gäste machte. »Aufgetakeltes Schlachtschiff«, murmelte er beim Anblick einer korpulenten Frau, die grauen Satin und zu viele Brillanten trug. Julia mußte lachen, weil der Vergleich paßte, aber nach einiger Zeit konnte sie gar nicht umhin zu registrieren, daß er nicht ein einziges Mal etwas Positives über jemanden sagte. Nichts Lobendes, nichts Bewunderndes. Auch wenn die Gäste, wie Rick bemerkte, eine wenig anregende Gesellschaft waren, deren Gespräche sich vor allem um die Jagd und die Fehler der Regierung drehten, so waren diese unaufhörlichen, in gesenktem Ton vorgebrachten Nörgeleien doch auch nicht gerade erhebend. Was zu Beginn noch ganz witzig gewesen war, wurde schnell deprimierend. Als könnte er an keinem Menschen ein gutes Haar lassen. Als hätte er es nötig, sein Selbstbewußtsein zu stärken, indem er andere herabsetzte. Und als besäßen einzig die schönen Objekte, mit denen er sein Haus füllte, wahren Wert, als wäre nur das von Wert, was man kaufen konnte.

Julia fragte sich, ob sie sich dieser wenig anziehenden Seite Ricks immer schon bewußt gewesen war und sie einfach ignoriert hatte. Und wenn ja, warum? Keine der Antworten auf diese Frage war sonderlich schmeichelhaft. Entweder sie war so schwach gewesen, seine Fehler zu übersehen, weil sie dringend die Selbstbestätigung durch seine Bewunderung brauchte, oder – ein noch ungemütlicherer Gedanke – sie war so einsam gewesen, daß ihr selbst die Gesellschaft eines Mannes recht gewesen war, den sie letztlich nicht immer besonders mochte.

Oder sah sie Rick erst in einem kälteren Licht, seit Jack bei seinem ersten Besuch diese Bemerkung gemacht hatte? *Er liebt dich, Julia*. Sie hatte seine Worte damals nicht ernst genommen, hatte sie eher für lächerlich gehalten, aber vergessen hatte sie sie nicht. Jetzt versuchte sie sich mit aller Gewalt einzureden, daß ihre Beziehung für Rick nichts anderes war als für sie: eine Belanglosigkeit, reiner Spaß. Aber zurückblickend mußte sie sich doch fragen, ob das zutraf, ob die Bekanntschaft mit ihr für ihn je ein belangloser Spaß gewesen war. Sie erinnerte sich seiner Hartnäckigkeit nach ihrer ersten Begegnung bei Maurices Fest. Seiner Weigerung, sich abwimmeln zu lassen. Seiner Geschenke, seiner übereifrigen Bereitschaft nach Suzannes Tod, ihr behilflich zu sein. Wäre er ein anderer, ein gutmütigerer Mensch gewesen, so hätte man das als Zeichen natürlichen, uneigennützigen Mitgefühls verstehen können. Aber das war nicht so ganz Ricks Art.

Mit wachsendem Unbehagen rief sie sich ihren ersten Besuch in seinem Haus ins Gedächtnis, als er die Pläne des Innenarchitekten mit solcher Vehemenz zerrissen und dafür ihre Beratung erbeten hatte. Sie hatte angenommen, ihm fehle das Vertrauen in seinen eigenen Geschmack, aber es war auch eine andere Interpretation seines Verhaltens möglich. Er wollte ihr gefallen. Er wollte ihr schmeicheln, sie umwerben, sie für sich gewinnen. Sie hatte die Farbe jeder einzelnen Wand, jedes Vorhangs und jedes Teppichs in diesem Haus bestimmt. Die Erkenntnis bestürzte sie. Es war, als wäre sie, ohne es zu merken, in eine Intimität hineingeglitten, die sie gar nicht gewollt hatte, die sie enger an ihn zu binden schien als die Küsse, die sie am Ende eines gemeinsamen Abends getauscht hatten. Sie hatte seinem Haus ihren Stempel aufgedrückt; würde er, wenn sie sich trennten, diese Wände mit einer anderen Farbe übermalen? Oder würden sie bleiben, das Perlgrau und das Meergrün und das Azurblau, immerwährendes Zeugnis seiner Verliebtheit?

Sie wußte, daß sie die Beziehung beenden mußte, aber sie schob den Moment immer wieder hinaus. Ich muß es mit Takt machen, dachte sie, ich muß den richtigen Zeitpunkt wählen. Es störte sie, daß ihre Vorsicht weniger dem Wunsch entsprang, Verletzung zu vermeiden, als einer Furcht, Rick Hunters andere Seite, die kalte, gewissenlose, zu provozieren. *Er liebt dich, Julia.* Jacks Bemerkung hatte eine Büchse der Pandora voller Möglichkeiten geöffnet, die sie lieber nicht gesehen hätte, die sie nun aber nicht mehr ignorieren konnte.

Ach, und Jack … Manchmal wünschte sie, er wäre in Kanada geblieben. Ein unwürdiger Wunsch, denn jeder konnte sehen, wie glücklich seine Mutter war, seit sie ihn wieder um sich hatte. Und er war auch Marius ein guter Freund, besuchte ihn häufig in Missencourt, hatte selbst in jenen Tagen nicht aufgegeben, als Marius völlig unzugänglich gewesen war. Doch seine Heimkehr hatte sie aus der Ruhe gebracht, sie an Gefühle erinnert, von denen sie geglaubt hatte, sie wären vorbei und vergessen. Als Jack in Kanada gewesen war, hatte sie ihn sich aus dem Kopf schlagen können. Ihn jetzt ein-, zweimal in der Woche bei sich zu Hause zu sehen, ihn mit William zusammen zu erleben, rief ihr die Vergangenheit in aller Lebhaftigkeit ins Gedächtnis zurück.

In ihr gärte es, Unruhe und Unzufriedenheit regten sich. Sie sah plötzlich die Mängel des Lebens, mit dem sie sich zufrieden geglaubt hatte, und witterte Veränderung, roch sie im Wind wie das Salz des Meeres, wenn man sich der Küste nähert.

In den Wochen unmittelbar nach Suzannes Tod, als Julia die Geschäfte der Firma allein leitete, gab Raymond Bell ihr seine Abneigung deutlich zu spüren. Wann immer sich Gelegenheit bot, riß er frech ihre Position an sich und maßte sich an, Entscheidungen zu treffen, die ihr allein hätten vorbehalten sein sollen. Wenn sie ihn zur Rede stellte, erklärte er mit dem honigsüßen Lächeln, das sie längst haßte: »Aber ich wollte Ihnen doch nur unter die Arme greifen, Mrs. Chancellor.« Unterlief ihr ein Fehler, so machte er sie auf ihre Unzulänglichkeit aufmerksam – am liebsten in aller Öffentlichkeit, vor einem Publikum von Mechanikern und Fließbandarbeitern.

Ende April übernahm Marius wieder die Geschäfte. Julia sah sich plötzlich aufs Abstellgleis geschoben. Sie hatte sich vorgenommen, noch eine Weile lang täglich in die Firma zu kommen, um Marius den Wiedereinstieg zu erleichtern, aber sie wurde nicht gebraucht. Sie saß in ihrem Büro und drehte Däumchen, während jedes Problem zu Marius weitergeleitet, jeder Vorschlag, den sie beitrug, ignoriert wurde. »Ein Glück, daß Mr. Marius wieder da ist«, sagte Raymond Bell spitz.

Sie hätte mit ihren Schwierigkeiten natürlich zu Marius gehen können, aber das tat sie nicht. Sie würde sich nicht beschweren und sie würde auch nicht wütend werden. Das hatte sie hinter sich, außerdem hätte sie damit nur Raymond Bell in die Hände gespielt und seine Meinung von ihr als einer hysterischen und unzuverlässigen Person bestätigt.

Als sie an diesem Abend ihren Mantel überzog, um nach Hause zu gehen, sagte sie sich, sie sollte froh und erleichtert sein, die Verantwortung wieder abgeben zu können. Und das war sie ja in einer Hinsicht auch, weil es bedeutete, daß Marius langsam wieder zu leben begann, im Begriff war, diese schreckliche Zeit zu überwinden. Doch in anderer Hinsicht war sie gar nicht froh, sondern fühlte sich lustlos und niedergeschlagen. Trotz der langen Arbeitszeiten, trotz Raymond Bell und Männern seines Schlags war sie in der Firma mit Freude bei der Arbeit gewesen. Es war vielleicht anstrengend, anspruchsvoll und manchmal frustrierend, aber es war nie langweilig gewesen. Bei all ihrer Trauer um Suzanne hatte sie diese Gelegenheit, der Firma ihren eigenen Stempel aufzudrücken, mit Enthusiasmus ergriffen. Nun mußte sie wieder zurücktreten. Mußte sich wieder an die Grenzen ihrer Ambitionen und ihrer Autorität erinnern. Ganz gleich, was sie tat, ganz gleich, wie gut sie es machte, die Tatsache, daß sie eine Frau war, erlaubte weder Ehrgeiz noch Erfolg. Heute abend deprimierte dieser Gedanke sie, und als sie den Wagen vor ihrem Haus anhielt, blieb sie mit tränenblinden Augen noch einen Moment hinter dem Lenkrad sitzen.

Drinnen ging sie nach oben, um sich umzuziehen, und nahm William mit, um ein Auge auf ihn zu haben. Während sie an ihrem Toilettentisch saß und die Nadeln aus ihrem Haar zog, öffnete er ihren Schmuckkasten, obwohl er genau wußte, daß das verboten war. Als sie ihn ausschimpfte, zog er sich ein paar Augenblicke zurück, ging aber gleich wieder an den Kasten, als er glaubte, sie sähe es nicht. Er untersuchte die kleinen Fächer und Schubladen, spielte mit Armbändern und Halsketten. Noch einmal schalt sie ihn und schob den Kasten auf dem Tisch nach hinten. Dann bückte sie sich einen Moment, um eine Haarspange zu suchen, die ihr hinuntergefallen war. Als sie sich wieder aufrichtete, hielt er ihren kleinen Verlobungsring mit den Perlen in der Hand. »Ach, William«, rief sie verärgert und gab ihm einen Klaps auf die Hand. Es war nur ein kleiner Klaps, kein Schlag, doch sein Gesicht verzog sich weinerlich, und er watschelte davon, um sich irgendwo in eine Zimmerecke zu flüchten.

Sie war dabei, ihr Haar zu flechten, als sie es hörte. Ein Geräusch wie ein Stolpern, ein Schrei, und dann das schreckliche dumpfe Poltern, als William die Treppe hinunterstürzte. Ihr wurde übel, und sie hatte so heftiges Herzklopfen, daß es weh tat, als sie aufsprang und aus dem Zimmer stürzte.

William lag unten am Fuß der Treppe. Sie hörte sich laut jammern vor Angst und Entsetzen, als sie zu ihm hinunterrannte. Als er sich bewegte, schwindelte ihr vor Erleichterung. Dann sah sie das Blut. Die eine Seite seines Gesichts war von oben bis unten mit Blut verschmiert. Es rann seinen kleinen Hals hinunter und tropfte auf die Dielen. Er begann zu schreien, hoch und angstvoll. Als sie ihn hochhob und verzweifelt festzustellen versuchte, woher das Blut kam, schrie er noch lauter. Und während sie auf dem Boden kniete und Williams blutgetränktes Haar teilte, kam jemand an die Tür. Es läutete, dann wurde ihr Name gerufen. Sie riß an der Klinke und sah Jack.

Er überblickte die Situation sofort, nahm William auf den Arm und trug ihn ins Wohnzimmer. Als sie aufstand, bemerkte sie, daß sie auf dem Spielzeugauto aus Metall gekniet hatte, auf das William mit dem Kopf gefallen sein mußte. Sie hatte einen kleinen blutigen Abdruck auf dem Knie.

Jack drückte ein Taschentuch auf Williams Stirn. »Er hat eine Platzwunde direkt unter dem Haaransatz. Das muß wahrscheinlich genäht werden.«

»O Gott –« Sie zitterte.

»Sieh mich an, Julia. William ist nichts Schlimmes geschehen. Es wird alles wieder gut. Alle Kinder fallen mal hin.« Jacks Stimme beruhigte sie. »Wir bringen ihn zum Arzt, der macht das schon.«

In der Praxis in Hernscombe hielt Julia William auf dem Schoß, während der Arzt die Stirnwunde nähte und prüfte, ob eine Gehirnerschütterung vorlag. Williams Geschrei ebbte zu zitternden kleinen Jammerlauten ab. Er drängte sich an sie, als wollte er sich vor dem Schmerz verstecken. Auf der Heimfahrt lutschte er hingebungsvoll am Daumen, während ihm langsam die Augen zufielen.

In seinem Zimmer zog Julia ihn aus und steckte ihn in seinen Schlafanzug. Er rührte sich kaum, als sie ihn in sein Bettchen legte und zudeckte. Sie kniete am Bett nieder, und während sie ihn im Schlaf betrachtete, empfand sie Empörung beim Anblick des weißen Verbands auf dem feinen hellen Haar.

Unten drückte Jack ihr eine Tasse Tee in die Hand, und sie sagte: »Ich habe ihn gehauen. Ich habe ihn gehauen, kurz bevor er die Treppe runtergefallen ist.«

Er warf ihr einen Blick zu. »Du hast ihn wahrscheinlich grün und blau geschlagen und gedroht, ihn in den Schrank zu sperren?«

»Natürlich nicht.«

»Das dachte ich mir. Dann war's wohl ein kleiner Klaps, hm? Es war nicht deine Schuld, Julia.«

Sie entgegnete: »Ich bin seine Mutter. Er hat keinen Vater. Wenn ich nicht schuld bin, wer ist es dann?«

»Genausogut kannst du mir vorwerfen, daß ich nach Kanada abgehauen bin, anstatt hier zu bleiben und dir zu helfen. Oder du könntest Will vorwerfen, daß er bei einem idiotischen Unglücksfall ums Leben gekommen ist. Solches Denken ist doch sinnlos, Julia. Was bringen Schuldzuweisungen?«

»Er wird eine Narbe behalten, das hat Dr. Frobisher gesagt.« Julia krampfte die Hände ineinander. »Bei der Geburt sind sie vollkommen. Ich wollte, daß er so bleibt. Ich wollte dafür sorgen, daß ihm nie ein Leid geschieht.«

»So ist das Leben aber nicht. Das weißt du. Außerdem wird man die Narbe unter dem Haar gar nicht sehen. Ich wette, er ist später mal stolz darauf und gibt vor den anderen kleinen Jungen damit an.«

Bitter sagte sie: »Alles hat immer auch sein Gutes, stimmt's, Jack?«

Er wurde rot. »Nein, natürlich nicht. So habe ich das nicht gemeint. Aber solche Dinge passieren eben, und man muß versuchen, das Beste daraus zu machen.«

»Ach ja, natürlich, man sollte immer alles positiv sehen, nicht wahr?« Sie verstand ihren Hohn selbst nicht.

»Nein. Ich wollte nur sagen, daß es keinen Sinn hat, die Dinge ewig hin und her zu wälzen. Man muß vorwärts schauen.«

»Ach so? Du meinst, ich bin eine Grüblerin? Eine Jammerliese?« Sie war wütend. »Du meinst, ich trete auf der Stelle?«

»Das habe ich nicht gesagt –«

»Aber gemeint hast du es, richtig? Daß ich hier zu Hause herumgesessen habe, während du durch die Weltgeschichte gegondelt bist –«

»Julia –«

»Aber eines kann ich dir sagen, Jack –«, sie knallte ihre Teetasse auf die Untertasse, »– es ist nicht so einfach, wenn man ein Kind hat. Da kann man nicht einfach alle Brücken hinter sich abbrechen und auf und davon gehen.«

Sie sah das Aufblitzen in seinen Augen und wußte, daß sie einen Nerv getroffen hatte. »Brav daheimbleiben mag dir vielleicht öde und langweilig erscheinen, aber ich hatte gar keine Wahl. Außerdem habe ich meine Arbeit«, fügte sie auftrumpfend hinzu, »und lerne einen Haufen Leute kennen –«

»Wie zum Beispiel diesen Kerl, den ich neulich hier getroffen habe?«

»Ich hab dir bereits gesagt«, versetzte sie kalt, »daß Rick nur ein Bekannter ist.«

Schweigen. Draußen schüttelte ein böiger Wind die Fliederbüsche im Garten. Ihr Zorn versiegte so plötzlich wie er hochgesprudelt war. Sie schloß die Augen und sank tiefer ins Sofa.

»Ich weiß nicht, warum ich mich so benehme«, sagte sie müde. »Noch dazu, nachdem du mir so geholfen hast. Es tut mir leid – es war einfach ein scheußlicher Tag.«

Er sagte: »Du hast natürlich recht, ich bin davongelaufen.«

»Jack –«

»Doch, es ist wahr. Nach Wills Tod mußte ich einfach weg. Ich konnte nicht mehr mit mir leben.«

Sie ging zu ihm. Er stand am Fenster. Sie lehnte ihren Kopf an seine Schulter. »Ich fand das sehr mutig von dir«, sagte sie. »In ein fremdes Land zu gehen, einen neuen Anfang zu versuchen.«

»Wirklich?« Sein Ton war skeptisch.

Sie fröstelte. »Manchmal habe ich das Gefühl, von Schatten umgeben zu sein. Will ... Suzanne ... mein Vater –«

Er legte den Arm um sie. »Du solltest nach Kanada kommen. Mit William. Ein tolles Land für Kinder.«

Sie war sich nicht sicher, was er da zu ihr sagte. Er streichelte ihr Haar. Dann hielt er inne und zog die Brauen zusammen.

»Was ist?«

Er zog eine Nadel aus ihrem Haar.

Sie lachte unsicher. »Ich war dabei, mir die Haare zu machen, als William gestürzt ist. Ich sehe wahrscheinlich fürchterlich aus.«

»Nein. Niemals.« Er wandte sich ihr zu, der Blick der blauen Augen gespannt. »Du bist schön, Julia. Aber das warst du immer.«

»Zerzauste Haare und Blutflecken auf dem Pullover –«

Als er sie auf die Stirn küßte, zuckte sie ein wenig zusammen, aber sie zog sich nicht vor ihm zurück. »Jack –«

Er sagte: »Ich gehe, wenn du das möchtest.«

Sie sah und verstand die Frage in seinem Blick. »Nein«, antwortete sie ganz ruhig. »Bitte bleib. Ich möchte, daß du bleibst.«

Dann hob sie ihm ihr Gesicht entgegen und berührte seine Lippen mit den ihren. Als er sie küßte, schloß sie die Augen, und die Ereignisse des vergangenen Tages ließen sie endlich los. Sie drückte ihre Fingerspitzen in die Mulde seines Rückens, und er schob seine Hände in ihr Haar. Sachte streifte sein Mund über ihren Hals und ihr Gesicht. Die Vertrautheit zwischen ihnen war erregend und beruhigend zugleich. Sie zog ihren Pullover über den Kopf, und er neigte sich hinunter, um ihren Busen zu küssen. Dann kniete er vor ihr nieder und drückte seinen Mund auf ihren weichen flachen Bauch, während er den Reißverschluß ihres Rocks aufzog.

Immer war in der Vergangenheit Begehren von Angst oder Schuld getrübt gewesen. Aber jetzt hatte sie keine Angst, fühlte sich nicht schuldig. Sie war sechsundzwanzig Jahre alt, und zum erstenmal in ihrem Leben war der Liebesakt unbeschwerte Lust und reines Glück.

Keine vierundzwanzig Stunden später kam Rick Hunter. Seit sie sich am Morgen von Jack getrennt hatte, waren die Stunden in träumerischer Trance verflogen, in der all die kleinen Ärgernisse und Demütigungen des Tages unbemerkt untergingen. Sie konnte sich nicht konzentrieren, ertappte sich mehrmals dabei, daß sie ins Leere starrte und an Jack dachte. Sie fragte sich, ob ihre Mitarbeiter es ihr ansahen, ob sie das Glück in ihren Zügen erkennen konnten. Und wenn schon, dachte sie, das ist mir auch egal.

Sie nahm sich den Nachmittag frei, um nach William zu schauen, und war froh festzustellen, daß sein stürmisches Temperament sich schon wieder meldete. Sie hatte ihn gerade zu Bett gebracht, da läutete es draußen.

»Ich bin gekommen«, sagte Rick Hunter, als sie ihn ins Wohnzimmer führte, »weil ich Sie etwas fragen wollte.« Er wirkte nervös, verlegen.

Ich habe dir auch etwas mitzuteilen, dachte sie, während sie ihm zu trinken einschenkte.

Einige Augenblicke ging er schweigend im Zimmer hin und her. Dann hieb er die Faust in seine geöffnete Hand und sagte: »Ich bin gekommen, weil ich Sie fragen wollte –«, er fuhr sich mit der Zungenspitze über die Zähne, »– ich bin gekommen, weil ich Sie bitten wollte, meine Frau zu werden, Julia.«

Sie war wie vom Donner gerührt. Krampfhaft ihr Glas umfassend, setzte sie sich aufs Sofa nieder. Schock und Verlegenheit machten sie stumm.

»Ich versuche schon seit Wochen, Ihnen das zu sagen.« Sein Gesicht war rot, die Stirn schweißfeucht. »Aber irgendwie war nie der richtige Moment.«

Schwach sagte sie: »Rick, ich hatte keine Ahnung.« Sie war zornig auf sich selbst, daß sie die Dinge so lange hatte treiben lassen. Daß sie ihm, wenn auch unwissentlich, Hoffnungen gemacht hatte.

»Sie müssen mir Ihre Antwort nicht gleich geben. Lassen Sie sich Zeit zum Überlegen.«

Sie stellte ihr Glas ab, legte die Fingerspitzen aneinander und wählte ihre Worte mit Sorgfalt. »Es tut mir leid, Rick. Ich fühle mich sehr geschmeichelt von Ihrem Antrag, aber ich kann Sie nicht heiraten.« Sie suchte nach einem Grund, der seinen Stolz nicht verletzen würde. »Es ist zu früh nach Wills Tod.«

»Ich kann warten«, sagte er schroff. »Das macht mir nichts aus.«

Sie schüttelte den Kopf. »Ich möchte nicht, daß Sie warten, Rick. Verstehen Sie, in meinem Leben ist einfach kein Platz für eine Ehe. Das geht nicht neben William und meiner Arbeit. Eine Ehe kostet Energie und harte Arbeit und viel Engagement – das habe ich mit Will gelernt. Ich war dem damals nicht gewachsen, und ich bin es jetzt erst recht nicht. Es tut mir wirklich leid.«

Er setzte sich neben sie. »Wenn Sie mich heiraten würden, Julia, müßten Sie nicht mehr arbeiten. Und Sie könnten sich für William ein Mädchen nehmen. Eine Kinderfrau, was immer Sie wollen. Sie müßten sich nicht mehr so abstrampeln wie jetzt. Sie müßten nicht in so einer Hütte leben, Sie müßten nicht so eine schrottreife alte Mühle fahren. Sie könnten alles haben, was Ihr Herz begehrt.«

»Ich habe William, und ich habe meine Arbeit«, sagte sie fest. »Mehr will ich nicht.«

Er schnalzte wegwerfend mit der Zunge. »Das glaube ich Ihnen nicht. Jeder will immer mehr. Jeder will höher hinaus.«

Sie begann ungeduldig zu werden. Wie deutlich mußte sie denn noch werden? »Das kommt darauf an, was man unter ›mehr‹ versteht, meinen Sie nicht? Es kommt darauf an, was einem wichtig ist. Rick, es tut mir wirklich leid, aber ich kann Sie nicht heiraten. Wirklich nicht.«

»Aber ich liebe Sie, Julia.«

Einen Moment erstarrte sie, dann schüttelte sie den Kopf. »Nein, Rick. Sie mögen mich wegen meines Aussehens. Und weil ich etwas repräsentiere, das Sie erstreben.«

Bedächtig entgegnete er: »Ich habe Sie geliebt, als ich Sie das erste Mal gesehen habe. Vor Jahren, in Wills Tankstelle. Ich weiß heute noch, was Sie anhatten – eine kurze graue Hose und einen rotweißen Pulli. Und Sie hatten Kämme im Haar.«

Ihre Baumwollhose, ihr rot-weiß karierter Pulli. Sie trug sie im Sommer immer noch. Ihre Schildpattkämme, lange verloren. Zum erstenmal wurde ihr unheimlich. Sie wandte sich von ihm ab.

»Das ist nicht Liebe, Rick, das ist Begierde. Sie haben mich vielleicht begehrt. Aber Sie haben mich nicht *geliebt.*«

»Ich habe das Haus für Sie gekauft. Was für Beweise wollen Sie noch?«

Sie fuhr entsetzt herum. »Das Haus –?«

»Mein Haus. Es gefällt Ihnen doch, oder? Es wartet nur auf Sie. Nach Ihrem Geschmack eingerichtet, genau so, wie Sie es mir gesagt haben.«

Sie dachte an dieses wunderbare Haus am Meer und fror innerlich. »Rick, das Haus gehört Ihnen. Es ist *Ihr* Haus.«

Er schüttelte den Kopf. »Es gehört Ihnen. Es war immer für Sie gedacht. Für uns.«

Sie hörte seine Worte mit wachsendem Entsetzen und sagte energisch: »Dann tut es mir leid, daß Sie Ihr Geld umsonst ausgegeben haben. Ich kann Sie nicht heiraten, Rick. Wirklich nicht. Niemals.«

Zuerst spiegelte sich Ungläubigkeit in seinen Augen, dann Schmerz.

Er ergriff ihre Hände und sagte: »Warum denn nicht? Wegen meiner Herkunft? Für Sie werde ich mehr aus mir machen, Julia. Einmal Straßenhändler heißt noch lange nicht immer Straßenhändler. Ich komme vielleicht aus der Mietskaserne, aber ich habe es zu etwas gebracht, das können Sie nicht bestreiten.«

»Bitte, Rick –«

»Ich habe Sprechunterricht genommen – wußten Sie das? Bei einer Frau in Highgate. Sie hat mir das gute Englisch beigebracht. Ich habe nur ungefähr zwei Wochen gebraucht. Ich lerne schnell, Julia. Ich werde Bücher lesen, wenn Ihnen daran was liegt. Fremdwörter lernen, meine guten Manieren aufpolieren. Ich lerne auch eine Fremdsprache, wenn es sein muß – ich kann schon ein bißchen Französisch. Ich würde Sie nicht blamieren.«

Sie rückte von ihm ab, schlang ihre Arme um sich. »Darum geht es nicht, Rick.«

»Worum dann?«

»Ich liebe Sie nicht«, antwortete sie ruhig. »Es tut mir leid.«

Sie sah, wie er kurz zwinkerte und sich abwandte. Dann sagte er: »Selbst das ... ich komme auch ohne das zurecht.«

»Aber ich nicht.«

»Mit der Zeit –«

»Nein. Wir sind zu verschieden. Wir haben nichts gemeinsam.«

»Ich kann mich ändern.« Gier und Begierde waren in dem Blick, der auf ihr ruhte.

Sie sagte leise: »Sehen Sie, ich bin mir nicht einmal sicher, daß ich Sie *mag*, Rick.«

Er beugte sich vor und umfaßte seine Knie mit beiden Händen. »Ich verstehe.« Er schwieg lange. Als er sie wieder ansah, hatte seine Miene sich verändert. »Hat das mit Wills Bruder zu tun?« fragte er.

Ihr stockte der Atem. Jack, dachte sie. Aber sie erwiderte: »Nein, mit Jack das nichts zu tun. Überhaupt nichts.«

»Es hat mich nur interessiert. Mir ist nämlich aufgefallen, wie er Sie angeschaut hat.«

Sie saß auf der äußersten Sofakante, die Fingernägel in die Handflächen gepreßt. In Rick Hunters Augen hatte sie etwas aufflackern sehen, etwas Gemeines, Gehässiges.

»Ist doch immer schön, wenn alles in der Familie bleibt, nicht wahr?« sagte er.

Sie mußte ein Schaudern unterdrücken. Ohne sich ihre Furcht anmerken zu lassen, sagte sie sehr stolz und bestimmt: »Ich denke, Sie sollten jetzt besser gehen, Rick. Bitte gehen Sie.«

Aber er rührte sich nicht von der Stelle. »Und *was* für eine Familie das ist! Hochanständig nach außen, aber wie es hinter der Fassade ausschaut – na ja! Ich meine –«, und er lehnte sich zurück, ohne sie einen Moment aus den Augen zu lassen, »– ich geb's ja zu, so ganz blütenweiß ist meine Weste nicht. Aber die Chancellors – die haben ganz schön Dreck am Stecken, wenn Sie mich fragen.«

Sie sagte ärgerlich: »Sie sprechen von Maurice. Sie können nicht die ganze Familie nach ihm beurteilen.«

»Ich spreche von Ihrem Mann, Julia«, entgegnete er.

Sie starrte ihn an. »Von Will? Machen Sie sich nicht lächerlich.«

Er antwortete ihr mit einem dünnen Lächeln. »Sie können mir schon glauben, Julia. Wills Geschäfte waren nicht immer ganz sauber.«

»Unsinn. Das ist purer Unsinn.«

Er stand auf und zündete sich eine Zigarette an, die Hand um die Flamme des Feuerzeugs gekrümmt. Sie mußte sich zwingen, stillzusitzen, unter diesem dunklen, kalten Blick nicht unruhig zu werden.

»Haben Sie das nicht gewußt, Julia?« fragte er. »Will hat gefälschte Benzinmarken verkauft. Es hat mich immer interessiert, ob Sie Bescheid wußten. Aber Sie hatten nicht die leiseste Ahnung, wie? Wie – *vergeßlich* von Will, Ihnen nichts zu sagen.«

»Sie lügen!«

»Nein.« Sein Ton war scharf. »Ihr wohlanständiger, tadelloser und zu recht gelegener Zeit dahingeschiedener Gatte hat gefälschte Benzinmarken verkauft. Er handelte außerdem mit Diebesgut. Ich nehme an, das wußten Sie auch nicht. Aber ich weiß es, sehen Sie, weil Will für mich tätig war. Der gute alte Vetter Maurice hat die Verbindung zwischen uns geknüpft, als Will dringend einen Nebenverdienst brauchte. Aber er war durchaus willens, Julia, durchaus willens.«

Es war plötzlich heiß und stickig im Zimmer. Sie ging ans Fenster und stützte die Hände aufs Fensterbrett. Sie spürte das Schaudern in ihrem Atem, als sie Luft holte. Draußen versickerte das Licht, und Schatten verdunkelten Rasen und Büsche. In ihre Ungläubigkeit hatte sich Zweifel eingeschlichen. *Will brauchte dringend einen Nebenverdienst.* Sie dachte an die Rechnungsbücher.

»Er hatte Schulden«, sagte sie leise. »Will hatte Schulden.«

»Genau. Und ich hab ihm geholfen.«

»Geholfen –« Sie starrte ihn an, als ihr klarzuwerden begann, wie alles gekommen war. Will, du Idiot, dachte sie. Laut sagte sie: »Sie haben Will in Schwarzmarktgeschäfte hineingezogen?«

»Das hat er schon selbst besorgt. Ich habe ihm nur den Weg ein bißchen geebnet. Die übliche Geschichte, nehme ich an. Er hatte die Tankstelle ohne ausreichend Startkapital übernommen. Außerdem hatte er sich von Maurice die Katze im Sack andrehen lassen.«

Alles, war Rick sagte, klang wahr. Ergab einen schrecklichen Sinn. Will hatte in ein Geschäft investiert, das niemals wirklich in Gang gekommen war. Als er in Schwierigkeiten geraten war – wegen mangelnder Kunden und des harten Winters – hatte er gewiß verzweifelt nach einem Ausweg gesucht. Zuerst hatte er den Kredit bei der Bank aufgenommen, und als ihm das nicht weitergeholfen hatte, hatte er sich in seiner Not an

Maurice gewandt. Und Maurice hatte ihn mit Rick Hunter bekannt gemacht.

Rick sagte kalt: »Sie werden zugeben müssen, daß Ihr Hochmut unter den gegebenen Umständen etwas fehl am Platz ist. Sie und ich, wir stehen auf einer Stufe. Sie meinen, wir hätten nichts gemeinsam? Falsch. Einfach falsch. Was glauben Sie wohl, wovon Will die Miete bezahlt hat? Wie er für *Sie* bezahlt hat?«

Mit Grauen erinnerte sie sich der Geschenke, Blumen, Parfums, Zigaretten. Waren sie auch mit den besten Empfehlungen von Rick Hunter überreicht worden?

»Schwarzmarktgeschäfte –« Sie sah ihn an. »Sie sind ein Gauner«, sagte sie voller Verachtung. »Nichts weiter als ein gemeiner Gauner.«

Etwas Finsteres regte sich in der Tiefe seiner Augen. »So etwas sollten Sie lieber nicht sagen, Julia. Sie haben allen Grund, mir dankbar zu sein. Dafür, daß ich Will über Wasser gehalten habe.«

»Dankbar?« Sie brachte es kaum fertig, ihm ins Gesicht zu sehen, so tief war ihr Abscheu. »Dankbar dafür, daß Sie ihn in etwas hineingezogen haben, dem er überhaupt nicht gewachsen war? Dankbar dafür, daß Sie ihn in Angst und Schrecken gestürzt haben?«

»Er hat sich aus freien Stücken darauf eingelassen. Niemand hat ihn gezwungen.«

Was ihr jetzt klarzuwerden begann, war noch schrecklicher als das Vorangegangene. Sie sah Will am Abend vor seinem Tod vor sich – von brutalen Schlägen entstellt.

»Er ist zusammengeschlagen worden. Jemand hat ihn zusammengeschlagen. Am Tag vor dem Unglücksfall. Waren Sie das?«

»*Ich* nicht.« Er bleckte die langen Raubtierzähne. »Jedenfalls nicht persönlich.«

»Warum? Warum haben Sie ihm das angetan?«

Rick zuckte die Achseln. »Er wollte aussteigen. Das konnte ich nicht zulassen nach der ganzen Mühe, die ich mir gemacht hatte. So geht das im Geschäft nicht. Gerade Sie müssen das doch verstehen, Julia. Sie stehen schließlich auch im Geschäftsleben, wie ich.«

»Ich bin nicht wie Sie«, sagte sie. »Sie sind ekelhaft. Sie widern mich an.« Sie wich vor ihm zurück, seine Nähe war ihr unerträglich. »Wie konnte ich Sie je in meine Nähe kommen lassen? Sie haben Will *gehetzt* wie ein wehrloses Tier.«

»Ich habe ihm *geholfen.*« Sein Blick war schwarz und glanzlos. »Ich habe ihm geholfen, als er in Schwierigkeiten steckte.«

»Nein. Sie haben ihn gehetzt. Sie haben ihn in den Tod gehetzt.«

Ein Wimpernschlag. Wut und Gekränktheit waren ausgelöscht, verdrängt von etwas Grausamem und Berechnendem. Seine Mundwinkel zogen sich abwärts. »Gehetzt – na gut. Aber in den Tod? Das ist die Frage.«

»Die Frage?« Sie hörte, wie ihre Stimme anschwoll. »Was soll das heißen, ›das ist die Frage‹?«

»Tja«, erklärte er gelassen, »ich bin bis heute nicht völlig überzeugt davon, daß Will tot ist.«

»Natürlich ist er tot. Das Boot –«

»Ja, ja, ich weiß. Das Boot ist gesunken. Wenn Will im Boot war, dann ist er tot. *Wenn* er darin war.«

Sie ging zur Tür, öffnete sie und sagte sehr zu ihrem Ärger mit zitternder Stimme: »Gehen Sie! Bitte, gehen Sie!«

Aber er blieb und fixierte sie mit diesen raubtierhaften Augen.

»Es ist mir ehrlich gesagt scheißegal, ob Will Chancellor tot oder lebendig ist. Ich war bereit, darauf zu setzen, daß er niemals zurückkommt, daß er nicht den Mumm hat, die Suppe auszulöffeln, die er sich eingebrockt hat. Aber wenn ich Sie nicht haben kann, Julia, dann soll auch kein anderer Sie haben.«

»Ich verstehe nicht –« Sie zitterte jetzt heftig und konnte es nicht mehr verbergen.

»Nein? Denken Sie nach, Julia.« Er packte sie bei beiden Armen und schüttelte sie leicht. »Will lebt. Ich *weiß* es.«

»Sie irren sich –«

Er hielt sie immer noch fest. Seine Finger gruben sich schmerzhaft in ihr Fleisch. »Oh, ich kann nichts beweisen. Aber das Ganze war doch ein ziemlich komischer Zufall, finden Sie nicht auch? Will möchte aussteigen, und zwei Tage später schafft er es, sich von einer Mine in die Luft jagen zu lassen. Ich habe Zufälle noch nie gemocht. Und außerdem wurmt's mich natürlich, daß seither ein kleiner Wertgegenstand verschwunden ist, der mir gehört.« Seine Umklammerung lockerte sich; er versetzte ihr einen kleinen Stoß. »Sie schauen ein bißchen blaß aus, Julia. Setzen Sie sich lieber.«

Ihre Beine schienen unter ihr nachzugeben, und sie fiel schwer auf das Sofa. Er drückte ihr ein Glas in die Hand. Sie trank einen großen Schluck Scotch, der ihr in der Kehle brannte. Dann stellte sie das Glas auf ihren Knien ab und sah zu, wie es im Rhythmus ihrer schlotternden Beine auf und nieder sprang. Als sie wieder sprechen konnte, sagte sie: »Ein Wertgegenstand?«

»Ein Bild. So ein kleines Ding.« Seine Hände zeichneten ein kleines Quadrat in die Luft. »Engel. Eine Frau in einem blauen Kleid. Aus Frankreich. Da drüben konnte man vor ein paar Jahren die tollsten Sachen auftreiben. Will hat es für mich aufbewahrt.« Er sah ihr Unverständnis. »Na, hören Sie mal, Julia. Sie sind doch angeblich so schlau. Das Ding war nicht ganz koscher.«

»Es war gestohlen?«

»Bestimmt mehrmals. Zuerst, vermute ich, haben es die Nazis bei Kriegsbeginn irgendeinem reichen alten Juden abgenommen, vielleicht auch aus einem Museum geklaut. Ein paar Jahre später, als Hitler auf dem absteigenden Ast war, ist es wahrscheinlich verkauft worden. Gott weiß, wie oft oder wofür. Für einen Sack Kohlen vielleicht. Oder einen Reisepaß. Ich hab's 1948 in Paris einem alten Schieber abgekauft, der im Krieg kollaboriert hat. Er wollte Bares. Er wollte verschwinden.«

Sie schluckte. Ein saurer Geschmack lag in ihrem Mund. »Ich verstehe immer noch nicht –«

»So was kann man nicht einfach im Koffer ins Land bringen.

Wenn der Zoll das sähe! Und genau für solche Eventualitäten hab ich Will und seine Tankstelle gebraucht. Deshalb hab ich ihm aus der Patsche geholfen. Oder haben Sie geglaubt, ich hab wegen seiner schönen Augen die Bekanntschaft mit ihm gesucht? Die Tankstelle lag schön einsam. Nahe an der Küste, so daß wir die Waren per Boot reinbringen konnten. Ein guter Aufbewahrungsort für meine Sachen, bis ich den richtigen Käufer gefunden hatte.« Er machte eine kurze, ungeduldige Geste. »Ich hatte eine Abmachung mit einem Yankee an der Botschaft. Die Leute haben einen Haufen Geld in den Staaten. Da gibt's für ein nettes kleines Bild reichlich Käufer, ohne daß groß nachgefragt wird.« Seine Miene veränderte sich flüchtig, einen Moment lang sah er verwirrt aus. »Und dann ist das verdammte Ding verschwunden. Genau zur gleichen Zeit wie Ihr Göttergatte.«

Sie schloß die Augen und bemühte sich, klar zu denken. »Ich verstehe immer noch nicht –«

»Will hat sich das Bild unter den Nagel gerissen. Ich nehme an, er hat das Päckchen aufgemacht und gesehen, was es wert war. Ich hätte ihm das nicht zugetraut – mit so einem Ding in der Tasche abzuhauen. Ich hätte nicht geglaubt, daß er die Dreistigkeit besitzt.«

Störrisch sagte sie: »Will ist tot. Er ist ums Leben gekommen, als das Boot unterging.«

»Nein. Wenn er tot ist, wieso konnte ich dann mein Bild nicht finden? Wieso war es nicht in der Tankstelle? Und auch nicht bei Ihnen zu Hause?«

Ihr Verstand schien nur schleppend zu arbeiten. Sie hatte ein Bild des Heidehauses vor sich – leere Schränke, ihr Inhalt überall auf dem Boden verstreut. Briefpapier, Spielkarten, Wills Modellflugzeuge …

Ungläubig sagte sie: »Sie haben unser Haus durchsucht?«

»Natürlich.«

»Ich dachte –« Sie brach ab. »Und Sie haben –«

»Ich habe nichts gefunden. Rein gar nichts.« Seine Augen wurden schmal. »Ich hab mich gefragt, ob Sie mit von der Partie waren. Ob sie wußten, was er getan hatte, ob Sie das zusammen ausgetüftelt hatten. Aber er hat Sie genauso so hinters Licht geführt wie mich, richtig?«

»Sie täuschen sich«, sagte sie wieder. »Will ist tot.« Aber es war, als leierte sie ein Gebet zu einem Gott herunter, an den sie nicht mehr glaubte. Verzweifelt nach einer Erklärung suchend, sagte sie: »Er muß das Bild mit aufs Boot genommen haben. Ja, so muß es gewesen sein. Darum ist es nicht mehr zu finden.«

»Warum hätte er das tun sollen?«

»Das weiß ich doch nicht.« Ihr dröhnte der Kopf. Sie drückte die Fäuste an ihre Schläfen. »Vielleicht wollte er es nicht in der Werkstatt liegenlassen. Vielleicht hatte er Angst, weil er wußte, daß es gestohlen war –«

»Vielleicht. Aber das glaube ich nicht. Will wollte aussteigen, vergessen Sie das nicht. Er wollte aussteigen.«

Endlich ging er zur Tür. Dort machte er noch einmal halt und drehte sich zu ihr um. »Aber Sie sollten daran denken, Julia, wenn Sie das nächste Mal irgendeinem armen Trottel schöne Augen machen, daß Sie vielleicht nicht mehr zu haben sind. Unterschreiben Sie also lieber keinen Trauschein. Es könnte sonst peinlich werden, wenn Will sich doch noch entschließt, wieder nach Hause zu kommen.«

Er ging. Julia blieb lange reglos sitzen, während es im Zimmer langsam dunkel wurde. Hinten im Garten schrie eine Schleiereule und schwebte wie ein weißer Geist durch den tintenschwarzen Himmel. Auf der Straße fuhren Autos eilig unbekannten Zielen entgegen.

Sie holte aus der Küche eine Taschenlampe und rannte nach oben. Dort stieg sie die Leiter zum Speicher hinauf, ungeschickt in ihren Bewegungen, so daß sie auf den Sprossen stolperte und sich die Hand an der Falltür aufschrammte. Auf den Balken niederkniend, schwenkte sie die Taschenlampe, beleuchtete Kisten und Kartons mit ihrem Strahl. Sie erinnerte sich, diese Kartons vor ihrem Auszug aus dem Heidehaus gepackt zu haben. In ihnen waren unbenutzte Hochzeitsgeschenke verstaut und Wills Besitztümer, Dinge, die sie nicht gebraucht hatte, aber auch nicht wegwerfen wollte. Es war doch leicht möglich, daß sie beim Sortieren der Sachen ihres toten Mannes, dieser traurigen Aufgabe, etwas übersehen hatte. Ein kleines Bild mit einer Madonna und Engeln.

Fieberhaft durchwühlte sie die Kartons, warf die Gegenstände einfach hinter sich, als sie tiefer grub. Wills Schal, den sie ihm einmal zu Weihnachten gestrickt hatte, seine Schulzeugnisse, eine alte Brille, deren Bügel mit Heftpflaster befestigt waren, lagen auf dem Boden. Aber ein Bild war nicht darunter.

Nachdem sie auch den letzten Karton geleert hatte, begann sie wieder einzupacken. Sie faltete den Schal und legte die alte Brille in ihr Etui. Aber nach einer Weile empfand sie ihre Bemühungen, Ordnung zu schaffen, als sinnlos und gab sie auf. Müde setzte sie sich auf den Boden, mit dem Rücken zum Wassertank.

Sie versuchte, sich sein Gesicht ins Gedächtnis zu rufen. Helles Haar, blaue Augen und dieser Ausdruck, der zu sagen schien, daß die Welt ihn ständig von neuem erstaunte. »Wo bist du, Will?« flüsterte sie. »Wo bist du, verdammt noch mal?« Aber es war, als versuchte sie, ein Puzzle zusammenzusetzen, bei dem die Hälfte der Teile fehlte, und sie fragte sich, ob sie ihn je wirklich gekannt hatte, auch wenn sie seit ihrer Kindheit befreundet und ein paar Jahre verheiratet gewesen waren.

Ist es überhaupt möglich, dachte sie bitter, jemanden wirklich zu kennen? Ihre Gedanken schweiften zu Jack. Die Seligkeit der vergangenen Nacht und die Euphorie des Tages, der ihr gefolgt war, schienen ein ferner Traum zu sein. Mit stumpfer Teilnahmslosigkeit dachte sie, daß sie, obwohl sie ihn immer geliebt hatte, nie wieder ein Liebespaar werden konnten. Nicht nur wegen Rick Hunters Andeutungen, sondern weil sie einander zu ähnlich waren, einander zu gut kannten. Und weil ihre gemeinsame Geschichte sowohl Leidenschaft als auch Verrat einschloß und sich ungemütlich dicht an den gefährlichen Grenzen allzu naher Wesensverwandtschaft bewegte.

Rückblickend schien ihr, daß sie sich in die Vergangenheit hatte einsperren lassen, daß sie ihre Liebhaber aus einem zu kleinen Kreis gewählt hatte. Als sie ein junges Mädchen gewesen war, hatte ihr Vater mit seiner besitzergreifenden Liebe sie einerseits behütet, ihr andererseits die Bekanntschaft mit der Welt verwehrt. Sein Tod und ihre Reaktion darauf hatten ihre Isolation verstärkt. In ihrer Einsamkeit – Marius war im Krieg und die Beziehung zu ihrer Mutter schwierig – hatte sie sich Will zugewandt. Als Jack 1946 wieder nach Hause gekommen war, hatte sie von Sex nichts gewußt und von Liebe wenig. Mehrere Menschen, auch sie selbst, hatten für ihre Unerfahrenheit bezahlen müssen. Einsamkeit und der Identitätsverlust, der mit dem Verlust ihrer Arbeit einhergegangen war, hatten sie in eine Ehe getrieben, die sie in Wirklichkeit gar nicht gewollt hatte und auf die sie nicht vorbereitet gewesen war. Sechsundzwanzig Jahre lang hatte sie sich immer nur in dem kleinen Umkreis des Ortes bewegt, an dem sie geboren war. Sie war immer umgeben gewesen von der Familie und den Freunden, mit denen sie aufgewachsen war. Sie hatte in der elterlichen Firma gearbeitet. Sie war nicht wie Topaz und Jack durch die Welt gereist. Sie hatte auch nicht, wie Marius, außerhalb ihres Standes geheiratet.

Sie wußte, daß es Zeit war, sich loszureißen. Tat sie es nicht, so würde sie niemals erfahren, was aus ihr hätte werden können. Sie würde schrumpfen, vertrocknen. Nur wußte sie in diesem Augenblick, da sie – umgeben von den armseligen Erinnerungen ihrer Ehe – auf dem dunklen Speicher saß, nicht, woher sie den Mut dazu nehmen sollte. Den Mut, Jack zu sagen, er solle nach Kanada zurückkehren, zu seiner nußäugigen Witwe.

Am Freitag abend ging Topaz zu Fuß nach Great Missen und setzte sich auf einen Baumstumpf, um auf Marius zu warten. Von der Höhe aus konnte sie unten in der Talmulde die alte Kapelle mit der Rundfunkwerkstatt sehen. Unstetes Sonnenlicht lag auf den Rhododendronbüschen, die die schmale Straße säumten, und schimmerte zwischen den hohen Ästen der Nadelbäume.

Sie sah ihn, als er aus dem Gebäude trat. Die Hände fest aneinandergedrückt, kaute sie angespannt auf einer Haarsträhne. Es war eine ganz besondere Wonne, ihn unbemerkt zu beobachten. Für einige Augenblicke verschwand er aus ihrer

Sicht, von der steilen Rundung des Hügels verdeckt, und sie beugte sich abwartend vor. Als er wieder zum Vorschein kam, sprang sie auf und lief ihm entgegen.

»Topaz!« Er küßte sie auf die Wange.

»Ich hatte Lust, dich abzuholen.«

»Das war eine gute Idee.«

»Soll ich dir die Aktentasche tragen?«

Er war schockiert. »Ganz bestimmt nicht.«

»Als ich klein war und du gerade in der Firma angefangen hattest, war ich in den Ferien hier, und da habe ich dich manchmal abgeholt, und du hast mir erlaubt, deine Aktentasche zu tragen. Ich bin mir immer wahnsinnig wichtig vorgekommen. Weißt du das nicht mehr?«

»Doch, natürlich.« Er lächelte. »Du hast dich immer hinter einem Baum versteckt, um mich zu überraschen. Aber ich habe dich immer gesehen.«

Sie gingen eine Zeitlang schweigend nebeneinander her, dann sagte sie: »Ich habe beschlossen, nach Hause zu fahren. Morgen, denke ich.«

Er blieb stehen und wandte sich ihr zu. »Ich werde nicht versuchen, dich zum Bleiben zu überreden. Du hast uns schon genug von deiner Zeit geopfert. Aber du wirst uns fehlen, uns allen.«

»Ich komme euch besuchen«, sagte sie leichthin. »Ganz, ganz oft.«

»Das will ich doch hoffen.«

Sie hatte die Entscheidung schon eine ganze Weile vor sich hergeschoben. Wenn Tara nach Ostern wieder zur Schule geht, hatte sie sich gesagt, fahre ich nach London zurück. Wenn Marius wieder richtig zu arbeiten anfängt.

»Meine Mutter hat angerufen«, erklärte sie.

»Ach so«, sagte er. »Sie vermißt dich wohl?«

»Marius! Mamas Bridgepartnerin ist krank, und ihr letzter Verehrer hat gerade seine Sekretärin geheiratet.« Und sie trinkt zuviel, dachte Topaz, sich der verwischten Aussprache und des quengeligen Tons ihrer Mutter erinnernd. Aber das sprach sie natürlich nicht aus.

»Du kommst doch zurecht?« fragte er, was sie merkwürdig fand. Das hätte eher *sie ihn* fragen müssen.

»Na klar. Ich finde schon wieder eine Arbeit.«

»Ich meinte eigentlich Charlie«, sagte er.

»Ach so. Ich glaube, ich habe mich schon daran gewöhnt. Und er ist ja jetzt weit weg – da besteht keine Gefahr, daß wir einander zufällig über den Weg laufen.«

»Das heißt aber nicht, daß es nicht weh tut«, sagte er.

Die schmale Straße wand sich durch den Wald. Mit dem neuen Blick, den Zeit und tragische Erschütterung sie gelehrt hatten, konnte sie jetzt erkennen, daß an ihrer Liebesbeziehung etwas Glattes, Billiges gewesen war. Daß sie sich allzuleicht vom schönen Schein hatte blenden lassen und mit etwas zufriedengegeben hatte, das nur wie Liebe ausgesehen hatte.

Sie sagte darum: »Ich habe beschlossen, die Männer vorläufig aufzugeben. Sie sind viel zu mühsam. Ich werde lieber berühmt.«

Um seine Mundwinkel zuckte es. »Und wie willst du das machen?«

»Das weiß ich noch nicht.« Sie hakte sich bei ihm unter. »Ich wollte dich eigentlich fragen –«

»Ja?«

»Ich habe mir überlegt, daß ich mich wieder als Partyköchin betätigen werde, das hat mir immer viel Spaß gemacht. Und ich wollte dich fragen, ob du mir mit der Buchhaltung hilfst und so. Ich muß doch wahrscheinlich Bücher führen, nicht wahr?«

»Es wäre zu empfehlen«, antwortete er. »Schon um die Steuerbehörde glücklich zu machen. Natürlich helfe ich dir. Ich mache es gern, und außerdem ist es das mindeste, was ich tun kann.«

Wieder schwiegen sie eine Weile. Dann sagte er: »Ich weiß nicht, ob du dich erinnerst, aber vor zwei Monaten hast du etwas zu mir gesagt – als du mir Taras wegen die Leviten gelesen hast.«

»Ach, da hab ich alles mögliche gesagt«, erwiderte sie mit Unbehagen. »Am besten du vergißt es einfach, Marius.«

»Du hast gesagt, du glaubst, du hättest es nicht verdient, geliebt zu werden. Glaubst du das wirklich?«

Sie sah ihn nicht an. »Ich habe von Tara gesprochen.«

»Du hast mir erklärt, du wüßtest, wie es ist, von niemandem wirklich gewollt zu werden. Ich möchte dir nur sagen, daß du dich irrst, Topaz. Und zwar gründlich. Ich möchte dich vor deiner Abreise nur wissen lassen, daß du gemocht und gebraucht wirst – und von Herzen geliebt – von Tara, von meiner Mutter, von Julia. Und von mir natürlich.«

Am folgenden Morgen fuhr Marius Topaz erst noch nach Longridge, damit sie sich von Julia verabschieden konnte, ehe sie abreiste.

Als sie mit Julia im Garten saß, dachte Topaz, daß die Freundin krank aussah, blaß und angestrengt, mit dunklen Schatten um die Augen. Julia berichtete ihr von Williams Unfall; der arme Junge mußte jetzt einen Verband um den Kopf tragen, wie ein Indianer sein Stirnband. Topaz sagte teilnehmend: »Du Arme. Das muß ein schöner Schreck gewesen sein. Kein Wunder, daß du mitgenommen aussiehst.«

Julia lächelte schwach und wenig überzeugend. Als Topaz ihr erklärte, daß sie nach London zurückwolle, war sie erstaunt. »Aber ja, natürlich. Es war egoistisch von uns, dich so lange hierzubehalten. Aber du wirst uns fehlen.«

»Ich denke, Marius ist jetzt über das Schlimmste hinweg.«

»Marius?« Wieder dieser erstaunte Blick, als wäre Julia mit ihren Gedanken ganz woanders gewesen.

»Na ja, einigermaßen jedenfalls. Er braucht sicher noch Jahre, um ganz darüber hinwegzukommen. Vielleicht schafft er es auch nie. Er ist ein guter Schauspieler, aber manchmal merkt man, wieviel Anstrengung es ihn kostet. Aber er wird sich durchbeißen, denke ich. Genau wie du dich nach Wills Tod durchgebissen hast.«

»Will«, sagte Julia und wurde noch blasser. Sie stand auf, ihre Hände arbeiteten. »Es ist etwas passiert«, sagte sie unvermittelt. Sie drückte die Faust auf ihren Mund. »Hältst du es für möglich –« Sie brach ab. Ihr Blick flog zu Topaz. Dann sagte sie ganz ruhig: »Du wirst mich wahrscheinlich für verrückt erklären, aber hältst du es für möglich, daß Will noch am Leben ist?«

Topaz starrte sie an. William spielte im Sandkasten; im Garten nebenan hängte Julias Nachbarin ihre Wäsche auf. Weiße Leintücher flatterten vor einem blauen Himmel.

Sie schüttelte den Kopf. »Nein. Nein, das halte ich für ausgeschlossen. Tut mir leid.«

In Julias Augen war ein gehetzter Blick. Sie kaute auf ihren Fingernägeln. »Und wenn er gar nicht in dem Boot war?« fragte sie.

Nach Wills Tod hatte Topaz sich eingebildet, ihren Vetter auf der Straße zu sehen, in der U-Bahn. Sie hatte Monate gebraucht, um die Endgültigkeit des Verlusts zu akzeptieren. »Man hat ihn doch gesehen!«

»Aber nicht auf dem Boot.« Julias Stimme wurde ein wenig schrill. »Niemand hat das Boot aus dem Hafen auslaufen sehen. Man hat *vermutet*, er sei auf dem Boot gewesen, weil er gesehen wurde, wie er mit den Gambles zusammen das Pub verließ. Und weil sein Auto am Hafen stand.«

»Aber wenn er nicht auf dem Boot war«, meinte Topaz vorsichtig, »wäre er doch nach Hause gekommen.«

Julia setzte sich in den Liegestuhl und faltete die Hände im Schoß. Sie schüttelte den Kopf.

»Nein. Das ist es ja. Es kann sein, daß er nicht nach Hause gekommen wäre. Er steckte in Schwierigkeiten, Topaz. Er wäre vielleicht nicht nach Hause gekommen, weil er in Schwierigkeiten steckte.«

Topaz schluckte. Sie erinnerte sich an den Tag mit Will in der Bucht von Hernscombe: die Wellen, die auf den Strand schlugen, die Verzweiflung in seinen Augen.

»Will war ein Schwarzhändler. Er hat gefälschte Benzinmarken verkauft«, sagte Julia klar und bestimmt. »Und dann war da noch etwas mit einem gestohlenen Bild – ich weiß, ich weiß, das klingt nicht nach Will.« Sie verzog das Gesicht. »Er hat Knieschlottern bekommen, wenn er seine Hausaufgaben vergessen hatte.«

Ich stecke ziemlich übel in der Klemme, Topaz. Sie sah Julia ungläubig an. »Woher weißt du das alles? Bist du wirklich sicher?«

Mit einer heftigen Geste sagte Julia: »Ich kann nicht sicher sein, das ist es ja. Jemand hat mir das alles erzählt, aber ich weiß nicht, ob ich ihm trauen kann. Das heißt –«, sie lachte ironisch, »– ich weiß ganz genau, daß ich ihm *nicht* trauen kann. Aber ich habe das Gefühl, daß er mir in diesem Fall möglicherweise die Wahrheit sagt. Weißt du, nach Wills Tod habe ich mir die Bücher des Betriebs angesehen. Will hatte ziemlich hohe Schulden. Er hatte angefangen, etwas davon zurückzuzahlen. Gestern abend habe ich mir die Bücher noch einmal angesehen. Im letzten Geschäftsjahr floß Geld in den Betrieb, für das es keine Belege gibt.« Sie seufzte. »Und mir ist eingefallen, daß er es abgelehnt hat, mich die Buchhaltung machen zu lassen, als ich ihm das anbot. Das habe ich damals nicht verstanden, aber jetzt weiß ich, warum.«

Julia war sehr bleich. Die Haut um ihre Fingernägel war rot und wund.

Topaz sagte: »Soll ich uns eine Tasse Tee machen?«

Als sie Wasser in den Kessel füllte und das Gas anzündete, merkte sie, daß ihre Hände zitterten. An Julias Stelle würde ich mir auch die Nägel wund kauen, dachte sie.

Sie ging wieder in den Garten. Julia saß immer noch im Liegestuhl, die Ellbogen auf den Knien, die Fäuste ins Gesicht gedrückt. »Vielleicht hat er sich das alles nur ausgedacht«, murmelte sie. »Vielleicht hat er es sich ausgedacht, um mich zu bestrafen.«

Topaz holte tief Atem. »Ich habe Will zwei Tage vor seinem Tod noch gesehen. Ich war mit der Theatertruppe in Hernscombe. Will und ich haben den Nachmittag zusammen verbracht. Er hat mit mir gesprochen. Er sagte, er hätte etwas Schlimmes getan, aber er wollte mir nicht sagen, was. Ich habe versucht herauszubekommen, was er getan hatte, aber es war nichts zu machen.« Sie zwang sich, Julia in die Augen zu sehen. »Und er sagte, daß er am liebsten davonlaufen würde. Um neu anzufangen. Und ein anderer zu werden.«

In der Stille hörten sie den Gesang einer Lerche, die aus der Wiese aufstieg, und Williams Stimme, der im Sandkasten vor sich hin plapperte.

Topaz sagte kleinlaut: »Ich habe niemandem davon erzählt, weil er mich gebeten hatte, nichts zu sagen.«

»Rundherum Geheimnisse!« sagte Julia aufgebracht. »Ich hätte nie gedacht, daß Will so viele Geheimnisse hatte.« Ihre Fingerknöchel traten weiß hervor. »Ich habe versucht, mir darüber klarzuwerden, ob Will dazu fähig wäre, etwas so Schreckliches zu tun; ob er dazu fähig wäre, uns alle so zu täuschen. Seine Mutter. Mich. Und ich denke inzwischen, er wäre tatsächlich dazu fähig. Ich meine, er hat mir ja auch mit dem Geld nicht die Wahrheit gesagt. Er hat mir nicht gesagt, daß er Schulden hatte. Und du weißt ja selbst, wie er war – nie mit beiden Beinen auf der Erde –, immer überzeugt, daß sich schon alles zum Besten wenden würde. Immer sicher, daß einem das Schicksal eine zweite Chance gibt.« Julia begann wieder an ihren Nägeln zu kauen.

Dann richtete sie ihren zornigen Blick auf Topaz. »Dir hat er gesagt, daß er neu anfangen wollte. Vielleicht hat er das ja getan. Vielleicht führt er ein zweites Leben. Vielleicht ist er jetzt glücklich und zufrieden. Vielleicht schert er sich einen Dreck um die Menschen, die er zurückgelassen hat, und um ihre Gefühle –« Sie schloß die Augen und drückte die Hand auf den Mund.

Nach einer Weile sagte sie leise: »Was soll ich bloß tun? Soll ich mit Jack sprechen? Oder mit Prudence?« Sie blickte zu William hinüber, der immer noch im Sand spielte. »Soll ich es William sagen? Bitte, Topaz, sag mir, was ich tun soll.«

Von ihrem Fensterplatz aus blickte Topaz in die vorüberziehende vertraute Landschaft hinaus. Die hohen Kreidefelsen, das Tal, in dem Missencourt eingebettet war, der massige, unregelmäßige Bau des Gutshauses von Sixfields flogen vorbei, flüchtig und vergänglich. Nur das unablässig sich verändernde, unberechenbare Meer war beständig, ein blaugrau glitzerndes Band am Horizont.

Außer ihr war nur noch ein sehr junger Geistlicher mit einem rosigen, gutmütigen Gesicht im Waggon, der, vermutete Topaz, nur darauf wartete, ein Gespräch anzufangen. Später vielleicht. Jetzt mußte sie erst einmal nachdenken. Über das Gespräch mit Julia und über die herrliche, unglaubliche, verlockende Möglichkeit, daß Will am Leben war.

Und sie mußte über Marius nachdenken. *Ich möchte dich nur wissen lassen, daß du von Herzen geliebt wirst.* Sie wollte seine Worte in sich aufbewahren wie einen Schatz, ähnlich wie sie vor Jahren das Briefchen, das er ihr geschrieben hatte (*Damit Du keine Obersten mehr zu küssen brauchst. Alles Liebe, Marius*), gefaltet und in ihrer Schublade verwahrt hatte.

Sie neigte sich zum Fenster und hauchte an die Scheibe. Dann schrieb sie einen Namen auf das beschlagene Glas; einen anderen Namen als jenen, den sie vor Jahren geschrieben hatte, als sie von ihrem ersten Nachkriegsbesuch in Dorset nach Hause gefahren war.

Sie schrieb Wills Namen. Und löschte ihn diesmal nicht, sondern ließ ihn stehen, ein Symbol ihrer Hoffnung und ihres Glaubens, daß er eines Tages heimkehren würde.

Ein Lastwagen, der Zuckerrüben geladen hatte, setzte Will Chancellor in den Fennen Lincolnshire ab, und er marschierte kilometerweit unter einem weiten Himmel durch brettebenes schwarzes Land. Nach einer Weile begann es zu regnen, stark und stetig. Das Wasser rann ihm unter den Kragen seines Mantels und durchtränkte die Sohlen seiner Schuhe.

Er war an diesem Morgen nach Süden gereist. Der Lastwagen, der ihn mitgenommen hatte, hatte sein Reiseziel bestimmt. Genau so, fand Will, war sein jetziges Leben: ziellos, von fremder, gleichmütiger Hand gelenkt.

Es war eine unwirtliche Landschaft, in der die wenigen kleinen Baumgruppen kaum Schutz vor dem Regen boten. Er hatte seit Stunden nichts mehr gegessen, und es wurde langsam spät. In der Ferne kauerte niedrig und schwarz eine Gruppe von Gebäuden vor dem drückenden Himmel. Auf sie hielt Will zu. Vor einem Gatter blieb er stehen und versuchte abzuschätzen, ob hier mit einem Obdach zu rechnen war. Neben dem Wohnhaus gab es eine Scheune und verschiedene kleinere Bauten. Dahinter standen weitere Nebengebäude und, in der Ferne, halb verborgen unter Birken und Pappeln, ein langer, niedriger Kasten, der – Will wischte die Regentropfen von seiner Brille – verdächtige Ähnlichkeit mit einem Eisenbahnwaggon hatte. Auf dem Gatter stand ein Name: Coldharbour-Farm.

Das Scheunentor stand halb offen; in der Düsternis konnte Will Strohballen erkennen. Die Fenster des Wohnhauses waren dunkel, und auf dem Hof standen keine Fahrzeuge. Er fand eine Lücke im Zaun und rannte über Feld und Hof. In der Scheune, deren Geruch nach faulendem Heu etwas seltsam Tröstliches hatte, zog er seinen durchnäßten Mantel aus, holte einen trockenen Pullover aus seinem Rucksack, rollte sich im Stroh zusammen und schlief beinahe sofort ein.

Als er einige Stunden später erwachte, war es fast dunkel. Ausgehungert und durstig aß Will ein paar Riegel Schokolade und den Rest eines Brotlaibs. Das trockene Brot verstärkte seinen Durst. Er warf einen Blick durch das offene Scheunentor. Irgendwo im Hof gab es bestimmt einen Wasserhahn oder Brunnen. Er klopfte sich das Stroh von den Kleidern, ging zum Tor und schaute sich um.

Plötzlich traf ihn ein gewaltiger Schlag auf den Kopf, und er sah nur noch das regennasse Kopfsteinpflaster des Hofs auf sich zukommen.

Die Stimme eines jungen Mädchens sagte: »Sie müssen mir helfen. Ich kann Sie nicht tragen. Sie sind zu schwer.«

Er wurde wie ein Sack Kartoffeln über den Hof geschleift. Sein schmerzender Kopf schlug auf die Pflastersteine. Er schaffte es zu sagen: »Laß mich nur einen Moment verschnaufen«, und die Tortur hörte auf.

»Ihre Brille«, sagte sie und legte sie ihm in die Hand.

»Danke.« Er setzte sie auf. Sie war zum Glück nicht zerbrochen.

»Wenn ich Ihnen helfe«, sagte sie, »können Sie dann aufstehen?«

Seine Retterin – oder Angreiferin? – war sehr jung; das Licht der Taschenlampe, die sie trug, fiel auf helles lockiges Haar, von dem der Regen herabtropfte, und ein Paar ängstlich dreinblickende Augen. Will hob eine Hand zum Kopf. Sie war blutig, als er sie wieder entfernte.

»Bitte versuchen Sie's.« Ihre Stimme zitterte. »Sie bluten ziemlich stark.«

Er stand mühsam auf. Der Boden schwankte, und ihm war übel.

»Sie haben sicher eine Gehirnerschütterung«, sagte sie.

Sie nahm ihn beim Arm, und so schlurften sie zusammen über den Hof. Als sie die Tür zum Wohnhaus öffnete, lehnte er sich mit geschlossenen Augen an die Mauer und kämpfte gegen die Übelkeit.

»Kommen Sie«, sagte sie aufmunternd und nahm ihn wieder beim Arm. »Wir sind gleich da.«

Die Tür führte in einen schmalen, rotgefliesten Gang. Regenmäntel und Ölzeug hingen von den Haken an den Wänden; Schuhe und Gummistiefel lagen herum. Ein Schirmständer war vollgestopft mit Spazierstöcken und Regenschirmen.

Durch eine Tür am Ende des Korridors traten sie in eine große Wohnküche. Licht und Wärme kamen William entgegen, und er schwankte.

»Setzen Sie sich«, sagte sie und drückte ihn auf einen Stuhl. »Hier.« Sie reichte ihm ein Geschirrtuch. »Halten Sie sich das solange an die Wunde. Ich hole schnell Verbandszeug.«

Als sie weg war, sah er sich in der Küche um. Töpfe und Pfannen hingen von Haltern an der Zimmerdecke herab, und im großen Schlund des offenen Kamins brannte ein prasselndes Feuer. Der Herd war ein Monstrum mit Messingknöpfen an den Türen, es gab einen großen Eßtisch und einen Küchenschrank voller Geschirr. Und Bücher. Überall lagen oder standen Bücher. Auf dem Tisch, auf dem Küchenschrank, auf dem Fensterbrett. Ein Bücherturm stand neben dem Ohrensessel, in dem Will saß. Er warf einen Blick auf den obersten Band: *Der Zigeuner-Gentleman* von George Henry Borrow.

Das Mädchen kam mit Verbandszeug und Desinfektionsmittel zurück. »Sie brauchen keine Angst zu haben.« Sie strahlte ihn an. »Ich werde nämlich mal Ärztin.«

»Was ist eigentlich passiert?«

»Ich habe Sie niedergeschlagen«, bekannte sie verlegen. »Ich dachte, Sie wären der Fuchs, der immer unsere Hühner jagt. Ich wollte ihn verscheuchen, wissen Sie. Es tut mir wirklich furchtbar leid. Obwohl –«, ihre Stimme klang ein wenig verärgert, »– woher hätte ich wissen sollen, daß Sie es waren? Wieso waren Sie in der Scheune? Sind Sie ein Landstreicher? Mein Vater war mal Landstreicher.« Sie machte plötzlich ein betretenes Gesicht. »Sind Sie etwa einer von Paps' Streunern?«

Ein Lichtstrahl glitt am Fenster vorüber. Will hörte das Brummen eines Automotors. Der Klang von Schritten näherte sich der Küche. Will, der Argwohn, Ärger und Empörung erwartete, wappnete sich.

Der Mann, der in die Küche trat, war vielleicht Ende Vierzig nach Wills Schätzung. Er war klein und stämmig, hatte feines, glattes graues Haar, blaugraue Augen und ein markantes Gesicht. Als er Will sah, sagte er: »Was zum Teufel hast du wieder getrieben, Philly?« Er schien eher erheitert als böse. »Kaum bin ich mal zwei Stunden weg, und schon hab ich einen Verletzten in meiner Küche.«

»Ich hab ihn mit dem Kricketschläger erwischt, Paps.«

»Tatsächlich? So wie er ausschaut, hast du ziemlich gut gezielt.«

»Es muß vielleicht genäht werden«, sagte das Mädchen optimistisch. »Soll ich Nadel und Faden holen?«

Vorsichtig teilte der Mann Wills Haar. »Nicht nötig, Kind. Geh, mach dem armen Mann eine Tasse Tee, während ich wiedergutmache, was du angerichtet hast.«

»Paps –«

»Mach den Tee, Philippa. Für mich auch gleich. Da draußen gießt's in Strömen.«

Will sagte: »Es tut mir sehr leid, Sir, aber –«

»Ich denke, ich muß mich bei *Ihnen* entschuldigen. Für meine wehrhafte Tochter.«

Will verspürte einen irrationalen Impuls, Philippa in Schutz zu nehmen. »Es ist meine eigene Schuld. Ich war in der Scheune, und sie dachte, ich wäre der Fuchs.«

»Ja, man kann Sie wirklich leicht mit einem Fuchs verwechseln. Lassen Sie mal sehen – ich glaube, das schaut schlimmer aus, als es ist. Ich kann Sie natürlich nach Lincoln zum Arzt fahren, aber wenn Ihnen das zu umständlich ist, kann ich Sie auch einigermaßen zusammenflicken. Und ich verspreche, daß Ihnen Nadel und Faden, mit denen meine blutrünstige Tochter so gern hantieren würde, erspart bleiben. Also, was sagen Sie?«

»Machen Sie nur«, sagte Will.

»In Ordnung. Es gibt nichts Deprimierenderes, als beim Arzt im Wartezimmer zu sitzen, nicht wahr? Mein Name ist übrigens Harold Bellchamber. Meine Tochter Philippa haben Sie ja schon kennengelernt.«

»Will Brown«, sagte Will, sich mit seinem angenommenen Namen vorstellend.

Die beiden Männer gaben sich die Hand.

»Das Desinfektionsmittel brennt ein bißchen. Tut mir leid. Ich nehme an, Philippa hat Ihnen bereits von ihren medizinischen Ambitionen berichtet. Sie will unbedingt Ärztin werden. Ihre Puppen waren immer von Kopf bis Fuß verbunden und verpflastert, und jedes kleine Kätzchen oder Karnickel, das das Pech hatte, sich einen Kratzer zu holen, mußte ihre Anwendungen über sich ergehen lassen. Trotzdem muß ich gestehen, daß ich stolz auf sie bin. Ich wäre immer stolz auf sie, ganz gleich, was sie tut. Im Augenblick plagt sie sich mit Latein ab. Ganz schön hart für ein achtzehnjähriges Mädchen, aber man braucht es anscheinend, wenn man Medizin studieren will.«

Philippa trat mit einem Tablett an den Tisch. »Stimmt«, sagte sie. »Wenn's nur nicht so schwer wäre.« Sie schnitt eine Grimasse. »Latein ist wirklich das letzte.«

»Das fand ich auch immer«, sagte Will. »Besonders, als ich es unterrichten mußte.«

»Sie haben Latein gegeben?« Philippa riß die Augen auf. »Sie Ärmster.«

Will schwieg entsetzt. Er sprach nie über seine Vergangenheit. Über Will *Chancellors* Vergangenheit. Denn Will Chancellor existierte ja nicht mehr. Der Schlag auf den Kopf oder die angenehme einschläfernde Wärme in diesem gemütlichen Raum mußte ihn leichtsinnig gemacht haben.

»Lateinlehrer! Wenn ich mir das vorstelle«, sagte Philippa voller Mitgefühl. »Warum haben Sie denn ausgerechnet Latein gegeben? Warum nicht was Spannenderes wie Chemie oder Kunst? Warum haben Sie nicht –«

»Philippa, Kind«, unterbrach Harold. »Laß den armen Mann in Frieden. Du machst ihn ja ganz fertig mit deinen Fragen. Meine Tochter ist leider äußerst wißbegierig, Will. Das ist zweifellos in vielen Situationen sehr nützlich, aber es kann auch ziemlich lästig sein.« Er trat einen Schritt zurück. »So, das hätten wir. Alles sauber verarztet. Jetzt noch ein kräftiges Abendessen, und Sie sind wieder wie neu.«

»Ich kann unmöglich –«

»Natürlich können Sie. Ich koche immer reichlich für den Fall, daß unvorhergesehener Besuch kommt. Sie täten uns einen Gefallen.«

So setzte sich Will also mit Harold und Philippa an den großen Holztisch. Das Gespräch plätscherte leicht und unterhaltsam dahin, und im Hintergrund spielte leise das Radio. Und als Harold nach dem Essen sagte: »Das Bett im Gästezimmer ist doch gemacht, Philly?«, erhob Will, dem vor Wind und Regen und einer Nacht im Straßengraben graute, nur noch der Form halber Protest. Nach einem heißen Bad schlüpfte er in den Schlafanzug, der wunderbarerweise auf dem Gästebett bereitlag, und kroch zwischen die sauberen Leintücher. Als er eingeschlafen war, träumte er, er wäre wieder daheim.

Daheim. Will konnte die Orte, an denen er gelebt hatte, seit er aus Dorset verschwunden war, längst nicht mehr zählen. Möblierte Zimmer in London, Pensionen in Nordengland, Wohnwagen und Scheunen und Bauernhäuser und Straßengräben. Daheim war nirgends gewesen.

Vor drei Jahren, als er in einem schmuddeligen kleinen Café in Paddigton gesessen hatte, hatte Will eine liegengelassene

Zeitung aufgeschlagen und die Meldung entdeckt, die ihn von seinem Tod unterrichtet hatte. In der Zeitung wurde vom Untergang der *Katie Rose* und dem mutmaßlichen Dahinscheiden ihrer Passagiere berichtet. »Die drei Männer, die sich auf dem Boot befanden, werden vermißt. Es wird vermutet, daß sie tot sind. John Gamble und William Chancellor hinterlassen ihre Ehefrauen, Michael Gamble war unverheiratet. Mehrere Stadtbewohner äußerten sich kritisch über eine Serie tragischer Unglücksfälle, die in jüngster Zeit durch im Wasser treibende Minen verursacht wurden. Maurice Chancellor, Vetter von William, sagte: ›Dieser Unfall ist tragisch und erschütternd. Wir alle werden diese jungen Männer sehr vermissen.‹«

Damals hatte Will geglaubt, er wäre frei. Er hatte sich gewünscht, noch einmal neu anfangen zu können, und das Schicksal hatte ihm tatsächlich die Chance dazu gegeben. Beinahe außer sich vor Glück und Erleichterung hatte er die Zeitung mit klopfendem Herzen an sich gedrückt. Ein paar Tage später kaufte er in einer zwielichtigen kleinen Spelunke in der Baker Street gefälschte Lebensmittelmarken, die auf einen angenommenen Namen ausgestellt waren. Ohne Lebensmittelmarken konnte man nicht essen, und Will Chancellor – dem *verstorbenen* Will Chancellor – standen keine zu.

Er suchte sich Arbeit und eine Unterkunft. In diesen ersten Wochen fühlte er sich, als schwebte er auf Wolken. Manchmal ertappte er sich dabei, daß er überlegte, ob er nicht etwas vergessen, etwas verloren habe – seine Jacke oder seine Brieftasche vielleicht. Er brauchte eine Weile, um zu begreifen, daß seine Unbeschwertheit darauf zurückzuführen war, daß er keine Angst mehr zu haben brauchte. Es war ein Segen zu wissen, daß er nicht mehr nachts aus dem Schlaf aufschrecken würde, schweißgebadet ob der Furcht vor dem kommenden Tag.

Anfangs schien er unfähig, etwas zu fühlen außer Erleichterung. Er wahrte Abstand zu anderen Menschen und hielt sich aus allem heraus. Nur wenn er manchmal an seine Eltern dachte, gab es ihm einen Stich. Aber dann beschwichtigte er sich sofort mit Gedanken an Rick. Hatte er seinen Eltern nicht auf diese Weise Schmach und Schande erspart? Würden seine

Eltern, wären sie vor die Wahl gestellt, nicht einen toten Sohn mit tadellosem Charakter einem lebendigen Sohn, der ein Verbrecher war, vorziehen?

In diesem ersten Winter lebte er von der Hand in den Mund, nahm jede Arbeit an, die er bekommen konnte. Mal ein paar Tage als Hilfsarbeiter, mal ein Aushilfsjob als Lkw-Fahrer. Seine Arbeitgeber gehörten zu der Sorte, die keine Fragen stellte, keine Papiere verlangte. Er war oft hungrig, und immer fror er. Die Menschen, die diese Monate bevölkerten, waren schattenhafte, flüchtige Gestalten, Gestrandete, die in Obdachlosenheimen ihr Leben fristeten: heimgekehrte Soldaten, die nicht ins zivile Leben zurückgefunden hatten; Witwen, die von einer kleinen Rente lebend ein Hungerleiderdasein führten; junge Burschen mit käsigen Gesichtern und unterentwickelten Körpern, die in ihrem kurzen Leben vom Kinderheim in die Besserungsanstalt und weiter ins Obdachlosenheim gewandert waren.

Doch irgendwann mußte der Panzer der Gefühllosigkeit, der ihn zu Anfang geschützt hatte, schmelzen. Ganz langsam tat sich ein Spalt auf, und er mußte wieder etwas empfinden, ob er wollte oder nicht. Er hatte kein Geld und fühlte sich die meiste Zeit krank. London kam ihm wie ein Gefängnis vor, darum reiste er nach Norden und fand in Leeds Arbeit als Gehilfe in einem Lebensmittelgeschäft. Er mietete ein Zimmer in einer steinernen Villa bei einer Frau, die ihren Verlobten im Ersten Weltkrieg verloren hatte. Im Sommer verließ er die Stadt, weil seine Wirtin, die ihn gern hatte, anfing, ihn in ihren Salon zu bitten und ihm Fragen über sein Zuhause, seine Familie, seine Herkunft zu stellen. Im Trough of Bowland mit seinen hohen schimmernden Buchen und rasch fließenden Bächen heuerte er auf einem Bauernhof an und verdiente sich mit Hilfsarbeiten im Dorf etwas dazu. Als die Tochter des Bauern ihm schöne Augen machte, zog er weiter. Er war schließlich ein verheirateter Mann.

Das Muster blieb immer gleich. Neu anfangen, sich eingewöhnen, weiterziehen. Inzwischen wußte er, daß er sich gewisse Dinge nicht erlauben konnte: seinen wahren Namen zu gebrauchen, ins Ausland zu reisen, einem anderen Menschen nahezukommen. Wahre Intimität forderte Wahrhaftigkeit. Die Einsamkeit nagte an ihm, brachte ihn der Verzweiflung nahe. Er trank zuviel und schlief schlecht. Wenn er an seine Familie dachte, dann mit einer Mischung aus Trauer und tiefem Bedauern. Er wußte, daß er etwas Kostbares, etwas Unersetzliches verschenkt hatte. Nun, da er die Ungeheuerlichkeit seiner Tat nicht mehr leugnen konnte, schien ihm, daß hinter der Fassade, die er der Welt präsentierte, so gut wie nichts war. Er war eine leere Hülle, ohne Namen, ohne Geschichte, ohne Verbindung zur übrigen Menschheit. Mit der Vortäuschung seines Todes hatte Will Chancellor in der Tat aufgehört zu existieren.

Da war es nur logisch, die Schlußfolgerung zu ziehen, daß er, da er ja ohnehin nicht mehr existierte, ebensogut in den Tod gehen könne. Niemand würde ihn vermissen, niemand würde um ihn trauern.

In der Nähe des Strands von Bamborough mietete er einen Wohnwagen; er kaufte Aspirintabletten und eine Flasche Scotch, um sie hinunterzuspülen. Aber die Tabletten blieben ihm im Halse stecken und verursachten ihm Brechreiz, und so torkelte er schließlich mit der Whiskyflasche in der einen Hand und einem Strick in der anderen aus dem Wohnwagen, um sich einen Baum zu suchen, an dem er sich erhängen konnte. Aber die Dünen waren leer und baumlos, und nach einer Weile legte er sich nieder und schlief auf einem Bett aus Strandnelken und Strandhafer ein. Der Strick entglitt seiner Hand, und die letzten Tropfen Whisky versickerten im Sand.

Als er am Morgen mit dröhnendem Kopf und nach Alkohol und Erbrochenem stinkenden Kleidern erwachte, rannte er über die Dünen und über den Strand direkt ins Meer. Hüfttief im Wasser stehend, hielt er an. Er wußte, daß er sich jetzt entscheiden mußte. Er konnte weitergehen oder umkehren. Er schloß die Augen, spürte den Schock der eisigen Kälte des Wassers und die reinigende Kraft von Salz und Wellen. Nach einer Weile ging er zurück an Land.

Das war der Wendepunkt gewesen. Er hatte aufgehört zu trinken und jeden Tag kilometerlange Fußmärsche am Wasser entlang unternommen, um abends so müde zu sein, daß er schlafen konnte. Bei seinen Wanderungen über den festgepreßten weißen Sand hatte er die Ereignisse der letzten Jahre überdacht. Er hatte sich der Wahrheit gestellt. Er hatte anerkannt, daß er allein die Schuld daran trug, daß sein Leben aus den Gleisen gesprungen war; daß er seinen Eltern Liebe und Vertrauen mit Unredlichkeit und feiger Flucht vergolten hatte; daß seine eigenen Fehleinschätzungen zu seiner Verbindung mit Rick geführt hatten.

Was Julia anging, so gestand er sich ein, daß er sie wenigstens teilweise deshalb hatte haben wollen, weil Jack sie haben wollte. Er hatte gehofft, etwas von der Stärke und dem Selbstvertrauen seines Bruders für sich zu gewinnen, indem er ihm Julia wegnahm. Ihm durch die Heirat mit Julia ebenbürtig zu werden. Aber so war es natürlich nicht gewesen, und der bohrende Verdacht, daß Julia Jack vorzog, hatte ihn ihre ganze Ehe hindurch gepeinigt. Sein Argwohn hatte ihn unsicher und mißlaunig gemacht, nicht bereit, sich Julia anzuvertrauen, als das Geschäft in Schwierigkeiten geriet, desinteressiert an allem, außer seinen eigenen Problemen. Als sie ihm ihre Hilfe angeboten hatte, hatte er sie abgewiesen. Seine schlimmsten Vermutungen waren in jenem schrecklichen Augenblick bestätigt worden, als er durch das Fenster des Pförtnerhäuschens von Sixfields Julia in Jacks Umarmung erblickt hatte. Jetzt fragte er sich, ob nicht er sie dahin getrieben hatte.

Langsam bekam er Abstand; langsam begann er, sich zu verzeihen. Er schlief gut, fühlte sich kräftiger und war sich ein-, zweimal einer Art Zufriedenheit bewußt. Es war nicht diese Taubheit, dieser Mangel an Gefühl, die auf seine Flucht nach London gefolgt waren, sondern etwas anderes; vielleicht war er auf dem Weg, sein inneres Gleichgewicht und seine Selbstachtung wiederzugewinnen. Dank seines Nomadenlebens eignete er sich neue Fertigkeiten an und mit ihnen neues Selbstvertrauen. Er, der früher einmal von Ängsten geplagt gewesen war, hatte jetzt nur noch selten Angst. Manchmal schien ihm, daß er wahrhaftig ein anderer geworden war und nichts mehr mit dem Mann gemein hatte, der im Sommer 1948 blindlings vor einer Flut von Problemen geflohen war.

Auf der Coldharbour-Farm half Will auf dem Hof und bei der Arbeit in Harolds Nutzgarten. Abends gab er Philippa Nachhilfe im verhaßten Latein. Er sah die beiden gern zusammen, den Vater und die Tochter. Philippa war wißbegierig, energisch und quicklebendig; Harold war unerschütterlich, die Gelassenheit in Person. Auseinandersetzungen gab es häufig, aber sie waren nie bösartig und drehten sich nie um Fragen, die man als Streitgegenstände zwischen einem Vater und seiner achtzehnjährigen Tochter erwartete, wie zum Beispiel Jungenbekanntschaften, abendliche Ausgehzeiten, die Benutzung von Lippenstift. Harold schien seiner Tochter uneingeschränkte Freiheit zu lassen. Philippa wiederum benutzte überhaupt keine Schminke, trug meistens Kordhosen und Pullis und hatte für junge Männer nichts als Verachtung übrig. Wenn Vater und Tochter sich in die Haare gerieten, ging es eher darum, ob man Fleisch essen sollte oder nicht, ob das Wahlalter auf achtzehn herabgesetzt werden sollte oder ob das Auto irgendwann die Landschaft zerstören würde.

Nach vierzehn Tagen packte Will seinen Rucksack. Es erstaunte ihn, wie elend er sich dabei fühlte. Er hatte geglaubt, er hätte sich an das Vagabundenleben gewöhnt. Als er fertig gepackt hatte, suchte er Harold in der Küche auf und sagte das Sprüchlein auf, das er einstudiert hatte: daß er den Bellchambers für die Freundlichkeit danke, mit der sie ihn aufgenommen hatten, aber ihre Großzügigkeit nicht ausnutzen wolle und deshalb …

Harold hörte ihm geduldig zu und sagte dann: »Sie brauchen nicht zu gehen, Will.«

Überrascht brummelte Will irgend etwas Unverständliches.

Harold zupfte kleine Bündel Tabak aus einem Lederbeutel. »Wissen Sie denn schon, wohin Sie wollen?«

»Nein, ich habe noch keine festen Pläne.«

»Und was haben Sie in den letzten Jahren so getrieben?«

Das waren zwei Fragen mehr, als Harold ihm in der ganzen Zeit seines Aufenthalts gestellt hatte.

»Dies und das«, antwortete Will unbestimmt. »Ich bin viel herumgezogen.«

»Das hab ich auch gemacht, als ich noch jünger war. Ich hatte so eine romantische Vorstellung von der Freiheit der Straße.«

Will erinnerte sich, wie er in dem Café in Paddington gesessen und von der Explosion gelesen hatte, durch die die *Katie Rose* gesunken war. Damals hatte auch er in seiner Naivität geglaubt, frei zu sein.

Harolds nächste Worte entsprachen seiner eigenen Erkenntnis. »Diese Art von Freiheit verliert nach einiger Zeit ihren Reiz, nicht wahr? Man beginnt, sich nach einem festen Platz zu sehnen. Nach einem Zuhause. So ist es jedenfalls mir gegangen nach einem Jahr auf der Walz.«

»Und da haben Sie sich hier niedergelassen?«

Harold schüttelte den Kopf. »Nach meiner Heirat habe ich zuerst in Manchester gelebt. Philippa ist 33 zur Welt gekommen. 36 bin ich nach Spanien gegangen, um gegen die Faschisten zu kämpfen. Auch so eine von meinen romantischen Ideen.« Er stopfte seine Pfeife. »Den Hof habe ich nach meiner Rückkehr aus Spanien gekauft. Ich hatte mich hier freiwillig zum Militär gemeldet, aber die wollten mich nicht haben.«

»Wegen der Gesundheit?« erkundigte sich Will teilnehmend.

»Wegen meiner politischen Einstellung«, entgegnete Harold. Er zündete seine Pfeife an. »Sie wollten mich nicht haben, weil ich in Spanien im Krieg gewesen war. Ich war mal ganz kurz bei der kommunistischen Partei, und sie fürchteten, mit mir würde es Ärger geben.« Er zog an seiner Pfeife. »Seitdem lebe ich hier. Meine Frau hat mich verlassen, als Philly zehn war – manche Frauen haben irgendwann die Nase voll von Romantik, wissen Sie. Dann waren's nur noch wir zwei, Philippa und ich.«

»Philippa hatte Angst, ich wäre einer von Ihren Streunern.«

»Ach ja? Ganz schön frech, die kleine Kröte.« Harold schob den Tabaksbeutel in seine Jackentasche. »Bei uns waren im Lauf der Jahre viele Leute zu Gast. Sie ist das gewöhnt. Sie hat gern Gesellschaft.«

Will trat von einem Fuß auf den anderen. »Aber ich muß weiter, Harold.«

»Wirklich?« Harolds Blick hielt ihn fest. »Ganz sicher?«

»Ich habe Ihre Gastfreundschaft lange genug ausgenutzt.«

»Sie nutzen uns nicht aus. Es war schön, Sie hier zu haben.« Harold runzelte die Stirn. »In einem Krieg habe ich gekämpft, für einen anderen war ich nicht gut genug. Solche Dinge machen einen nachdenklich. Man ist danach nicht mehr derselbe. Und es gibt nicht mehr nur Schwarz und Weiß.« Er zog an seiner Pfeife. Dann sagte er: »Sie wissen doch gar nicht, wohin, stimmt's, Will? Sonst wären Sie schon viel früher gegangen.«

Will klopfte das Herz.

»Sie brauchen keine Angst zu haben«, sagte Harold milde. »Ich will Sie nicht aushorchen. Was Sie getan haben – wer Sie sind –, ist Ihre Sache, Will. Nicht meine.«

»Ich habe nichts zu verheimlichen«, begann er und brach mit rotem Kopf ab, voller Haß gegen sich selbst.

Einen Moment blieb es still. Dann sagte Harold: »Ich habe Ihnen ja gesagt, daß wir in den letzten Jahren eine Menge Gäste hatten. Manche von ihnen kannte ich aus der Zeit, als ich unterwegs war. Andere waren arme Teufel, die ihr Zuhause bei den Bombenangriffen verloren hatten und nirgends anders wieder Fuß fassen konnten. Einer war ein Deserteur. Ein anderer junger Kerl wollte nicht zum Militärdienst.«

Harold legte eine Pause ein und zündete ein neues Streichholz an. Will ließ ihn nicht aus den Augen. Er kam sich vor wie ein Tänzer auf einem schwankenden Seil.

»Nicht jeder ist für das Soldatenleben geschaffen«, fuhr Harold fort. »Es würde mir nicht einfallen, jemanden deswegen zu verurteilen. Seit Spanien weiß ich, daß ein Mann nicht daran zu messen ist, ob er ein Kämpfer ist. Der Kampf ist das Schlimmste am Menschen, nicht das Beste.«

Will starrte Harold an. Dann fragte er leise: »Was wollen Sie damit sagen?«

»Daß ich keine Fragen stellen und Sie mir keine Lügen zu erzählen brauchen. Und daß Sie den alten Eisenbahnwaggon haben können, wenn Sie wollen. Er steht ein bißchen abseits, das wäre Ihnen vielleicht ganz recht. Und ich könnte jemanden gebrauchen, der gut in Latein ist.«

»Latein?« Will war verblüfft.

»Ja, ich leite eine kleine Abendschule in Lincoln. Ab und zu gibt's tatsächlich Leute, die nach Latein fragen.«

Will war sprachlos.

»Also, wie wär's?« fragte Harold. »Soll ich Ihnen den Waggon mal zeigen, damit Sie sich entscheiden können? Ich hole nur noch eine Taschenlampe, dann können Sie Rost und Moder in ihrer ganzen Pracht bewundern. Na, was sagen Sie, Will?«

»Ja«, sagte er.

Teil IV

DER WEITE WEG NACH HAUSE

1952 – 1953

16

TOPAZ' PARTYSERVICE FLORIERTE. Sie kochte für festliche Abendessen, Büfetts und Empfänge. Wenn nötig mietete sie Küchenhilfen und Bedienungen über eine Agentur. Die Mundpropaganda der wohlhabenden und prominenten Leute, die sie durch Charlie kennengelernt hatte, erwies sich als nützlich für das Geschäft. Topaz liebte ihre Arbeit, sie liebte das theatralisch Ereignishafte, das jeder Abend mit sich brachte, und sie empfand es als ein Glück, daß sie im Rahmen ihrer Arbeit die Menschen sehen konnte, die sie gern sah, und das tun konnte, was sie gern tat.

Anfang 1952 fing Helena bei ihr an, die nach London zurückgekehrt war. Schluß mit dem Theater, hatte sie mit Entschiedenheit erklärt, dieses Leben sei nichts mehr für sie. Sie brauche etwas Geregeltes, und das Kochen habe ihr immer schon Spaß gemacht. Topaz hätte es ohne Helena und Jerry, der sie häufig mit all ihren Utensilien chauffierte, nicht geschafft.

Im Frühjahr heirateten Helena und Jerry. Es sei das Gescheiteste, sich mit dem zufriedenzugeben, was man bekommen konnte, sagte Helena eines Abends zu Topaz, als sie bei einer Flasche Wein in dem ruhigen kleinen Garten hinter Topaz' Wohnung saßen. Jerry sei ein wirklich lieber und rücksichtsvoller Mensch, und es sei eine wohltuende Abwechslung, endlich einmal selbst das Objekt treu ergebener Liebe zu sein.

Topaz war die einzige aus dem alten Freundeskreis aus dem Café am Leicester Square, die bei der kleinen standesamtlichen Feier anwesend war. Zu Claudette und Mischa hatten sie keine

Verbindung mehr, und Francesca hatte gerade ihr zweites Kind zur Welt gebracht und konnte deshalb nicht kommen.

Charlie war noch in Amerika und kam nicht. Auch er hatte geheiratet. Die Trauung hatte Anfang des Jahres stattgefunden, nach Jennifers Scheidung von Brian. Topaz empfand eine Mischung aus Bitterkeit und Groll, als sie davon hörte. *Ich hasse diese Art der Verpflichtung*, hatte Charlie gesagt. *Die ganze Bürokratie – da macht's ja überhaupt keinen Spaß mehr.*

Tja, dachte sie, du hast nicht lange gebraucht, um deine Meinung zu ändern, nicht wahr, Charlie Finch?

Im Sommer fuhr sie wieder nach Frankreich und verbrachte einige Zeit bei einer Cousine Angeliques, die im Süden lebte. Sie verliebte sich in die Landschaft der Provence, die, durchzogen von den Wohlgerüchen von Thymian und Lavendel, schläfrig in der sommerlichen Glut lag. Später, im September, besuchte sie zum erstenmal Italien und legte ein paar Tage Aufenthalt in Florenz ein, bevor sie nach Umbrien reiste, wo sie in einer Villa in der Nähe von Assisi wohnte und lernte, wie man Wildschweinpastete und Pasta mit Butter und Salbei zubereitete. Der Eigentümer der Villa war ein Bekannter von Mary Hetheringtons Mann, der an der Britischen Botschaft in Rom gewesen war.

Sie hielt Verbindung mit den Temperleys. Marius, der die Arbeit in der Firma wiederaufgenommen hatte, leitete jetzt die Herstellung in Great Missen, während Julia, mittlerweile nach London übergesiedelt, für den Verkauf und die Gehäuseschreinerei zuständig war. Dieses Arrangement ließ Marius mehr Zeit für Tara und hatte Julia die Möglichkeit geboten, einen neuen Anfang zu machen. Der Firma ging es gut, doch Marius, so wollte es Topaz scheinen, hielt sich nur mühsam über Wasser. Sie traf sich ungefähr einen Abend im Monat mit ihm, und dann taten sie beide so, als sei er nur gekommen, um ihr bei der Buchhaltung zu helfen, obwohl Topaz sehr bald festgestellt hatte, daß diese bei einem einfachen kleinen Unternehmen wie dem ihren nicht besonders kompliziert war. Wahrscheinlich, dachte sie, brauchen wir einen Vorwand, um uns zu sehen; warum das so war, hätte sie nicht sagen können. Auf jeden Fall gestatteten ihr diese gemeinsamen Abende, Marius regelmäßig zu sehen und sich zu vergewissern, daß es ihm einigermaßen wohl erging. Sie vermutete, daß er sie vor allem aus alter Gewohnheit heraus besuchte und vielleicht auch, um das beunruhigende Gefühl abzuwehren, daß seit Wills Verschwinden, Suzannes Tod, Jacks Emigration und Julias Umzug nach London der sichere Kreis der Familie und alter Freunde keinen Bestand mehr hatte und sich ganz aufzulösen drohte.

Mitunter erinnerte sich Topaz daran, wie sehr sie sich mit siebzehn danach gesehnt hatte, irgendwo dazuzugehören – zu einer Familie, einem Freundeskreis, einem Paar, ganz gleich. Jetzt war ihr Adreßbuch voll bis auf die letzte Zeile; jetzt hätte sie jeden Abend in der Woche ausgehen können, wenn ihr danach gewesen wäre. Wenn sie jetzt ins Pub, in ein Restaurant oder eine Bar ging, traf sie dort unweigerlich Bekannte oder Freunde. Daß aus diesen Freundschaften niemals mehr wurde, lag daran, sagte sie sich, daß sie viel zuviel zu tun hatte, um sich ernsthaft zu verlieben. Und wenn ihr manchmal, besonders nachts im Bett, der Gedanke kam, daß ihr prallgefülltes Adreßbuch vielleicht nicht viel mehr war als ein Talisman gegen das alte, immer noch nagende Gefühl, nirgends wirklich hinzugehören, so pflegte sie ihn ärgerlich als albern abzutun.

Tara sagte: »Darf ich schälen, Topaz? Bitte laß mich schälen.«

Topaz goß die hartgekochten Eier vorsichtig in ein Sieb ab, das sie unter das fließende kalte Wasser stellte. »So, schau!« Sie klopfte die Eierschale mit einem Löffel auf.

Marius warnte sie: »Die sind am Ende bestimmt alle Rührei.«

»Dann mische ich sie einfach mit Mayonnaise und bestreiche ein paar Kräcker damit. Ich bin von harten Eiern sowieso nicht so begeistert. Für ein Büffet, meine ich. Das sind doch ziemliche Brocken. Aber Lydia hat sie nun mal ausdrücklich verlangt.«

Es war Ende September, für den Abend hatte Topaz einen Auftrag bei Lydia Prescott, einer Freundin von Mary

Hetherington. Lydia wohnte in Bloomsbury, und da Jerry mit Grippe im Bett lag, hatte Marius, der gerade geschäftlich in London war, sich erboten, Topaz zu fahren.

Mit einem raschen, aufmerksamen Blick sah sie sich in der Küche um. »Ich glaube, wir sind fast fertig. Es ist wirklich nett von dir, Marius, daß du einspringst.« Sie deckte die geräucherte Pute mit Pergamentpapier ab und vergewisserte sich, daß die Deckel der Salatschüsseln fest saßen. »Wie spät ist es?« fragte sie mit gerunzelter Stirn.

»Gleich sechs.«

»Ach, du meine Güte, und ich bin noch nicht umgezogen.«

»Dann geh du jetzt und mach dich fertig. Ich verfrachte die Sachen inzwischen in den Wagen.«

»Danke.« Sie gab ihm einen Kuß auf die Wange und eilte ins Schlafzimmer, um ihren Kleiderschrank durchzusehen. Sie machte sich immer hübsch, wenn sie abends arbeiten mußte. Einfach nur lange Hose und Bluse anzuziehen und sich eine bekleckerte Schürze umzubinden wäre zu simpel und außerdem langweilig, fand sie und hatte sich darum eine Sammlung Cocktailkleider zugelegt, die sie in einem kleinen Laden in der Brompton Road kaufte.

Für diesen Abend wählte sie roten Samt, die Farbe von Ilexbeeren. Sie steckte ihre Haare hoch und schminkte sich mit großer Sorgfalt, vergaß nicht, einen Lidstrich zu ziehen, und malte ihre Lippen im Rot des Kleides an. Sie hatte Lampenfieber wie stets – als wäre es *ihre* Party, was ja in gewisser Hinsicht auch stimmte. Nun noch die goldenen Ohrringe und ein Spritzer Parfum, und fertig. Sie warf einen letzten Blick in den Spiegel. »So kannst du dich sehen lassen«, sagte sie zu ihrem Konterfei und ging hinaus.

Marius hob den Kopf, als sie wieder in die Küche kam. Sie sah, wie seine Augen sich ein wenig weiteten, und machte mit fliegendem Rock eine kleine Drehung. »Gefällt's dir?«

»Du siehst toll aus. Bist du soweit?«

Sie sah prüfend auf ihre Liste. »Pute – Kalbfleisch – Salate – Pickles – ja, ich denke, das wär's.«

In Bloomsbury lud Marius die Kartons aus dem Wagen und

trug sie ins Haus. »So, ich glaube, das ist alles. Wann bist du fertig?«

»So gegen neun, hoffe ich.«

»Ruf mich an, wenn du magst. Wir könnten noch was trinken gehen.«

In der folgenden halben Stunde schnitt Topaz die geräucherte Pute auf und mischte die Salatsoßen. Um halb sieben trafen die Kellnerinnen ein und um sieben Uhr die ersten Gäste. Da sie die meisten der Eingeladenen im Lauf der letzten zwei Jahre persönlich kennengelernt hatte und Lydia Prescott sie dazu drängte, verließ sie die Küche, nachdem das Büffet aufgetragen war, und stürzte sich in den Partytrubel. Lydias Mann drückte ihr ein Glas in die Hand, und Mary Hetherington winkte ihr von der anderen Seite des Zimmers zu. Ein junger Mann erbot sich, ihr am Büffet etwas zu holen, aber sie schüttelte mit Nachdruck den Kopf und sagte: »Das ist lieb von Ihnen, aber ich kann das Zeug, ehrlich gesagt, nicht mehr sehen.«

»Sie haben das alles vorbereitet, nicht wahr? Das hat Lydia mir schon erzählt. Darum mußte ich Sie unbedingt kennenlernen. Das heißt, das ist einer der Gründe. Einfach köstlich, dieses Essen. Ich selbst kann nicht mal ein Ei kochen.«

»Eier richtig zu kochen ist auch gar nicht so einfach.« Sie musterte ihn, während sie von ihrem Gin Tonic trank. Er war vielleicht Mitte Zwanzig, groß, blond, mit blauen Augen.

Er sagte: »Ich bewundere jeden, der eine praktische Ader hat. Ich selbst habe zwei linke Hände.«

»Was arbeiten Sie?«

»Ach, ich jongliere ein bißchen mit Zahlen.« Er bot ihr die Hand. »Ich heiße übrigens Christopher Catchpole. Und Sie sind Topaz Brooke, stimmt's? Das hat Mary mir verraten.« Er lächelte. »Soll ich Ihnen nicht doch etwas holen?«

»Noch ein Gin Tonic wäre schön.«

Sie sah ihm nach, wie er im Gewühl verschwand. Mary Hetherington gesellte sich zu ihr. »Wahnsinnig reich«, sagte sie gedämpft. »Er ist Börsenmakler. Unheimlich erfolgreich. Und er ist erst siebenundzwanzig. Er war ganz versessen darauf, Sie kennenzulernen.« Sie warf Topaz einen vielsagenden Blick zu. »Na, was meinen Sie?«

»Perfekt«, sagte sie leichthin. »Gutaussehend, reich – und er scheint kein Schwerverbrecher zu sein oder anderweitige abstoßende Gewohnheiten zu haben.«

Doch am Ende des Abends, als sie die Küche aufräumte und Mary »Also?« sagte, zuckte Topaz mit den Schultern.

»Er hat mich gefragt, ob ich noch mit ausgehe, aber ich habe abgelehnt.«

»Ach, Topaz!« Mary seufzte. Sie lehnte sich an die Tischkante. »Sie haben wohl den Bericht im *Picturegoer* gesehen, hm?«

Helena hatte ihr die Zeitschrift vor ein paar Tagen gezeigt. Charlie und Jennifer hatten in ihrem Haus in Beverly Hills eine Party gegeben. Die Aufnahmen, die den Bericht begleiteten, hatten irgendwie verschwommen gewirkt, so daß es Charlies schönem vertrautem Gesicht an Klarheit und Kontur gefehlt hatte.

»Hundert Gäste«, sagte Topaz. »Stellen Sie sich den Aufwand vor. Die vielen *vol au vents*.«

»Ist Ihnen aufgefallen«, erkundigte sich Mary maliziös, »daß die Fotos hauptsächlich die Gäste zeigen? Von Charlie und Jen sind nur ganz wenige dabei. Tja, das ist das Risiko, wenn man Leute einlädt, die berühmter sind als man selbst.«

Topaz stapelte Kartons ineinander wie russische Puppen. »Aber es hat mit Charlie nichts zu tun.«

»Womit dann? Ich kenne Dutzende von Männern, die ganz verrückt nach Ihnen sind, und Sie würdigen sie nicht mal eines Blickes.«

»Das stimmt nicht. Ich gehe sogar mit ihnen aus.«

»Ja, ein-, zweimal. Und sobald sie mehr wollen, servieren Sie sie äußerst taktvoll wieder ab. Ich weiß es, mein Schatz, weil sie sich an meiner Schulter ausweinen. Ich fange allmählich an zu glauben, Sie haben einen heimlichen Liebhaber, den Sie uns allen vorenthalten. Das ist gemein von Ihnen, Topaz.«

»Es gibt niemanden«, entgegnete sie. Und es stimmte, seit Charlie hatte es niemanden mehr gegeben.

Mary sagte streng: »Sie müssen es wenigstens versuchen. Sie müssen sich bemühen.«

»Das tue ich ja.« Sie packte ihre Utensilien in eine Tragetasche. »Ich weiß doch auch nicht, warum es nicht klappt. Es liegt nicht daran, daß sie nicht nett sind. Es ist einfach –« Sie brach ab. Sie wußte ja selbst nicht, warum die jungen Männer, die sich für sie interessierten, sie kaltließen, und warum sie sich nach Charlie nie wieder verliebt hatte. Es war weiß Gott nicht so, daß sie nicht wollte. Im Gegenteil – sie sehnte sich danach, sie hatte nicht vergessen, wie wunderbar man sich fühlte, wenn man verliebt war.

»Ich habe wahrscheinlich einfach zuviel um die Ohren«, sagte sie vage. »Mit den Partys und meiner Mutter.«

Mary machte ein teilnahmsvolles Gesicht. »Wie geht es ihr?«

Topaz hatte sich nur zwei Menschen anvertraut, Mary und Helena. Sonst hatte sie mit niemandem über das Alkoholproblem ihrer Mutter gesprochen; nicht mit Julia und schon gar nicht mit Marius. Sie wußte selbst nicht recht, warum das so war. Vielleicht weil sie sich nicht ganz von der Befürchtung befreien konnte, es würde ein schlechtes Licht auf sie werfen, daß ihre Mutter sich angewöhnt hatte, ihr erstes Glas Alkohol morgens zu trinken und das letzte gegen Mitternacht, manchmal ohne längere Pause dazwischen. Und sicher auch, weil sie die anderen nicht wissen lassen wollte, daß seit langem etwas – der Alkohol oder die Bitterkeit oder einfach die vergehende Zeit – an Veronica nagte und sie der Schönheit beraubte, die sie stets für selbstverständlich gehalten hatte, so daß ihr, die weder Freunde noch einen Beruf hatte, nun nicht viel geblieben war, worauf sie zurückgreifen konnte. Das Leben ihrer Mutter war erschreckend leer, und das machte es ihr schwer, die lallend hervorgebrachten nächtlichen Forderungen nach Unterhaltung und Gesellschaft zurückzuweisen.

»Ach, es geht ihr nicht besonders«, sagte sie. »Sie haßt den Winter – die Kälte und den Nebel. Sie ist ja in Indien aufgewachsen, wissen Sie.«

»Es gibt da einen hervorragenden Spezialisten in der Harley

Street«, sagte Mary mitfühlend. »Er hat irgendwo auf dem Land eine Klinik.«

»Ja, vielleicht spreche ich mal mit ihr darüber.« Sie wußte schon, daß sie es nicht tun würde. Sie konnte förmlich die Stimme ihrer Mutter hören: Du wirst mich doch nicht in die Klapsmühle bringen, Topaz.

Sie verabschiedete sich von Mary und ging nach Hause. Sie würde noch rasch ein Bad nehmen und dann Marius anrufen. Gerade hatte sie sich in die Wanne gesetzt, da läutete das Telefon. Ein Badetuch um den Körper geschlungen ging sie hin. Es war nicht Marius, wie erwartet, sondern eine Nachbarin ihrer Mutter, eine Mrs. Foley, die ihr mitteilte, daß ihre Mutter den Haustürschlüssel verloren habe, und nach einer taktvollen Pause hinzufügte: »Und sie ist nicht mehr ganz sicher auf den Beinen, wissen Sie.«

Topaz trocknete sich hastig ab, zog sich etwas über und fuhr mit dem Bus nach Bayswater. Sie fand ihre Mutter in Mrs. Foleys Wohnzimmer vor, wo sie auf dem Sofa sitzend hektisch in ihrer Handtasche wühlte. Lippenstifte rollten über den Boden, Tabletten sprangen aus Pillendöschen. Veronicas schickes Federhütchen saß deutlich schief.

Topaz sammelte alles ein, stopfte es wieder in die Handtasche und brachte ihre Mutter nach unten.

»Aber ich kann nicht *gehen*«, jammerte Veronica, sich den Fußknöchel reibend. »Ich bin gestolpert. Dieser Teppich auf dem Treppenabsatz.« Sie hängte sich mit ihrem ganzen Gewicht an Topaz, und als sie unten angekommen waren und Topaz die Wohnungstür aufsperrte, sagte sie aufgebracht: »Basil hatte *versprochen*, mich nach Hause zu bringen.«

»Basil? Wer ist Basil?«

»Ach, du weißt schon, der Major.«

Majore – und Obersten – hatte es viele gegeben in Veronicas Leben. Sie verschmolzen in Topaz' Gedächtnis zu einer einzigen Gestalt im Hahnentrittjackett mit rostroter Krawatte.

Sie half ihrer Mutter in einen Sessel. Veronica sagte: »Er ist natürlich in Wirklichkeit gar kein Major.« Sie lachte geringschätzig. »Wahrscheinlich Unteroffizier bei irgendeinem popeligen kleinen Regiment. Ich sehe das immer gleich. Ihm fehlt die Haltung. Und Manieren hat er auch keine.«

Topaz streifte ihrer Mutter den Schuh ab. »Warum triffst du dich dann mit ihm?«

»Man hat ja heutzutage keine Wahl mehr. Es gibt kaum noch echte Gentlemen.«

»Dein Fuß scheint in Ordnung zu sein –

»Aber er tut weh.« Veronica versuchte ein Lächeln: »Du mußt mir etwas zu trinken machen, Topaz. Einen von deinen wunderbaren Martinis.«

»Ich hole dir kaltes Wasser für deinen Fuß.«

Als sie mit einer Schüssel Wasser wieder ins Zimmer kam, sagte Veronica niedergeschlagen: »Vielleicht hätte ich wieder heiraten sollen.« Kerben der Bitterkeit und der Enttäuschung hatten sich in ihr Gesicht eingegraben.

Neugierig fragte Topaz: »Warum hast du es nicht getan?«

Veronicas blaue Augen spiegelten Ratlosigkeit und Verwirrung. »Ich nehme an, weil keiner meinen Ansprüchen wirklich genügte. Außerdem hatte ich wirklich keine Lust, das alles noch einmal mitzumachen.«

»Was alles, Mama?«

»Na ja, die Bettgeschichten. Sex.« Sie verzog voll Abscheu den Mund. »Es kann natürlich sein, daß es ganz anders gewesen wäre –«

»Was wäre anders gewesen?«

»Ich war vorher schon beinahe mit einem anderen verlobt, weißt du.«

»Du meinst, vor Papa?«

»Hm.« Veronica zündete sich eine Zigarette an. »Ich bekam gleich in meiner ersten Saison zehn Heiratsanträge. Das halbe Regiment war in mich verliebt. Und da war jemand ... Aber es wurde nichts daraus. Seine Familie war nicht von entsprechender Herkunft. Krämer, hat mein Vater sie genannt. Geld allein reicht eben nicht, die gute Kinderstube gehört auch dazu.« Mit zusammengekniffenen Augen zog sie an ihrer Zigarette. »Trotzdem habe ich mich oft gefragt –«

»Was denn, Mama?«

»Ob ich glücklich geworden wäre.«

Es blieb eine Weile still. Dann murmelte Veronica: »Vielleicht nicht. Es wäre wahrscheinlich auch nicht anders gewesen.« Sie lachte bitter. »Im Dunkeln sind ja bekanntlich alle Katzen grau.«

Topaz sagte: »Ich mache dir etwas zu essen, dann muß ich gehen. Ich bin noch mit Marius verabredet.«

»Dem jungen Temperley?«

Topaz nickte.

»Hat er wieder geheiratet?«

»Natürlich nicht.«

»Was denn? Das soll vorkommen. Nur weil ich es nicht getan habe ... nur weil ich Thomas treu geblieben bin –«

»Ich mache dir ein Brot«, sagte Topaz und ging in die Küche nebenan. Ein Blick auf die Wanduhr sagte ihr, daß es fast zehn war. Sie beeilte sich mit dem Brot.

Aus dem Nachbarzimmer hörte sie die Stimme ihrer Mutter, die einen nachdenklichen Ton angeschlagen hatte. »Du könntest schlechter fahren.«

»Wie bitte?«

»Ich spreche von Marius Temperley. Er ist keine schlechte Partie. Die Familie ist sehr wohlhabend.«

Sie ging ins Wohnzimmer. »Ich verstehe nicht, was du da redest.«

»Ach, sei doch nicht so naiv, Topaz.« Veronicas Feuerzeug klickte. »Ich könnte es verstehen, wenn du versuchen würdest, dir den Jungen zu angeln. Wenn ich selbst ein paar Jahre jünger wäre –«

Ihn sich angeln! Abweisend sagte sie: »Marius und ich sind nur Freunde.«

Veronica blies eine schmale Rauchfahne in die Luft. »Wenn du das wirklich glaubst, bist du dümmer, als ich dachte. Männer und Frauen sind niemals *nur Freunde*. Er ist natürlich älter als du, aber das spielt keine Rolle. Und wie ich schon sagte, die Familie ist wohlhabend.« Veronica musterte ihre Tochter mit kühlem Blick. »Bilde dir bloß nicht ein, daß du einmal nicht aufs Geld schauen mußt, mein Kind. Diese unfähige sozialistische Regierung hat mich um den größten Teil meiner Ersparnisse gebracht. Du hast also nichts zu erwarten, wenn ich einmal das Zeitliche segne. Die Temperleys sind zwar Kaufleute, aber heutzutage kann man es sich nicht leisten, wählerisch zu sein.« Sie lachte ein wenig. »Mach nicht so ein entrüstetes Gesicht. Und erzähl mir ja nicht, der Gedanke wäre dir noch nie gekommen.«

Veronica stand auf und ging zur Anrichte, um sich einen Drink zu machen. »Ich würde dir allerdings raten, es nicht auf die lange Bank zu schieben. Die ganze Welt ist voller Frauen, die einen Mann suchen. Ich weiß, in deinen Augen ist er ganz der trauernde Witwer, aber allzulange wird er sich nicht mit einem leeren Bett abfinden, das kannst du mir glauben. Ich kenne die Männer.« Sie lachte wieder. »Du kannst es natürlich genauso machen wie das billige kleine Flittchen, das er geheiratet hat: Du lotst ihn ins Bett und sorgst dafür, daß ein Kind kommt. Er ist ja offenbar der anständige Typ. Er würde dich auf der Stelle heiraten.«

Topaz hielt es keine Sekunde länger mit ihrer Mutter im selben Raum aus. In der Küche rieb sie Käse und schnitt Tomaten auf. Dann knallte sie den Teller auf einen Beistelltisch im Wohnzimmer, sagte: »Ich muß los«, und rannte, nachdem sie ihren Mantel vom Haken gerissen hatte, aus der Wohnung. Auf der Heimfahrt hörte sie immer wieder die Worte ihrer Mutter. *Ich könnte es verstehen, wenn du versuchen würdest, dir den Jungen zu angeln … Erzähl mir nicht, der Gedanke wäre dir noch nie gekommen …*

Er war ihr wirklich noch nie gekommen. Lange Zeit war Marius für sie nicht mehr gewesen als ihr ältester und liebster Freund. Mit siebzehn war sie einmal in ihn verliebt gewesen. Damals, zum erstenmal nach dem Krieg wieder in Dorset und beinahe erwachsen, hatte sie sich ihm gegenüber nicht mehr als kleines Mädchen gefühlt. Sie konnte sich der heftigen und schmerzhaften Schwankungen ihrer Gefühle in jener bittersüßen Woche noch genau erinnern. Als sie in seinem Arbeitszimmer in Missencourt mit Marius gesprochen hatte, war an die Stelle der verschwommenen Kindheitserinnerungen seine

Nähe getreten. Es war, als begegnete sie ihm zum erstenmal. Wie konnte es möglich sein, daß sie das tiefe Blau seiner Augen, die Großzügigkeit seines Lächelns, die starke Ausstrahlung seiner Persönlichkeit bis dahin niemals wahrgenommen hatte?

Er hatte sie getröstet, als sie bei dem Fest zur Feier von Jacks Heimkehr die Ginflasche hinuntergeworfen hatte. Sie erinnerte sich ihres Gesprächs im Schulgarten, als er sie ins Kino eingeladen hatte. Da hatte sich plötzlich bei ihr etwas verändert: Sie hatte begonnen, sich als eine andere zu sehen, als jemanden, der Achtung und Zuneigung verdiente – sogar der Liebe würdig war. Wenn Marius sie mochte, wenn Marius fand, sie strahle heitere Gelassenheit aus – sie konnte sich jetzt noch an die Worte erinnern –, dann mußte sie doch in Ordnung sein.

Die glückliche Beschwingtheit nach diesem Gespräch hatte angehalten und es ihr nicht nur leichter gemacht, die fortgesetzten Nörgeleien ihrer Mutter zu ertragen, sondern auch geholfen, einen unangenehmen Besuch bei Carrie Chancellor hinter sich zu bringen. Sie wußte noch, wie ihre Stimmung umgeschlagen war, sich verfinstert hatte, als Marius anrief, um ihr zu sagen, daß er länger als geplant in London bleiben müsse und nun doch nicht mit ihr ins Kino gehen könne. Nur wenige Tage später hatte er seine unerwartete Heirat mit Suzanne bekanntgegeben und ihnen eine Tochter präsentiert, von deren Existenz niemand etwas geahnt hatte. An diesem Abend hatte sie sich in den Schlaf geweint. In die Tränen des Schmerzes und der Enttäuschung hatten sich solche des Zorns gemischt, eines Zorns, der sich gegen sie selbst richtete, daß sie so naiv gewesen war, auch nur einen Moment lang zu glauben, Marius Temperley könnte sich ausgerechnet für sie interessieren.

Bei ihrer Abreise aus Dorset am Ende jener Woche hatte sie vor dem Bahnhof auf ihn gewartet. Sie hatte sich nicht vorstellen können, nach Hause zu fahren, ohne sich von ihm verabschiedet zu haben, und war glücklich gewesen, als sie hinter Regenschleiern sein Auto hatte auftauchen sehen. Sie dachte daran, daß er sich in einer Zeit, da sein Leben und seine Gefühle zweifellos in höchstem Aufruhr gewesen waren, die Mühe gemacht hatte, in dem noch immer von der Rationierung geplagten London von Geschäft zu Geschäft zu laufen, um Schokolade für sie aufzutreiben. Damit sie in Zukunft keine schnauzbärtigen Obersten mehr küssen müsse.

Seinen Namen hatte sie damals auf die beschlagene Scheibe des Zugfensters geschrieben, und sie hatte noch heute, in einem Eckchen ihrer Schreibmappe versteckt, den Brief, den er ihr geschrieben hatte. Warum hatte sie ihn all die Jahre aufbewahrt? Aus Sentimentalität? Als Erinnerung an einen nicht sonderlich schönen Urlaub? Oder aus einem ganz anderen Grund, den sie sich bisher nicht einzugestehen gewagt hatte?

Beinahe zu spät sah sie, daß der Zug ihre Haltestelle erreicht hatte, und drängte sich hastig zur Tür durch, um im letzten Moment hinauszuspringen. Sie schob die Hände in die Manteltaschen, als sie auf der Rolltreppe nach oben fuhr, und starrte die Plakate an den Wänden an. Aber die Werbesprüche für Theater und Grippemittel konnten sie nicht ablenken. Von den Chancellors und Temperleys war Marius der einzige gewesen, der mit ihr Kontakt gehalten hatte. Sie hatten sich Peter de Courcys wegen gezankt; sie hatte ihm Rat geben, als Suzanne ihm die Wahrheit über Tara gesagt hatte. In ihrer Beziehung, das sah sie jetzt, hatten sich im Lauf der Jahre die Gewichte verlagert. Seiner Fürsorglichkeit ihr gegenüber hatte, zum Zeitpunkt von Suzannes Tod, ihr Bedürfnis entsprochen, ihm Trost zu spenden. Sie war vielleicht wütend auf Charlie gewesen, weil er Jennifer geheiratet und seine Prinzipien verraten hatte, aber wirklich ausgemacht hatte es ihr nichts, weil längst Marius seinen Platz in ihrem Herzen eingenommen hatte. Und heute abend hatte sie die Einladung des zweifellos netten und zweifellos erstrebenswerten Christopher Catchpole ausgeschlagen, weil Marius in London war und auf ihren Anruf wartete.

Und begehrte sie ihn? Denn das war doch der Unterschied zwischen Freundschaft und Liebe. Verlangte sie danach, ihn, wie ihre Mutter es so taktvoll formuliert hatte, in ihr Bett zu lotsen?

Topaz sperrte die Haustür auf. Im Foyer blieb sie einen Moment an die Wand gelehnt stehen. Das Licht fiel auf die Gegenstände um sie herum: ein Kinderwagen, ein Kinderdreirad, ein unordentlicher Haufen kleiner Gummistiefel.

Natürlich begehrte sie ihn. Natürlich wünschte sie sich, ihr Bett mit ihm zu teilen. Aber sie wollte mehr als das. Ihr Blick blieb traurig an dem Kinderwagen hängen. Sie wollte irgendwann einmal eigene Kinder haben. Doch daß sie eines Tages mit Marius Temperley die Familie haben würde, nach der sie sich immer gesehnt hatte, das war ein Traum, der niemals in Erfüllung gehen würde.

Sie stieg die Treppe hinauf und trat in ihre Wohnung. Am Telefon blieb sie stehen. Ihre Fingerspitzen streiften den Hörer, dann ließ sie die Hand sinken und setzte sich. Reglos, noch in Mütze und Mantel, starrte sie in die Dunkelheit.

Rick Hunter hatte Julia darauf hingewiesen, daß sie weder das eine noch das andere war, weder verheiratete Frau noch Witwe. Anfangs hatte es ihr stark zu schaffen gemacht, daß sie sich in so ungeklärter Situation befand. Aber dann hatte sie sich daran gewöhnt und die Realität akzeptiert; vor allem wohl deshalb, vermutete sie, weil der Gedanke an Wiederheirat sie wenig lockte. Sie hatte sich als Ehefrau und Hausfrau versucht und feststellen müssen, daß sie für keine dieser Rollen besonderes Talent besaß. Sie hatte ziemlich erfolglos versucht, das zu sein, was Frauen sein sollten: Satelliten, die um die Zwillingssonnen von Heim und Familie kreisten. Wenn sie William eine halbwegs gute Mutter war, so war dies, das wußte sie, auf ihre heftige, von einem starken Beschützerinstinkt geprägte Liebe zu ihm zurückzuführen. Trotzdem pflegte sie einen kleinen Seufzer der Erleichterung auszustoßen, wenn sie ihn morgens im Kindergarten abgeben konnte. Sie hatte sich überlegt, daß das etwas mit ihrem starken Bedürfnis zu tun haben mußte, ganz zu bleiben. So bezeichnete sie es für sich selbst; darüber sprechen konnte sie nicht, weil sie fürchtete, man würde sie für verrückt erklären. Aber sie hatte mit der Zeit gemerkt, daß die Bedürfnisse und Erwartungen anderer an ihr zehrten und sie auf unbegreifliche Weise entkräfteten.

Sie war nach London übersiedelt, um den Chancellors und ihrer eigenen Familie zu entkommen. Im Rückblick schienen ihr die ersten siebenundzwanzig Jahre ihres Lebens in klaustrophobischer Enge verlaufen zu sein. Fernab vom Altvertrauten konnte sie freier atmen. Sie begann, ihre Vorlieben und ihre Wesensart zu entdecken, es war beinahe so, als lernte sie langsam eine Fremde kennen. Manches, was sie über sich erfuhr, überraschte sie: daß ihr Jazz lieber war als die klassische Musik, die ihr Vater geliebt hatte; daß sie ihre neue Wohnung in leuchtenden Farben und den modernen abstrakten Mustern ausstattete und nicht in gerüschtem Chintz und Satin mit gedämpften Blumenmustern, wie sie das aus Missencourt kannte.

Andere Selbsterfahrungen bestätigten nur, was sie bereits über sich wußte: daß sie ein verschlossener Mensch war, der Raum und Zeit brauchte und die Freiheit, sich über die Ziele seines Lebens klarzuwerden; daß sie sich mit ihrer Schönheit schwertat; daß Schönheit für sie immer schon ein zweischneidiges Schwert gewesen war, etwas, das bei Männern den Wunsch weckte, sie zu besitzen und zu beherrschen; daß sie es vielleicht in mancher Hinsicht einfacher gefunden hätte, nur hübsch zu sein oder apart oder sogar unscheinbar, weil man ihr dann eher ihre Ruhe gelassen hätte als dieser schönen Person, die alle Männer anstarrten, sobald sie einen Raum betrat.

Oft hatte sie in den vergangenen anderthalb Jahren an Will gedacht. Nach dem furchtbaren Gespräch mit Rick hatte sie zunächst nur Schock und Zorn empfunden. Nein, schlimmer als Zorn: Wut, eine unbändige blinde Wut auf Will, der sie womöglich absichtlich verlassen, der womöglich ganz bewußt in Kauf genommen hatte, daß er anderen Menschen Schmerz bereiten würde. Die Wut hatte sie dazu getrieben, noch einmal ins Heidehaus und in die Tankstelle (beide nun leer und verlassen) zurückzukehren, um nach Rick Hunters verschwundenem Bild zu suchen. Sie hatte nichts gefunden. Die Wut hatte sie dazugetrieben, ein letztes Gespräch mit Rick zu suchen. Im

Salon seines Hauses am Meer (wo das wechselnde Licht auf den weichen Blau- und Grüntönen der Stoffe und Tapeten spielte, die *sie* ausgesucht hatte) hatte er an seiner Version der Ereignisse festgehalten, war nicht das kleinste Stückchen von ihr abgerückt: Will habe für ihn gearbeitet und sei seiner festen Überzeugung nach quicklebendig.

Das Verlangen und die Begierde in Rick Hunters Blick hatten Julia einen Moment lang aus der Fassung gebracht. Als sie sich zum Gehen wandte, hatte er sie zurückgerufen. Noch einmal hatte er ihr gesagt, daß er sie liebe. »Bedenken Sie nur einen Augenblick, was ich Ihnen bieten kann, Julia.« Da war ihr zum erstenmal klargeworden, daß ihre Schönheit auch eine Waffe war, und sie hatte ihn mit einer Schroffheit abgefertigt, die ihn verletzen mußte. In seinem Blick konnte sie sehen, daß er litt, und triumphierend hatte sie gedacht: Das war für dich, Will. Ganz egal, wo du bist. Als kleiner Ausgleich.

Nicht lange danach ging sie von Dorset nach London. Sie wollte weit weg sein von Rick Hunter und seinem Haus am Meer. Sie wollte neu anfangen. Zu Beginn war die Stadt erschreckend, anstrengend und aufregend bis zur Erschöpfung. Sehr bald schon gewann sie sie lieb. Manchmal, wenn sie mitten in der Nacht erwachte, trat sie an ihr Schlafzimmerfenster und sah hinaus zu den Lichtern der Straßenlampen und Autoscheinwerfer und zu der nicht abreißenden Kette von Autos und Lastwagen, die sich selbst in den frühen Morgenstunden noch durch die Straße bewegte. Sie genoß die Betriebsamkeit, die ständig wechselnde Kulisse und die Gewißheit, daß sie sich hier niemals langweilen würde.

Sie liebte ihre Wohnung in Fulham mit den tiefen Schiebefenstern und den glänzenden Holzfußböden. Sie fand eine Putzfrau, die in den sechs Räumen für Sauberkeit und Ordnung sorgte, und sie fand ein junges Mädchen, Mitzi, die sich nachmittags um William kümmerte. Mitzi war eine Jüdin aus Deutschland, die kurz vor Kriegsausbruch mit einem der Kindertransporte nach England gekommen war. Der Rest ihrer Familie war auf dem Kontinent geblieben und in Ghettos oder Konzentrationslagern umgekommen. Mitzi liebte William abgöttisch; Julia fragte sich, ob er ihr vielleicht ein ganz klein wenig die verlorene Familie ersetzte.

Fern dem Zuhause ihrer Kindheit und Jugend war ihr Optimismus je nach Stimmung, Umständen, ja sogar Witterung, heftigen Schwankungen unterworfen. Manchmal erschien es ihr absurd, auch nur daran zu denken, daß Will noch am Leben sein könnte. Rick Hunter hatte sie belogen, um sie dafür leiden zu lassen, daß sie ihn abgewiesen hatte.

Oder Rick irrte sich einfach, und Will war zusammen mit dem gestohlenen Bild von der Mine zerfetzt worden, die das Boot der Gamble-Brüder gerammt hatte. Will war 1948 ums Leben gekommen, ein verspätetes Opfer des Krieges. Und selbst wenn Will am Leben war – was, wenn er niemals heimkehrte? Seit seinem Verschwinden waren vier Jahre vergangen. Sie würde vielleicht nie mit Sicherheit wissen, ob er lebte oder tot war.

Sie tat, was sie konnte, um der Wahrheit auf die Spur zu kommen, engagierte einen Privatdetektiv, um Will von ihm suchen zu lassen, gab Anzeigen in der *Times* auf, die Will – und nur Will allein – als an ihn gerichtet erkennen würde. Es gab keine Reaktion auf die Anzeigen, und jede Spur, die der Detektiv verfolgte, endete in einer Sackgasse. Wenn Will den Untergang der *Katie Rose* überlebt hatte, dann hielt er sich seither gut verborgen. Wenn Will wirklich noch am Leben war – wenn, wenn! –, würde er heimkehren, wann es ihm beliebte und keinen Tag früher.

Bisweilen machte die Ungewißheit sie bitter. Bisweilen ertappte sie sich bei dem Gedanken, daß es leichter gewesen war, mit der vermeintlichen Gewißheit von Wills Tod zu leben. Aber dann mußte sie an ihren Vater denken, an Suzanne und an Mitzis verlorene Familie, und wußte, daß alles besser war als solche absolute Hoffnungslosigkeit. Sie konnte sich glücklich schätzen, noch Hoffnung zu haben, auch wenn ihr diese Hoffnung manchmal lächerlich schwach und armselig erschien. Sie wußte, daß auch Prudence hoffte, ganz im stillen den unerschütterlichen Glauben hegte, daß Will eines Tages nach Hause kommen würde.

Dann und wann schoß ihr die Frage durch den Kopf, ob Will sich vielleicht hier, in London, aufhielt, ein Stäubchen in der Menge. Auf ihren Wegen durch geschäftige Straßen hielt sie nach ihm Ausschau, sah sich mit schnellem Blick nach einem hellen Haarschopf um oder einer schlanken hohen Gestalt mit leicht gekrümmten Schultern.

Jack war nach Kanada zurückgekehrt und hatte Esther geheiratet. Ein Jahr später hatten sie eine Tochter, Louise, bekommen. Jack hatte Julia Fotografien geschickt: von einem weißen Holzschindelhaus, einer hübschen braunäugigen Frau und einem Säugling, der in einem Kinderbettchen schlief. Beim Betrachten der Bilder hatte Julia an das Abschiedsgeschenk gedacht, das sie Jack und das er ihr gemacht hatte. Sie hatte sich ihm eine wunderbare Nacht lang hingegeben; er hatte ihr dafür gezeigt, daß die körperliche Liebe eine der größten Wonnen des Lebens sein konnte.

Nach ihrem Umzug nach London hatte einer ihrer ersten Wege sie zu einem Friseur geführt, wo sie sich das widerspenstige lange Haar hatte schneiden lassen, kurz und locker, so daß es wie eine Federkappe um ihren Kopf lag. Noch während die Haarsträhnen unter der Schere des Friseurs zu Boden fielen, war ihr, als würde ihr Geist freier und ihr Gemüt unbeschwerter.

Als nächstes suchte sie einen Spezialisten in der Harley Street auf, um sich ein Pessar einsetzen zu lassen. So lächerlich und abstoßend sie dieses Verhütungsmittel ursprünglich gefunden hatte, so dankbar war sie für die Freiheit und Unabhängigkeit, die es ihr gewährte. Die Abenteuer, die sie sich leistete, waren diskret, vergnüglich und im allgemeinen von kurzer Dauer. Bestand die Gefahr, daß einer der Männer sich ernsthaft in sie verliebte, beendete sie die Beziehung. Sie konnte ja schließlich nicht sagen: »Ich könnte dich niemals heiraten, Liebling, weil ich nicht weiß, ob mein Ehemann tot oder noch am Leben ist.« Das wäre allzu melodramatisch gewesen und viel zu umständlich zu erklären.

Sie hielt sich an die Regeln, die sie sich selbst auferlegt hatte. Niemals ging sie mit Firmenangestellten aus, niemals mit verheirateten Männern. Niemals schlief sie mit Männern, die Frauen nicht mochten (von dieser Sorte gab es, wie sie bei ihrer verspäteten Erforschung des anderen Geschlechts entdeckt hatte, eine ganze Menge). Sie erlaubte ihren Liebhabern niemals, die Nacht bei ihr zu verbringen, und machte sie niemals mit William bekannt. Sie hielt die verschiedenen Bereiche ihres Lebens – Arbeit, Kind, Sex – streng voneinander getrennt.

Im Lauf der Monate fand sie zu einem Zustand innerer Zufriedenheit. Sie hatte Freude an ihrer Arbeit und genoß die relative Selbständigkeit, die ihr als Leiterin der Londoner Filiale gestattet war. Sie lernte, Leuten vom Schlag Raymond Bells mit ruhiger Autorität zu begegnen, ohne die Beherrschung zu verlieren, ohne sie sehen zu lassen, daß sie sie verletzten. Manchmal meinte sie, ihr eigenwilliges Temperament endlich im Griff zu haben. Ihr schien, daß sie nicht mehr so heftig reagierte, nicht mehr soviel erwartete. Zum erstenmal soweit sie zurückdenken konnte, hatte sie das Gefühl, mit sich im Frieden zu sein.

Will lebte nun seit beinahe anderthalb Jahren auf der Coldharbour-Farm. Der ausrangierte Eisenbahnwaggon, in dem er sich häuslich eingerichtet hatte, stand, von Pappeln und Birken beschattet, in einiger Entfernung von der Straße. Dort hatte er, wie Harold Bellchamber versprochen hatte, seine Ruhe, und niemand störte ihn. Er hatte die Löcher im Dach repariert und Fenster und Türen abgedichtet, um sich vor dem Wind zu schützen, der selbst im Sommer über die Felder rund um den abgeschieden gelegenen Hof pfiff. Das Innere des Waggons war in Küche, Wohnraum und Schlafkoje unterteilt. Sogar ein primitives Badezimmer war vorhanden. Er hatte ein Feldbett, einen kleinen Tisch und ein paar Stühle sowie Regale, die er mit gebraucht gekauften Büchern gefüllt hatte. Zur Dekoration dienten Muscheln, Steine und Treibholzstücke, die er während seines Aufenthalts in Northumberland am Strand gesammelt hatte. Hinter dem Waggon hatte er einen kleinen Garten angelegt, wo er Gemüse zog. Obwohl es eng war und im Winter bitterkalt werden konnte, liebte er sein kleines Zuhause. An einem Feldrain stehend, schien der Eisenbahnwaggon ein an fernem Gestade angetriebenes Schiff, eine moderne Arche Noah zu sein, und die Coldharbour-Farm war der Berg Ararat, auf dem es nach seinen Irrfahrten endlich zur Ruhe gekommen war. Ähnlich wie er selbst, dachte Will mitunter.

Tagsüber half Will Harold bei der Arbeit im Nutzgarten und verdiente sich zusätzliches Geld als reisender Automechaniker. In einem gebraucht gekauften Lieferwagen kutschierte er über Land zu den abgelegenen Gehöften und Häusern von Lincolnshire, wo er geplatzte Reifen flickte und tropfende Kühler abdichtete. Seine Bewunderung für Harold, dessen Geduld, Nächstenliebe und nie versagenden Humor kannte keine Grenzen. Daß Harold und Philippa an ihn glaubten – an den heimatlos durch die Welt irrenden Will Chancellor –, erschien ihm wie ein Wunder.

Abends unterrichtete er an der Schule für Arbeiterweiterbildung in Lincoln, die Harold, der dort ebenfalls Unterricht gab, mit gegründet hatte. Ursprünglich hatte er nur aus Gefälligkeit gegenüber Harold, dem er soviel verdankte, den Lehrerposten übernommen, aber mit der Zeit stellte er zu seiner Überraschung fest, daß die Arbeit ihm Spaß machte. Diese Bergleute, Eisenbahner und Bauarbeiter unterschieden sich gründlich von den blasierten halbwüchsigen Jungen, mit denen er sich während des Krieges herumgeschlagen hatte. Sie betrachteten es als Privileg, sich weiterbilden zu dürfen, und ihre Begierde und eifrige Bereitschaft zu lernen nötigten ihm Hochachtung ab.

Viele der Männer, die Harold und er unterrichteten, hatten in ihrem Leben einen schlechten Start gehabt; einige hatten eine gescheiterte Ehe hinter sich, andere hatten ein- oder zweimal im Gefängnis gesessen. Dennoch schienen sie Will beinahe ausnahmslos gute, wohlmeinende Menschen zu sein. Wenn ihre Fehltritte verziehen werden konnten, sagte er sich manchmal hoffnungsvoll, dann vielleicht auch die seinen. Im Rückblick war klar zu erkennen, daß viele seiner Missetaten die Folge jugendlicher Unerfahrenheit waren.

Er war sich im klaren darüber, daß er an jenem regnerischen

Nachmittag, als er auf der Coldharbour-Farm Zuflucht fand, großes Glück gehabt hatte. Auch dieser Tag, an dem er das erste Mal in der Küche der Familie Bellchamber am Feuer gesessen hatte, war ein Wendepunkt gewesen. Hier, auf dem Hof, hatte er so vieles wiedergefunden, was er für immer verloren geglaubt hatte: Wärme, Hoffnung, ein Familienleben.

Und er hatte die Liebe wiedergefunden. Seine Liebe zu Philippa hatte ihn nicht blitzartig getroffen wie der Hieb mit dem Kricketschläger, der seinen Eintritt ins Leben der Bellchambers markiert hatte. Sie war, von Philippas Nähe genährt, langsam und stetig gewachsen. Er liebte Philippas Gutherzigkeit und ihr Feuer; er liebte sie, weil sie weder eitel noch berechnend war. Er liebte ihr warmes offenes Wesen, das sie von ihrem Vater mitbekommen hatte; er liebte ihre Wißbegier und ihren ausgeprägten Gerechtigkeitssinn. Er liebte sie dafür, daß sie über seine albernen Scherze lachte; er liebte sie dafür, daß sie ihn selbst an seinen schwärzesten Tagen mit liebevollen Neckereien aufzumuntern verstand. Er hätte, wenn er sich das erlaubt hätte, ihre zarte, sommersprossige Haut geliebt und ihren weichen, sinnlichen Körper. Doch er behielt seine Gefühle für sich und achtete stets auf Distanz.

Er glaubte, Philippa sähe in ihm eine Art älteren Bruder. Gemeinsam besuchten sie Konzerte in Lincoln und unternahmen Fahrradtouren in die Umgebung. Im Sommer brachte er ihr das Autofahren bei. Er half ihr bei den Hausaufgaben in Latein, flickte den Reifen ihres Fahrrads, wenn sie eine Panne gehabt hatte, und baute für ihre Roten Rhodeländer einen Hühnerstall. Unter anderen Umständen hätte er den Boden unter ihren Füßen geküßt.

Im Oktober 1952, als sie von zu Hause fortging, um in Cambridge Medizin zu studieren, versprach er, ihr zu schreiben, und winkte ihr lächelnd nach. In Wirklichkeit fühlte er sich zutiefst einsam und verlassen. Ohne Philippa schienen ihm Haus und Hof leer und dunkel und ganz ohne Glanz. Er schrieb ihr heitere Briefe, in denen er vom Hof, vom Wetter, von den Hühnern erzählte. Zu seiner Überraschung antwortete sie ihm. Er hatte angenommen, daß sie ihn über der neuen Umgebung und neuen Bekannten schnell vergessen würde; daß sie ihm vielleicht ein-, zweimal schreiben und ihr Briefwechsel dann versiegen würde.

Aber während ihrer gesamten Abwesenheit kamen ihre Briefe mit großer Regelmäßigkeit. Wenn er ihr zurückschrieb, erzählte er nicht, daß er und Harold sich ohne sie auf dem Hof verloren vorkamen, als hätten sie hier eigentlich gar nichts mehr zu suchen. Und er verriet ihr natürlich auch nicht, wie sehr er den Tag fürchtete, an dem sie ihm schreiben würde: *Ich habe da übrigens einen Jungen kennengelernt ...*

Mitte Dezember fuhr Will eines späten Abends von Lincoln zur Coldharbour-Farm zurück. Ein scharfer Wind fegte über die flachen schwarzen Felder und schüttelte die Äste der verkrüppelten Weiden an der Einfahrt zum Hof. Als Will den Lieferwagen abstellte, kam Philippa aus dem Haus gelaufen. Ihre hellen Haare leuchteten im Scheinwerferlicht. »Will!« rief sie und rannte ihm über den Hof entgegen. Und als sie ihm beide Arme um den Hals warf und sagte: »Komm, drück mich ganz fest, Will«, fühlte er sich von Glück überwältigt.

»Ich hab dich eigentlich erst morgen erwartet, Philly«, sagte er, nachdem sie ihn aus der Umarmung gelassen hatte.

»Unsere Anatomievorlesung ist gestrichen worden – der Dozent hat die Grippe. Da bin ich sofort gefahren. Ich hatte *solche* Sehnsucht nach euch.«

»Das glaube ich dir nicht«, neckte er. »Du hast uns doch bestimmt vergessen, sobald du in Cambridge angekommen warst.«

»Unsinn!« Sie hakte sich bei ihm ein. »Wo ist Paps?«

»In Lincoln. Aber er wird sicher bald kommen. Im Pub ist eine Weihnachtsfeier von der Schule.«

Sie warf ihm einen Blick zu. »Immer noch so ungesellig, Will?«

Er zuckte mit den Schultern. »Hast du Lust auf ein Glas Bier?«

Sie ging mit ihm über die Wiese zum Eisenbahnwaggon. Nachdem er ihr ein Bier eingeschenkt hatte, ließ sie sich mit einem tiefen Seufzer in einen Sessel fallen. »Ach, ist das schön, wieder zu Hause zu sein!«

Er war plötzlich besorgt. Vielleicht hatte sie Heimweh gehabt. Vielleicht war das Studium zu anstrengend oder ihr Zimmer im Girton College klein und ungemütlich. Beinahe ängstlich fragte er: »Es gefällt dir doch in Cambridge?«

»Unheimlich. Aber zu Hause ist es eben am schönsten. Das ist doch immer so, nicht?«

Darauf gab er keine Antwort. »Und das Medizinstudium – macht es dir Spaß?«

»O ja, sehr. Obwohl es natürlich erst richtig spannend wird, wenn es richtige Menschen sind statt Leichen.« Sie sah ihn mit strenger Miene an. »Warum hast du mich nie besucht, Will?«

Er stand mit dem Rücken zu ihr, damit beschäftigt, das Gas aus der Flasche anzuzünden. »Ach, ich hab mir gedacht, du findest sicher massig neue Freunde«, antwortete er leichthin.

»Stimmt. Aber das heißt nicht, daß ich meine alten nicht mehr brauche.« Sie lachte ihn an. »Ich finde, so, wie wir uns kennengelernt haben, besteht zwischen uns eine ganz besondere Verbindung, meinst du nicht auch?«

Er schnitt eine Grimasse und rieb sich den Kopf. »Ich habe die Narbe jetzt noch.«

»Du hast mir gefehlt, Will.«

»Du mir auch. Es war auf einmal so langweilig hier. Keine Meinungsverschiedenheiten mehr. Alles viel zu friedlich.«

»Nein«, sagte sie ernsthaft, »ich meine, du hast mir *wirklich* gefehlt.« Sie sah aufgewühlt aus.

»Philly?« Wieder diese Angst, sie verheimliche ihm etwas. Vielleicht hatte sie jemanden kennengelernt. Vielleicht wollte sie sich ihm anvertrauen. Vielleicht wollte sie dem älteren Bruder von dem täppischen, pickeligen Jungen erzählen, der sich in sie vergafft hatte, und seinen Rat einholen.

Sie hielt den Blick gesenkt. »Will«, begann sie stockend, »ich wollte dir schon lange etwas sagen. Ich habe bis jetzt nichts gesagt, weil –«

Sie hörten ein Auto in die Hofeinfahrt einbiegen. Scheinwerferlichter durchschnitten die Dunkelheit. Dankbar für die Störung sprang Will auf und zog den Vorhang zur Seite.

»Es ist dein Vater.«

Ihr Gesichtsausdruck veränderte sich. Sie lächelte. »Paps«, rief sie und rannte hinaus.

Topaz hatte Marius seit dem Gespräch mit ihrer Mutter nicht wiedergesehen. Ihre Verabredung zum Jahresende, um die Bücher abzuschließen und danach auf das neue Jahr zu trinken, hatte sie mit der Begründung abgesagt, daß sie zuviel zu tun habe, was nicht ganz gelogen war. Eigentlich aber war es so, daß sie nicht den Mut hatte, ihm gegenüberzutreten, jedenfalls noch nicht. Denn was würde sie jetzt, da sie wußte, wie es in ihrem Herzen aussah, wahrnehmen, wenn sie ihn anblickte? Verpflichtung, fürchtete sie, und Verantwortungsgefühl und das Pflichtbewußtsein, das ein zentraler Teil von Marius Temperleys Charakter war.

Obwohl sie in den zwei Wochen vor Weihnachten für ein Dutzend Feste und Feiern kochte, vermochte ihre Arbeit sie nicht abzulenken. Beinahe ständig war sie sich in einer Art müder Ungläubigkeit darüber bewußt, daß sie es erneut geschafft hatte, sich in einen für sie unerreichbaren Mann zu verlieben. Nach dem verheirateten Peter de Courcy und dem ehrgeizigen, unverbindlichen Charlie Finch hatte sie sich nun, um das Trio vollzumachen, Marius Temperley zum Objekt ihrer Liebe erkoren. Es wäre ihr zwar nicht eingefallen, Marius mit seinen beiden Vorgängern auf eine Stufe zu stellen, aber er war, wenn auch auf andere Art, ebenso unerreichbar. Es lag auf der Hand, daß er Suzanne immer noch liebte, und die Vorstellung, er könnte bei einem Zusammentreffen erkennen, wie es um sie stand, und mit Verlegenheit oder, schlimmer noch, Mitleid reagieren, war ihr unerträglich.

Zwei Tage vor Weihnachten gab sie bei sich zu Hause ein Fest. Sechzig Leute zusammengepfercht in ihrer kleinen Wohnung. Zu essen gab es der Einfachheit halber Brot und Käse und Quiche, zu trinken Bier und Cider. Sie dämpfte das Licht der Lampen mit farbigem Seidenpapier, schmückte die Räume mit Luftschlangen und Girlanden und lieh sich ein Grammophon und Schallplatten von Jerry. Im weichen, rosig schimmernden Licht schraubten sich die sinnlichen Töne eines Saxophons in die Höhe und fielen wieder in sich zusammen. Gäste drängten in Scharen in die Küche und mußten schreien, um sich Gehör zu verschaffen. Im Wohnzimmer wurde getanzt. Neue Freundschaften wurden geschlossen, neue Liebesbeziehungen geknüpft. Topaz hatte den Eindruck, daß es ein gelungenes Fest war und alle sich amüsierten.

Alle außer ihr selbst. Warum hatte sie so gar keinen Spaß? Warum wünschte ein Teil von ihr, alle würden gehen und sie allein lassen? Sie ärgerte sich über sich selbst. Du bemühst dich einfach nicht genug, dachte sie. Also trank sie noch ein Bier und dann noch eins und tanzte mit wechselnden Partnern, bis einer nicht mehr von ihrer Seite wich und sie mit ihm in einer Ecke landete, wo er sie küßte.

Aber nicht einmal das vermochte sie zu zerstreuen, und sie überlegte gerade, wie sie sich auf möglichst zartfühlende Weise von ihrem Verehrer befreien könnte, als sie im lärmenden Durcheinander von Musik und Stimmengewirr einen Teil eines Gesprächs auffing.

»Sie muß hier irgendwo sein –«

»Danke«, antwortete eine vertraute Stimme. »Ich sehe mich mal um.«

Als sie aufschaute, war er keinen Meter mehr entfernt. »Marius!«

»Ich wollte nur kurz vorbeikommen und dir das hier geben«, sagte er und legte ein Päckchen auf einen Beistelltisch. »Aber du bist ja offenbar beschäftigt.« Unter der Kälte seines Blicks gefror ihre Hoffnung, er könnte die Umarmung nicht beobachtet haben.

Topaz zog und zupfte an ihrem Kleid und konnte nur hoffen, daß ihr Lippenstift nicht verschmiert war. »Bleib doch wenigstens auf ein Bier.«

Er schüttelte den Kopf. »Nein, danke.« Er wandte sich ab.

»Marius!« Er warf einen flüchtigen Blick zurück. »Ja?«

»Du kannst nicht einfach wieder gehen.«

Er antwortete nicht. Sie hörte die Wohnungstür hinter ihm zufallen. Einen Moment stand sie wie erstarrt, die Hände zusammengekrampft in ohnmächtiger Wut. Ihr Blick flog durch das Zimmer. Engumschlungene Paare rekelten sich auf dem Sofa und auf dem Teppich vor dem Feuer. Aschenbecher und Untertassen quollen über von Zigarettenkippen, und auf dem Couchtisch standen Bierpfützen. Zerfetzte Luftschlangen weichten im verschütteten Bier zu Papiermaché auf.

Sie stürmte aus der Wohnung, holte Marius ein, kurz bevor er an der Straßenecke abbog, und schrie wütend: »Jedesmal tust du das? *Jedesmal*!«

Er fuhr herum. »*Was* tue ich jedesmal?«

»Du regst dich auf!« Sie schleuderte ihm die Worte wie Geschosse entgegen. »Über Peter de Courcy. Über Charlie. Über jeden, mit dem ich es wage befreundet zu sein. Als ginge es dich etwas an. Als hättest du das Recht dazu. Aber das hast du nicht, Marius. Du hast überhaupt kein Recht, mir vorzuschreiben, was ich zu tun und lassen habe, und du hast überhaupt kein Recht, dich über meine Freunde aufzuregen. Ich bin nicht deine – deine – deine *Schwester* – oder *Cousine* oder irgend so was! Es geht dich ganz einfach nichts an.«

Im gelbstichigen Licht der Straßenlampe wirkten seine Gesichtszüge kalt und unbewegt, wie aus Stein gemeißelt.

Ruhig sagte er: »Du hast natürlich ganz recht. Was du tust, geht mich nichts an. Ich bitte um Entschuldigung.« Er warf ihr einen Blick zu. »Du solltest nach Hause gehen. Sonst erkältest du dich noch«, fügte er hinzu, und als sie mit den Augen seinem Blick folgte, bemerkte sie voll peinlicher Verlegenheit, daß die drei obersten Knöpfe ihres Kleides geöffnet und *Tonnen* weißen schwellenden Fleisches aus dem tiefen Ausschnitt quollen.

Bis sie mit vor Kälte und Zorn ungeschickten Fingern die Knöpfe geschlossen hatte, war er weg. Sie ging nach Hause. Die ersten Gäste waren im Aufbruch. Sie nahm das Weihnachtsgeschenk, das er ihr mitgebracht hatte, und warf es in den Besenschrank. Dann knallte sie die Tür zu.

Zur Weihnachtszeit war auf der Coldharbour-Farm immer viel Betrieb. Die ersten Gäste trafen gewöhnlich Mitte Dezember ein, und die letzten zogen mit einem Händedruck oder zum Gruß emporgereckter Faust nach Neujahr wieder davon. Es war eine bunte Mischung aus alten Genossen von den Internationalen Brigaden und ehemaligen Schülern der Arbeiterweiterbildung, die durch ein, zwei in geflickten Jacken und durchgelaufenen Stiefeln aufkreuzende alte Kumpel aus Harolds Vagabundentagen ihre besondere Würze erhielt. Die Gäste schliefen in den Gästezimmern, auf dem Speicher und in der Scheune. Ein einarmiger spanischer Genosse verbrachte die Nacht auf einer Bank in der Küche des Eisenbahnwaggons; ein bulliger Bergmann nächtigte hinten in Wills Lieferwagen. Harold und Philippa kochten Mengen, als hätten sie ein ganzes Regiment zu versorgen, während Will Holz hackte, damit das Feuer nicht ausging, Besorgungen machte und das Geschirr spülte. Am ersten Weihnachtsfeiertag spielten sie Scharade und Schach, debattierten wie die Wilden, sangen Weihnachtslieder und sozialistische Gesänge und debattierten weiter. Will, der um Mitternacht über die Wiese zu seinem Waggon stapfte, meinte nie ein schöneres Weihnachtsfest erlebt zu haben.

Als sich die Gäste nach Neujahr verabschiedeten, begannen Will und Philippa gemeinsam aufzuräumen. Beim Abziehen der Feldbetten auf dem Speicher sagte Philippa: »Es wundert mich jedesmal wieder, daß die Genossen viel unordentlicher sind als die Landstreicher.«

»Das ist doch ganz logisch. Bei den Landstreichern muß die ganze Habe in einen einzigen Rucksack passen. Da sind den Möglichkeiten zur Unordnung gewisse Grenzen gesetzt.«

Sie schüttelte ein Kopfkissen aus. Federn quollen aus dem durchlöcherten Inlett. »Ich hab mal ein Buch von Paps über das Vagabundenleben gelesen. Es muß doch romantisch sein, direkt unter den Sternen zu schlafen.«

Will rollte eine Matratze zusammen. »Es ist hauptsächlich kalt und naß, man friert sich halb zu Tode und kann die Sterne gar nicht sehen, weil man Rauhreif an den Wimpern hat.«

»Richtigen Rauhreif?«

»Ja, einmal ist mir das passiert.«

»Da hast du bestimmt ausgeschaut wie ein Polarforscher.«

Er legte sich die Matratze um die Schultern und streckte eine heftig zitternde Hand aus. »Der unerschrockene Käpt'n Oates auf dem Weg in den Schneesturm –«

Philippa kicherte. Federn schwebten durch das trübe Licht des Speichers. »Im ewigen Schnee verloren –«

»Lichtjahre von der Zivilisation entfernt –«

»– wo er sich von Walspeck und Eisbären ernährt –«

»Doch nicht von Eisbären. Das ist der falsche Kontinent.«

»Mein Gott, bist du pingelig, Will.« Als sie ihm das Kissen über den Kopf schlug, platzte es und spie wirbelndes Federgestöber. Lachend ließ Philippa sich auf die Bettkante fallen. Eine Feder taumelte abwärts und landete auf ihrer Nasenspitze.

»Ach, du meine Güte.« Sie nieste. Ihr Kopf und ihre Schultern waren von Federn bedeckt. »Vom Schnee begraben. Du mußt mich retten, Will.« Er bot ihr die Hand. »Doch nicht so«, sagte sie.

»Wie denn?«

»Mit einem Kuß natürlich.«

Ihm stockte der Atem. Er gab ihr einen flüchtigen Kuß auf die Wange, und sie sagte: »Nein, mit einem *richtigen*!«

»Philly –«

»Hast du keine Märchen gelesen, Will?« Sie stand auf. Ihr Ton war leise spottend, doch in ihren Augen erkannte er Unsicherheit. »Der Prinz muß doch die Prinzessin küssen.«

Nur ein einziger kleiner Kuß, dachte er, kann doch so schlimm nicht sein, und legte vorsichtig seine Lippen auf die ihren.

Aber es blieb natürlich nicht bei einem einzigen kleinen Kuß, konnte nicht dabei bleiben, als sie den Kuß erwiderte, ihm die Arme um den Hals schlang und ihn zu sich herabzog; als er in der staubigen Stille des Speichers, mitten im Federngeschwebe bei ihr eine Glückseligkeit wahrnahm, die der seinen gleichkam. Er hörte das stürmische Rauschen seines Bluts in seinen Adern. Er spürte den heftigen Schlag ihres Herzens.

Dann wurden unten im Korridor Schritte laut, und Harold rief: »Ich fahr jetzt nach Lincoln, Philly. Du wolltest doch mitkommen«, und sie fuhren auseinander.

Will ging in seinen Eisenbahnwaggon. Die Erinnerung an diesen Kuß verwandelte den grauen Januarnachmittag. Doch ganz allmählich, mit dem Verblassen des Tages zur Nacht, kehrte die Vernunft zurück, die ihn ernüchterte und seine schwindelnde Freude dämpfte. Es war ja nichts von Bedeutung geschehen, sagte er sich und wußte doch, daß das eine Lüge war. Der Kuß hatte alles verändert. Er wünschte sich, er könnte den Dingen einfach ihren Lauf lassen und sich erlauben, Philippa zu lieben, aber er wußte, daß das nicht ging, daß es die gemeinste Art von Verrat gewesen wäre.

Er starrte zum Fenster seines Waggons hinaus. Es war eine klare, kalte Nacht. Jeder Zweig, jeder Grashalm war mit einer feinen Eisschicht überzogen. Will stöhnte laut auf. Um Philippa zu schützen, mußte er die Gefühle, die sie ihm vielleicht entgegenbrachte, im Keim ersticken, durfte gar nicht erst zulassen, daß sie Wurzeln schlugen. Dieses Wissen drückte ihn nieder wie eine schwere Last und zerstörte den Zauber der Nacht.

Er wollte es ihr liebevoll beibringen, um sie auf keinen Fall zu verletzen. Doch gute Absichten treffen bekanntlich selten ihr Ziel. Als sie am folgenden Tag bei ihm ans Fenster klopfte, öffnete er ihr die Tür.

»Philly«, begann er. »Wegen gestern –«

»Ach, Will, du Lieber.« Sie faßte seine Hand und verschränkte ihre Finger mit den seinen.

Er zwang sich zu sagen: »Laß die Spielchen, Philly.«

Ihre Finger erstarrten. Sie sah ihn verwirrt an. »Ich mache keine Spielchen, Will. Ehrlich nicht.«

Er trat von ihr weg. »Es ist nur – na ja, ich dachte, wir wären *Freunde*.«

»Das sind wir doch auch.« Sie runzelte die Stirn. »Ist das alles, was du willst, Will? *Ich* möchte mehr.«

Er wappnete sich innerlich. »Was ich will, spielt keine Rolle.

Zwischen uns beiden kann es niemals mehr als Freundschaft geben.«

»Niemals?« wiederholte sie leise. Er konnte ihren verwundeten Blick kaum ertragen. »Das verstehe ich nicht. Warum nicht?«

»Weil – ach, dafür gibt es ein Dutzend gute Gründe. Erstens bin ich schon mal viel älter als du, Philly.«

»Ach das!« Sie schien erleichtert. »Das ist doch völlig unwichtig. Es sind ja keine Jahrzehnte. Du bist schließlich kein Greis.«

»Und ich bin ein armer Schlucker. Ich habe nur ein Dach über dem Kopf, weil dein Vater so freundlich war, mir eines zu geben.«

Jetzt machte sie ein hochmütiges Gesicht. »Du glaubst doch nicht im Ernst, daß Geld mir wichtig ist?«

»Und außerdem –«, er wußte nicht weiter, »– was würde dein Vater denken.«

»Paps mag dich. Das weißt du doch.«

Ihm gingen die Gründe aus. Sie sah so jung aus, so verletzlich. Es war, als zerträte man einen Schmetterling.

Um ihretwillen machte er sich hart. »Philippa, du bildest dir vielleicht ein, du wärst in mich verliebt – du schwärmst vielleicht für mich, aber glaub mir, du wirst jemand anderen kennenlernen. Sehr bald schon, da bin ich mir sicher.«

»Ich bilde mir nichts ein. Und ich schwärme für niemanden.« Ihre Augen sprühten Feuer. »Ich hab noch nie für jemanden geschwärmt. Ich bin kein sentimentales kleines Schulmädchen.«

Er nahm seine Brille ab und putzte die Gläser. Ohne sie sah er ihre Gesichtszüge verschwommen und ungenau. Und das machte es leichter. »Ich wollte nur sagen«, erklärte er, »daß du jemanden kennenlernen wirst. Wahrscheinlich an der Uni.« Die Vorstellung war eine Qual, aber er zwang sich weiterzusprechen. »Jemanden, der dich verdient. Und dann wirst du merken, daß das, was du für mich zu empfinden glaubst, ganz und gar unwichtig ist. Ein Strohfeuer, weiter nichts.«

Sie setzte sich auf die Holzbank. Nach einer Weile sagte sie ruhig: »Aber ich habe dich von Anfang an gemocht, Will. Ich glaube nicht an die Liebe auf den ersten Blick, darum werde ich diesen Ausdruck nicht gebrauchen. Aber du weißt nicht, wie *schrecklich* ich mich damals gefühlt habe, bei unserer allerersten Begegnung, als ich dich mit dem Baseballschläger niedergeschlagen hatte. Das war nicht nur Verlegenheit oder Angst, ich könnte zu fest zugeschlagen haben, sondern –«, sie zog die Brauen zusammen, »– ich fand dein Gesicht so sympathisch. So lieb. Es wäre mir bestimmt nicht bei jedem so gegangen, das weiß ich.« Sie hielt inne.

Als sie wieder zu sprechen begann, zitterte ihre Stimme leicht. »Ich weiß noch, daß es geregnet hat. Du lagst vor meinen Füßen, du hast am Kopf geblutet, und ich hatte Angst, ich hätte deine Brille kaputtgemacht. Ich hab mich neben dich gekniet und mein Taschentuch in eine Pfütze getaucht – ich hoffte, das kalte Wasser würde dich wieder zu Bewußtsein bringen. Aber es passierte gar nichts, und da dachte ich, es wäre besser, dich irgendwie ins Haus zu bringen. Es war ein kalter Tag, und ich hatte Angst, du würdest dir eine Lungenentzündung holen, wenn du noch länger im Hof lägst.«

Sie hob den Kopf und sah ihn an. »Es ist kein Strohfeuer, Will. Ich habe nur deshalb nicht früher etwas gesagt, weil ich wußte, du würdest sagen, daß ich zu jung für dich bin. Daß ich noch ein Mädchen bin und du ein erwachsener Mann. Und ich hatte Angst –« Sie brach ab.

»Angst wovor?« fragte er leise.

»Daß du vielleicht nicht die gleichen Gefühle für mich hast. Daß es jemand anderen gibt. In deinem anderen Leben. In dem Leben, über das du nie sprichst, Will.«

Sein Herz raste. Er trat ans Fenster, stützte die Hände auf die schmale Kante und sah hinaus in die kalte, graue Landschaft.

Sie sagte: »Magst du mich nicht, Will?«

Er drehte sich nicht herum. »Natürlich mag ich dich.«

»Aber du liebst mich nicht.«

Er brauchte nur stumm zu bleiben. Nach wenigen Augenblicken hörte er sie flüsternd sagen: »Ich habe mich anscheinend ganz schön lächerlich gemacht. Tut mir leid.«

Sie sprang aus dem Wagen. Die Tür fiel hinter ihr zu. Er blieb am Fenster stehen, voller Haß gegen sich selbst, den Blick auf die Spur gerichtet, die ihre Schritte im bereiften Gras hinterlassen hatten.

Nach einer schlaflosen Nacht stand er am folgenden Tag in aller Frühe auf und fuhr nach Market Rasen, wo er die Bremsen eines alten Vauxhall reparierte. Er brauchte länger als gedacht und kehrte erst in der Mitte des Nachmittags auf die Coldharbour-Farm zurück.

Als er parkte, kam Harold aus dem Haus, um ihn zu begrüßen. »Alles in Ordnung?«

»Bestens.« Obwohl eine Schwermut ihn niederdrückte, die zu dem trüben Wetter paßte. »Wo ist Philippa?«

»Nach Cambridge zurückgefahren.«

Harolds Worte trafen Will, der dabei war, sein Werkzeug auszuladen, wie ein Schlag. »Ich dachte, sie wollte noch eine Woche bleiben.«

»Das dachte ich auch. Sie sagte, sie müsse noch eine Arbeit schreiben.« Harold blickte Will forschend an. »Ihr habt euch doch nicht gestritten, ihr beiden?«

Er schüttelte den Kopf. Trotz der Kälte brannte ihm das Gesicht.

»Gut«, sagte Harold. »Dann ist es ja gut.«

Will zog sich in seinen Waggon zurück. Er ließ die Werkzeuge auf den Tisch fallen und blieb einen Moment stehen, um sich in dem kleinen Raum umzusehen. Er war schäbig und heruntergekommen, und seine wenigen Besitztümer schienen in ihrer Armseligkeit wie das Spiegelbild seines Scheiterns.

Topaz verbrachte den ersten Weihnachtsfeiertag mit ihrer Mutter. Es war so warm in der Wohnung, daß man kaum Luft bekam; Veronica, die ewig fror, hatte sämtliche Heizkörper voll aufgedreht. Am Nachmittag kamen zwei ihrer Freundinnen zu einer Partie Bridge. Die erstickende Hitze und die quälende Erinnerung an Marius Temperleys kalten blauen Blick machten es Topaz schwer, sich auf die Karten zu konzentrieren. Ständig hatte sie seine Worte im Ohr: *Was du tust, geht mich nichts an.* Eigentlich hätte dieses Zugeständnis sie freuen müssen, aber aus irgendeinem Grund tat es das nicht. Statt eines Triumphs empfand sie eine schreckliche Leere, gekoppelt mit Wut darüber, daß er sie einfach so stehengelassen hatte, daß er so schnell und hart mit seinem Urteil über sie gewesen war.

Aber sie würde sich von Marius Temperley nicht den Spaß verderben lassen. Im Partywirbel der Tage zwischen Weihnachten und Neujahr nahm sie sich Mary Hetheringtons Rat zu Herzen und *bemühte* sich. Sie holte ihre hübschesten Kleider aus dem Schrank, steckte ihr Haar auf die elegante Weise hoch, die Sylvia Ryder ihr gezeigt hatte, umgab sich mit dem Duft französischen Parfums und trug den Goldschmuck, den sie von ihrer Großmutter väterlicherseits geerbt hatte. Manchmal war sie selbst überrascht, wenn sie sich zufällig im Spiegel sah. Sie war vielleicht keine atemberaubende Schönheit, aber sie war längst nicht mehr die unscheinbare, ein wenig pummelige Topaz Brooke. Es war schon erstaunlich, sagte sie sich mit einem gewissen Zynismus, was möglich war, wenn man sich nur bemühte.

Auch auf den Festen bemühte sie sich. Sie lachte, sie sprühte, sie war witzig und verführerisch. Wenn sie sich nur ernsthaft genug bemühte, würde sie Marius Temperley vergessen. Von Freunden umgeben, sagte sie sich, daß sie endlich erreicht hatte, was immer ihr Wunsch gewesen war: dazuzugehören, in den Kreis eingeschlossen zu sein.

Doch der Kreis schien ihr nicht mehr vollständig. Im Lauf der Tage erschöpfte sich ihre Wut und machte einer tiefen Niedergeschlagenheit Platz. Am Silvesterabend trank sie sehr viel und tanzte fast den ganzen Abend mit Stephen Page, einem Freund Mary Hetheringtons. Stephen hatte dunkles Haar, buschige schwarze Augenbrauen und eine glatte, helle Haut. Er war Antiquitätenhändler. Als sie ihm von ihrem Partyservice erzählte, zog er die Augenbrauen hoch und sagte: »Wie ungewöhnlich!« Als die Glocken das Jahr 1953 einläuteten, küßte er sie. Seine Küsse, kurz und abgehackt, erinnerten sie an eine körnerpickende Taube.

Sie fuhren noch zu einem Schlummertrunk in seine Wohnung in Belgravia. Kostbare Antiquitäten – eine große chinesische Vase, geschwungene Queen-Anne-Schränke – hoben sich aus dem gedämpften Licht. Als er ihren Busen streichelte, betrachtete er ihn mit abschätzendem Blick, als wollte er seinen Wert bestimmen. Erstklassiger Zustand oder leicht angeschlagen. Und als sie sich auf ein Sofa setzen wollte, sagte er scharf: »Da nicht. Das ist alt. Achtzehntes Jahrhundert.«

In einem französischen *bateau-lit* schliefen sie miteinander, und sie überließ sich bewußt der sexuellen Lust, die vorübergehend alles Denken verdrängte. Später jedoch, als ihr klar wurde, daß sie nicht hier übernachten und am Morgen neben diesem Fremden erwachen wollte, kleidete sie sich eilig wieder an. Er erhob nur formellen Protest.

Als sie zu Hause in ihren Badezimmerspiegel blickte, sah sie eine ganz andere als die, welche am frühen Abend hier gestanden hatte. Um ihre Augen waren Wimperntusche und Kajalstift schwarz verschmiert. Schatten zogen Nase und Mund abwärts. Ihre Lippen waren fest zusammengepreßt. Der Anblick erschreckte sie, sie sah aus wie ihre Mutter. Gewiß, das Gesicht war jünger und voller, aber die Ähnlichkeit im Ausdruck der Augen und des abwärts gezogenen Mundes war unverkennbar.

Noch im Mantel ging sie ins Wohnzimmer und setzte sich aufs Sofa. Sie rief sich den Abend ihrer Party ins Gedächtnis, wagte zum erstenmal den Versuch, ihn mit Marius' Augen zu sehen. Die knutschenden Paare auf dem Sofa, der Gestank nach Bier und Zigaretten. Und sie selbst mit halb entblößtem Busen wütend keifend draußen auf der Straße. Er hatte sie wahrscheinlich für betrunken gehalten.

Sie ging zum Besenschrank und zog die Tür auf. Im Durcheinander von Handfegern, Möbelpolitur und Glasreiniger fand sie Marius' Weihnachtsgeschenk nicht gleich. Dann aber entdeckte sie unter einem Stapel gelber Staubtücher Seidenpapier und rotes Band. An der offenen Tür des Besenschranks hockend, riß sie die Verpackung auf.

Er hatte ihr einen Schal geschenkt, einen wunderschönen Chanel-Schal. Die Seide war in satten Blau- und Grüntönen bedruckt. Erstaunlich, dachte sie, daß er genau ihre Lieblingsfarben ausgewählt hatte.

Während sie den leichten Stoff wie abwägend in den Händen hielt, wurde ihr klar, daß sie die Wahl hatte. Sie konnte dem Beispiel ihrer Mutter folgen und sich von Mann zu Mann treiben lassen, ohne je den Richtigen zu finden. Oder sie konnte sich mit dem zufriedengeben, was sie hatte, mit Freundschaft statt Liebe.

Immer vorausgesetzt, er wollte überhaupt noch etwas von ihr wissen.

17

IN EINER NACHT träumte er von den tanzenden Engeln, die in so seltsamer Attitüde in der blauen Luft schwebten, die schmalen, bloßen Füße balletthaft nach unten zugespitzt, die überraschend stattlichen gefiederten Schwingen ausgebreitet. Sie hielten die Köpfe zur Seite geneigt, und der Ausdruck ihrer Gesichter war wohlwollend, aber gleichmütig, als wären sie leicht belustigt vom Treiben der Welt, auf die sie herabblickten.

Am Morgen danach machte Will einige Anrufe, um Termine zu verschieben. Dann fuhr er nach Cambridge. Die Erinnerung an den Streit mit Philippa wollte nicht verblassen und vergällte ihm die Wochen seit ihrer Abreise: er selbst, der seine Ehre verteidigt hatte wie ein alte Jungfer. Ihr verwundeter Blick. Irgendwie, sagte er sich, mußte er einen Weg finden, um mit ihr wieder ins reine zu kommen. Er mußte einen Weg finden, um ihren Stolz zu schonen und zugleich jeder Möglichkeit einer Liebesbeziehung zwischen ihnen den Boden zu entziehen. Er mußte einfach. Alles andere wäre schrecklich.

Es war ein grauer, regnerischer Januartag. Wasser tropfte von den Bäumen und sammelte sich in Pfützen am Straßenrand. In Cambridge glänzten die Dächer vom Regen, und Studenten in schwarzen Gewändern hasteten mit aufgespannten Schirmen durch die Straßen. Will fuhr zum Girton College. Er hoffte, Philippa in der Mittagspause zu erwischen, und hatte Glück. Man schickte ihr eine Nachricht in ihr Zimmer hinauf. Dann wartete er, nervös und ungeduldig.

Als er Schritte vernahm, drehte er sich um und sah sie.

»Was tust du denn hier?« sagte sie.

»Ich wollte dich sehen. Mich vergewissern, daß es dir gutgeht.«

»Gut, jetzt hast du mich gesehen.« Sie schlang ihre Arme fest um ihren Oberkörper. »Es geht mir gut. Abgesehen von dieser blöden Erkältung.«

Sie sah krank aus. Ihre Augen waren verquollen, die Nase rot, und sie trug einen dicken Pulli und hatte einen Wollschal um den Hals geschlungen.

»Ich wollte dich fragen, ob du Lust hast, mit mir mittagessen zu gehen«, sagte er.

»Ich glaube nicht.« Ihre Stimme war tonlos, heiser von der Erkältung.

»Wegen neulich – vor deiner Abreise –«

»Ja?«

»Ich wollte dir etwas erklären.«

Zum erstenmal sah sie ihn richtig an. »Soll das noch Sinn haben?«

»Ich denke schon, ja.« Studenten eilten durch den Gang, warfen ihnen neugierige Blicke zu. »Nur zum Mittagessen«, drängte er. »In einem Pub oder so. Dann bring ich dich wieder her. Ich verspreche es dir. Bitte!«

Sie war unschlüssig. Dann sagte sie: »Gut, ich hole nur meinen Mantel.«

Auf der kurzen Fahrt sprachen sie kaum ein Wort. Will stellte den Wagen im Zentrum der Stadt ab, und sie gingen zu Fuß zum Eagle in der Bene't Street. Ein paar Medizinstudenten standen am Tresen, als sie eintraten. Philippa flirtete ein wenig mit ihnen, halbherzig, als könnte sie es eigentlich gar nicht über sich bringen, ihm weh zu tun. Nach einer Weile gingen die Mediziner, und sie setzten sich an einen Tisch im Nebenzimmer. Im offenen Kamin sprühte ein kräftiges Feuer orangerote Funken.

»Was ich da zu dir gesagt habe –«

»Es spielt keine Rolle.« Sie zupfte die Rinde von ihrem Sandwich.

»Ich wollte dich nicht verletzen.«

»Du hast mich nicht verletzt«, versetzte sie von oben herab.

»Ich sagte doch schon, es spielt keine Rolle. Ich habe mich geirrt und basta.«

Diese kalte, verächtliche Philippa hatte er bislang noch nicht kennengelernt. Er nahm einen zweiten Anlauf. »Aber es ist nicht so, daß du mir nichts bedeutest.«

»Hör doch auf, wie die Katze um den heißen Brei herumzuschleichen.« Sie gab nicht länger vor zu essen, sondern hielt den Blick auf das Fenster gerichtet und beobachtete wie hypnotisiert die Regentropfen, die an der Scheibe herabrannen.

»Ich kann mich nur nicht binden. Es wäre einfach nicht fair.«

Sie verzog geringschätzig den Mund. »Und um mir *das* zu sagen, bist du extra hierhergekommen?«

Er sagte leise: »Ich wollte nie, daß es so kommt«, und sie zischte: »Du bist ein Schwächling, Will. Erbärmlich und schwach!«

Sie hatte sich wieder abgewandt, darum merkte er nicht gleich, daß sie weinte. Aber dann sah er das Glitzern einer Träne auf ihrer Wange. »Ach, Philly«, sagte er und nahm sie in den Arm, um sie trotz halben Widerstands von ihrer Seite an sich zu ziehen.

Er hatte das Gefühl, vor einer beängstigenden und zugleich befreienden Entscheidung zu stehen. Er fragte sich, ob er fähig wäre, die Fiktionen aufzugeben, die er geschaffen hatte, und dem Menschen ins Auge zu sehen, der er einmal gewesen war. In den Jahren des Exils hatte er die Erfahrung gemacht, daß Geheimnisse ein Gefängnis waren, das einen von anderen Menschen isolierte. Bei der Vorstellung, aus diesem Gefängnis auszubrechen, bekam er wildes Herzklopfen. Er war sich nicht sicher, ob das, was er fühlte, Furcht war oder Erregung.

Er sagte: »Dein Vater glaubt, ich wäre auf der Flucht vor dem Militärdienst.«

Ihr blasses Gesicht war mit roten Flecken gesprenkelt. »Ich weiß. Das hat er mir gesagt. Mich stört das nicht. Du weißt, daß ich Pazifistin bin.«

»Aber dein Vater täuscht sich. Ich bin gar nicht tauglich für den Militärdienst.« Will berührte mit einem flüchtigen Lächeln seine Brust. »Unter der Norm. Das Herz funktioniert nicht richtig. Ich hatte mit fünf rheumatisches Fieber. Mit einer der Klappen stimmt was nicht.«

»Oh.« Zuerst war sie verwirrt, dann wurde sie besorgt. »Aber jetzt ist alles in Ordnung?«

»Könnte nicht besser sein. Trotzdem war und bin ich nicht gut genug, um fürs Vaterland in den Kampf zu ziehen.«

»Aber du hast meinen Vater in dem Glauben gelassen –«

»Ja. Es tut mir leid. Es war – am einfachsten so.«

Der Ausdruck in ihren Augen machte ihm angst, aber er fuhr zu sprechen fort. »Ich wollte nicht, daß dein Vater die Wahrheit erfährt. Weil ich mich schämte. Und ich schäme mich immer noch.«

Um ihre Augen lagen dunklen Schatten. Sie sah, fand er, sehr jung und sehr zerbrechlich aus. »Als ich sagte, ich sei deiner nicht würdig, war das ernst gemeint, Philly. Es ist wahr. Ich bin deiner nicht würdig.«

»Solltest du die Entscheidung darüber nicht mir überlassen?«

»Ich wollte, es wäre anders. Ich gäbe alles dafür.«

»Dann ändere es«, sagte sie heftig. »Ich weiß nicht, wofür du dich schämen mußt, aber bring es einfach wieder in Ordnung.«

»So einfach ist das nicht.«

»Nichts im Leben ist umsonst.« Sie runzelte die Stirn. Dann sagte sie: »Liebst du mich, Will?«

»Philly«, sagte er, »Philly, mein Liebes, ich bin verheiratet.«

Nur an ihren bebenden Schultern erkannte er, daß sie weinte. Diesmal rührte er sie nicht an. Sein Herz lag ihm wie ein Stein in der Brust. Er sagte: »Wenn ich frei wäre, dich zu lieben, Philly, würde ich es tun. Aber *du* solltest *mich* nicht lieben. Du weißt nichts von mir. Du weißt nicht, was ich getan habe. Du weißt nicht, wer ich bin.«

Sie stand auf. An der Tür hielt sie an. »Dann ist es vielleicht an der Zeit, daß du es mir sagst«, entgegnete sie, bevor sie ging.

Mitte Januar erhielt Topaz einen Brief von Prudence Chancellor, die ihr mit von schneller Hand hingeworfenen Worten Vorwürfe machte, daß sie sich in der Weihnachtszeit nicht zu einem Besuch aufgerafft hatte. Topaz prüfte ihren Terminkalender. Zu Jahresanfang, wenn die meisten Leute vom Feiern erst einmal genug hatten, war immer mit einer Flaute zu rechnen. Und sie hatte Lust, London eine Weile den Rücken zu kehren. Über der Stadt hing trübe Katerstimmung, die Leute waren schlecht gelaunt, stritten sich in der Untergrundbahn gereizt um die Sitzplätze und gingen ihren täglichen Geschäften mit verbissenen Gesichtern nach.

Es fiel ihr schwer, sich einzugestehen, daß sie vor allem auch deshalb nach Dorset reiste, weil das Schulhaus in der Nähe von Missencourt war und sich ihr so die Möglichkeit bot, mehr oder weniger zufällig mit Marius zusammenzutreffen und sich mit ihm auszusöhnen. Seit dem Abend, an dem er sie auf ihrer Party überrascht hatte, hatte sie nichts mehr von ihm gehört. Tara hatte ihr geschrieben, um sich für ihr Weihnachtsgeschenk zu bedanken, aber Marius hatte sich nicht gemeldet.

Sie schwankte zwischen Zuversicht und schwarzer Hoffnungslosigkeit. Zuversicht, wenn sie sich sagte, daß unter alten Freunden der eine den anderen doch nicht einfach fallenließ, nur weil er ihn einmal leicht angesäuselt und mit halb geöffneter Bluse erlebt hatte. Hoffnungslosigkeit, wenn sie sich vorstellte, Marius könnte sich – genau wie sie selbst – die Frage stellen, ob sie nicht auf dem besten Weg war, wie ihre Mutter zu werden. Vielleicht hatte er es für das beste gehalten, die Freundschaft schleunigst zu beenden, um nicht in fünfundzwanzig Jahren eine Alkoholikerin am Hals zu haben, die allem, was Hosen trug, schöne Augen machte.

Doch gleich an ihrem ersten Abend im Schulhaus stellte sich heraus, daß sie sich ganz umsonst Gedanken gemacht hatte. Beim Abendessen nämlich erwähnte Prudence beiläufig, daß sich Marius auf einer Geschäftsreise in Nordengland befand. Topaz hatte Mühe, ihre Enttäuschung zu verbergen, aber sie wollte Prudence auf keinen Fall etwas merken lassen.

In den ersten Tagen ließ sie sich einfach treiben, half Prudence bei der Hausarbeit, las Bücher und Zeitschriften und nickte vor dem Feuer ein. Sie hatte gar nicht gewußt, wie erschöpft sie war. Und wie angenehm es war, sich nicht den Kopf darüber zerbrechen zu müssen, ob das Champignonsoufflé aufgehen würde oder die Vichysoisse genug gesalzen war. Als das Wetter besser wurde, unternahm sie, Pfaden folgend, die ihr seit ihrer Kindheit vertraut waren, lange Wanderungen in die Umgebung. Das Eis gefrorener Pfützen knackte unter ihren Füßen, und ihre Atemstöße stiegen wie Rauchsignale in die kalte Luft.

Einer ihrer Märsche führte sie nach Sixfields. Als sie den langgezogenen, sanft ansteigenden Hügelhang hinaufstapfte, tauchte das Haus dunkel und massig aus dem Dunst auf. Ein wenig außer Atem machte sie halt. In der Ferne hörte sie helle junge Stimmen und Gelächter. Als sie sich dem Haus näherte, erinnerte sie sich ihres letzten Besuchs in Sixfields, am Tag nach dem Fest zur Feier von Jacks Heimkehr: Sie hatte unsicher auf einem Stuhl gestanden und die geliehenen Teller ganz oben im Küchenschrank verstaut, während Carrie Chancellor mit scharfen blauen Augen zornig und ungeduldig jede ihrer Bewegungen verfolgt hatte.

Am Tor blieb sie stehen, um sofort umzukehren, sollte sie das dumpfe Klopfen von Carries Stock oder das Knurren der Hunde vernehmen. Sie hatte den Eindruck, daß das großartige alte Haus im Kampf gegen die Zeit und die Elemente auf verlorenem Posten stand und schon zum Verfall verurteilt war. Die Backsteinmauern hatten große Risse, und auf dem Dach fehlten Schindeln. Dachrinnen hatten sich losgerissen, und einer der hohen, kunstvoll gemeißelten Kaminaufsätze lag in Scherben im Hof.

Die Stimmen erschollen aus dem Hof hinter dem Haus. Topaz stieß das Tor auf und ging den Weg hinunter. Die Haustür war von Efeu überwuchert, mehrere der kleinen, in Blei gefaßten Fensterscheiben waren gesprungen oder ganz ausgeschlagen. Flechten überzogen die Mauern und sprenkelten den verwitterten Backstein mit Grün und Gold.

Die Stimmen wurden lauter. »Los, das Glas! Schmeiß das Glas ein!« rief jemand. »Schmeiß das Glas ein!«

Sie blieb einen Moment still stehen und spähte in den hinteren Hof. Ein halbes Dutzend Jungen warf mit Steinen nach den oberen Fenstern des Hauses. Ihre Rufe durchschnitten, laut im ausgelassenen Vergnügen am verbotenen Spiel, die klare Luft.

»Los, du mußt das Glas treffen.«

»Mach schon!«

»Jetzt triff endlich.«

Es gab ein lautes Krachen und Klirren und nachfolgend Triumphgeschrei. Dann regnete es Glasscherben auf die Kopfsteine des Hofs.

Einer der Jungen sagte: »Ich hab Angst, Gary.«

»Du Feigling! Die kann doch nicht mal richtig laufen. Wie kann man vor der Angst haben.«

Topaz sagte laut: »Ich habe eben vom Pförtnerhaus aus die Polizei angerufen. Sie wird jeden Moment hiersein.«

Einige der kleineren Jungen gaben Fersengeld. Einer der älteren, ein Bursche mit frechem Blick und erstem Flaum auf dem Kinn, trat betont lässig an sie heran und sagte: »Was geht Sie das überhaupt an, Sie alte Kuh? Sind Sie vielleicht eine Freundin von ihr, hä?« Dann stakte er, von seinen Freunden gefolgt, betont langsam davon und warf dabei ein Häufchen Kieselsteine von einer Hand in die andere. An der Hausecke drehte er sich um und schleuderte die Steine. Sie trafen Topaz auf den Rücken, schmerzhaft wie Hagelkörner. Dann folgte das Geräusch schnell hämmernder Füße, als die Jungen davonrannten.

Sie klopfte ihren Mantel ab, öffnete die hintere Tür des Hauses und rief Carries Namen. Es kam keine Antwort. Drinnen, im kleinen Vorraum, rankten sich Spinnweben um die Glasflaschen auf den Borden. Das kleine Fenster war staubblind.

Sie öffnete die Tür zum Korridor. »Miss Chancellor?« rief sie, doch ihre Stimme schien in den düsteren Verzweigungen des großen Hauses zu verhallen. Korridore öffneten sich nach unterschiedlichen Richtungen, und als sie auf gut Glück in einen hineintrat, mußte sie den Kopf einziehen, um nicht an die niedrige Decke zu stoßen. Hinter offenen Türen sah sie Zimmer, die mit wuchtigen, altmodischen Möbeln überladen waren. Tische und Kredenzen voller Bücher und Nippes waren mit Schichten grauen Staubs verhangen. Sie fragte sich, ob irgend jemand diese Räume je betrat. Sie fragte sich, wer sie aus der Zeit hinausgezaubert hatte.

Sie fuhr zusammen, als sie plötzlich ein Geräusch hörte. Irgendwo über ihr erklang kontinuierlich ein wütendes Trommeln. Sie lief die Treppe hinauf. Sich der Geräuschquelle nähernd, sah sie eine Gestalt auf dem Boden. Es war Carrie Chancellor, die mit gekrümmtem Körper neben der schmalen Speichertreppe lag und mit ihrem Stock fortgesetzt auf die Holzdielen klopfte.

»Hierher, Mädchen!« rief sie Topaz zu. »Schnell!«

Topaz eilte zu ihr. Rund um Carrie Chancellor herum lagen Papiere verstreut, helle Rauten auf dem dunklen Eichenboden.

»Geben Sie mir Ihre Hand«, befahl Carrie Chancellor in gebieterischem Ton. »Helfen Sie mir auf.«

»Aber vielleicht haben Sie sich verletzt. Vielleicht ist es besser, ich rufe den Arzt an –«

»Keine Widerrede, Mädchen. Helfen Sie mir einfach auf. Wenn ich so liegenbleibe, krieg ich keine Luft.« Carrie Chancellor griff mit eisiger Hand nach Topaz. Ihre Lippen waren blau.

»Wie lange liegen Sie hier schon, Miss Chancellor?«

Einen Moment lang schien Carrie Chancellor verwirrt. »Seit dem Morgen – ich bin heute morgen auf den Speicher gegangen –«

Es war Mittag. Topaz sagte: »Wenn ich Sie stütze, können Sie sich vielleicht aufsetzen.«

Carrie Chancellor richtete sich mühevoll auf. »Ich habe mich am Fuß verletzt«, murmelte sie. Der Fuß war stark angeschwollen. Sie lehnte sich an die Wand und schnappte in gierigen Zügen nach Luft.

Dann richtete sie den Blick auf Topaz. »Wer sind Sie?«

»Topaz Brooke. Prudences –«

»Ich weiß schon, ich weiß schon. Prudences Nichte. Ich erinnere mich. Helfen Sie mir in mein Zimmer.«

»Ich glaube wirklich, es ist besser, ich hole einen Arzt –«

»Von Ärzten halte ich gar nichts«, erklärte Carrie Chancellor brüsk. »Keiner aus dieser Zunft hat mir je was Gutes getan.

Außerdem werde ich sowieso bald sterben, was soll da noch ein Arzt? Reine Geldverschwendung.«

»Ach, Sie werden sich bestimmt bald wieder besser fühlen, Miss Chancellor«, sagte Topaz höflich.

»Ich bin dem Tod nahe, das sagte ich doch.« Der Zorn verflog, und Carrie Chancellor murmelte: »Deshalb mußte ich die hier vom Speicher holen. Ich muß sie verbrennen. Er darf es nicht erfahren.«

Die Papiere, die im ganzen Flur herumlagen, waren Briefe. Das Papier war vergilbt und brüchig, die klare Handschrift verblaßt. »Meine liebste Caroline«, stand oben auf einem der Blätter. Als Topaz Carrie Chancellor auf die Beine half, geriet ein Blatt neben ihrem Fuß in Unruhe. Flüchtig sah sie die Unterschrift. »Dein Dich liebender Francis«.

Carrie Chancellor sagte: «Bringen Sie mich in mein Zimmer. Gleich dort – die Tür ist offen –«

Sie gingen langsam durch den Flur. Topaz, die mit einem Arm die ältere Frau stützte, spürte, welche Anstrengung jeder Schritt diese kostete. Carrie Chancellor röchelte bei jedem Atemzug, ihr Knochengerüst schien zu zerbrechlich, selbst ihr geringes Gewicht zu tragen.

Im Schlafzimmer ließ Carrie Chancellor sich aufs Bett sinken und blieb mit geschlossenen Augen still liegen. Ihr Gesicht war so weiß wie das Kopfkissen. Als Topaz eine alte, von Motten angefressene Wolldecke ausschüttelte und über ihr ausbreitete, murmelte sie: »Sie können jetzt gehen. Bitte gehen Sie.«

Sie ging nach unten. In der Küche machte sie Tee, fand nach einigem Suchen eine staubbedeckte Flasche Sherry. Sie hatte Mühe, den Korken herauszuziehen, der in verkrustetem Zucker festsaß.

Sie trug das Tablett hinauf. Auf halbem Weg durch den Korridor blieb sie stehen. Wäßriger Wintersonnenschein fiel durch die vielscheibigen Fenster, und auf den verstreuten Briefen lagen hell blasse Lichtvierecke. *Ich muß sie verbrennen*, hatte Carrie Chancellor gesagt.

Topaz stellte das Tablett auf dem Fensterbrett ab. Dann sammelte sie die Briefe auf und ordnete sie zu einem ordentlichen Bündel. Mit den Briefen in der Hand lehnte sie sich ans Fensterbrett und sagte sich streng, daß anderer Leute Briefe zu lesen so ziemlich das Schlimmste war, was man tun konnte. Hinterhältig und verstohlen, einfach unverzeihlich.

Sie begann zu lesen.

In Carrie Chancellors Schlafzimmer goß sie Tee ein und stellte die Tasse und das Glas mit dem Sherry auf den Nachttisch. Die Frau schien sich nicht gerührt zu haben, seit sie aus dem Zimmer gegangen war, aber ihr Gesicht hatte wieder etwas Farbe bekommen.

Topaz sagte: »Ich habe Francis Temperleys Briefe. Soll ich sie verbrennen?«

Carrie Chancellor riß die Augen auf. »Sie haben sie gelesen –«

»Ich habe die Unterschrift gesehen und bin neugierig geworden.«

Carrie Chancellor lächelte mit schmalen Lippen. »Neugier ist der Katze Tod.«

Topaz setzte sich auf den Bettrand. »Sie waren mit ihm verlobt? Mit dem Vater von Marius und Julia?«

Ein kleines Kopfschütteln. »Nicht verlobt. Nein, das nie. Aber er hatte es mir versprochen.« Ihre Stimme klang bitter.

»Wo haben Sie ihn kennengelernt?«

»Das geht Sie nun wirklich nichts an, Kleine.« Carrie Chancellor krallte ihre Finger in die Bettecke. Aber dann schien sie doch weich zu werden, denn sie sagte: »In der Kirche natürlich. Wo sonst lernt ein wohlerzogenes junges Mädchen einen jungen Mann kennen?« Sie lächelte. »Ich war hübsch damals. Nicht schön. Nein, schön war ich nie. Aber vorzeigbar. Ganz sicher nicht häßlich. Nicht abstoßend.« Sie warf Topaz einen Blick zu und lachte amüsiert. »Das können Sie sich nicht vorstellen, wie? Carrie Chancellor und *hübsch*. Aber ich war's. Im Frühling trug ich ein weißes Batistkleid mit blauer Schärpe und einen Strohhut mit Blumen. Veilchen«, fügte sie leise hinzu. »Ich habe Veilchen immer geliebt.«

Ihre Stimme verklang. Topaz drückte ihr die Teetasse in die

Hände, und Carrie Chancellor schwieg, den Blick auf die Tasse gesenkt. Dann aber sprudelten ihr die Worte in einem Schwall über die Lippen, als wären sie viel zu lange aufgestaut gewesen. Carrie Chancellor, durch ihre selbstgewählte Zurückgezogenheit jahrelang zum Schweigen verdammt, schien froh, endlich ihr Herz erleichtern zu können.

»Francis brachte mich eines Tages nach der Kirche nach Hause«, sagte sie. »Mein Vater fühlte sich nicht wohl, darum war ich allein gegangen. Ich war siebzehn. Francis war ein paar Jahre älter. Vom Sehen kannten wir uns seit unserer Kinderzeit. Wir waren uns hier und dort über den Weg gelaufen – in der Kirche, am Strand, beim Einkaufen. Er war ein gutaussehender Junge. Groß und blond. Er hatte hellblaue Augen, die gleiche Farbe wie der Himmel. Ich hätte nie gedacht, daß er mich überhaupt bemerken würde, mich, die kleine graue Maus. Als er mich das erste Mal nach Hause begleitete, glaubte ich, er täte es nur aus Höflichkeit. Aber am folgenden Sonntag steckte er mir in der Kirche ein Briefchen zu und bat mich um ein Stelldichein am selben Nachmittag.«

»Ihr Vater –«

»– hätte mir den Umgang mit Francis Temperley niemals erlaubt. Er fand, er wäre nicht gut genug für mich.« Ein Flackern der Furcht schimmerte in Carrie Chancellors Augen. »Mein Vater war ein schwieriger Mensch. Es war nicht leicht, mit ihm auszukommen. Einmal hat er mich kurzerhand im Keller eingesperrt, als ich ihm widersprochen habe. Ich habe es nie wieder getan. Außerdem war es damals für ein anständiges junges Mädchen unmöglich, sich ohne Begleitung mit einem Mann zu treffen. Das gehörte sich einfach nicht. Wenn man so etwas tat, war der Ruf dahin. Heutzutage –«, Carrie Chancellor hustete, »– ist natürlich alles anders. Der Krieg – der Zweite Weltkrieg – hat alles verändert. Sogar die Kinder – die Jungen unten im Hof. Der älteste von ihnen, Gary Prior – sein Vater hat vor dem Krieg auf dem Hof gearbeitet. Dann wurde er eingezogen und nach Burma geschickt. Seine Kinder gerieten natürlich völlig außer Rand und Band – Jungen brauchen ihren Vater.« Carrie Chancellor machte eine Pause, um Atem zu holen.

»Er war drei Jahre in japanischer Kriegsgefangenschaft. Michael Prior, meine ich. Als er nach Hause kam, war er völlig verändert. Er spricht kaum ein Wort. Ist unfähig, einer geregelten Arbeit nachzugehen.«

In der Stille war nur das Ticken der Standuhr zu hören und das Ächzen und Knarren des alten Hauses.

Carrie Chancellor trank von ihrem Tee. »Er hat mich geliebt«, sagte sie unvermittelt. »Francis Temperley hat mich geliebt.«

Beinahe vierzig Jahre waren vergangen, seit Carrie Chancellor, unvorstellbar jung und gewinnend in ihrem Strohhut mit den Veilchen, Francis Temperley geliebt hatte. Was war geschehen? Wodurch waren sie getrennt worden? Warum hatte Francis statt Carrie Adele geheiratet? Ganz im Bann dieser alten und unerwarteten Geschichte unerfüllter Liebe, spürte Topaz die klamme Kälte des Schlafzimmers nicht mehr.

»Ist Ihr Vater dahintergekommen, daß Sie sich heimlich mit ihm getroffen haben?«

Carrie Chancellor schüttelte kurz den Kopf. »Es war 1916. Zwei Jahre zuvor war Francis aus gesundheitlichen Gründen nicht genommen worden, als er sich freiwillig an die Front gemeldet hatte, aber in der Mitte des Krieges waren sie nicht mehr so kleinlich. Es war um die Zeit der Schlacht an der Somme – als die jungen Kerle reihenweise fielen. Nichts als Kanonenfutter, die armen jungen Teufel.«

Ihr Blick hatte sich verdunkelt. »Francis wurde an die Front geschickt. Wir schrieben einander – ich habe ihm jeden Tag geschrieben. Ein Jahr später kam er vierzehn Tage auf Urlaub nach Hause. Da war er anders geworden. Stiller. Er hatte schreckliche Dinge gesehen – wie sie alle. Aber mit mir hat er nie darüber gesprochen. Er sprach immer nur von erfreulichen Dingen. Er sagte, wenn der Krieg vorbei sei, würden wir heiraten. Sobald ich einundzwanzig geworden sei.«

Die Knöchel der Hand, die die Teetasse umfaßt hielt, traten weiß hervor. »Er ging an die Front zurück. Und in diesem Winter wurde ich krank. Kinderlähmung. Ich war ein halbes Jahr im Krankenhaus. Als ich hineinkam, schrieben wir Januar 1918, herausgekommen bin ich im Juni. Das einzige, was mich aufrecht hielt – woran ich Tag und Nacht dachte –, war Francis.« Mit funkelndem Blick sah sie Topaz an. »Der Krieg schien endlos zu dauern. So viele Männer fielen. Ich hatte Angst um ihn.«

»Aber er überlebte, nicht wahr?«

»Ja, er überlebte.« Carrie Chancellors Gesichtszüge waren unbewegt, wie gefroren. Sie schwieg lange. Dann sagte sie voll Bitterkeit: »Als er im November nach Hause kam, besuchte er mich. Mein Bein war in einer Schiene. Ich hatte mir beigebracht, mit Hilfe einer Krücke zu gehen. Ich sah auf den ersten Blick, daß ich ihm widerwärtig war. Daß er mich abstoßend fand. An diesem Nachmittag –«, sie lachte dünn, »– sagte er kein Wort mehr von Verlobung. Und ich natürlich auch nicht. Ich hatte mein Glück ja ohnehin nie glauben können, und nach der Krankheit –«

Sie wandte sich ab. Ihre Brust hob und senkte sich in mühsamer Bewegung. »Ein halbes Jahr später erfuhr ich, daß er geheiratet hatte. Irgendeine hübsche Blondine. Ich brauchte eine Weile – ich war nie besonders hell, müssen Sie wissen, Carrie mit der langen Leitung, nannte mein Vater mich immer –, aber dann begriff ich, daß ich ihn an die Greuel erinnerte, die er in Frankreich gesehen hatte. Die vielen Verwundeten, die verkrüppelten Leichen. So was wollte er verständlicherweise nicht ständig um sich haben. Francis Temperley war ein Mann mit Sinn für Ästhetik. Er wollte eine Frau haben, die unverletzt und vollkommen war, die ihm gesunde Kinder gebären würde. Er wollte keinen *Krüppel* im Haus.«

Topaz fiel nicht ein Wort des Trostes ein. Nicht ein Satz, der diesen Schmerz, der nach vierzig Jahren noch brannte, hätte lindern können. Sie stellte sich vor, wie die junge Carrie, von dem Mann, den sie liebte, zurückgestoßen, begonnen hatte, sich vor der Welt zu verstecken. Zweifellos hatte sich das scheue junge Mädchen, nunmehr mißtrauisch gegen jedermann, hinter Abwehrmauern verschanzt und nur noch jenen Dingen getraut, die ihr verläßlich schienen: Geld und Land.

»Er war meine Chance«, sagte Carrie Chancellor leise.

»Meine einzige Chance. Um eine Familie zu gründen. Um ein Kind zu bekommen. Ein Kind für Sixfields. Er hat es mir alles genommen.« Die Tasse schlug klirrend gegen die Untertasse. »Aber glauben Sie nur nicht, ich hätte herumgesessen und Trübsal geblasen. Dazu hatte ich gar keine Zeit. Mein Vater war zu diesem Zeitpunkt schon tot, und ich mußte den Hof versorgen.«

Die zusammengekniffenen Augen glitzerten. Topaz hatte Mühe, die nächsten geflüsterten Worte zu hören. »Aber als ich dann hörte, daß Jack in seine Tochter vergafft war –«

»Jack?« Topaz starrte sie an.

»Der Beste von der ganzen Bande.« Carrie Chancellor kräuselte verächtlich die Lippen. »Lauter Schwächlinge, die Chancellors. So geht das mit den alten Familien – das gute Blut wird immer dünner. Geldgierig und arbeitsscheu, alle miteinander. Außer Jack.« Carrie Chancellors Ton wurde weich. »Jack hatte nie Angst vor mir. Er hat mich immer genommen, wie ich bin. Das hat er von Ihrer Tante Prudence. Ein Glück, daß John Chancellor so eine vernünftige Frau geheiratet hat.« Sie schwieg einen Moment. »Ja, Jack ist ein guter Junge. Und *so was* konnte ich doch nicht zulassen!« Ihre Stimme wurde plötzlich giftig. »Ich konnte doch nicht zulassen, daß *seine* Tochter sich meinen Jack schnappt. Und Sixfields dazu. Nein! Bestimmt nicht! Nach allem, was er mir angetan hat!«

Topaz konnte kaum glauben, was sie da hörte. Jetzt spürte sie plötzlich die Kälte und zog ihren Mantel fester um sich. Aber die Kälte blieb. Langsam sagte sie: »Sie wollten nicht, daß Jack Julia heiratet –«

»Francis hat mich damals verlassen. Er hat mich *verraten*. Ich wollte Jack nicht auch noch verlieren. Ganz sicher nicht an *sie*.« Der stolze, blitzende Blick ruhte auf Topaz. »Also habe ich ihn vor die Wahl gestellt. Entweder das Land oder das Mädchen.« Sie lächelte vor sich hin. »Ich wußte, wie er sich entscheiden würde. Ich kenne meinen Jack genau. Die Chancellors sind eine habgierige Gesellschaft, die wissen, was sie wollen. Mir war klar, daß Jack keine Zeit damit vertun würde, so ein albernes junges Ding anzuschmachten.«

»Aber Jack hat Julia geliebt. Und sie ihn!«

Carrie Chancellor schien ungerührt. Die scharfen Augen waren blaue Schlitze. Sie sagte: »Sie sollte am eigenen Leib erfahren, wie es ist. *Seine* Tochter.«

Soviel Haß. Topaz mußte sich abwenden. Ihr Blick blieb an den verblaßten Worten der Briefe hängen, die sie immer noch in der Hand hielt. *Meine einzige Liebe … bis zu unserem nächsten Wiedersehen … ich denke ohne Unterlaß an Dich …*

Ungläubig sagte sie: »Francis Temperley konnten Sie nicht weh tun, darum taten Sie Julia weh. Sie konnten dem Vater nicht weh tun, darum taten Sie dem Kind weh.«

»Auge um Auge …«, murmelte Carrie Chancellor. Und wieder lächelte sie. »Sie selbst haben es mir verraten. Erinnern Sie sich? *Sie* haben es mir verraten.«

Während sie auf einem wackligen Stuhl gestanden und die geliehenen Teller in den Küchenschrank geräumt hatte. *Jack ist wie ich, er hat für Feste nichts übrig*. Carrie Chancellors Augen hatten vor Boshaftigkeit gefunkelt. Und sie, Topaz, hatte gesagt: *Tante Prudence glaubt, daß Jack und Julia mal heiraten. Sie haben sich wahnsinnig gern.*

Sie hob den Blick von den Briefen zum Fenster. Der Nebel draußen hatte sich gelichtet, eine Landschaft in Grau- und Brauntönen breitete sich vor ihrem Blick aus. Schroff sagte sie: »Aber Sie haben Jack trotzdem verloren. Er hat Sie verlassen.«

Carrie Chancellor selbst hatte Jack fortgeschickt. Ihre Unfähigkeit, Liebe zu zeigen, hatte Jack aus Sixfields fortgetrieben. Topaz hätte gern gewußt, ob es sich gelohnt hatte. Hatte der Genuß an der Rache sie für das entschädigt, was sie verloren hatte?

Hinter sich hörte sie ein Flüstern. »Ich habe immer geglaubt, er würde zu mir zurückkehren.« Carrie Chancellor schien verwundert.

Topaz fragte sich, ob sie von Francis Temperley sprach oder von Jack Chancellor. Vom Geliebten oder von dem Mann, der für sie wie ein Sohn gewesen war.

Plötzlich wollte sie nur noch weg. Altes Leid und alte

Feindschaft schienen den Mauern des Hauses zu entströmen. Sie hörte Carrie Chancellors Stimme: »Sie werden es ihm doch nicht sagen, nicht wahr? Sie werden es Jack nicht sagen?«

Sie dachte an all die Ereignisse, die ihren Ursprung in Carries Unfähigkeit zu verzeihen hatten: Jacks Zurückweisung Julias, Julias Heirat mit Will. Selbst Wills Verschwinden wurzelte in diesem Racheakt.

Und doch hatten sie alle überlebt. Jack war glücklich verheiratet und hatte eine kleine Tochter; Julia – ruhelos und unkonventionell – hatte durch ihren Sohn und ihre Arbeit zu Zufriedenheit gefunden. Und es war möglich, daß irgendwo, an einem fernen Ort, auch Will das Glück gefunden hatte. Wer konnte wissen, ob der Ausgang der Dinge ein besserer gewesen wäre, wenn Carrie Chancellor nicht am Rad der Fortuna gedreht hätte?

Topaz gab ihr das Versprechen. »Ich sage Jack nichts.« Sie hielt die Briefe in die Höhe. »Was soll ich mit ihnen tun?«

»Verbrennen Sie sie.« Carrie Chancellor sank grau vor Erschöpfung in die Kissen. »Verbrennen Sie sie.«

Flüchtig spielte Will mit dem Gedanken, die Coldharbour-Farm zu verlassen und zu verschwinden, wie er das immer tat, wenn Menschen ihm zu nahe kamen. Aber schon als er seinen Rucksack vom Haken geholt hatte, gab er den Gedanken wieder auf.

In den folgenden Wochen war er dankbar für die Ablenkung durch die Arbeit. Im Winter gab es in einer Autowerkstatt immer viel zu tun: Kühlwasser fror ein, Motoren sprangen nicht an, Autos gerieten auf eisglatten Straßen ins Schleudern und holten sich dabei eingeschlagene Windschutzscheiben und verbeulte Kotflügel.

Noch mehrmals träumte er von den tanzenden Engeln. Er pflegte dann morgens gegen vier zu erwachen, noch ganz unter dem Eindruck des Traums und bedrängt von einem Bewußtsein unerledigter Pflichten und uneingelöster Forderungen. Die Erwartung, die Ricks Bild ausgedrückt hatte, schien in seinem Traum ihm zu gelten. Vielleicht warteten diese Engel mit dem wohlwollenden, leicht amüsierten Blick darauf, daß er begangenen Schaden wiedergutmachen, verübtes Unrecht in Ordnung bringen würde.

Er saß stundenlang in der öffentlichen Bibliothek in Lincoln und wälzte kunstgeschichtliche Fachbücher. Überall begegnete er Engeln: strengen Engeln, gütigen Engeln, hochmütigen Engeln. Engeln, die Bücher lasen, Engeln, die Musikinstrumente spielten. Engeln, die auf Wattewölkchen schwebten, Engeln in düsteren Interieurs, vergeistigten und fleischeslustigen Engeln. Aber solche wie seine tanzenden Engel fand er auf keinem der zahlreichen Bilder.

In einem anderen Raum der Bibliothek stellte er sich finstereren Bildern. Während er die Berichte über die Nürnberger Prozesse studierte, dachte er an Rick. Rick war nur ein unbedeutender kleiner Schmarotzer gewesen im Vergleich zu Leuten wie Martin Bormann und Hermann Göring, die Krieg und Vertreibung über Millionen Menschen gebracht hatten. Rick war ein Opportunist, der den Krieg dazu genutzt hatte, sich zu bereichern. Er fragte sich, ob Rick aus den veränderten Verhältnissen, die das Kriegsende mit sich gebracht hatte, weiterhin Profit schlug, oder ob nun auch er zu kämpfen hatte.

An seine Eltern dachte er mit einer tiefen und schmerzlichen Sehnsucht. Er wußte, daß mit der sich nun über Jahre hinziehenden Trennung von ihnen tatsächlich ein Teil seiner selbst gestorben war. Und plötzlich mußte er an jene Zeiten seiner Kindheit denken, in denen er krank gewesen war; als seine Mutter beinahe Tag und Nacht an seinem Bett gesessen und ihn gesund gepflegt hatte. Oft war er mißmutig oder weinerlich gewesen, aber er konnte sich nicht erinnern, daß seine Mutter je die Geduld verloren, ihm je den Zuspruch versagt hätte. Er war sich im klaren darüber, was sein Verschwinden für sie bedeutete. Er wußte ja, wie sehr sie gelitten hatte, als Jack an die Front gegangen war; wie glücklich seine Heimkehr sie gemacht hatte. Mit tiefer Reue erinnerte er sich der heuchlerischen Argumente, die seine Entscheidung begleitet hatten, sich als tot auszugeben. Er hatte sich eingeredet, seinen Eltern wäre ein toter Sohn lieber als einer, der seine Ehre verloren hatte. Was für ein Unsinn! Welch eine Verleumdung! Die Jahre des Exils hatten ihn einiges über die Liebe gelehrt. Er wußte jetzt, daß er Philippa immer lieben würde, ob krank, entstellt oder ehrlos. Wenn er sie verlöre, würde er ewig um sie trauern. Er hatte die Flucht ergriffen, weil er sich den Konsequenzen seines Handelns nicht hatte stellen wollen; er hatte die Flucht ergriffen, weil er nicht bereit gewesen war, den Schmerz auf sich zu nehmen, die Enttäuschung seiner Eltern über ihn, den Lieblingssohn, mit ansehen zu müssen. Ihm war es einzig darum gegangen, sich selbst zu schützen; das Leid seiner Eltern hatte in seinen Überlegungen kaum eine Rolle gespielt.

Bei seiner Rückkehr auf den Hof fand er Harold in der Scheune vor, damit beschäftigt, Erde von Rübenbündeln zu klopfen. »Ich muß fort«, sagte er. »Ich weiß nicht, für wie lange.«

Harold hob den Kopf. »Aber du kommst zurück?«

»Ich hoffe es.«

Sie schwiegen beide. Harold legte die Rüben auf ein Holzgestell. »Wie steht es mit dir und Philippa – hast du zwischen euch alles geklärt?«

In der Ferne, unter den Birken und Pappeln, konnte Will den Eisenbahnwaggon erkennen, der sein Zuhause und seine Zuflucht gewesen war. »Ich habe es vor«, antwortete er, »aber ich habe einige schlimme Dinge getan, bevor ich hierhergekommen bin, Harold. Sehr schlimme Dinge. Die will ich wiedergutmachen. Wenn ich kann, komme ich zurück.«

Harold richtete sich auf. »Philippa bedeutet mir alles. Sie ist alles, was ich habe. Ich werde nicht zulassen, daß sie verletzt wird, Will.«

Er zwang sich, Harold in die Augen zu sehen. »Du hast mich nie etwas gefragt«, sagte er. »Du hast mir vertraut. Dafür kann ich dir niemals genug danken. Ich bitte dich, mir noch ein wenig länger zu vertrauen.« Er gab Harold einen Hefter. »Ich habe ein paar Unterlagen für meine Klassen vorbereitet. Daran können sie arbeiten, während ich weg bin.«

Harold sah auf den Hefter hinunter und runzelte die Stirn.

Der Name *Will Chancellor* stand in großen Lettern auf dem Umschlag. Will selbst war erstaunt gewesen, wie froh es ihn gemacht hatte, zu seinem eigenen Namen zurückzukehren.

Bei Carrie Chancellors Beerdigung regnete es. Grau und ohne Unterlaß strömte der Regen vom Himmel und hüllte den Friedhof und das umgebende Land in glitzernde Schleier. Man sang »Herr der Hoffnung, Herr der Freude«, was Topaz für Carrie, die ihr halbes Leben lang ihr Unglück gehegt hatte, völlig unangemessen schien. Carries Gott war ohne Zweifel der Gott des Alten Testaments gewesen, ein geduldiger und rachsüchtiger Gott, der die Kinder für die Sünden der Väter bestrafte.

Drei Wochen waren vergangen, seit sie in Sixfields gewesen war; drei Wochen, seit sie von Carrie Chancellors Liebe zu Francis Temperley erfahren hatte. Vierzehn Tage nach ihrem Besuch war Carrie gestorben, war ihr hartnäckiger Geist endlich doch der Krankheit erlegen. Topaz hatte das Versprechen gehalten, das sie gegeben hatte, und mit niemandem über Carrie Chancellors Geheimnis gesprochen. Aber sie selbst ließ Carries Geschichte nicht los.

Nach dem Gottesdienst und der Beerdigung begab sich der Chancellor-Klan nach Sixfields, wo man sich auf das Büffet stürzte, das Prudence und Topaz vorbereitet hatten. Prudence und Mrs. Sykes hatten in der Woche zuvor unermüdlich geputzt und geschrubbt, so daß nun wenigstens ein halbes Dutzend der Erdgeschoßzimmer des Gutshauses präsentabel waren. Als das Büffet abgetragen war, verlas Carrie Chancellors Anwalt das Testament. Topaz blieb in der Küche. Zuerst herrschte Grabesstille, dann schien die ganze Sippschaft zugleich aus dem Salon zu stürmen, murrend, schimpfend oder streitlustig, je nach Temperament. Prudence kam in die Küche, füllte Kessel mit Wasser und stellte sie auf den Herd. »Eine Tasse Tee wird sie erst mal beruhigen«, sagte sie, selbst offensichtlich wie vom Donner gerührt.

Topaz floh aus dem allgemeinen Tumult ins obere Stockwerk. Hier waren Zimmer und Korridore noch fest im Griff von Staub und Spinnweben. Über die eingeschlagenen Fenster waren Bretter genagelt. Sie öffnete die Tür zu Carrie Chancellors Zimmer und sah graue, kalte Asche im offenen Kamin liegen. Würde sie, wenn sie diese Asche aufwühlte, die letzten Reste von Francis Temperleys jugendlicher Leidenschaft sehen? Carrie Chancellor hatte seine Brief erst vernichtet, als sie wußte, daß sie dem Tod nahe war. Sie hatte sie vernichtet, um zu verhindern, daß Jack sie fand. Er sollte nie erfahren, warum sie versucht hatte, einen Keil zwischen ihn und Julia zu treiben. Verbitterung und Furcht hatten Carrie Chancellors Seele stärker verkrüppelt als die Krankheit ihren Körper. Aus Furcht war sie vor der Liebe geflohen – aus Furcht vor Zurückweisung und aus Furcht vor Schmerz.

Diesen Fehler werde ich bestimmt nicht machen, dachte Topaz. Manchmal mußte man etwas wagen; manchmal mußte man sich selbst aufs Spiel setzen.

Leise schloß sie die Tür, murmelte mit strenger Entschlossenheit: »Wer nicht wagt, der nicht gewinnt«, vor sich hin und lief wieder nach unten. Draußen im Hof nahm sie eines von mehreren Fahrrädern, die dort an der Wand lehnten, und fuhr los.

Als er aus der Werkstatt in der alten, steinernen Kapelle trat, rief sie ihn. Sein Lächeln zeigte keine Spur von Unwillen oder pflichtschuldiger Höflichkeit, sondern nur erfreute Überraschung.

Sie sagte: »Ich habe mir gedacht, ich hole dich ab.«

»Und *ich* wollte mich gerade auf die Suche nach *dir* machen.« Marius kam über die Straße. »Ich wußte, daß du zur Beerdigung kommen würdest, und dachte mir, du würdest dich vielleicht freuen, von den Chancellors erlöst zu werden.« Er krauste die Stirn. »Nein, das stimmt nicht. Ich wollte dich um Verzeihung bitten.«

»Mich?«

»Ja, wegen neulich abend. Als ich bei deinem Fest aufgekreuzt bin.«

»Es war nicht so schlimm, wie es ausgesehen hat«, sagte sie

schnell. »Du weißt doch, wie das bei Weihnachtsfeiern ist – da küßt man plötzlich Leute, die man sonst nie im Leben küssen würde.«

»Aber du hattest schon recht. Es ging mich überhaupt nichts an.« Er schnitt eine Grimasse. »Du mußt eine schöne Meinung von mir haben – der aufgeblasene Schulmeister, der ungerufen aus der Versenkung auftaucht und dir die Leviten liest. Das ist wirklich schlimm, und ich verspreche dir, ich tu's nie wieder.«

Sie lachte glücklich – er war ihr nicht böse, er hatte ihr verziehen – und sagte neckend: »Wir könnten uns jetzt bis zum Jüngsten Tag gegenseitig mit Entschuldigungen überhäufen, aber im Regen ist das ziemlich ungemütlich, finde ich, und außerdem muß ich das Fahrrad nach Sixfields zurückbringen, bevor jemand merkt, daß es fehlt.«

»Es ist nicht deins?«

»Ich habe es mir geliehen.«

»Geliehen?«

»Na ja, ich hab's einfach genommen.« Sie schnitt eine Grimasse. »Dieser *Krach*! In Sixfields, meine ich. Du kannst es dir nicht vorstellen. Ich mußte einfach weg. Die haben sich alle gestritten, sämtliche Chancellors. Ich dachte, sie würden handgreiflich werden. Eben ist nämlich das Testament verlesen worden, weißt du. Und Carrie hat alles Jack hinterlassen, das Haus, das Geld – es scheint ein ganz schöner Batzen zu sein –, den Grund und all ihre persönliche Habe. Maurice hat schon verkündet, daß er das Testament anfechten wird.«

»Ach ja?« fragte Marius amüsiert.

»Jack und Carrie hatten sich ja überworfen. Er war überzeugt, sie hätte ihn enterbt.«

»Aber so war es nicht?«

Sie wurde plötzlich traurig, als sie an die einsame Frau in dem langsam verfallenden alten Haus dachte. »Ich glaube, für sie stand immer fest, daß Sixfields einmal Jack gehören würde. Sie hat ihn geliebt.«

Er sagte: »Du hast mir gefehlt, Topaz.«

»Wirklich?«

»Ich habe gefürchtet, du gingst mir aus dem Weg. Oder du

hättest dich von mir entfernt. So etwas kommt vor. Ich könnte es verstehen, wenn es so sein sollte.«

Sie sagte: »Ich werde mich nie von dir entfernen, Marius. Niemals.«

In seinen Augen leuchtete etwas auf, und ihr Herz flatterte, als sie es sah.

Er sagte: »Das kann man nie mit Gewißheit sagen.«

»Doch, ich schon. Weißt du, ich hatte einfach viel zu tun. Viel zu klären.«

»Und? Hast du es geklärt?«

Sie lächelte. »Ich denke, ja.«

Unvermittelt sagte er: »Heute abend findet in Taras Schule ein Konzert statt, da muß ich hingehen – aber bist du morgen abend noch hier? Dann können wir zusammen essen. Oder ins Kino gehen, wenn dir das lieber ist.«

»Ins Kino«, sagte sie, »ach ja, gehen wir ins Kino.«

»Gut.« Immer noch war dieses Leuchten in seinen Augen. »Dann gegen sieben.«

Sie setzte sich auf das Fahrrad und fuhr nach Sixfields zurück. Dort half sie Prudence beim Aufräumen und später dabei, die leeren Platten und Küchenutensilien zurück ins Schulhaus zu schaffen. Die Kälte und Feuchtigkeit bemerkte sie nicht und auch nicht das Schimpfen der Chancellors, als diese sich zum Aufbruch anschickten.

In der ungestörten Stille ihres Zimmers im Schulhaus schwankten ihre Emotionen zwischen Zuversicht und Unsicherheit. Marius wollte mit ihr ausgehen. Diese Aufforderung bedeutete doch sicher mehr als die von damals, die doch nur ein Trostpflaster gewesen war? Bilde dir bloß nichts ein, widersprach der zweifelnde Teil in ihr; es geht ihm nur um die Versöhnung nach eurem Streit.

Aber das konnte sie nicht glauben. *Du hast mir gefehlt, Topaz*, hatte er gesagt. Und er hatte diesen Ausdruck in den Augen gehabt. Sie wagte kaum daran zu denken, daß es Hoffnung gewesen sein könnte.

Das Läuten des Telefons unten im Haus riß sie aus ihren Gedanken. Sie stand auf, ging zum Schrank und sah prüfend die paar Kleidungsstücke durch, die sie mitgebracht hatte: ein schwarzes Wollkleid, das sie zur Beerdigung getragen hatte – etwas sehr streng, fand sie –, der karierte Faltenrock mit dem rostroten Pulli oder die jadegrüne Seidenbluse. Dazu konnte sie den Schal tragen, den Marius ihr zu Weihnachten geschenkt hatte.

Es klopfte. Topaz öffnete die Tür.

Prudence sagte: »Deine Mutter hat eben angerufen. Sie hat einen kleinen Unfall gehabt. Tut mir leid, Kind.«

Die Nachricht von Carries Tod hatte bei Jack eine Vielzahl von Emotionen ausgelöst, vor allem aber Ungläubigkeit und Bedauern. Ungläubigkeit, weil er überzeugt gewesen war, die alte Xanthippe würde ewig leben; Bedauern, weil er immer vorgehabt hatte, irgendwann eine Aussöhnung oder wenigstens einen Waffenstillstand herbeizuführen.

Er ließ Esther mit der kleinen Louise in Kanada zurück und reiste per Schiff zur Beerdigung nach England. Auf der Reise dachte er viel an Carrie. Trotz aller Differenzen, die es zwischen ihnen gegeben hatte, hatte er sich neben einer heimlichen Zuneigung große Achtung vor ihr – ihrer Zähigkeit und ihrer Tapferkeit – bewahrt. Er erinnerte sich, mit welch unermüdlicher Energie sie zur Erntezeit mit angepackt und – ohne sich von ihrem schwachen Körper diktieren zu lassen – täglich länger gearbeitet hatte als alle anderen. Sie hatte zweifellos häufig Schmerzen gehabt, aber sie hatte nie geklagt. Rückblickend hielt Jack es für möglich, daß gerade ihre Streitbarkeit sie angetrieben und ihr die Kraft gegeben hatte durchzuhalten, wo weniger starke Naturen vielleicht aufgegeben hätten.

Als nach der Beerdigung ihr Testament verlesen wurde, kehrte Jacks Ungläubigkeit zurück – gekoppelt mit Erheiterung. Wie typisch für die alte Hexe, sie alle bis zum letzten Moment im dunkeln tappen zu lassen. Er stellte sich vor, wie sie jetzt zu ihnen herunterschaute und sich schadenfroh ins Fäustchen lachte angesichts des wütenden Familienstreits, den sie angezettelt hatte. Sie hatte ihren Reichtum nicht einmal aufgeteilt. Keine Vermächtnisse an treue Bedienstete, keine kleinen

Anerkennungen für jene Verwandte, die jahrelang ungemütliche Besuche über sich hatten ergehen lassen, in der Hoffnung, daß sie sie in ihrem Testament bedenken würde. Nein, sie hatte alles in Bausch und Bogen ihm, Jack Chancellor, hinterlassen. Von den Stapeln vergilbter alter Zeitungen und verrosteter Werkzeuge auf dem Hof bis hin zu den Aktien, Wertpapieren und Kapitaleinlagen bei der Coutts-Bank in London.

Am Tag nach der Beerdigung fuhr er nach Sixfields und hielt den Wagen auf der Höhe des Hügels an. Von hier aus konnte er den ganzen Besitz überblicken. In der Ferne schimmerte das Meer durch den Nebel. Schwer, sich Sixfields ohne Carrie vorzustellen. Ihr störrischer, widerspenstiger Geist gehörte hierher wie die schiefen Dächer und verwinkelten Korridore des Hauses. Er hätte gern gewußt, was Sixfields wirklich für sie gewesen war. Zuflucht oder Gefängnis? Hatte sie es wahrhaft geliebt, oder hatte ihr das Eigentum alle Bewegungsfreiheit, jede Fluchtmöglichkeit verwehrt? Er selbst hätte beinahe sein Leben der gierigen Liebe zu Sixfields unterworfen.

Im Haus erwartete Jack die Mammutaufgabe des Auf- und Ausräumens. Systematisch arbeitete er sich von Zimmer zu Zimmer vor, wobei er Carries Besitztümer in drei Kategorien aufteilte: Aufheben, Weitergeben, Wegwerfen. Staubwolken stiegen in die Luft, und in der klammen Kälte des Hauses fror ihn wie nie in den trockneren, weit kälteren Wintern Saskatchewans. Ungeduldig bestrebt, die Sache hinter sich zu bringen, kampierte er im Haus, indem er sich von belegten Broten und Konserven ernährte und nachts auf einem der weniger durchgesessenen Sofas schlief. Vor den Schlafzimmern mit den zerschlissenen Vorhängen und dem stockfleckigen Bettzeug graute ihm zu sehr. Bald war das zur Verbrennung gedachte Müllhäufchen im Hof zu einem Berg angewachsen – eine Puppe, der die Arme fehlten, ein Nudelholz ohne Griffe, ein ganzes Sortiment schimmeliger alter Bücher ohne Rücken fanden ihr trauriges Ende auf dem Scheiterhaufen.

Aber das Haus barg auch ungeahnte Schätze. Ein großer Teil der Möbel war zwar höchstens noch als Feuerholz zu gebrauchen, doch Jack stieß auch auf kunstvoll geschnitzte Truhen und Schränke aus dem siebzehnten Jahrhundert und anmutige Sekretäre und Stühle aus der Zeit des Regency. Unter dem angeschlagenen Steingutgeschirr in der Küche entdeckte er schöne alte Teller und Schüsseln, von denen einige seiner Schätzung nach aus dem siebzehnten Jahrhundert stammten. Er beschloß, Prudence die Teller zu schenken. In der Bibliothek fand er eine Erstausgabe des Gesamtwerks von Dickens sowie eine Anzahl Aquarelle, vornehmlich Seestücke, deren Licht und Farben die ganze vielfältige Schönheit der Küste Dorsets einfingen. Die Bilder wollte er nach Kanada schicken, dann würde Esther vielleicht eher verstehen können, warum er dieses Fleckchen Erde hier so sehr geliebt hatte.

Nach zwei Tagen war er mit dem Erdgeschoß fertig; am dritten Tag nahm er die erste Etage in Angriff. Bis zum Abend hatte er sich durch ein halbes Dutzend Zimmer gearbeitet. Als er Pause machte, um etwas zu essen, überlegte er, ob er für die Nacht nicht ins Schulhaus zurückkehren sollte. Er hatte genug von Suppen aus der Dose und belegten Broten, außerdem hatte dieses große leere Haus etwas Unheimliches, das die Phantasie auf eine Weise anregte, daß man sich erschreckt umschaute, wenn die morschen alten Holzbalken knarrten oder die rostigen Rohre knacken. Schatten sammelten sich in versteckten Winkeln, Türen fielen mitten in der Nacht plötzlich laut krachend zu. Der launische alte Generator, der Sixfields mit Strom versorgte, hatte eine irritierende Art, urplötzlich zu streiken und das ganze Haus in ägyptische Finsternis zu stürzen.

Noch ein Zimmer, sagte sich Jack. Noch ein Zimmer, dann würde er ins Schulhaus zurückfahren. Er brauchte menschliche Gesellschaft. Ganz allein in diesem Haus hier konnte man ja verrückt werden.

Er wählte eine kleine Abstellkammer am Ende des Korridors. Die Tür saß so fest, als hätte seit einer Ewigkeit niemand mehr den Raum betreten. Falter, die sich vor Jahren einmal in dieses muffige, luftlose Gefängnis verirrt hatten und darin gestorben waren, lagen auf dem Fensterbrett, wo ihre zarten bronzefarbenen Flügel langsam zu Staub zerfielen. Ein dickes

Spinnennetz spannte sich von einer Ecke zur anderen. Als Jack es wegfegte, blieben die grauen Fäden an ihm haften.

Sechs oder sieben Schränke, die Seite an Seite zusammengequetscht waren, nahmen den größten Teil des Raums ein. Jack begann Schubladen aufzuziehen und blinde Glastüren zu öffnen. Frauenzeitschriften aus dem letzten Jahrhundert vergilbten in Pappkartons. Strickwolle in düsteren Farben, Rostbraun und Flaschengrün, war in Knäueln in einem Schuhkarton aufbewahrt. Neben einer Kinderrassel aus Elfenbein lag ein staubverklebtes altes Bruchband.

Jack steckte die Rassel ein und warf das Bruchband in den Korridor hinaus. Auf dem Grund der Schublade lag irgend etwas, das in Sackleinwand eingeschlagen war – klein, quadratisch, hart. Wie eine Bodenfliese oder eine Holztafel.

Er schlug die Sackleinwand auf. Als er sah, was sich unter ihr verbarg, verschlug es ihm erst einmal den Atem.

Will saß im Wagen und wartete. Der Himmel war von dichten Wolken verhangen, es schien kein Mond. Regentropfen rannen die Windschutzscheibe hinunter. Von Zeit zu Zeit ließ er den Motor laufen, damit es nicht so kalt wurde.

Er hatte Mühe, seine Nerven zu zügeln. Mehrmals schoß ihm der Gedanke durch den Kopf, daß er einfach wegfahren und woanders wieder neu anfangen könnte. Aber er tat es nicht. Statt dessen konzentrierte er sich auf die praktischen Fragen. Er hoffte, daß seine Erinnerung bezüglich der Anlage von Haus und Hof ihn nicht trog. Er hoffte, daß die Hunde sich genau wie in jener anderen Nacht damals an ihn erinnern und nicht bellen würden. Er hoffte, daß alles noch so war wie damals und daß Cousine Carrie nicht durch irgendeinen bösen Zufall den Schatz entdeckt hatte, den er im Haus versteckt hatte.

Um zehn Uhr stieg er aus dem Wagen. Aus dem Kofferraum nahm er einen Regenmantel und einen Beutel Schokodrops. Die Schokodrops waren für die Hunde.

Aber es waren keine Hunde da. Im Hof war es still. Carries Bentley stand nicht weit von einem Berg ausrangierten alten

Plunders, der offenbar verbrannt werden sollte. Sie räumt anscheinend mal gründlich auf, dachte er. Wurde aber auch Zeit.

Das Haus war dunkel. Daraus schloß er, daß sie bereits zu Bett gegangen war. Er konnte nur hoffen, daß sie einen tiefen Schlaf hatte. Der kurze Fußmarsch zum Haus hatte seine Nerven beruhigt, und er war erstaunlicherweise völlig kühl, als er versuchsweise die Klinke der Hintertür herunterdrückte. Die Tür sprang auf, seine Taschenlampe warf Lichtkreise an die Wände des kleinen Vestibüls. Einen Moment blieb er stehen, der Regen tropfte von seinen Kleidern auf den gefliesten Boden. Der Raum war leer, das altvertraute Durcheinander verstaubter Flaschen und Gläser von den Borden verschwunden. Er öffnete die Innentür und war verwirrt beim Anblick der Korridore, die sich nach allen Richtungen verzweigten. Dann aber bemerkte er die Treppe, die rechts abging. Ihre Stufen knarrten, als er hinaufstieg, es klang laut wie das Krachen von Gewehrfeuer in der Stille des Hauses. Links, befahl er sich, als er den oberen Flur erreichte, und bog nach links ab. Zu beiden Seiten waren Türen. Er stieß sich den Kopf an der niedrigen Decke an und fluchte unterdrückt. Er wußte nicht mehr, welcher Raum es war. Während er erst eine Tür öffnete, dann eine andere, fürchtete er ständig, er würde die falsche Tür öffnen, und Carrie würde ihm im Nachthemd, mit einer Büchse in der Hand, wutschnaubend entgegenspringen.

Aber die Zimmer waren alle leer, die Möbelstücke in ihnen ordentlich gruppiert, von dem Tohuwabohu, das seiner Erinnerung nach für Sixfields bezeichnend gewesen war, keine Spur mehr. Als er am Ende des Flurs um eine Ecke bog, sah er endlich die Tür mit dem abblätternden erbsengrünen Lack. Er drehte den Knauf.

Hinter ihm erklang eine Stimme. »Will? Will, bist du das? Kann es sein, daß du das hier suchst?«

18

ALS WILL DIE Sprache wiedergefunden hatte, sagte er: »Was zum Teufel tust du hier?«

Jack kam auf ihn zu. »Ich packe zusammen.«

»Du packst zusammen?«

»Ja, Carries Sachen.« Er sah Will forschend an. »Alles in Ordnung?«

»Ja, keine Sorge.« Er lehnte sich an die Wand, während sein Herz galoppierte wie ein durchgegangener Gaul. »Du hast mich vielleicht erschreckt. Ich dachte, du wärst – ich dachte, du wärst –« Er starrte Jack unverwandt an, konnte nicht aufhören, ihn anzustarren. Als könnte er sich jeden Moment in Luft auflösen.

»Ein Gespenst?« fragte Jack scharf. »Und was glaubst du, wie es mir gegangen ist, als ich plötzlich aufgewacht bin, weil ich dich hier unten rumstolpern hörte?«

Will rieb sich die Stirn. »Du packst zusammen –?« sagte er wieder.

»Carrie ist vor einem Monat gestorben. Sie hat mir das Haus hinterlassen.« Jack ließ den Blick durch die Düsternis schweifen. »Ich versuche, hier alles zu ordnen, damit ich dann nach Kanada zurückreisen kann.«

»Nach Kanada?« Er kam sich vor wie ein leibhaftiges Echo.

»Esther ist Kanadierin. Esther«, erklärte Jack, als er Wills verständnislosen Blick auffing, »ist meine Frau.«

»Oh!« In Wills Kopf überschlugen sich die Gedanken. Julia. Jack. Esther. Er sah Jack an. »Hast du Zigaretten da?«

Jack warf ihm eine Packung und ein Feuerzeug zu. Mit zitternder Hand zündete sich Will eine Zigarette an und zog tief daran.

»Du bist deswegen hier, stimmt's?« sagte Jack und hielt das Bild mit den tanzenden Engeln hoch. Sie drehten sich immer noch mit lächelnden Gesichtern, und standen mit ausgebreiteten gefiederten Flügeln schwebend in der Luft, während sie auf ihn warteten.

Will sagte: »Das Bild ist gestohlen, verstehst du.«

»Was du nicht sagst«, erwiderte Jack ziemlich sarkastisch.

»Ich wollte es dem zurückbringen, dem es gehört. Ich wollte – Wiedergutmachung leisten.«

Das klang hier im unromantisch kalten und finsteren Korridor mit Jack als Richter, wie so oft in der Vergangenheit, ziemlich schwülstig und absurd.

Und offenbar fand Jack das auch, denn er lachte geringschätzig und sagte: »Du meine Güte, Will, warum bloß immer so melodramatisch!«

Das ärgerte Will. »Na ja, irgendwo mußte ich doch anfangen. Ich wollte alles wieder in Ordnung bringen.«

»Wie wär's, wenn du einfach nach Haus gefahren wärst, die Tür aufgemacht und gesagt hättest: ›Hallo, hier bin ich wieder‹?«

So typisch Jack, die Bemühungen des kleinen Bruders mit solcher Verachtung zu quittieren! Er hatte es Jack nie recht machen können. Ärgerlich sagte er: »Hast du eine Ahnung, wie schwer das wäre? Einfach nach Hause zu kommen und die Tür aufzumachen!«

Jack warf ihm einen vernichtenden Blick zu. »Wieso? Das wäre doch das vernünftigste.«

»Wo ich nicht mal weiß, was sie von mir denken – wo ich keine Ahnung habe, ob sie überhaupt an mich denken – oder ob sie mich *hassen*?«

Jack lächelte abschätzig. »Hör endlich auf zu dramatisieren, Will.«

»Dramatisieren nennst du das?« Seine Stimme schwoll an. »Hast du eine Ahnung, wie schwer das hier ist?«

»Glaubst du denn, daß es für uns leicht war?« Aus der

Abschätzigkeit wurde Vorwurf. »Uns jahrelang glauben zu lassen, du wärst tot – wo ein Anruf genügt hätte!«

»Aber verstehst du denn nicht –«, Will war jetzt wütend, »– daß ich nicht anrufen *konnte*?«

Jacks Erwiderung war kurz und derb. Will sagte wegwerfend: »Du hast nie viel Phantasie gehabt, was, Jack? Bloß weil dir immer alles in den Schoß gefallen ist!«

»Herrgott noch mal –«

Es befriedigte Will zu sehen, daß es ihm gelungen war, Jack in seiner Überlegenheit zu erschüttern. »Ich konnte doch nicht wissen, ob ihr mich überhaupt noch zu Hause haben wollt. Ich dachte, ihr hättet mich vergessen. Ich dachte, ihr kämt wahrscheinlich ganz prima ohne mich zurecht.«

»Na, das hast du dir ja schön zurechtgelegt.« Jacks Ton war jetzt wieder voller Verachtung. »Damit war für dich alles in Ordnung, wie?«

»Nein, natürlich war es nicht in Ordnung –«

»Aber bequemer war es, stimmt's, alle Verantwortung auf uns abzuwälzen?«

Will war beinahe außer sich vor Wut. »Du hast ja immer schon das Schlimmste von mir geglaubt. Nach Hause zurückzukehren –« Erinnerungen an die Jahre im Exil stürmten auf Will ein: die tristen Wohnheime, die Nächte im Straßengraben, die Einsamkeit. »Jahrelang habe ich versucht, den Mut aufzubringen –«

Jacks dunkle blaue Augen spiegelten ähnliche Wut. »Na, so weit kann's mit dem Versuchen nicht hergewesen sein –«

»Woher willst du das wissen?« Will ballte die Fäuste. Am liebsten hätte er seinen Bruder geschlagen. »Du hast ja nie in deinem Leben vor irgendwas Angst gehabt. Woher willst du also wissen, wovon ich rede?«

Jacks Hand durchschnitt mit schneller, abwehrender Bewegung die Luft. »Komm mir jetzt bloß nicht damit. Der arme Will, den niemand versteht. Glaubst du vielleicht, mir ist es nach dem Krieg nicht genauso gegangen?«

»Nein, Jack, das glaube ich nicht.« Wills Stimme zitterte. »Ich bin nämlich kein gottverdammter Kriegsheld. *Du* warst einer.«

Danach war es still. Will wandte sich ab. Undenkbar, daß sein Bruder ihn weinen sah.

Nach einer Weile hörte er Jack sagen: »Ja. Natürlich. Das leuchtet mir ein.« Wieder Stille. »Aber trotzdem war auch für mich die Heimkehr schwierig.«

Will zwinkerte, um die Tränen zurückzudrängen. »Du brauchst das nicht zu sagen. Du brauchst nicht zu lügen. Ich will dein Mitleid nicht.«

»Ich lüge nicht. Es war wirklich schwer. Hast du das nicht gemerkt?« Jacks Ton hatte sich verändert, enthielt nichts mehr von der gewohnten hochmütigen Herausforderung. »Ich stellte es mir ganz großartig vor. Ich konnte es jahrelang kaum erwarten. Ich hatte die ganze Zeit furchtbares Heimweh. Und als ich dann endlich wieder da war, war kein Platz mehr für mich.«

»Aber alle haben auf dich gewartet«, wandte Will ein. »Sie haben ein Fest gegeben.«

Jack lachte kurz. »Glaub nur nicht, daß du ohne davonkommst.« Er seufzte. »Und sie hassen dich nicht, Will. Ganz im Gegenteil. Sie werden dich mit offenen Armen aufnehmen.«

Will wollte ihm gern glauben, aber er konnte nicht. »Nein. Das ist nicht das gleiche. Was ich getan habe –«

»Komm, trinken wir erst mal einen Whisky«, unterbrach Jack ungeduldig. »Den kannst du bestimmt gebrauchen. Ich übrigens auch.«

Einen Moment zögerte er, dann folgte er Jack nach unten, zu erschöpft, um den Streit fortzusetzen. Im Salon goß Jack zwei Gläser ein und reichte eines davon Will. »Der Generator hat sich verabschiedet«, erklärte er, »darum ist hier alles dunkel. Aber ich kann Feuer machen. Die Heizung in der Bude hier ist vorsintflutlich, ich habe einfach die alten Möbel verfeuert.«

Als das Feuer brannte, sagte Will, der inzwischen Zeit zum Nachdenken gehabt hatte: »Du hast von dem Bild gewußt.«

»Ich wußte nicht, daß es *hier* ist. Julia hat es im Heidehaus und in der Werkstatt gesucht, aber hier nachzusehen ist weder ihr noch mir in den Sinn gekommen.«

»Julia«, sagte er leise.

»Sie lebt jetzt in London. Es geht ihr gut.« Jack schenkte Whisky nach. Dann sagte er: »Dein Komplize, Rick Hunter, hat ihr von dem Bild erzählt.«

Will schoß der schreckliche Gedanke durch den Kopf, daß Jack alles wußte, von den gefälschten Benzinmarken bis hin zu den geschmuggelten Devisen. Er senkte den Kopf in seine Hände und stöhnte.

»Du bist ein Idiot, Will«, sagte Jack gar nicht unfreundlich. »Warum bist du nicht zu mir gekommen, wenn du so tief in der Patsche gesessen hast?« Er zog die gespreizten Finger über sein Gesicht abwärts. »Das wollte ich ja. Aber da habe ich dich mit Julia gesehen. Am Abend vor dem Unfall. Ich habe euch beide im Pförtnerhaus gesehen.«

Jack schaute weg, aber nicht schnell genug, um den Ausdruck der Beschämung in seinen Augen vor Will zu verbergen.

Will sagte: »Ihr hattet ein Verhältnis miteinander, stimmt's?«

»Nein.«

»Ich hab dir doch gesagt, du brauchst nicht zu lügen. Es spielt jetzt keine Rolle mehr.«

»Julia hat an diesem Abend Schluß gemacht. Wir hatten uns heimlich gesehen, das ist wahr. Aber sie ist dir nicht untreu geworden.«

Will machte ein ungläubiges Gesicht. Jack sagte bitter: »Nicht, daß ich nicht alles versucht hätte, um sie dazu zu bewegen, mit mir ins Bett zu gehen.« Er machte eine ungeduldige Handbewegung. »Ich weiß nicht, was zum Teufel ich mir dabei gedacht habe.«

»Du hast sie geliebt.«

Jack sah ihn an. »Und damit ist alles gut?«

»Nein, aber vielleicht – verständlich.«

Das Feuer knisterte und sprühte Funken. Jack sagte: »Wie dem auch sei, das war der Grund, warum ich aus Sixfields weggegangen bin. Warum ich nach Kanada gegangen bin. Ich konnte meinen eigenen Anblick nicht mehr ertragen.«

»Du, Jack?«

Jack fixierte Will mit zusammengezogenen Augen. »Für dich war ich immer der *widerlich* perfekte große Bruder, nicht wahr? Aber das war *deine* Meinung, Will, nicht meine.«

»Dir ist doch immer alles so *leicht*gefallen –«

»Was du vorhin da oben gesagt hast –«, Jack deutete zur Zimmerdecke hinauf, »– war der blanke Unsinn. Zum Beispiel, daß ich vor nichts Angst habe. Heiliger Strohsack! Wenn du wüßtest! Genau das war einer der Gründe, warum ich mich so aufs Heimkommen gefreut habe. Endlich nicht mehr ständig auf der Hut sein zu müssen aus Angst, daß einem ein Heckenschütze ein Loch in den Rücken schießt. Nicht mehr bei jedem Schritt Angst haben zu müssen, daß man auf eine Mine tritt. Mein Gott, ich hab diese ganzen Jahre ständig unter Hochspannung gestanden.«

»Aber warum hast du davon nie was gesagt?«

»Ich konnte nicht«, antwortete Jack mit einem schnellen Kopfschütteln. »Ich weiß selbst nicht, warum. Ich meine – über solche Dinge redet man eben nicht. Und wenn man darüber hätte reden wollen, wer wäre schon dagewesen? Kameraden, die noch Schlimmeres durchgemacht hatten als man selbst? Oder die anderen, die zu Hause geblieben waren und keine Ahnung hatten, wovon man redete?«

»Du hättest mit *mir* reden können. Ich wäre dir vielleicht keine große Hilfe gewesen, aber ich hätte es *versucht*.«

Jack antwortete nicht. Will sagte: »Ich bin nach Hause gekommen, weil –«

»Ja?«

»Ich habe jemanden kennengelernt.«

»Aha.«

»Aber ich bin noch mit Julia verheiratet.«

Jack trank seinen Whisky aus. »Heikel.«

»Glaubst du«, sagte Will zögernd, »sie wäre zu einer Scheidung bereit?«

»Na ja –«, Jack lachte mit dünnem Spott, »– ich glaube kaum, daß sie scharf drauf sein wird, da weiterzumachen, wo ihr aufgehört habt.«

»Es geht ihr also gut? Wirklich gut?«

»Ja, das habe ich doch schon gesagt. Seit Suzannes Tod arbeitet sie in der Firma.«

»Suzanne?« sagte Will, und Jack zog die Augenbrauen zusammen.

»Natürlich, du weißt es nicht. Suzanne ist vor zwei Jahren ums Leben gekommen. Bei einem Autounfall.«

Will war tief erschüttert. Merkwürdig, wie man wider alle Vernunft stets erwartete, daß nichts sich verändern würde.

»Marius, war völlig durcheinander, der arme Kerl«, sagte Jack. »Julia hat großartig reagiert – sie ist sofort eingesprungen und hat dafür gesorgt, daß die Firma weiterläuft.«

Will fragte plötzlich voll ängstlicher Besorgnis: »Wie geht es Mama?«

»Gut. Und Vater auch.« Jack hielt inne. »Will, was ist?«

»Ach, es ist nur –«, er hatte auf einmal große Angst, »– ich gehöre gar nicht mehr dazu, nicht?«

»Du hast einiges nachzuholen, weiter nichts.«

Er sah weg. Es war ein weiter Weg nach Hause gewesen. So ein weiter Weg. Er ballte die Fäuste. »Ich weiß nicht, ob ich das schaffe. Ich dachte, ich könnte es, aber jetzt bin ich mir nicht mehr sicher.«

»Unsinn«, entgegnete Jack energisch. »Natürlich kannst du. Ich fahre mit dir zusammen rüber. Und halte das Gespräch in Gang.« Will schwieg. »Es ist schön, daß du wieder da bist, Will«, sagte Jack unvermittelt. »Wirklich.« Er goß noch einmal Whisky nach. »Komm, trink aus. Kopf hoch!«

Will sagte: »Was ist, wenn –«, und Jack legte ihm die Hand auf die Schulter. »Es wird alles gut. Glaub mir.« Dann hielt er einen Moment stirnrunzelnd inne und fügte hinzu: »Etwas mußt du noch wissen.«

Er holte einige Fotos aus seiner Jackentasche und reichte Will eines davon. »Das ist Esther, meine Frau.« Er gab Will ein zweites Foto, das ein dralles kleines Kind zeigte. »Ich habe eine Tochter, Louise«, sagte er in weichem Ton. »Und du, Will – du hast einen kleinen Sohn.«

John, pflegte Prudence zu sagen, würde selbst einen Wirbelsturm verschlafen. Darum war sie es, die aufstand, als es um Mitternacht unten läutete. In einen flauschigen Morgenrock gehüllt, weil es im Schulhaus nachts immer so kalt wurde, eilte sie die Treppe hinunter. Sie war sich eines unguten Gefühls bewußt: So später Besuch, das hatte die Erfahrung sie gelehrt, brachte oft schlechte Nachricht.

Nachdem sie die Riegel zurückgeschoben und den Schlüssel gedreht hatte, machte sie auf. Zuerst erkannte sie Jack. Dann bemerkte sie, daß er nicht allein war. Eine zweite Person stand hinter ihm, schmaler und heller als Jack, die Gesichtszüge von Schatten verdunkelt.

Als sie ihren jüngeren Sohn erkannte, begann sie zu weinen.

Veronica war auf einer Rolltreppe im Kaufhaus gestürzt und hatte sich das Handgelenk gebrochen. Topaz zog nach ihrer Rückkehr nach London in ihr altes Zimmer in der Wohnung ihrer Mutter. Veronica, die Schmerzen hatte und nicht ausgehen konnte, war gereizt und klagte noch mehr als sonst. Topaz koche ja lauter komplizierte Menüs, die mit der linken Hand nicht zu essen seien; Topaz bürste ihr das Haar nicht richtig durch; ihre Seidenbluse sei in der Wäscherei verschwunden; es sei absolut lächerlich von Topaz, sich zu weigern, ihr vor sechs Uhr abends einen Drink zu mixen. Sie *brauche* einen Drink, der Alkohol sei das einzige, was gegen die Schmerzen helfe.

Topaz war hin und her gerissen zwischen dem heftigen Verlangen zu fliehen und Mitleid mit ihrer Mutter. Veronicas Bemühungen, sich mit der linken Hand zu schminken, wenn sich Besuch angesagt hatte, waren kläglich in ihrer Ungeschicktheit. Die morgendliche Aufgabe, ihre Mutter in den Panzer aus Miedern und Korsetts zu pressen, die zu tragen sie sich nicht nehmen ließ, war für beide eine peinliche Strapaze, nach der sie meist völlig erschöpft und gereizt waren.

Topaz lenkte sich mit Gedanken an Marius ab. *Du hast mir gefehlt*, hatte er gesagt. Und er hatte sie mit einem Blick angesehen, in dem sie etwas wie Verlangen zu erkennen gemeint hatte.

Drei Tage nach ihrer Rückkehr läutete mittags, als sie gerade beim Kochen war, das Telefon.

»Topaz?«

»Marius!« Ihr Herz tat einen kleinen Sprung. »Wie geht es dir?«

»Gut. Sehr gut. Ich rufe an, um dir mitzuteilen –«

»Was denn?«

»Daß Will wieder da ist.«

Sie stand im Flur und hielt den Hörer umklammert. Am anderen Ende der Leitung hörte sie ihn sagen: »Topaz? Topaz, bist du noch da?«

»Will! Ist das wirklich wahr?«

»Aber ja, ich habe ihn gesehen. Ich mußte mich selbst auch erst vergewissern – weil ich es nicht glauben konnte. Er ist gestern nacht heimgekommen. Anscheinend war er als erstes in Sixfields. Dort hat Jack ihn getroffen.« Als sie stumm blieb, sagte er: »Tut mir leid. Das ist ein Schock für dich, nicht wahr? Ist alles in Ordnung?«

»Ja«, sagte sie leise. Aber ihre Beine waren auf einmal so schwach, daß sie sich auf dem indischen Teppich niedersetzen mußte, und der Hörer zitterte in ihrer Hand. »Erzähl«, sagte sie. »Du mußt mir alles erzählen.«

»Ich weiß nicht allzuviel. Ich habe ihn nur kurz gesehen. Prudence läßt ihn, wie du dir vorstellen kannst, nicht aus den Augen. Aber er ist gesund und munter, und das ist ja das wichtigste. Ich hatte den Eindruck, daß er sich sehr verändert hat, aber das ist ja eigentlich auch logisch, nicht wahr?«

»Aber ... das Boot ... die *Katie Rose* –«

»Er war nicht auf dem Boot. Er ist zwar mit den Gamble-Brüdern aus dem Pub weggegangen, aber er hatte zuviel getrunken, um noch fahren zu können, und mußte aussteigen, weil ihm übel wurde. Mick und Johnnie sind ohne ihn zum Hafen weitergefahren, während er offenbar irgendwo auf einer Wiese eingeschlafen ist. Später ist er per Anhalter nach London gefahren, nachdem er Rick Hunters Bild in Sixfields versteckt hatte.«

»Aber wo war er die ganze Zeit?«

»Das letzte Jahr auf einem Hof in Lincolnshire. Davor – ist er herumgezogen. Es klang – hart. Ich glaube, er hat schwere Zeiten hinter sich.«

»Und hat er gesagt, *warum*?«

»Es war so, wie wir vermutet haben.« Marius schien flüchtig verärgert. »Er hat sich selbst in die Bredouille gebracht und nicht gewußt, wie er da wieder rauskommen soll. Armer Kerl. Dieses Schwein, mit dem er sich eingelassen hat, würde ich – entschuldige, Topaz – am liebsten umbringen. Spielt jetzt den rechtschaffenen Bürger. Sogar in den Kaufmannsverein haben sie ihn aufgenommen. Als nächstes ist wahrscheinlich der Rotary Club dran.«

»Tja, nicht jeder bekommt, was er verdient.«

»Nein.« Sein Ton klang bekümmert. »Nein, da hast du recht.« Dann sagte er: »Anscheinend gibt es da eine Frau. Philippa Soundso.«

Aus dem Nebenzimmer rief ihre Mutter. Eilig sagte Topaz: »Hauptsache, Will ist wieder zu Hause. Ist es nicht wunderbar? Wie ein Traum.«

»Ja, man hat Angst, daß man gleich aufwachen wird, nicht?«

»Weiß es Julia schon?«

»Jack ist gleich heute morgen nach London gefahren, um es ihr persönlich zu sagen. Er hielt das für das beste. Will hatte ja keine Ahnung, daß er einen Sohn hat.« Einen Moment lang schwiegen sie beide, dann sagte Marius: »Ich bin gespannt, wie er damit umgehen wird. Das ist doch eine ungeheure Sache, unerwartet zu erfahren, daß man Vater ist. Ich könnte ihm vielleicht mit Rat zur Seite stehen, aber ich glaube nicht, daß ich das tun werde. Ich habe ja anfangs die Geschichte ziemlich verbockt. Will muß seinen eigenen Weg finden.«

Veronica rief wieder: »*Topaz*!«

»Marius, ich muß Schluß machen –«

»Schade!«

»Will!« sagte sie und mußte lächeln. »Wann sehe ich ihn?«

»Ich habe das Gefühl, daß Prudence ein Fest plant. Dieses Wochenende.«

»Ach, du meine Güte.« Sie fragte sich, ob sie es jemals wirklich glauben, geschweige denn sich daran gewöhnen würde. Ob es jemals Alltäglichkeit werden würde, daß Will heimgekehrt war.

Veronica rief: »Die Kissen müssen aufgeschüttelt werden, Topaz. Und mir tut der Arm weh!«

»Gleich, Mama.«

Sie hörte Marius fragen: »Kommst du zurecht? Wie geht es deiner Mutter?«

»Besser. Schon viel besser. Im Krankenhaus haben sie ihr den Arm gestern eingegipst.« Sie lächelte. »Der Glanzpunkt meines Tages ist das Einkaufen gehen – die Flucht zum Bäcker und zum Metzger, die reine Wonne. Daß Will wieder da ist!« sagte sie, und die Tränen liefen ihr über die Wangen. »Ich kann es einfach nicht glauben. Ach, du lieber Gott, jetzt fang ich auch noch an zu heulen. Dabei freu ich mich doch so.« Sie schniefte geräuschvoll und sagte dann: »Tut mir leid, daß aus unserer Verabredung zum Kino nichts geworden ist, Marius. Ich hoffe, es müssen nicht wieder sieben Jahre vergehen, bevor du mich das nächste Mmal aufforderst.«

Sie hörte sein leises Lachen. Dann sagte er: »Ich habe mir überlegt –«

»Ja?«

»– daß ich eigentlich diesen Freitag nach London kommen könnte. Nach der Arbeit. Es würde also etwas später werden. Könntest du dir ein oder zwei Stunden freinehmen?«

»Ja«, antwortete sie. Was für ein vollkommener Tag. »Natürlich.«

Als Julia Will die Tür öffnete und ihn zum erstenmal seit vier Jahren wiedersah, empfand sie nicht viel mehr als eine tiefe Müdigkeit und den Wunsch, dieses schwierige Gespräch wäre schon vorüber. Einen peinlichen Moment lang wußten sie beide nicht, was sie sagen sollten, dann stieß sie hastig hervor: »William ist im Kindergarten. Ich muß ihn in einer Stunde abholen.«

»Meine Mutter hat mir Photos gezeigt. Er hat deine Augen.«

»Ich finde, er sieht aus wie du.« Trocken setzte sie hinzu:

»Aber das Temperament hat er leider von mir.« Sie führte Will ins Wohnzimmer. »Tee? Oder Kaffee?« fragte sie in dem verzweifelten Bemühen, etwas Normalität in die Situation zu bringen.

»Nichts, danke. Meine Mutter mästet mich. Sie findet mich zu dünn.«

Sie betrachtete ihn. »Ich finde dich – verändert.« Älter, dachte sie. Bestimmter und selbstsicherer. Und irgendwie furchtbar fern. Seltsam sich klarzumachen, daß er nach Recht und Gesetz immer noch ihr Ehemann war, obwohl sie den Eindruck hatte, ihn nicht mehr zu kennen.

Er sagte unvermittelt: »Deine Frisur gefällt mir. Sie steht dir«, und sie mußte an den zaghaften, beflissenen Jungen denken, den sie einmal gekannt hatte. Dann erlosch sein Lächeln, und er sagte: »Wir müssen einiges besprechen, Julia. Ich wollte dich eigentlich um die Scheidung bitten. Schließlich habe ich dich ja verlassen. Aber da wußte ich noch nichts von William. Als Jack es mir sagte – nun, ich dachte, daß du mich vielleicht brauchst.«

»Nein, Will.« Sie sah ihn nicht an. »Ich brauche dich nicht. Nicht mehr. Eine Zeitlang glaubte ich, daß ich dich brauche, aber das war ein Irrtum.« Ihre Worte schienen in der Stille nachzuhallen. Sie seufzte ein wenig. »Es tut mir leid. Ich wollte nicht so – so brutal sein.«

»Ich denke, ich habe es nicht anders verdient.« Er stand am Fenster. Mit einem kleinen Kopfschütteln fügte er hinzu: »Was ich getan habe – das Leid, das ich euch allen angetan habe –, dafür gibt es keine Entschuldigung.«

Sie preßte ihre Hände ineinander. »Als Rick mir damals sagte, du seiest möglicherweise noch am Leben, war ich zuerst unglaublich wütend. Ich hätte wahrscheinlich froh sein sollen, daß es noch Hoffnung gab, aber ich war es nicht. Der Gedanke, du könntest so rücksichtslos gewesen sein, machte mich nur wütend. Aber jetzt –«, sie sah ihn an, »– jetzt empfinde ich irgendwie gar nichts. Ich bin weder wütend noch froh. Es ist ganz merkwürdig – irgendwas müßte ich doch fühlen, oder nicht? Aber ich fühle nichts. Wahrscheinlich kommt das erst später.«

Ihr Blick wanderte durch das Zimmer, von den Photographien von William, die auf der Anrichte standen, zu den Arbeitsunterlagen, die sie am Abend vorher mit nach Hause genommen hatte. Sie hatte sich ein neues Leben geschaffen, ein Leben, in dem sie sich wohl fühlte, auch wenn es unkonventionell war. Sie würde diesen zerbrechlichen Zustand der Zufriedenheit nicht von Wills Heimkehr gefährden lassen. Sie wußte, daß Will in ihrem neuen Leben keinen Platz hatte.

Mit fester Stimme sagte sie: »Ich möchte die Scheidung. Und es wäre mir recht, wenn du die Schuld auf dich nimmst. In der Firma ist es manchmal schwierig genug – viele von den Männern sind der Auffassung, ich gehöre zurück an den Herd. Und wenn ich dann in der Zeitung noch als lockere Person hingestellt würde – also eine Hilfe wäre das sicher nicht.«

»Nein, natürlich«, sagte er. »Ich werde alles veranlassen.«

»Das Bild«, sagte sie.

»Jack sagte, daß Rick dir davon erzählt hat.«

»Ja. Warum hast du es in Sixfields versteckt? Warum ausgerechnet in Sixfields?«

»Ich wußte einfach nicht, wohin damit. Und das Haus ist so groß, da ist so ein Durcheinander, ich dachte, da würde es kein Mensch finden.« Er fuhr sich mit den Fingern durch die Haare. »Im Heidehaus wollte ich es nicht lassen, weil ich Angst hatte, daß du es dort finden würdest, Julia. Ich wußte, du würdest dich fragen, wie zum Teufel ich zu so einem Bild gekommen war.«

»Warum hast du es nicht einfach mitgenommen?«

»Weil mir klar war, daß es wertvoll war, und weil ich noch gar nicht wußte, wohin es mich verschlagen würde. Ich wollte so etwas Wertvolles nicht mit mir herumschleppen, die Verantwortung war mir zu groß.« Er runzelte die Stirn. »Ich wollte das Bild in Sicherheit wissen und verhindern, daß es Rick wieder in die Hände fiel. Es war viel zu schön für Rick.«

Er hockte sich auf die Kante des Fensterbretts und streckte die langen Beine vor sich aus. »Marius hat einen Bekannten, der bei Christie's arbeitet. Dem will er das Bild zeigen. Vielleicht läßt sich feststellen, wer es gemalt hat und wer der rechtmäßige

Eigentümer ist.« Er machte eine schnelle Handbewegung. »Rick wird doch wohl keinen Anspruch darauf erheben?«

Julia sagte ironisch: »Jetzt, wo er zu den Stützen der Gesellschaft gehört, sicher nicht.«

»Es ist eigenartig, aber ich habe keine Angst mehr vor Rick. Ich hatte sie lange genug.«

»Er hat mir damals einen Heiratsantrag gemacht.« Julia sah, wie Wills Augen sich weiteten. Sie sagte heftig: »Es würde mich freuen, wenn er vor unerfüllter Liebe verschmachten und an gebrochenem Herzen sterben würde – das wäre die richtige Strafe für ihn nach allem, was er getan hat. Aber Leute wie Rick Hunter kommen immer wieder auf die Beine, nicht wahr? Er wird bestimmt eine andere finden, wenn er sie noch nicht gefunden hat – irgendein junges Ding aus guter Familie, die vielleicht ihr Vermögen verloren hat, und das Geld gebrauchen kann.« Sie lächelte bitter. »Das Verrückte ist, daß Rick solche Leute verachtet und doch unbedingt von ihnen akzeptiert werden möchte.«

Will zuckte mit den Schultern. »Rick ist nicht wichtig. Er war es nie. Das Wichtige ist, daß die tanzenden Engel dorthin zurückkehren, wo sie zu Hause sind.«

Sie schwiegen beide. Dann sagte er: »Mein Vater und Jack sind der Meinung, wir sollten die ganze Geschichte als eine Art Nervenzusammenbruch hinstellen. Einer, der durchdreht, findet immer noch eine Spur mehr Sympathie, als einer, der krumme Sachen macht.«

Sie musterte ihn scharf. »Hattest du einen Zusammenbruch, Will?«

»Vielleicht.« Sein Blick war unsicher. »Ich weiß, daß ich nicht vernünftig denken konnte. Ich konnte nicht schlafen und nicht essen. Und einmal wollte ich mir das Leben nehmen. Auf ziemlich dilettantische Art allerdings. Glaubst du, ein Selbstmordversuch ist ein Zusammenbruch? Und ich weiß noch genau, daß ich unbedingt wegmußte. Ich wußte nicht, was ich tun sollte, und ich wußte nicht, wohin, aber ich mußte fort.«

Genau wie sie fortgemußt hatte. Nach Jack, nach Rick. Zum erstenmal tat er ihr leid. »Armer Will«, sagte sie leise.

Er antwortete mit einem leichten Schulterzucken. »Aber letztlich endet die Flucht immer in einer Sackgasse. Weil man vor sich selbst nicht davonlaufen kann.«

Sie hielt den Blick gesenkt und strich mit den Händen glättend über die Falten ihres Rocks. »Es tut mir leid, daß ich dir keine bessere Frau war«, sagte sie langsam. »Ich habe es versucht, aber irgendwie habe ich es nicht geschafft.«

»Ach«, antwortete er mit dem alten gutmütigen Lächeln, »wir haben es beide versucht, glaube ich. Aber es hätte nie geklappt, was meinst du? Mit *uns* hätte es nie geklappt.«

Sie hätte nicht sagen können, warum, aber diese klare und sachliche Einschätzung traf sie wie ein Stich mitten ins Herz.

Nach einem Schweigen, das zu lange angehalten hatte, sagte sie schließlich: »Möchtest du nicht doch eine Tasse Kaffee?«

Er lächelte. »Meine Kehle ist tatsächlich ganz ausgetrocknet. Von dem vielen Reden.«

Sie ging in die Küche. Als sie den Kaffee aus der Dose löffelte, kamen ihr die Tränen, und sie mußte fest die Augen zusammenkneifen, um sie zurückzudrängen. *Ich fühle nichts*, hatte sie gesagt. Julia, du bist eine Riesenidiotin, dachte sie, als das Bewußtsein des Verlusts sie überwältigte.

Sie ließ die Kaffeedose stehen und ging ans Fenster, wo sie in tiefen Zügen die kalte Großstadtluft einatmete. Vor ihr lag London in seiner ganzen chaotischen Hektik und Lebendigkeit, doch in diesem Moment spendete der Anblick ihr keinen Trost. Vor noch nicht allzulanger Zeit hatte sie geglaubt, Will sei tot. Nun war er zurückgekommen, aber sie hatte ihn trotzdem verloren. Der stille, ernste Mann, der in ihrem Wohnzimmer saß, war ihr fremd. So wie Jack ihr fremd gewesen war, als er vor zwei Tagen zu ihr gekommen war, um ihr von Wills Heimkehr zu berichten. Jack und Will: Sie hatte sie beide geliebt und verloren. Es werden andere kommen, dachte sie. Eines Tages werden sie überhaupt keine Rolle mehr spielen. Doch das war in diesem Moment, da ihr bewußt wurde, daß die Liebe nie wieder so schmerzlich und so süß sein würde wie damals, kein Trost, sondern eher eine zusätzliche Drehung des Messers in der Wunde.

Dann richtete sie sich auf, rieb sich die Augen und kehrte zu Kaffeedose und Wasserkessel zurück. Und sie zwang sich zu lächeln, als sie ins Wohnzimmer trat und sagte: »Ich muß gleich William abholen. Hast du Lust mitzukommen, Will? Möchtest du deinen Sohn kennenlernen?«

Es wurde Freitag. Es wird etwas später werden, hatte Marius gesagt. Also acht oder neun, vermutete Topaz. Irgendwie mußte sie die Stunden bis dahin herumbringen. Sie kochte und putzte und wusch sich die Haare und spielte endlose Partien Whist mit ihrer Mutter und floh am Nachmittag mit der Einkaufstasche aus der Wohnung.

Als sie auf dem Heimweg mit voller Tasche (nur Fleisch war jetzt noch rationiert; das würde, dachte sie, Prudence die Vorbereitungen für Wills Fest sicher erleichtern) in den Cleveland Close einbog, rief jemand ihren Namen.

Nebel hing um Treppengeländer und Straßenlampen. Sie drehte sich um und erkannte ihn. »Charlie!« sagte sie.

Sie bat ihn in die Wohnung. Ihre Mutter hatte sich hingelegt. Er hatte sich natürlich verändert. Sein Gesicht war voller, er war tief gebräunt, seine Statur war kräftiger geworden. Und seine Gesichtszüge wirkten verwischt, ähnlich wie auf den Bildern in der Filmzeitschrift.

»Wie geht es Jennifer?« fragte sie

»Keine Ahnung. Ich habe sie seit Wochen nicht gesehen.«

Er war ihr in die Küche gefolgt. Sie räumte die Einkäufe ein. Er sagte: »Wir haben uns getrennt. Jennifer will sich scheiden lassen.«

Topaz öffnete den Kühlschrank. »Das kommt aber – ziemlich plötzlich, nicht?«

»Nein, eigentlich nicht. Zwischen uns hat es schon eine ganze Weile nicht mehr gestimmt.« Sein Gesicht war traurig. »Ich frage mich, ob es überhaupt einmal gestimmt hat.«

Sie packte die letzte Tüte aus. »Und jetzt bist du also wieder da, Charlie?«

»Keine Arbeit.« Er lächelte ein wenig. »Weißt du, in Hollywood kommt es darauf an, welche Leute man kennt. Und ich kannte zwar einen Haufen Leute, als ich noch mit Jennifer verheiratet war, aber seit wir getrennt sind, sind nicht viele davon geblieben. Jen hat einen Siebenjahresvertrag, sie bleibt drüben. Ich wollte zurück. Ich kaufe mir hier ein Haus. Ich habe ein kleines Anwesen am Cheyne Walk im Auge.«

Sie erinnerte sich, wie sie mit Charlie das Embankment hinaufgetanzt war: Schlüsselblumen im Knopfloch und Küsse in der Dunkelheit.

Sie lächelte. »Ein ehemaliges Kutscherhäuschen, wo du die schönsten Partys feierst?«

»Ich hoffe es. Obwohl ich von Partys im Moment die Nase ziemlich voll habe.« Er schnitt eine Grimasse. »Wenn mir jemand prophezeit hätte, daß ich das mal sagen würde! Das war doch das, was ich immer wollte! Ein bißchen Glanz und Flitter.« Seine Miene trübte sich. »Na ja, von Glanz und Flitter hab ich bis an mein Lebensende genug.«

Sie wusch die Äpfel unter dem fließenden Wasser und trocknete sie sorgfältig.

»Man will wahrscheinlich immer das«, hörte sie ihn sagen, »was man vermißt hat. Ich wollte Reisen ins Ausland, Partys und ein aufregendes Leben, weil mir das als Kind alles verwehrt war.«

»Darum wolltest du auch mich. Weil ich für dich etwas Besonderes war.«

»Nein.« Er schüttelte den Kopf. Sein Blick war ernst. »Mit dir war es etwas anderes.«

»Ach komm, Charlie«, entgegnete sie in leichtem Ton. »Ich habe dir gefallen, weil du fandest, ich wäre ein kleines bißchen was Besseres als du. Die Tochter aus gutem Hause. Das hast du selbst gesagt.«

»Tatsächlich? Dann war ich ein Idiot. Aber daß ich das bin, wissen wir ja. Dich gehenzulassen – schön dumm.« Ein flüchtiges Lächeln. »An meinem Hochzeitstag war ich der unbedeutendste Gast. Ich war der, mit dem keiner Lust hatte, sich zu unterhalten. Komisch ist das mit dem Ruhm. Es ist, als bestünde er aus vielen Schichten, jede schwerer zu durchstoßen als die vorherige. Ich war der Meinung, ich machte mich ganz gut, bis ich nach Los Angeles ging. Dort wurde mir dann klar, daß ich ein Nichts war. Ein winziges Fischlein in einem tiefen, tiefen Teich. Man meint, diese Welt wird einen verändern. Man meint, sie wird einen schön und interessant machen, zu einem faszinierenden Menschen, den jeder unbedingt kennenlernen möchte. Aber so ist es nicht. Man bleibt der alte. Man bleibt der, der man ist.«

In seiner Stimme schwang eine Bitterkeit mit, die sie vorher nie bei ihm vernommen hatte. Und als er vom Fenster weg ins hellere Licht trat, bemerkte sie einige graue Haare in den dunklen Locken.

»Charlie«, sagte sie liebevoll, »du warst immer schön und interessant und faszinierend. Nur du selbst hast das nicht geglaubt.«

»Ich dachte immer, *ich* wäre ehrgeizig. Aber da kannte ich Jennifer noch nicht. Die ist so besessen, daß der Ehrgeiz ihr eines Tages den Hals brechen wird.«

Topaz sah die schlanke, schöne Jennifer Audley vor sich. »Meinst du wirklich?«

»Ganz bestimmt.« Er bot ihr eine Zigarette an. Sie lehnte mit einem Kopfschütteln ab. »Sie läuft ununterbrochen auf Hochtouren, verstehst du, ohne die kleinste Pause. Von der Party zur Kinopremiere und von der Kinopremiere zur nächsten Party. Dann kann sie nicht schlafen, weil sie völlig überdreht ist, also schluckt sie Schlaftabletten, und am Morgen muß sie irgendwelche anderen Tabletten schlucken, um wieder wach zu werden und arbeiten zu können.« Er schauderte. »Nach einer Weile habe ich das einfach nicht mehr ausgehalten. Sie war immerzu gereizt und wütend, hat rumgeschrien und geschimpft, mit Gegenständen um sich geworfen.« Er sah zu seinen Händen hinunter. Seine Fingerspitzen waren gelb von Nikotin. »Und ich hatte so ein wahnsinniges Heimweh. Ich hätte nie geglaubt, daß England mir mal fehlen würde; daß ich den Nieselregen und den Nebel und die ganze Tristesse mal vermissen würde. Aber so war es. Die ewige Sonne kann einem mit der Zeit unheimlich auf die Nerven gehen.«

Sie sah ihn fragend an. »Warum bist du hergekommen, Charlie?«

Er antwortete mit seinem unbekümmerten, gewinnenden Lächeln. »Erinnerung an alte Zeiten, nehme ich an. Ich hab's zuerst bei deiner Wohnung versucht, aber du warst nicht da. Deine Nachbarin hat gesagt, du wärst bei deiner Mutter. Wie geht's allen? Was treiben sie? Helena und Donald und die ganze alte Clique.«

»Helena und Jerry haben geheiratet.«

»Was?« Charlie riß die Augen auf.

»Sie sind sehr glücklich. Jerry unterricht an einer höheren Schule in Harrow. Und Francesca hat inzwischen zwei Töchter. Die anderen – keine Ahnung. Man verliert sich aus den Augen, ohne daß man es will.«

Er sagte: »Und du, Topaz? Wie geht es dir?«

»Ach, bei mir ist alles wie immer«, antwortete sie heiter. »Ich koche immer noch. Alles beim alten.« Sie dachte daran, ihm von Will zu erzählen; ihm zu sagen, daß es so töricht gar nicht gewesen war, als sie vor Jahren auf jeder Straße, in jedem Zug und jedem Kino nach Will Ausschau gehalten hatte. Aber sie tat es nicht. Das wird er längst vergessen haben, dachte sie. Oder es wird ihn im Grunde nicht interessieren.

So sagte sie statt dessen: »Meine Mutter wird gleich wach werden, Charlie.« Es war halb sechs.

»Natürlich. Ich gehe jetzt besser.« Er drückte den Zigarettenstummel in den Aschenbecher. »Es war wunderbar, dich zu sehen, Topaz.«

Sie brachte ihn noch hinunter zur Haustür. Draußen auf der Vortreppe zögerte er einen Moment.

»Ich würde dich gern wiedersehen.«

Sie schlang die Arme um ihren Oberkörper. »Ich habe im Moment ziemlich viel zu tun.«

»Ich möchte dir mein neues Haus zeigen. Weißt du nicht mehr? Wir haben immer gesagt, daß ich dich zum Abendessen einladen würde, wenn ich erst ein schönes Haus hätte, und daß wir dann Oliven essen und lauter solche Luxusgeschichten.«

Einen kleinen Moment lang zog sie in Erwägung, wieder mit Charlie zusammenzusein, einem anderen Charlie, der sie lieben und brauchen würde. Dann sagte sie: »Charlie, ich habe dich gern, aber ich glaube nicht, daß das gut wäre.«

Er hatte die Hände in die Manteltasche geschoben. »Du hast einen anderen kennengelernt, stimmt's?«

»Ja«, sagte sie.

»Aha.« Er lächelte. »Na ja, es war einen Versuch wert.« Dann faßte er sie bei den Händen und küßte sie. »Ich wünsche dir alles Glück der Welt, Topaz. Du verdienst es. Alles Glück der Welt.«

Er ging in den Nebel davon.

Obwohl sich auf seinem Schreibtisch die Papiere häuften und das Telefon ohne Unterlaß läutete, schlüpfte Marius kurz nach Mittag in seine Jacke, sagte seiner Sekretärin, er müsse für den Nachmittag weg, und verließ die Firma.

Noch als er im Zug nach London saß, war er von sich selbst überrascht. Es war normalerweise nicht seine Art, sich so mir nichts, dir nichts einen Nachmittag freizunehmen. Aber das Gefühl von Freiheit, das sich einstellte, sobald er der Firma den Rücken gekehrt hatte, war herrlich, und er sagte sich lächelnd, er sollte vielleicht häufiger die Arbeit schwänzen.

Er hatte einfach nicht länger warten können. Er mußte sie sehen. Er würde früher als geplant nach London fahren und sie überraschen. Den ganzen Vormittag war sie ihm nicht aus dem Kopf gegangen, er hatte bei der Arbeit dumme Fehler gemacht und bei einer Besprechung mehrmals den roten Faden verloren. Er mußte Topaz sehen und ihr endlich sagen, was er für sie empfand, und sei es nur, um zu verhindern, daß die Firma in einem Morast von Fehlkalkulationen versank.

Er konnte nicht genau sagen, wann er sich in sie verliebt hatte. Die Liebe war langsam gewachsen, wie Efeu, der sein Herz umschlang. In seinen frühesten Erinnerungen war sie ein pummeliges kleines Mädchen mit Zöpfen und zwei linken Füßen, das ihnen, den Älteren, ständig hinterherrannte. Dann war der Krieg gekommen, und danach hatte er, vermutete er, mit ihr Verbindung gehalten, weil sie ihm leid tat. Weil sie mit dieser schrecklichen Mutter leben mußte und keinen Vater hatte.

Jahre später, nach Suzannes Tod, war Topaz diejenige gewesen, die sich um ihn gekümmert hatte. Sie hatte ihm Mut gemacht und ihn mit gutem Zureden und Strenge dazu gebracht, wieder zu leben zu beginnen. Damals war ihm oft gewesen, als versuchte er, sich aus einem finsteren Abgrund ans Licht hinaufzukämpfen. Wäre Topaz nicht gewesen, säße er vielleicht heute noch dort unten.

Alles hatte sich schlagartig an jenem Abend vor zwei Monaten verändert, als er sie in ihrer Wohnung aufgesucht hatte, um ihr sein Weihnachtsgeschenk vorbeizubringen. Sie hatte eine Party gegeben; eine Unmenge von Leuten in dieser kleinen Wohnung, hatte er ungläubig gedacht und sich mit einem kalten Anflug von Zweifel gefragt, ob er nur halb so viele Freunde hätte zusammenbringen können. Dann hatte er sie in einer Ecke des Zimmers entdeckt. Einen Moment lang hatte er sie mit dem Mann beobachtet, der ihren Körper begrapschte und seine Finger in ihr Haar gegraben hatte. Eine Wut solchen Ausmaßes hatte ihn gepackt, daß er kaum noch Luft bekam, und dazu eine schreckliche Eifersucht. Die Erinnerung, die er von diesem Abend mitgenommen hatte, war quälend: weiße Brüste, die aus rostrotem Samt quollen, und fremde Lippen auf dem weichen Körper der Frau, die er wider alle Logik und Vernunft als die seine betrachtete.

Er mußte daran denken, wie sie auf der Straße gestanden und ihn angeschrien hatte. *Was ich tue, geht dich überhaupt nichts an*. Und recht hatte sie gehabt. Auf der Heimfahrt im Speisewagen, als er grimmig einen Whisky trank, hatte ein deprimierendes Bild seiner selbst ihn heimgesucht: Marius, der aufdringliche alte Freund, der noch nicht gemerkt hatte, daß ihre Beziehung längst überholt war, aus und vorbei. Ihm war plötzlich der Gedanke gekommen, daß sie sich nur noch mit ihm traf, weil er ihr leid tat. Der ziemlich langweilige Witwer, zehn Jahre älter als sie, eine Altlast aus einer Phase ihres Lebens, die sie schon vor Jahren hinter sich gelassen hatte.

Denn sie war ja nicht mehr die tolpatschige, pummelige kleine Topaz. Sie war eine schöne Frau, die auf eigenen Füßen stand, sich in ihrer Wohnung in Kensington ein gemütliches Zuhause geschaffen hatte und von Freunden und Bewunderern umgeben war. Wie arrogant von ihm zu glauben, *sie* brauche *ihn*. So war es nicht. Es schien ihm nur allzugut möglich, daß sie ihn lediglich tolerierte.

Er war sich seit langem bewußt gewesen, daß er sie respektierte und bewunderte. Aber erst an diesem Abend war er sich bewußt geworden, wie sehr er sie liebte. Danach hatte er sich zurückgenommen, hatte sich nicht bei ihr gemeldet und die ganze Zeit unter dem Verdacht gelitten, daß seine Abwesenheit bei ihr vielleicht nichts als Erleichterung hervorrufen würde. Weihnachten hatte er sich um Taras und seiner Mutter willen bemüht, seine düstere Stimmung zu verbergen. Er war schließlich ein Mann von dreiunddreißig Jahren, weiß Gott zu alt, um in pubertärem Liebeskummer zu versinken. Aber er versank doch darin, in den wenigen Stunden ungestörten Alleinseins im stillen, kalten Winter.

Dann war Carrie Chancellor gestorben, und als er am Tag ihres Begräbnisses aus der Firma gekommen war, hatte er auf der anderen Straßenseite Topaz gesehen. Sie war acht Kilometer auf einem fremden Fahrrad gefahren, um ihn zu sehen. *Ich werde mich nie von dir entfernen, Marius*, hatte sie gesagt. Und er hatte Hoffnung geschöpft.

Am Bahnhof Paddington nahm Marius ein Taxi und ließ sich nach Bayswater fahren. Es war fünf Uhr, der Wagen kam im Stoßverkehr nur stockend voran. Im Cleveland Close hielt er an, und Marius kramte in seiner Tasche nach Kleingeld. Irgend etwas veranlaßte ihn, zur anderen Straßenseite hinüberzublicken, zu dem Mietshaus, in dem Topaz' Mutter wohnte. Die Haustür war offen; Lampenschein umrahmte ein Paar, das auf der Vortreppe stand.

Er erkannte Topaz augenblicklich. Einen Moment länger brauchte er, um im wogenden Nebel zu erkennen, daß der Mann, der sie küßte, Charlie Finch war.

Erst als es Mitternacht schlug, gab sie die Hoffnung auf. Vorher saß sie stundenlang am Wohnzimmerfenster und beobachtete, das Gesicht an die Scheibe gedrückt, den Bürgersteig. Als sie schließlich aufstand, war sie ganz steif und hatte Mühe, ihre Glieder zu bewegen. Sie zog die Vorhänge zu, so daß sie die leere Straße nicht mehr sehen konnte. Im Flur stand wie eine dicke schwarze Kröte das Telefon, das den ganzen Abend nicht geläutet hatte. Sie hätte, sagte sie sich, in Missencourt anrufen können, aber sie tat es nicht.

Am Morgen stand sie früh auf, zog ihr grünes Wollkleid an und einen warmen Mantel. Sie mußte nach Dorset zur Feier von Wills Heimkehr. Wäre es nicht gerade um Will gegangen, so wäre sie dem Fest unter irgendeinem Vorwand ferngeblieben, hätte Krankheit vorgeschützt oder einen dringenden Termin. Sie stellte sich die Begegnung mit Marius auf dem Fest vor, wie sie höflich Konversation machten und sie so tat, als kümmerte es sie nicht, daß er ihre Verabredung vergessen hatte; vor ihm verbarg, wie brutal er ihr mit seiner Vergeßlichkeit klargemacht hatte, daß sie für ihn nur von begrenzter Wichtigkeit war.

Der Zug hatte Verspätung, und als sie in Longridge Halt ankam, war weit und breit kein Taxi zu sehen, so daß ihr nichts anderes übrig blieb, als den Weg zum Schulhaus zu Fuß zurückzulegen. Schneeglöckchen und Leberblümchen blühten unter den Bäumen, erste Frühlingsboten. Regen fiel aus einem gnadenlosen Himmel. Als sie das Schulhaus erreichte, war das Fest schon in vollem Gang. Chancellors tummelten sich in Zimmern und Korridoren, Stimmengewirr und Gelächter konkurrierten mit lauter Grammophonmusik.

Prudence stand in der Küche und klatschte belegte Brote auf eine Platte. Das sei ja wirklich nett von Dorothy Blanchard, sagte sie, als sie Topaz in die Arme schloß, daß sie sich bereit erklärt habe, Veronica Gesellschaft zu leisten, um ihr – Topaz – die Möglichkeit zu geben, Wills Party zu besuchen. Und so nett auch von Topaz, die lange Fahrt auf sich zu nehmen. Ob es nicht wunderbar sei – und dabei leuchteten Prudences Augen, sie sah, dachte Topaz, zehn Jahre jünger aus –, daß Will wieder daheim sei. Nein, sie glaube nicht, daß die Temperleys schon da seien. Julia komme ja ohnehin nicht – sie, Prudence, könne das verstehen –, aber Marius, Adele und Tara müßten eigentlich jeden Moment hiersein. Und – du lieber Gott, der Geruch nach etwas Verbranntem, sie hatte die Käserollen vergessen …

Topaz streifte durch die Räume voller Menschen. Überall drängten sich Vettern und Cousinen, Onkel und Tanten von Jack und Will, tauschten Erinnerungen aus, brüllten vor Gelächter über Anekdoten, die schon unzählige Male erzählt worden waren, schürten alte Zwistigkeiten und Rivalitäten. Während sie sich ihren Weg durch das Gewühl bahnte, wurde ihr bewußt, daß sie sich nicht mehr dazugehörig fühlte. Niemand rief nach ihr, niemand faßte sie am Arm, um sie zu einem gemeinsamen Drink zu nötigen. Niemand schwatzte Vertrauliches mit ihr, niemand plauderte Geheimnisse aus, niemand klatschte oder tratschte.

In Wirklichkeit, dachte sie, habe ich nie zu ihnen gehört. Sie hatte immer nur an der Peripherie existiert, immer ein Zaungast, voll Neid auf die Wärme, das geschäftige Durcheinander, die Gemeinschaft, die für große Familien Selbstverständlichkeit waren. Sie war toleriert, aber gewiß nicht eifrig aufgenommen worden. Sie hatte nie an erster Stelle gestanden, sondern war eigentlich immer ein Anhängsel gewesen. Ach, und wir müssen Topaz einladen, hörte sie die Chancellors sagen, während sie ihre Feste planten, ihre Einladungslisten zusammenstellten.

Als Kind waren sie ihre Familie gewesen. Ihr kleines Stückchen Paradies. Etwas, das die Lücke schloß, die Leere füllte. Die Bedürftige war immer nur sie gewesen, sagte sie sich. Die anderen waren auch ohne sie vollständig gewesen.

Sie fand Will allein in dem kleinen Gärtchen neben der Garage. Als sie ihn ausgiebig geküßt und umarmt, mehrmals »Oh, Will!« gesagt und an seiner Schulter ein paar Tränen vergossen hatte, trat sie einen Schritt zurück und betrachtete ihn.

»Versteckst du dich?«

»Ja. Du auch?«

Sie nickte.

Er hatte einen Teller mit Speisen bei sich, den er ihr anbot. »Ich hatte ganz vergessen, wie das ist«, sagte er. »Die vielen Menschen. Ich habe Jahre allein gelebt.«

»Auf einer Farm, hat Marius gesagt.«

Er sah sie lachend an. »Ich wohne in einem Eisenbahnwaggon an einem Feldrain. Sehr passend, findest du nicht auch, für einen Mann auf Reisen?«

»Gehst du dorthin zurück?«

»Sobald sich der Wirbel hier gelegt hat.« Er nahm seine Brille ab und putzte die Gläser mit den gleichen Bewegungen wie der Junge, den sie vor langer Zeit gekannt hatte. »Es ist merkwürdig«, sagte er, »aber ich empfinde das hier nicht mehr als Zuhause. Ich meine«, fügte er hastig hinzu, »es ist natürlich herrlich, alle zu sehen, und sie waren alle so nett zu mir, wo ich doch dachte, sie würden mich hochkant wieder rauswerfen, aber –«

»Du bist auf einem neuen Weg.«

»Ja, vermutlich.« Er lehnte sich an die Garagenmauer. Sie hatte vergessen, wie hoch gewachsen er war; sie sah, daß er um die Schultern breiter geworden war, daß er kräftiger wirkte, athletischer.

Sie sagte: »Erzähl mir von Philippa.«

Er erzählte ihr, ausführlich, während sie zwei Würstchen aß und drei Makronen (Kalorienbomben wahrscheinlich, aber das war ihr egal.) Diese Philippa schien ihr ein vernünftiges, praktisches Mädchen zu sein, vielleicht das geeignete Pendant für einen Träumer wie Will.

Als er zum Schluß gekommen war, zog er die Brauen zusammen und sagte: »Ich habe keine Ahnung, ob sie überhaupt noch etwas mit mir zu tun haben will, aber ich muß es versuchen, findest du nicht?«

»Doch«, antwortete sie. »Auf jeden Fall.« Auch sie hatte es versucht. Aber es kam der Moment, wo man kapitulierte und klein beigab.

»Ich komme aber auf jeden Fall wieder«, sagte er. »Ich komme wieder und besuche euch alle.« Er blickte in den regennassen Garten hinaus. »Manchmal denke ich«, sagte er sinnend, »daß ich unverdient glimpflich davongekommen bin. Ich meine, wenn man bedenkt, was ich getan habe. Ich hätte im Gefängnis landen können. *Müssen*, wenn man es genau nimmt. Und ich habe William. Er ist ein hinreißender kleiner Bursche. Er hätte *mein* kleiner Bursche sein können. Aber diese Chance habe ich durch das, was ich getan habe, verspielt. Ganz gleich, was von jetzt an geschieht – wie sehr ich mich auch bemühe, ihn kennenzulernen –, die Jahre, die ich versäumt habe, bekomme ich nie zurück.«

Sie schälte den Zuckerguß von einem Petit four. Einen Moment lang starrte sie auf das Kügelchen hinunter, das sie zwischen ihren Fingern zusammengedreht hatte, dann schnippte sie es in ein Blumenbeet. »Prudence hat mir erzählt«, sagte sie, »daß Jack nächste Woche nach Kanada zurückgeht.«

»Er hat beschlossen, Sixfields zu verkaufen.«

Sie dachte an das heruntergekommene alte Haus. »Alles?«

»Das Haus und den Grundbesitz. Das Pförtnerhaus hat er Tom Crabtree geschenkt. Vater hat er Geld gegeben, und mir will er unbedingt auch was geben. Als ich ablehnen wollte, dachte ich, er würde mir ins Gesicht springen. Du kennst Jack ja – er kann so verdammt bestimmend sein. Und es ist ja natürlich sehr anständig von ihm. Ich kann nicht behaupten, es käme mir nicht gelegen. Ich habe nämlich beschlossen, mich als Lehrer ausbilden zu lassen. Da kann ich das Geld natürlich gut gebrauchen.«

Er bot ihr erneut den Teller an. Sie aß noch ein Petit four, und danach war ihr etwas übel.

Er fuhr zu sprechen fort. »Ich habe Jack versprochen, ihn in Kanada zu besuchen, wenn sich hier alles ein bißchen beruhigt hat. Ich möchte gern seine Familie kennenlernen.« Er warf ihr einen forschenden Blick zu. »Und wie geht es dir, Topaz?«

Sie erzählte ihm von ihrem Partyservice, von ihrer Wohnung, ihren Freunden, ihrer Mutter. Er hörte ihr aufmerksam zu, dennoch spürte sie, daß sich zwischen ihnen eine Distanz aufgetan, seine Loyalitäten sich verschoben hatten.

Dann sagte er: »Und was ist mit – mir fällt sein Name nicht

mehr ein –, du weißt schon, du warst an dem Tag mit ihm zusammen, als wir uns in Hernscombe getroffen haben –«

»Charlie?« Merkwürdig, erst gestern hatte sie Charlie gesehen; merkwürdig, jeder Gedanke an ihn war ihr entfallen. »Ach, weißt du«, sagte sie, »wir haben uns schon vor Jahren getrennt.«

Sie schwieg einen Moment, dann sagte sie: »Ich habe immer nach dir Ausschau gehalten, Will. Bei jedem jungen blonden Mann dachte ich, er könnte du sein. Ich habe nämlich nie wirklich glauben können, daß du tot bist.« Sie schob ihre Hand in die seine.

»Du frierst«, sagte er und rieb ihre kalten Finger. »Es ist noch ein bißchen zu kalt, um im Garten rumzustehen, nicht? Komm, seien wir mutig und gehen wir wieder rein.«

Sie fröstelte in ihrem dünnen Wollkleid. »Ich glaube, ich mache mich lieber still und heimlich davon, Will.« Ein Gefühl der Unwirklichkeit hatte sich ihrer bemächtigt. Als wäre sie zur falschen Zeit am falschen Ort. Sie wollte nach Hause, obwohl sie nicht mehr sicher war, wo zu Hause eigentlich war.

Er warf ihr einen besorgten Blick zu. »Geht es dir nicht gut?«

»Doch, doch, natürlich.« Sie zwang sich zu lächeln. »Es ist nur – ach, du weißt schon, Partys! Und die lange Fahrt.«

»Es war wirklich lieb von dir zu kommen.« Er küßte sie. »Sag wenigstens Mama noch auf Wiedersehen.«

»Ach, sie wird gar nicht merken, daß ich weg bin.« Topaz hatte es plötzlich eilig. »Es sind ja so viele Menschen hier. Ich würde lieber einfach verschwinden.« Sie stellte sich vor, wie sie jetzt ins Haus zurückginge und mit Marius zusammenträfe, im Flur vielleicht. »Will«, sagte sie, »würdest du mir einen Gefallen tun?«

Sie schlüpfte durch die kleine Seitentür in den vorderen Hof. Einige Augenblicke später kam Will mit ihrem Mantel. Den ganzen Weg die schmale, gewundene Straße hinunter fürchtete sie, Marius zu begegnen, der mit dem Auto auf der Fahrt zum Schulhaus war. Aber nur ein Lieferwagen brauste durch die Straße, daß die Pfützen spritzten, und obwohl sie eine ganze

Weile draußen vor dem Bahnhofsgebäude stand und durch den Regen spähte, kam er diesmal nicht.

Im Zug fand sie ein leeres Abteil. Zeit für einen Neuanfang, sagte sie sich energisch, als sie es sich mit einer Zeitschrift und einer Tafel Schokolade bequem machte. Sie mußte, wie Will, neue Wege gehen. Vielleicht war jetzt der Moment, die ehrgeizigen Pläne umzusetzen, die ihr schon seit geraumer Zeit im Kopf herumgingen. Und sie kam ja gut allein zurecht. Seit Jahren schon.

Aber irgendwie konnte sie sich nicht auf die Zeitschrift konzentrieren, in der es nur um Hochzeiten und Geburten zu gehen schien, und sie hatte keinen Appetit auf die Schokolade. Sie steckte beides ein, lehnte sich zurück, und ließ die Welt an sich vorüberfliegen. Und nach einer Weile hauchte sie auf die Fensterscheibe und schrieb seinen Namen auf das Glas. Und sah zu, wie die Buchstaben langsam verschwammen, bis nichts mehr übrig war.

Wie Jahre zuvor zu Jacks Party war er auch diesmal zu spät dran. Tara, die immer Theater wegen ihrer Kleider machte, fand im letzten Moment, ihr schottengemustertes Wollkleid sähe kindisch aus, und mußte statt dessen noch unbedingt ihr rosa Baumwollkleid anziehen. Er versuchte, es ihr auszureden – es war ein feuchtkalter Tag und er wollte vermeiden, daß sie sich erkältete –, aber angesichts ihrer drohenden schlechten Laune gab er nach, unter der Bedingung, daß sie eine Strickjacke anziehen würde. Natürlich konnte sie keine passende Jacke finden, nur ihre flaschengrüne Schuljacke, die sie haßte und die auch nicht zu ihrem Kleid paßte. Schließlich zog Marius die richtige Strickjacke hervor. Als sie hinuntergingen und er nach seiner Mutter sah, wußte er sofort, daß sie wieder Kopfschmerzen hatte, auch wenn sie es zunächst leugnete. In letzter Zeit litt sie häufiger unter diesen Kopfschmerzen, gegen die der Arzt scheinbar nichts tun konnte und die ihr stark zusetzten. Er machte ihr eine Tasse Tee, holte ihr ein Aspirin und wartete, bis sie sich so weit erholt hatte, daß sie die Fahrt durchstehen konnte. Dann fuhr er langsam und vorsichtig (er fuhr jetzt immer langsam und vorsichtig) zum Schulgebäude.

Nur um zu hören, daß Topaz dagewesen, aber wieder gegangen war. Sie war nur eine halbe Stunde geblieben und hatte sich dann unbemerkt davongeschlichen. Sie hat es wohl nicht erwarten können, zu ihrem verdammten Schauspieler zurückzukommen, dachte er wütend.

Er verfiel ins Grübeln. Normalerweise neigte er nicht dazu, aber jetzt quälten ihn ständig dieselben finsteren Gedanken. Wie konnte sie nur? Wie konnte sie sich an einen Mann wegwerfen, der sie überhaupt nicht verdiente? An einen Mann, der sie nie zu schätzen gewußt hatte, der nie für sie dagewesen war, wenn sie ihn gebraucht hatte, der sie wegen eines hohlköpfigen Filmsternchens fallengelassen hatte. Der sie verletzt hatte und der sich nach seiner Rückkehr nach England offensichtlich einbildete, er brauchte nur mit den Fingern zu schnippen, um sie zurückzugewinnen. Allein der Gedanke daran brachte sein Blut in Wallung.

Am Montag im Büro war er kurz angebunden zu seiner Sekretärin, weil sie einige Briefe zu spät abgeschickt hatte. Seinem Vorarbeiter riß er wegen einer anderen Kleinigkeit fast den Kopf ab. Nach einer Weile fiel ihm auf, daß seine Sekretärin rote Augen hatte und alle Techniker verstummten, sobald er die Werkstatt betrat. Wütend auf sich selbst, ging er in den Waschraum und spritzte sich kaltes Wasser ins Gesicht. Dann saß er eine Weile in seinem Büro und trommelte mit den Fingern auf seinen Schreibtisch. Schließlich nahm er sich seinen Mantel und ging.

Auf der Fahrt zum Bahnhof beschloß er zu kämpfen. Er brauchte nicht untätig zuzusehen, wie sie sich wegwarf. Er würde ihr begreiflich machen, daß sie zumindest eine Wahl hatte.

Als er den Cleveland Close erreichte, war es sechs Uhr. Veronica öffnete die Tür. Er folgte ihr hinauf ins Wohnzimmer.

»Meinem Arm geht es schon ein bißchen besser«, sagte sie. »So eine Plage – und man fühlt sich so nutzlos.«

Er murmelte einige Worte der Anteilnahme und entschuldigte sich für die Störung. »Ist Topaz da?«

Veronica schüttelte den Kopf. »Sie müssen ein Glas mit mir trinken, Marius. Ich bestehe darauf. Ich fühle mich miserabel, so ganz allein hier.«

Es schien unhöflich abzulehnen. Veronica kämpfte mit dem Verschluß der Ginflasche auf der Anrichte, also sagte er: »Lassen Sie mich mal«, nahm sie ihr aus der Hand und schenkte zwei Gläser ein.

»Ein kleines bißchen mehr«, sagte sie. »Ich mag Männer, die richtige Drinks mixen.« Er merkte, daß sie ziemlich betrunken war.

»Topaz –«, sagte er, aber Veronica starrte in den Eisbehälter.

»Alles weg. Seien Sie ein Schatz, holen Sie doch noch etwas Eis. Es ist im Kühlschrank.«

Er holte Eiswürfel aus der Küche. Sie schenkte ihm ein freudestrahlendes »Wundervoll«. Ihm fiel auf, daß ihr Lippenstift verschmiert war. »So ein Glück«, sagte sie. »Ein guter Drink und ein gutaussehender Mann zur Unterhaltung.«

»Ich kann nicht lange bleiben«, sagte er schnell.

»Aber, Marius, Sie werden jetzt doch nicht einfach verschwinden und mich hier alleine lassen!« Sie blickte ihn mit einem Augenaufschlag an und klopfte neben sich auf das Sofa. »Sie müssen mir alle Neuigkeiten berichten.«

Er setzte sich und sagte noch einmal: »Ich hatte gehofft, Topaz zu sehen.«

»Sie ist nicht da. Sie ist in ihre Wohnung zurückgegangen, und ich war wieder allein. Zwar hat mich Dorothy Blanchard besucht, aber die kann man wohl kaum als unterhaltend bezeichnen.« Veronica machte ein verdrießliches Gesicht. »Junge Mädchen können so launisch sein, nicht wahr? Topaz war so gemein gestern. Gemein zu mir. Zu ihrer eigenen Mutter. Da habe ich ihr gesagt, daß ich sehr gut ohne sie auskomme.« Sie trank ihr Glas aus und stellte es ungeschickt auf den Beistelltisch. »Egal«, sagte sie mit einem strahlenden Lächeln, »sprechen wir nicht von ihr. Wie es Ihnen geht, interessiert mich viel mehr. Also, wie geht es Ihnen?« Sie legte ihre Hand auf sein

Knie und beugte sich vor, um ihn mit verschwommenem blauem Blick anzusehen.

»Mir geht es sehr gut.«

»Gut. Ich dachte, Sie wären vielleicht einsam. Ich weiß ja, wie es ist, wenn man seine bessere Hälfte verliert.«

»Ich muß jetzt wirklich gehen«, sagte er, nahm ihre Hand und schob sie sanft, aber bestimmt beiseite.

Sie zog einen Schmollmund. »Immer so in Eile. Genau wie Topaz. Ich habe ihr gesagt, daß ich sie hier nicht haben möchte, wenn sie so mies gelaunt ist. So ungnädig. Ich habe ihr gesagt, wenn sie immer nur schlechte Laune hätte, könne sie ebensogut gehen. Ein frohes Gemüt ist so wichtig für eine Frau. Ich sagte –«

Der Monolog ging weiter, aber Marius hörte nicht länger zu. Er stand auf.

»Sie wollen schon gehen?« Sie schien überrascht, aber auch verärgert.

An der Tür blieb er stehen. »Ihr Problem, Veronica«, sagte er ruhig, »ist, daß Sie keine Ahnung haben, was für ein Glück Sie haben. Sie haben eine wunderbare Tochter, die immer zu Ihnen steht. Gott weiß warum, denn Sie sind die eitelste und selbstsüchtigste Person, die mir je begegnet ist. Ich kann mich nicht erinnern, daß Sie, solange ich Sie kenne, Topaz' Bedürfnisse über Ihre eigenen gestellt hätten. Ich glaube nicht, daß Sie jemals zugehört haben, wenn sie unglücklich war, oder sich mit ihr gefreut haben, wenn es ihr gutging. Sie kennen die Bedeutung des Wortes Liebe nicht. Und wenn Topaz bei einem Mann landet, der sie nicht verdient hat, so ist es vor allem Ihre Schuld.«

Veronica war sprachlos. Marius ging.

Topaz saß am Küchentisch, um sich herum ihre Notizbücher, Stifte und den *Evening Standard*. Sie hatte den Tag zuvor damit zugebracht, die Küche zu putzen, den Boden zu schrubben und die Kupferpfannen zu polieren, bis sie glänzten. Während ihrer Abwesenheit schien sich eine Staubschicht über das ganze Zimmer gelegt zu haben. An diesem Morgen war sie nach Soho gefahren, wo sie Knoblauch, Kräuter, Zitronen und Gewürze gekauft hatte. Der Duft erfüllte den Raum und erinnerte sie an wärmere Gegenden. Vielleicht würde sie dieses Jahr nach Nordafrika reisen. Sie würde lernen, Kebab und Pilaw zuzubereiten. Sie schrieb es auf ihre Liste und unterstrich es. *Reisen*. Sie versuchte, nicht daran zu denken, wieviel schöner es wäre, mit jemandem zu reisen, den sie gern hatte, mit jemandem, der sich die Welt mit ihr zusammen anschauen wollte.

Es klingelte. Als sie die Tür öffnete, stand er vor ihr, Marius Temperley, als hätte sie ihn heraufbeschworen, mit ihrer Träumerei von Wüsten und Suks.

»Du kommst drei Tage zu spät«, sagte sie gelassen.

»Kann ich hereinkommen?«

»Ich bin ziemlich beschäftigt, Marius.«

»Nur ein paar Minuten.« Er hatte diesen fest entschlossenen Ausdruck in den Augen, der ihr sagte, daß Widerspruch zwecklos war.

Er folgte ihr in die Küche, warf einen flüchtigen Blick auf die Dinge, die auf dem Tisch lagen. »Was machst du gerade?«

»Ich denke daran, ein Restaurant zu eröffnen. Ich meine, mein eigenes. Ich habe versucht auszurechnen, wieviel Geld ich brauchen würde.«

Er nickte. Dann sagte er: »Ich hatte den Freitag nicht vergessen. Ich *war* in London. Ich war früher da als erwartet. Ich habe dich mit Charlie gesehen.«

»Oh.« Sie erinnerte sich daran, daß Charlie sie auf der Vortreppe geküßt hatte. Sie spürte, wie sie rot wurde und sagte schnell: »Es war nicht –«

Er unterbrach sie. »Er ist nicht gut genug für dich, Topaz. Er wird dich wieder fallenlassen.«

»Marius –«

Er brachte sie mit einer ungeduldigen Geste zum Schweigen. »Ich weiß, was du denkst – schon wieder will ich dir vorschreiben, was du zu tun hast. Wahrscheinlich liegst du richtig, aber ich tue das nicht, weil ich glaube, ich hätte das gottgegebene Recht dazu. Ich tue es, weil mir etwas an dir liegt. Und ich möchte nicht noch einmal mit ansehen müssen, wie dir jemand weh tut.«

»Ich habe Charlie gesagt, daß ich ihn nicht wiedersehen möchte.« Jetzt war Marius der Verwirrte. »Ich habe ihm gesagt, daß es zwischen uns vorbei ist. Natürlich ist es schon seit Jahren vorbei.«

An den Küchenschrank gelehnt, starrte er sie an. »Ich dachte, du hättest deshalb das Fest bei den Chancellors früher verlassen. Weil du zurück zu Charlie wolltest.«

Sie schüttelte den Kopf. »Ich bin gegangen, weil ich das Gefühl hatte, nicht mehr dorthin zu gehören.« Das leere, traurige Gefühl dieses Nachmittags im Schulhaus war immer noch da. »Alles ist anders geworden, nicht wahr? Julia lebt in London, und Jack geht zurück nach Kanada. Sogar Will will weggehen, hat er mir erzählt. Ich fühlte mich so allein. Was für ein Idiot ich war zu hoffen, daß alles beim alten und wir alle zusammenbleiben würden – aber diese Zeiten sind vorbei, nicht?«

Liebevoll sagte er: »Topaz –», aber sie fuhr fort: »Und was dich betrifft – du hast Tara. Und du wirst Suzanne immer lieben, nicht wahr, Marius? Ich verstehe das. Ich verstehe es völlig.«

Gegen die Tränen kämpfend, starrte sie auf ihre Liste. Die Worte verschwammen. Restaurant hatte sie geschrieben. Reisen. Schlafzimmer dekorieren. Strümpfe stopfen. Diese gekrakelte Zusammenfassung ihres restlichen Lebens war deprimierend.

Er begann zu sprechen, aber sie sagte schnell: »Du und Julia –«, ihre Stimme zitterte leicht, »– ihr wart immer Jacks und Wills Freunde. Ich habe dich nur ausgeliehen. Und ich habe es satt. Ich hätte gerne etwas, das mir gehört. Ich habe es satt, mir etwas zu leihen, was anderen gehört.«

Er zögerte. Dann sagte er: »Wie wäre es dann mit etwas Beständigerem? Wenn du es satt hast, die Familien anderer auszuleihen.«

Sie schniefte und versuchte, ihn anzusehen. »Was meinst du damit?«

Er setzte sich neben sie. »Wo wolltest du denn dein Restaurant eröffnen?«

Lieber, netter Marius, dachte sie. Er wird mir anbieten, die Buchführung zu übernehmen und bei der Suche nach geeigneten Räumlichkeiten zu helfen.

»Ich dachte an London.«

Er ergriff ihre Hand. »Muß es London sein?«

»Nicht unbedingt, warum?«

»Könnte es beispielsweise auch Dorset sein?«

»Marius«, sagte sie, »ich habe keine Ahnung, wovon du sprichst.«

Er hob ihre Hand zum Mund und küßte sie. Dann sagte er: »Du bist nicht allein, Topaz. Du hast Tara und Adele. Und ich bin auch noch da.«

Sie versuchte zu lächeln. »Dann sind wir also wieder Freunde?«

»Nicht Freunde«, sagte er. »Ich wollte dich fragen«, sagte er, und sie bemerkte ein für ihn untypisches Zögern, »ob du dir vorstellen könntest, mich zu heiraten, Topaz.«

Ihr schien das Herz stillzustehen. Bevor sie etwas erwidern konnte, fügte er hinzu: »Ich könnte es verstehen, wenn du nicht gerade Feuer und Flamme wärst. Was du über Suzanne gesagt hast, ist wahr – ich werde sie wohl immer lieben. Aber das ändert nichts an meiner Liebe zu dir, Topaz. Aber dann ist da natürlich noch mein Kind. Und Adele. Wenn du mich heiratest, würdest du eine ganze Familie heiraten, und das willst du vielleicht nicht.«

Es war, als hätte sich ihr Leben in einem einzigen unglaublichen Augenblick von Niedergeschlagenheit zu Freude gewandelt. Sie flüsterte: »Du willst, daß ich dich heirate?«

»Ja, das will ich. Es gibt nichts, was ich mir mehr wünsche.« Er küßte die blasse Haut auf der Innenseite ihres Handgelenks. »Ich hab dich überrascht, nicht wahr? Ich nehme an, das kommt alles ein bißchen plötzlich – erst streite ich mit dir, und am nächsten Tag mache ich dir einen Heiratsantrag. Und ich habe dich noch nicht einmal richtig geküßt. Was sich sehr leicht ändern ließe.« Sein Blick wanderte zu den Zeitungen und

Notizbüchern auf dem Tisch, und er lächelte. »Hernscombe könnte ein anständiges Restaurant vertragen, weißt du. Du müßtest natürlich gegen den Copper Kettle antreten, aber ich denke, du würdest haushoch gewinnen.«

Ihr Herz klopfte wie wild, als sie sagte, »Ich habe nicht vor, Wurstbrote oder knorpeligen Eintopf zu servieren.«

»Die Spezialitäten des Copper Kettle.« Vorsichtig strich er ihr das Haar nach hinten und küßte sie in die Beuge des Halses.

»Etwas Anspruchsvolleres – Quiches und *coq au vin* –«

»Hernscombe wird gar nicht wissen, wie ihm geschieht.« Ein weiterer Kuß. »Es wird einen Aufruhr geben.«

Seine Lippen berührten die ihren. Sie schloß die Augen. Verrückt, dachte sie, wie schnell alles in Ordnung kommen kann – nicht nur in Ordnung, sondern absolut in Ordnung –, und nur weil Marius Temperley sie in den Armen hielt.

»Und – was denkst du?« sagte er.

»Ja«, flüsterte sie und küßte ihn. »O ja.«

»Oh«, sagte er plötzlich.

Sie öffnete die Augen. »Was ist?«

»Mir ist gerade noch ein Problem eingefallen.«

»Was denn?«

»Ich war vorhin ziemlich gemein zu deiner Mutter. Das wird sie mir vielleicht nie verzeihen.«

»Oh, Marius.«

»Oh, *Topaz*«, erwiderte er in einem ganz anderen Ton, als sie es sonst von den Leuten zu hören bekam.

Und dann küßte er sie wieder.

PIPER ORIGINAL

Judith Lennox

Die geheimen Jahre

Roman. Aus dem Englischen von Angelika Felenda.
679 Seiten. Klappenbroschur

Erster Weltkrieg und zwanziger Jahre, Zeit des Neuanfangs zwischen gesellschaftlichen Konventionen, Wirtschaftskrise und sozialen Unruhen: Warmherzig, spannend und mit viel Gespür für zeitgeschichtliche Details gelingt Judith Lennox das Bild einer vom Schicksal gezeichneten Generation. Im Mittelpunkt steht die junge mittellose Thomasine, die aus einer Laune heraus in die Ehe mit Nicholas, dem Gutsbesitzerssohn, einwilligt. Doch Nick ist vom Fronteinsatz verändert und – obwohl ernsthaft in Thomasine verliebt – zu keiner Zärtlichkeit fähig. Thomasine mit ihrer ungezähmten Energie und ihrer Liebe zum Land läßt sich nicht unterkriegen, weder vom rauhen Alltag in East Anglia noch von Nicks kühler Familie. Doch da ist auch noch der engagierte Daniel, dem sie immer wieder begegnet, der Spielgefährte aus Kindertagen und einzige Mann, der Thomasines Leidenschaft und Stärke gewachsen scheint …

04/1023/01/R

Judith Lennox

Die Mädchen mit den dunklen Augen

Roman. Aus dem Englischen von Mechtild Sandberg.
542 Seiten. Serie Piper

Drei junge Mädchen, wie sie verschiedener kaum sein können: die zielstrebige, unabhängige Katherine, die romantische Liv, die ohne Vater aufgewachsen ist, und Rachel, die Tochter aus gutem Hause, der stets alles in den Schoß zu fallen scheint. Nichts und niemand soll sie je auseinanderbringen, immer wollen sie füreinander dasein. Bis im Hochsommer 1969 die schwangere Rachel eine entsetzliche Entdeckung macht und ihre Freundinnen zu sich ruft – ausgerechnet als die verträumte Liv das entscheidende Rendezvous mit ihrer großen Liebe hat und Katherine sich kopfüber in Londons Partyleben stürzen will. Doch Rachel stirbt nach der unvorhersehbaren, plötzlichen Frühgeburt ihres Kindes – allein und ohne daß ihre beiden besten Freundinnen sie noch einmal gesehen haben. Im England der bewegten sechziger und siebziger Jahre entwirft Bestsellerautorin Judith Lennox einen dichten, fesselnden Roman – und klärt schließlich das Rätsel auf, das Rachels junges Leben gekostet hat.

01/1284/01/L

PIPER

Judith Lennox

Am Strand von Deauville

Roman. Aus dem Englischen von Mechtild Sandberg.
655 Seiten. Serie Piper

Als die behütete Poppy 1920 dem Vagabunden Ralph begegnet, ist sie von seinem Charme überwältigt. Sie schlägt alle Warnungen in den Wind und heiratet ihn. Mit ihren drei Kindern führen sie ein unstetes Leben zwischen französischen Weingütern und italienischen Palazzi. Doch 1940, als die Deutschen in Frankreich einmarschieren, muß sich die Familie in England eine Existenz aufbauen. Die Tochter Faith, die sich immer nach einem Zuhause gesehnt hat, bewährt sich in den Kriegsjahren als Ambulanzfahrerin in London und kümmert sich selbstlos um die Verwundeten. Doch dann trifft sie Guy wieder, den sie seit ihrer Kindheit liebt. Guy ist Arzt und unglücklich verheiratet … Eine bewegende Familiensaga der englischen Erfolgsautorin.

01/1285/01/R